Josette Alia
Morgen ist ein anderer Tag

Josette Alia

Morgen ist
ein anderer Tag

Roman

Aus dem Französischen von
Claudia Denzler

ECON Verlag
Düsseldorf · Wien · New York · Moskau

Titel der französischen Originalausgabe:
Quand le soleil était chaud
Originalverlag: Bernard Grasset, Paris
Übersetzt von Claudia Denzler
Copyright © 1992 by Editions Grasset & Fasquelle

Die Deutsche Bibliothek – CIP-Einheitsaufnahme
Alia, Josette:
Morgen ist ein anderer Tag: Roman / Josette Alia.
Aus dem Franz. von Claudia Denzler. –
Düsseldorf; Wien; New York; Moskau: ECON Verl., 1994
ISBN 3-430-11033-5

Copyright © 1994 der deutschen Ausgabe by ECON Verlag GmbH,
Düsseldorf, Wien, New York und Moskau.
Alle Rechte der Verbreitung, auch durch Film, Funk und Fernsehen, fotomechanische
Wiedergabe, Tonträger jeder Art, auszugsweisen Nachdruck oder Einspeicherung
und Rückgewinnung in Datenverarbeitungsanlagen aller Art, sind vorbehalten.
Lektorat: Edda Bauer
Gesetzt aus der Sabon, Berthold
Satz: Dörlemann-Satz, Lemförde
Papier: Papierfabrik Schleipen GmbH, Bad Dürkheim
Druck und Bindearbeiten: Franz Spiegel Buch GmbH, Ulm
Printed in Germany
ISBN 3-430-11033-5

Ich danke allen, die mich, manchmal ungewollt, durch ihre Schriften oder ihre Erzählungen zu diesem Roman inspiriert haben, in dem sich die Fiktion mit der Historie mischt. Es ist möglich, daß einige Namen oder Vornamen der Helden dieses Buches – beliebig gewählt, im Bemühen um Authentizität – auch zu tatsächlich lebenden Personen gehören. Diese Übereinstimmungen wären natürlich rein zufällig.

Prolog

Kairo, 1989

Als Lola das Gewölbe betrat, erkannte sie sofort den Geruch wieder. Den Weihrauch, die Süße der Lilien, den herben Duft der Kerzen. Auch die feuchte Wärme des alten Holzes und dieser untrennbar mit dem ägyptischen Sommer verbundene sandige Staub hingen in der Luft. Im selben Augenblick, als habe der Chor einzig auf sie gewartet, erschallten die alten Kirchengesänge, erfüllten die Spitzbögen, ließen die Scheiben vibrieren. Es war eben jenes Requiem, das sie bei der Beerdigung ihrer Großmutter leise murmelnd begleitet und später mit den Nonnen von Sacré-Cœur so oft gesungen hatte. Die alte griechische Liturgie mit ihrer rauhen Wildheit wühlte sie immer wieder auf. Lola bekreuzigte sich.

Jetzt kehrten alle Erinnerungen zurück. Ihre Kindheit, Ägypten, die Wüste, die fahlgelbe Sonne. Dreißig Jahre Exil hatten aus ihrem Gedächtnis weder das Wispern in der Beichte noch das leise Klappern des Rosenkranzes vertrieben. Sie spürte wieder den schmerzhaften Abdruck des Betschemels durch die Schuluniform hindurch auf ihren kindlich mageren Knien. Die Kirche Sainte Marie-de-la-Paix erschien ihr kleiner als früher, auch finsterer. Etwas fehlte. Die beiden großen Altarleuchter. Aber im Licht der kreisförmig aufgestellten Kerzen erstrahlten die warmen Farben der Ikonostasen in sanftem Glanz. Sie fand die vertraute Silhouette des heiligen Georg wieder, der einen grünlichen Drachen niederstreckte. Eine heilige Jungfrau sah sie aus ihren byzantinischen Augen an.

Lola, in ihrem schwarzen Pelz, schritt aufrecht den Mittelgang hinab, als ginge sie in der Zeit zurück, und sie ahnte die zahlreichen Anwesenden auf beiden Seiten, ohne sie zu sehen. Ein junger

Diakon im Chorhemd ging voran, den Kopf gebeugt, den Blick gesenkt, die Hände gefaltet. In Höhe des Hauptaltars entfernte er sich plötzlich. Lola fand sich allein vor dem Sarg. Dem Sarg von Irène, ihrer Schwester, ihrer geliebten und beneideten Schwester, der Schwester, die sie seit so vielen Jahren nicht mehr gesehen hatte. Irène, die gestern im Morgengrauen gestorben war.

Alles war so schnell gegangen. Sie wußte, daß sie eines Tages nach Ägypten zurückkehren würde, aber sie hatte sich diese Rückkehr wie ein Fest vorgestellt. Im Flugzeug zog sich ihr Herz zusammen, als sie durch das Fenster Kairo erblickte, mit seinen ockerfarbenen und grünen Vierteln, inmitten der Wüste. Ihre Stadt, verrückt, unglaublich, seit Ewigkeiten von Sand umschlossen, Paradies des Spottes, Königreich des Vergänglichen, unaufhörlich am Rande des Abgrunds, immer wieder neu entstehend. Der neue Flughafen hatte sie verwirrt, zu weiß, zu sauber, in diesem Land aus grauem Staub und gelbem Sand. Wo waren die schmutziggelben Mauern, die Holztheken, das Geschrei, die Gepäckträger in Erwartung ihres Bakschischs, die gutmütigen und schlechtgekleideten Zöllner? Und dieser korpulente Mann, der plötzlich nach ihrem Koffer griff, sie umarmte und mit sich zog. »Lola, meine Liebste, ich bin so glücklich, dich wiederzusehen. Es ist gut, daß du gekommen bist.« Das war Bob, ihr alter Bob. »Du hast mich nicht wiedererkannt, stimmt's? Lüg nicht, ich habe dein Zögern bemerkt.« Er klopfte sich auf den Bauch. »Was willst du, die Langeweile, das Essen, die Zeit. Komm, gehen wir dortlang, ich kenne den Flughafenkommandanten.«

Im Taxi hatte sie ihn endlich angesehen. Unter dem dick gewordenen Gesicht erkannte sie die spöttischen blauen Augen ihres Freundes, ihres Bruders, des Komplizen vergangener Liebesabenteuer. Er wandte sich zu ihr: »Enti kounti feyn?« Wo warst du all die Zeit? Instinktiv antwortete sie arabisch: »Aho, ana hena...« Jetzt bin ich da. Sie lächelten beide. Sie hatte ihren ägyptischen Akzent bewahrt. Es schien ihm, als wäre sie niemals fortgegangen.

Mit lautem Hupen bahnte sich das Taxi einen Weg durch den Stau verbeulter Mercedes, mit Hühnern beladener Karren, Binsen tragender Kamele. Wegen der vielen Neonlichter erkannte Lola

Heliopolis und seine einst von Palmen umgebenen Villen kaum wieder. Mokatam war noch immer da, mit seinen runden, rosafarbenen Hügeln, den Brüsten eines jungen Mädchens gleich. Durch das halbgeöffnete Fenster bestürmten sie Gerüche von Kräutern und Gebratenem. Sie durchquerten Khan Khalil. Bob zog sein Taschentuch hervor. Lola schwitzte.

Das Taxi bog in die kurvenreiche Küstenstraße ein, fuhr am Nil entlang. Eine riesige rote Sonne ging am Horizont unter, entzündete Himmel und Fluß, tauchte beide für kurze Zeit in rote Glut. »Als es Irène wirklich schlechtging, wollte sie nach Zamalek zurückkehren«, sagte Bob. »Glücklicherweise . . .« Lola betrachtete das langsam fließende, hin und wieder gold aufleuchtende Wasser, die tiefschwarzen Feluken. Freude erfüllte sie. »Glücklicherweise?« Sie hatte das Wort aufgenommen. »Ja, glücklicherweise«, fuhr Bob fort. »In Alexandria blieb Irène nichts mehr in ihrem einsamen Palast. Sie war ruiniert. Wir haben es zu spät erfahren. Sie überlebte, indem sie das Silberbesteck der alten Prinzessin verkaufte, Löffel für Löffel. Um essen zu können.« Er berührte ihre Hand. »Jetzt wird sie keinen Hunger mehr haben. Sie ist in ihrem Bett gestorben, in ihrem, in deinem, in eurem Haus, heute früh. Wir haben auf dich gewartet, bevor wir . . . bevor wir ihren Sarg schließen.«

Das Taxi bog an der Ecke Ismail-Mohammed-Straße und Hassan-Sabri-Straße ab, fuhr an der Villa Curiel vorbei. Die Nummer elf. Das Haus. Unbeschädigt. Lola seufzte. Warum hatte sie befürchtet, es nicht mehr vorzufinden? Die Bäume waren gewachsen. Die Äste der Zeder auf der rechten Seite berührten jetzt die Fenster von Charles' Arbeitszimmer. Der Banyanbaum neben der Eingangstür streckte seine langen Wurzeln empor, die sich in kleinen Bögen über dem Steintisch wölbten, an dem sie im Sommer zu Abend aßen. Sie blieb einen Moment stehen, streichelte den grauen Stamm.

Zum Glück war es schon dunkel. Lola sah nicht die Risse im grünen Putz der breiten Fassade. Als sie die Treppe hinaufging, stieß sie jedoch an eine zerbrochene Stufe, unter der Hand spürte sie die zerbröckelnde Brüstung. Sie fühlte, daß die Zeit das Haus ihrer Kindheit nicht verschont hatte.

Drinnen schaltete jemand die Laternen der Freitreppe an, öffnete beide Flügel der Eingangstür. Lola eilte hinein. Die große Halle, der alte Perserteppich auf dem weißen Stein und an der Seite jener seltsame Tisch mit den zerkratzten Füßen, auf dem die treue Hamza einst die Post ablegte – nichts hatte sich verändert. Die Wanduhr von Junghans mit dem vertrauten Spruch auf dem Frontispiz: »Morgen ist ein anderer Tag.« Die zweigeteilte Spiegeltür zum Salon auf der rechten Seite. Im Hintergrund führte die Wendeltreppe aus dunklem Holz zur ersten Etage. Einen Augenblick sah Lola die schlanke Gestalt ihrer Mutter vor sich, wie sie sich, die Falten des weißen Negligés zusammenhaltend, über das Geländer beugte. Sie hörte sie rufen: »Charles, Lola, was macht ihr? Kommt schnell herauf schlafen«, wenn Lola zu lange im Arbeitszimmer ihres Vaters blieb.

Sie lehnte sich an die Wand. Diese Stimme... Heute erschreckte sie das stumme Haus. Kein Murmeln, kein Kindergeschrei, kein Hundegebell. Sie erkannte diese Stille, die schwebende Stille, die in Beirut auf die schlimmsten Bombardements folgte, die vertraute Stille des Todes. Oh, verschwinden, in das schwarze Wasser der Zeit eintauchen. Die Toten vergessen, die unnötigen Massaker, die Frauen in Trauerkleidung und die verletzten Kinder. Wozu war es gut, daran zu denken? »Komm, sie ist oben«, murmelte Bob.

Er nahm ihren Arm, schob sie die Treppe hinauf, bis zu dem Zimmer mit den geschlossenen Fensterläden. Die Möbel waren an den Wänden aufgereiht. Am Kopfende des Bettes mit den schwarzen Holzsäulen, das Nadia in Alexandria bei einem italienischen Ebenholzschnitzer in Auftrag gegeben hatte, brannten zwei riesige Kerzen in kupfernen Leuchtern. In der Mitte des Bettes, auf der Brokatdecke, die Hände auf der Brust gefaltet, Irène. Tot.

Sie hatten ihr das Kleid von Chanel angezogen, blau mit malvenfarbenen Tupfen, ihr Lieblingskleid, zu Zeiten des Glanzes in Paris gekauft. Eine rosafarbene Seidenbluse war unter dem Kinn mit einem weichen Tuch geschlossen, die überstehenden Spitzenmanschetten mit Perlenknöpfen geschmückt. Die Perlen standen ihr gut, zart, von durchscheinendem Weiß, wie sie. Eindringlich betrachtete Lola die Schwester. Das war Irène, blaß, durchsichtig wie eine

Kamee. Ihre blonden Haare waren jetzt von silbernen Fäden durchzogen und lagen wie eine Kappe um das noch immer schöne Gesicht. Dasselbe zarte Oval, dasselbe feine Profil, dieselbe gewölbte Stirn. Dennoch hatte sich etwas verändert. Die Züge waren ausgezehrt, die von blauen Adern durchzogenen Lider wirkten zerknittert. Eine bittersüße Falte verzog den Mund mit den weißen Lippen zu einem seltsamen Lächeln. »Sie verkaufte einen Silberlöffel nach dem anderen. Um zu essen.« Lola hörte noch Bobs Worte. Warum hatte Irène nichts gesagt? Warum hatte sie, Lola, nichts geahnt? Irène, meine Liebste, wo bist du? Wo ist deine Schönheit? Irène bot den Blicken nur noch ihr neues Gesicht, weit weg bereits, eingehüllt in jene verträumte Süße, die der Tod verleiht.

Dennoch, wie schön war sie gewesen. Irène. Lola sah sie vor sich, wie sie auf dem Rasen ihrem Bruder Jean hinterherrannte, der ihr den Seidengürtel weggenommen hatte. Es war Sommer, es war heiß. Der Duft der Gardenien war an diesem Tag fast zu schwer. Mademoiselle Latreille rief von der Treppe: »Irrrène, komm zurück!« Jean lachte. Charles, in weißem Anzug, fotografierte. Nadia saß in einem Korbsessel, stützte die Wange in die Hand und ruhte sich aus. Wo waren sie heute alle, die Falconeri? Nichts würde jemals zurückkehren, weder die Leichtigkeit der Luft noch das Lachen am Strand oder die kleinen köstlichen Erinnerungen: Sami, der Cousin, der so gut schwimmen konnte, Axel in zu langen Shorts. Philippe, ihr Geliebter, ihre Liebe, in Polohemd und weißer Hose auf dem Sportplatz von Gezireh. Oder fast nackt, am Strand, wenn er ihr entgegenrannte; von weitem schon erkannte sie jene Handbewegung, die ihr Schicksal werden sollte, diese Geste, die sie noch auf ihrem Totenbett vor sich sehen würde. Woran hatte Irène im letzten Augenblick gedacht? An wen?

Lola näherte sich dem Bett, beugte sich hinab, küßte die Schwester. Aber Irènes Wange hatte unter ihren Lippen die Kälte von Marmor. Diese erstarrte Statue konnte nicht die wunderbare zarte und rosige Irène sein. Auf diesem Bett begegnete Lola ein weiteres Mal dem Tod. Dem Tod wie in Beirut.

Lola weinte lautlos, fast ohne Tränen, an Bobs Schulter.

Mit kräftiger Stimme stimmte der Diakon nach alter Sitte das Gebet auf arabisch an. Die Anwesenden respondierten. Lola mußte sich nicht umdrehen, um die Zeugen des verlorenen Glücks wiederzuerkennen. Der große, elegante alte Mann mit dem Monokel war Viktor Mansour Semieka. Die alte Dame an seiner Seite die schöne Mimi, ihre gute alte Mimi. Rings um Lola versammelte sich ein merkwürdiges Ballett von Schatten, Phantomen, die aus ferner Vergangenheit auftauchten, fröstelnd aneinandergedrückt. Der langsame griechisch-katholische Gesang begann in dumpfem Grollen, stieg empor, markerschütternd, beladen mit aller Treue, allen Verfolgungen, Massakern und Aufständen dieser Christen im Orient, die längst vergessen waren, ausgelöscht von der Gleichgültigkeit der heutigen Welt. Die feinen, weltgewandten, zuweilen so leichtsinnigen Ägypter unterschieden sich eigentlich nicht von den rauhen Christen im Libanon. Auch sie waren im Land ihrer Vorväter geblieben, trotz Erniedrigungen, Schicksalsschlägen und Kränkungen.

Unter einem Schleier von Tränen blickte Lola auf den Sarg. Sie würde in Kairo bleiben. Hier war sie geboren. Hier mußte sie ihren Platz wieder einnehmen, am Ende einer gar zu langen Irrfahrt. Hier würde sie leben, in dem nunmehr verlassenen Haus der Falconeri: lächerlicher Rest einer einst so strahlenden Welt, heute nur noch ein Kontinent im Untergang, eine nahezu vernichtete Zivilisation.

Buch I
Die Jahre des Honigmondes

1

Kairo, 1952

»Lola, steh gerade!«

Lola richtete sich auf, drückte die Schultern eines zu schnell gewachsenen Mädchens zurück, betrachtete sich in dem großen Spiegel ihrer Mutter. War sie schön? Sie fand ihre Nase etwas stark, ihre Wangen zu rund, ihre Arme mager. Weder die länglichen, golden schimmernden Augen noch der fleischige Mund vermochten sie zu trösten. Sie würde das häßliche Entlein der Familie werden. Sie ähnelte Charles Falconeri, ihrem Vater. Ein großer, schöner Mann, von dem man in Kairo erzählte, er würde seine weiblichen Eroberungen geradezu sammeln. Aber Lola hätte sein scharfes Profil und seinen Dragonerschritt lieber nicht geerbt. In jenem Winter 1952 waren puppenhafte Mädchen, rundliche Schönheiten, in Mode. Heute abend, auf dem großen Winterball der Tegart – das Ereignis der Kairoer Saison –, würde es viele Kopien von Martine Carol oder Brigitte Bardot geben, und Lola dachte verzweifelt daran, daß es ihrer schlanken Gestalt gar zu sehr an Rundungen fehlte.

»Lola, wenn du dich weiter hinabbeugst, werde ich die Bluse nie anpassen können«, murmelte Mademoiselle Latreille, den Mund voller Stecknadeln. Trotz der vielen Jahre, die sie bereits in Ägypten lebte, hatte sie ihren Heimatdialekt des Saumur nicht verloren. 1938, am Vorabend des Krieges, hatten Charles und Nadia sie mit ihrem Gepäck aus Paris mitgebracht. Sie hatten sich eine englische Gouvernante für ihre Töchter gewünscht, als sie zufällig bei den Schwestern des Ordens der Salesianerinnen in der Rue Vaugirard Simone Latreille entdeckten, ein junges katholisches Mädchen aus guter Familie, die nichts anderes konnte, als mit angenehmer Stimme vorzulesen, zu nähen, zu sticken, zu beten und zu singen, und die auch der kurze Besuch einer höheren Schule nicht, wie Nadia zu sagen pflegte, »in eine hochnäsige Person verwandelt« hatte. Anfänglich waren ihre Frische und ihr blondes Haar in Ägypten eine wahre Sensation. Die Cousins und Onkel nannten sie unter sich »Mademoiselle mit den rosigen Wangen«. Hatte sie Affären, Liebhaber? In dieser kleinen geschlossenen Welt der guten syro-libanesischen Gesellschaft Ägyptens hätte man davon erfahren.

Die rosigen Wangen waren verwelkt. Mademoiselle Latreille war unter der harten afrikanischen Sonne ausgetrocknet. Aber sie hatte ihre normannische Robustheit und ihren Geschmack für die Rillettes, die ihr eine entfernte Cousine jedes Jahr zu Weihnachten schickte, bewahrt, ihre gute Laune und ihre Barmherzigkeit hatten niemals nachgelassen. Wie alle anderen bewunderte sie Irène, die Schöne, aber insgeheim zog sie Lola vor, ihre kleine dünnhäutige Katze, ihr brünettes Naturkind, dessen unverhoffte Anwandlungen von Zorn oder Zärtlichkeit ihr altes Herz höher schlagen ließen.

Im Moment bemühte sich Mademoiselle Latreille, dem rosafarbenen Organdykleid, das zu weit um Lolas Körper hing, Form zu verleihen. Die Schneiderin in der Kasr-el-Nil-Straße hatte ein Modell aus »Modes de Paris« genau kopiert; an die üppigen Formen ihrer orientalischen Kundinnen gewöhnt, hatte sie es jedoch zu groß geschnitten. Unter Nadias kritischem Blick steckte Mademoiselle Latreille den Stoff zusammen, markierte mit den Stecknadeln die Wölbung des Rückens, die Hüften, legte ihn eng um die Taille unter den noch kindlich kleinen Brüsten. »Ich muß hier und dort etwas abnehmen, Madame. Lola ist noch dünner geworden!« Aus dem niedrigen Sessel betrachtete Nadia ihre Tochter. Warum hatte sie ihr nichts von ihrem blassen Teint, ihrem blonden Haar, ihren grauen, mandelförmigen Augen – das Erbe einer syrischen Ahnin – mitgeben können? Sie seufzte, kreuzte Lolas Blick, der schon vor unterdrücktem Zorn blitzte. »Du wirst sehen, mein Liebling, es wird sehr hübsch.«

Sehr hübsch? Bestimmt nicht. Finster betrachtete sich Lola im

Spiegel. Unnötig, sich etwas vorzumachen. Sie sah aus wie eine Pflaume, die in ein Glas voller Erdbeeren gefallen war. Was sie sich wünschte? Ihr Traum? Einen langen roten Pelz zu tragen, mit schwarzen Handschuhen, die braunen Haare auf einer Seite zusammengesteckt. Wie Rita Hayworth! Genau das, was Mama und Mademoiselle Latreille verabscheuten und als »schlechten Stil« abtaten. Später, wenn sie groß wäre, würde es ihr Stil sein. Egal, was die Welt, die Familie oder gar die Nonnen von Sacré-Cœur davon hielten.

Die Nonnen von Sacré-Cœur! Lolas Laune besserte sich. Sie vergaß das rosafarbene Kleid, fand das helle Lachen eines kleinen Mädchens wieder. »Stell dir vor, Mama, wenn die Mutter Oberin mich sehen würde! Wenn sie wüßte, daß ich zum Ball gehe!« Nadia schüttelte den Kopf. Ihrer Meinung nach gehörte ein junges Mädchen von sechzehn Jahren nicht auf einen mondänen Ball. Aber gegen Lola und ihren Vater kam sie nicht an. Die beiden glichen einander, verstanden sich ohne Worte, und wenn ein großer Kummer Lolas Kinn erzittern ließ, gab Charles nach. Immer. Er konnte seine Tochter nicht weinen sehen.

»Du wirst in Sacré-Cœur nicht davon reden, du hast es mir versprochen! Ich würde Schwester Magdalena nicht beruhigen können.« Arme Mama. Immer in Sorge, immer voller Angst. Sie glaubte, der Konvent wäre noch immer der ihrer Kindheit. Natürlich trugen die Schülerinnen noch die gleichen Uniformen wie früher, Rock und Jacke aus marineblauem Serge, geschmückt mit einem Kragen und einem Tuch, häßlich gelbgrün im Winter und weiß im Sommer, Strümpfe, Schuhe und Mütze schwarz. Nicht sehr fröhlich. Im Refektorium aß man schweigend und lauschte der erbaulichen Lektüre. Aber neulich gab es zum Nachmittag Coca-Cola. Die Schülerinnen zeigten einander unter lautem Lachen die schüchternen Briefchen, die ihnen Brüder oder Cousins manchmal zukommen ließen. Das war gefährlich. Wenn ein Mädchen erwischt wurde, mußte es den Konvent verlassen. Zur großen Verzweiflung der Familien. War Sacré-Cœur nicht das einzig angemessene Wartezimmer für junge Christinnen, die einen Ehemann herbeisehnten?

Ein leichter Schritt erklang im Vorzimmer, die Zimmertür öffnete sich und Irène erschien. Lolas Blick verfinsterte sich. Mit ihren achtzehn Jahren war Irène gewiß eins der schönsten Mädchen von Kairo. Runde Hüften, schmale Taille, weiche Schultern und wunderbares blondes Haar, ein feines Gesicht, in dem große Augen von dunklem Blau erstrahlten. Schon als Achtjährige nannten sie alle »die schöne Irène«. Heute wirkte Irène im Gegenlicht mehr denn je wie eine junge Madonna. Nadias Gesicht leuchtete: »Irène! Wirst du rechtzeitig fertig?« – »Aber ja, Mama. Ich habe mein Kleid schon anprobiert. Es sitzt wie angegossen.« Irène lächelte und warf mit einer Kopfbewegung eine blonde Locke, die wie ein langer Honigtropfen über ihrer Stirn lag, nach hinten.

Diese blonde Locke, die Bewegung, mit der Irène sie zurückwarf, diese Süße, diese Anmut ... Ah, was hätte Lola darum gegeben, diese Lässigkeit und diese Grazie zu besitzen. Manchmal übte sie sich heimlich darin, hinter verschlossener Tür, vor dem Spiegel im Badezimmer. Aber ihr dunkles, welliges Haar schien von einem unbesiegbaren Freiheitswillen erfüllt. Sie mochte noch so oft versuchen, es in Knoten oder mit Spangen zu bändigen, immer wieder entglitt es in frechen Löckchen. Lola verabscheute ihr Haar. Was sollte sie zum Ball damit machen? An den Seiten hochstecken, mit zwei Bändern aus rosafarbenem Tüll, wie in dem Katalog aus Paris? Primitiv ... Sie betrachtete ihre zu schöne Schwester mit neidischem Blick. Wenn sie zum Ball kämen, würden zweifellos alle Blicke an Irène hängen. Irène, das Juwel des Falconeri-Stammes. Das Leben war ungerecht ...

Im zweiten Stock des Hauses, in der Wohnung der Familie Cohen, hörte man ein seltsames Rauschen, Pfeifen, Stimmgewirr. Im Zimmer von Abel Cohen lauschten sein Bruder Elie, Jean Falconeri und sein Cousin Antoine Boulad dem Radio. »Hör auf, an diesen Knöpfen rumzudrehen«, sagte Abel zu seinem Bruder. »Du hast keine Ahnung.« Man hielt sie oft für Zwillinge, so ähnlich sahen sie einander, beide stark gebaut, mit breiter Brust, brünett, behaart.

Plötzlich endete das Rauschen, und eine merkwürdig erregte

Stimme erklang aus dem Lautsprecher: ».. . heute morgen, am 24. Januar um sieben Uhr, hat der englische General Erskine den ägyptischen Hilfstruppen, die in ihren Kasernen in Ismailiya eingeschlossen sind, ein Ultimatum gestellt . . .« Es knisterte, dann fuhr die Stimme fort: »In diesem Augenblick kämpfen unsere braven Polizisten heldenhaft, einer gegen tausend. Es lebe die Polizei! Es leben die ›Boulouk nizam‹! Es lebe Ägypten!« Auf den Kommentar folgte Militärmusik. Abel drehte den Ton ab, die vier Burschen blickten einander ungläubig an.

»Die Boulouk nizam gegen die Engländer? Womit? Mit ihren Gummiknüppeln? Sie sind verrückt . . . Sie würden besser daran tun, sich zu ergeben«, empörte sich Elie, wegen seiner Leidenschaft für die italienische Mode Pepo genannt. Gereizt richtete sich Jean zur ganzen Größe seiner fünfzehn Jahre auf. »Wir sind hier zu Hause, die Engländer haben hier nichts zu suchen. Sie besetzen uns, sie behalten den Suezkanal trotz der neuen Verträge, und jetzt greifen sie auch noch ägyptische Polizisten an. Das ist der Gipfel! Der König müßte sie verjagen, endlich für den Wafd, für Ägypten Partei ergreifen!« Er lief mit erregter Miene durch das Zimmer. Mit den langen Armen und Beinen ähnelte er schon sehr seinem Vater! Elie beharrte auf seinem Standpunkt: »Du erzählst dummes Zeug. Ich weiß, was hinter dieser Revolte steht. Es sind die Moslembrüder von Hassan el Bana. Fanatiker. Du wirst sehen, wenn sie eines Tages die Macht ergreifen . . . Ich ziehe die Engländer vor. Sie sind wenigstens zivilisiert.« Antoine Boulad, ein kräftiger Rotschopf mit grauen Augen, hob die Hand. »Hört auf. In dieser Woche gibt es nichts Wichtiges außer den Ball der Tegart, das wißt ihr doch. Stimmt es, daß Lola kommt?«

Jean zuckte die Schultern. Er verabscheute derartige Feste. Hatte man in diesen unruhigen Zeiten nichts Besseres zu tun, als tanzen zu gehen? Und außerdem langweilten ihn diese ganzen Weibergeschichten. Man hatte ihn schon sooft gebeten, Irène Botschaften zu überbringen. Irène? Antoine hatte nicht von Irène, sondern von Lola geredet. Lola . . . noch ein Kind, eine kleine Schwester, eine Spielgefährtin, mit der man herumalbern konnte. Nachdenklich sah Jean seinen Cousin Antoine an, der den Kopf gesenkt hielt und sich eine englische Zigarette anzündete. Mit einundzwanzig Jahren erschien ihm Antoine schon sehr alt, schon ein Mann. Er war schweigsam und zurückhaltend, sprach kaum über sich selbst und versicherte immer wieder, er würde Chirurg werden. Im Augenblick lachte er, wühlte in seinem rotlockigen Haar und lauschte Abel, der Farouk nachahmte. Antoine mußte sich geirrt haben, sicher meinte er Irène.

Die Prinzessin Mervet hatte aus Ismailiya bei den Tegart angerufen, um sich zu entschuldigen. Sie würde sicher zu spät zum Ball kommen. Man kämpfte am Kanal. Gott allein wüßte, wann sie Kairo erreichen werde. Dabei war doch Ismailiya mit seinen breiten, von Palmen gesäumten Straßen und den mit Säulen geschmückten und von Gärten umgebenen Villen gewöhnlich die ruhigste Stadt Ägyptens. Ausländer und Beamte langweilten sich dort, während sie von den Nächten in Alexandria und den Bordellen in Kairo träumten. Auf den Terrassen der Cafés an der Place Champollion sprach man von nichts anderem als vom Verkehr auf dem Kanal und den Hafengebühren. Übermorgen würden die Familien nach der Messe wie jeden Sonntag die Avenue de l'Impératrice hinunterlaufen, die Kanalbrücke überqueren und beim Timsah-See ankommen, dem »Krokodilsee«. Dort holte man die Picknickkörbe aus den Autos. Die Mütter legten ihre Hüte ab, breiteten die Leinentücher auf dem mageren Rasen aus, verteilten darauf kalten Braten, Taubeneier, Salate, Sandwiches, Teller, Becher für das Bier, das in Eiskästen wartete. Der schönste Moment kam, wenn das Dessert aufgetragen wurde, wenn Windbeutel und Liebesknochen, Spezialitäten der Konditorei Schmidt, miteinander wetteiferten, am Ufer des großen lapislazuliblauen Sees, eingefaßt vom Wüstensand, vor dem Hintergrund der roten Berge.

An diesem Sonntag sollte es allerdings für niemanden ein Picknick am Ufer des Timsah-Sees geben. Etienne Perrachon lief verwirrt im Salon auf und ab, vor dem gelben Kanapee, auf dem Madame Perrachon ihre Stickfäden zog. »Gewiß, wir hatten gute Zeiten, liebe Freundin. Aber heute, verstehen Sie, ist das Goldene Zeitalter vorbei. Jetzt haben wir uns hinter unseren Fensterläden verkrochen, die Nationalisten von Nahas Pascha gewinnen Oberhand, und die Engländer sind nicht einmal in der Lage, ihnen die Lektion zu erteilen, die sie verdienen. Mein Gott! Unsere englischen Freunde lassen sich wie die Hasen vertreiben. Bald werden die Tarbouches herrschen, nicht einmal unsere Berber respektieren uns mehr. Und was machen wir? Nichts. Paris interessiert sich für Syrien, für den Libanon und was weiß ich, ohne zu sehen, daß sich unser Schicksal hier und jetzt entscheidet.«

»Ja, mein Freund, das ist sehr traurig«, seufzte Elise Perrachon, während sie ihre bunten Fäden flocht. Wie Etienne stammte sie aus der Provinz Berry und ähnelte ihrem Mann sehr, dieselbe leicht herabhängende Nase, dasselbe glatte braune Haar. Die Worte von Etienne lullten sie ein, ohne daß sie ihnen besondere Aufmerksamkeit schenkte – Politik langweilte sie –, aber als gute Schülerin vermochte sie seine letzten Sätze zu wiederholen, während sie darüber nachdachte, daß die grüne Wolle nicht zu einem bordeauxfarbenen Hintergrund passen würde.

»Ich habe neulich im Französischen Club darüber gesprochen«, fuhr Etienne ermutigt fort, »aber sie begreifen es nicht, sie sehen nicht, was auf unseren Straßen, unter unseren Fenstern vor sich geht. Natürlich, diese Herren sind Beamte. ›Der Kanal wird zahlen!‹ hat mir gestern abend dieser idiotische Chazal geantwortet. Und wer wird mich bezahlen? Wer kann mir versichern, daß ich meine Apotheke behalten werde? Daß sie meinen Laden nicht zerstören? Werden wir uns noch lange an alldem erfreuen können?« Mit einer Geste umschloß er den großen Salon: die gelben Kanapees, die beiden Kristallüster, die Kommode aus der Restaurationszeit, ein Erbstück seiner Mutter, und, auf dem weißen Marmor des Kamins, die Louis-seize-Uhr – »aus seiner Zeit« – ergänzte er immer –, die sein ganzer Stolz war.

»Natürlich, mein Freund. Alles geht schlecht. Madame Schmidt sagte mir erst kürzlich, daß ihr neuer Angestellter, der doch aus Kairo kommt, ihre Kohlpastete verdorben hat. An einem Sonnabend! Sie sehen, diese Leute können nicht auf uns verzichten, sie sind einfach unfähig . . .«

Etienne Perrachon zuckte die Schultern. Zwecklos, mit Elise über Politik zu sprechen. Sie verstand nichts davon. Er stand auf, schob die grünen Vorhänge beiseite, die von Posamententroddeln gehalten wurden. Die Straße lag menschenleer in der Sonne. Kein Auto. Kein Spaziergänger. Ein schlechtes Zeichen.

Perrachon irrte sich nicht. Seit dem 15. Oktober waren die Zwischenfälle in der gesamten Kanalzone immer häufiger und mit jedem Tag beunruhigender geworden. Zuerst wurden Jeeps und Lebensmittel gestohlen. Dann gab es drei Granatenanschläge auf die englischen Kasernen von Port Said. Daraufhin begannen die Ägypter, die für die Engländer arbeiteten, Lager und Kasernen zu verlassen, auf einen Befehl hin, der, wie man sagte, von ganz oben kam. Zweifellos von Fouad Serag Eddine selbst, dem Innenminister, den Perrachon für einen abgefeimten Emporkömmling hielt und der jeden Abend in Kairo Pressekonferenzen über die »Kanalschlacht« gab. Die Schlacht, welche Schlacht? »Man hätte dieses ganze Volk bereits zur Ordnung rufen müssen«, wiederholte Chazal jeden Tag auf der Terrasse des Cafés am Champollionplatz. Perrachon antwortete ihm, er hätte schon Schlimmeres gesehen, es würde sich alles wieder einrenken.

Am 15. Januar mußte er jedoch zugeben, daß man an den Rand der Katastrophe gelangt war: Zusammengewürfelte Kommandos, unterstützt von den Boulouk nizam, hatten den Stützpunkt von Tell el Kebir angegriffen, eines der größten britischen Waffen- und Munitionsdepots im gesamten Nahen Osten. Die Operation war gescheitert, aber von nun an sah Perrachon diese Boulouk mit anderen Augen, städtische Gendarmen, die unter ihren Uniformen aus khakifarbenem Tuch mit Kupferknöpfen schwitzten, bewaffnet mit Gummiknüppeln und alten Gewehren, deren Wohlwollen und Dienst man mit ein paar Zigaretten kaufte. Wenn auch sie aufbegehrten, wem konnte man dann noch vertrauen?

Das war jetzt zehn Tage her, und das Unbehagen hatte sich nicht gelegt. Im Gegenteil, eine Drohung lastete auf der Stadt. An diesem Morgen konnte man gegen sieben Uhr die Kanone neben der Kaserne vernehmen, und das Grollen hatte nicht mehr aufgehört.

Etienne spitzte die Ohren. Die Einschläge entfernten sich jetzt, aber der Wind trug einen beißenden Geruch in die Stadt, den er sogleich erkannte. Es brannte! Mehrere Detonationen ertönten gleichzeitig. Zweifellos explodierte dort Munition. Perrachon sah auf seine Uhr: elf Uhr dreißig. Er beschloß, sich nach Neuigkeiten umzuhören.

Der Französische Club war voller Menschen. Einer der Kanalkommissare ergriff Etienne am Arm. »Perrachon, mein Guter, trinken wir auf den Sieg. Die Engländer haben sie endlich verdroschen. Sie haben die Kasernen niedergerissen, die Boulouks sind auf der Flucht oder gefangen. Ah, sie werden nicht so bald wieder anfangen. Mein Gott, es wurde auch Zeit. Ich gestehe Ihnen, daß ich anfing, mir Sorgen zu machen...« Um sie herum gratulierte man einander lautstark. Wie alle Welt glaubte auch Etienne, man sei noch einmal davongekommen, das Gewitter sei vorüber.

In Ägypten vergeht die Zeit nur langsam. Erst um fünf Uhr nachmittags erfuhr Fouad Serag Eddine von dem Ausmaß der Katastrophe, für die er direkt verantwortlich war. Der Gegenschlag, das wußte er, drohte Kairo zu erschüttern. Er beschloß, die Wafd-Jugend zu empfangen, die, endlich aufgeschreckt, in sein Vorzimmer drängte. Man mußte ihnen irgendein Zugeständnis machen, ohne das System in Gefahr zu bringen. Mochten sie, wenn sie wollten, eine große antibritische Demonstration in den Straßen Kairos organisieren. »Unter der Bedingung«, fügte er hinzu, »daß es nicht in eine Manifestation gegen den König ausartet.« Sein Posten stand auf dem Spiel. Gott allein wußte, wie diese aufgebrachten Jugendlichen reagieren würden! Er begleitete die Delegation auf die Vortreppe des Präsidentenpalastes und sah auf die Uhr.

Schon sieben Uhr! Bei den Falconeri stieg die Spannung. Die Einladung war für neun Uhr ausgesprochen, und niemand war fertig. Das große, von Rasen umgebene Haus leuchtete aus allen Fenstern. Im hereinbrechenden Abend verblaßte das italienische Grün der Mauern, traten die Zierleisten, die Balkons und die weißen Brüstungen hervor. Niemand hatte daran gedacht, die Läden des kleinen Fensters von Charles' Arbeitszimmer auf der rechten Seite zu schließen, und man sah deutlich die Bücherreihen, die große gelbe Lampe, den mit Akten bedeckten Schreibtisch aus Akazienholz. Charles las. Über Papiere gebeugt, knetete er seine lange Nase, wie immer, wenn er arbeitete. In einer Stunde würde er das Dossier aus der Hand legen und hinaufgehen, um sich anzuziehen. Er wußte, daß er auf seinem Bett, sorgsam von Samira ausgebreitet, seinen schwarzen Smoking, ein Hemd mit Stehkragen, Seidenstrümpfe und eine Fliege finden würde. Er müßte Nadia wegen der Manschettenknöpfe um Rat fragen. Es war immer sie, die entschied, was er den »letzten Schliff« nannte. Er hätte sich verloren gefühlt, würde sie diese Riten nicht respektieren.

In der ersten Etage, auf der linken Seite, teilte eine Glastür den Lichtschein, der auf die kleine Terrasse fiel. Dort befand sich Nadias Reich, ihr Zimmer, ihr Bad, der Ankleideraum, den sie gerade eingerichtet hatte. Sie hatte sich entschieden, an diesem Abend ein langes schwarzes Kleid zu tragen, auf einer Seite drapiert, mit asymmetrischem Ausschnitt, der von einem Straßband zusammengehalten wurde. Über ihren Frisiertisch gebeugt, überlegte Nadia. Welchen Schmuck? Keine Perlen neben dem Straß. Aber allein mit den Ohrringen würde das Dekolleté zu nackt wirken. Sie öffnete ein Kästchen, ließ eine sehr schöne Kette über ihre Hand gleiten, an der grüne, in Gold gefaßte Emaillen einen großen Schmetterling bildeten, dessen Fühler in kleine Diamanten mündeten, die an ihren Stengeln zitterten. Es war das letzte Geschenk, das ihr Charles aus Paris mitgebracht hatte – eine Kette von Chaumet, die, so hatte sie sich damals gesagt, irgend etwas verbergen sollte. Aber Nadia war zu stolz, sich gemeine Anspielungen zu erlauben, und zu vernünftig, sich auch nur die leiseste Eifersucht zu gestatten. Diese Kette würde sehr gut passen. Sie steckte die üblichen Ringe an, rückte einen Ohrring zurecht, drehte sich vor dem Standspiegel. Perfekt. Zu perfekt vielleicht. Nadia fehlte es an Feuer, sie wußte es. Leidenschaft war ihr fremd. Ich habe ein angemessenes Leben, sagte sie sich. Warum sollte man den Empfängen, den Festen, den Bällen, dem Tratsch der guten ägyptischen Gesellschaft so große Bedeutung beimessen?

Gewiß, es war wichtig, auf den großen Abendgesellschaften der Saison, von Dezember bis Februar, zu erscheinen, auf denen jeder sich zeigen und seine Stellung behaupten mußte. In der peinlich genauen Hierarchie mischten sich Prestige, Herkunft, Geld. Aber Nadia wußte sehr wohl, daß Charles im Grunde nur die intimen Abende schätzte, die wenigen Auserwählten vorbehalten waren, an denen sich die Intellektuellen Kairos anläßlich der Durchreise von Malraux oder Audiberti trafen und man auf den Terrassen am Nil über den König, den Hof und die Regierung spottete. Nadia fühlte sich in diesen geistreichen Kreisen nicht wohl. Boula Henein, strahlende Schönheit, Tochter eines berühmten Dichters, Frau eines Schriftstellers, Königin dieser brillanten Abende, faszinierte und erschreckte sie zugleich. An ihrer Seite fühlte sich Nadia blaß und fad. Auch eifersüchtig, wenn Charles mit leuchtenden Augen das Champagnerglas erhob und Boula anschaute.

Heute abend jedoch ist Nadia ungeduldig. Der Ball der Tegart ist bekannt wegen seines Prunks, der Schönheit der Gastgeberin und weil man dort Ratgeber des Königs trifft, Geschäftsleute, Diplomaten, Großgrundbesitzer und junge Männer aus den besten Familien. Vor allem aber versammeln sich dort jedes Jahr die schönsten und elegantesten Frauen Kairos. Nadia hat die Absicht, in diesem Jahr Irène dort einzuführen.

Irène ist ihre Lieblingstochter. Nicht, daß sie Lola nicht mag. Aber Lola verwirrt sie. Mit sechzehn Jahren erklärt sie, sie wolle arbeiten, Anwältin oder Ärztin werden. Wozu? Wer wird sie dann heiraten wollen? Das seltsamste jedoch ist, daß Charles sie zu ermutigen scheint. Zwischen ihm und Lola gibt es eine fast männliche Komplizenschaft, eine Freiheit der Worte und des Denkens, so ähnliche Haltungen und Reflexe, daß sich Nadia manchmal aus der kleinen lebendigen und fröhlichen Welt von Charles, Lola, Jean und seinen Cousins ausgeschlossen fühlt. In Irène aber findet sich Nadia wieder. Zu schön fast, etwas geheimnisvoll, sanft, schüchtern, führt Irène ein zurückgezogenes Leben. Sie scheint die Wirkung, die sie erzielt, nicht wahrzunehmen. Was erwartet sie, was will sie? Nadia errät es: ein sicheres und ruhiges Leben, blonde Kinder, einen Mann, der in der Lage ist, ihr ein bequemes Glück zu garantieren. Er wird sie lieben, natürlich. Wer würde Irène nicht lieben? In diesem Augenblick, da Nadia ihre hübsche kleine Tochter in das alljährliche Rennen der zu verheiratenden Mädchen schickt, möchte sie sich beruhigen. Irène wird heute abend die Schönste sein.

Man muß nachsehen, wie weit die jungen Damen mit ihren Vorbereitungen sind. Rascheln von Seide, leises Lachen, Tuscheln, aus dem die singende Stimme von Mademoiselle Latreille aufsteigt. Nadia öffnet die Tür. In der Mitte des Zimmers erstrahlt Irène, aufrecht in ihrem Kleid aus blaßblauem Satin, dessen Falten in einen sehr weiten Rock münden, der die feine Taille hervorhebt. Aus dem dekolletierten Oberteil tauchen die wie Perlmutt schimmernden Schultern auf, der glatte Hals, der kleine, aber vollendet gezeichnete Kopf. Die großen Augen sind von stärkerem Blau als je zuvor. Hingerissen faltet Mademoiselle Latreille vor Irène die Hände wie vor der Heiligen Jungfrau. »Madame, sie sieht aus wie Michèle Morgan!« Dann fängt sie sich wieder, findet zu ihrem Elan zurück, fügt errötend hinzu: »Aber diese kleine Reihe Perlen genügt nicht. Man brauchte ... wenn Sie gestatten, Madame, man brauchte Ihre doppelte Kette.« Nadia lächelt. Die arme Latreille verliert noch den Kopf. »Nein, eine Reihe Perlen nur. In ihrem Alter! Aber ich bringe meine Ohrringe. Das wird noch mehr funkeln.« Sie kommt heran, ergreift das zarte Ohrläppchen, befestigt einen der weißen birnenförmigen Hänger. Hebt die Augen zu dem großen Spiegel.

Hinter der blonden, blauäugigen Irène entdeckt Nadia mit einem leichten Stich im Herzen die kindliche Gestalt Lolas, verloren in ihrem rosafarbenen Organdykleid. Melania, das triestinische Zimmermädchen, flucht italienisch auf einen widerspenstigen Unterrock, der sich nicht schließen läßt. Mit feuerroten Wangen, schwarzen Augen, wilden Locken taucht Lola schließlich aus den Organdywellen auf. Melania, auch sie rot wie ein Hahn, schließt die Knöpfe auf dem Rücken, zieht die Taille zusammen, läßt den Rock sich bauschen, dann schiebt sie mit erfahrener Hand die über dem Ellenbogen gekräuselten Ballonärmel hinauf. Mademoiselle Latreille stellt sich auf die Zehenspitzen und befestigt in Lolas Haar mit Haarspangen zwei Schleifen aus rosa Tüll.

Mit einer jähen Bewegung wendet sich Lola um, betrachtet ihr Spiegelbild. Ein Schluchzen steigt ihr die Kehle hinauf. Nein, sie wird nicht weinen. Sie ist häßlich, braun, maurisch. Niemals wird ein Junge etwas von ihr wollen. Nun gut, sie wird eben arbeiten, sie wird sie alle beeindrucken, sie wird die Verwundeten auf den Schlachtfeldern pflegen, sie wird leben wie ein Mann. Sie beißt die Zähne zusammen, sieht sich wieder an, neben der strahlenden Irène. Der Vergleich ist niederschmetternd. Plötzlich wird Lola wieder zum Kind. Sie beginnt zu schluchzen, schreit: »Mama, ich will nicht hingehen. Ich sehe aus wie eine Vogelscheuche . . .«

Im nächsten Augenblick hat Nadia das Organdykleid aufgeknöpft, hochgehoben und abgestreift. Nackt, in Höschen, hat Lolas Körper die Grazie einer Statuette aus braunem Ton. Ihre jungen Brüste, die langen, vom Schwimmen geformten Schenkel, die schmalen Hüften zeichnen eine Silhouette von erstaunlicher Schönheit. Nadia, Mademoiselle Latreille, Irène und Melania erstarren. Lola selbst entdeckt voller Erstaunen im Spiegel dieses unbekannte Mädchen, dessen weißes Höschen sich deutlich von der goldenen Haut abhebt.

»Melania, hole mein elfenbeinfarbenes Seidenkleid, weißt du, das mit den vielen Falten, ich hatte es letzten Sommer in Alexandria an.« Über die erstarrte Lola ergießt sich die weiche Seide, betont Hüften und Taille. Auf dem glatten Mieder öffnen sich zwei kühne Falten, die am Hals verknotet sind, über den Brüsten stärker werden, sie kaum bedecken. Reißverschluß an der Seite; der Rücken ist nackt, glatt und fest wie ein Kiesel.

Lola, mit offenem Mund, erkennt sich nicht wieder. »Oh!« ruft Mademoiselle Latreille aus, rot bis an die Wurzeln ihrer grauen Haare, »der Rücken, Madame, der Rücken! Das geht nicht . . .« Melania ist in die Wäscherei gelaufen, kehrt mit ihrer Cousine Zina zurück, die das Vorhemd für Monsieur Charles bügeln soll. In ihrer Erregung haben sie begonnen, ihren unverständlichen Triestiner

Dialekt mit spitzen Zwischentönen zu sprechen. Selbst Zeinab ist aus der Küche heraufgekommen und streckt vom Flur aus den Hals vor, um besser zu sehen. »Schön, wunderschön...«, ruft Melania aus.

Das stimmt, sagt sich Lola, ich bin schön. Schön! Die Hitze steigt ihr in die Wangen. Sie weiß in diesem Augenblick, daß man sie lieben wird, weil sie einen ungewöhnlichen, seltenen Charme besitzt, jenseits jeder Mode und jeder Einordnung, mit ihrer braunen Mähne, ihrem breiten Mund, ihren asiatischen Wangenknochen und ihren goldenen Augen, geschlitzt wie die einer Katze. Nadia löst die Kette von Chaumet, legt sie auf die noch flache Brust ihrer Tochter, als weihe sie sie zur Frau. Auf der bronzefarbenen Haut erstrahlen das Gold und das grüne Emaille in all ihrem Glanz. »Gut. Mehr nicht. Laß das Haar auf die Schultern herabfallen. Du bist wunderbar...« – »Und du, Mama?« murmelt Lola mit leiser Stimme. »Ich? Mach dir keine Sorgen. Ich werde meinen Diamantenanhänger tragen, wie gewöhnlich. Aber beeilen wir uns. Dein Vater wartet schon, und du weißt, daß er das verabscheut.«

Vor der Freitreppe öffnet der Chauffeur die Türen des weißen Mercury. Nadia steigt als erste ein, Irène drückt die raschelnden Falten ihres Kleides an sich und schiebt sich auf den blauen Samt der Sitze. In diesem Moment kommt Charles die Treppe heruntergerannt. Er bleibt vor Lola stehen. »Lola! Ich erkenne dich nicht wieder!« Lolas Herz schlägt schneller. Wird ihr Vater einverstanden sein oder sich ärgern? Charles verzieht etwas das Gesicht, als er das Schmetterlingskollier sieht. »Das entspricht nicht deinem Alter.« Da er die Unruhe in den Augen seiner Lieblingstochter wahrnimmt, streckt er die Hand aus, berührt ihre nackte Schulter. »Aber es ist sehr hübsch. Es ist kühl, du hättest etwas überziehen sollen.« Mit dem Daumen zeichnet er hastig ein Kreuz auf Lolas Stirn. »Du bist schön, mein Liebling, du bist meine Ägypterin...«

2

Der Nil roch nach Schlamm. Der Wind trug die Düfte von schwarzem Tee und gebratenem Fisch heran. Begleitet vom Knirschen der Ketten wiegten sich die zur Nacht verankerten Feluken, alle Segel eingezogen, sanft auf dem schwarzen Wasser des Flusses. Eingerollt in ihre armseligen Kleider schliefen die Schiffer. Auf der Böschung ließ sich ein Spaziergänger im Schneidersitz nieder und lehnte sich an eine Jacaranda. Mit dem Stamm verschmolzen, eingehüllt vom Schatten, wollte er nichts von dem märchenhaften Schauspiel verpassen, das ihm diese Nacht bot.

Zwischen den Terrassen von Semiramis und dem weitläufigen Park der Villa Wahba strahlte das Haus der Tegart wie ein Luxusdampfer. Vor der erleuchteten Freitreppe rollten die Lincoln und Rolls vorbei. Die Chauffeure öffneten die Wagenschläge, Paare stiegen aus, Fotografen machten ihre Aufnahmen, und im Blitzlicht der Kameras, vom Knallen der sich schließenden Türen begleitet, liefen Frauen in langen Kleidern, begleitet von Männern im Frack, mit leichtem Schritt.

Oben auf der Treppe standen an den Flügeln der Eingangstür zwei Diener in blauen Kaftanen. Der Blick des im Schatten kauernden Mannes wurde noch eindringlicher. Was mochte er denken, während er diese Eingangshalle, den großen Muranolüster, die raschelnden Seidentücher auf so vielen nackten Schultern sah, Musik und Lachen hörte? Als Zuschauer aus einer anderen Welt blieb er reglos, fasziniert.

Ein Taxi, behindert von dem Defilé der Autos, bremste, hielt einen Augenblick an. »Der Ball!« sagte spöttisch einer der beiden Fahrgäste, ein junger Offizier, der sich nach vorn beugte, um besser zu sehen. »Ein Ball, nach dem, was heute in Ismailiya geschehen ist!«

»Das ist der Ball der Tegart«, ergänzte der Chauffeur und zuckte mit den Schultern. »Ich weiß«, entgegnete der Offizier, »der berühmte Winterball ...«

»Das ist eine Provokation«, murmelte sein Gefährte voller Wut. »Nicht einmal das ...« kam es von dem Jüngeren, »sie glauben, sich alles erlauben zu können ... Ali Sabri hat darum gebeten, den Schmuck, die Pelze, die Buffets, den Kaviar, die Blumen, die Nummernschilder der Autos zu fotografieren. Und all die märchenhaften, in Paris bestellten Gerichte ... Tegart hat zugestimmt, das schmeichelt seiner Eitelkeit ... Ali erwartet die Negative heute nacht.« Das Taxi fuhr weiter.

Charles vermochte ein Gefühl des Stolzes nicht zu unterdrücken, als er seine Frau und seine Töchter die Treppen hinaufschreiten sah. Nadia, in schwarzem Pelz, wandte sich zu Irène, die mit leichter Hand ihren Rock aus blaßblauem Satin emporhob. Derselbe Charme, dasselbe Blond – aschfarben bei Nadia, golden bei Irène – die gleiche Anmut. Aber am erstaunlichsten, dachte Charles, war Lolas Verwandlung. Mit Verwirrung entdeckte er diesen Nymphenkörper, von dem die elfenbeinfarbene Seide mehr enthüllte, als angebracht war. Dann, als er bemerkte, daß sie wie erstarrt auf der ersten Stufe stehenblieb, wurde ihm bewußt, daß Lola nie zuvor ein langes Kleid getragen hatte und zweifellos von Angst gelähmt war. Er ergriff ihren Ellbogen und murmelte: »Heb das Kleid etwas hoch, geh schon, ich halte dich.« Er lächelte ihr zu. Wie betäubt hob Lola den Kopf, sie stützte sich auf den Arm des Vaters und betrat voller Würde das Haus. Zum erstenmal in ihrem Leben fühlte sie sich als Dame.

»Nadia, meine Liebste, welch eine Freude, endlich deine beiden charmanten Töchter empfangen zu dürfen!« Djehanne, die Hausherrin, kam mit ausgestreckten Händen auf sie zu. Alles an ihr war schwarz. Schwarz das Sirenenkleid, schwarz das in einen schweren Knoten gefaßte Haar, schwarz die von Khol umsäumten Augen. Auf diesem tragischen Untergrund leuchtete ihr blasses Gesicht, ihre weiße Haut, die weißen Arme, durchscheinend wie Alabaster. Irène verbeugte sich leicht, Lola blieb steif stehen, hypnotisiert von dem Dekolleté, in dem Djehannes extravagante Kette aus Smaragden und Diamanten funkelte. Ihr Gatte, der hinter ihr stand, untersetzt und dick, trotz des korrekten englischen Smokings ohne jede Eleganz, schien nur dazu dazusein, Djehanne und ihr Kollier zur Geltung zu bringen.

Man drängte sich bereits im ersten Salon. Vor einem venezianischen Spiegel legte Nadia eine Locke über ihrer Stirn zurecht. Stimmengewirr, Lachen und Gläserklirren drangen in die Eingangshalle. Diener trugen große Tabletts mit Petits fours hoch über ihren Köpfen und bahnten sich einen Weg durch die Menge. Lola kannte niemanden. Nadia berührte ihre Hand. »Du bist wunderbar, mein Liebling.« Lolas Angst verflog. Sie betrat hinter ihrer Mutter und Irène den ersten Saal.

Ganz Kairo war versammelt. Lita Galad, im Zentrum einer lauten und bunten Gruppe, winkte ihnen zu. Isis Tahmy trug eine seltsame Tunika, gerade geschnitten, bestickt, mit hohem Gürtel. Isis war Koptin und sprach gern von ihrer Abstammung aus der Linie der Könige von Theben; sie erklärte den Ausländern, daß einzig die Kopten die wahren Einwohner der alten ägyptischen Königreiche seien. Mit ihrem schwarzen, kurzgeschnittenen Haar, dem Pony und der geraden Nase ähnelte sie an diesem Abend tatsächlich einer jungen Pharaonin. Man umarmte einander, drängte sich vor den beiden großen Buffets an den Fenstern. Auf den Damasttüchern standen Silberleuchter und große Fruchtschalen, die von Ananas mit rauhen Blättern gekrönt wurden. In der Mitte umgaben Fasane mit schillernden Federn auf kleinen Sockeln silberne Teller mit Eis, auf denen Schalen mit grauem Kaviar lagen. Jedes Jahr bescherte der Ball der Tegart eine Überraschung. Diesmal war alles am selben Morgen aus Paris eingeflogen worden, original von »Chez Maxim's«, mit einem französischen Maître d'hôtel. Während Nadia mit Andrée Chebib plauderte, gesellte sich Charles in einer Fensternische zu einer Gruppe von Geschäftsleuten, die sich von den Damen entfernt hatten, um eine Zigarre zu rauchen. Man sprach ein wenig vom Tagesereignis, von dem, was in Ismailiya geschehen war, und sehr viel mehr über die Kurse an der Baumwollbörse. In dieser letzten Januarwoche lief alles gut. Die Aktien erlebten eine Hausse. Die Gerüchte ebenfalls. Aber was wäre Ägypten ohne seine Gerüchte ...

Irène, dicht umdrängt, knabberte an einem Petit four. Sie trug ihr Kleid mit solcher Ungezwungenheit, als sei es eigens für sie geschaffen. Das Perlenkollier gewann auf ihrer Haut erstaunlichen Glanz. Sie wandte sich mit einem charmanten Lächeln zu ihrem Kavalier, der ihr fasziniert eine Sektschale reichte.

Aufgeregt schaute Lola zu. Irène, die Geheimnisvolle, die Schüchterne – konnte sie sich in eine Königin der Nacht verwandeln? In ihrem leichten weißen Kleid fühlte sich Lola wie entblößt. Zwar lief sie zuweilen nackt in ihrem Zimmer umher, und in den Sommernächten zog sie das Nachthemd aus – zum großen Entsetzen von Mademoiselle Latreille, die eines Tages diese »schlechte Angewohnheit« bemerkte. Lola liebte ihren Körper, sie wußte, daß er schön war; ihn sich bewegen und leben zu sehen erschien ihr natürlich. War es Sünde, ihre junge Brust zu streicheln und sich lange die Schenkel zu massieren, wenn sie vom Tennis kam? Gewiß nicht. Sie hatte das in der Beichte nie erwähnt, und die naiven Anspielungen der Nonnen von Sacré-Cœur, die »fleischlichen Versuchungen« betreffend, brachten sie immer zum Lachen. Aber heute abend ließ ihre Sicherheit sie im Stich. Wie sollte sie die braunen Spitzen ihrer Brüste verbergen, die man unter den Falten des Stoffes ahnte? Wie konnte sie ihren bis zu den Hüften entblößten Rücken vergessen? Eben hatte sie in den Augen von François Tegart bereits ein unerwartetes Funkeln bemerkt. War sie hübsch oder nur lächerlich?

Glücklicherweise wandten sich alle Blicke zu Gaby Halim, die wie gewöhnlich einen überraschenden Auftritt gab. In ein Kleid aus Goldlamé gehüllt, trat sie mit königlichem Schritt ein, gefolgt von einem jungen italienischen Bankier mit sanftem Blick, von dem man sagte, er sei ihr Liebhaber. Souverän ging sie von einer Gruppe zur anderen, legte zuweilen leicht die Hand mit den rotgefärbten Nägeln auf den Unterarm ihres schönen Italieners oder umgab ihn mit einem besitzergreifenden Blick, der keine Zweifel aufkommen ließ.

Von den Sesseln, auf denen die Damen ihre Köpfe zusammensteckten, hörte man heftiges Tuscheln. Die alte Madame Toussoun, mit runden Augen und verkniffenem Mund, reckte den Hals, um besser zu sehen, dann beugte sie sich zur Nachbarin, einer Cousine der Tegart, die nach dem Tod ihres Mannes, der sie betrogen und ruiniert hatte, aus Barmherzigkeit bei ihnen empfangen wurde. Gaby hatte schon immer die Grenzen überschritten. Sich so zur Schau zustellen ... Gewiß, Liebesabenteuer waren groß in Mode, und man konnte sich einige Seitensprünge leisten, wenn man verheiratet war. Aber man mußte die Form wahren. Heute abend war Gaby offensichtlich entschlossen zu provozieren. Würde sie noch eingeladen werden? Bestimmt, tuschelte Madame Toussoun, da sie Prinzessin und die Cousine des Königs ist. Aber wohin, großer Gott, sollte das führen?

Lola betrachtete Gaby voller Bewunderung. Würde sie eines Tages diese Lässigkeit, diese Haltung und den Mut aufbringen, dem Tratsch zu trotzen? Sie richtete sich auf, reckte das Kinn in die Luft wie Gaby, warf ihr Haar zurück und schob die Brust hervor. Der große Spiegel hinter dem Buffet zeigte ihr das Bild eines Mädchens mit schwarzer Lockenmähne, aprikosenfarbener Haut, mandelförmigen goldenen Augen. Das grüne Kollier funkelte zwischen den Trägern aus weißer Seide, das Faltenkleid zeichnete ihre zarte Taille, bevor es leicht über die Hüften fiel. Lola lächelte, den Kopf nach hinten geneigt, die Lippen leicht geöffnet, mit leuchtenden Augen, wie sie es bei den Mannequins in den Modezeitschriften gesehen hatte.

Plötzlich spürte sie etwas Störendes im Nacken: Jemand beobachtete sie. Im Spiegel fing sie den spöttischen Blick eines jungen, unbekannten Mannes auf. Verwirrt, wütend, spürte sie, wie sie errötete, wie ihr das Blut in die Ohren stieg. Der junge Mann lächelte. Lola war sicher, ihn noch nie gesehen zu haben. Er war groß, dunkelhaarig, und eine glatte Strähne fiel ihm in die Stirn. Er hatte etwas Fremdes an sich. Vielleicht war es der Schnitt seines Smokings, weniger tailliert, weiter in den Schultern, als es die Mode in Kairo verlangte? Oder sein glattrasiertes Gesicht, ohne Schnurrbart, mit einem verächtlichen Zug um die Unterlippe? Irritierend waren vor allem seine klaren grünen Augen, umsäumt von langen schwarzen Wimpern. Den Wimpern eines Mädchens. Lola war verwirrt. Sie verstand diesen Blick nicht. Er taxierte sie, liebkoste sie, folgte der Kurve ihrer Hüften. Sie errötete noch mehr. Wie entsetzlich das war, diese Wellen der Hitze, die bei jeder starken Erregung von der Brust bis zur Stirn emporstiegen. Der unbekannte Verführer bahnte sich durch die Menge hindurch einen Weg zu ihr. Verschreckt schob sich Lola am Buffet entlang und erreichte ihre Mutter, die mit Léa Boutros plauderte.

Nadia beunruhigte sich über das glühende Gesicht ihrer Tochter. Wirkung des Champagners? Lola war nicht gewöhnt zu trinken. Es war wohl das beste, sie in den Tanzsaal nebenan zu begleiten, wo sie sich zu ihren Cousins gesellen konnte.

Im zweiten Salon lagen keine Teppiche, das Parkett war gewachst. Im Hintergrund spielte vor einem roten Vorhang ein Jazzorchester auf einer kleinen Bühne. Die weiße Holztäfelung mit blaßgoldenen Zierleisten funkelte im Licht der Lüster. Die Paare waren jünger. Man tanzte. Inmitten der anderen flog Irène in den Armen von Antoine Boulad leicht dahin, ihr Kleid drehte sich.

»Lola? Ich hätte dich niemals erkannt. Wunderbar!« Cousin Pepo verneigte sich, die rechte Hand auf dem Herzen. »Madame, geben Sie mir die Ehre eines Tanzes?« Scherz oder Aufrichtigkeit? Schon umfaßte Pepo Lola, flüsterte ihr ins Ohr: »›Passeport to paradise‹, erkennst du es? Es paßt zu diesem Abend. Wie schön du bist!« War es die Berührung von Pepos Hand auf ihrem Rücken? Lola sah sich wieder so wie vorhin im Spiegel. Eine Frau, eine schöne Frau. Sie hatte nie zuvor geflirtet, nie einen Burschen umarmt. Vielleicht war es ein unglaubliches Vergnügen, vielleicht auch irgendwie abstoßend ... Die Erinnerung an den Unbekannten mit den grünen Augen übermannte sie gerade in diesem Augenblick. Sie hörte nicht mehr auf die Musik, machte einen falschen Schritt, klammerte sich an Pepos Schulter; der lachte: »Erzähl mir nicht, daß du schon etwas getrunken hast?« Nein, aber sie fühlte sich berauscht. Die Scheiben der hohen Fenster zeigten ihr das Bild eines jungen Paares: Pepo, durch den schwarzen Smoking noch dünner, und ein unbekanntes Mädchen mit dunklem Haar und dem Körper einer weißen Liane. War sie das? Sie drehten sich immer schneller im Funkeln der Trompeten, der Lichter und der Lüster.

Mitternacht. Die Buffets waren schon reichlich geplündert. Ein italienisches Orchester spielte jetzt schmachtende Slows. Erschöpft warf sich Irène auf ein weißes Kanapee, die Satinwogen um sich ausgebreitet. Bob Cariakis stürzte auf sie zu: Ob sie Champagner wolle? Ja? Er schlängelte sich durch die Tänzer, um ihn zu holen. Viktor Semieka nutzte die Gelegenheit, um sich neben sie zu setzen. Bei Frauen hatte Viktor immer Erfolg. Er war schön, lustig, spielte mit Prinz Philip von Edinburgh Polo, war der Liebhaber einer russischen Großherzogin, seine Affären, seine Jagden in Kenia, seine Beziehungen machten ihn zum Star aller großen Abendgesellschaften. Geschmeichelt lächelte Irène ihm zu, blickte ihn mit ihren unschuldigen blauen Augen an. Zu unschuldig. Hübsches Mädchen, dachte Viktor, aber Heiratskandidatin. Nichts für mich. Warum soll man sie nicht Magdi Wissa vorstellen, dem meistumworbenen ledigen Mann, Traum aller Mütter? Ich bekomme vielleicht später meine Chance.

Bob kam zurück, den Kelch in der Hand. Der Platz war besetzt. Es war zwecklos, gegen seinen Freund Viktor zu kämpfen. Ebensogut konnte er sich bei Paul Capodistria trösten, einem anderen guten Freund. Paul war auf allen Festen, obwohl er keinen Heller mehr besaß, seitdem ihm sein Stiefvater, verärgert über seine Eskapaden, das Geld gestrichen hatte. Man lud ihn dennoch ein, wegen seiner geistreichen Art, seiner Kultur. Aber auch, weil er zu einem kleinen intellektuellen und mondänen Clan gehörte, der der Eigenliebe dieser durch den Krieg reich gewordenen Geschäftsleute schmeichelte, denen noch der Glanz der guten Manieren und diese leichte Art von Humor fehlten. Paul war griechisch-orthodox, Viktor Kopte und Bob Jude. Das war für keinen von ihnen ein Problem. Sie hatten dieselben Interessen, machten denselben jungen Mädchen den Hof, gehörten zu denselben Clubs, scherzten in ihrer Geheimsprache. Ein Abend ohne sie war kein gelungener Abend.

Sie wußten es und amüsierten sich darüber. Paul, der seine Ähnlichkeit mit Gary Cooper pflegte, zeigte Bob zwei Büchsen Kaviar in den Taschen seines abgenutzten, aber in London geschneiderten Anzugs. »Willst du? Ich bin in der Küche vorbeigegangen. Das ist für mein Frühstück morgen. Diese Bauernlümmel wissen nicht, daß er nach dem Aufwachen am besten schmeckt.«

Halb eins. Niemand achtete auf den Maître d'hôtel, der mit ernstem Gesicht durch die Menge der Gäste glitt. Er suchte Karim Tabet Pascha. Der stand im Mittelpunkt einer Gruppe und redete. Man lauschte ihm mit Respekt. War Karim nicht ein enger Berater des Königs? Der Maître näherte sich, flüsterte ihm etwas ins Ohr. Karim Pascha runzelte die Brauen und verschwand unauffällig. Der Maître setzte seinen Rundgang fort. Auch Andreous Pascha verließ die Gesellschaft überstürzt.

Unter den venezianischen Lüstern im Tanzsaal legte Gaby einen Jitterbug hin. Das Orchester begleitete sie mit dem neuen Titel von Sidney Bechet, »The Oignons«. Irène und Magdi, von Viktor vorsorglich auf dem weißen Kanapee zusammengeführt, tanzten nicht, unterhielten sich aber lebhaft. Nadia lauschte zerstreut dem englischen Militärattaché und überwachte sie von weitem. Was konnten sich Irène und Magdi, die sich eine Stunde zuvor noch kaum gekannt hatten, wohl erzählen? Mit wachen Sinnen murmelte Nadia: »Yes, yes...«, ohne der Rede des kleinen blonden Mannes zuzuhören. Die Angelegenheit war zu ernst. Es ging darum, Irène in dieser Saison gut zu verheiraten. Magdi Wissa konnte als sehr gute Partie angesehen werden. Seine Familie besaß Millionen von Baumwollfeddans, Häuser in Alexandria, ein Dorf im Delta. Aber er war orthodoxer Kopte und Irène griechisch-katholisch. Im normalen Leben hatte das überhaupt keine Bedeutung. Aber wenn es um eine Heirat ging... Man mußte der Sache Einhalt gebieten. Die Familie würde nicht verstehen, wenn Irène einen Schismatiker heiratete. Nadia überlegte. Sollte sie zu Irène gehen, um diesen langen Dialog zu beenden, den die alten Hexen am Ende des Saales wohl schon kommentierten?

Nun verschwand auch Prinz Toussoun, nachdem ihn der Oberkellner aufgesucht hatte. Es würde bald kein königlicher Ratgeber, kein Minister mehr da sein. Nur François Tegart als Hausherr wußte, was vor sich ging. Am Suezkanal lief es schlecht. Es hieß, die Engländer, wütend über den Widerstand der ägyptischen Garnison in Ismailiya, marschierten bereits auf Kairo. Der Premierminister Nahas Pascha versammelte mitten in der Nacht den Ministerrat zu einer außerordentlichen Beratung im Palais Chivakiar, dem Regierungssitz. Er schlug vor, die Beziehungen zu London abzubrechen, den Sicherheitsrat anzurufen und bei Tagesanbruch achtzig Persönlichkeiten der britischen Kolonie in Kairo als Geiseln festzunehmen. Unter dem Siegel der Verschwiegenheit hatte Prinz Toussoun François Tegart, bevor er die Gesellschaft verließ, eröffnet, der König würde seine Zustimmung verweigern. Man hatte Farouk nicht ohne Mühe aus seinem Lieblingsnachtklub herausgeholt, wo Samia Gamal tanzte, und er war sehr schlechter Laune. »Was werden Sie in diesem Fall tun?« fragte François Tegart beunruhigt. »Der König mißtraut allen, er hat zu niemandem mehr Vertrauen außer zu seinem Chauffeur, den er zum Pascha ernannt hat, und zu seinem griechischen Friseur«, antwortete Toussoun. »Anscheinend hat er sich endlich entschlossen . . . ins Bett zu gehen. Ohne irgendeine Entscheidung zu treffen. Wir sitzen ziemlich in der Tinte, mein Lieber . . . Gehen Sie nicht schlafen, ich informiere Sie über Neuigkeiten, sobald die Sitzung zu Ende ist.« Tegart verstand. Eine solche Unruhe konnte die Baumwollkurse nur ansteigen lassen. Morgen früh mußte er reagieren, sobald die Börse öffnete.

»Mein lieber François, amüsieren Sie sich nicht mehr?« Djehanne, marmorner denn je, tauchte an der Seite ihres nachdenklichen Gatten auf. Sie führte ihn in den Tanzsaal und gab dem Orchester ein Zeichen, worauf es vom Jitterbug zum Walzer wechselte. Tegart konnte nichts anderes tanzen. Djehanne lächelte ihm zu, in Erwartung einer Aufforderung, die nicht kam. »François?« Plötzlich an seine Pflicht gemahnt, nahm er seine Frau in die Arme und schob sich, leichter, als man erwartet hätte, auf die Tanzfläche.

Lola suchte ihre Mutter. Der Zauber des Tanzes und der Rausch der Musik verflogen allmählich. Sie konnte keinen Jitterbug tanzen, und selbst wenn sie es könnte, hätte sie es mit diesem engen Kleid nicht gewagt. Sie hatte keinen ihrer Cousins und der Freunde ihres Bruders ausgelassen. Man hatte ihr Komplimente über ihre neue Schönheit gemacht, Antoine Boulad, den sie am liebsten mochte, hatte sogar gewagt, ihren Hals mit seinem Schnurrbart zu kitzeln. Aber sie war sich darüber im klaren, daß sich die Männer hier nur für die sehr schönen Mädchen interessierten, wie Irène, oder für die verheirateten, die ihre Liebe frei verschenken konnten.

Um sich gelassen zu geben, ging sie zum Buffet. Dort gab es noch kleine delikate Makronen, himbeerrosa, kaffeebraun, schokoladenfarben. Während sie von der Platte naschte, überlegte Lola, daß sie auch gern ein wenig Champagner trinken würde, aber wie konnte sie den würdevollen Barmann danach fragen, der weit entfernt war und augenscheinlich beschlossen hatte, das kleine, verlorene Mädchen zu ignorieren.

»Tanzen Sie?« Lola fuhr auf, wandte sich um. Der Unbekannte von vorhin war da. Spöttisch, gespielt unbekümmert, mit einem leichten Glanz in den Augen. Er meinte wirklich sie. Ihr erster Gedanke war, die Schokoladenmakrone zu verstecken, die ihre Lippen und Finger ein wenig beschmiert hatte. Keine Serviette. Der Unbekannte lächelte, reichte ihr sein Jackettuch. Wütend, sich so überraschen zu lassen, riß ihm Lola das Tuch fast aus der Hand, ohne ihm auch nur zu danken. »Tanzen Sie?« Die Stimme hatte einen warmen Klang, einen leichten Akzent, singend, wie die von Mademoiselle Latreille. War er Franzose? Unwichtig. Sie mußte neinsagen. Nadia hatte ihr eingeschärft: Lola war zu jung, sie durfte heute abend nur mit ihren Cousins tanzen.

Aber die grünen Augen faszinierten Lola. Tanzen? »Ja!« hörte sie sich antworten. Dennoch ein rascher Blick nach der Mutter ... Niemand zu sehen. Schon legte der junge Mann den Arm um sie und zog sie davon. Mit dem Mikrofon unter der Nase flüsterte der Sänger: »Quand il me prend dans ses bras, il me parle tout bas, je vois la vie en rooose.« Es war geschehen. Es war für lange Zeit geschehen. Sie hatte eine Vorahnung. Diese grünen Augen bedeuteten für sie eine Gefahr. Sie war sicher, sie nie zu vergessen.

»Mein Name ist Philippe. Philippe de Mareuil. Ich bin gerade in Ägypten angekommen, als Kulturattaché in der französischen Botschaft.« Ein Franzose! Lola hatte es gewußt. »Und Sie?« Lola schwieg. »Soll man Sie grüner Schmetterling nennen?«

»Ich heiße Lola, Lola Falconeri«, antwortete Lola überstürzt und rollte vor Erregung das »r«. Sie ärgerte sich über ihre fehlende Schlagfertigkeit. Sie hätte wie die anderen Mädchen mit den Wimpern klimpern, geheimnisvoll tun müssen, aber nein, sie benahm sich wie eine Idiotin, bereits ganz in seinem Bann. Er umschlang ihre Taille, hielt ihre rechte Hand, legte sie auf sein weißes Vorhemd; dann drängte er sie auf die Tanzfläche.

Wie gut sie sich fühlte! Nie zuvor hatte sie so mit ihren Cousins getanzt. Diese Wärme, diese Süße. Die Musik trug sie, der Tanzsaal drehte sich, drehte sich ... Der Unbekannte mit den blaßgrünen Augen redete, sie hörte ihn nicht. Er roch angenehm. Ein Geranienparfum mit einem Hauch von Amber oder vielleicht Lavendel ...

Lola ertappte sich bei einem Lächeln. Ein Schauer lief über ihren Rücken. Die feste und sanfte Hand des Unbekannten schob sich langsam herab, bis zum Hüftansatz. Lola machte sich steif. Er drückte sie fester an sich, neigte sich zu ihrem Ohr: »Machen Sie nicht so ein verschrecktes Gesicht. Das ist doch nur ein Slow ...« Seine Augen ähnelten grünen Pfützen.

Der Sänger hatte sich über sein Mikrofon gebeugt: »Il est entré dans mon cœur une part de bonheur dont je connais la cause ... C'est lui pour moi, moi pour lui dans la vie ...« Eben hätten diese Worte Lola noch zum Lachen gebracht. Jetzt war sie gerührt. Sie, die kleine, die jüngste, der häßliche Vogel der Familie, tanzte mit dem schönsten Mann der gesamten Abendgesellschaft. Denn er war schön, anders als alle anderen, ja, sehr schön ... Lola vergaß alles um sich und ließ sich vom Glück tragen.

Der Slow war zu Ende. Philippe blieb in der Mitte der Tanzfläche stehen, ohne sie loszulassen. Lola erschrak. Was tat sie da, unbeweglich, in den Armen eines Fremden? Die alten Damen würden tratschen. Glücklicherweise stimmte das Orchester einen Walzer an. Ohne sie auch nur zu fragen, tanzte Philippe weiter. Lola wurde bewußt, daß sie bereits allem zustimmte, was er entschied.

Er umschlang sie immer fester. Der Faltenrock schwang um ihre Beine. Nie zuvor hatte sich Lola so leicht gefühlt. Der Ball, die Salons, die anderen Gäste, alles schien ihr weit entfernt. Wie zerbrechlich sie wirkte, eingehüllt in den Arm ihres verführerischen Tänzers. Philippe de Mareuil war berührt von der Unschuld ihres Blickes. Er hatte sich durch das dekolletierte Kleid, den schweren Schmuck, durch die freie und wilde Haltung dieses verlassenen Mädchens täuschen lassen. Wie alt mochte sie sein? Sehr jung auf jeden Fall. Der Gegensatz zwischen dem erregenden, verwirrenden Körper einer Frau und dem kindlichen Ausdruck des Gesichtes beunruhigten ihn zunächst. Er war an verheiratete Frauen gewöhnt, weniger an junge Mädchen. Sie war so verletzlich. In einem Anflug von Zärtlichkeit, der ihn selbst überraschte, berührte er mit den Lippen schnell Lolas rechte Hand, die er an sich gedrückt hielt. Er hätte sie gern auf die Wange geküßt, ihr das Haar gestreichelt, sie beruhigt, wie man ein erschrecktes Hündchen beruhigt. »Kommen Sie, haben Sie keine Angst.«

Lola hatte keine Angst. Sie war einfach durcheinander. Niemals hätte sie sich ein solches Vergnügen vorgestellt. Man konnte sich also für sie interessieren. Aber vielleicht machte er sich über sie lustig, wie vorhin Pepo? Und dann, sobald er Irène sehen würde, wäre er von ihr gefesselt, wie alle anderen. Dennoch, dieser Kuß auf die Hand ... war das eine französische Sitte? Während sie tanzte, sah sie ihn an. Ohne zu wissen, daß sie mit ihren vor Erregung geröteten Wangen, den leicht verschwitzten schwarzen Locken über ihrer Stirn, ihren strahlenden Augen schöner und ergreifender aussah, als sie annahm. Würde doch dieser Walzer immer weitergehen!

François Tegart machte seiner Frau unauffällig ein Zeichen. Es war spät, und die Ereignisse dieser Nacht, von denen nur er wußte, drohten sich zu überschlagen. Die Bediensteten begannen die Teller von den Buffets abzuräumen, das Papier der Petits fours aufzusammeln, mit silbernen Bürsten die beschmutzten Tischdecken zu reinigen. Djehanne verstand, bat den Oberkellner, die Tabletts mit Drinks, Kaffee und den letzten Erfrischungen zu holen.

Viele Gäste waren schon gegangen. Das Orchester spielte jetzt »Petite fleur«, den neusten Erfolgstitel von Sidney Bechet. Lola und Philippe hatten nicht für einen Moment aufgehört zu tanzen. Im Rhythmus des Slow waren sich ihre Körper noch näher gekommen.

Madame Toussoun war es nicht entgangen: »Wer ist dieser Bursche, der nicht von der Seite der kleinen Falconeri weicht?« Niemand kannte den Neuankömmling. Von weitem machte Pepo Lola ein Zeichen, das sie nicht wahrnahm. Nadia suchte sie. Philippe, durch lange Gewohnheit vorsichtig geworden, fühlte, daß Komplikationen drohten. Er war mit der Hoffnung in Kairo angekommen, hier einige angenehme Liebesabenteuer zu erleben, er hatte sogar geschworen, trotz der Warnungen seiner Kollegen in der Botschaft, sich eine ägyptische Geliebte zuzulegen. Aber dieses kleine Mädchen mit dem girrenden Akzent, bereits so offensichtlich verliebt, ängstigte ihn ein bißchen, obwohl sie ihm gefiel. Worauf ließ er sich da ein?

Der Tanz ging zu Ende. »Ich möchte Sie wiedersehen, meine kleine Königin von Saba. Wann? Wo?« murmelte er an ihrem Ohr. Lola wußte nichts zu antworten. Nadia kam mit resoluter Miene auf sie zu. Auch Philippe hatte sie gesehen. »Ihre Mutter?« Lola nickte wortlos. Schon hatte er sich umgewandt, beugte sich über Nadias Hand, richtete sich auf, stellte sich vor. Nadia lächelte. Auch auf sie wirkten seine grünen Augen. Und dann, ein französischer Diplomat ... Drei Uhr morgens. Man mußte wirklich gehen. Nadia verkürzte den Abschied.

Das große Haus der Falconeri lag jetzt im Dunkel. Aber niemand schlief. Man träumte von Musik, von Plänen und von Liebe, von Hochzeiten mit langen Kleidern und vom Leben, das so liebenswert und erfüllt von dieser ägyptischen Süße erschien, die nichts und niemand jemals erschüttern konnte. In Lolas Kopf drehten sich die Lichter der Kronleuchter. Sie hörte die Musik. Sie spürte noch Philippes Geruch. Wie schön er war! Sie hörte seine Stimme. Was hatte er gesagt? Daß er sich, wenn er in Frankreich von Ägypten träumte, ihr Bild vorgestellt hatte. Daß ihr Haar nach Jasmin roch. Daß ... ihr gesunder Menschenverstand begehrte auf. Das war gewiß die französische Art, einer Frau den Hof zu machen. Dieser Mann kannte sie ja kaum. Dennoch, dieser Kuß auf die Hand ... Lola drehte sich in ihrem Bett hin und her, ohne einschlafen zu können. Sie machte sich etwas vor, sie war verrückt geworden. Dieser schöne Franzose war nichts für sie. Warum nicht? protestierte eine kleine innere Stimme. Die Liebe auf den ersten Blick existierte schließlich, oder nicht? Nie zuvor hatte jemand so mit ihr gesprochen, niemals in ihrem ganzen Leben hatte Lola ein solches Glück erlebt. Ein Gedanke durchfuhr sie wie ein Blitz: Aber ich liebe ihn!

Ja, sie liebte ihn. Er glich niemandem, und in diesem Augenblick wußte sie, nicht wie ein Kind, sondern wie eine Frau, daß sich ihr Leben eben grundlegend geändert hatte. Sie würde Philippe lieben und keinen anderen, und sie würde leiden. Weil er zu schön war, zu selbstsicher. Weil er zu gut mit seinem Charme und seinen grünen Augen zu spielen wußte. Weil es immer und immer wieder andere Frauen geben würde. Sie hätte sich vor der Gefahr in acht nehmen müssen, Barrieren zwischen sich und ihm errichten, sich nicht so schnell und uneingeschränkt dieser Liebe hingeben dürfen, von der sie ahnte, daß sie unmöglich war. Zu spät. Ihre Hand unter dem Kissen preßte das von Schokolade befleckte Taschentuch. Sie schlief plötzlich ein und fand im Schlaf ihr Kindergesicht wieder.

Charles Falconeri lief in seinem Büro auf und ab. Er war beunruhigt. Andreous Pascha hatte ihm, bevor er abfuhr, anvertraut, daß es morgen Neuigkeiten geben würde, daß ihm seine Spione ihre Berichte gebracht hätten und die Zeit gekommen sei, »ernste Maßnahmen zu ergreifen«. Charles mochte diesen Ausdruck nicht. Das Land war am Ende, abhängig von einem selbstmörderischen König, einem arroganten englischen Okkupanten und einer wenig zuverlässigen Armee. Oft hatte man in der Vergangenheit den Niedergang Ägyptens angekündigt, und niemals war es wirklich dazu gekommen. Aber nach diesem Abend fühlte sich Charles nicht wohl in seiner Haut. Zuviel Elend, zuviel Luxus, zuviel Leichtfertigkeit und zuviel Blindheit. Heute abend bei den Tegart, als die Männer unter sich über die Schönheit der Frauen, ihre Geschäfte, ihr Geld diskutierten, von Zigarrenrauch umgeben, hatte er einen schwarzen Schatten über die Goldverzierungen gleiten sehen. Er erinnerte sich an das Geschwätz von Nadia und Irène, als sie mit dem Wagen nach Hause fuhren, ihre kindischen Kommentare zu Kleidern, Schmuck, Buffets. Hatten nicht die französischen Aristokraten so gesprochen, bevor sie in den Karren stiegen, der sie zur Guillotine brachte?

3

Als Mimi Williamson am Morgen nach dem Ball die Augen öffnete, sah sie einen Sonnenstrahl durch den Spalt der Vorhänge direkt auf ihr Bett fallen. Sofort vergaß sie, daß sie am Vorabend mit einer beginnenden Migräne ins Bett gegangen war. Sie sprang auf, schob die Gardinen beiseite, öffnete das Fenster. Die Luft war leicht und mild, fast warm.

»Darling«, rief sie mit ihrer etwas rauhen Stimme, mit der sie die Männer betörte, »ist das nicht ein schöner Tag, um bei den Pyramiden zu essen? Es ist Sonnabend, nicht wahr?«

Mimi, zierlich und brünett, hatte großen Spaß daran, ihren englischen Ehemann mit unnötigen Fragen zu bestürmen – ein ganz neuer Mann, Stil Indienarmee, wie sie stolz ihren Freundinnen sagte. John hatte vor den großen, schwarzen, schelmischen und lachenden Augen, vor Mimis Fröhlichkeit sofort kapituliert. Sie war durch seinen trockenen Humor verführt worden. »Er hat mich mit seinem Lachen erobert«, erklärte sie ihren verflossenen Liebhabern oft.

Aber an diesem Morgen war John ernst. Er kam aus dem Badezimmer, verschloß den Morgenrock sorgfältig über der Brust. Mit seinem vom Duschen feuchten Haar, den schwarzen Socken und Pantoffeln ähnelte er so sehr einem kleinen Jungen, daß Mimi ergriffen war. Sie stellte sich auf die Zehenspitzen und umarmte ihn. Er hielt sie einen Moment in den Armen und spürte die Wärme ihrer Haut.

»Mimi, ich habe nachgedacht. Du wolltest, daß dieses Haus uns beiden gehört, aus dummem männlichem Engländerstolz habe ich es immer abgelehnt. Aber diese Möbel sind von deiner Mutter, die Bilder gehören deiner Familie, alles hier ähnelt dir und soll dir gehören. Ich bitte dich, geh noch heute morgen zu Anwalt Abdel Maher, laß den Vertrag auf deinen Namen ändern. Ich habe die Papiere schon unterschrieben, sie liegen dort auf dem Kamin. Es wäre mir lieb, du tust es gleich.«

Mimi wurde unruhig. Nie zuvor hatte sie John so feierlich erlebt.

»Aber heute morgen muß ich zum Friseur, Johnny.«

»Oh, das ist natürlich wichtig, yes. Aber zuerst der Anwalt. Du gehst anschließend zum Friseur, während ich auf eine Runde Billard im Turf Club bin. Wir treffen uns gegen ein Uhr bei Groppi. Okay?«

Mimi balancierte ihren rosafarbenen Pantoffel auf der Zehenspitze. Es stimmte, sie wollte dieses Haus immer besitzen. Aber warum heute morgen? So schnell? Was war los? Na gut, da es ihm so wichtig schien . . . sie würde Abdel Maher aufsuchen. Ihr Friseur würde warten, er war daran gewöhnt. Sie hob das Gesicht zu John und lächelte ihn an: »Yes, Sir. Ihr Wunsch ist uns Befehl . . .«

Es war acht Uhr morgens. Isis saß in der Küche ihrer Wohnung in Zamalek und diskutierte mit Ahmed, dem sudanesischen Koch. Ahmed, der in der deutschen Botschaft gearbeitet hatte, bewahrte aus dieser Zeit eine Vorliebe für Kohl und Eintöpfe, die Isis auf die Nerven ging. Sie gab an diesem Abend ein großes Diner, und es mußte alles perfekt sein: Mustapha Amin, der Direktor von »Akbar el Yom« würde kommen, Hassanein Heykel, Herausgeber von »El Ahram«, der neue Presserat der französischen Botschaft, kurz, die Crème der Kairoer Presse. Isis hatte gerade als Chronistin für Gesellschaftsnachrichten beim »Akbar el Yom« zu arbeiten begonnen. Mustapha Amin schien für den Charme einer fülligen Brünetten empfänglich zu sein, er schätzte den Stil einer Tochter aus gutem Hause, die fähig war, amüsante, leichte Artikel zu schreiben, verziert mit Anekdoten, und dem Gesellschaftsleben Rechnung zu tragen, ohne jemanden zu kompromittieren. Aber Isis hatte andere Pläne. Sie zielte auf das »Stimmungsbarometer«, eingerahmt auf der ersten Seite, mit dem man mehr anfangen könnte als mit den Gesellschaftsnachrichten – manchmal jemanden aufs Korn nehmen, meist loben – und das seinem Autor eine nicht zu verleugnende Macht verlieh. Das Diner sollte ihren Gästen beweisen, daß sie auch eine Frau war, die zu empfangen verstand.

»Warum keine Ochsenschwanzsuppe?«

Isis warf Ahmed einen geringschätzigen Blick zu.

»Keine Suppe.«

Sie überlegte. Räucherlachs als Vorspeise, das war modern. Dann gebratene Tauben mit Safranreis. Etwas volkstümlich vielleicht, aber Mustapha Amin würde es gefallen. Dann mußte sie an Wasserschalen zum Reinigen der Hände denken. Welches Tischtuch? Das weiße. Das Silber von Mama. Die großen englischen Leuchter. Blumen nicht vergessen. Einige Rosenblätter in die Wasserschalen. Und zum Dessert? Vielleicht gefrorene Mangofrüchte von Lappas und Konfekt von Groppi, auf einer Silberschale, mit dem Kaffee zu servieren. Gut. Das hieß, daß sie noch am Morgen in die Stadt mußte. Sie ging in ihr Zimmer hinauf und bereitete sich ein Bad.

Zur gleichen Zeit versammelte sich in Gizeh eine kleine Menschenmenge auf dem Campus der Kairoer Universität: Wafdisten, Moslembrüder, Kommunisten, die wie jeden Tag Transparente entrollten, auf denen der Rückzug der Engländer aus der Kanalzone verlangt wurde. Aber an diesem Sonnabend, dem 26. Januar, nahm das Geschehen bald eine ungewöhnliche Wendung. Etwa hundert Boulouk nizam, die ihre Kaserne in Abbasieh verlassen hatten, strömten herbei und mischten sich unter die Studenten: grobe Uniformen, schwere Schuhe und kupferfarbener Teint, Bauern aus dem Niltal, ungeschliffene Fellachen, etwas langsam, mit breiten, flachen Gesichtern und schmalen schwarzen Augen, friedliche Ochsen, die nichts erstaunte. An ihrer Seite fühlten sich die Studenten, ganz offensichtlich Städter, etwas fehl am Platze. Was hatten sie mit diesen Boulouk gemeinsam? Ein junger Kommunist, Bankierssohn, sprang auf eine Bank und begann eine lange Rede über die notwendige Annäherung an das Volk, die historische Verbindung zwischen Intellektuellen und Arbeitern, den gemeinsamen Kampf gegen den Imperialismus. Die verblüfften Boulouk hörten zu, ohne zu begreifen. Es wurde still.

»Wir wollen Waffen, um am Kanal zu kämpfen«, rief schließlich ein junger Unteroffizier, der vor den Redner auf der Bank trat. »Waffen, Waffen«, wiederholten die Boulouk, mit einemmal voller Wut, »Waffen, um den Tod unserer Brüder zu rächen, die den Messern der englischen Schlächter ausgeliefert sind.« Der Ruf wurde aufgenommen und hallte über den Campus.

Unauffällig schoben sich zwei Offiziere der Armee, Hauptmann Abdel Negm Eggine und Leutnant Raffaat Baghat, in die Menge. Der Moment zum Handeln war gekommen. Sie gehörten zur Gruppe der geheimnisvollen »freien Offiziere«, von denen man in Militärkreisen hinter vorgehaltener Hand redete, seitdem ein gewisser General Neguib vierzehn Tage zuvor den König lächerlich gemacht hatte, als er sich im Offiziersklub gegen den Kandidaten Farouks, Sirry Amer, wählen ließ. Ihre Weisung an diesem Morgen war klar. Es ging darum, die Demonstration in eine bestimmte Richtung zu lenken und die Protestierenden ins Zentrum Kairos zu führen. »Vorwärts, zum Zaim, zu Nahas Pascha. Zu Serag Eddine!« schrie Raffaat mit lauter Kommandostimme. Die Menge setzte sich in Bewegung. Es waren bereits dreitausend, die gegen elf Uhr das Gizeh-Tor passierten.

Ahmed, der Sudanese, putzte das Silber und war schlechter Laune. Isis zu dienen gefiel ihm nicht. War es nicht ein Rangverlust, den Befehlen einer so jungen Frau zu gehorchen, die obendrein noch allein lebte, anstatt in einer der großen Familien aus dem Bürgertum Kairos zu arbeiten, angeleitet von der entschlossenen, aber diskreten Hand einer Dame, die den Sitten folgen, über Kammermädchen, Gouvernanten, Diener herrschen, ihm, Ahmed, dem Koch, ihren Respekt bezeugen würde: dem König in seinem Reich, dem Herrn der Öfen? Mit dem Ärmel trocknete er seine schwarze Stirn, von der der Schweiß herabtropfte, dann rückte er seinen Turban von blassem Blau zurecht. Noch zwölf Messer zu putzen. Er wechselte das Tuch, nahm von der Reinigungspaste. Polieren war nicht seine Aufgabe. Wieviel Zeit mußte er noch in diesem Haus verbringen? Als Isis endlich herunterkam, zur Tür stürzte und wie gewöhnlich rief: »Ahmed, weißt du, wo meine Schlüssel sind?«, wandte er sich ab und tat, als hörte er nicht.

Die Demonstranten durchquerten Garden City und marschierten zum Palais Chivekiar, dem Sitz des Ministerpräsidenten. Einige Neugierige standen an den Fenstern. Schon wieder eine Demonstration. Diesmal sind Soldaten darunter. Beim Präsidentensitz suchte man einen Verantwortlichen. Nahas Pascha? Der Zaim war nicht zu finden. Schließlich erfuhr man, er wäre bei der Maniküre, Adresse unbekannt. Der Chef des Kabinetts ließ, ohne sich allzusehr aufzuregen, den Minister des Innern rufen, Fouad Serag Eddine, ebenden, der am Vorabend fröhlich den Befehl an die Boulouk nizam ausgegeben hatte, in Ismailiya zu sterben. Der Minister wurde um elf Uhr dreißig bei seinem Anwalt erwartet, um den Kaufvertrag für ein riesiges Gebäude zu unterzeichnen, das er in Heliopolis erworben hatte. Es war fast zwölf Uhr, und Serag Eddine war noch immer nicht gekommen, der Zeitbegriff war in Kairo von unendlicher Flexibilität. Dennoch mußte jemand auf den Balkon gehen, um zu den Protestierenden zu sprechen, deren dunkle Masse bereits das Ende der Kasr-el-Aini-Straße füllte. Schließlich kam der Sozialminister Abdel Fattah Hassan. Er war ein brillanter Advokat, Wafdist, wußte um seine Popularität und zweifelte nicht daran, mit der Menge umgehen zu können.

Es blieb ihm keine Zeit dazu. Er hatte kaum den ersten Satz gesagt: »Dieser Tag ist euer Tag! Ihr werdet gerächt! Und unsere Körper werden in der ersten Reihe stehen...«, als ein Boulouk mit nacktem Oberkörper, die khakifarbene Tunika geöffnet, auf den Treppenabsatz sprang, auf etwas wies, das eine Verwundung zu sein schien, und schrie: »Genug der Worte: Waffen, Waffen!« Die erregte Menge nahm den Ruf auf: »Waffen, Waffen!« Abdel Fattah unternahm einen letzten Versuch:

»Woher sollen wir sie nehmen, diese Waffen? Sollen wir die Russen darum bitten?«

»Ja, ja«, brüllten Tausende Stimmen.

Abdel Fattah war nicht dumm. Er begriff, daß der Wafd, in der Hoffnung, den König diskreditieren zu können, indem er die Meute aufhetzte, mit dem Feuer gespielt und verloren hatte. Vor ihm wogte der Zorn wie ein grausamer Sturm. Der Minister erkannte den Wahnsinn, der zuweilen Ägypten ergriff und die friedlichsten Menschen der Welt zu beispielloser Gewalt führte. Als Kind hatte er in dem Dorf im Delta, Besitz seines Vaters, gesehen, wie sich die Bauern erhoben, sich mit Messern und Äxten bewaffneten und, von Raserei ergriffen, zum Haus des Bürgermeisters stürzten, dem auf der Stelle die Kehle durchgeschnitten wurde, anschließend hängte man ihn an den Füßen auf. Das war ihm eine schreckliche Erinnerung. Was konnte er heute tun? Verhandeln? Schon verließ eine Gruppe von Moslembrüdern den Platz, wandte sich der Oper zu und schrie: »Tod den Engländern!« Vorsorglich ging Abdel Fattah Hassan in sein Büro und rief zu Hause an: Er würde sich zum Mittagessen verspäten.

Die Demonstranten kamen über den Soliman-Pascha-Platz zurück, als eine andere Gruppe, in zerlumpten Kleidern, offenbar aus den Arbeitervierteln von El Azhar und Khan Khalil stammend, den Opernplatz erreichte. Wie waren sie hierhergekommen? Was schrien sie? Wer kommandierte sie? Die Moslembrüder? Die beiden Offiziere inmitten der Studenten hatten keine Zeit, sich diese Fragen zu stellen. Vor dem Konzertcafé Baadia wurde ein Polizist, der auf der Terrasse in Gesellschaft einer Tänzerin des Hauses einen Whisky trank, in wenigen Augenblicken zu Boden geworfen und totgeschlagen. Ein Unbekannter in schmutziger Galabieh sprang auf einen Stuhl, eine brennende Fackel in der Hand: »El nar, das Feuer! Feuer für die Gottlosen, für die Engländer und für die Ungläubigen!« Die Menge brüllte begeistert: »Feuer, Feuer!« Man hörte, wie die ersten Eisengitter knarrend herabfielen. Schon leckten die Flammen an den Mauern.

Isis parkte ihren Wagen an der Emad-Eddine-Straße, nicht weit von Groppi. Sie würde zuerst das Konfekt kaufen und dann das Eis bei Lappas. Als sie gerade die Fahrertür abschloß, rannte ein junger Mann an ihr vorbei und rief ihr zu: »Fahren Sie nach Hause, schnell!« – »Warum?« – »Sehen Sie nicht, daß das Rivoli-Kino brennt?« In der Tat stieg an der Straßenecke dicker schwarzer Rauch empor. Isis ging näher heran, warf einen Blick auf die Szene. Von der Fassade des Rivoli stiegen orangene Flammen auf. Eine schreiende

Menge schob sich über die Straße. Kein Feuerwehrauto in der Nähe, um die Katastrophe zu stoppen. Isis zögerte. Sie brauchte zumindest das Eis, vielleicht mit einem Umweg durch die Kasr-el-Nil-Straße... Eine ältere Dame schrie vom Fenster zu ihr herab: »Fahren Sie doch weg! Die setzen alles in Brand!« Und da sich Isis nicht rührte, an ihr Diner dachte, begann die Alte, sie auf arabisch zu verfluchen: »Willst du sterben? Fahr nach Hause, der Platz einer Frau ist heute nicht auf der Straße.« Isis stieg ins Auto, wendete, fuhr nach Zamalek zurück. Zum Dessert würde sich etwas anderes finden.

An diesem Sonnabendmorgen öffnete Yvette Farazli ihre Buchhandlung in der Kasr-el-Nil-Straße um zehn Uhr. Die ersten Kunden würden nicht vor Mittag kommen, aber die rothaarige Yvette setzte ihre Ehre daran, hart zu arbeiten. Es ging ihr darum, der Mutter zu beweisen, daß man Frau sein und Erfolg haben könne, auch wenn man der guten syro-libanesischen Gesellschaft Ägyptens angehört, deren Snobismus nicht zu überbieten war. Nach der Niederlage in Palästina 1948 hatte Yvette befürchtet, ihre gesamte jüdische Kundschaft zu verlieren – und tatsächlich waren einige Kunden unauffällig »verschwunden«, wie man damals sagte. Aber andere hatten sie ersetzt, Franzosen, Griechen, Moslems, und ihre kleine französische Buchhandlung, in der man Claudel, Jean-Paul Sartre und den »France-Observateur« fand, war nie leer geworden. Elf Uhr. Yvette trank ihren türkischen Kaffee, ohne Zucker, als ihr Cousin Georges sie anrief: »Es gibt Aufruhr in der Stadt, meine Liebe, du solltest nach Heliopolis zurückkommen.« – »Aber ich habe kein Auto, mein Mercedes ist kaputt.« – »Ich komme dich in einer Viertelstunde abholen, okay?« Schließlich war Sonnabend und schönes Wetter. Yvette entschloß sich, das Geschäft zu schließen und nach Hause zurückzukehren. Sie würde vor dem Mittagessen noch Zeit für eine Partie Tennis haben, das war gut für ihre Linie. Aufruhr in der Stadt? Nicht das erstemal. Maalesh. Morgen war ein anderer Tag.

An diesem Sonnabend, dem 26., teilte der Nil nicht eine Stadt, sondern zwei Welten. Auf der Insel Gezireh und in den Wohnvierteln wußte man am frühen Nachmittag noch nicht, daß das Zentrum

Kairos in Flammen stand. Die Dienstmädchen sprachen davon, und von den Terrassen sah man die schwarzen Rauchwolken. Aber die Neuigkeit war noch nicht bis in die Salons oder die abgedunkelten Schlafzimmer gedrungen, wo man Mittagsruhe hielt. In Garden City, im schönen Haus der Sednaoui, erhielt Sami, der älteste Sohn, um sechzehn Uhr den Anruf eines englischen Freundes. »Sam, treffen wir uns heute abend zum Hockey?« Sami zögerte. »Papas Chauffeur hat uns eben erzählt, daß es in der Stadt Krawalle gibt...« – »Krawalle? Na und. Das Spiel wird doch nicht wegen so einer Lappalie abgesagt werden.«

Bob Cariakis in Meadi hätte allerdings alarmiert sein müssen. Am Vorabend war der Schwager seines Kochs, ein Polizist des Geheimdienstes, den Bob regelmäßig bezahlte, gekommen, um ihn zu warnen: »Laß deine Busse morgen nicht in der Stadt fahren.« Bob, Besitzer der Linie Meadi–Kairo, zuckte mit den Schultern: »Die Busse ausfallen lassen, an einem Sonnabend, das ist doch nicht dein Ernst!« Der andere beschwor ihn auf arabisch: »Hör zu, glaub mir, halte dich vom Bösen fern und singe.« Bob kannte sein Ägypten gut genug, um die Sache diesmal ernst zu nehmen. Er beschloß, nur jeden zweiten Bus einzusetzen. Um vierzehn Uhr rief ein Fahrer aus einem Café an. »Man kann nicht mehr über den Opernplatz fahren, ya bey. Sie zünden das Baadia an!« Das Baadia anzünden, was für eine Idee! Das ist ein arabisches Cabaret, kein englisches, dachte Bob. Sollte er die Busse stoppen? Zweifellos. Aber der Fahrer übertrieb bestimmt. So schlimm war es wohl nicht. Abwarten.

Es war schlimm. Zu den Bränden und Plünderungen kamen Jagden auf Ausländer und Morde. Die Menge, die das Rivoli gegen Mittag gestürmt hatte, gab sich nicht damit zufrieden, Türen aus den Angeln zu heben, Sitze zu demolieren und Feuer zu legen. Sie suchte den »Engländer«, den Direktor, John Smeeden. Gehetzt, auf der Flucht vor den Flammen, hatte sich der Engländer mehr als zwei Stunden auf einem Hängeboden versteckt, bevor er über die Dächer entkam, während die Menge unten heulte: »Da ist er, fangt ihn, tötet ihn.« In den Straßen rissen gut organisierte kleine Gruppen, bewaffnet mit Stoßbohrern, die Eisengitter vor den großen Kaufhäusern heraus, warfen eilig in Colaflaschen gebraute Molotowcocktails ins Innere, bevor sie eindrangen und die brennenden Ruinen plünderten. Die Kinos, Bars, Luxusboutiquen flammten fast gleichzeitig auf. Die bis zur Weißglut erhitzten Vitrinen sprangen auseinander, die wahnsinnige Menge schrie, plünderte, tötete, ohne sich um das Brüllen der Flammen zu kümmern, wich kaum zur Seite, wenn ganze Hauswände, vom Feuer verwüstet, zusammenfielen.

Spiro Critti, Reporter beim »Progrès égyptien«, verloren in diesem Inferno, starb fast vor Angst. Er rannte dicht an den Mauern entlang und sah das Baadia, das Rivoli, das Metro brennen, dann in der Elfi-Bey-Straße das Saint-James-Restaurant und das Parisiana. Wie gern wäre er umgekehrt und in seine gemütliche Wohnung in der Ismail-Pascha-Straße geflüchtet! Aber er hatte um dreizehn Uhr im Shepheard's-Hotel eine Verabredung mit einer französischen Schauspielerin, Simone Delamare. Eine Verabredung ist eine Verabredung. Im Shepheard's erwartete Simone Delamare auf Spiro, schon völlig verängstigt, in ihrem Zimmer. Sie zog ihn zum Fenster:
»Sehen Sie nur, es ist entsetzlich!«

Unten warfen die Aufrührer Möbel und Kleider auf die Straße, entfachten ein wahres Flammenmeer. Die Brandstifter liefen ein-, zweimal um das Hotel herum. Plötzlich drang ein dröhnender Lärm zu ihnen empor. Simone Delamare klammerte sich an Spiros Arm.

»Sie haben den Eingang aufgebrochen. Oh, Monsieur, retten Sie mich! Wir werden alle sterben.«

Der Rauch hatte bereits die Haupttreppe erreicht. Spiro, der den Helden spielte, nahm Simone Delamare am Arm und stürzte mit ihr die Dienstbotentreppe hinunter. Sie fanden sich in einem kleinen Hof wieder, wo bereits eine italienische Sopranistin, Maestro Pellazia, Diener, Kinder und Zimmermädchen und ein ganzes Operettenensemble dicht gedrängt beieinanderstanden. Die Musikerin Jeanine Andrade war verzweifelt, ihre beiden Geigen, ihre Garderobe und ihren Schmuck im Zimmer gelassen zu haben. Es ist doch nur Schmuck, sagte sich Spiro. Sie begreift nicht, was wir riskieren, eingezwängt zwischen Flammen und hohen Gittern, hinter denen eine bedrohliche Menge die »Ausländer« auspfiff und ihnen, auf arabisch, schreckliche Qualen versprach, die er sich leider nur zu gut vorstellen konnte. Was tun? Das Gitter gab dem Druck nach. Spiro holte tief Luft, nahm Simone bei den Schultern, stürzte sich in die Menge und schrie auf arabisch:

»Sie ist Französin, sie ist Französin, keine Engländerin!«

»Und du, bist du Ausländer oder Ägypter?« fragte ihn ein mit einem Knüppel bewaffneter kräftiger Kerl.

»Ich bin Grieche, ägyptischer Grieche«, stammelte der unglückliche Spiro und fragte sich, ob das nicht sein Tod wäre. Aber nein. Schließlich bahnte sich ein großer, hagerer Typ, der irgendein Chef zu sein schien, einen Weg durch die Menge.

»Laßt sie gehen. Ich kenne ihn.« Sie rannten beide davon, rußgeschwärzt, ohne nach den anderen zu fragen.

»Aber das ist unfaßbar, wo war die Polizei, wo war die Armee? Wie konnte sich die Regierung so heraushalten?«

Im blaßgelben Salon der Falconeri beriet sich Charles mit Elie Cohen, seinem Nachbarn, und André Nametallah, seinem besten Freund. Oben, von der Terrasse sahen die Frauen und die Angestellten, wie Kairo auf der anderen Seite des Flusses brannte. Im hereinbrechenden Abend zogen riesige schwarze Rauchfahnen in den rosagefärbten Himmel, durchzogen vom Funkenregen auflebender Flammen.

»Die Armee? Sie ist in den Kasernen geblieben, Gewehr bei Fuß, in Erwartung von Befehlen, die nicht kamen«, warf André Nametallah in die Runde und schüttelte die Eisstücke in seinem Whiskyglas. »Ich weiß es, mein Onkel hat mir alles erzählt. Der König hatte alle Offiziere heute mittag zu einem großen Bankett für sechshundert Personen in seinen Palast in Abdine bestellt. Auf seinen Befehl hin wurde der Palast abgeriegelt. Man sagt, selbst der Innenminister, dieser Schwachkopf Serag Eddine, durfte die Türen des Palastes nicht passieren, und der Oberkommandant Haydar Pascha bekam keine Erlaubnis, das königliche Essen zu verlassen, um dem Militär den Befehl zum Eingreifen in der Stadt zu geben. Seltsam, was?«

Charles Falconeri runzelte die Brauen.

»Mehr als seltsam, unbegreiflich. Es sei denn . . .«

»Woran denkst du, Charles?« Elie Cohen war aufgestanden und lief aufgeregt durch das Zimmer.

»Ich denke dasselbe wie du«, antwortete Charles langsam, »ich glaube, Farouk hat alles geplant, auch das Bankett, um die Situation zu verschlimmern und sich endlich Nahas Paschas und des Wafd, den er haßt, entledigen zu können. Ihr werdet sehen, daß wir bald einen neuen Premierminister haben werden.«

André brach in Lachen aus.

»Meine Freunde, ihr habt recht. Mehr als ihr denkt. Der neue Premierminister wurde soeben ernannt. Wißt ihr, wer es ist?« Er schaukelte in seinem Sessel, mit glänzenden Augen. »Es ist mein Onkel, Aly Maher. Der Arme stirbt vor Angst. In diesem Augenblick versucht er, ein Kabinett zu bilden, aber er muß in einem Krankenwagen versteckt durch die Stadt fahren, aus Angst, erkannt und gelyncht zu werden!« Er schlug auf die Armlehnen, als handele es sich um einen guten Witz.

»Kein Grund zum Lachen«, grollte Elie Cohen, »euch ist hoffentlich klar, daß wir Glück hatten, in Gezireh zu wohnen. Wen suchten die Aufrührer? Engländer und Juden, wie gewöhnlich, aber auch die Reichen, die Luxusgeschäfte, die Ausländer, das heißt euch und mich, oder zumindest das, was wir in den Augen der Moslems darstellen. Das nächste Mal könnte es schlimmer werden. Ihr werdet sehen, daß . . .«

Das Telefon auf einem Tischchen im Salon begann zu klingeln. Charles nahm ab.

»Ja, ich kenne Madame Williamson. Sie sind der Kommissar von Soliman Pascha? Gut, geben Sie sie mir . . .« Man hörte deutlich eine schrille Stimme. Charles stand auf, führte die Hand zur Stirn, als müßte er einen Schlag abwehren.

»Mimis Mann wurde heute nachmittag getötet. Ich hole sie sofort her. Sagt niemandem etwas davon.«

Die Empire-Uhr schlug Mitternacht. Mimi, auf dem gelben Kanapee ausgestreckt, den Kopf auf den Kissen, kreidebleich, die Haare an der Stirn angeklebt, glich einer zerbrochenen Puppe. Nadia hielt ihre Hand, Lola und Irène saßen zu ihren Füßen. Mimi sprach mit gebrochener Stimme. Sie war am Morgen beim Friseur in der Kasr-el-Nil-Straße, um halb zwölf, und unterhielt sich mit Loulou, als ein Mann hereinkam und schrie: »Der British Council brennt!« Natürlich dachte sie, er meinte den Turf Club, wo sich John aufhielt. Sie war herausgestürzt und mit dem Chauffeur losgefahren, um nachzusehen. Oh, es war schrecklich, überall Flammen, alles brannte, man kam in der Menge nicht voran . . . Sie hatten das Auto verlassen und sich bis zum Club durchgeschlagen. Und dort . . . dort stand alles in Flammen. Sie hatte Männer mit blutbefleckter Galabieh gesehen, die mit Messern und Äxten in den Händen hineingingen und auf arabisch schrien: »Allah akbar!« und »Tötet die Engländer!« Sie wollte hin, rief »John, John!«, aber Mahmoud hielt sie am Arm fest . . . Dann hatte sie die Aufrührer auf arabisch beschimpft, hatte sie Schufte, Mörder genannt.

Mimi weinte, atmete erstickt, das Schluchzen schüttelte ihren leichten Körper, ihren Körper eines Seidenvogels. Über sie gebeugt, streichelte Nadia ihr Haar.

»Mahmoud . . . er hat mich gerettet. Während ich schrie, kämpfte, um in den Turf hineinzukommen, kam ein Typ von hinten mit einem Fleischmesser auf mich zu. Er sagte: ›Sie ist auch Engländerin! Man muß sie töten.‹ Mahmoud antwortete, ich sei Ägypterin wie sie, man könne doch hören, daß ich arabisch spreche. Und ich heulte, ich wollte, daß er mich tötet, weil sie John umgebracht hatten, meinen Mann, meine Liebe . . . Dann weiß ich nichts mehr, ich wurde ohnmächtig. Mahmoud hat mich zur Polizeistation gebracht. Sie haben mich lange dabehalten. Ich durfte nicht raus. Der Kommissar hat mich in einem Verschlag versteckt. Auch er hatte Angst. Mein Gott, es sind wilde Tiere, wenn ihr sie gesehen hättet . . . Sind sie wahnsinnig geworden? Warum haben sie John getötet?«

Sie hielt plötzlich inne und führte die Hand zum Hals, auf dem sich die blauen Venen wie gespannte Saiten abzeichneten. Nadia tupfte ihre Stirn mit einem in Eau de Cologne getränkten Tuch ab und murmelte: »Mein Liebling, mein Liebling, beruhige dich.« Mimi seufzte, legte die Faust auf ihre winzigen Brüste, öffnete sie, und man sah auf ihrer Handfläche zwei kleine goldene Scheiben.

»Das ist alles, was mir bleibt. Alles, was sie mir gegeben haben. Seine Manschettenknöpfe . . .«

Erschüttert schweigen die Falconeri. Der Tod war in den blaßgelben Salon eingetreten. Mimi begann zu zittern, ihre Zähne klapperten leise.

»Mein Liebling«, sagte Nadia, »dein Alptraum ist vorbei. Du bleibst hier.«

Am nächsten Morgen fuhren Charles und Nadia sehr früh nach Ezbekieh, wo Mimi wohnte. Man mußte Kleider, Toilettenartikel, Wäsche zusammensuchen. Aus Vorsicht hatte Charles verboten, den großen Mercury aus der Garage zu holen, zu auffällig, lieber den kleinen Break, mit dem man in den Urlaub fuhr. Nadia, die vorn auf dem hohen, steifen Sitz saß, der ihr fast den Rücken brach, betrachtete ihre Stadt. Wo war das glitzernde farbenfrohe Kairo, so elegant, so fröhlich, das Kairo, das sie liebte? Die Fouad-Straße war nur noch eine schwarze Masse, gesäumt von Hauswänden, die das Feuer zerfressen hatte. Cicurel ein Haufen von Schutt. Robert Hugues, Adès, die Bars, die Restaurants zeigten klaffende Breschen, wie frische Wunden. Vor dem Shepheard's stieß Nadia einen Schrei aus. Von der eleganten Fassade blieben nur einige Bögen, ein Stockwerk mit verkohlten Fenstern, die sich in den nackten Himmel öffneten. In der Kasr-el-Nil-Straße entdeckten sie in der Menge der Schaulustigen, die sich bereits versammelt hatten, Yvette Farazli. Ihre Buchhandlung war wie durch ein Wunder nicht völlig ausgebrannt, aber die Bücher schwammen in dem Wasser, das aus der zerstörten Kanalisation schoß. Yvette, eine Pumpe in der Hand, die Hose bis über die Knie hinaufgeschoben, saugte tapfer, schüttelte ein Buch nach dem anderen ab und legte es auf eine Kiste. Sie beantwortete Charles' Gruß mit einem kurzen fröhlichen Winken.

»Was für ein Charakter«, sagte Charles. Als der Wagen am Turf Club vorbeifuhr, dessen geschwärzte Fassade noch standhielt und der von berittenen Polizisten bewacht wurde, bekreuzigte sich Nadia. In den Ruinen räumten Polizisten eingestürzte Balken zur Seite, legten . . . was, weitere Körper? frei. Nadia wandte den Kopf ab. Ihre wohlgeordnete Welt brach zusammen. An einem Nachmittag war alles, was die Süße und die Wärme des Lebens ausmachte, vernichtet worden. Niemals mehr würde sie Vertrauen haben, niemals mehr könnte sie sich den Träumen von einer Zukunft in Wohlstand und Frieden hingeben. Aber was sollte sie tun? Mit Charles darüber sprechen? Er würde versuchen, sie mit Worten zu beruhigen, wie man sie für unglückliche Kinder findet. Wegfahren, dieses Land verlassen, in dem sie geboren war, das sie soeben verraten hatte und sie vielleicht morgen wegjagte? Nichts hatte sie darauf vorbereitet. Sie dachte an ihre Töchter. Sie würden sich vielleicht einem neuen Leben anpassen können. Für Nadia war es zu spät. Sie beschloß zu leben. Und zu vergessen.

4

Es war Viktor Semieka, der das Gesellschaftsleben wieder in Gang brachte. Eine Woche nach dem Brand gab er eine große Geburtstagsparty auf dem Dach des Semiramis. Die auf Bristolpapier gedruckte Einladung kündigte das berühmte lateinamerikanische Orchester Lecuana Cuban Boys an. Man würde tanzen. Es wäre ungehörig gewesen abzulehnen. Aber daran dachte auch niemand. Eleganter denn je empfing Viktor seine Gäste in einem nicht schwarzen, sondern nachtblauen Smoking, per Eilpost von seinem italienischen Schneider geschickt. Man speiste an kleinen Tischen, die von Kerzen beleuchtet wurden. Die Frauen waren noch schöner, die Männer etwas weniger glanzvoll, aber sie würden sich schnell wieder erholen. Manche hatten ihre Vorsichtsmaßnahmen ergriffen. Roger Matras veranlaßte erste Überweisungen auf ein Schweizer Nummernkonto. Einige jüdische Familien und mehrere Prinzen begannen unauffällig den Familienschmuck außer Landes zu bringen und transferierten das Kapital. Aber weder die Falconeri noch die Boulad, die Sednaoui, die Tegart oder die Galad fühlten sich bedroht. Als die Kellner des Semiramis auf ihren Schultern eine große, dreistöckige, in Weiß und Rosa schimmernde Torte hereintrugen, gab es ein allgemeines »Hurra«, während die Cuban Boys ihre Maracas schüttelten und »Happy birthday to you« sangen, was von allen Anwesenden aufgenommen wurde. Der unverbesserliche Bob beugte sich zu André und murmelte: »Willkommen auf der Titanic!«

Lola ging nicht mehr aus. Sie fürchtete, Philippe auf dem Weg zum Sacré-Cœur zu treffen. Und wenn er sie in dieser schrecklichen marineblauen Uniform erkennen würde, die ihre Haut gelb erscheinen ließ? Sie würde es nicht überleben. Stellt man sich eine Königin von Saba mit einer Schultasche unter dem Arm vor? Es war besser, zu Hause zu bleiben, wo sie jetzt eine neue Freundin hatte: Mimi war in die Wohnung der Falconeri gezogen. Es war nicht schicklich, daß eine so junge Witwe allein lebte, sie brauchte eine Familie. War Mimi nicht eine entfernte Cousine von Nadia, über die Diamantakis in Alexandria? Seit Johns Tod hatte Mimi ihr Zimmer nicht verlassen. Sie erholte sich langsam, und Lola leistete ihr Gesellschaft, sooft sie konnte. Sie führten lange Gespräche, die sie beide erschöpften. Lola magerte ab. Ringe legten sich um ihre Augen. Sollte sie verliebt sein? fragte sich Nadia, die ihre Unruhe verbarg und die Tochter überwachte.

Entgegen allen Erwartungen kam der Skandal von Irène. Eines Abends trat sie mit einer entschlossenen Miene, die man bei ihr nicht kannte, in den blaßgelben Salon.

»Mama«, sagte sie fast kalt, »ich will heiraten. Magdi Wissa.«

»Magdi Wissa! Aber er ist ein Schismatiker!« rief Nadia entsetzt in einem Aufschrei des Herzens. »Er ist Kopte!«

»Na und? Ich liebe ihn, und er liebt mich.«

»Wie denn, wie denn«, stammelte Nadia atemlos, »was ist das für eine Geschichte? Seit wann kennst du ihn? Wie habt ihr das beschlossen?«

»Seit dem Ball der Tegart. Wir haben uns wiedergesehen, wir haben miteinander gesprochen. Ich will ihn heiraten.«

»Unmöglich, Irène. Wir sind griechisch-katholisch, er ist orthodoxer Kopte. Denk an deinen Großonkel, den Dominikaner! Dein Vater wird ablehnen, das ist gewiß.«

»Ich liebe Magdi. Außerdem . . .« Irène setzte ihre unschuldigste Miene auf, senkte ein wenig den Kopf und setzte sich auf einen Hocker, die blonde Locke fiel ihr auf die Nase. ». . . Außerdem haben wir uns schon geliebt.«

Geliebt. Lola, auf dem Kanapee zusammengerollt, erstickte fast. Sie wagte nicht, sich vorzustellen, was geschehen würde. Der Zorn ihres Vaters würde schrecklich sein. Wie hatte Irène es wagen können? Nadia umklammerte ihre Kette und starrte Irène an. Geliebt.

Das Wort hallte seltsam wider, stieß gegen die Kristallbehänge der großen Leuchter, brach sich am Porträt des Großvater Falconeri, ein majestätisches Standbild, in Stambouline und rotem Tarbouche, über dem Kamin. Geliebt. Das war ungehörig, ungeheuerlich, undenkbar. Dennoch... Nadia fühlte sich plötzlich in die Vergangenheit zurückversetzt. Wie sehr hatte sie mit sechzehn Jahren ihren Cousin Georges geliebt, von dem man nur hinter vorgehaltener Hand sprach und der eines Tages nach Venezuela ging und sie mit ihrer nie eingestandenen Liebe allein ließ. Sie behielt nur sein strahlendes Lächeln in Erinnerung, ein Lächeln, das niemals ihr gegolten hatte, dem blassen jungen Mädchen. Die gehorsame Tochter hatte Sacré-Cœur nur verlassen, um durch eine arrangierte Heirat Mitglied der Familie Falconeri zu werden. Die Kirche, der Duft des Weihrauchs... ihre Angst am Abend, in der Kabine des Fährschiffes, als sich Charles ihr näherte, mit einem Seidenpyjama bekleidet. Ein roter Pyjama mit schwarzer Webkante. Hatte sie Charles geliebt? Sie stellte sich diese Frage nicht. Im Jahre 1929 stellten junge Mädchen aus syro-libanesischen Familien keine Fragen. Die Zanarini verbanden sich mit den Falconeri. Das war alles. Nach ihrer Hochzeitsreise gab es ein großes Bankett für »Monsieur und Madame Charles Falconeri anläßlich ihrer Rückkehr aus Europa« – ein endloses Bankett, in dessen Verlauf sie heftige Übelkeit verspürte. Es bedurfte der Geburt Irènes, damit sie zum erstenmal ein körperliches Gefühl verspürte, ein Aufwallen von Liebe für dieses kleine Mädchen, das in der ersten Nacht, in der Wiege neben ihrem Bett, ihren Daumen gierig in der winzigen Hand hielt... Und jetzt hatte Irène, ihre sanfte Irène, die sie nach ihrem Bild geformt glaubte, einen Liebhaber. Nadia schüttelte den Kopf, holte tief Luft und stellte, ohne es zu wollen, die einzige Frage, die sie vermeiden wollte:

»Magdi Wissa? Aber was findest du nur an ihm?«

Das stimmt, dachte Lola, Magdi Wissa war nicht sehr schön. Sonnenverbrannt, schwarzes Haar, groß und breit, wie mit einer Axt geschnitzt. Und dann war er... mindestens dreißig Jahre alt. Man erzählte sich, er spielte mit dem König Poker und ließe ihn gewinnen. Man erzählte sich, er wäre sehr reich und seine Mutter angsteinflößend. Man erzählte sich, er würde nie heiraten. Und dennoch, Irène und er ... Lola betrachtete ihre Schwester mit anderen Augen. Sie bewunderte sie und war gleichzeitig vom Gefühl ihrer eigenen Feigheit erfüllt. Würde sie eines Tages den Mut haben ... Sie dachte an Philippe und errötete. Irène war aufgestanden. Mit steifem Rücken, den Kopf erhoben, trat sie ihrer Mutter entgegen. Ohne zu reden, aber mit herausforderndem Blick.

Was hätte sie sagen können? Gestehen, daß sie bluffte, daß Magdi in Wahrheit nicht ihr Liebhaber war? Daß sie diese Strategie erdacht hatte, um ihren Vater zu erpressen? Nein, denn sie wollte Magdi. Sie wußte, daß er mit seinen linkischen Bewegungen der Mann war, den sie brauchte. Er würde sie lieben und beschützen. Er würde ihr endlich die Sicherheit geben, die sie immer vermißte. Denn Irène, die schöne Irène, hatte niemals wirklich geglaubt, hübsch zu sein. Ihre Verehrer mochten ihr noch so oft erzählen, daß sie verrückt vor Liebe waren, drohen, sich wegen ihr das Leben zu nehmen, sie mit ihren Erklärungen berauschen, Irène blieb mißtrauisch. Diese jungen Männer konnten sie gar nicht lieben, denn ihr Vater, Charles, zog Lola vor. Was sie für Magdi einnahm, war, daß er nicht von ihrer Schönheit sprach, ihr nicht seine Leidenschaft erklärte. Bedächtig hatte er ihre Hand genommen, sie heimlich zwei- oder dreimal mit zu sich genommen, ihr vor dem großen Holzfeuer in seiner Junggesellenwohnung seine Gedichte vorgelesen. Er erzählte ihr von Paris, aber auch von dem großen Haus im Delta, wohin er sie führen würde, sobald sie seine Frau wäre. Er kam ihr nicht zu nahe, erschreckte sie nicht und verbarg sein Verlangen. Ein paar Küsse, einige Zärtlichkeiten hatten ihn schnell davon überzeugt, daß Irène kein sinnlicher Typ war. Was sie suchte, das hatte er begriffen, war ein Ehemann und ein Vater. Eine Rolle, die ihm stand, wie er meinte. Die auszufüllen er bereit war, weil er sie liebte.

»Was sollen wir tun?« jammerte Nadia, die in dem großen englischen Sessel in Charles' Arbeitszimmer saß.

»Sie natürlich verheiraten«, brummte er, »und zwar schnell. Nach welcher Ordnung? Wir müssen uns mit den Wissa treffen, mit ihnen verhandeln. Die Erlaubnis des Patriarchen einholen ... Rufen wir Pater Annawati.«

Pater Annawati, ein Dominikaner, war einundachtzig Jahre alt und kannte alle hohen Würdenträger der ägyptischen Kirchen: griechisch-orthodox, griechisch-katholisch, armenisch, syrisch, koptisch-orthodox, koptisch-katholisch, den apostolischen Nuntius und den Rektor von El Azhar nicht zu vergessen. Seine Arbeiten über die Christen im Orient und ihre Beziehungen zum Islam hatten ihm eine Berühmtheit verliehen, die er gelassen zur Kenntnis nahm. Er war klein, fast kahl, und verbrachte die meiste Zeit damit, in der Bibliothek im unteren Keller des Dominikanerklosters in Abassia zu stöbern und zu überprüfen, ob alle Bücher die richtigen Signaturen trugen. Er hatte nur zwei verborgene Laster: den alten Portwein, von dem immer eine Flasche unter seinem Schreibtisch stand, und die Lektüre des großen Goldenen Buches des Konvents, in dem er, stolzgeschwellt, seine eigenen Lobpreisungen las, wenn er sich zu alt oder zu müde fühlte. »Das bringt mich wieder auf die Beine«, gestand er regelmäßig seinem Beichtvater, der seit langem aufgegeben hatte, ihn mit Strafen zu belegen. Er war natürlich ein entfernter Cousin der Falconeri, durch die Linie der Zanarini von Alep.

Als sich seine winzige weiße Gestalt aus einem uralten Taxi quälte, erwartete ihn die gesamte Familie Falconeri auf der Treppe. Bevor er Zeit hatte, den Fuß auf die erste Stufe zu setzen, stürzte Jean herbei, um ihm den Arm zu reichen. »Danke, Kleiner, aber ich funktioniere noch«, sagte der Pater in dem spöttischen Französisch, das er bevorzugte, um zu zeigen, daß er in Paris studiert hatte. Er war trotzdem etwas atemlos, als er oben ankam. Man ging in den grünen Salon, der für besondere Anlässe reserviert war. Ein bernsteinfarbener Portwein stand in einer Kristallkaraffe auf einem kleinen Tischchen. Der Dominikaner bekam funkelnde Augen. Es würde ein gutes Essen werden.

Es wurde ein langes Essen. Man mußte, um die Bedingungen und komplizierten Botschaften des koptischen Patriarchen und Madame Wissas, der Mutter, zu übermitteln, warten, bis die Dienstboten zwischen Soufflé und gefüllten Wachteln hinausgegangen waren. Irène, die von niemandem gefragt wurde, steckte die Nase in den Teller und sagte kein Wort. Sie hatte seit ihrem unerwarteten Auftritt eine distanzierte und gleichgültige Miene aufgesetzt, die Lola beeindruckte. Mimi, aufs höchste interessiert, legte den Ellbogen auf den Tisch und stützte das Kinn mit der Hand, um besser zuhören zu können, was ihr einen bösen Blick von Nadia eintrug. Lola folgte fasziniert und stumm den Windungen der Verhandlung, die von Charles und dem Dominikaner geführt wurden. Hatte man ihm gesagt, daß sich Irène und Magdi ... geliebt hatten? fragte sie sich. Sicher nicht. Ein Priester! Obwohl er im Beichtstuhl davon erfahren haben mußte! Aber nahm er in seinem Alter noch die Beichte ab? Als habe er ihre Gedanken gelesen, wandte sich ihr der Pater zu, erkundigte sich nach ihrer Schule, nach ihren Beziehungen zu den Nonnen von Sacré-Cœur und fragte, wer ihr Beichtvater sei. Lola sah darin eine irgendwie diabolische Vorahnung und hörte sofort auf, an frivole Dinge zu denken.

Die Modalitäten der Hochzeit wurden beim Sorbet endgültig festgelegt. Irène würde griechisch-katholisch bleiben und Magdi nach den koptischen Riten heiraten können, wenn sie sich verpflichtete, ihre Kinder im Glauben an den Herrn zu taufen. Magdi Wissa war einverstanden, gegen den Willen seiner Mutter. Die alte Dame forderte dafür, die Trauung sollte in der großen koptischen Kirche in Alexandria stattfinden, die sie als Anhängsel ihres eigenen Palastes ansah. Sie hätte vorgezogen, die Zeremonie wie früher in ihren eigenen Räumen abzuhalten. Glücklicherweise hatte das der Patriarch abgelehnt. Dennoch hatte man ihr in wichtigen Punkten entgegenkommen müssen. Mindestens zwei Patriarchen würden an der Zeremonie teilnehmen, man würde die Chorkinder von Wadi Natrum kommen lassen, die für ihre Stimmen berühmt waren, die Dragées kämen von Fluckiger und nicht von Groppi. Sie vertraute, was Süßigkeiten anging, einzig den Fabrikanten in Alexandria. Die Frage der Mitgift Irènes wurde in fünf Minuten geklärt, mit leiser Stimme, zwischen Charles und dem Dominikaner, vor Petits fours und Kaffee. Das Ende der Mahlzeit wurde in stiller Andacht verbracht, wie es Sitte ist, wenn man einen Geistlichen empfängt. Der Dominikaner rezitierte Danksagungen, machte ein flüchtiges Kreuzzeichen, man stand auf. Auf der Vortreppe wurde das Hochzeitsdatum festgesetzt. April. Nadia hätte einen früheren Termin vorgezogen, denn sie fürchtete das Schlimmste. Aber die Patriarchen hatten erst nach Ostern Zeit. Nadia fügte sich.

Der Tag der Hochzeit Falconeri-Wissa ging in die Annalen ein. Unter einem schon sommerlich blauen Himmel breitete das weiße Alexandria die Pracht seiner griechischen Innenstadt aus, seine italienischen Paläste, türkischen Minarette, barocken Kathedralen, seine langen, von Palmen gesäumten Promenaden – eine prunkvolle Berberstadt am Mittelmeer. Die koptische Kirche, die Portale weit geöffnet, erwartete die Braut, und die Schaulustigen auf dem Vorplatz reckten die Hälse, um die Büsche von Rosen, Flieder, Jasmin zu sehen, die Gladiolensträuße, die weißen Nachthyazinthen und die Gardenien, die aus dem Kirchenschiff einen blühenden Garten machten. Die Prälaten, die vor der Ikonostase auf geschnitzten Holzsäulen saßen, glichen – mit ihren Gewändern aus roter Seide, ihren langen Bärten und den feingefalteten schwarzen Turbanen – farbigen Ikonen. In der Mitte des Ganges gaben zwei Priester in goldenem Chorhemd das Zeichen für die ersten Gesänge, die Kinder des Chores von Wadi Natrum begannen, mit Triangeln und Becken von klarem und fröhlichem Klang den Rhythmus vorzugeben.

Irène, blaß in ihrem weißen Spitzengewand, stieg aus der ersten Limousine und nahm den Arm ihres Vaters. Sie sah zunächst nur eine Wolke von Blumen, bevor sie Magdi wahrnahm, der ihr entgegenkam, in seinem schwarzen Anzug noch massiger als gewöhnlich. Sie verspürte für einen Moment Panik, als die Glocken ertönten. Würde sie sich der Bewegungen erinnern, die sie auszuführen hatte, der Antworten, der Gebete? Magdi hatte ihr alles erklärt, aber diese koptische Liturgie war so kompliziert.

Magdi, an ihrer Seite, flüsterte: »Verbeuge dich.« Ihre Gesichter berührten sich fast, als die Priester die goldenen Kronen auf ihre Köpfe setzten. Ein Mönch näherte sich, der an den ausgestreckten

Armen einen langen, goldgesäumten Umhang trug, den er über Magdis Schultern legte. Ein anderer hielt ein Kissen aus rotem Samt, auf dem die Trauringe glänzten. Die Psalmodien folgten langsam in koptisch, griechisch und arabisch. Irène, die den schweren Duft nicht ertrug, der von den Weihrauchbecken aufstieg, glaubte zwanzigmal, sie würde das Bewußtsein verlieren. Ihr Gürtel schnürte sie ein. Die in einem Knoten unter dem Tüllschleier gehaltenen Haare folterten ihre Schläfen. Endlich ertönte das abschließende Halleluja.

Draußen fand Irène ihr Lächeln wieder. Die bärtigen Mönche verteilten kleine runde Hefebrote mit dem koptischen Kreuzzeichen, die Sonne ließ die silbernen Bonbonnieren erstrahlen, mit rosa und weißen Dragées gefüllt, die von den Chorkindern in die Menge geworfen wurden. Auf dem Vorplatz, inmitten der zahllosen Gäste, plauderten Fargalli Pascha, Yahia Pascha und Khouri Bey, die drei Baumwollkönige, während sie auf ihre Autos warteten. Man hörte laute Rufe, Gesprächsfetzen auf französisch, griechisch, italienisch oder englisch, Befehle auf arabisch. Ein Murmeln ging durch die Menge, als die Konsuln und Botschafter erschienen. An ihrer Anzahl, an der Anwesenheit aller großen koptischen, griechischen oder italienischen Familien maß man den Glanz der Hochzeit. Der französische Botschafter überragte mit seiner langen, mageren Gestalt alle anderen. Lola griff nach Mimis Arm. Dem Botschafter folgten einige Botschaftsräte, unter ihnen Philippe. Eine Welle von Stolz überschwemmte Lola. Wie elegant er war! Sah er sie? Auf Mimis Rat hatte sie ein mit großen Margeriten bedrucktes Kostüm und einen winzigen blauen Strohhut mit einem kleinen Schleier gewählt, der ihr das Aussehen einer »richtigen Frau« geben sollte; aber in diesem Moment fühlte sie sich wie maskiert. Philippe ließ die Augen über die Ansammlung gleiten, schien jemanden zu suchen, oder bildete sie sich das nur ein? Der Botschafter wandte sich um, machte Philippe ein Zeichen, mit ihm in die große schwarze Limousine mit dem blau-weiß-roten Fähnchen einzusteigen, die am Rand des Platzes wartete. Philippe beeilte sich. Der Wagen startete, bog in die Küstenstraße und fuhr unter Lolas verblüfftem Blick in Richtung Kairo davon.

»Sie sind noch nicht lange hier, nicht wahr?« Die Stimme klang unbeteiligt und müde, aber das täuschte. Philippe wußte, daß sich hinter dem Gleichmut des Botschafters ein äußerst wachsamer Blick verbarg. Kein Zweifel, er stand vor einer Prüfung.

»Seit drei Monaten, Monsieur.« Ein schweres Schweigen legte sich über den Wagen mit den Sitzen aus grauem Samt. Der Botschafter streckte seine langen Beine aus, sah durch die Fensterscheibe schöne Häuser vorbeifliegen, die menschenleer schienen, geschlossene Fensterläden, verlassene Gärten. So, so, dachte er, ich wußte nicht, daß schon so viele Juden abgereist sind. Endlich fuhr man am Meer entlang.

»Sind Sie mit Oberst de Mareuil verwandt, der in Syrien unter Catroux diente?«

»Das war mein Vater, Monsieur. Er starb 1942 in Damaskus.«

Die Straße stieg empor, und plötzlich sah man den Mariout-See in der Sonne glänzen.

»Hm... ich habe Ihren Vater in London kennengelernt. Exzellenter Offizier. Sie gehören dem Corps d'Orient an, glaube ich?«

»Ja, Monsieur.«

»Sie sprechen also arabisch. Gut. Mareuil, ich möchte Sie mit einer, sagen wir, delikaten Mission betrauen, die Ihnen Gelegenheit geben wird, Ihre Fähigkeiten zu zeigen.«

Der Wagen hielt. Ein Mann in entfernt militärischem Aufzug kam aus einer Hütte, die hochtrabend als »Wüstenkontrollpunkt« ausgewiesen war. Er trat näher, gab mit der Hand ein Zeichen, notierte das Kennzeichen des Wagens in ein fettiges Heft, saugte hingebungsvoll an der Bleistiftspitze. Der Botschafter verzog angewidert das Gesicht, eine leichte Röte stieg in seine Wangen. Er schien aber trotz seines schwarzen Anzugs und des korrekt geschlossenen Kragens weder unter der Hitze noch unter dem schrecklichen Khamsinwind zu leiden, der den Wüstensand aufwirbelte. Mit eleganter Bewegung rückte er sein Ziertuch zurecht.

»Den Wagen des französischen Botschafters kontrollieren! Das ist nicht zu dulden! Dieses Land geht vor die Hunde. Erinnern Sie mich daran, nach unserer Rückkehr eine Protestnote an den Palast zu schicken . . . Was sagte ich? Ja, ich sprach«, ein winziges Lächeln verzog seine Lippen, »von Ihrer neuen Mission. Wenn die Operation scheitert, kann man es immer noch auf Ihre Jugend und Unerfahrenheit schieben. Am Anfang der Karriere sind einige Fehler erlaubt.« Er schwieg und überlegte. Philippe spürte, wie der Schweiß unter seinem Vorhemd hinablief. In welche Falle wollte man ihn da locken?

»Machen Sie sich keine Gedanken. Ich bitte Sie lediglich – sagen wir – sich ›zu verdoppeln‹? Ja, zu verdoppeln, mein lieber Presserat. Die Berichte der arabischen Presse befriedigen mich nicht. Ein zu optimistischer Ton. Ich bin sicher, daß in diesem Land finstere Komplotte geschmiedet werden, daß große Veränderungen in Vorbereitung sind. Die Engländer werden die Basis von Tell el Kebir niemals verlassen, von dort aus wird ihre gesamte Verteidigung im mittleren Osten gelenkt. Aber um dort zu bleiben, brauchen sie die Zustimmung der Ägypter, ich spreche vom König und von Nahas Pascha, und die Unterstützung der Amerikaner. Seit dem Brand von Kairo hat London hier jeden Kredit verloren; man gibt vor, daran zu glauben, daß es sich nur um einen bedauerlichen Ausbruch des Volkes gehandelt habe, während ich darin eine entscheidende politische Wende sehe. Was die Amerikaner angeht . . . Sie wissen sehr gut, Mareuil, daß mein Kollege Jefferson Caffery weit davon entfernt ist, den Engländern die Unterstützung zu gewähren, die sie zu Recht von Washington erwarten. Heute morgen habe ich eine Bestätigung dafür erhalten. Hier, lesen Sie das Telegramm.«

Nie zuvor hatte Philippe seinen Botschafter so lange reden hören. Erstaunt nahm er das rosafarbene Papier, das ihm gereicht wurde. Es war die Kopie eines Telegramms an Sir William Elliot, englischer Luftwaffenmarschall, von den Chefs des englischen Generalstabes. Die Militärs nahmen kein Blatt vor den Mund. »Die Möglichkeit eines Kräftemessens zwischen Ägypten und uns wird immer wahrscheinlicher und rückt näher . . . Die amerikanische Politik im Falle einer Auseinandersetzung scheint im Moment darin zu bestehen, sich aus allem herauszuhalten, mit anderen Worten, uns eiskalt fallen zu lassen und auf die Seite der Ägypter überzuwechseln . . . Es ist schwer abzusehen, welchen Einfluß die Amerikaner in Ägypten zu bewahren hoffen, wenn sie die Situation der Engländer im Nahen Osten sabotieren. Es ist eine Illusion, zu hoffen, daß der Einfluß des Dollars oder der Waffenlieferungen bei Menschen, die nichts als die Kraft respektieren, wirksam werden kann, wenn sie sehen, daß eines der beiden westlichen Länder, die militärisch wirklich zählen, offen Ägypten unterstützt und jegliche englische Präsenz im Nahen und Mittleren Osten unmöglich macht.« Philippe faltete das winzige Blatt wieder zusammen und reichte es seinem Botschafter.

»Sie haben nicht unrecht, Monsieur. Aber was soll man tun? Inwieweit sind wir als Franzosen betroffen?« Er hätte hinzufügen müssen: »Und was kann ich da machen?«, aber er schwieg vor dem eisigen Blick des Botschafters, der nicht einmal in dieser Glut schwitzte.

»Ich bin ganz Ihrer Meinung, Mareuil. Wir, als traditionelle Freunde Ägyptens, dürften niemals in diese Konflikte, die sich bereits ankündigen, hineingezogen werden. Aber wir sind dazu gezwungen, glauben Sie mir, und wäre es nur, um die hochheilige westliche Solidarität zu respektieren.« Er hatte in die letzten Worte eine Ironie gelegt, die sogleich dem Ernst wich. »Im Grunde existiert diese Solidarität schon gar nicht mehr. Eines Tages werden wir zwischen den Amerikanern und den Engländern wählen müssen. Und keine Wahl kann die richtige sein.«

»Was erwarten Sie von mir, Monsieur?«

»Seriöse Informationen über das, was tatsächlich in Ägypten vor sich geht. Bleiben Sie sitzen. Ich spreche nicht von Erkundigungen. Dafür haben wir unsere Dienste, nicht sehr berühmt allerdings, und einen kompetenten Militärattaché. Aber die einen wie die anderen berichten ihren Vorgesetzten im Ministerium des Inneren oder für Verteidigung. Der Botschafter, das wissen Sie, wird immer als letzter informiert. Also, informieren Sie mich. Durchstöbern Sie die arabische Presse. Lesen Sie sie mit Intelligenz. Freunden Sie sich mit Journalisten an, vor allem mit solchen, deren Artikel oft zensiert werden. Gehen Sie aus. Nutzen Sie die Cocktails, die Nationalfeste, die privaten Gesellschaften aus. Besuchen Sie alle Partys. Ich weiß, das ist lästig, aber Sie haben einen wachen Geist und vor allem einen frischen Blick. Sie sind durch die Kadettenanstalt von La Flèche gegangen, nicht wahr? Dann Saumur? Auch deshalb habe ich Sie ausgewählt. Der Quai d'Orsay schickt mir irgendwelche Gesellschaftstiere und Technokraten. Ich brauche einen jungen politischen Kopf, der Sinn für Disziplin und militärische Pflichterfüllung hat, aber ohne Tressen und Käppi. Ich habe auch an Ihren Vater gedacht, an die Dienste, die er uns in Syrien erwiesen hat.«

»Sehr gut, Monsieur. Ich werde mein Bestes tun.«

»Beleidigen Sie niemanden, klar? Keine Ressentiments. Behandeln Sie den Militärattaché mit Rücksicht. Und vor allem Diskretion. Es wird weder Geheimnachrichten noch irgendwelche Direktiven geben. Dieses Gespräch reicht aus. Sie berichten, wenn ich Sie zu mir bestelle.«

Plötzlich löste der Botschafter vor dem verblüfften Philippe seine Krawatte, knöpfte seinen Kragen auf. »Wollen Sie es sich nicht bequem machen, Mareuil? Hier herrscht eine Höllenhitze.«

Auf der engen Wüstenstraße konnten die Autos nur langsam aneinander vorbeifahren. Als ein kleiner Vauxhall der Limousine des Botschafters entgegenraste, hatte der fluchende Chauffeur gerade noch Zeit, zur Seite zu lenken, während der Vauxhall in einer Wolke aus gelbem Staub verschwand. Philippe sah für einen Augenblick den unvorsichtigen Fahrer, einen jungen, schlanken Mann mit dunklem Haar, sonnengebräunter Haut und einem kleinen Schnurrbart. Dieses Gesicht war ihm nicht ganz unbekannt. Wer war es? Er überlegte einen Moment. Dieser Mann war ihm in einem Redaktionssaal oder vielmehr in den Fluren eines Zeitungsgebäudes begegnet. War es nicht beim »Rose el Youssef«? Aber er konnte sich nicht an seinen Namen erinnern. Er dachte verärgert, daß er von nun aufmerksamer sein müßte, wenn er seine Aufgabe erfüllen wollte. Eine undankbare Aufgabe, an der Grenze dessen, was man von einem Berufsdiplomaten verlangen konnte. Warum hatte der Botschafter ihn gewählt? Weil er jung war und Risiken eingehen konnte? Das Argument war falsch. Man vertraute delikate Aufgaben gewöhnlich versierten Agenten an. In Erinnerung an seinen Vater? Daran glaubte Philippe nicht. Gefühlsduselei oder einfach Emotionen lagen seinem Botschafter nicht. Es war etwas anderes. Als er darüber nachdachte, sagte er sich schließlich, er wäre gewiß derjenige, der am wenigsten Verdacht erwecken würde. Man beauftrage ihn, sich am Gesellschaftsleben zu beteiligen, weil er das Profil für diese Rolle hatte. Hübscher Bursche, Playboy, wie oft hatte er diese beleidigenden Beschreibungen in höhnischem Ton gehört, früher von seinen Mitschülern, heute von seinen Kollegen. In der Kadettenschule hatte ihn ein gewisser Bernard Loyère »Töchterchen« genannt, und die beiden Burschen hatten sich mit solcher Inbrunst geprügelt, daß Loyère eine gespaltene Augenbraue zurückbehielt. Philippe mußte die Schule verlassen, aber das Bild seines zitternden und furchtbar blutenden Gegners blieb eine seiner schönsten Erinnerungen. War es möglich, daß der Botschafter in ihm nichts als einen hübschen Burschen sah, gerade dazu in der Lage, zu Cocktails zu laufen und die Hände der Damen zu küssen? Dumpfe Wut überfiel ihn. Wie gern würde er das Angebot zurückweisen, ihm seine Verachtung ins Gesicht schleudern! Ein Blick genügte, um Philippe zu entmutigen. Der Botschafter beobachtete ihn unerschütterlich. Sein wächsernes Gesicht und sein eisiger Blick schlossen jede Auflehnung und jeden Widerspruch aus.

Der Fahrer des Vauxhall war in Eile. Er war an diesem Abend um sechs Uhr im Automobilclub von Sidi Bishr, dem vornehmen Strand von Alexandria, mit Youssouf Rachad verabredet, dem Arzt des Königs. Die beiden Männer hatten sich im Gefängnis kennengelernt. Youssouf war Militärarzt, der andere, ein junger Offizier, war unter der Anklage in Haft genommen worden, an der Ermordung des Ministers Amin Osman beteiligt gewesen zu sein. Youssouf war Palastarzt geworden, das Verfahren des anderen war eingestellt worden, man versetzte ihn nach Rafa. Er hieß Anwar el Sadat.

Mit einer Hand hielt Sadat sicher das Lenkrad des Vauxhall, der durch die Unebenheiten der Piste auf eine harte Probe gestellt wurde, mit der anderen suchte er in der Westentasche nach seinen englischen Zigaretten. Was sollte er Youssouf sagen? Seine Aufgabe bestand darin, umfassende Erkundigungen über den Geisteszustand des Königs einzuholen und den Palast durch Youssouf mit falschen Informationen zu irritieren. Natürlich wußte dieser nicht, daß sein Freund Sadat einer der »freien Offiziere« war, die seit 1948 heimlich den Sturz von Farouk organisierten. Doch entgegen den Vermutungen der Geheimpolizei und des englischen Geheimdienstes hatte der Brand von Kairo die »freien Offiziere« überrascht. Bei ihrer letzten Zusammenkunft im Januar wurde entschieden, daß die Revolution nicht vor 1955 stattfinden könne. Sie brauchten mindestens drei Jahre, um die kommandierenden Offiziere, also die Kampftruppe, für sich zu gewinnen. Wie viele waren sie heute? Eine Handvoll Offiziere, fast alle dem Generalstab unterstellt, wie Gamal Abdel Nasser, Kamal Eddine Hussein, Amer. Salah Salem gehörte zum Kabinett des Kriegsministers, was wichtig war, um über die Pläne Farouks auf dem laufenden zu bleiben, aber in den Kasernen nichts bedeutete. Khaled Mohieddine war Major ohne Einheit, Sadat Verbindungsoffizier fern von Kairo, in der Wüste, in Rafa. Die drei anderen, Hassan Ibrahim, Gamal Salem und Abdel Latif Boghdadi, waren Flieger. Konnte man ohne Panzer, ohne Infanterie, ohne Artillerie an einen Staatsstreich denken? Natürlich nicht.

Dennoch, seit dem Brand und der Explosion des Volkszorns hatte sich die Situation so schnell verschlechtert, daß die kleine Gruppe zu handeln beschloß. Man würde Truppen finden. Gamal wollte einen seiner Freunde, den Panzerkommandanten Chafei, dafür gewinnen, mit seinem Regiment die Aktion zu unterstützen. Der Oberst der Infanterie, Ahmel Chawki, war aus Palästina zurückgekehrt, verbittert über die Schlamperei, die Korruption der königlichen Administration, und er scheute sich nicht, laut darüber zu reden. Gewiß, er war der Sohn eines Paschas und ein unverbesserlicher Lebemann, aber Nasser und Sadat glaubten, er sei »reif«, man könne ihn anwerben. Blieb die Artillerie. Die Offiziere des Komitees hatten vorgesehen, an Oberst Rached Mehanna, einen hervorragenden Führer, der den Moslembrüdern nahestand, heranzutreten. Bei diesem Gedanken runzelte Sadat die Stirn. Er hatte kein Vertrauen zu Mehanna. Der stimmte anfangs zu, lehnte dann ab, näherte sich wieder. Das war verdächtig. Es barg die Gefahr in sich, den Komplott aufzudecken. Er mußte von Youssouf Informationen über ihn bekommen. Hatte er etwas verraten? Verdächtigte man ihn? Stimmte es, daß ihn der König nach El Arich bestellt hatte und warum?

Der Vauxhall fuhr auf den Parkplatz des Automobilclubs. Sadat, schlank, fast zu elegant in seinem hellen Anzug, ging zum Rauchsalon. Youssouf Rachad war schon da, er ließ die Eisstücke in seinem Whisky klingeln und betrachtete den Strand von Sidi Bishr, der das türkisgrüne Meer mit einem weißen Streifen abzuschneiden schien. Die beiden Männer umarmten sich traditionsgemäß, klopften einander auf den Rücken. Sadat lachte mit der Fröhlichkeit eines Fauns, seine weißen Zähne blitzten im braunen Gesicht.

»Was hast du? Du bist so nachdenklich! Ist dein großer Farouk krank? Paß auf, wenn er nicht gesund wird, schneiden sie dir die Kehle durch...« Ihre Begegnungen begannen immer mit diesem rituellen Scherz. Aber Youssouf lächelte nicht. Mit finsterer Miene zog er zerknitterte Blätter aus seiner Tasche.

»Sieh mal. Das ist es, was Farouk krank macht. Schon wieder ein Aufruf der ›freien Offiziere‹. Hör dir das an: ›Wir werden nicht auf das demonstrierende Volk schießen... Offiziere, man will euch zur Unterdrückung zwingen, um die Armee zu kompromittieren‹, und so weiter, und so weiter. Ich überspringe ein Stück... ›Wir gehören zum Volk, heute und immer...‹ Welch ein Pathos! Aber wer weiß, was dahintersteckt...«

»Erzähl mir nicht, daß der König diese Hirngespinste ernst nimmt.« Anwar schob sein Glas mit Unschuldsmiene zurück. »Ich weiß, woher diese Flugblätter kommen, und ich sage es dir, wenn du schwörst zu schweigen. Sie sind alle von einem einzigen, uns bekannten, größenwahnsinnigen Offizier erdacht, und glaub mir, wir lachen in der Offiziersmesse darüber.«

»Und die Artikel von ›Rose el Youssef‹, unterschrieben mit ›der unbekannte Soldat‹? Und die im ›Misr‹, die man verboten hat? All das kommt von demselben Kerl? Das glaube ich nicht.«

»Mein Lieber«, warf Sadat ein, ernster, als er sich gab, »ich versichere dir, daß ein Staatsstreich nicht in der Presse stattfindet. Man braucht auch Truppen, und ich sehe nicht, daß sich die Armee auch nur rührt. Außerdem hätte sie während des Brandes Gelegenheit genug gehabt, nicht wahr?«

»Du weißt genau, was an diesem Tag geschehen ist«, murmelte Youssouf, »sie waren alle zum Essen beim König. Aber seither hat sich das Klima verändert. Ich kann dir im Vertrauen sogar sagen, daß der König bereits eine Liste all derer aufgestellt hat, die ihn im Falle eines Unglücks ins Exil begleiten sollen. Ich stehe leider mit drauf. Und er trifft seine Vorkehrungen: Hassan Akef, sein Pilot, ist in dieser Woche dreimal in Genf gewesen. An Bord hatte er Goldbarren und Schmuck der Königin und der Prinzessinnen. Ein schlechtes Zeichen, was?«

Sadat konnte sich ein Lächeln nicht verkneifen, und trotz des untadeligen weißen Hemdes und der schwarzen Krawatte glich sein pfiffiges Gesicht dem eines Fellachen vom Nil. Er beugte sich vor und klopfte Youssouf auf den Arm.

»Komm, laß diese finsteren Gedanken, und gieß mir ein Glas ein. Wir gehen dann ins San Stefano essen. Om Kalsoum soll heute abend dort singen, für eine große Hochzeit.«

Es war dunkel geworden. Im Hotel San Stefano, an der Küstenstraße, speiste man an kleinen Tischen. Aber im Hauptsaal, dessen Fenster sich zum Meer öffneten, war ein Festessen für die fünfhundert Gäste der Hochzeit Falconeri-Wissa angerichtet. Durch den fröhlichen Lärm von Lachen und Gläserklingen glitten Kellner in weißer Weste und servierten auf silbernen Platten Langusten. Neben den Türen machten sich die Kellner daran, auf kleinen Wagen aus Mahagoniholz die gebratenen Lämmer zu tranchieren. Im Mittelpunkt der Gesellschaft saß Irène, die ihren Schleier zurückgeschlagen und das Haar gelöst hatte. Sie lächelte, lachte, strahlte im Glanz ihrer blonden Haare. Die großen weißen Blumensträuße begannen zu welken, der Duft der Gardenien wurde schwerer, die Bratengerüche vermischten sich mit dem Rauch der Zigarren, die Gesten wurden matter, die Frauen neigten ihre verwirrenden Dekolletés zu den weißen Hemdbrüsten der Männer, die Wangen zu rot, die Augen zu leuchtend. Man stieß Bewunderungsrufe bei der Ankunft der mehrschichtigen Torte aus, von der unter Bravorufen zwei verschreckte Tauben aufflogen. Irène versuchte im Stehen den Kuchen mit einem großen Säbel zu zerschneiden, den sie jedoch nicht zu führen vermochte. Magdi stand auf, nahm ihr die Waffe aus den Händen und schnitt in das Kunstwerk, als würde er einen Baum fällen. Die Meringe stürzte unter allgemeinem Gelächter zusammen.

Das Glück schien wieder greifbar. Aus dem hinteren Teil des Saales erhob sich ein Murmeln. Leise Akkorde, der Klang einer Laute, die den richtigen Ton suchte, das Kratzen der Geigen. Eine hochgewachsene Frau mit schwarzem Haarknoten und riesengroßen Augen, nicht schön, aber majestätisch, wartete reglos, die Hände über der mächtigen Brust gekreuzt. Ein Seufzer ging durch das Publikum, ein Name wurde geflüstert: Om Kalsoum. Erste Akkorde, Stille trat ein. Schließlich stieg die Stimme empor, fest und mächtig, »ya habibi, ya habibi ya ...« Der Klang verhallte, die Melodie erstarb in einem herzzerreißenden Descrescendo, dann breitete sich erneut die Stimme aus, weitete sich, wurde schmal wie ein Faden, bevor sie wieder zu all ihrer Kraft aufstieg, in einem zauberhaften Schwung ausbrach, den das entfesselte Orchester aufnahm. Beifallsrufe ertönten: »O Nachtigall!«, »O Mond, o Göttin!« Die Frauen warfen Blumen und Seidentücher. Männer erhoben sich. Om Kalsoum sang. Die Zuhörer waren wie berauscht von den schmerzerfüllten Melodien, die immer ähnlich und doch wieder neu waren. Om Kalsoum sang, ohne sich zu bewegen, als stiege der Zauber aus ihr auf, durch einen geheimnisvollen Zufall.

Mimi, auf ihrem Stuhl zusammengesunken, weinte in Lolas Armen, ohne sich zu schämen. Zerrissen von dieser verwirrenden Stimme, weinte sie um ihre tote Liebe, ihr junges, brutal unterbrochenes Leben. »Er war so schön, Lola. Ich liebte ihn sosehr. Du weißt nicht, was das ist, die Liebe eines Mannes. Es ist gut, es ist stark, es ist ... es ist das Leben, das Glück.« Mit zusammengeschnürtem Hals streichelte Lola Mimis Haar, ohne etwas zu sagen. War sie so schwierig, die Liebe? So tief, so herzzerreißend? Sie schwor sich, es zu erfahren, mit Leidenschaft zu leben, ohne sich zu schonen, voller Glut zu lieben, was es auch kosten mochte.

Das Fest war vorbei. In ihrem Zimmer blickte Lola, barfuß und im Nachthemd, auf das nächtliche Alexandria. In den Hotelgärten schimmerten die Glühwürmchen. Von weitem hörte man schwach die Nebelhörner der Fährboote, die den Hafen verließen. Man ahnte die kleinen, verzweigten Gassen im Schatten, mauzende Katzen sprangen über Bettler, die sich unter den Arkaden zusammengerollt hatten. Von den noch geöffneten Cafés, die einen viereckigen Lichtschein auf die Straße warfen, stieg das Klappern der Trictracspieler, das Lachen der Seeleute herauf, die Klagen der arabischen Musik, ausgespuckt von uralten Radios. Lola erriet jede Bewegung in der Nacht, atmete die Gerüche des Hafens ein, fühlte in sich den Rhythmus dieses märchenhaften und vor Schmutz starrenden Orients zu ihren Füßen. Sie dachte an Philippe. Ihren schönen Franzosen. Zu schön. Zu französisch. So fremd in dieser lärmenden und elenden Welt, die ihr das Herz erwärmte, dieser Welt, die sie liebte. »Ya habibi, o meine verlorene Liebe . . .« Sie hörte noch die Stimme von Om Kalsoum und erschauerte, ohne zu wissen, weshalb.

5

Lolas Tagebuch

20. April 1952

Heute beginne ich dieses Tagebuch. Seit Irènes Abreise weiß ich nicht mehr, wem ich mich anvertrauen soll. Mimi hat eine Anwandlung von Verzweiflung und weint die ganze Zeit. Mama tröstet sie. Niemand kümmert sich um mich. Außer Papa. Neulich ließ er mich feierlich in sein Büro kommen, um mir zu sagen: »Du verläßt das Sacré-Cœur. In den nächsten drei Monaten wird Pater Pironi jeden Tag kommen und mit dir Philosophie, Latein und Griechisch lernen. Du willst das Abitur ablegen und studieren? Einverstanden. Aber ich stelle eine Bedingung. Du mußt glänzend abschließen. Zunächst das Abitur. Dann die Amerikanische Universität, wenn du willst, aber nicht als Dilettantin. Du bist ein Mädchen, du mußt dich zwingen, die Beste zu sein, besser als dein Bruder beispielsweise. Das ist ungerecht, aber es ist so. Ich mache mir keine allzu großen Sorgen, du hast den Willen, und dir fehlt es nicht an Stolz. Du wirst es schaffen.« Mit sanfterer Stimme fügte er hinzu: »Du kommst nach mir«, während er lächelte und an seiner Nase zog, weil er bewegt war, und er endete: »Behalte diese letzte Bemerkung für dich, ja?«

Armer lieber Papa! Ich weiß genau, daß ich seine Lieblingstochter bin. Nicht nur, weil ich ihm äußerlich ähnele – beide sind wir groß, brünett und mager – sondern weil er Jean zu schwach und Irène zu sanft findet. Aber ich bin hart und ein Dickschädel, wie mein Großvater väterlicherseits, der in Pantoffeln aus Nablus kam, ein Bündel auf dem Rücken, und auf den Papa so stolz ist. Wie oft hat er mir diese Geschichte erzählt! Wie oft hat er von seinem Großvater gesprochen, der in den Hinterräumen des Lebensmittelgeschäftes der Familie Recht studierte, zwischen zwei Kisten mit Seife aus Marseille und Weintrauben aus Smyrna. Papa behauptet, die Falconeri seien dank ihres Geschäftssinns zu Vermögen gekommen, während man in der Familie von Mama, bei den Zanarini, seit dem XVI. Jahrhundert mit einem Silberlöffel im Mund zur Welt kommt. Das ist ein alter Streit, der nie beendet wird. Ich will natürlich arbeiten, um unabhängig, frei zu sein. Aber auch, weil ich weiß, daß ich nicht sehr schön bin. Nie werde ich Irène einholen, nicht einmal Mama. Glücklicherweise versteht mich Papa ganz genau. Um ihm zu zeigen, daß ich einverstanden war, machte ich das Zeichen, das einst unsere Komplizenschaft besiegelte, ich kreuzte die Zeigefinger: Kreuz aus Holz, Kreuz aus Stahl, wenn ich lüge, droht Höllenqual. Er blieb ernst. Er hatte mir noch Anderes zu sagen: »Du mußt auch wissen, daß die Männer bei uns zu intelligente und zu autoritäre Frauen nicht lieben. Sie machen ihnen angst. Im Orient bevorzugt man ergebene Ehefrauen, beschäftigt mit Lappalien oder häuslichen Sorgen, die ihren Gatten das Gefühl geben, männlicher, aktiver, beschützender zu sein, kurz: ihren Stolz mehren. Vergiß das nicht. Die Orientalen verabscheuen Frauen, die sie ihre eigenen Schwächen spüren lassen.« Ich sagte ihm, er habe keine Schwächen, und Mama sei dennoch eine brillante Frau. Er antwortete mir: »Ja, deine Mutter ist sehr schön, aber . . . sie arbeitet nicht. Was hätte ich getan, wenn sie Anwalt wäre, wie ich? Ich weiß es nicht. Außerdem wäre eine Frau als Anwalt zu unserer Zeit, in Ägypten, einfach unvorstellbar. Aber du, Lola, du wirst diese Probleme kennenlernen. Wenn ein Mann bereit ist, eine unabhängige Frau zu heiraten, muß er sehr weise, sehr großzügig oder sehr verliebt sein.« – »Du willst sagen, daß ich häßlich bin, daß man mich nicht lieben kann, nicht wahr? Das weiß ich.« – »Aber nein, sieh mich nicht an, wie eine wütende Katze, mein Liebling.« Er warf mir einen belustigten Blick zu und zog spaßhaft die Augenbraue hoch. »Du wirst eine sehr schöne Frau sein, anders als die anderen. Keine klassische Schönheit vielleicht, aber unverwechselbar. Du hast mich überrascht, beim Ball. Ich sagte zu mir: ›Donnerwetter!‹ Und im Laufe deines Lebens werden viele Männer, wenn sie dich sehen, ›Donnerwetter!‹ sagen. Aber laß es dir nicht zu Kopf steigen. Genug zu diesem Thema. Du wirst dich morgen mit Pater Pironi verabreden. Von ihm hast du auf jeden Fall nichts zu befürchten.«

Ich war gleichzeitig erstaunt und belustigt. Er fand mich also schön! Ich hatte Lust zu singen. Was Pater Pironi angeht, so hat Papa recht, er ist so häßlich, daß er schon wieder sympathisch wirkt. Ich habe nie einen dickeren und rosigeren Mann gesehen. Seine Wangen sind wie frischer Schinken. Er hat immer Bonbons in der Tasche, Sahnekaramellen, die er mir großzügig anbietet. Welche Sorte, Mademoiselle Lola? Café, Vanille, Schokolade? Ich verabscheue Karamellen, wie alle anderen Bonbons. Als ich es ihm sagte, schien er bekümmert und murmelte auf lateinisch irgend etwas über die Süßigkeiten des Lebens. Ich tat, als hätte ich verstanden. Auf jeden Fall habe ich noch nie so gut gearbeitet, mich noch nie so amüsiert. Zwischen zwei Karamellen gelingt es ihm, mich zu begeistern, mich neue Ideen entdecken zu lassen, die mir dann durch den Kopf gehen. Er kennt alles, spricht mit mir über alles, als wäre ich ein Junge. Er hat mir Auszüge von Camus vorgelesen, und wir haben sogar Gide studiert. Wenn die Schwestern von Sacré-Cœur das hören würden! Was für ein komischer Geistlicher. Ich bin sicher, Papa hat ihn extra ausgesucht, um mir den Kopf zu entschlacken. Es ist ihm gelungen.

25. April

Ich habe ihn wiedergesehen! Ich habe Philippe wiedergesehen! Ich kann an nichts anderes mehr denken. Aber beginnen wir von vorn. Gestern früh fand mich Mama zu blaß und ärgerte sich. Die Kleine muß ausgehen, sich bewegen, etwas Sport treiben. Sie wird krank werden mit ihrem Abitur, wenn sie die ganze Zeit in ihrem Zimmer sitzt und liest. Mama meinte schon immer, lesen wäre ungesund. Also, Befehl von Mama, ich werde jeden Tag früh am Morgen zum Tennis nach Gezireh gehen. Mit Jean natürlich, angeblich als Partner, aber in Wirklichkeit als Anstandswauwau. Heute morgen waren wir die ersten im Club. Jean hatte schlechte Laune. Er haßt es, früh aufzustehen. Er spielte miserabel und verpaßte alle Bälle. Mit Absicht. Ich war wütend und wollte ihn beschimpfen, als ich eine Stimme hinter mir hörte: »Aber das ist doch Mademoiselle Schmetterling, Pardon, Lola! Würden Sie mir das Vergnügen einer Tennispartie machen?« Noch bevor ich ihn sah, erkannte ich seine Stimme. Wie hätte ich sie auch vergessen können? Dieser leichte Akzent, etwas gedehnt, spöttisch. Mir blieb das Herz stehen.

Er kam zu uns. Er trug Shorts und ein weißes Sporthemd, weiße Socken, Tennisschuhe und balancierte den Schläger leicht in der Hand. Waren es die Shorts, nach französischem Schnitt, seine gebräunte Haut oder die langen Beine? Er erschien mir größer, schlanker, breiter in den Schultern als beim Ball. Die aufgehende Sonne ließ die Farben glänzen, und sogar von weitem sah ich den grünen Schimmer in seinen Augen. Oh, ich könnte dieses Bild nie vergessen. Ich brauche bloß die Augen zu schließen, um es in allen Details vor mir zu sehen. Sein schwarzes Haar. Sein freundliches Lächeln. Die Handbewegung, mit der er mich grüßte. Ich weiß, daß ich mich nicht getäuscht habe, daß es nicht der Traum eines kleinen Mädchens oder die Wirkung eines Walzers ist. Es ist dieser Mann, den ich will, er ist es, den ich liebe und lieben werde.

Jean murrte: »Wer ist dieser Kerl? Woher kennst du ihn?« Er nervt mich, wenn er diese Beschützerrolle spielt. Schließlich ist er erst fünfzehn, und ich bin schon sechzehneinhalb! Ich antwortete: »Sei still, du Idiot, er wurde Mama und mir auf dem Ball der Tegart vorgestellt.« Das stimmt zwar nicht ganz, aber Gott sei Dank war Jean nicht auf dem Ball. Philippe kam zu uns, er beugte sich zur Begrüßung leicht über meine Hand, als wollte er sie küssen, aber nein. Diese französischen Gewohnheiten verwirren mich. Ich stellte ihm Jean vor, der sich zierte. »Warum spielen Sie so früh am Morgen? Ich, ein armer Angestellter, muß pünktlich um neun Uhr in meiner Botschaft sein, aber Sie?« – »Ich«, antwortete ich, vielleicht mit etwas zu großer Begeisterung, »ich arbeite auch. Ich mache im Juni mein Abitur.« – »Philosophie?« – »Ja.« Daß ich ihn interessiere, war offensichtlich. Ich frage mich, ob ich ihm gefalle. Glücklicherweise habe ich mich trotz allem in den letzten zwei Monaten auf meiner Terrasse gesonnt. Ich bin nicht so braun wie eine Maurin, was mir Jean liebenswürdigerweise jeden Sommer bescheinigt. Sagen wir, ich bin aprikosenfarben, und das Weiß steht mir. Auch der Tennisrock, weil er sehr kurz ist und ich lange Beine habe. Beine, die Philippe mit einer Wärme betrachtete, die ich nie zuvor im Blick eines Mannes gesehen habe. Vielleicht, weil er Franzose ist... Wie angenehm es ist, bewundert zu werden!

Jean pfuschte, wie gewöhnlich, wieder mal dazwischen: »Komm, Lola, wir gehen, ich bin müde.« Philippe nutzte die Gelegenheit: »Ruhen Sie sich aus, ich werde mit Lola spielen. Einverstanden?« Kein »Mademoiselle« mehr. Einfach Lola. Gut. Ich wollte ihm zeigen, was ich konnte, ihm beweisen, daß ich nicht das kleine Dummchen war, das seinem Tänzer nur ja und nein zu sagen wußte. Ich habe gespielt wie noch nie! Ich fühlte mich so glücklich, ich rannte, ich flog. Ich habe natürlich gewonnen. Aber ich war schweißgebadet, außer Atem. Schließlich griff er nach seinem Handtuch und trocknete sich die Stirn. »Sie spielen wirklich gut! Was für eine Beweglichkeit! Ich werde wohl trainieren müssen, wenn ich nicht abgehängt werden will. Machen wir morgen weiter?« Er lächelte, aber er war nicht fröhlich. Ich dachte zu spät an Papas Worte. Arme Idiotin, dummes Stück, ich will immer zu gut sein. Ich hätte ihn gewinnen lassen müssen, wenigstens ein bißchen. Wir haben uns schnell und ziemlich kühl voneinander verabschiedet.

Wie sehr ich es heute abend bedaure, so dumm gewesen zu sein. Als ob es darum ging, beim Tennis zu gewinnen. Und jetzt sehne ich mich schon nach ihm. Denkt er an mich? Manchmal sieht er mich aus dem Augenwinkel an, und ich fühle mich gewärmt, beschützt, wenn seine grünen Augen sanfter werden. Und dann ist er plötzlich wieder ironisch oder kalt. Was soll ich tun? Wie muß man sich benehmen, um einen Mann zu verführen? Wen soll ich fragen? Mimi vielleicht. Ja, morgen werde ich mit Mimi darüber sprechen. Sie wird nicht lachen. Sie wird es mir beibringen.

27. April

Es geschehen merkwürdige Dinge im Haus. Die Cohen bereiten wie jedes Jahr ihre Ferien in Europa vor. Sie werden nicht nach Vichy fahren, sondern in die Schweiz, nach Genf. Normalerweise hätten die beiden Jungen mit der Mutter im Juni abreisen müssen. Ihr Vater stößt gewöhnlich Anfang Juli zu ihnen. Aber gestern kam Madame Cohen, um sich weinend von Mama zu verabschieden. Sie haben lange allein miteinander geredet. Dann gab es ein großes Hin und Her von Koffern und Kleidern. Madame Cohen brachte ihren Pelzmantel herunter, der nach Naphtalin roch, und sagte: »Bei dieser Hitze kann ich ihn doch nicht tragen, das ist unglaubwürdig.« – »Doch, nehmen Sie ihn mit«, antwortete Mama, »es ist so kalt in Genf.« Kalt in Genf, im Sommer? Mittags fuhr Madame Cohen allein nach Alexandria, wo sie das Schiff nehmen wird. Sie, die gewöhnlich so fröhlich ist, schien völlig niedergeschlagen und hat mich beim Abschied auch nicht gefragt: »Lola, was soll ich dir aus Europa mitbringen?«, sondern hat mich umarmt und an ihr Herz gedrückt, dabei sagte sie: »Arme Kleine, armer Liebling.« Warum arm? Ich sehe nicht so elend aus, ich bin sogar in bester Form.

Am Nachmittag verstand ich alles. Abel lehnte sich über das Treppengeländer der zweiten Etage und pfiff leise, wie immer, wenn er mich rufen will, ohne daß es jemand merkt. Er machte mir ein Zeichen, heraufzukommen, ich stieg nach oben. Alle Möbel in der Wohnung waren verhüllt. Er nahm mich am Arm, sah mich so merkwürdig an, daß ich Angst bekam. Als er mich in sein Zimmer zog, wurde ich noch ängstlicher. Wollte er mich umarmen? Nein, er öffnete die Tür und sagte mit fremder Stimme zu mir: »Lola, ich will, daß du dir hier irgend etwas aussuchst, das dir gefällt, irgend etwas, das du willst, und daß du es dein ganzes Leben lang behältst.« Ich verstand überhaupt nichts, ich blieb einfach stehen, wie erstarrt. »Lola, ich bitte dich. Nimm irgendwas, und behalte es als Erinnerung an mich. Das ist ein Geheimnis, ich habe geschworen, nicht davon zu sprechen, aber bei dir ist es etwas anderes, ich weiß, daß du nichts verraten wirst. Wir fahren für immer. Wir verlassen Ägypten. Mama kommt nicht mehr zurück, und wir werden ihr im Laufe des Sommers einer nach dem anderen folgen.« Ich war sprachlos. »Warum? Hat dein Vater Pleite gemacht?«

Er lächelte. »Nein. Im Gegenteil. Das Problem ist, das Geld und alles, was wir besitzen, herauszubekommen, ohne daß man es merkt. Man darf keine Panik verursachen, verstehst du.« Ich verstand noch immer nicht. »Was für Panik? Niemand reist ab. Ist es wegen des Brandes? Aber das ist vorbei...« – »Der Brand und alles andere. Wir sind Juden, Lola. Ich weiß, daß das für dich nichts Besonderes bedeutet. Für uns wohl. Seit dem Palästinakrieg beschwören uns unsere Cousins in Genf, daß wir kommen. Sie sagen, wir seien verrückt, hier, in einem arabischen Land, zu bleiben. Alles werde schlecht für die Juden enden. Papa hat ihnen immer erklärt, daß die Juden in Ägypten nichts zu fürchten hätten, daß Christen, Moslems, Griechen, Italiener, Juden zusammenleben, ohne daß man ihnen ein Schild auf den Rücken klebt.« – »Er hat recht, Abel! Was macht es für mich für einen Unterschied, ob du Jude bist oder nicht?« – »Für dich, für deine Eltern gibt es keinen Unterschied. Für die Moslems doch. Wegen Israel. Was haben sie angezündet, in der Stadt, mit dem Ruf ›Allah akbar‹? Alle jüdischen Geschäfte.« – »Du weißt genau, daß sie die Engländer suchen; außerdem waren es Engländer, die sie im Club getötet haben. Engländer, wie Mimis Mann.« – »Ja, im Augenblick. Dann, nach den Engländern, werden sie sich die Juden vornehmen. Glaub mir, wir haben eine lange Erfahrung, was Verfolgungen angeht. Ich kann dir nicht erklären, warum, aber ich bin sicher, daß meine Cousins recht haben. Wir sind Ausländer in Ägypten, und die Ägypter lieben keine Ausländer, sie haben es im Januar in den Straßen geschrien. Übrigens seid auch ihr Christen Ausländer. Der Unterschied zu den Juden ist, daß die Juden es wissen, und die Konsequenzen daraus ziehen. Ihr, ihr wollt nichts sehen, nichts wissen, nichts verstehen. Gott schlägt jene mit Blindheit, die er verlieren will...«

Niemals zuvor hatte Abel mit solcher Leidenschaft gesprochen, als wollte er mich überzeugen, mit ihm zu fahren. Er kam auf mich zu, drückte mich gegen den Türrahmen, nahm mich in die Arme und küßte mich. Es war merkwürdig, seine Lippen auf meinen, das Kitzeln seines kleinen Schnurrbartes an meiner Nase. Mein erster Kuß! Ich habe die Augen zugemacht, aber nichts. Ich spürte nur seine Zähne, die mir weh taten. Er ließ mich los und seufzte: »Du liebst mich nicht, ich wußte es. Ich hätte dich gern geliebt. Glücklicherweise fahre ich fort. Ich werde versuchen, dieses Land zu vergessen, denn das Exil scheint seit ewigen Zeiten unsere einzige Perspektive zu sein. Denk an mich, Lola. Wenn du eines Tages irgendwas brauchst, such mich, ruf mich, egal, wo in der Welt du bist. Ich werde dir helfen.«

Er seufzte und begann zu lachen: »Ich hatte dir ein Geschenk versprochen, und alles, was ich kann, ist, dich zu erschrecken. Ach, Lola, mach nicht so ein Gesicht. Willst du diesen kleinen silbernen Rahmen? Mein Zigarettenetui? Eher den Silberrahmen. Er ist sehr alt, er stammt von meinem Großvater, der ihn aus Istanbul mitgebracht hat. Du wirst das Foto deines Verlobten oder deiner Kinder hineinstellen. Nimm ihn, ich bitte dich. Um mir zu beweisen, daß du mir verzeihst. Damit du mich nicht vergißt . . .«

Jetzt steht der kleine Rahmen in meinem Zimmer, ich sehe ihn an, während ich schreibe. Er ist hübsch, aber etwas überladen, mehr nach türkischem Geschmack, mit einer Rosengirlande ringsherum und dem Knoten eines Silberbandes oben. Der Untergrund ist aus blaßschwarzem Moiré. Ich habe ihn auf meinen Schreibtisch gestellt. Ich werde ein Foto von Mimi reinstecken und erzählen, sie hätte ihn mir geschenkt, um die Neugier von Mademoiselle Latreille zu befriedigen, die mir bestimmt Fragen stellen wird. Etwas verwirrt mich. Ist es möglich, daß Abel recht hat? Fremde in Ägypten, wir, die Falconeri, die Zananiri, die Boulad? Wir sind seit so langer Zeit hier. Ich kann es mir nicht einmal vorstellen, woanders als in Kairo zu leben. Natürlich gab es den Brand. Aber weniger als eine Woche später war das Leben wieder wie zuvor. Gestern bin ich nach dem Tennis durch die Soliman-Pascha-Straße gefahren, und wir haben beim Amerikaner gefüllte Schokolade gekauft. Der Laden war wieder eingerichtet, brandneu, und Abdel Hamid serviert noch immer das Eis. Dieselben Nubier in Kaftanen hinter den Kassen. Wer ist Christ, wer ist Moslem? Zum erstenmal habe ich mir diese Frage gestellt. Ich konnte sie nicht beantworten. Schrie auch Abdel Hamid »Tod den Ausländern«, am Tag des Brandes? Ich habe heute morgen die Einladung zu einem Ball in der nächsten Woche bekommen, aus Anlaß von Leilas achtzehntem Geburtstag. Sie ist eine Schulfreundin von Irène. Leila ist Koptin. Betrachtet sie uns als Fremde?

Aber es stimmt, wir leben unter Christen. Es gab sehr wenige Moslems in Sacré-Cœur. Und ich erinnere mich an den kleinen Skandal, den Sami Sednaoui im letzten Jahr ausgelöst hat. Eines Tages erschien er im Club mit einem moslemischen Jungen, der sehr schön war und schwamm wie ein Gott. Er hieß Raouf, und alle Mädchen waren verrückt nach ihm. Vor allem meine Cousine Liliane. Sie wollte ihn heiraten, und ihr Vater schickte sie für Monate nach Syrien, aber sie vergaß Raouf nicht, und auch er wartete auf sie. Schließlich haben sie geheiratet und wurden in der Gesellschaft mehr oder weniger akzeptiert. Mama sagte: »Es ist so eine schöne Liebesgeschichte!«, und Papa antwortete: »Vielleicht, aber er ist Moslem, und seine Frau wird unter dem Stempel einer Abtrünnigen leben. Für meine Töchter würde ich das niemals wollen!« Er hatte seine ernste Stimme, die wir die Stimme des totalen Verbots nannten. Mama erwiderte: »Moslem vielleicht. Aber seine Mutter ist Französin, und sein Vater ist sehr reich.« Ich frage mich, wo sie heute sind. Man sieht sie nicht mehr im Club. Sind sie auch nach Genf oder Paris gegangen?

10. Mai

Die Zeitungen melden heute, daß der Hof am 15. Mai traditionsgemäß nach Alexandria umziehen wird. Alle Welt folgt ihm. Außer uns. Heute morgen beim Frühstück hat Papa verkündet, daß die Familie bis Juni in Kairo bleibt und wir die Abiturergebnisse abwarten, bevor wir in unser Sommerhaus nach Agami fahren. Jean protestierte lauthals; er sagte, er würde meinetwegen nicht auf den Strand verzichten. Er wird also mit Mama und der Hälfte der Angestellten vorfahren. Papa, Mademoiselle Latreille, der Chauffeur und ein Zimmermädchen bleiben hier, auch Zeinab, die Köchin. Ich erschrak. Wenn Jean wegfährt, wer wird mir dann als Anstandswauwau im Club dienen? Ich sah Mimi an, die sofort verstand. Sie versicherte mit entschlossener Stimme, sie fühle sich noch nicht in der Lage, am sommerlichen Gesellschaftsleben teilzunehmen, könne aber, wenn Mama einverstanden sei, bei mir in Kairo bleiben. Ich hätte sie umarmen können! Ich werde heute abend mit ihr sprechen.

11. Mai

Mimi wußte schon alles. Jean hat ihr gesagt, daß meine Tennispartien nur Vorwand waren, um einen seltsamen brünetten Franzosen zu treffen, ziemlich unsympathisch, und daß er genug davon hätte, als Alibi zu dienen. Na fein! Ich wage mir kaum vorzustellen, wie er sich in Alexandria ohne Papas Aufsicht benehmen wird. Aber er ist ein Junge und darf alles. Ich fühle die Seele einer Feministin in mir, habe darüber sogar mit Pater Pironi gesprochen. Er hat mir heimlich ein neues Buch aus Paris geborgt, »Das andere Geschlecht«, von Simone de Beauvoir, unter der Bedingung, daß es mich nicht von Latein und Griechisch ablenkt. Im Augenblick liest es Mimi, die ständig Kommentare abgibt: »Wie recht sie hat! Was für eine erstaunliche Frau!« oder »Ja, das ist ja ganz schön, aber Frankreich ist nicht Ägypten, was wir auch davon halten mögen.«

Es gibt dennoch ein Hindernis für meine Pläne. Mimi will nicht früh aufstehen. »Nicht daß ich nicht will, ich kann einfach nicht«, berichtigt sie. Dann hat sie sich ausgedacht, das Tennis durch Schwimmen am späten Nachmittag zu ersetzen. »Der Badeanzug steht dir besser als der Rock. Deine Verführungskraft liegt in deinem Körper«, behauptet sie, »Und außerdem wird das Schwimmen deine Brüste entwickeln. Große Brüste, die Männer lieben das...« Ich wurde rot, und sie lachte. Ich mußte Pater Pironi überzeugen, schon um neun Uhr zu kommen. Er grollte, er müsse dann seine Messe bei Sonnenaufgang lesen, aber er stimmte zu, ohne große

Erklärungen zu verlangen. Ob er etwas ahnt? Auf jeden Fall macht er alles, was ich will.

15. Mai

Die Idee mit dem Schwimmbad ist genial. Wir trafen dort all unsere Freunde, und Mimi hat mir ihren weißen Bikini geborgt, der über der Brust drapiert ist, ganz wie bei Esther Williams. Ich bin viel geschwommen, da ich an meine Brüste dachte. Dann haben wir uns auf die Veranda gesetzt, um Limonade und Coca-Cola zu trinken. Ich habe den neusten Klatsch von Kairo gehört. Anscheinend hatte die Königin eine sehr ernste Auseinandersetzung mit Andreous Pascha, die der König zugunsten seines Ministers beendet hat. »Wenn es etwas zu vermeiden gilt, dann, unsere wirkliche Regierung anzugreifen«, spottete Sami. »Was heißt wirkliche?« fragte irgend jemand. »Nun ja, Mohammed Hassan, Abdel Aziz, Helmy Hussein, Antoine Pulli, Andreous Pascha, Hassan Akef.« Alle lachten, außer mir, weil ich den Hoftratsch nicht kenne. »Hassan ist ein Leibdiener, Aziz sein Küchenchef, Hussein sein Chauffeur, den er zum Oberst ernannt hat. Pulli versorgt ihn mit Frauen. Andreous verliert absichtlich beim Spiel, damit der König gewinnen kann, ohne zu schummeln, Akef ist sein Pilot«, erklärte mir Antoine Boulad mit leiser Stimme, »diese Leute regieren tatsächlich, um seines Vergnügens willen, und . . .«, er schwieg plötzlich, weil Leila Tabet herankam. Leila ist sehr hübsch, sie ähnelt Sophia Loren, ihr Vater ist ein Pascha, der dem König nahesteht, sie hat Zugang zum Hof. Man muß aufpassen, was man in ihrer Anwesenheit sagt.

Ich hatte die Hoffnung schon aufgegeben, Philippe zu sehen, als er endlich kam. »Nur auf ein Glas«, sagte er in die Runde. Er schien bereits alle zu kennen. »Ich habe heute abend einen außerordentlich amüsanten Cocktail in der belgischen Botschaft zu absolvieren, dann ein noch lustigeres Diner zu Ehren der Königin Zein von Jordanien.« In seiner weißen Badehose sah er hinreißend aus. Er grüßte mich höflich, aber ohne besondere Wärme, als würde er mich nur flüchtig kennen. Mir gefror das Blut in den Adern. Der grüne Rasen, das blaue Schwimmbecken, das Geräusch der Bälle auf den Tennisplätzen hinter den Bäumen, das Rauschen der Palmen über unseren Köpfen, all das erschien mir plötzlich wie künstlich. Ich dachte: Wir spielen eine Filmszene wie in »Die Straße nach Indien«. So erlesen britisch, so kolonial! Die Worte von Abel Cohen fielen mir wieder ein. Er hat bestimmt recht. Wir leben wie Ausländer auf der Durchreise. Um mich herum sprach man von Polo, gab man die Adresse eines Schuhmachers in London weiter. Ist das Ägypten? Was mag Philippe davon halten? Als hätte er meine Gedanken gelesen, kam er zu mir. »Lola! Ich dachte, Sie würden über den Lateinarbeiten dahinwelken. Was machen Sie unter diesen charmanten jungen Leuten?« Der ironische Ton verletzte mich. Ich stand auf. »Ja, ich arbeite. Hier bin ich nur für eine kurze Entspannung. Ich gehe zu meinen Büchern zurück.« – »Wann ist die Prüfung?« – »In drei Wochen.« – »Informieren Sie mich, das muß man feiern . . . zusammen.« Er zeigte ein mondänes Lächeln, das das Blitzen seiner Augen Lügen strafte. Wie gut er sich in der Gewalt hat! Ich weiß nicht, ob er mich liebt, aber mein Instinkt sagt mir, daß ich mich für ihn von den anderen unterscheide. Er amüsiert sich über mich, aber irgendwie sind wir gleichgesinnt. Das ist meine Chance.

25. Juni

Ich hatte zuviel Arbeit, um das Tagebuch fortzusetzen, aber jetzt ist es vorbei, hurra, ich habe das Abitur bestanden. Mit der Note »sehr gut«! Ich platze vor Stolz und Freude. Papa hat mir eine Kette aus schwarzen und weißen Perlen geschenkt. Er versteht es, Schmuck auszuwählen. Mimi hat geweint, Mademoiselle Latreille hat zwei Dutzend Taschentücher für meine Aussteuer bestickt. Mama hat aus Agami angerufen, um mir zu gratulieren. Sogar Jean hat »bravo« gebrummt, bevor er auflegte. Irène hat ein Telegramm aus ihrem Haus im Delta geschickt, sie wird bald zurückkommen. Pater Pironi bestand darauf, daß ich in seinem »Goldenen Buch« unterschrieb, das heißt in dem Register, das er über die Erfolge seiner bevorzugten Schüler führt, die er seine Küken nennt. Er hat mich darauf aufmerksam gemacht, daß ich das erste weibliche »Küken« bin. Das ist kein geringer Ruhm. Aber ich muß die beiden glücklichsten Ereignisse aufschreiben. In der »Bourse égyptienne« von gestern nachmittag stand eine kurze Meldung: »Seine Exzellenz, der Botschafter Frankreichs, fährt am 2. Juni nach Paris. Die Vertretung übernimmt Monsieur Eric de Carbonnel, Geschäftsträger, der die Sommerresidenz in Alexandria aufsucht.« Das heißt, daß auch Philippe dort sein wird. Mit derselben Post kam ein Umschlag für mich, die Adresse groß, mit weiter Schrift. Er enthielt eine gelbe Rose, leicht zerdrückt, aber sie duftete herrlich! Und einen kurzen Brief: »Glückwunsch, liebe Lola. Bis bald am Strand, hoffe ich, in Agami oder Alexandria.« Er trug eine große Unterschrift: »Philippe de Mareuil«. Ich habe die Rose geküßt und den Umschlag unter meine Nachthemden geschoben, in die Schublade meiner Kommode. Ich muß ein besseres Versteck für meine Liebesbriefe finden und vor allem für das Tagebuch. Ich habe eine Idee. Ich werde alles zusammenrollen und in das Rohr meines Messingbettes schieben, nachdem ich die Kugel abgeschraubt habe, mit der es verschlossen ist. Das habe ich in einem Krimi gesehen. Meine Geheimnisse werden ganz in meiner Nähe sein und dennoch geschützt vor der Neugier von Mademoiselle Latreille.

    Heute abend fühle ich mich unbesiegbar! Philippe hat mir geschrieben! Also denkt er an mich. Lola, was für ein Glück du hast, zu lieben und geliebt zu werden!

6

Mit ihren achtundvierzig Jahren war Leila Wissa noch immer schön. In ihrem braunen Gesicht mit den vorstehenden Backenknochen lagen zwei langgezogene Augen wie schwarzer Satin, tief und etwas starr, die ihr in den Salons von Alexandria den Spitznamen »die Pharaonin« eingebracht hatten. Seit dem Tod ihres Mannes vor achtzehn Jahren hatte sie aber alle Koketterie abgelegt. Heiter, vielleicht befreit, lebte sie zurückgezogen von der Welt in der obersten Etage des Wissapalastes. Hatte sie diesen Mann geliebt, Pokerspieler und Liebhaber der Frauen, der bei einem Pferderennen in Wien ums Leben gekommen war? Bei seinem Tod zeigte sie lediglich gut gespielte Trauer. Dann, endgültig in Schwarz gekleidet, setzte sie sich in das Arbeitszimmer ihres verstorbenen Ehemannes, hängte sein Porträt – gelber Pullover, marineblaues Seidentuch, anliegendes Haar – in einen vergoldeten Rahmen unter ein koptisches Kreuz, das in absolutem Gegensatz zu diesem Dandy der dreißiger Jahre stand. Letzte Rache einer betrogenen Ehefrau oder christliche Unschuld? Leila Wissa war keine Frau, die sich jemandem anvertraute. Sie nahm den Besitz, die Titel, das Vermögen der Wissa in die Hand und ließ es mit männlicher Energie Früchte tragen. Man wußte nur von zwei Leidenschaften. Ihr Sohn Magdi und die Baumwolle.

Von der langen und strengen englischen Erziehung hatte Magdi eine für einen Alexandriner ungewöhnliche Zurückhaltung bewahrt. Er war wortkarg, liebenswürdig und fiel niemals auf. Schüchternheit, erklärten seine Freunde. Heuchelei, dachten die anderen, ohne es laut zu sagen, denn Magdi Wissa war ein mächtiger Mann. Er fühlte sich seiner Stadt merkwürdig fremd; sie erschien ihm zu frivol und zu kosmopolitisch, bizarr, verdreht, fähig – wie eine Frau, dachte er – aller Verführungen, jeden Verrats. Das Gesellschaftsleben langweilte ihn. Die Macht erschien ihm lächerlich. Dennoch fehlte er bei keinem Fest, spielte dort seine Rolle, wahrte seinen Rang, nicht ohne Lässigkeit. Man wußte, daß er Mätressen hatte, aber keine ernste Bindung, und die Mütter auf der Suche nach einer guten Partie hatten eine nach der anderen aufgeben müssen. Mit achtundzwanzig Jahren war Magdi Wissa immer noch ein hoffnungsloser Junggeselle. Gerüchte gingen um.

Dann erschien Irène. Blond, schön, na gut, aber griechisch-katholisch! Die hohe koptische Gesellschaft erregte sich! Was hatte sie denn, diese Falconeri, was die jungen koptischen Mädchen aus guter Familie, die Magdi immer abgewiesen hatte, nicht besaßen? Magdi hätte es nicht deutlich zu sagen vermocht. Er hatte sich gleich am ersten Abend in Irène verliebt, bei den Tegart, als er sie so rein und so zart in ihrem blaßblauen Kleid auf dem weißen Kanapee sah. Warum hatte er sofort gewußt, daß sie seine Frau werden würde? Sie hatten von unwichtigen Dingen gesprochen, von seinen Reisen nach Paris, von Ägypten. Irène kannte nichts als Kairo, Alexandria und Port Said. Das hatte ihn verblüfft. Er hatte ihr von seinem Haus im Delta erzählt, von der Oase von Fayoum, der Pracht Oberägyptens, und er hatte ihre Augen leuchten sehen. Beschloß er in diesem Augenblick, sie zu heiraten? Später meinte er, daß es so gewesen war. Ihr, die so nah war und dennoch so fremd, würde er seine geheimen Sorgen enthüllen können, ohne Angst, verspottet zu werden. Er würde es wagen, ihr seine kurzen Gedichte vorzulesen, die er am Schreibtisch auf sogleich zerknüllte Blätter kritzelte, anstatt sich für die Bewegungen an der Baumwollbörse zu interessieren. Er würde ihr vor allem erklären können, was gleichzeitig sein Stolz und seine Angst war: das starke Gefühl, der letzte Abkömmling eines glänzenden, aber vergessenen Volkes zu sein, einer andersartigen und auf wunderbare Weise intakt gebliebenen Familie, wie ein Süßwasserstrom inmitten des Meeres. Der ältesten, geheimnisvollsten, am wenigsten anerkannten Linie des ägyptischen Volkes, dem großen koptischen Geschlecht.

»Weißt du, wie mein Name lautet?« fragte er sie am ersten Abend in ihrem Schlafzimmer. »Ich heiße Magdi Wissa Ebeid Morcos Wissa Morcos Akhnonkh el Zordogu.« Irène lachte.

»Ich versichere dir, das stimmt. Es ist mein Name, wie er sich aus unserem Stammbaum ergibt, der nachweisbar bis ins zwölfte Jahrhundert zurückgeht, dessen Wurzeln jedoch so alt sind wie Ägypten. Und weißt du, was Wissa bedeutet? Das ist eine Ableitung von Bès, dem Gott Bès des alten Ägyptens, der die Götter zum Lachen bringt und die Dämonen fliehen läßt, ein Zwergengott mit nackten Beinen und einem enormen Phallus!« Irène, die ihren Schleier abgelegt hatte, das Kleid aber noch trug, errötete.

»Sei nicht dumm, mein Liebling. Das ist keine Anzüglichkeit...« Mit seinen breiten, sehr sanften Händen umfaßte er Irènes Gesicht, forschte in den blauen Augen, aus denen Unruhe sprach. »Nichts zwingt uns, uns heute nacht zu lieben. Wir haben das ganze Leben. Ich liebe dich zu sehr, als daß ich nicht warten könnte, bis du es wirklich willst. Schlafen wir, du bist müde. Dieses Essen hat mich auch angestrengt. Morgen werden wir früh losfahren. Ich werde dich nicht nach Europa führen, ich werde dir keinen Schmuck in Paris oder Pelze in London schenken. Zumindest nicht jetzt. Ich entführe dich zuerst, und wir fahren zu mir, nach Kharm Abu Khirg, in Oberägypten, sehr weit von hier entfernt. Das ist das schönste Hochzeitsgeschenk, auf jeden Fall das aufrichtigste, das ich dir machen kann.«

Sie hatten Alexandria und das Meer schon lange verlassen. Das Auto fuhr nach Süden, auf die Wüste zu, und ließ hinter sich eine Staubwolke aufwirbeln. Magdi fuhr, die Hände fest auf dem Steuer. Irène hatte eine Karte auf ihren Knien ausgebreitet. Sie verfolgte die eingezeichneten Straßen, glitt mit dem Finger über Luxor, Abu Simbel, Karnak. Niemals hätten die Falconeri daran gedacht, Ägypten zu bereisen, zumindest nicht dieses Ägypten, das der Sanddünen, der Oasen, der Steine und der Zitronenbäume. Für sie, die zwischen Alexandria und Kairo lebten, gab es nur die Flucht nach Europa und manchmal, provinzieller, nach Beirut. Irène hatte als junges Mädchen ihre Kleider in Paris und Cannes gekauft, sie war in Villars und in Cèdres, im Libanon, in den Bergen, wo ein Großonkel lebte, der aus Damaskus stammte, besessen von der Erforschung ihres Familienstammbaums, der eine Vielzahl von Verwandten in der ganzen Welt erfaßte, die nach Afrika, Kanada oder Venezuela ausgewandert waren. Vom Ägypten der Pharaonen, vom Ägypten des Nils wußte sie nichts oder fast nichts. Magdi dachte voller Vorfreude daran, daß er ihr eine märchenhafte Welt eröffnen würde.

Auf die Steinwüste folgten die Sümpfe, die Straße senkte sich und wurde zu einer schmalen Sandpiste, zwischen weichen, grünen, morastigen Wiesen, von denen hin und wieder Stare oder ein Dreieck von Flamingos unter lautem Flügelrauschen und mit langgestreckten Hälsen aufflogen. Allmählich siegte die Erde über das Wasser. Viereckige Parzellen, sorgfältig ausgeschnitten, tauchten über Bewässerungskanälen auf, bildeten eine kultivierte, zivilisierte Landschaft. Hinter einer Kurve tauchte eine mit Jutesäcken beladene Feluke auf, die nicht auf dem Kanal, sondern inmitten der Felder zu schwimmen schien. Irène stieß einen kleinen Schrei des Erstaunens aus, und Magdi war begeistert.

»Wir nähern uns dem Dorf, unserm Dorf. Kharm Abu Khirg. Knöpf dein Kleid wieder zu.« Ohne zu protestieren, schloß Irène den hohen Kragen.

Kharm Abu Khirg ähnelte mit seinen ockerfarbenen, zerbeulten, miteinander verwachsenen Häusern einer niedrigen Festung. Rings um das Dorf wiegten sich Palmenbüsche mit vom Sand vergilbten Blättern im Wind. Die Lebenslinie, die Drosselvene, war der Bewässerungskanal, der neben der Straße herlief und an dem sich die ganze Bevölkerung versammelt zu haben schien. Die Frauen in schwarzen Kleidern wuschen dort ihre Wäsche im schlammigen Wasser, die Kinder rannten umher, nackt unter ihren zerrissenen Galabieh, ein Esel schritt seelenruhig dahin, beladen mit Zuckerrohr. Sie kamen näher. »Sieh nur!« rief Irène und zeigte auf ein Haus, das mit Bildern in kräftigen Farben bemalt war.

»Der Mann, der hier lebt, hat eine Pilgerfahrt ins Heilige Land gemacht«, erklärte Magdi, »und diese Bilder erzählen von seiner Reise. Da sind das Auto, das Schiff, das Flugzeug. Diese blauen, welligen Linien stellen das Wasser des Jordans dar, in das er eingetaucht ist. Das ist unsere koptische Pilgerfahrt.«

»Hast du auch schon im Wasser des Jordans gebadet?«

»Ja, natürlich, mit meiner Mutter, vor dem Krieg. Wir haben drei Tage dort verbracht. Du wirst dieselben Zeichnungen bei uns auf der Außenmauer sehen. Ich muß, bevor ich das Haus betrete, ein Gedenkgebet sprechen. Wenn nicht – das würden sie nicht verstehen . . .«

Sie bogen auf einen kleinen Platz ein. Eine von der Hitze gebleichte Kirche zu ihrer Rechten krönte das koptische Kreuz. Weiter hinten, am Dorfrand, überragte ein spitzes Minarett die Palmen. Magdi bremste. Vor der Kirche stand eine seltsame Gestalt, schwarz von Kopf bis Fuß, von der Soutane bis zum runden Turban. Der Mann mit sorgfältig gekräuseltem langen Bart, lockigen Haaren und borstigen Brauen betrachtete Irène mit lebhaftem Interesse. »Das ist unser Gommos, unser Priester«, murmelte Magdi. Zu Irènes Erstaunen stieg er aus, verbeugte sich und küßte die Hand des Priesters, bevor er sie holen kam. Was sollte sie tun? Sich ebenfalls verbeugen? Sie fühlte sich außerstande, diese schmutzige Hand zu küssen. Es war nicht nötig. Der Gommos segnete sie schon: »Sei willkommen, mein Sohn, und auch du, meine Tochter. Möge Gott euch behüten und beschützen!« »Segen, Glück für das Dorf, Glück für alle!« riefen die herbeigeeilten Kinder, gefolgt von Hühnern, gelben Hunden und einer schwarzen Ziege. Ein Mann, der unter einem Baum in einem Korbsessel saß, stand auf und begrüßte Magdi. Auch er verbeugte sich, küßte ihm die rechte Hand. »Willkommen, Magdi Bey. Wisse, daß ich ein Auge auf das Dorf habe. Alles ist in Ordnung. Darf ich dich begleiten?« – »Steig ein«, antwortete Magdi mit einem Lächeln in den Augenwinkeln.

Sie fuhren wieder los, langsam diesmal, folgten dem, was die Hauptstraße zu sein schien.

»Ya Salah, was gibt es Neues?« fragte Magdi.

»Samira, die Hebamme, hat seit deiner letzten Reise sieben Jungen und einige Mädchen zur Welt gebracht. Ein paar Mädchen sind tot, aber, gelobt sei Gott, alle Jungen haben überlebt. Die Steuern sind zu hoch, ya Bey, aber dieses Jahr wird die Baumwolle gut. Beduinen sind gekommen, sie haben Zuckerrohr gekauft. Aber sie haben nichts gestohlen, die Hunde! Ich habe aufgepaßt.«

»Wer ist das?« fragte Irène Magdi so unauffällig wie möglich. Salah hörte es.

»Ich, Madame? Geheimpolizei, zu Ihren Diensten«, antwortete er, die rechte Hand auf dem Herzen.

»Hier ist das Haus«, verkündete Magdi. Er wirkte plötzlich unruhig. Irène sah ihn an. Dieser Mann an ihrer Seite, ihr Gatte, war ihr fremd. Nichts erinnerte mehr an den eleganten Geschäftsmann aus Alexandria. Er schien ihr massiger, dunkelhäutiger, undurchsichtiger als je zuvor. Nicht zufällig hatte er beschlossen, sie zunächst nach Kharm Abu Khirg zu führen. Hier lagen seine Wurzeln, sein wahres Leben. Würde sie sich anpassen können? Sie empfand für einen Moment Angst. Sie wußte, was Magdi von ihr erwartete: daß sie ebenso wie er zu dieser Erde gehörte. Daß sie Gewohnheiten der Vergangenheit ablegte, die Reflexe der Kindheit vergaß. Daß sie verzichtete... worauf? Sie fühlte sich so fern von Kairo. Dieses so langsame und milde Ägypten, das sie durchquert hatten, faszinierte sie bereits. Magdi wartete schweigend, die Hände auf dem Steuer. Sie entschied sich. Ja, sie würde ihre Sitten annehmen, alles verstehen. Sie würde geduldig sein, dieses unbekannte Ägypten erlernen: das der Felder und Wüsten, des Obernils, der Baumwolle und des breiten Deltas. Das koptische Ägypten, zerrissen – sie erahnte es, wenn sie Magdi ansah – zwischen Stolz, Auflehnung und Angst.

Sie legte die Hand auf die seine und murmelte: »Dein Haus gefällt mir sehr.« Magdis Gesicht hellte sich auf, sein Körper entspannte sich, er warf ihr einen warmen Blick zu. »Das ist unsere alte Ezba. Ich hoffe, du wirst sie mögen.«

Das Haus, groß wie ein Weiler, war von Steinmauern umgeben, die an allen vier Ecken Taubenhäuser trugen. Das Tor aus Palmenholz öffnete sich quietschend, geschoben von Dienern in gestreifter Galabieh. Im Innern, in einem großen, eckigen Hof, bildeten etwa hundert Frauen, Kinder und Fellachen einen weiten Kreis. Sie brachen in schrille Jubelrufe aus, als Irène aus dem Auto stieg und den

Fuß auf den Teppich setzte, der am Fuße einer Vortreppe ausgebreitet war. Sie erkannte das von der Menge verdeckte Erdgeschoß kaum, aber um die gesamte erste Etage lief eine von Säulen gestützte Veranda, begrenzt von Holzbalustraden. Rankender Jasmin breitete sein Grün aus, gespickt mit winzigen Blüten, wie zahllose weiße Sterne. Irène, die einen solchen Empfang nicht erwartet hatte, wußte nicht, was sie sagen sollte, und blieb zögernd stehen. Man drängte sich um sie.

»Hier sind deine beiden Zimmermädchen, Miriam und Hoda. Verlange nicht zuviel von ihnen, sie sind keine Stadtkinder.« Miriam, schmächtig und sehr jung, wandt sich vor Scham und rieb einen Zipfel ihres rotgeblümten Kleides in den Händen. Hoda war so dick, daß man daran zweifelte, sie könne sich bewegen. Sie rollte mit den Augen, und auf ihrer Bronzehaut lagen malvenfarbene Reflexe.

Sie war es jedoch, die sich mit erstaunlicher Behendigkeit auf Irènes Koffer stürzte, sie wie Federn emporhob und zu der großen Treppe ging. Miriam trottete mit gesenktem Kopf hinterher. Irène sagte sich, daß man auf Hoda zählen konnte. In der ersten Etage thronte in der Mitte eines geräumigen kalkweißen Zimmers ein großes Eisenbett mit einem Baldachin, der von einem Moskitonetz umhüllt war. Ein Schrank aus Mahagoniholz, eine Boulle-Kommode vor dem Fenster, ein Schaukelstuhl, englische Frisiertischchen und hier und da auf dem Marmorboden ausgebreitete Perserteppiche reichten nicht aus, um das Zimmer zu füllen. Als Magdi ihr den Rest des Hauses zeigte, hatte Irène denselben Eindruck eines unvollendeten Palastes, in dem wie zufällig einige türkische Möbel, syrische Truhen und Sessel verteilt waren, englische Kanapees aus gegerbtem Leder, bedeckt mit Decken aus Damaskus, runde Tische und Kupferlampen auf wackligen Hockern. Diese bunt zusammengewürfelte Ansammlung schien für alle Ewigkeit ihren Platz gefunden zu haben. Es war klar, daß niemand daran etwas ändern konnte.

Der Abend brach herein. Auf der Veranda zündeten die Diener Kerzen an, verteilten Kissen und stellten einen niedrigen Tisch für das Essen auf. Das Geschirr war einfach, das Besteck jedoch aus Silber, die Gläser und Karaffen glänzten. Ein nubischer Diener brachte frisch geschnittenen Jasmin und verteilte ihn auf der Leinendecke. Andere richteten Platten mit gebratenen Tauben an, eine fette Gans aus Fayoum, gegrillte Hasen, zwei dampfende Hammelkeulen, ein dunkles Ragout, Weinblätter, gefüllte Zucchini, schließlich noch Reis mit cremiger, nach Mandeln duftender Karamelmilch auf einem großen Teller.

Die Gäste kamen mit der Nacht. Zuerst der Schulmeister, Said Bestavros, ein junger, dunkelhäutiger Mann in strengem schwarzem Anzug. In der Dunkelheit sah Irène zunächst sein Lächeln und die makellose Gardenie im Knopfloch. Er schien nervös, vielleicht verschüchtert. Magdi begrüßte ihn auf der Schwelle, und Irène war froh, für den Empfang der Gäste ein strenges Kleid gewählt zu haben. Dann setzte ein uraltes Auto den Bürgermeister des Dorfes, den Omdeh, im Hof ab, der vorsichtig die Treppe hinaufstieg, seinen dicken Bauch vor sich her tragend. Sein weißer Anzug war überall zu eng, ein weinroter Tarbouche hing kokett über seinem rechten Ohr. Ein zarter Bursche begleitete ihn, den er kurz vorstellte: »Mein Sohn Boutros«, indem er ihn vor Magdi stieß, als handelte es sich um einen jungen Büffel auf dem Markt.

Die Zeremonie des Händewaschens erfolgte im Flur. Zwei Domestiken gossen mit Orangenblüten parfümiertes Wasser aus, ein dritter hielt eine gelbe Seife und der vierte ein Handtuch. Dann ging man zu Tisch. Es gab zahllose Begrüßungen, Glückwünsche, den Austausch von Höflichkeiten und Verneigungen zu Irène. Ein Nubier goß Zibib, Wein oder Whisky in die Gläser. Said Bestavros entbrannte in plötzlicher Leidenschaft. In Nagara, dem Nachbardorf, hatte man am Morgen den neuen Priester, Gommos Morcos, ermordet auf dem Boden seiner Kirche gefunden. Was Said Bestavros am meisten erregte, war, daß man ihm den Bauch aufgeschnitten hatte, wie einem Schwein. Magdi bemerkte, daß es nicht weniger verdammungswürdig wäre, hätte man ihm wie einem Schaf die Kehle durchgeschnitten; einzig aus Höflichkeit entgegneten die Gäste nichts. Ganz offensichtlich erschien ihnen eine durchgeschnittene Kehle angemessener. Natürlich hatte die Polizei die Mörder des Gommos nicht gefunden. Dennoch kannte sie das ganze Dorf, versicherte Said. Sie kamen von der anderen Seite des Kanals. Worauf wartete man noch, um eine Strafexpedition zu organisieren?

Magdi versuchte sich zu informieren: Warum vergriff man sich an einem armen Gommos wie Morcos? Der Bürgermeister beugte sich vor. Magdi Bey mußte doch wissen, daß die Moslems, diese Hunde, durch diesen Mord den Aufbau einer zweiten koptischen Schule in Nagara verhindern wollten. So war es jetzt überall. Die Kopten waren nicht mehr geschützt. Dennoch hatten sie das Recht, durch das Gesetz und den Koran, ihre eigenen Schulen und Kultstätten zu besitzen. Wenn man begann, die Zahl der Schulen zu begrenzen, würde es damit enden, daß man Kirchen verbrannte und Christen ermordete. Was taten König und Regierung? So etwas hatte es zu Zeiten Fouads nicht gegeben, noch weniger unter Mohammed Ali. Die Frage richtete sich an Magdi, der mit mutloser Geste den Kopf schüttelte.

»Ihr wißt genau, wie unsere Lage aussieht. Der König liebt die Kopten nicht. Wir waren Schreiber und Wesire in unserem eigenen Land, auch verwalteten wir das Budget, weil man uns immer mit vollem Recht als aufrichtig und ehrlich ansah, und jetzt werden wir an den Rand gedrängt. Zu wessen Gunsten? Zugunsten der Ausländer, der...« Er wollte sagen: der Syro-Libanesen, aber rechtzeitig fiel ihm Irène ein. »... einiger skrupelloser Individuen, die sie umgeben. Sagen wir es klar heraus, denn hier sind wir unter Freunden.« Er betonte das Wort Freunde und blickte zu Irène. »Wir haben die Größe dieses Landes geschaffen, wir sind die wahren ›gypt‹, Ägypter seit Jahrtausenden. Unsere koptische Religion ist die älteste aller christlichen Religionen im Mittleren Osten. Aber heute werden unser Glaube, unsere Menschen, unsere Güter, selbst unsere Identität bedroht. Wir müssen reagieren. Aber nicht mit ein paar elenden dörflichen Rachefeldzügen!« Nie zuvor hatte Irène ihren Mann so erregt gesehen. Der junge Boutros sah ihn mit glänzenden Augen an.

Der dicke Bürgermeister beugte sich mit seiner ganzen Masse vor, lief dabei Gefahr, den Tisch umzuwerfen.

»Ya Bey, wie recht du hast! Man muß diese Moslems bekämpfen. Warum sollen wir uns nicht mit den Christen Syriens und des Libanon vereinen? Sie sind Schismatiker, aber dennoch Christen, und alles wäre besser, als das Joch zu tragen, wie die Büffel, die man in die Schlachthöfe treibt. Alle Christen müßen vereint sein und keine Feinde. Was trennt uns?«

»Die Tatsache, daß sie im Libanon zu Hause sind, daß sie dort die Macht haben. Die Maroniten haben sich geschlagen, um frei zu sein. Heute sind die libanesischen Christen, Maroniten, Orthodoxe, Armenier, die Griechisch-Katholischen oder Syrer dort in der Mehrheit. Niemand bedroht sie . . .«

Boutros sprach plötzlich dazwischen:

»Hätten wir Kopten nicht dasselbe tun können, kämpfen, anstatt den Rücken zu beugen, seit vielen Jahrhunderten?« Sein Vater wandte sich zu ihm, mit verärgerter Miene. Wie konnte man nur Magdi Bey unterbrechen, um solche Dummheiten zu erzählen.

»Seit den Kreuzzügen des Westens haben uns die Türken mit ihren Janitscharen, die Moslems mit ihren Djihat immer in der Minderheit gehalten«, gab Magdi zu. »Aber wir haben unsere Identität gerettet. Kennt ihr ein anderes Land im Orient, wo die Christen so zahlreich sind, so authentisch, wo sie ihre Religion und ihre Sitten so gut bewahrt haben? Das ist es, was zählt. Und dann, Bruder Boutros, wir sind in Ägypten nur vier oder fünf Millionen Kopten. Was können wir gegen dreißig Millionen Moslems ausrichten?«

»Ich weiß es nicht«, brummte Boutros, ohne seinen Vater anzusehen. »Aber ich werde wütend, wenn ich höre, was sie da unten, in Khatara, auf der anderen Seite des Kanals singen. Wißt ihr, was sie sagen? ›Es lebe Nagada, dort wurde ein Christenhund getötet. Das Fleisch des Christen kostet sechs Piaster, sein Fett zwei Piaster, aber ich esse es umsonst.‹«

Magdi überlegte. Er hätte Irène am ersten Abend gern dieses Dilemma erspart, das so alt war wie Ägypten. Aber im Grunde war es besser, wenn sie davon wußte. Wenn sie von ihren Qualen, ihrem drängenden Problem erfuhr. Sollte man sich unterwerfen oder sich auflehnen, mit dem Risiko, ausgelöscht zu werden? Die Kultur der

Eroberer annehmen, um besser mit der Landschaft zu verschmelzen, oder sie ablehnen und sich selbst damit ausliefern? Meist siegten Weisheit oder Feigheit. Aber hin und wieder brachen spontane Revolten los, als Beweis, daß das Feuer unter der Glut ruhte. Die jungen Leute, wie Boutros, hatten sich nicht immer geduckt. Ein verständnisvoller und aufgeklärter Herrscher hätte ein annäherndes Gleichgewicht halten, den Christen, die sich in der Minderheit befanden, das Gefühl geben können, nicht bedroht noch erniedrigt zu sein. Aber vom fetten Farouk war wenig zu erwarten, er war ganz und gar mit seiner Verrücktheit und seinen Vergnügungen beschäftigt. – Nein, er würde diesen finsteren Gedanken nicht erlauben, ihren ersten Abend in diesem alten Haus zu verdüstern. Er wandte sich zu Irène.

»Hast du Angst vor der Wüste? Nein? Dann werden wir morgen die Pferde satteln und zum Mönchskloster von Wadi Natrum reiten. Du wirst alles verstehen. Genug der Worte für heute abend. Habib, ruf die Musikanten!«

Habib klatschte in die Hände. Drei Musiker, die im Hof kauerten, ließen den wilden Gesang der Quasidas, der Pilger der Wüste, zum Himmel aufsteigen, der Klang der Viola wechselte mit dem schrillen Ton des Naj und der rauhen Kraft der Stimmen. Die Kerzen flackerten in der Nacht. Iréne fühlte sich Tausende Meilen von zu Hause entfernt, aber sie hatte keine Angst. Sie legte ihre Vergangenheit ab, wie eine Schlange im Frühling ihre Haut abstreift. Kairo war weit weg.

Ausgestreckt in der Mitte des großen Bettes, lauschte Irène. Durch das geöffnete Fenster stieg der Duft des Jasmins empor. Das Geräusch von Schritten auf den Steinplatten im Flur. Die Tür öffnete sich vor Magdi, der nichts als eine lange Galabieh aus weißer Seide trug, die seine braune Haut erkennen ließ. Ein Herr des Nils, dachte sie plötzlich. Er entfernte das Moskitonetz, streckte sich neben ihr aus, sein großer Körper lag dicht an ihrer Seite. Er liebkoste sie, beruhigte sie mit seinen sanften Händen, wie man ein störrisches Pferd tätschelt. Sie spürte an ihrer Hüfte sein langes und hartes Glied, aber Magdi wartete, und unter seinen Fingern entspannte sie sich, öffnete sich. Als er sie schließlich nahm, stieß sie einen kurzen Schrei aus. Das war also die Liebe?

Magdi schlief. Er hatte den Arm ausgestreckt, und seine große flache Hand, erstaunlich warm und weich, ruhte auf Irènes Brust. Sie betrachtete diese braune Hand auf ihrer weißen Haut und wagte nicht, sich zu bewegen. Was hatte sie so schnell in die Arme dieses Mannes getrieben? Normalerweise wäre sie ein oder zwei Jahre der Star der Strände im Sommer und der Ballsäle im Winter gewesen, bevor sie einen libanesischen Bankier oder einen alexandrinischen Geschäftsmann geheiratet hätte. Sie hätte die Hochzeitsnacht in Paris verbracht, im Crillon oder im Ritz. Bei ihrer Rückkehr hätten sich ihre Freundinnen an den Kleidern, den Schuhen, dem Schmuck begeistert, gekauft von ihrem großzügigen Ehemann, deutliche Beweise ihres Marktwertes. Ein oder zwei Jahre später hätte sie Kinder bekommen, dann Liebhaber.

Sie war diesem vorgezeichneten Weg entwischt. Bedauerte sie es? Nein, im Gegenteil. Sie hatte diesen Mann gewollt, der in ihrem Bett schlief, sie hatte ihn mit einer Hartnäckigkeit begehrt, deren Kraft sie allein kannte. Die sanfte Irène ... Sie lächelte. Sie liebte Magdis großen, eckigen Körper, rührend in seiner linkischen Art, anziehend, weil sie die aus männlicher Scham zurückgehaltene Zärtlichkeit erriet. Wie sie war auch Magdi nicht mitteilsam. Hatte er ihr jemals gesagt, daß er sie liebte? In dieser Nacht, ein einziges Mal. Dennoch spürte sie eine feste und sichere Liebe. Sie wußte, was sie wollte. Endlich irgendwo vor Anker gehen, zugelassen, angenommen sein, in einer Welt, in der sich seit Jahrtausenden nichts bewegt hatte. Einen Fixpunkt haben, sich für immer in eine gewichtige, uralte Familie einfügen. Die Wissa von Ägypten! Schluß mit den Falconeri, mit ihren Irrfahrten, plötzlichen Fluchten, Überlebenskämpfen, den fernen Cousins, dem tragischen Exil und der ungewissen Rückkehr. An diesem Abend hatte sie ihren Traum verwirklicht. Ein stattlicher koptischer Gatte, das Haus im Delta, unwandelbare Fellachen, Landschaften ohne Alter, schließlich Ägypten und der Duft des Jasmins.

7

Das Haus der Falconeri sollte einfach, funktionell und modern sein. Charles hatte es gleich nach seiner Heirat errichten lassen, als der Boden am Meer noch den beiden großen Familien, den Bianchi und den Bless, gehörte, die den großen weißen Strand um Alexandria in Mode gebracht hatten. Dann hatte man die große breite Straße gebaut, gesäumt von violetten und rosafarbenen Bougainvilleas, die Charles die »Champs-Elysées von Agami« nannte, dicht am türkisblauen Meer, das im Sommer oft von weißen Wellen bewegt wurde. In wenigen Jahren war Agami zur Sommerresidenz der reichen Familien von Kairo und Alexandria geworden. Hinter den Pinien und Eukalyptusbäumen versteckte sich das Haus der Chebib, mit dem blauen Swimmingpool, umgeben von Hütten aus geflochtenen Palmwedeln. Die Villa Marchesi war nach italienischer Mode in Ocker und Rosa verputzt. Die Villa von Edgar Messadi mit ihrer weißen Kuppel imitierte den andalusischen Stil. Das Haus der Zananiri sah man von der Straße nicht, aber man wußte, daß sie da waren, wenn beide Flügel des großen Tores aus geschmiedetem Eisen offenstanden und den Blick auf eine kurvenreiche, von Pinien und schwarzen Zypressen gesäumte Allee freigaben.

Charles Falconeri hatte die Pläne für seine Sommervilla selbst gezeichnet. Mit den behauenen weißen Steinen, dem viereckigen Dach, den Terrassen und von roten Ziegeln gesäumten Veranden, den weiten grünen Rasenflächen und den Alleen aus weißem Sand glich das Haus Falconeri einer Hacienda. Man kränkte Charles, wenn man ihn darauf aufmerksam machte. Er hielt sich für einen Pionier, als er entschied, einen »rustikalen« Stil einzuführen; so hatte er anfänglich auch weder Wasser noch Elektrizität installiert. Um das Wasser aus den Brunnen zu pumpen, Eiswürfel zu kaufen, die

Eimer zu tragen, bedurfte es eines ganzes Heeres von Dienern. Charles hatte in der Tiefe des Gartens eine von Feigenbäumen versteckte Hütte bauen lassen und engagierte Ahmed, einen Beduinen, der im Winter das Haus bewachte, im Sommer den Rasen und die Blumen goß. Der Sohn, Fathi, pumpte ohne Unterlaß, die Tochter, Souad, versorgte die Eisschränke. Schließlich setzte die gereizte Nadia dem Treiben ein Ende. Das Haus wurde modernisiert, Bäder und Duschen wurden eingebaut und eine Küche, in der ein riesiger Kühlschrank mit gerundeten Seiten summte. Die alten Zinkbehälter dienten als Blumenschalen. Charles begnügte sich damit, den englischen Pflanzer zu spielen, indem er mit einem Whisky in der Hand auf seiner Veranda im Schaukelstuhl aus lackiertem Rohr saß.

An diesem Juniabend erklärte Lola, die auf einem Hocker neben ihrem Vater saß, daß sie nicht mehr zehn Jahre sei und daß die Ballspiele am Strand mit Fathi oder die Fahrradfahrten rund um das Haus nicht mehr ihrem Alter entsprechen. Jetzt, da Irène verheiratet war, würde sie selbst gern Partys geben, tanzen, Freunde einladen. Charles knurrte. Was für Freunde? Hier kannte jeder jeden, und die Kinder der Nachbarn waren so daran gewöhnt, zu kommen und zu gehen, in der Küche zu naschen oder den Kühlschrank zu plündern, daß er nicht einsah, warum man diesen Unannehmlichkeiten organisierte und gewiß lärmende Abendgesellschaften hinzufügen sollte. Lola schwieg, überlegte, die Knie unter dem Kinn. Wie sollte sie Philippe einladen? Wie ihn wiederfinden, ihn in ihren Freundeskreis am Strand einführen, ihn womöglich der Familie vorstellen? Sie hoffte auf Mimis Gewandtheit, die Philippe »wunderbar« fand. Aber Charles würde unzählige Fragen stellen... Wer ist dieser Bursche, was machen seine Eltern, wo ist er geboren, vielleicht sogar, entsetzliche Vorstellung, was sind seine »Absichten«?

Sie wußte nicht viel von Philippe. Sie war verliebt. Die Erinnerung an sein Lachen, seinen Blick reichten aus, sie völlig aufzuwühlen. Und weiter? Sie hatten sich mit einem Mißverständnis getrennt. Jeden Abend, im Bett, dachte sie an ihre letzte Begegnung in Garden City. An diesem Tag gab es rings um das Schwimmbecken zu viele schöne Mädchen mit seidiger Haut, zuviel klingendes Lachen, zu viele Flirts lagen in der Luft. Philippe bemühte sich um Leila Tabet, schenkte ihr ein charmantes Lächeln, brachte ihr zu trinken. Lola, von wilder Eifersucht gepackt, stand auf und sagte zu ihm: »Adieu, ich sehe, daß Sie mich nicht brauchen«, dann stürzte sie wie eine Verrückte davon, vergaß dabei Nadias Badetasche, die Mimi glücklicherweise später mitbrachte. Wie Mimi mit ihr schimpfte: »Du bist eine Idiotin, Szenen zu machen, die Männer verabscheuen das!« Sie hatte recht. Seit diesem furchtbaren Tag gab es keine Nachricht von Philippe. Aber er würde nach Agami kommen, er hatte es gesagt, bald würde er dasein. Sie mußte klug vorgehen. Vor allem hatte sie sich vorgenommen, ihn nicht zu verführen – das versuchten sie alle –, sondern ihn zu interessieren. Er war Diplomat, die Politik schien seine Leidenschaft zu sein? Sie würde Zeitungen lesen. Er liebte das Reiten? Sie würde ab morgen ein Pferd auf dem nahen Reitplatz von Dekkeila mieten und jeden Tag im Sattel sitzen.

Ein Satz von Pater Pironi fiel ihr ein: »Was auch geschieht, seien Sie Sie selbst, Lola, und stolz, es zu sein. Die Echtheit ist Ihre größte Tugend.« Was hatte er ihr damit zu verstehen geben oder raten wollen? Konnte man in Liebesdingen einem Geistlichen vertrauen? Eine innere Stimme sagte ja. Philippes Schatten werden, sich ihm anpassen und ihm in allem folgen, das war sicher nicht die beste Taktik, bestätigte auch Mimi. Lola stimmte dem zu, aber sie wagte nicht, sich etwas anderes vorzustellen. Um Philippe zu erobern, war sie bereit, alles zu akzeptieren. Er würde ihr Leben durcheinanderbringen, sie vielleicht zerstören. Als Diplomat würde er eines Tages abreisen. Als Franzose würde er nicht treu sein und den Versuchungen Kairos nicht widerstehen. Sie würde unglücklich sein. Egal. Mit vollem Bewußtsein hatte sie entschieden, dieses Risiko auf sich zu nehmen. Schon waren ihre Gedanken, ihr Tun, ihre Pläne an ihn gebunden, ohne daß sie sich dagegen wehren konnte. Ihr blieb nichts, als ihren schönen Franzosen zu lieben und sich von ihm lieben zu lassen.

Zehn Uhr morgens, und es herrschte bereits eine Höllenhitze! Philippe nahm die Straße nach Gizeh, parkte vor der krabbenroten

Fassade der Botschaft Frankreichs. Wenn er später wieder ins Auto stieg, würde es einem Ofen gleichen. Aber er gehörte noch nicht zum Diplomatischen Corps, und der Wächter weigerte sich hartnäckig, ihm die Zufahrt zum schattigen Parkplatz auf dem Botschaftsgelände zu gewähren. Er lief die Freitreppe hinauf, klopfte an das Fenster der Wache, um den Gendarmen zu rufen, der sich gerade einen Kaffee kochte. Mit metallischem Klappern öffnete sich einer der beiden Flügel der eisenbeschlagenen Tür einen Spalt weit. Die Eingangshalle erschien dunkel, aber sie war mit einemmal voller Licht, als der Gendarm die Tür zum Innenhof öffnete, dessen sonnenbestrahlter weißer Marmor die Augen blendete. Diese Sonne! Philippe wandte sich um und folgte dem breiten Flur, der zu seinem Büro führte. Die Fenster zeichneten helle Bögen auf den schwarz-weißen Fußboden. Im Halbschatten ahnte man an der Wand große syrische Sessel aus dunklem Holz, mit schillerndem Perlmutt verziert.

Wendung nach rechts! Die Tür zum Zimmer des Militärattachés war offen, und Oberst Spatz selbst war da, stand vor seinem Schreibtisch, den Blick auf eine Generalstabskarte gerichtet, die an der Wand befestigt war. Unmöglich, ihn nicht zu begrüßen. Die Anweisungen des Botschafters waren eindeutig: Rücksicht auf Spatz nehmen.

»Mon Colonel, guten Morgen!« Ohne es zu wollen, fand Philippe zum Tonfall und dem Zusammenknallen der Hacken zurück, so wie man es ihm in der Kadettenschule eingetrichtert hatte. Der Oberst schätzte das. Man traf nicht jeden Tag einen zweiten Botschaftssekretär, der die Sitten und Bräuche des Militärlebens respektierte.

»Kommen Sie herein, junger Mann, kommen Sie herein.« Der Oberst wies mit einem langen Baguette auf die Karte. »Ich freue mich, Sie zu sehen. Ich würde gern mit Ihnen diskutieren. Sehen Sie diese Straße, die zum Suezkanal führt? Ich habe soeben erfahren, daß eine ägyptische Brigade Aufklärer dorthin entsandt hat. Was meinen Sie, warum?«

»Ich weiß es nicht, mon Colonel. Aber das scheint den angloägyptischen Abkommen zu widersprechen. Eigentlich müßten die in der Kanalzone stationierten englischen Truppen jegliche Bewegungsfreiheit haben.«

»Ohne Frage! Das Ganze erscheint sehr unklar. Die Engländer hätten am 23. Januar, am Tag des Brandes, eingreifen müssen, um die Ordnung mit eiserner Hand wiederherzustellen. Schließlich hatten sie Tote im Turf Club! Glauben Sie mir, Mareuil, dieser Fehler wird sie teuer zu stehen kommen. Und vielleicht auch uns. Der König hat sich soeben eine neue Laune erlaubt. Er entläßt Sirry Amer, seinen Premierminister, der eine Säuberungsaktion vornehmen wollte. Wir geraten in eine Krise, die schlecht enden kann... Ich zumindest habe es vorausgesehen... Aber ich halte Sie auf. Gehen Sie an Ihren Schreibtisch, Mademoiselle Vicky erwartet Sie dort... Versammlung beim Botschafter in einer halben Stunde!«

Der Oberst träumte immer von militärischen Interventionen. Indochina hatte ihn nicht kuriert. Philippe glaubte nicht an Machtdemonstrationen. Zu spät! Die Kanonenpolitik hatte sich überlebt. Aber er war in der Botschaft wohl als einziger dieser Meinung. Also schwieg er. Keine sehr mutige Haltung natürlich. Wo war die Zeit, noch gar nicht so fern, da er mit dem Kommunismus flirtete?

Es war an der Fakultät für Politikwissenschaften, im ersten Jahr. Er hatte sich in ein sehr hübsches junges Mädchen verliebt, eine blonde Elsässerin, militante Kommunistin. Geblendet vom Glanz ihrer Haut, begleitete er sie sogar einmal zu einer Parteiversammlung. Sie stellte ihn den Genossen vor. Entsetzliche Erinnerung. Man hatte ihn sofort abgelehnt. »Du bist de Mareuil?«, Betonung auf »de«. Man verlangte Bürgschaften von ihm, Deklarationen, Beweise für sein kämpferisches Engagement und andere Belanglosigkeiten. Wütend beschuldigte er Michèle – richtig, sie hieß Michèle –, ihn in eine Falle gelockt zu haben. Sie bezeichnete ihn daraufhin mit brennenden Wangen als dekadenten Aristokraten und er antwortete boshaft: »Was willst du, es kann ja nicht jeder ein Polizistenkind sein.« Sie weinte, und sie war so schön mit ihren geschwollenen Lippen und den feuchten Augen, daß er sie zum erstenmal küßte. Noch heute spürte er die Sanftheit dieses Mundes und den Duft der frischen Wangen. Duft grüner Äpfel. Mein Gott, wie er sie begehrt hatte. Aber selbst wenn er sie streichelte, hörte er die nüchterne Stimme seiner Mutter: »Dieses Mädchen gehört nicht zu unserer Welt, Philippe, sei nicht dumm.« Und er wußte, was er von Anbeginn gewußt hatte, daß er unrühmlich fliehen würde.

Das tat er schließlich auch; er schrieb sich zu Beginn des nächsten Semesters in eine andere Vorlesung ein, nachdem er in der Eingangshalle an den Anschlägen gelesen hatte, daß Michèle Tanguy in derselben Gruppe war wie er. Feigheit? Damals dachte er: Überlebensreflex. Dennoch hatte Michèle in seinem Leben neben dem unvergänglichen Geruch grüner Äpfel einige linke Ideen hinterlassen, die gut zu dem gelangweilten Skeptizismus paßten, der zu jener Zeit im Institut in der Rue Saint-Guillaume modern war. Als er mit ihr gebrochen hatte, erriet seine Mutter wohl, was geschehen war, denn sie umarmte ihn danach mit größerer Wärme.

Seine Mutter! Philippe fühlte Zärtlichkeit in sich aufsteigen. Er sah ihr Gesicht, wenn sie ihn am Sonnabendnachmittag von der Kadettenschule abholte, mit einem schwarzen Hut, streng, aber schön. Sie gingen immer zum Mittagessen zum Lion d'Argent, dem besten Restaurant von La Flèche, obwohl es für sie in den Zeiten des Krieges und der Rationierungen zu teuer war. Sie seufzte, wenn sie die Rechnung bezahlte und die Marken für Fleisch und Brot auf die Untertasse legte. Dann fuhren sie nach Mareuil, wo sie das Taxi des Dorfes vor dem Gitter ihres kleinen Schlosses von Montaupin absetzte. Jedesmal betrachtete die Mutter forschend die Fassade des Familienbesitzes und sagte in entschlossenem Ton: »Wir werden aber irgendwann das Dach des linken Flügels erneuern lassen müssen. Es regnet in das Arbeitszimmer deines armen Vaters hinein.« Wie stand es heute um den linken Flügel? Als Philippe in sein Arbeitszimmer trat, nahm er sich vor, seiner Mutter noch am selben Tag zu schreiben.

Mademoiselle Vicky erwartete ihn seit einer Weile. Wie gewöhnlich saß sie schräg auf dem Stuhl, sie hatte die Presseübersicht bereits vorbereitet, die wichtigsten Artikel aus »El Ahram«, »Misr« und

»Akbar el Yom« bereits übersetzt, vor allem jene, die ihr die schärfsten, am meisten subversiven zu sein schienen. Sie hatte zwei türkische Kaffee getrunken und eine halbe Schachtel Zigaretten mit süßlichem Parfum geraucht, diese flachen ägyptischen Zigaretten, die sie liebte und die dem Archivraum den Hauch eines Boudoirs verliehen.

»Etwas Neues heute morgen?« Mademoiselle Vicky hob ihr von den Jahren zerknittertes braunes Gesicht zu ihm empor.

»Hillaly Pascha wurde vom König entlassen. Aufstände der Fellachen sind in der Gegend von Badrawi Achour, nahe bei Mansourah und in Inchass auf den königlichen Besitztümern aufgeflammt. Wie es scheint, hat die Unterdrückung des Aufruhrs unter den Bauern vierzehn Tote gefordert.«

»Haben Sie das in der Presse gelesen?« wunderte sich Philippe, der wußte, daß man nicht von der Person des Königs sprechen durfte, ohne schwere Strafen zu befürchten.

»Nein«, gab Mademoiselle Vicky zu, »aber man erzählt es sich. Und wegen der Brände in Inchass bin ich sicher. Mein Onkel ist im königlichen Palast von Montaza angestellt, dort spricht man von nichts anderem.«

Mademoiselle Vicky war vertrauenswürdig. Als Armenierin, also nicht betroffen, und französischer Nationalität, also geschützt, beförderte sie das Wohlwollen eines Botschafters, von dem niemand mehr wußte, als daß er einst den Charme Mademoiselle Vickys schätzte zu einer tatkräftigen Pressesekretärin. Er war vor zwanzig Jahren abgereist. Sie war geblieben.

»Erscheint es Ihnen ernst, Mademoiselle?«

»Mehr als Sie glauben, Monsieur.« Sie beugte sich vor, die Augen glänzten unter dem Pony. »Wir haben auch den Waffenskandal in Palästina, den der König gern unterdrücken würde, weil sich General Sirry Amer dabei kompromittiert hat, und den Baumwollskandal, in den sein Ratgeber Pulli verwickelt ist. Ganz zu schweigen vom Aufruhr, der unter den Offizieren herrscht, seitdem der König beschlossen hat, den Präsidenten des Clubs, General Neguib, durch Sirry Amer zu ersetzen.« Philippe machte eine wegwerfende Bewegung. »Zucken Sie nicht mit den Schultern, Monsieur, das ist sehr ernst. Ich weiß es, weil mein Schwager, der Mann meiner jüngeren Schwester, Gärtner im Club ist . . .«

Philippe überflog die Depeschen, ordnete die Artikel, zog einen heraus und kritzelte an die Seite: »Zur Beachtung für den ersten Botschaftsrat«. Was sollte er mit den Informationen von Mademoiselle Vicky anfangen? Sie auf der Versammlung beim Botschafter erwähnen? Er müßte seine Quellen angeben, und er würde den Oberst kränken, der als Antenne des SDECE – offenes Geheimnis – alles zu wissen meinte. Bloß nicht. Seine Papiere unter dem Arm, lief Philippe den langen Flur zurück, umging den glühendheißen Innenhof, wie man einem Buschfeuer ausweicht, kam Punkt elf Uhr vor dem Büro des Botschafters an. Alle Räte und Sekretäre waren bereits versammelt. Man trat ein, bildete einen Kreis. Der Botschafter erhob sich vorsichtig von seinem Sessel, nickte mit dem Kopf, setzte sich wieder, als würde ihm die geringste Bewegung unendliche Anstrengung abverlangen. Griesgrämig verkündete er die Aufteilung für die Sommerferien. Er würde am 2. Juli nach Frankreich fahren. Eric de Carbonnel würde ihn vertreten und sich natürlich in Alexandria niederlassen, wo der Hof bereits residierte. Wie üblich würde der Materialservice einen Spezialzug für Diplomatengepäck, Koffer, Taschen und Kisten, Dossiers und Ausrüstungen mieten. Damit könnte man auch zusätzliches Geschirr transportieren, da sich anscheinend – der Botschafter bewegte seine langen weißen Hände wie Vogelflügel – das Küchenpersonal beschwere, die Sommerempfänge nicht ordentlich ausrichten zu können. »All das unter Ihrer Verantwortung, mein Lieber«, fügte er, zu dem bedrückten Carbonnel gewandt, mit eisiger Ironie hinzu. Die Assistenten, auch die zweiten Sekretäre, erlaubten sich ein Lächeln. Man kannte den Widerwillen Carbonnels gegen das Gesellschaftsleben, das er in diesem Sommer auch noch allein zu bewältigen hatte: Die Frauen verließen Kairo bereits im Mai.

»Kommen wir zu den ernsten Dingen. Sie werden nicht erstaunt sein, meine Herren, wenn ich Ihnen sage, daß mir das Land . . . nun ja . . . verwirrt scheint. Der König hat jedes Prestige und jede

Autorität verloren, man zieht über den Wafd her, ein Skandal löst den nächsten aus, die Armee ist gefährdet, die Regierung wurde soeben entlassen, und man kann nicht ermessen, wer auf den armen Sirry Amer folgen sollte, damit die Situation wieder gemeistert werden kann. All das hat sich natürlich schon in unseren Telegrammen niedergeschlagen. Aber Paris ist auch sehr besorgt über das, was in Berlin geschieht. Eines unserer Flugzeuge wurde kürzlich von den Russen abgeschossen, unter dem Vorwand, es habe eine verbotene Zone überflogen. Ich für meinen Teil glaube, daß die Deutschen aus der Ostzone in kurzer Zeit einen eisernen Vorhang quer durch Europa errichten werden, um den Durchgang von einem Teil Deutschlands in den anderen gänzlich zu unterbinden. Man fürchtet am Quai d'Orsay, daß eine Krise in Kairo unsere Sorgen nur verstärken würde, falls wir, was unwahrscheinlich ist, irgendwie hineingezogen werden. Überlassen wir diese Probleme also unseren englischen und amerikanischen Freunden. Ich fahre ruhig ab, da der Herr Geschäftsträger bleibt. Natürlich bin ich jederzeit erreichbar. Aber ich möchte in Kairo eine Art Antenne, eine diplomatische Zelle hinterlassen, wichtiger, als vorauszusehen war.«

Ein Raunen wurde hörbar. In Kairo bleiben, mitten im Sommer! Philippe verstand sofort. Er war als letzter gekommen, hatte den geringsten Grad. Er erwartete das Schlimmste. Die erste Wachrunde war für ihn bestimmt. Eingesetzt in Kairo vom 15. bis zum 31. Juli. Sein Freund Axel Houdayer, erster Sekretär, war nicht besser dran. Er würde sein Nachfolger sein, vom 1. bis zum 15. August. Er fing schlecht an, dieser Sommer 1952!

Zurück in seinem Büro mit den gelben Wänden und den hölzernen Aktenschränken – der Kanzlei war der Prunk der Residenz versagt –, griff Philippe nach einem Umschlag und schrieb: »Madame de Mareuil, Château de Montaupin, Mareuil, Sarthe, France«, dann begann er den Brief:

Liebe Mutter,
Sie schreiben mir, daß Ihnen der Aufenthalt in Dax gut getan hat, das freut mich. Hier herrscht eine höllische Hitze, vierzig Grad

im Schatten, und ich denke mit Wehmut an unsere Mahlzeiten im Sommer, auf dem Steintisch, im Schatten des großen Kastanienbaumes. Wie geht es unserem guten alten Haus? Berichten Sie mir alle Einzelheiten, denn ich werde in diesem Jahr nicht kommen können. Man beauftragt mich, bis Ende Juli in Kairo zu bleiben. Den Rest des Sommers werde ich in Alexandria oder vielmehr in Agami verbringen, einem Strand in der Nähe, wo ich mir wohl eine Villa mit meinem Freund Axel teilen werde. Könnten Sie mir mit dem nächsten Koffer meinen Reitanzug für den Sommer und Vaters Reitgerte schicken? Ich werde darauf aufpassen . . .«

Er hob den Kopf. Agami, wie war das, Agami . . . Mit wem hatte er sich dort verabredet? Ah ja, die kleine Brünette mit der Löwenmähne, Lola. Ein seltsames Mädchen. Nicht wirklich schön, aber interessant. Und gut gebaut, bei Gott.

In Alexandria hatte der Khamsin aufgehört zu blasen. Die Saison konnte beginnen. Das Grand Trianon an der Küstenstraße hatte seine Terrassen geöffnet, Kanus und Außenbordmotorboote wiegten sich leicht auf dem plätschernden Wasser vor dem Yachtclub. Man sprach von morgendlichen Ausritten und Fahrten auf dem Meer. Im Halbschatten des Hotel Cecil, hinter einer der großen runden Säulen, verabschiedete sich ein belgischer Diplomat von seiner Mätresse, einer feurigen Alexandrinerin. Er zog ein Kästchen aus der Tasche, öffnete es, nahm diskret einen großen, eckigen Ring heraus und legte ihn in die braune Hand, die sich ihm entgegenstreckte.
»Gefällt er dir?«
»Ich liebe ihn. Das wird mein Sportdiamant!«
Armer Schatz, dachte der Belgier, sie ist wirklich eine dumme Kuh. Aber sie hat so schöne Brüste!

Entlang des Strandes ragten Sonnenschirme empor. Sidi Beach, Stanley, Agami. Die Badegäste breiteten Handtücher aus, Mädchen in Badeanzügen spazierten in Gruppen umher, hielten sich am Arm. Ambulante Händler boten feine Konfitürewaffeln feil und riefen: »Freska! Freska!« Am Eingang zum Casino klebte ein Junge ein Plakat an. Programm der Festlichkeiten dieses Sommers. 12. Juni: Wettbewerb der schönsten Beine. 19. Juni: Wahl des schönsten weiblichen Passagiers der MISR Air. 29. Juni: Wahl der Miss Ägypten 1952. 13. Juli: Wahl der Miss Undine. 19. Juli: Wahl des schönsten Beines von Ägypten. 26. Juli: Gala der Hobbyimitatoren. 31. Juli: Ball zum Saisonende und Feuerwerk. Das Plakat leuchtete in Rot und Gelb neben der Eingangstür. Der Junge trat zurück, um die Wirkung zu prüfen. Man konnte es nicht übersehen. Unter einem Sonnenschirm in Stanley Bay schwatzten vier lachende Mädchen in Badeanzügen: »Ich weiß zwar, daß Pierre dein Liebhaber ist, aber das geht doch schon so lange! Wenn du ihn mir nur für einen Abend borgst, gebe ich dir mein Silberlamékleid.« Der Sommer fing erst an.

Nur der Strand von Montaza war leer. Reserviert für den König. Zu Recht, Farouk war da, auf der Terrasse des Palastes. Er füllte mit seiner Masse einen breiten Rohrsessel. Die Falten seines Bauches ruhten auf enormen weißen Schenkeln. Hinter schwarzen Brillengläsern, durch einen großen Panamahut vor der Sonne geschützt, betrachtete der König das Meer.

Er war wütend. Schlimmer noch: beunruhigt. Sein Spielerinstinkt sagte ihm, daß er dabei war, die Partie zu verlieren, die er im Januar begonnen hatte. Der Brand in Kairo hatte ihn von seinem alten Feind Nahas Pascha befreit, dem Führer des Wafd, der immer zugegeben hatte, die Monarchie beseitigen zu wollen. Aber der Aufruhr zeigte auch, daß die Armee jetzt über die Lage entscheiden konnte. Seit sechs Monaten jedoch entglitt ihm die Armee. Dieser lächerliche Zwischenfall im Offiziersclub enthüllte eine Provokation. Wie hatten die Militärs General Neguib wählen können, trotz eines klar formulierten königlichen Verbotes? Wie hatten sie vor allem wagen können, die Offiziere der Grenzwachregimenter auszuschließen, die einzigen, die dem König treu waren? Was unternahm also General Hayder? Er hatte ihn gewarnt. Man mußte den

Club schließen, diesen Neguib, der zu populär war, sowie ein Dutzend aufständischer Offiziere verhaften, die nach seinen Informationen ein Komplott gegen ihn schmiedeten. Hayder antwortete lediglich, er würde Nachforschungen anstellen ...

Man mußte der Sache nachgehen. Die Zeit drängte. Hayder war unfähig, er würde sich seiner entledigen. Aber auf wen zählen? Mortada el Maraghi, Innenminister aller Regierungen, war ihm bestimmt ergeben. Eine teure Ergebenheit, die jedoch die Proben bestanden hatte. Hatte nicht Mortada gerade diese unfähige Polizei aufgelöst, die zuließ, daß man den König in den Straßen Kairos auspfiff? Ja, er konnte auf Mortada zählen. Aber auf wen noch? Die Paschas? Farouk seufzte. Selbst auf die Paschas war kein Verlaß mehr. Die Hunde! Sie verdankten ihm alles. Und sie zeigten keine Spur von Dankbarkeit. Ah, wenn er wachsamer gewesen wäre, hätte er sie zur Ordnung gerufen, alle. War es zu spät?

Er klatschte in die Hände. Ein Kammerdiener in weißem Kaftan mit rotem Besatz und einem drapierten Gürtel in den königlichen Farben kam sofort herbeigerannt. Er stellte ein Silbertablett mit einem Kristallglas auf den Teewagen vor ihm, außerdem eine Schale mit Schokolade und Coca-Cola, Soda, Mineralwasser, Orangelimonade in eisgefüllten Krügen. Der König verlangte, daß man ihm täglich mindestens fünfzehn Liter Soda serviere. Aber ausnahmsweise wollte der König nicht trinken.

»Ruf mir Pulli.« Der Kammerdiener rannte in Windeseile davon.

Pulli, der italienische Palastelektriker, war der erste Ratgeber des Königs geworden, und diese Ernennung, eher seinen Qualitäten als Kuppler denn seinen Verdiensten zu verdanken, erfüllte ihn mehr mit Entsetzen, als daß sie ihm schmeichelte. Bekleidet mit einem makellosen weißen Anzug, kam er aus der Küche heraufgelaufen und eilte zur Terrasse, wo ihn Farouk erwartete, dieser Tyrann, dieses Schwein, dachte er, während er sich die Stirn trocknete. Was hatte er sich wohl diesmal ausgedacht, um seine Langeweile zu zerstreuen? Neue Feste? Eine andere Tänzerin? Eine Runde Poker, die er mit einem Lächeln verlieren mußte? Pulli hatte seine privilegierte Stellung mehr als satt, aber was tun? In Montaza war es völlig unmöglich, der erdrückenden Überwachung des verrückten Monarchen auch nur für eine Stunde zu entrinnen.

Pulli irrte sich. Farouk war nicht verrückt. Als wachsamer und bewußter Beobachter seines eigenen Niedergangs wußte der König, daß er ohne eigenen Willen, gefräßig, sexbesessen und quasi machtlos war. Unfähig, sich zu zügeln und wieder zu regieren, hatte er zusehen müssen, wie seine einstige Popularität dahinschmolz. Der junge vergötterte Prinz, zum verabscheuten König geworden, war von pathologischem Mißtrauen beherrscht. Er umgab sich nur noch mit einer Kamarilla von katzbuckelnden Dienern, die er verachten konnte, mit einem Fingerschnipsen wegjagen, zu sehr gehaßt vom einfachen Volk, um eine Gefahr darzustellen.

»Pulli! Bleib nicht stehen. Setz dich. Wohin? Auf die Erde, du Schwachkopf! Du wirst mich doch nicht zwingen wollen, den Kopf zu heben, um mit dir zu reden, oder?«

Pulli nahm ein Kissen und setzte sich zu Füßen des Königs.

»Hast du Nachricht von Samia? Wann kommt sie? Ich will, daß sie die Herberge an den Pyramiden verläßt und in Alexandria tanzt. Ich habe ihr einen Brief geschickt. Warum hat sie nicht geantwortet?«

Pulli lächelte breit. »Doch, doch, Maesta . . .« Er sagte immer Maesta, auf italienisch, was Farouk schmeichelte und Pulli erlaubte, das Gesicht zu wahren, zumindest vor sich selbst. Er stellte sich für einen Augenblick vor, eine Komödienrolle auf einer unwirklichen Bühne zu spielen. »Doch, aber . . . sie hat den Brief nicht verstanden. Ihr hattet mit FF unterzeichnet, und sie sagte zu mir: ›Das ist er nicht. Pulli, du machst dich über mich lustig!‹«

Farouk lachte laut.

»FF. Das heißt Farouk Futsch! Ja, futsch, ich bin futsch! Und das werden wir feiern. Mach nicht so ein Gesicht, Pulli. Du weißt genau, daß ich dich mit mir nehmen werde. Ich werde der Menge nicht erlauben, dich zu lynchen. Denn das wird mir eines Tages blühen, was meinst du? Sie werden mich lynchen, wenn sie können . . .«

»Maesta, sagt nicht solche Dinge. Das Volk liebt euch. Es verabscheut die Politiker und die habgierigen Paschas, das stimmt, aber Ihr...«

»Oh, was mich angeht, ich vermag die Schläge noch zu parieren. Hör mal, ich überlegte gerade, durch wen ich Sirry ersetzen könnte, der Reformen wollte, dieser Idiot! Als hätten die Reformen vor drei Jahren nicht dazu geführt, den Wafdisten die Macht zu geben... Wer wird mein nächster Premierminister? Du, Pulli?«

»Maesta! Nein, nicht ich, ich bitte Euch. Ihr macht Euch lustig...

»Natürlich mache ich mich lustig. Pulli Premierminister, das wäre vielleicht lustig. Später wird man sehen. Was hältst du jetzt von Hillaly Pascha?«

»Maesta! Er wird auch Reformen verlangen. Und dann, erinnert Euch, er hat es abgelehnt, einen Gesetzentwurf einzubringen, der Euch von jeglicher Einkommenssteuer befreit. Als wenn man vom König Steuern verlangen könnte! Er ist ein Aufrührer, dieser Hillaly. Ich werde Euch nicht zuraten...«

»Du hast vor allem Angst, daß er die Ratgeber des Königs mit Steuern belegt, was? Nein, mach dir keine Sorgen, ich habe ihn aus allen Regierungsgremien ausgeschlossen, ich habe ihn zu einem Nichts gemacht. Er weiß jetzt, daß ich ihn mit einer Handbewegung zerquetschen kann wie eine Mücke, so!« Heiter klatschte Farouk auf seine dicken Schenkel, deren Fett zitterte. Pulli brach aufs Geratewohl in Lachen aus. Man mußte immer den Stimmungen des Herrschers folgen.

Aber Farouk verfinsterte sich. »Aufrührer, Aufrührer? Du glaubst, er würde es wagen?« Pulli spürte einen kalten Schauder an seinem Rücken aufsteigen. Diese politischen Diskussionen bereiteten ihm immer Unwohlsein. Wußte man jemals, wie weit dieser fette selbstmörderische Verrückte gehen würde? Es war besser, seinen Geist anderen Sorgen zuzuwenden.

»Maesta, meiner Meinung nach wird Hillaly das tun, was Ihr wollt. Wer unterstützt ihn? Niemand. Er hat keine Partei hinter sich. Aber ich werde sofort mit Samia telefonieren...«

»Warte, ich will zuerst diese Angelegenheit regeln. Also nehme ich Hillaly als Premierminister. Aber um ihn zu überwachen, hefte ich ihm Karim Tabet als Staatsminister an die Fersen. Was hältst du davon?«

»Genial!« Pulli hatte nicht den Mut, mehr dazu zu sagen. Er verabscheute Karim Tabet, Pascha aus einer der großen Familien, der Pulli verachtete und ihn öffentlich als »Hofnarren« bezeichnete. Natürlich wußte Farouk von diesem Haß. So konnte er sich zusätzlich damit amüsieren, seine Untergebenen gegeneinander aufzuhetzen.

»Und dann werde ich die Offiziere zur Ordnung rufen. Seitdem sie den Palästinakrieg verloren haben, suchen sie nach Sündenböcken. Ich werde ihnen als Kriegsminister meinen Schwager, Oberst Chirine, aufzwingen. Er hat sich gut geschlagen, er ist mir sehr ergeben, und er ist der Gatte meiner teuren Fawzia. Ja, Chirine, eine gute Idee. Aber sprich mit niemandem darüber, Pulli. Ich werde mein Blatt allmählich ausspielen. Chirine ist eine Karte in meinem Ärmel. Und halt ja die Schnauze!«

Pulli hatte panische Angst vor Staatsgeheimnissen. Er zog die weniger ruhmvolle, aber auch weniger gefährliche Rolle des königlichen Maître de plaisir vor.

»Und Samia, Maesta, soll ich sie kommen lassen?«

»Ja, schick das Auto sofort los, ich will, daß sie heute abend da ist. Man langweilt sich hier. Ah, verdammter Pulli, immer die Weiber, was? Ich werde Hillay zum ... 27. Juni hierherbestellen, in fünf Tagen, das reicht aus. Amüsieren wir uns etwas. Schließlich wird die Revolution nicht gleich morgen anfangen.«

»Nein, Maesta, nicht gleich morgen«, wiederholte Pulli mit tonloser Stimme.

Während er davonging, beglückwünschte er sich dazu, bereits seine Goldbarren und drei Kisten mit Silberzeug nach Rom geschickt zu haben. Mußte er sich schon jetzt von seinen wertvollsten Schmuckstücken trennen, die er in einem Safe aufbewahrte? Er entschied, daß es notwendig war. Indem er Karim Tabet und Oberst Chirine einsetzen wollte, ging Farouk einer Kraftprobe mit der Armee entgegen. Würde er als Sieger daraus hervorgehen? Nichts war weniger sicher. Pulli zog oft genug durch die Bars und Cafés von

Alexandria, um zu wissen, daß das Volk den Dilettantismus, die Verrücktheiten, die Korruptheit und fette Unverschämtheit dieses von der Welt abgeschnittenen Monarchen mehr als satt hatte. Gleich morgen würde er zum Piloten des Königs gehen und ihm – er kreuzte die Finger – den Ledersack mit seinen Schmuckschatullen anvertrauen. Die Revolution konnte sehr wohl morgen beginnen.

»Sehen Sie nur, es ist der König, dort, auf seiner Terrasse!« An Bord des Schiffes hob Mimi, die sich auf der Brücke ausgestreckt hatte, kaum den Kopf. »Wenn Sie glauben, mein lieber Philippe, daß ich mein Sonnenbad unterbreche, nur um unseren ruhmreichen Herrscher zu sehen, vielen Dank!« Lola sprang auf und lehnte sich an die Reling des Kutters. Eigentlich nicht, um den König zu sehen, sondern weil ihr Philippe das Fernglas reichte.

»Wo ist er? Ich sehe eine Möwe auf dem Wasser, das ist alles«, rief sie mit enttäuschter Stimme. Philippe trat hinter sie, legte den Arm um sie, beugte sich nach vorn und griff nach dem Fernglas, während er Lola sanft in den Nacken küßte, dort, wo sich die vom Wind zerzausten Haare in ganz kleinen Locken zusammenrollten. Lola erschauerte. Wenn man sie sah? Aber Axel wandte ihnen den Rücken zu. Mimi lag noch immer ausgestreckt, und der Seemann wühlte in einer Kiste im Vorderteil des Schiffes. Philippe hatte das Genie oder das Geschick, immer den richtigen Moment auszuwählen, um sie zu berühren, flüchtig zu liebkosen, mit einem Kuß zu streifen. Und jedes Mal fühlte sich Lola vergehen.

Wie schnell alles gekommen war! Der Juni verging, und Lola wartete verzweifelt auf Nachricht von Philippe. War er ihr noch böse, wegen der dummen Eifersuchtsszene, oder verbrachte er die Ferien in Frankreich? Jean hatte, ohne es zu wissen, die gute Nachricht gebracht, eines Abends, beim Essen. »Ich habe vorhin Axel Houdayer gesehen. Er holte die Koffer aus dem Auto und erzählte mir, er hätte die Villa Cardoni für den Sommer gemietet. Ich frage mich, ob er Boot fahren wird . . .« In jener Nacht konnte Lola nicht schlafen.

Drei Tage später rieben sich Mimi und sie, ausgestreckt auf ihren Badetüchern, gegenseitig mit Chaldéeöl ein, eine neue Bräunungscreme, die Wunder vollbrachte, an den Händen jedoch eine hartnäckige rote Farbe hinterließ. Lola lag auf dem Bauch, die Nase im Frotteetuch vergraben, und gab sich ganz der Wollust hin, Mimis leichte Hand zu spüren, die ihr die Schultern massierte, als die Hand plötzlich schwerer wurde, fest und beharrlich, zu ihren Hüften herabglitt, den Rücken wieder heraufstrich, ganz wie ... wie beim Ball der Tegart!

»Philippe!« Sie hatte seinen Namen gerufen, bevor sie ihn sah, und er war da, über sie herabgebeugt, als wollte er sie umarmen. Er lachte, seine Augen strahlten in der Sonne. Bevor sie ein Wort sagen konnte, verzog er das Gesicht und zeigte seine gerötete Hand. »Puh! Was für eine Farbe! Wie können Sie diesen Kleister ertragen! Ich werde Ihnen eine andere Creme aus Paris kommen lassen.« Mimi, völlig aus der Fassung gebracht, wußte nicht, was sie sagen sollte, aber Lola konnte ihre Freude nicht verbergen. Er war da. Eine Welle von Wärme erfüllte ihre Brust. An der Stärke ihres Glücks erkannte sie, wieviel Angst sie gehabt hatte, ihn zu verlieren, und sie schwor sich, nie wieder seinen Zorn zu erregen. Die Eifersucht war eine Qual, aber ohne Philippe zu leben, war das schlimmste Leid. Sie würde daran denken.

Der Juni wurde ein Fest ohne Ende. Philippe und Axel waren in den Freundeskreis aufgenommen worden. Philippe hatte sogar Nadia erobert, der er den Sonnenschirm und die Strandtasche trug. Charles blieb reserviert. Lola kümmerte sich kaum darum. Sie wußte, daß dieser Sommer 1952 der schönste ihres Lebens war.

8

An diesem Morgen stand Lola um sechs Uhr auf, zog eine Leinenhose an, eine weiße Bluse, streifte die Schuhe über und rannte zum Strand, bis zu der kleinen Bucht, wo die Pferde warteten. Sie war immer die erste. Der Stallbursche des Reitklubs, Ahmed, reservierte ihr jeden Tag dieselbe schwarze Stute. Philippe wählte den Braunen mit den verrückten Augen, den er allen anderen vorzog. Ein Pferd, das Lola, die weniger geübt war als er, niemals zu besteigen gewagt hätte.

Sie waren allein am Strand. Am Wasser entlang fielen sie in einen leichten Trab. Die Luft war noch frisch, aber ein Hitzenebel stieg bereits vom Meer empor, ließ die Linien verschwimmen, mischte das tiefe Blau des Meeres mit dem blassen Blau des Himmels. Sie galoppierten dem Horizont entgegen. Plötzlich hob sich der Nebel wie ein Schleier, der zerreißt, und enthüllte das Küstenrelief, das Glitzern der Wellen, den rosigen Glanz des Himmels. »Sieh nur«, sagte Philippe und wies in die Weite. »Das ist schön.« Lola nickte, sie konnte nicht sprechen. Es war wie ein Morgen am Anfang der Welt.

Jetzt liefen die Pferde im Schritt, in aller Ruhe, und hinterließen im feuchten Sand den flüchtigen Abdruck ihrer Hufe. Philippe beugte sich aus seinem Sattel, blickte Lola an. Wie sehr sie sich in den wenigen Monaten verändert hatte. Hier war sie – mit vom Wind zerzaustem Haar, glänzenden Augen, braun und seidig – viel schöner als in Kairo. Sie wandte den Kopf. An diesem Morgen störte sie Philippes Blick. Sie fühlte mit einemmal, wie sich ihre Brüste unter der weißen Bluse zusammenzogen, und trieb ihr Pferd an, um voranzureiten.

»Lola, bleib stehen.« Philippe hatte sie eingeholt und zog an den Zügeln. Diesmal sah ihm Lola ins Gesicht. Er war ernst. »Komm, steig ab.« Er ließ sich hinabgleiten, band die Pferde an. Sie sprang auf den Boden.

Sie liefen schweigend, erstiegen einen Sandhügel. Lolas Hand zitterte in der Philippes. Mit ihren dunklen, etwas verlorenen Augen ähnelt sie ihrer kleinen Stute, sagte er sich bewegt. Hinter der Villa Gradguillot versteckte sich eine Hütte aus geflochtenen Palmwedeln unter den Feigenbäumen. Er trat ein, schob die Holztür zu, zog Lola heftig in seine Arme, küßte sie lange und begann, ohne ein Wort zu sagen, ihre Bluse aufzuknöpfen, ihre Brüste zu suchen; dann bettete er sie auf den Sand.

Sie erwartete ihn. Durch die Palmen hindurch durchbohrte die Sonne jetzt die Dunkelheit, erwärmte den süßen Duft der überreifen Feigen, die am Boden zerquetscht lagen. In einem Schwindel erlebte Lola zerreißendes Glück, Schmerz und Lust, Blendung, köstliche Wärme, die ihre Hüften ergriff und sie gänzlich schwach werden ließ. Ein stechender Schmerz entriß ihr einen Schrei, dann schluchzte sie. Das Gesicht an ihrem Hals, keuchte Philippe und stammelte: »Lola, verzeih mir ... Ich hatte so großes, so großes Verlangen nach dir ... seit Tagen und Tagen ... du bist wunderbar. Du bist so sanft, so sanft ...« Sie spürte nur noch das Gewicht seines Körpers, das auf ihr lastete. Sie entdeckte seine schmalen Hüften, den schlanken Bauch, die festen Schenkel. Der Duft der Feigen mischte sich mit dem Geruch der Liebe. Von nahem ähnelten Philippes Augen Malachiten. Ohne Grund fühlte sich Lola plötzlich für ihn verantwortlich, rechenschaftspflichtig für seine gegenwärtigen und künftigen Schwächen. Ja, sie liebte diesen Mann aus der Tiefe ihrer Seele, ohne Berechnung und ohne Rückhalt. Sie streckte die Hand aus, zerrieb zwischen ihren Fingern den rauhen Sand, schloß die Augen und spürte unter ihren Lidern Sonnenflecken tanzen. Niemals würde sie den Duft der reifen Feigen vergessen. Niemals würde sie diesen Morgen am Anfang der Welt vergessen.

9

Zwei Uhr. Philippe schob seine Papiere zusammen, trocknete die Stirn mit dem Handrücken. An der Decke bewegten große Ventilatoren die sengende Luft. Kairo im Sommer, das war die Hölle. Durch das hohe Fenster seines Büros blickte er auf die Eukalyptusbäume an der Avenue, in der Illusion, dort einen Hauch von Frische zu finden. Aber ihre graugrünen Blätter, gelb gefärbt durch den feinen Staub des Sommers, bewegten sich nicht mehr, als wären sie mit Ausziehtusche vor dem Hintergrund eines weißen Himmels gezeichnet. Jetzt nach Alexandria zu fahren, das war Wahnsinn, vor allem an einem Dienstag und erst recht, wenn man Dienst hatte. Aber er war mit Lola verabredet. Heute abend, sechs Uhr, am Strand. Sie würde ihn erwarten. Das Bild ihrer schlanken Beine kam ihm mit solcher Genauigkeit in Erinnerung, daß er die Augen schloß. Zum Teufel mit der Botschaft! Es würde nichts geschehen. Er würde in dieser Nacht in Alexandria bei Axel schlafen und am nächsten Morgen sehr früh zurückkommen, ganz einfach. Das wichtigste war, die Kanzlei zu verlassen, ohne vom Oberst erwischt zu werden, der, treu auf seinem Posten, beschlossen hatte, in Kairo zu bleiben, aus Gründen, die er »nicht enthüllen« konnte.

Am Vorabend hatte ihn der Oberst, der sich langweilte, zum Abendessen auf ein Boot am Ufer des Nils eingeladen, gegenüber dem Palais Louthfallah. Die Luft war feucht und schwer. Die Mücken flogen in dichten Heerscharen vom Fluß auf und verbrannten knisternd in den Öllampen. Philippe haßte die Mücken, vor allem am Nil. Der Houmous war ölig, die Tauben zu kräftig gebraten. Das Gespräch drehte sich um die Schlachtfelder des Obersts: Syrien, Division Leclerc, Indochina. Philippe sagte kaum drei Sätze. Er dachte an Lola. Sie fehlte ihm. Er brauchte sie. Brauchte sie sehr, viel zu sehr. Irgend etwas in ihm verkrampfte sich. Der alte Überlebensreflex machte sich bemerkbar. Er würde nicht in die Falle gehen, sich in die Enge treiben lassen, wie Axel sagte. Er fuhr auf, als er den Oberst in einem Ton, der keine Widerrede duldete, sagen hörte: »Also, morgen abend, gleicher Ort, gleiche Zeit? Gute Nacht, mein Freund.« Zu spät, um zu reagieren. Außerdem war der Oberst bereits verschwunden.

Seine Jacke über dem Arm, schob sich Philippe lautlos in den Flur, vermied jedes Geräusch seiner Schritte. Er ging an der Tür des Obersts vorbei, nahm die Kurve, lief schneller, um das Tor zu erreichen. Der Ausgang war in Sicht! Aber nein. Gerötet, atemlos, kam Mademoiselle Vicky hinterher, die Haare wild durcheinander, sie rannte mit ihren hohen Absätzen und schrie aus voller Lunge: »Monsieur de Mareuil, gehen Sie nicht, gehen Sie nicht! Ich habe Ihnen etwas zu sagen!« Er setzte eine gereizte Miene auf und wandte sich um, bereit zum Angriff. Wegen dieser Verrückten würde man ihn noch entdecken.

»Monsieur de Mareuil ... oh, ein Glück, daß ich Sie noch erwischt habe.« Sie packte ihn am Ärmel seines Hemdes. Ihre kleine schwärzliche Hand, überladen mit vergoldeten Ringen, würde ihn nicht mehr loslassen. »Ich weiß nicht, ob ich es sagen soll, aber ich möchte lieber mit Ihnen als mit dem Oberst sprechen, weil er mich immer fragt: ›Woher haben Sie das? Wer hat Ihnen das gesagt?‹ Während Sie, Monsieur de Mareuil ...« Sie rollte scherzhaft die Augen und klapperte mit den Lidern wie ein kleines Mädchen. Philippe verlor die Nerven.

»Mein Gott, Mademoiselle, was ist denn los? Ich habe eine Verabredung, ich bin in Eile, ich muß weg ...«

»Oh, Sie können nicht weg, Monsieur! Es gehen Dinge vor sich, Dinge, wenn Sie wüßten, außerordentlich ernst, ja, sehr errrnst.« Sie rollte nach ägyptischer Art das »r«, bei ihr ein Zeichen echter Bestürzung. Besiegt ließ sich Philippe in einen der syrischen Sessel fallen, der hart war wie ein Kirchenstuhl.

»Reden Sie schnell.«

»Also Monsieur, sie werden es tun, ja, heute ist der Tag.«

»Aber wer: sie? Was tun?«

»Die Offiziere, Sie wissen doch, die vom Club, ich habe Ihnen neulich davon erzählt, ich hatte es von meinem Schwager . . .«

»Mein Gott, Madame, erklären Sie doch, was Sie meinen! Und schnell!« Philippes Stimme zitterte noch immer vor Erregung, was Mademoiselle zusätzlich verwirrte, so daß sie zu stottern begann.

»Mein Schwa. . . mein Schwager hat alles ge. . . gehört. Sie haben Pläne, um das Rundfunkgebäude zu erobern und die Re. . . Regierung zu stürzen. Ich werde es Ihnen erzählen. Wenn Sie nicht mit dem Oberst darüber reden, natürlich, weil er mich sonst . . .«

Philippe sprang auf und packte Mademoiselle Vicky am Arm.

»Gut, aber wir bleiben nicht hier. Kommen Sie, ich habe mein Auto gegenüber. Ich lade Sie zu einem Mangosaft bei Lappas ein, dort unterhalten wir uns.« Das wichtigste war, die Botschaft zu verlassen, selbst wenn er diese Schwätzerin mitnehmen mußte. Auf jeden Fall lag Lappas auf dem Weg nach Alexandria. Er müßte sich nur beeilen.

Eine Stunde später saßen Philippe und Mademoiselle Vicky noch immer bei Lappas, wo es in der heiligen Stunde der Mittagsruhe fast menschenleer war. Ein großer magerer Bursche, der zwischen ihnen saß, sprach in vertraulichem Ton. Philippe, den Tod in der Seele, hörte zu, während er sich sagte, daß er heute abend in Kairo bleiben müßte. Wenn Georges, der berühmte Schwager, recht hatte, war die Situation tatsächlich explosiv an diesem Nachmittag des 22. Juli.

»Ich war dort, Monsieur. Ich goß die Rosen. Sie saßen an einem Fenster und sprachen mit leiser Stimme, aber ich habe sie sehr gut verstanden. Da waren Khaled Mohieddine, Boghadi, Abdel Hakim Amer und Gamal Abdel Nasser. Ich kenne sie, sie bilden im Club immer eine verschworene Gruppe. Nasser sagte: ›Alles überstürzt sich. Hussein Sirry wird morgen abdanken, und der König hat die Absicht, Hillay zum Premierminister zu ernennen. Nach unseren Informationen soll unmittelbar auf die Einsetzung Hillays die Verhaftung von vierzehn Offizieren erfolgen.‹ In diesem Moment fluchte Mohieddine auf Farouk. Nasser hieß ihn schweigen. Man müsse schneller handeln als vorgesehen, sagte er. Morgen, spätestens übermorgen. Da schrie Boghadi, daß man den 5. August abwarten muß, weil man keinen Staatsstreich ohne Infanterie machen kann und das 13. Regiment erst an diesem Tag aus Palästina zurückkommt. Aber Nasser setzte sich durch. ›Wir können nicht warten‹, sagte er. ›Farouk wird uns ausschalten. Wir machen den Putsch mit den Panzern von Chawki, das reicht. Ruf sofort Sadat in Rafa an. Er soll mit dem nächsten Zug herkommen. Salah und Gamal Salem werden in El Arich bleiben, um die Sinai-Armee zu kontrollieren. Alle anderen versammeln sich bei mir, in Manchiet el Bakri, heute um sechzehn Uhr. Ich glaube, wir müssen in der Nacht vom 22. zum 23. handeln, um Mitternacht.‹ Dann sind sie weggefahren, als letzter Nasser in seinem kleinen Morris . . .«

Philippe sah auf seine Uhr. Es war fünfzehn Uhr dreißig, der 22. Juli war heute. Er mußte sofort zur Botschaft fahren, den Oberst informieren, Carbonnel in Alexandria warnen und dafür den Chiffreur finden, der sicher gerade seine Mittagsruhe hielt. Mein Gott, und Lola? Wie konnte er ihr Bescheid geben? Die Falconeri hatten kein Telefon. Axel ins Vertrauen ziehen? Zu riskant. Egal, er würde Lola später erklären, daß es wichtig war. Denn er zweifelte keinen Moment an der Wahrheit von Georges' Bericht – der seiner Meinung nach für einen echten Gärtner zu intelligent war. Warum vertraute er sich ihm eigentlich gerade zum rechten Zeitpunkt an? Hielt er ihn für einen französischen Agenten? Das dringendste war, den Oberst zu erreichen und zu versuchen, herauszubekommen, wer diese aufrührerischen Offiziere waren, deren Namen, die er auf der Papierserviette notiert hatte, ihm gar nichts sagten. Er mußte zunächst zur Botschaft zurückfahren und mit dem Oberst sein lästiges Geheimnis teilen.

Seit zwanzig Minuten hatten sich acht junge Militärs in Hemdsärmeln um den Wohnzimmertisch am Rande von Kairo, in Manchiet el Bakri, versammelt. Einer von ihnen, Abdel Hakim Amer, lang und mager, wie viele Ägypter aus Said, las mit lauter Stimme einen sechsseitigen maschinengeschriebenen Text vor: der Plan für den militärischen Aufstand, wie er für die Nacht vom 5. zum 6. August vorgesehen war. Endlich legte er die Blätter auf den Tisch, und Stille breitete sich aus.

»Wir werden das alles ändern müssen«, murmelte Nasser mit dumpfer Stimme. »Wie ihr wißt, sind Teile des 13. Infanterieregiments noch nicht zurück in Kairo, wir können nur auf die Panzer zählen. Also, wie viele Männer haben wir?«

Amer rechnete in einem kleinen Heft.

»Das Panzerregiment von Chafei, das Bataillon der Panzerspähwagen von Khaled, eine Kompanie des 13. Infanterieregiments und ein paar Abteilungen ... Etwas weniger als dreitausend Mann insgesamt.«

Die Gesichter wurden lang. Dreitausend Mann gegen eine Armee von achtzigtausend, das war nicht viel. Nasser fühlte, wie ihn Mutlosigkeit überkam, aber er fing sich wieder und schüttelte den Kopf.

»Es ist keine Frage der Anzahl, sondern der Organisation. Wir haben eine neunundneunzigprozentige Erfolgschance.« Sie griffen wieder nach dem Plan, versahen ihn mit Anmerkungen, diskutierten. Sie würden sich um Mitternacht treffen. Gegen ein Uhr würde die Infanterie den Generalstab umzingeln und das 1. Panzerbataillon von Youssef Saddik zum Angriff übergehen. Die Panzerfahrzeuge von Mohieddine würden den Flughafen einnehmen, die von Hussein Chaffei den Rundfunk, die Telefonzentrale und den Bahnhof besetzen.

»Hmm...« knurrte Amer, »auf dem Papier ist es möglich. Aber wie werden die Truppen in Kairo und im ganzen Land reagieren, vor allem in Alexandria, wo der König über eine treue Garde verfügt, ganz zu schweigen von der Marine?«

»Maalesh, das macht nichts, wir versuchen es entweder jetzt oder nie. Ist jemand dagegen?« Nassers Stimme wurde schneidend. Niemand antwortete. Er stand auf, fuhr mit der Hand über seinen Schnurrbart. »Gut. Es ist achtzehn Uhr, wir treffen uns in sechs Stunden, um Mitternacht.«

Philippe hatte den Oberst erreicht. In seinem Büro blätterten sie fieberhaft in einem Jahrbuch der Mitglieder des Armeeclubs.

»Ich kenne sie fast alle«, murmelte der Oberst, bis aufs äußerste erregt, »außer diesen Gamal Abdel Nasser. Was sagt das Jahrbuch? Abdel Nasser, Gamal, Generalstabsoffizier. Hat den Palästina-Krieg mitgemacht und war in den Sudan abkommandiert. Ha! Nein, für mich ist der wahre Chef, der gefährlichste, General Neguib. Er allein ist ausreichend bekannt in der Öffentlichkeit und populär in der Armee, um sich einen militärischen Staatsstreich zu erlauben. Wenn die, deren Namen Sie mir gegeben haben, allein sind, haben sie keine große Chance. Sie haben zwar Kommandos, aber sehr wenige Männer. Der größte Teil der ägyptischen Armee ist entweder auf dem Sinai, im Sudan oder im Gazastreifen in Palästina stationiert. Ich sehe nicht, daß das gutgehen kann, Mareuil! Nicht sehr ernst, meiner Meinung nach . . .«

»Aber Sie sagten doch neulich, daß Teile der ägyptischen Armee an der Kanalstraße in Position gegangen wären, erinnern Sie sich? Könnte es nicht sein, daß man einer möglichen Intervention der Engländer vorbeugen will, die in Port Said und in Ismailiya stationiert sind? Sie könnten in drei Stunden in Kairo sein.«

»Sie haben recht. Man müßte zunächst wissen, was an der Kanalstraße vor sich geht. Ich sehe nur einen Weg, wir müssen heute nacht hinfahren.«

»Ohne jemanden zu informieren? Das meinen Sie nicht ernst, mon Colonel. Ich werde eine Botschaft nach Paris schicken, eine andere an Carbonnel, wenn ich diesen verdammten Chiffreur erwische.«

»Ich werde mich etwas unter meinen englischen und amerikanischen Kollegen umhören . . . wenn ich sie finde. Bei dieser Hitze sind alle am Strand.« Der Oberst richtete sich zu seiner vollen, wenn auch geringen Höhe auf. »Auf jeden Fall, Mareuil, kommen Sie heute abend um zehn Uhr her. Ich werde die Ordonnanz informieren. Wir nehmen mein Auto und machen gegen Mitternacht eine Stadtrundfahrt, bevor wir in Richtung Kanal fahren.« Sein Ton erlaubte keine Diskussion. »Ich bleibe hier. Ich erwarte Sie. Bis nachher!«

An der Tür angekommen, erlebte Philippe die Überraschung

seines Lebens, als er Spatz in seinem Rücken hinzufügen hörte:
»Nennen Sie mich von nun an nicht mehr Oberst, Mareuil. Wir müssen diskret sein. Nennen Sie mich einfach Paul ...«

In dem mit weißem Marmor ausgelegten Vorzimmer des Palais Ras el Tine in Alexandria warteten fünfzehn Herren mit grauem Gehrock in vergoldeten Sesseln auf den König. Die Mitglieder der neuen Regierung Hillaly waren gekommen, um ihren Eid zu leisten, sie fächelten sich Kühlung zu, legten ihre Tarbouches ab, um sich die Stirn zu trocknen. Hillaly steckte einen Finger unter den Kragen. Um sechzehn Uhr dreißig öffneten endlich zwei Kammerdiener die Türen zum königlichen Gemach. Der König, eingezwängt in seine Sommeruniform, versteckt hinter seinen ewigen schwarzen Brillengläsern, erwartete sie in einem breiten Sessel. Eine zweite Person im Jackett stand hinter ihm. Als die Regierungsmitglieder eintraten, gesellte er sich zu ihnen.

»Sire, was macht Oberst Chirine unter uns?« fragte Hillaly Pascha, während er sich verneigte.

»Er wird Ihr Kriegsminister sein«, versetzte Farouk. »Haben Sie gegen meine Entscheidung etwas einzuwenden?«

Hillaly schwieg. Jeder leistete den Schwur.

Am Ausgang des Palastes zeigten die neuen Minister finstere Mienen. Den eilig zusammengerufenen Journalisten, die sich auf der Vortreppe drängten, warf Hillaly lediglich hin: »Wir erleben kritische Stunden ... Die Situation ist gegenwärtig sehr angespannt.«

Zur selben Zeit ging Farouk in schwarzem Badekostüm durch eine andere Tür hinaus, begleitet von seinen Leibwächtern in Badehose und einem Diener, der die Handtücher trug. Es war Zeit für sein Abendbad.

Nasser sprang auf, als das Telefon klingelte. Sollte er abnehmen? Die Losung lautete, jedes Gespräch zu vermeiden, wenn nicht außerordentliche Dringlichkeit vorlag. Das Klingeln hörte auf, begann noch dreimal. Das vereinbarte Zeichen. Beunruhigt nahm Nasser den Hörer ab.

»Hier ist Hauptmann Saad Tawfik . . . Gamal, es ist ernst. Alle höheren Offiziere wurden für heute, zweiundzwanzig Uhr, ins Hauptquartier befohlen. Und die Truppen haben Ausgangssperre. Meiner Meinung nach ist es vorbei, wir sind ver . . .«

»Schweig! Wir beginnen früher, um elf Uhr.«

»Aber die Journalisten sind bereits auf dem laufenden über unsere Pläne. Dieser Schweinehund Mortada hat schon die Flucht . . .«

»Keine Ansammlungen. Wir ziehen die Operation um eine Stunde vor. So bekommen wir sie alle ins Netz. Informiere deine Kontaktmänner, ich kümmere mich um meine.«

Nasser legte auf. Sie konnten nicht mehr zurück. Mit gelassener Langsamkeit holte er den kleinen Morris heraus und fuhr los, um die an der Verschwörung beteiligten Offiziere zusammenzurufen. Er fand sie alle, bis auf einen. Anwar el Sadat.

Dennoch hatte Sadat auf seinem fernen Posten in Rafa die Botschaft erhalten. Am 21. Juli hatte ihm Hassan Ibrahim einen mit Abou Menkar unterzeichneten Brief gegeben, das war der Deckname von Nasser. Befehl, sofort nach Kairo zu kommen. Aber Rafa, das war das Ende der Welt. Anwar konnte erst am nächsten Morgen losfahren, und an diesem 22. Juli saß er in dem asthmatischen Zug, der die Sinaiwüste durchquerte und dann am Kanal entlangfuhr. Inmitten von Bauern mit ihren Taubenkisten, finster blickenden Beduinen, Soldaten auf Urlaub und einigen griechischen Popen, die aus Sainte-Cathérine zurückkamen, begann Sadat zu träumen. Er dachte an den Weg, den sie zurückgelegt hatten, seit Nasser, Mohieddine und er eines Abends im Jahre 1938 auf dem Hügel von Mankabad ihren Schwur leisteten. Sie schworen, »das Land von der englischen Okkupation zu befreien, die Armee zu reformieren und den Staat zu reinigen«. Was konnten drei junge Kadetten ausrichten, frisch von der Militärschule in Abbasieh entlassen, ohne Geld, ohne Einfluß, einfache Unterleutnants? Die Marschbefehle hatten sie getrennt. Nasser hatte sich tapfer in Palästina geschlagen. Er, Sadat, hatte seinen Tribut gezahlt und lange Monate im Gefängnis verbracht, bevor er freigelassen und dann in den Süden verbannt wurde. Und jetzt war der große Tag gekommen!

Die Lokomotive stieß in einer großen Dampfwolke ihr letztes Pfeifen aus. Man erreichte den Kairoer Bahnhof. Anwar sprang auf den Bahnsteig, suchte mit den Augen Nasser oder Mohieddine. Niemand da. Es war fünf Uhr. Was taten sie? Wie lauteten die Losungen? Er war bestimmt zu früh. Dort teilte eine junge Frau die Menge und rief: »Anwar! Anwar!« Seine Frau Jehanne. Er umarmte sie heftig. Vielleicht sah er sie zum letzten Mal?

»Was geschieht hier, Anwar? Hast du schon Urlaub? Aber du warst doch gerade in Rafa angekommen . . .«

»Mach dir keine Sorgen. Wollen wir bei den Pyramiden vorbeifahren, ehe wir nach Hause zurückkehren?«

Im Auto beobachtete Jehanne ihren Mann aus dem Augenwinkel. Er rauchte eine Zigarette nach der anderen. Niemals hatte sie ihn so nervös gesehen. Als sie die Wüste erreichten, wandte er sich zu ihr um.

»Jehanne, erinnerst du dich an das Versprechen, daß ich deinem Vater gab, mich künftig von der Politik fernzuhalten? Nun, ich muß dir gestehen, daß dieses Versprechen . . . ich habe es nicht ganz gehalten. Ich . . .«

»Anwar, ich will es nicht wissen. Wer hat mich denn nach meiner Meinung gefragt? Niemand. Du bist kein Mann wie die anderen, und ich liebe dich, wie du bist.«

Sadat lächelte, und Jehanne dachte, wie verführerisch er war mit seinem feinen Schnurrbart, der braunen Haut und den leichten Schlitzaugen.

»Jehanne, du bist ein Engel. Wollen wir deine Eltern heute abend ins Kino einladen?«

Lola saß im Sand, das Kinn auf die Knie gestützt, und sah auf das Meer. Am Nachmittag, während der Mittagsruhe, hatte sie stundenlang ihre verschiedenen Badeanzüge angezogen, bevor sie sich für diesen entschied, den weißen, drapierten. Dann hatte sie neue Frisuren probiert, bis sie schließlich zu der zurückkehrte, die Philippe liebte, die lockigen Haare an der Seite zurückgeworfen. Seit sie wußte, daß er Ponys nicht mochte, steckte sie ihren mit einer

Haarspange nach hinten. Wann wuchsen diese verdammten Strähnen endlich nach? Sie streckte die Beine aus. Wozu hatte sie sich eigentlich so sorgfältig zurechtgemacht? Philippe kam nicht. Sie sah auf die Uhr. Es war acht. Sie mußte die quälenden Bilder aus ihrem Geist verbannen. Wo war er? Was tat er in Kairo, fern von ihr, befreit von ihrer sicher zu aufdringlichen Präsenz? Nein, sie mußte sich beruhigen. An etwas anderes denken. Welches Kleid würde sie zu Mimis Geburtstagsparty am nächsten Tag anziehen?

Zwecklos, sich etwas vorzumachen. Es gab eine andere Frau. Vielleicht diese Botschaftssekretärin, eine Blondine mit kurzem Haar, die sie eines Tages bei Axel gesehen hatte. Sie stellte sich Philippe an ihrer Seite vor, Philippe, der sich über sie beugte, mit einem Lächeln, das sie nicht an ihm kannte, Philippe, der die andere auf den Mund küßte ... dann im Bett, wie er sie liebte.

Wurde sie verrückt? Warum hatte sie mit einemmal Lust zu schreien, zu beißen, zu töten? Dieses Mädchen war Axels Freundin. Also könnte es vielleicht die Frau des zweiten Botschaftsrates sein, die unter dem Vorwand ihrer baldigen Abreise in Kairo blieb. Auch sie blond, wie durch Zufall. Philippe liebte blonde Frauen. Und wenn sie sich ihr Haar färbte? Niemals würde Nadia es gestatten. Vielleicht, wenn sie mit den Zöpfen anfing ... Erneut sah sie Philippe vor sich, lachend, das Mädchen mit dem kurzen Haar im Nacken haltend, sie küssend. Lola begann wieder zu zittern. Übelkeit erfüllte sie. Aber sie mußte sich kontrollieren. Leiden hieß Erniedrigung. Sie ballte die Fäuste.

Die Sonne ging in roter Feuerglut unter, entflammte das Meer. Das Kamelgras am Rand des Strandes wurde violett, dann schwarz. Sie mußte zum Abendessen heimkehren. Nicht sofort, nicht jetzt, mit dieser Qual im Herzen. Sie drehte sich auf den Bauch, streckte sich auf dem noch warmen Sand aus und erinnerte sich an die Palmenhütte, die Sandkörner, die an ihrem Rücken klebten, an ihrer Brust, an den Duft von Philippes Haut, die Sanftheit seiner Hände. Den Kopf in die verschränkten Arme vergraben, begann sie zu weinen.

Es war dreiundzwanzig Uhr dreißig. Nasser und Amer wandten

sich zu den Kasernen von Kasr el Nil. Polizisten bewachten den Eingang.

»Sie wurden gewarnt«, murmelte Nasser. »Gehen wir zur Luftwaffenbasis, dort finden wir vielleicht Mohieddine und seine Truppen.«

Der Morris wendete und fuhr durch die Nacht in Richtung Heliopolis. Die Straße war leer. Plötzlich durchbohrten mächtige Scheinwerfer die Nacht.

»Gamal, siehst du all die Fahrzeuge, die nach Kairo fahren? Das ist seltsam, oder?« Der Morris bremste plötzlich, fuhr an den Straßenrand, unter den schwarzen Schatten der Palmen. Nasser schaltete den Motor aus.

»Das sind Panzerfahrzeuge. Sieh doch, wie hoch die Scheinwerfer stehen.« Eine Kolonne von leichten Panzerwagen war jetzt dreihundert Meter vor ihnen deutlich zu erkennen. »Sind sie mit uns oder gegen uns?«

Hinter dem Morris hatte auch der dunkelgrüne Simca Sport von Oberst Spatz gebremst, bevor er sich an die Seite schob. Philippe, der hart nach vorn geschleudert wurde, stützte sich am Armaturenbrett ab und verschluckte einen Fluch. Aber Spatz strahlte.

»Mareuil, es ist soweit! Das sind Panzer in Angriffsformation. Sie fahren nach Kairo. Das muß . . .« Der Oberst griff nach dem Fernglas. »Ich sehe nicht viel. Auf jeden Fall sind wir mittendrin! Bravo, mein Freund, wir sitzen in der ersten Reihe!«

»Mon Colonel . . . eh, Paul, wir können nicht hierbleiben. Sie werden uns schnappen . . . Aber was geht dort vor sich?«

Fünf Militärs in Drillichanzügen, bewaffnet mit Tommy Guns, sprangen aus den ersten Fahrzeugen des Konvois, der zum Stehen gekommen war. Sie rannten zu den Palmen, drohend die Waffen erhoben, und kamen mit zwei Männern zurück, die, das sah man auch von weitem im Scheinwerferlicht, Offiziere der ägyptischen Armee zu sein schienen. Die beiden Offiziere, die Arme emporgestreckt, liefen bis zur Mitte der Straße. Spatz packte Philippe mit nervösem Griff.

»Scheiße, was ist das für ein Durcheinander?«

Nasser und Amer blickten sich angesichts der auf sie gerichteten Gewehre mit derselben Frage in die Augen. Sollten sie sich ergeben? Schießen, bevor sie entwaffnet würden? Eine vertraute Stimme erhob sich:

»Salut, Brüder! Wir haben bereits den Regimentskommandanten und seinen Sekundanten erwischt!« Es war Youssouf Mansour! Warum war er dort, viel früher als vorgesehen? Schon schloß Mansour Nasser in die Arme.

»Youssouf! Wie viele Männer hast du?« fragte Amer.

»Achtzig. Der Rest des Regiments ist nicht rechtzeitig aus Palästina zurückgekehrt.«

»Schnell, fahren wir zum Generalstab. Chawki erwartet uns dort. Ich zeige dir den Weg. Wir dürfen keine Zeit mehr verlieren. Jetzt zählt jede Minute.«

»Ich verstehe überhaupt nichts mehr«, brummte Spatz. »Woher kommen diese beiden da? Auf jeden Fall haben sie ein Ziel. Den Palast? Er ist leer, der König ist in Alexandria. Warten wir ein bißchen ... Wir werden ihnen von weitem folgen. Panzer in der Stadt, um Mitternacht, da ist was nicht sauber. Sehen Sie, sie starten. Warum nehmen sie die Koubehbrücke? Hauptsache, ich verliere sie nicht. Aber ... ja, natürlich, der Generalstab! Mein Guter, wir sind dabei, live an einem Staatsstreich teilzunehmen. Herrlich! Nie gesehen! Ich frage mich ... Sie sind zuwenig, die Sache wird ausgehen wie das Hornberger Schießen. Wir parken dort, an der Ecke. Folgen Sie mir, ohne ein Wort, klar?«

Der Oberst und Philippe glitten an einer Mauer entlang bis zur Straßenecke, die auf den Platz führte. An den Stamm eines Orangenbaumes geklebt, reckte Spatz den Hals, um besser zu sehen. In der ersten Etage des Hauptquartiers öffneten sich vier erleuchtete Fenster weit in die Frische der Nacht. Man erkannte Leuchter und Silhouetten an einem langen Tisch.

Plötzlich brachen Schüsse los. Nasser, Amer, Youssef Saddik und etwa dreißig Soldaten waren nach vorn gestürzt, hatten die Türen geöffnet, drangen in das Haus ein und schossen ziellos um sich. Philippe preßte sich gegen die Mauer. Ein Staatsstreich live, Spatz hatte recht! Er spürte, wie ihn Erregung übermannte, und wartete, alle Sinne hellwach. Der Moment war historisch, man durfte nichts verpassen. Hatte er Angst? Nein, im Gegenteil. Erneut feuerten Maschinengewehre. Langsam ging Philippe näher heran, erreichte den Schutz eines Baumstammes. Sie waren zu beschäftigt dort vorn, um die beiden außerordentlich interessierten Zuschauer zu bemerken. Was mochte im Gebäude vor sich gehen? Schwer zu erraten. Man hörte Befehle, Schreie, dann durchbrachen drei Revolverschüsse für einen Moment die Stille. Schließlich, nach einigen Minuten, erschienen die Offiziere, die Hände erhoben, bewacht von Soldaten, die sie in die Jeeps stießen. Spatz fluchte, als er General Aly Neguib erkannte, den Bruder Neguibs.

»Mein Gott, Mareuil, es ist unglaublich, aber sie haben gewonnen! Mir scheint, sie verladen den gesamten Generalstab.« Als guter Profi blickte er auf die Uhr: Es war Mitternacht. Unbewußt machte Philippe einen Schritt nach vorn, unter dem wütenden Blick des Obersts wich er sogleich wieder zurück.

»Rühren Sie sich nicht, klar? Wollen Sie, daß sie uns als Spione verhaften? Warten wir, bis alles vorbei ist. Dann fahren wir.«

Ein Personenwagen kam herangerast, bremste, und ein Offizier sprang heraus. Sogleich senkten die Wachen bedrohlich die Gewehre.

»Laß mich schon durch, du Schwachkopf, ich bin Oberstleutnant Sadat, du kennst mich doch, du standest in Rafa unter meinem Befehl.«

»Ja, mon Colonel, aber Sie kennen die Parole nicht, und ich habe meine Befehle. Niemand nähert sich heute nacht dem Hauptquartier, der nicht die Genehmigung dazu hat.«

»Aber...« Sadat glaubte verrückt zu werden. Warum nur hatte er die abwegige Idee gehabt, heute abend ins Kino zu gehen? Als er nach Hause kam, fand er eine Nachricht von Nasser, und das Blut gefror ihm in den Adern. Er würde die Revolution verpassen! Und jetzt wollte ihn dieser Idiot nicht vorbeilassen. Er führte die Hand zum Revolver. Unter ihren Bäumen hielten der Oberst und Philippe den Atem an. Ein Offizier beugte sich aus dem Fenster, die Waffe im Anschlag.

»Abdel Hakim, ich bin es, Sadat. Sag diesem Kerl, er soll mich reinlassen...«

Im Arbeitszimmer des Generalstabschefs verteilte Nasser bereits die Rollen.

»Anwar, endlich! Wo warst du? Geh gleich zur Telefonzentrale runter und ruf die Kommandanten der verschiedenen Einheiten an. Sag mir Bescheid, wenn es nicht wie vorgesehen läuft.«

Im Erdgeschoß telefonierte Sadat in der verlassenen Zentrale mit dem Sinai, El Arish, Marsa Matrouh, Alexandria, El Kantara, Rafa. Überall schlossen sich die Garnisonen ihnen an. Um zwei Uhr morgens legte er erschöpft die Kopfhörer beiseite. Sie hatten gewonnen. Die Armee würde den Verschwörern folgen. Zwölf widerspenstige Generäle waren verhaftet worden, Khaled Mohieddine kontrollierte das Gebiet um Heliopolis, die Panzer von Chafei kamen in die Stadt, besetzten die Radiostation, die Telefonzentrale, die Flughäfen, den Bahnhof.

In der Französischen Botschaft, an der Straße nach Gizeh, war nur ein einziges Fenster erleuchtet. Es gehörte zum Chiffrierbüro. Spatz schickte eine Botschaft an den Verteidigungsminister in Paris, während Philippe ein Telegramm an den Quai d'Orsay aufsetzte. Er hatte Carbonnel in Alexandria nicht mehr erreichen können. Die Telefonleitungen schienen gestört. Vielleicht hatte die Armee sie unterbrochen. Mit dem Stift in der Luft zögerte Philippe vor einem Wort. Überflüssig... er ließ es weg. Es war sein erstes Telegramm, und zu welchem Anlaß! Er mußte klar und kurz sein, eindringlich ohne Übertreibung, präzise genug, um zu warnen, vorsichtig genug, um sich zu decken. Der Staatsstreich konnte noch scheitern. Aber Philippes Überzeugung stand fest. In Ägypten war die Monarchie soeben untergegangen wie ein verfaultes Holzboot, und niemand vermochte zu sagen, welches Regime ihr folgen würde. Er mußte fertig werden. Der Chiffreur wartete.

10

Während des Abendessens tat Lola unter dem besorgten Blick des Vaters gleichgültig. Sie hatte die Augen mit viel Wasser gespült, um die Spuren der Tränen auszulöschen. Ihre Nase blieb leuchtend und rot, aber das konnte auch die Wirkung der Sonne sein.

»Lola, Orangensalat?«

»Nein, danke. Ich habe keinen Hunger.«

»Aber du wirst bald eingehen, mager wie du bist!« Mademoiselle Latreille war verzweifelt. Sie war durch ihre Strandkleidung, rote Bluse und weiter weißer Baumwollrock, ganz verjüngt und fand in Agami ein wenig von ihrer einstigen Frische wieder. Aber heute abend sah ihre »Kleine« so kläglich aus, und die Augen glänzten verdächtig. Lola senkte den Kopf, um dieser liebevollen Fürsorge zu entgehen. Gute Latreille, wie konnte sie einen Liebeskummer verstehen? Der Orangensalat, bernsteinfarben und golden in der Kristallschale, machte ein zweites Mal die Runde um den Tisch. Schließlich erhob sich Nadia, Charles folgte ihr. Sie gingen auf die Terrasse, um den abendlichen Kräutertee zu trinken. Man konnte verschwinden.

In ihrem Zimmer angekommen, warf sich Lola auf das Bett. Sie erinnerte sich an ihr Unglück und begann wieder zu weinen, dann, als die Tränen ausblieben, putzte sie sich die Nase und überlegte. Philippe betrog sie zweifellos, machte sich vielleicht über sie lustig. Und sie, sie war verliebt in einen Mann, von dem sie bereits wußte, daß er unbeständig und oberflächlich war. Sie würde leiden. Und weiter? Sie war jetzt seine Geliebte, seine Frau. Weswegen sollte sie auf dieses verzehrende Feuer verzichten? Aus Vorsicht? Vorsicht und Bequemlichkeit waren nicht ihr Ziel. Sie dachte an Irène. Ihre sanfte Schwester hatte die Unterordnung gewählt, die Sanftheit und die Sicherheit, indem sie Magdi heiratete. Lola wollte lieber mit Gefahren leben. Schließlich war sie eine Falconeri, sie ähnelte ihrem Großvater mit den harten Händen und dem Lächeln eines Briganten. Man erzählte ihr immer, daß sie die wilden Haare und die etwas zu starke Nase von ihm hätte. Heute abend wird ihr klar, daß sie auch seinen verflixten Charakter geerbt hat. Sie will Philippe. Zu schön für sie? Zu französisch? Ausländer? Wird eines Tages weggehen? Wird sie verlassen? Gut. Aber vorher leben, die Leidenschaft ausschöpfen und, wenn es sein muß, leiden und dafür bezahlen.

Jetzt fühlte sich Lola beruhigt. Sie lehnte sich an das weit in die Nacht geöffnete Fenster. Man hörte die Brandung. Ein salziger Wind kam vom Meer. Sie hatte einen frevelhaften Gedanken. »Ich bin bereit, alles zu ertragen, alle Sünden, alle Zugeständnisse, damit Philippe mich liebt. Gewähre mir diese Gnade, mein Gott, Du kannst es. Dann . . . dann werde ich büßen, soviel Du willst.«

Morgens weckte sie die Sonne: Sie hatte am Vorabend vergessen, die Vorhänge zu schließen. Man sah die Palmen in den Nachbargärten, das türkisfarbene Schwimmbecken der Chebib, man hörte das trockene Rascheln der Eukalyptusbäume. Die Ängste und Sorgen der Nacht waren davongeflogen. Aus der Küche stieg der Geruch von Kaffee herauf. Lola fiel ein, daß sie seit dem Vortag nichts gegessen hatte.

Im Eßzimmer war die Familie um das Radio versammelt. Als Lola geräuschvoll hereinkam, machte Jean mit der Hand ein Zeichen: »Still!« Eine unbekannte Stimme, herzlich aber feierlich, hielt eine erstaunliche Rede.

»Ich flehe meine Mitbürger an, nicht auf die böswilligen Gerüchte zu hören, denn überall herrscht Ruhe. Möge Gott, der Allmächtige, uns helfen!« Die Zeit schien stehenzubleiben. Lola hatte keine Gelegenheit, sich zu wundern. Schon hatte der Vater den Bakelitknopf gedreht, das Radio schwieg. Eine schwere Stille legte sich über sie. Nadia reagierte als erste.

»Was soll das heißen?«
»Meine Liebe, das ist ganz einfach die Ankündigung eines Staats-

streiches«, antwortete Charles trocken und schob seinen Stuhl zurück. »Die Militärs haben heute nacht die Macht ergriffen. Während wir schliefen . . . Anführer scheint General Neguib zu sein. Nicht verwunderlich. Er oder der König. Das mußte doch eines Tages krachen, nicht wahr? Nun, jetzt ist es soweit . . .«

»Aber wer ist Neguib?«

»Ich kenne ihn ein wenig. Er ist ein Patriot, ein aufrichtiger Mann. Er wird zweifellos etwas Ordnung in dieses Land bringen. Aber wer steht hinter ihm? Was werden sie mit dem König machen? Ihn verurteilen? Erschießen? Ins Exil schicken? Auf jeden Fall, meine Kinder . . .« Er wandte sich zu Jean und Lola: »Das ist das Ende einer Epoche.«

Nadia zog die Falten ihres himmelblauen Hauskleides eng um ihre schmale Taille zusammen. Ihre Augen waren geweitet.

»Charles, ist das gefährlich für uns? Diese . . . Offiziere, haben sie etwas mit diesem Pöbel zu tun, der im letzten Winter Kairo in Brand gesetzt und den armen Williamson getötet hat? Charles, ich habe Angst . . .«

Charles Falconeri umarmte mit einem Blick seine beunruhigte Frau, seine verdutzten Kinder und die beduinische Dienerin, die wie erstarrt mit der Kaffeekanne in der Hand dastand. Dieser Sommertag hatte sich verfinstert. Mußte man Angst haben wie Nadia? Er hatte die Korruption, die Verrücktheiten und die Niedrigkeit des Regimes zu sehr kritisiert, um Mitleid mit dem fetten König zu haben, dessen Schicksal jetzt besiegelt schien. Wie viele ägyptische Intellektuelle empfand er für Farouk nichts als Verachtung. Aber Nadia, dachte er mit gewissem Erstaunen, fehlte es nicht an politischer Intuition. Wenn der Volkszorn entfesselt wurde, traf er nicht nur den König. Wie immer würde er Sündenböcke suchen und finden. Die Berater Farouks, diese schändlichen Ausländer, würden gewiß als erste aufgehängt werden, zumindest als erste verhaftet. Und waren diese Griechen, Italiener, Libanesen, Syrer nicht, was für ein Zufall, alle Christen? Wie auch die ganze gehobene Gesellschaft Ägyptens christlich war . . . Sie besaß die Macht, das Prestige und das Geld. Wie weit könnte ein Volksaufstand gehen, der wie im vergangenen Januar unkontrollierte Banden auf die Straßen werfen würde? Er, der seit sechs Monaten in verschiedenen Prozessen wegen Schadenersatz und Ausgleichszahlungen gearbeitet hatte, wußte sehr wohl, daß der Begriff »unkontrolliert« schlecht paßte. Daß es unter den Brandstiftern und Plünderern in den Geschäften organisierte Splittergruppen gab, heimlich gelenkt von den Neofaschisten und den Moslembrüdern.

Finstere Perspektive. Charles erschauerte. Die Falconeri hatten ebensowenig wie die anderen Christen die großen Verfolgungen vergessen, die sie Ende des vergangenen Jahrhunderts aus den libanesischen Bergen oder den syrischen Ebenen verjagt und an die ägyptische Küste geschwemmt hatten. War es das Ende der Atempause, die Rückkehr der Massaker, der Menschenjagden, der endlosen Flucht, des erzwungenen Exils? Charles seufzte. Alle blickten ihn an. Nein, unmöglich. Die Geschichte wiederholt sich nicht. Wie um sich selbst zu beruhigen, sprach er den geheimen Gedanken laut aus.

»Es gibt nichts zu fürchten. Die Armee wird die Ordnung garantieren und ein gerechteres Regime errichten, davon bin ich überzeugt. Ich fahre nach Kairo. Wartet alle hier. Jean, ich zähle auf dich, kümmere dich um deine Mutter. Wo ist der Chauffeur?«

Schon fuhr Charles in seine Weste, knöpfte die Manschetten zu, griff nach seinem Panamahut mit dem blauen Band, lief die Vortreppe hinunter zur Garage. Lola erfaßte mit einemmal das Ausmaß der Situation. Der dicke König würde vielleicht aufgehängt werden. Sie hatte Angst wie Nadia. Sie sah die verkohlten und rauchenden Ruinen vor sich, am Tag nach dem Brand in Kairo. Sie erinnerte sich an Mimis verzweifeltes Gesicht, als sie auf dem Kanapee im Salon lag und vom Tod ihres Mannes berichtete. Furcht ergriff sie. Philippe mußte in der Botschaft sein, in Kairo. Was war dort geschehen? Sobald der Vater aufbrach, würde sie zu Axel gehen. Vielleicht wußte er etwas Neues.

Bob Cariakis verabscheute die Hitze, den Sommer und vor allem die Hitze Kairos im Sommer. Er war überzeugt, die Sonne würde seine blauen Augen bleichen und seine helle Haut verletzen, die wesentlichen Elemente seines Rufes als großer Verführer. Fluchend, unter einer riesigen schwarzen Sonnenbrille, in weißes Leinen gekleidet, mit leichten Schuhen, lief er die Kasr-el-Nil-Straße entlang. Was für eine Idee, mitten im Juli einen Staatsstreich zu beginnen! Ginge es nur nach ihm, er würde das Ganze in diesem Moment aus der Ferne beobachten. Vom Strand von Sidi Bishr aus beispielsweise, wo man die letzten Ereignisse angenehm kommentieren konnte, im Kreise weiblicher Zuhörer, die an seinen Lippen hingen. Aber Blandine hatte ihn gebeten, dringend zu kommen, und Blandine konnte er nichts abschlagen. Vor allem, weil sie schön war. Braunhaarig, zarte Lippen über wundervollen Zähnen, mit dem Ausdruck einer ausgehungerten jungen Löwin, von der er lange geträumt hatte. Sie war auch reich, aber ohne Prahlerei. Sie trug niemals Schmuck, was für Bob der Gipfel der Eleganz war. Schließlich war sie auch noch die Lieblingsnichte des großen Galad Pascha, Direktor der »Bourse égyptienne« und in dieser Funktion Chef von Bob, der in dieser Zeitung regelmäßig literarische Chroniken veröffentlichte. Alles zusammengenommen, sagte er sich, während er auf dem gepflasterten Bürgersteig entlanglief und geschickt den ausgestreckten Beinen des Bettlers vom Dienst an der Ecke der Soliman-Pascha-Straße auswich, hatte er Blandine gern. Und wenn Blandine ihn brauchte, eilte er herbei.

Diesmal war es eine delikate Mission. Galad Pascha war am selben Morgen verhaftet worden, direkt aus dem Bett, wie auch andere Würdenträger des Ancien Régime, wie man es bereits seit einigen Stunden nannte. Für Bob bedeuteten diese morgendlichen Verhaftungen die erste Geschmacklosigkeit der neuen Herren Ägyptens. Bis dahin war es ziemlich gut gelaufen: Die »freien Offiziere« versprachen vor allem Vorteile, ohne bisher angst zu machen, und sie hatten die Ausländer beruhigt, ohne die Ägypten seinen Charme und seine Einzigartigkeit verlieren würde. Um das Ereignis zu würdigen, hatte die »Bourse égyptienne« an diesem Morgen eine fünf Spalten breite Überschrift auf der Titelseite gewählt und die Photos auf dem Deckblatt geändert. Anstelle der üblichen aneinandergereihten Paschas mit Stambouline und Tarbouche, postiert auf den

Stufen des Palastes, hatte man große Fotos von General Neguib veröffentlicht, freundlich lächelnd unter seiner Mütze, wie er Kinder küßte oder Amba Youssab, den koptisch-orthodoxen Patriarchen umarmte, dann Amba Marcos II., den koptisch-katholischen Patriarchen. Das brauchen die Leute, dachte Bob sarkastisch: Dieses Festival von Frisuren, Militärhelmen, Turbanen oder Patriarchenmützen erinnerte mehr an ein Fest der Köpfe als an eine Revolution. Unter diesen historischen Umständen hätte sich die »Bourse« eine etwas weniger lächerliche Titelseite leisten können... Aber das war Ägypten, diese Gabe, über sich selbst zu lachen, liebenswürdiges und fröhliches Ägypten, verrückt und vergeßlich, das Bob über alles liebte...

Dennoch war Bob seit dem Anruf Blandines etwas verwirrt. Was fiel ihnen ein, die Paschas zu verhaften? Karim Tabet, einverstanden, er war der böse Geist Farouks. Die anderen hatten sich einfach nur bereichert, manchmal dabei ihre Autorität mißbraucht... aber in Maßen und mit soviel Heiterkeit! Galad Pascha beispielsweise, was warf man ihm vor? Bob mochte den alten Edgar Galad mit dem rundlichen Körper, ein dickes Baby unter einer roten Tarbouche. Ihn zu verhaften war nicht gerechtfertigt.

Uff, ein wenig Frische. Bob schob sich in die große Marmorhalle des Galadpalastes, stieg die monumentale Treppe hinauf. In der ersten Etage war die Tür geöffnet. Blandine erwartete ihn. Sie hatte geweint.

»Bob, erkläre es mir. Bei Tagesanbruch kamen Soldaten, sie haben meinen Onkel mitgenommen und ihm nicht mal Zeit gelassen, sich anzuziehen. Was hat er getan? Was geht hier vor?«

»Ich weiß es nicht, mein Schatz. Es gab heute nacht einen Staatsstreich. Ich denke, es handelt sich um vorbeugende Verhaftungen.«

»Kannst du ihm wenigstens etwas zu essen bringen? Sie sind wohl in einer Kaserne oder einer Schule in Heliopolis.«

»Ich weiß, ich habe einen Passierschein erhalten. Ich fahre in einer Stunde nach Heliopolis, mit Ahmed Aboul Fatah.«

Ein Kammerdiener kam herein, er trug einen mit einer weißen Damastserviette bedeckten Korb.

»Was ist da drin? Keine Bombe, hoffe ich«, scherzte Bob, der angesichts des bestürzten Gesichtes von Blandine sogleich wieder ernst wurde. »Mach dir keine Sorgen, wir werden alles tun, damit er freigelassen wird. Es ist sicher ein Irrtum. Ich umarme ihn für dich. Ich denke, morgen ist er wieder zu Hause.«

In dem Jeep, der sie nach Heliopolis brachte, waren Bob und Ahmed Aboul Fatah weniger optimistisch. Die Militärs, die sie umgaben, mit Helm und Gewehr ausgerüstet, schwiegen, sie sahen nicht wie Operettensoldaten aus.

»Diese Kerle haben den Palästina-Krieg geführt, und anscheinend haben sie die Niederlage noch nicht verdaut«, murmelte Ahmed, dessen Journalistenblick bereits die Abzeichen und Tressen ihrer muskulösen Begleiter bemerkt hatte. »Aber sag mal, wie hast du dir so schnell einen Passierschein besorgt? Machst du bei diesem Abenteuer mit?«

»Ich kenne Neguib, aus einem ganz banalen Grund: Du weißt doch, daß ich – man muß ja leben – auch Vertreter von Chrysler in Ägypten bin. Neguib hat vor kurzem ein Auto bei mir gekauft, er schuldet mir sogar noch eine ganze Menge Geld. Außerdem ist er ein anständiger Kerl, der sich ebensowenig wie ich mit Automechanik auskennt. Deshalb kommt er oft, und während sich die Arbeiter um sein Auto kümmern, unterhalten wir uns ...«

»Nun, mein Lieber, da hast du einen wertvollen Freund. Nach dem, was man sich erzählt, ist er der Chef der Verschwörer ...«

Der Jeep bog in den Hof eines niedrigen Gebäudes ein und bremste scharf. Bob verschlug es den Atem: Sie waren in einem großen Schulhof, umgeben von Klassenzimmern und überdachten Freiräumen. Und dort, in einem Rahmen, der nicht zu ihnen paßte, waren all die Mächtigen von gestern versammelt, die Paschas, die Berater des Königs, die Vertreter des Großbürgertums, jene, die mittags in den Botschaften speisten und bei Hofe zu Abend aßen. An diesem Morgen waren sie aus ihren Betten gerissen worden, und sie machten eine klägliche Figur. Der gefürchtete Elias Andraous, Berater des Königs, lehnte verdrossen an einer grauen Mauer und ballte die

Fäuste in den Taschen seines roten Hausmantels. Der elegante Djennaoui spazierte in weiten Khakishorts umher, mit Hausschuhen, schwarzen Socken und Sockenhaltern; man hatte ihm offensichtlich nicht einmal die Zeit gelassen, sich eine anständige Hose überzuziehen. Weiter weg, unter einem Vordach, kauerte Karim Tabet auf der Erde, einen Militärmantel über die Schultern geworfen. Er hatte Anrecht auf eine Sonderwache: Ein Soldat im Kampfanzug stand an seiner Seite, das Gewehr in der Hand. Schließlich kam ihnen Edgar Galad entgegen, auch er in himmelblauem Pyjama, mit leicht verwirrtem Gesichtsausdruck. Dazu hatte er allen Grund, sagte sich Bob, der die burleske Tragik der Situation empfand. Was taten diese alten Knaben hier, bloßgestellt, so gar nicht auf dieses Mißgeschick vorbereitet? Wo waren die Diener, das Gesinde, die Freunde, die Bittsteller, die sie überall begleiteten wie Mückenschwärme im Sommer?

»Hier bringen wir, was Blandine Ihnen schickt, Galad Bey.«

»Aber Bob, kannst du mir sagen, was hier vorgeht? Warum sind wir hier? Werden wir verurteilt? Gibt es Neuigkeiten?«

»Die Neuigkeiten sind dieselben . . .« beeilte sich Bob mit leiser Stimme zu antworten, denn ein Soldat schrie: »Es wird nicht gesprochen!« Edgar hob die Serviette auf, entdeckte kleine Sesambrötchen, Coca-Cola, harte Eier, Do'a und Wein. Blandine hatte an alles gedacht, selbst an Zigaretten, die Edgar mit lebhafter Geste wegschob: »Ich rauche nicht, das weiß sie doch.« Das wird für die Wachen sein, dachte Bob, der plötzlich den Instinkt des ehemaligen Kriegsberichterstatters wiedergefunden hatte. Um sie herum drängten die Gefangenen, und Fragen prasselten auf sie herab. »Bekommen wir Anwälte? Wer hält uns hier fest?«

Wußten die Paschas, daß ihre Herrschaft zu Ende gegangen war? Ahmed Aboul Fatah, der mit dem Lagerkommandanten verhandelt hatte, kam zum Jeep zurück. Der Besuch war vorbei.

»Danke Blandine von mir!« rief Edgar. Bob hob die Hand, deutete ein Lächeln an, das beruhigend wirken sollte. Er suchte nach einem Scherz, einer ägyptischen Nokta, aber er vermochte nur mit leiser Stimme zu sagen: »Möge Gott euch beschützen!«

Der Jeep wirbelte eine rote Staubwolke auf, die unvermeidlich Bobs weißen Anzug verderben würde. Schweigend trocknete er seine schwarze Brille mit der schönen Krawatte. Irgend etwas störte ihn. Ein nicht zu erklärendes Unwohlsein, der Eindruck eines Déja-vu. Dieser Schulhof, diese Gefangenen in Unterhosen, in mangelhaftem Aufzug, erinnerten ihn an ein Kriegserlebnis, aber welches? Plötzlich, wie ein Echo auf seine Sorgen, explodierte Ahmed Aboul Fatah:

»Aber warum muß man sie so behandeln? Sie sind korrupt, lächerlich, einverstanden, aber sie sind nicht gefährlich. Die Militärs wollen sie demütigen. Das ist klar. Warum?« Warum? Diese Frage stellte sich auch Bob. Er kannte Neguib gut genug, um zu wissen, daß es nicht sein Stil war. Wessen dann? Ahmed hatte recht: Es war ein fester Wille, jene zu erniedrigen, die gestern noch im Olymp gesessen hatten. Ein Racheakt? Diese engstirnige Idee schien nicht mit den ersten Erklärungen der neuen Macht übereinzustimmen. Revolutionärer Akt? Die Ex-Oberen wären in Kerkerzellen geworfen worden, bevor man sie verurteilte, und nicht schändlich in einen Schulhof gesetzt. Nein. Bob erwog noch etwas anderes. Aber er kam zu keinem Ergebnis. Vielleicht wegen der Hitze ...

Der Gedanke nahm einige Tage später, bei Groppi, während des Nachmittagsapéritifs Gestalt an. Bob, Viktor Semieka, Adli Andraos, Elfi Bey und Edouard Cosseiry kommentierten mit der fröhlichen Wildheit der Ägypter die letzten Ereignisse. »Weißt du, daß Farouk zweimal ansetzen mußte, um seine Abdankung zu unterschreiben? So sehr zitterte seine Hand.« – »Ich kann euch sagen, ich war dort, seine Abreise war lächerlich. Seine weiße Admiralsuniform saß so eng – er wird jeden Tag fetter –, daß ein goldener Knopf absprang, als er sich an der Reling seiner Jacht festhielt. Er wollte grüßen, aber der Zwischenfall hat ihn durcheinandergebracht.« – »Kennst du außer Neguib jemanden von diesen ›freien Offizieren‹?« – »Ja, einen gewissen Anwar el Sadat, er hat eine Zeitlang mit Ahmed Aboul Fatah beim »Rose el Youssef« gearbeitet. Er schreibt nicht schlecht, aber er soll ein Nazisympathisant sein.« – »Nein, er steht den Moslembrüdern nah ... Ob das eine oder das andere, es ist ziemlich beunruhigend ...«

»Liebe Freunde, das ist es nicht, was mich beunruhigt«, unterbrach plötzlich Elfi Bey. »Seht euch die Liste der zwölf ›freien Offiziere‹ an, unsere neuen Herren: Es gibt keinen einzigen Christen unter ihnen. Erstaunlich, nicht wahr?«

Niemand reagierte. Diese konfessionellen Unterschiede schienen den fünf Freunden nicht würdig, in Erwägung gezogen zu werden. Aber in Bobs Kopf klingelte etwas: Dort, in Heliopolis, jetzt wurde es ihm bewußt, gab es unter den verhafteten Paschas keinen einzigen Moslem.

Zufall? Bestimmt nicht, dessen war Bob sicher. So gab es also in Ägypten selbst bei der Revolution eine religiöse Diskriminierung? Warum nicht? Das Ägypten Farouks, strahlend und kosmopolitisch, mußte logischerweise mit ihm verschwinden. Woher kamen die neuen Herren? Aus der Armee, das heißt aus dem Ägypten der Bauern, der kleinen Angestellten, einem Ägypten, das noch im Schlamm des Nils steckte, einem Ägypten, das nichts als arabisch sprach und nur den Islam kannte. In Kairo mochte sich die bessere Gesellschaft über die Unbeholfenheit und die rustikale Art der neuen Herren lustig machen. Hatte man nichts gespürt, nichts verstanden?

Bobs Herz zog sich zusammen. Wie konnte man die Vorstellung ertragen, dieses süße Land bedroht zu sehen, wo sich die Frauen nach der Pariser Mode kleideten und die Männer nach der Londoner, wo man in fünf verschiedenen Sprachen spotten konnte – französisch in den Salons, griechisch beim Friseur, italienisch beim Schuster, englisch beim Polo und arabisch in den Küchen?

Schluß, sagte sich Bob, ich bin zu pessimistisch. Noch eine Auswirkung meiner alten jüdischen Angst. Auf jeden Fall, was auch geschieht, eines ist sicher: Ich bin zu lange hier, meine Vorfahren sind hier geboren und haben ihre ruhmreiche Geschichte zu viele Jahre hier geschrieben, als daß ich mir, und sei es auch nur für einen Augenblick, vorstellen könnte, woanders zu leben. Wohin sollte ich auch gehen? Wo würde ich diese Süße finden, diese Freude, diesen so einzigartigen Geschmack liebenswerter Dekadenz, den ich ebenso brauche wie die Luft, die ich atme?

Zwischen den Tischen schob sich ein braungebrannter Junge in schmutziger Galabieh hindurch, der Ketten aus frischem Jasmin verkaufte, um die Nacht mit Duft zu erfüllen. Bob machte ein Zeichen, und schon ergossen sich die Blüten auf den Tisch, eine duftende Masse. Irgend jemand sang auf der Straße. Eine Frau mit spitzer Stimme rief Gott zum Zeugen ihres Unglücks an. Ein Radio betete die Verse des Korans herunter. Warum sollte man sich Sorgen machen? Ägypten würde immer Ägypten bleiben. Das Groppi war ewig.

11

Lolas Tagebuch

1. Juni 1956

Ich habe dieses Heft im obersten Schubfach eines Schrankes gefunden, sorgsam unter meinem Kommunionskleid zusammengefaltet. Seltsame Vorstellung... 1952! Mein Tagebuch als junges Mädchen. Wie naiv ich war. Aber nicht dumm... Ich hatte bereits verstanden, daß Philippe der Mann meines Lebens sein würde. Was habe ich denn seit vier Jahren anderes getan, als dich zu lieben, Philippe?

Mit sechzehn Jahren war ich verwirrt von der ersten Liebe. Heute bin ich zwanzig. Ich sollte klüger sein, vielleicht ernüchtert. Vier Jahre, das ist lange. Vier Jahre Geheimnisse, Zwänge. Sich lieben, ja, aber das ändert nichts daran, daß unsere Liebe geheim bleibt. Warum? Um mich nicht zu kompromittieren, sagst du. Ich akzeptiere es, ohne zu diskutieren. In den Augen der anderen verhalten wir uns wie alte Freunde, Tennispartner und Spielgefährten, verbunden durch zu lange Freundschaft, als daß sie ein tieferes Gefühl verdecken könnte, noch weniger eine Leidenschaft. Manchmal habe ich Angst, daß unsere Liebe in den tödlichen Gewohnheiten untergeht, selbst wenn man die Würze der Heimlichkeit hinzufügt. Unser Territorium ist gut markiert! Seitdem du das möblierte Zimmer in Gezireh el Wosta, am anderen Arm des Nils, gemietet hast, leben wir wie in einer Kugel. Ich weiß, wann ich kommen soll, meist nach der Mittagsruhe, gegen vier Uhr. Ich lasse mich mit dem Taxi in eine benachbarte Straße bringen, biege mit geschäftigem Gesicht um die Straßenecke, als würde ich das Viertel genau kennen. Aber ein einziger Gedanke beschäftigt mich. Ist der rote Vorhang, da oben, am Fenster der dritten Etage, zugezogen? Das ist unser Zeichen. Erinnerst du dich, am Anfang hattest du dir ausgedacht, ein Taschentuch in den Stamm des ersten Eukalyptusbaumes an der Chaussee zu hängen, um mir zu bedeuten, daß der Weg frei wäre. Bis eines Tages jemand das Taschentuch gestohlen hat. In Kairo ist alles gut genug, um gestohlen zu werden, erst recht ein besticktes Taschentuch. Dieser rote Vorhang, es ist dumm, ergreift mich noch immer wie beim erstenmal. Ich hatte solche Angst, als ich bei diesem unbekannten Haus ankam. Man mußte am Wächter vorbei, dem Baouab, der unten neben dem Fahrstuhl saß. Du hattest mir geraten, unbesorgt zu sein, ihn nicht zu beachten. Außerdem hattest du ihn bezahlt, damit er schwieg, und ihn auf meine Besuche vorbereitet, indem du dein »lala, bokra«, »Madame, morgen«, mit einem Fünf-Piaster-Schein begleitetest. Aber du hattest mir nicht gesagt, wie schwarz und riesig dieser Baouab war, unbeweglich und massiv auf seinem Hocker, wie ein Felsen aus blauem Granit. Ich habe mich niemals an ihn gewöhnen können. Er rührt sich kein bißchen, aber er verfolgt mich mit seinen großen Glubschaugen, mit einer Aufmerksamkeit, bei der ich mich nicht wohl fühle. Ich bin sicher, er ist ein Mouhabarat, ein Spitzel. Wie alle Baouabs muß er der Polizei Bericht erstatten über das, was im Haus vor sich geht. Du lachst. Du behauptest, das hätte überhaupt keine Bedeutung, weil die Polizei die Berichte anschließend verliert oder sie zu Tausenden in irgendwelche Kisten packt, und daß man vertrauliche Dokumente in Mülltonnen gefunden habe. Aber ich habe die Verwirrung nie unterdrücken können, die sich erst auflöst, wenn ich auf dem Absatz der dritten Etage ankomme und deine halbgeöffnete Tür sehe. Dann bist du da, und nichts anderes zählt mehr.

Nur Mut, ich muß mich darauf einlassen. Ich habe wieder zu diesem Heft gegriffen, weil ich Lust habe, dir zu schreiben, dir alles zu erzählen. Dir zu sagen, wie sehr ich von dir erfüllt bin. Wie weit mein Leiden, wie weit meine Liebe gehen kann.

Du hast mich die Liebe gelehrt, die Lust, hast mir meinen Körper enthüllt. Zunächst will ich es dir sagen, wie man einen Lobgesang singt. Danke, Philippe! Natürlich war während der vier Jahre, die inzwischen vergangen sind, mein ganzes Leben einzig von dir bestimmt. Weil du Franzose bist, habe ich darauf verzichtet, Anwältin zu werden, und mich an der Universität in Kairo eingeschrieben, um die Literatur deines Landes zu studieren. Du liebst Pferde, ich habe mich für das Reiten begeistert. Dich interessiert die Politik? Ich stürze jeden Morgen zu Yvette Farazli, um »Le Monde«, »L'Express« und »France-Observateur« zu kaufen. Ich lese alles über Frankreich, verfolge die Debatten im Palais Bourbon über den Indochinakrieg. Ich habe geweint, als einer deiner Freunde bei Dien Bien Phu den Tod fand. Ich verteidige Mendès France, ich verabscheue Guy Mollet. Wir sprechen von Bourguiba, von der Roten Hand in Tunesien, vom Sultan von Marokko. Ich muß zugeben, daß mich diese Übungen, anfangs wie ein Spiel, amüsieren und begeistern. Philippe, danke, du hast mich auch die Welt gelehrt.

Ich habe dich Ägypten gelehrt. Erinnerst du dich an diesen herrlichen Morgen, als wir Kairo von der Höhe des Mokattam entdeckt haben? Du hattest nur einen Wunsch, den Ort zu finden, wo Bonaparte, dein größter Held, die Kanonen auf die rebellische Stadt abschießen ließ. Ich habe dich überzeugt, höher zu steigen, bis zur türkischen Zitadelle des Mohammed Ali. Von dort versteht man Kairo wahrhaftig, mit seinem Glanz und seinem Elend, den ockerfarbenen Terrassen, den einfachen Wohnvierteln, über denen sich Türme, schlanke Minarette und aufgeblähte Zwiebeldächer erheben. In diesem gelben Ozean mit den fünfhundert Moscheen – du wolltest es nicht glauben, aber es sind fünfhundert – fließt der Nil, glänzend in der Sonne. Und ich habe dir von Palmen umgebene Paläste und spielzeuggroße Feluken gezeigt. Dann, weiter hinten, am goldgepuderten Horizont, die dunkle Linie der drei Pyramiden und die winzig kleine Silhouette der Sphinx in der Wüste. Ich erinnere mich, daß du bei der Sphinx wieder die Oberhand gewonnen hast. Wie denn, ich, die Ägypterin, kannte die Heldengeschichte Bonapartes nicht besser, den Kampf gegen die Mameluken, die Gelehrten, Baron Vivanz Denon, der die Ruinen vor dem Kampf abzeichnete? Aber du wußtest nicht, daß dein lieber Bonaparte arabisch lernte und daß französische Generäle zum Islam konvertierten.

Wir haben sooft und voller Leidenschaft unsere Erinnerungen ausgetauscht. Du zeigtest mir die Fotos des kleinen braven Jungen in marineblauer Uniform. Du hattest schon damals Charme, lächelnd den Kopf gesenkt, eine Locke über dem Auge, mit Grübchen in den runden Wangen. Wie sehr mir dieser kleine Junge gefiel! Du wolltest alles von meiner Familie wissen, von der komplizierten Geschichte der Falconeri und der Zanarini. Ich mußte dir erklären, warum uns die Kreuzzüge in so schlechter Erinnerung geblieben sind, wie die Kreuzfahrer unsere byzantinischen Vorfahren niedermetzelten, die doch auch Christen waren wie sie, und dir von den Grausamkeiten bei der Plünderung von Konstantinopel erzählen, die zum Bruch zwischen dem christlichen Orient und dem Abendland führte. Was, du, ein so guter Katholik, hieltest Louis IX. noch immer für einen Heiligen und seine grausamen Kreuzfahrer für brave Lämmer? Du lachtest: »Ihr Christen des Orients taucht nicht in unserem Katechismus auf. Nur als Schismatiker.«

Ich habe keine Erinnerung, die nicht mit dir verbunden wäre. Mein erster Schmuck. Wir waren auf dem Souk der Antiquitätenhändler, in Khan Khalil. Du wolltest ein türkisches Opalglas für deine Mutter kaufen, und wir betrachteten gravierte Photoplatten, rotgefärbtes böhmisches Glas mit goldenen Fäden, Kristallüster, für den Orient gefertigtes Porzellan aus Limoges. Plötzlich entdeckte ich auf einem anderen Tisch eine Kette aus Bernstein und Silber, nicht zu vergleichen mit den Opalen, aber der Bernstein schimmerte so sanft im Schatten des Geschäftes, daß ich die Hand ausstreckte, um ihn zu streicheln. Ich streichele Bernstein immer. Dann, im Café Fichaoui, während wir vor den riesigen halberloschenen Spiegeln Tee tranken, hast du die Kette aus der Tasche gezogen und sie mir um den Hals gelegt, mit den Worten: »Wenn ich einmal etwas finde, das dir gefällt...« An diesem Tag hätte ich beinahe geweint wie ein Nähmädchen.

Ich blättere gern in unseren Erinnerungen.

Es regnet, ein Wintertag. Du erwartest mich in deinem Auto, ziemlich weit vom Ausgang der Universität entfernt, ich ahne dein Profil durch die beschlagene Scheibe.

Ein Abend im Garten des Palais Manyal, es ist dunkel, wir laufen unter riesigen Bäumen entlang, du bleibst unter einem Banyanbaum stehen, küßt mich lange auf die Lippen, sehr verliebt. Es ist das erstemal, daß du mich in der Öffentlichkeit umarmst. Wir sind wie im Rausch. Du nimmst mich bei den Schultern, siehst mich mit ernstem Blick an: »Weißt du, daß es schlimm ist, was wir tun? Weißt du, daß ich verrückt bin, ja, verrückt, in der Öffentlichkeit ein junges ägyptisches Mädchen zu küssen?« – »Was ändert es, daß ich Ägypterin bin?« Wir laufen weiter. »Das ändert sehr viel. Die Frau des Botschafters sagte mir neulich, wie im Scherz, aber ich bin sicher, daß es sich um eine Warnung handelte, daß man hier nicht zu offen mit Mädchen des Landes flirtet.« – »Was kann sie schon tun?« – »Oh, nichts ... denk nicht mehr daran.« Du nimmst mich wieder in die Arme, und wir küssen uns wieder lange, unter einer Laterne.

Warum und wie hast du mich eines Nachts, als du Dienst hattest, in dein Büro in der Botschaft gebracht? Ich wollte es sehen, die Umgebung kennenlernen, in der du arbeitest. Ehrlich gesagt, fand ich es unheimlich, dieses Büro, von dem du mir so viel erzählt hattest. Du hast versucht, mich auf diesen großen abgesessenen Lederdiwan zu werfen, auf dem eine Decke lag. Die Vorstellung, dich an diesem Ort zu lieben, erfüllte mich mit Entsetzen. Ich wehrte mich, als wolltest du mich vergewaltigen, und schrie: »Nein, nicht hier, nicht hier!« Ich muß dir gestehen, daß mich gleichzeitig ein Gedanke durchfuhr: Ich war vielleicht nicht das erste Mädchen, das du auf dieses Kanapee legtest. Das konnte ich dir nicht sagen. Ich schwieg. Meine Eifersucht hat dich immer zur Verzweiflung getrieben.

In einem Bett, an einem Nachmittag im Sommer. Das Fenster zum Nil hin ist geöffnet, aber du hast die Cretonnevorhänge zugezogen, wegen der Kühle und wegen der Dunkelheit. Ein Lichtstrahl bleibt, denn du willst meinen Körper sehen, sagst du, und ich liebe es, dein Gesicht zu beobachten, das sich plötzlich verhärtet, wenn du in mir zum Höhepunkt kommst. Die Straßen sind durch die Mittagsruhe leergefegt, kein Geräusch, wir sind allein in der Stadt. Ich betrachte deinen Rücken, deine Hüfte, ich spüre deinen Duft, ich liebkose deine Schulter. Manchmal scheint es mir, als wäre ich der

Mann. Als würde ich dich lieben, wie ein Mann eine Frau liebt, der er verfallen ist. Diese Vorstellung amüsiert dich, mich verwirrt sie. Dieser Hunger nach dir, dieses Bedürfnis, dich ohne Unterlaß zu berühren, das ist doch nicht normal, oder? Aber ich habe niemals auch nur das geringste Schuldgefühl, wenn wir uns lieben. Nichts erscheint mir schöner, als mit dir gleichzeitig zu einem Körper zu verschmelzen. Es ist das Schönste auf der Welt. Wenn ich dir das sage, lachst du, du wiederholst: »Ja, es ist das Schönste auf der Welt«, wie ein Kind, das von einer Süßigkeit oder einem Stück Kuchen spricht. Für mich ist dieser Satz sehr ernst, aber ich wage nicht, darauf zu beharren, aus Angst, dir zu mißfallen, zu übertreiben, dich durch meine Ansprüche in die Flucht zu treiben, dich mit meiner Leidenschaft zu erschrecken.

Du liegst auf dem Rücken, du schlummerst ein, und im Schlaf streckst du den Arm aus, damit ich meinen Kopf unter deine Achsel legen kann. Ein so schöner Platz. An diesem Tag hast du lange geschlafen und manchmal geschnarcht. Ich habe dich angesehen. Weißt du, wieviel Glück du mir bringst, Freude, Lust und Zärtlichkeit? Du bist mein schöner Gleichgültiger, mein Geliebter, meine flüchtige Liebe, meine Leidenschaft, die vielleicht verschwinden wird, ohne Spuren zu hinterlassen, wenn ich Mimi Glauben schenke, die mir immer wieder sagt: »Laß dich nicht fesseln, behalte einen klaren Kopf. Er ist Ausländer, er wird eines Tages fortgehn. Und nicht mit dir . . .« Ich weiß es. Die Nase an deinem Hals vergraben, erlaube ich mir dennoch den Luxus, zu träumen. Wir sind auf einem Schiff, auf hoher See, vor Alexandria. Auf die Reling gestützt, sehen wir, wie sich die Küste, die die weiße Stadt säumt, entfernt. Du hast den beigefarbenen Anzug an, mit sehr französischem Schnitt, den ich am liebsten habe. Ich trage ein rotes Kleid, wie das Feuer, wie die Leidenschaft. Wir fahren nach Frankreich, nach Paris. Wir werden zusammen leben. Wo werden wir wohnen? Bei dir, in der Touraine? Ich kann mir die Touraine nur schwer vorstellen. Sind wir verheiratet? Das ist die Frage, die man nicht stellen darf. Ich schiebe sie weg. Ich versuche wieder auf das Schiff zu steigen, deinen Arm um meinen Schultern zu spüren. Der Zauber wirkt nicht mehr. Egal.

Diese unmögliche Zukunft läßt mich die Süße unserer ungewissen Augenblicke noch stärker empfinden.

Du bewegst dich, öffnest die Augen aufmerksam und zärtlich, deine Hand streichelt meinen Arm. Ich möchte dir danken, aber es würde dir nicht gefallen. Also murmele ich ganz leise, ich singe in meinem Kopf, danke, mein Geliebter, für deine Zärtlichkeit, für dieses zerbrechliche Glück, das doch seit so langer Zeit andauert. Danke für diese Stunden, die mein Körper an deinen geschmiegt verbrachte, untrennbar, umschlungen von deinen Armen, die mich von hinten ergreifen, mich an deinen Leib drücken, für diese Momente der Erregung, da dasselbe Verlangen in unseren Körpern ausbricht und auch in unseren Köpfen. Danke, daß du schläfst, während ich phantasiere. Du bist da, ich liebe dich, ich sehe dich morgen wieder.

18. Juni 1956

Philippe seit fünf Tagen nicht gesehen. Er ist mit Arbeit überlastet. Die letzten englischen Truppen verlassen die Kanalzone, und wir werden von Feierlichkeiten überschwemmt. Ist es möglich, daß der endlose Streit zwischen den Engländern und uns so endet? Man spricht von einem Abkommen mit London, aber die große Frage ist, wer den Bau von Saad el Ali, dem großen Assuanstaudamm, dessen Modell überall zu sehen ist, finanzieren wird, die Amerikaner oder die Russen. Frankreich und England, so sagen die Zeitungen, arbeiten gegen Ägypten. Bei England verstehe ich es, aber warum Frankreich? Vor drei Monaten, im März, kam der französische Außenminister, Christian Pineau, zu einem offiziellen Besuch nach Kairo. Große Aufregung in der Botschaft. Philippe sagte mir dann, die Begegnung mit Nasser sei sehr gut verlaufen, der Minister fuhr mit der Erklärung ab, alle Feindschaft gegen Ägypten wäre einfach absurd. Heute morgen aber stand eine Erklärung von Pineau in »Le Progrès«, der nach seiner Rückkehr aus Washington behauptet, »Dulles über die Doppelzüngigkeit Nassers aufgeklärt zu haben«. Seltsam ...

Philippe bestätigt, daß die Atmosphäre in Paris außerordentlich gespannt ist, daß die Regierung von Guy Mollet, die in die Algerienaffäre verwickelt ist, Nasser als Anstifter und Helfer der FLN verteufelt. Meiner Meinung nach ist Nasser vor allem um den Bau seines großen Staudammes besorgt. Ist es denkbar, daß das kleine arabische Büro, in dem sich die Algerier versammeln, eine solche Wirkung auf die Ereignisse im Maghreb hat? Ich bin neulich einem großen, gutfrisierten Burschen mit runden Wangen begegnet, in der Buchhandlung von Lotfallah Soliman, Saroit-Pascha-Straße. Er heißt Ahmed Ben Bella, und er soll einer der Führer der algerischen Revolution sein. Ich fand ihn eher sympathisch, sanft, überhaupt nicht terroristisch. Ist es wirklich wegen Männern wie ihm, daß Frankreich uns grollt?

20. Juni 1956

Papa ist immer noch wütend. Seit der Abschaffung der Konfessionsgerichte kann er, wie er sagt, die normale Verteidigung seiner Klienten nicht mehr garantieren. »Wir werden uns eines Tages unter der moslemischen Gesetzgebung wiederfinden, das wird das Ende der Freiheit für die Minderheiten in Ägypten sein«, behauptete er kürzlich beim Abendbrot. Pater Pironi erzählte eine merkwürdige Geschichte. Die Kopten sollen die traditionellen koptischen Vornamen wie Isis, Sesostris, Boulos, Boutros ... ablegen und moslemische Vornamen annehmen. Natürlich nicht Mohammed oder Ahmed, aber alles, was beide Möglichkeiten offenläßt, wie Mounira statt Claire oder Mansour für Victor. »Das ist ein untrügliches Zeichen«, sagte Pater Pironi. »In der Geschichte ist eine solche Entwicklung immer einer vehementen Islamisierung vorangegangen. Bereiten wir uns vor, meine Freunde. Wir werden unseren Glauben verteidigen müssen.« Papa entgegnete, die neue, im Januar angenommene Verfassung würde den religiösen Minderheiten Garantien geben. »Geschwätz!« schrie Pater Pironi in seiner direkten Art, »vergessen Sie, daß der Islam noch immer die Staatsreligion ist? Ich sage Ihnen, wir werden uns zu verteidigen haben, unsere Schulen stehen unter ständigem Druck. Man wird uns wohl zwingen, die moslemischen Kinder den Koran zu lehren. Glauben Sie mir, das ist nicht der rechte Augenblick, in unserer Wachsamkeit nachzulassen. Ich weiß, daß gewisse Priester denken, die Verfolgungen hätten ihren Nutzen, um den Glauben zu stärken. Ich ziehe die Glaubensfreiheit vor. Für uns, die Christen in den orientalischen Ländern, ist sie die einzige Garantie.« Er wandte sich zu mir. »Lola, ich weiß, daß Ihr Studium gut vorangeht, aber ich habe Sie seit langer Zeit nicht im Beichtstuhl gesehen. Sie waren Ostern nicht in der Kirche. Wir werden wohl einmal miteinander reden müssen . . .« Er machte ein ganz unschuldiges Gesicht, aber ich habe ihn im Verdacht, daß er irgend etwas weiß. Ich hoffe, er errät nicht, daß ich in der Sünde lebe. Und daß ich mich gut dabei fühle.

20. Juli 1956

Gestern, im Fernsehen, sahen wir Nasser finster und verzerrt auf dem Flugplatz ankommen, bei seiner Rückkehr aus Brioni. Während er mit Nehru und Tito verhandelte, erklärte das amerikanische State Department offiziell, die Vereinigten Staaten würden den Staudamm nicht finanzieren. Die Briten folgten, ebenso die Weltbank. Die Kommentatoren in der arabischen Presse wüten. Sie reden von einem Affront ohnegleichen, und wenn die zitierten Entscheidungsgründe zutreffen – die ägyptische Staatsökonomie liege darnieder, das Regime sei politisch instabil, man hätte vorher die Zustimmung des Sudan, von Uganda und Äthiopien einholen müssen –, dann haben sie recht, wütend zu sein. Mit welchem Recht geben uns die Amerikaner, nachdem sie uns unterstützt hatten, Ratschläge und lehnen voller Hochmut ab, was sie uns gestern versprachen? Die Vorstellung, die Erlaubnis von Uganda zu erbitten, um den Staudamm zu bauen und unser Land zu bewässern, ärgert mich besonders. Ich hoffe, die Russen werden die Aufgabe übernehmen.

In den Straßen Kairos spricht man von nichts anderem als von der Kränkung, die dem Rais zugefügt wurde. Nasser soll sich gleich nach seiner Ankunft mit einigen Beratern eingeschlossen haben, um eine Entgegnung vorzubereiten. Ich ahne, daß wir uns auf die Seite Moskaus schlagen werden, was Philippe nicht glauben will. Er unterschätzt den ägyptischen Stolz. Im Augenblick passiert nichts. Für Demonstrationen ist es einfach zu heiß. Die Familie ist wie gewöhnlich in Agami, aber Papa wollte nicht mitfahren. Ich habe die Examen im September angeführt, um auch in Kairo bleiben zu können. Wir wollen beide da sein, um zu sehen, was geschieht. Wir sind nicht die einzigen. Jean Lacouture ist gestern abend zum Essen zu uns gekommen. Er sagt, aus allen Ländern würden Sonderkorrespondenten anreisen.

21. Juli 1956

Die Katastrophe ist da. Ein sowjetischer Minister, dessen Namen ich vergessen habe, hat soeben verkündet, seine Regierung habe nicht vor, den Staudamm zu finanzieren. Ich bin beunruhigt, wie alle. Nasser wird nicht auf den Staudamm verzichten. Vor allem muß er jetzt entschieden reagieren, wenn er an der Macht bleiben will. Aber die französische Presse ist wie im Taumel! Man glaubt in Paris, Ägypten stehe am Rande eines Staatsstreiches und die Ägypter seien bereit, auf die Straßen zu gehen, um das Regime zu stürzen. Unwahrscheinlich! Ich lese weiterhin »Le Monde«, aber ich verstehe nichts mehr. Sehen die Franzosen, die den Ablehnungen der Amerikaner und Russen so lautstark applaudieren, nicht, daß das ägyptische Volk unter solchen Umständen seinen Führer unterstützen wird?

Unter dem Siegel der Verschwiegenheit hat mir Philippe etwas erzählt, das mir gefallen hat. Couve de Murville, der derzeitige Botschafter in Washington, soll ein Telegramm an den Quai d'Orsay geschickt haben, um seine Ablehnung der dort verfolgten Politik auszusprechen und vor einer möglichen Krise zu warnen. Das ist jemand, der Ägypten kennt! Allerdings scheinen die Botschafter im Augenblick nur wenig Gewicht bei ihren Regierungen zu haben. Ich weiß nicht, was der französische Botschafter, Armand du Chayla, darüber denkt. Philippe behauptet, daß er, wie Couve, an einen monumentalen Fehler der französischen Diplomatie oder vielmehr von Bourgès-Maunoury glaubt. Der arme Mister Byroade, der amerikanische Botschafter, ein so sympathischer Mensch, wurde plötzlich nach Washington zurückgerufen. Ich konnte mir nicht verkneifen, Philippe zu fragen, wozu denn die Diplomaten gut wären, wenn sie in so schwierigen Situationen nicht gehört würden. Er hat mir einen seiner grünen Blicke zugeworfen – seine Augen werden wie phosphoreszierend, wenn er wütend ist. »Du weißt genau, daß wir dazu da sind, herumzuschwänzeln und Tee zu trinken!« Ich glaube, ich habe ihn ernsthaft verärgert.

26. Juli 1956

Es ist sehr spät, Mitternacht. Ich bin so durcheinander, daß ich nicht schlafen kann. Am späten Nachmittag, gegen sechs Uhr, rief mich Philippe an. Er muß in der Botschaft bleiben, um die Rede von Nasser zu hören, die dieser für neunzehn Uhr in Alexandria angekündigt hat. Wir waren verabredet, aber nun würde er, sobald die Rede zu Ende ist, in die Buchhandlung von Lotfallah Soliman kommen, bei dem sich einige Freunde treffen. Ob ich ihn dort erwarten könne?

Lotfallah ist ein Freund der Henein, von Bob, von meinem Vater. Ich kenne ihn nicht sehr gut. Er hat mich immer beeindruckt, mit seinem revolutionären Charme, seinen Bewegungen eines hageren Wolfes und seinen Augen, die hinter runden Brillengläsern funkeln. Er behandelt mich mit amüsierter Ungeniertheit, wenn ich sein Geschäft betrete, das auch ein Treffpunkt der ägyptischen Linken ist. Heute abend bin ich nicht eingeladen, aber die Umstände sind außergewöhnlich genug, um jede Kühnheit zu rechtfertigen.

Als ich in der Saroit-Pascha-Straße ankomme, hat sich im Geschäft und in den hinteren Räumen schon eine kleine Menge erregter Menschen versammelt; niemand bemerkt mein Kommen. Es ist heiß wie in einem Ofen. Ich schiebe mich ganz nach vorn, in die Nähe des Radios, das Lotfallah auf volle Lautstärke dreht.

Andächtige Stille. Wie viele sind wir, zwanzig, dreißig? Die Rede beginnt. Wie gewohnt schickt Nasser einen langen historischen Exkurs voraus, mit den üblichen Flüchen auf »jene, die unsere freie Entscheidung nicht respektieren wollen«. Um mich herum werden die Gesichter lang. Lotfallah nimmt die Brille ab und murmelt: »Das ist nicht gut. Es ist nicht die scharfe Entgegnung, die unser Volk erwartet.«

»Was will das Volk? Weißt du es etwa?« fragt sein Nachbar. Lotfallah zuckt mit den Schultern.

»Wir wollen – den Mond. Achtung, Nasser! Nicht weniger als der Mond!«

Wir stehen eng aneinandergedrängt, und die Neuankömmlinge, die in kleinen Gruppen eintreffen, schieben uns nach hinten. Die Luft ist zum Ersticken. Plötzlich ändert sich Nassers Ton, wird vertraulich, fast scherzhaft: »Und jetzt werde ich euch von meinem Streit mit den amerikanischen Diplomaten erzählen . . .« Wir sehen uns erstaunt an. Noch nie hat der Rais in diesem humorvollen Ton gesprochen. Man hört im Hintergrund das Lachen der Menge, die dort in Alexandria der Rede lauscht. Lotfallah steht auf, irritiert. Was ist das für ein neuer Stil? Plötzlich der Satz. »Ich sah Black an und stellte mir vor, Ferdinand de Lesseps gegenüberzusitzen . . .« Nasser sagt »dé Lissipce«, mit ägyptischem Akzent. Lesseps? Lesseps? Haben wir richtig gehört? Lotfallah greift nach der Hand seines Nachbarn zur Rechten und nach meiner zu seiner Linken. Jetzt stehen wir alle. Lesseps, Lesseps, das ist der Kanal oder was? Ja, das ist der Kanal. ». . . und jetzt, in dieser Stunde, da ich zu euch spreche, nehmen die Vertreter der Regierung die Gebäude der Suezgesellschaft in Besitz!« Eine Sekunde atemloses Schweigen. Die Neuigkeit ist unfaßbar, die Geste eine Provokation. Plötzlich, unglaubliches Ereignis, lacht es aus dem Radio. Ja, ein Lachen, herzhaft, laut, nicht zu unterdrücken, das Lachen Nassers, der fortfährt: »Der Kanal wird den Staudamm bezahlen . . . Vor vier Jahren floh Farouk aus Ägypten. Ich übernehme heute im Namen des Volkes die Gesellschaft!« In Alexandria übertönt Freudengeheul das Ende des Satzes. Ich höre undeutlich: »Unser ägyptischer

Kanal ... verwaltet von Ägyptern.« In dem kleinen Zimmer weinen sie, lachen, schreien, umarmen sich. Lotfallah nimmt mich in die Arme.

»Hast du gesehen? Der Mond, er hat uns den Mond gegeben. Wir waren nur eine Masse. Soeben sind wir als Volk geboren worden. Volk Ägyptens!«

Auch ich weine, und wie immer bei gemeinschaftlichem Fühlen laufen Schauer über meinen Rücken. Wir wissen alle, daß eine Seite der Geschichte umgeblättert wurde. Es bedurfte dieser verrückten Geste, dieses Lachens vor allem, damit der nüchterne Nasser in wenigen Augenblicken zum Nationalhelden wurde. Ich schreie und lache, trinke Bier mit Unbekannten, sitze auf einem Tisch, jubele: »Bravo! Das hat er gutgemacht! Er hat die Amerikaner reingelegt, er hat die Ehre gerettet!« Es ist elf Uhr, als ich hinausgehe und am Straßenrand Philippes Auto entdecke. Mein Gott, ich hatte ihn vergessen! Er hört mit konzentrierter Miene Radio. Als ich neben ihm einsteige, sieht er mich erstaunt an: »Was hast du? Warum lachst du?«

»Aber Philippe, es ist so wunderbar. Nasser nationalisiert den Kanal, verstehst du, den Kanal.«

»Ja, ich habe es gehört. Er ist verrückt. Das funktioniert nicht. Wir haben mit Paris telefoniert. Mollet und Pineau sind voller Wut. Sie reden von Blockaden, von Ultimaten, sie verkünden, sie wollen ihre Rechnung mit diesem neuen Hitler begleichen. Ich befürchte das Schlimmste.«

»Das Schlimmste, was bedeutet das? Was können sie tun, deine Mollet und Pineau?«

»Ich bin nicht sicher und hoffe, daß ich mich täusche. Aber sie können einen Krieg anfangen.«

»Krieg gegen Ägypten? Frankreich? Das ist unmöglich.«

»Krieg gegen Nasser. Es bedurfte nur noch eines Auslösers. Die Nationalisierung des Suezkanals! Jetzt ist alles bereit. Die Zündschnur brennt.«

Kairo, Sommer 1956

Revolution oder nicht, es war zu warm, um in Kairo zu bleiben. Am 30. Juli fuhren Charles und Lola nach Agami.

Sie kamen am späten Nachmittag an. In Alexandria hatte sich scheinbar nichts verändert. Die Familien zogen mit ihren Sonnenschirmen an den Strand, die gelbschwarzen Plakate kündigten eine Gala und die Rückkehr von Georges Themeli »nach einer Abwesenheit von fünfzehn Monaten« an. Lola saß neben ihrem Vater und sagte kein Wort. Agami ohne Philippe ... Sie hatte kaum einen Blick übrig, als sie am verlassenen Palast Farouks vorbeifuhren. Die Gitter waren offen, man sah den Park, in dem sich die Palmen leise wiegten. Ein Gärtner goß den grünen Rasen und die Rosensträucher. Die Vortreppe und die weißen Marmorsäulen glänzten in der Sonne. Keine Wachen mehr. Man hätte hineingehen können. Lola sagte sich, vielleicht sei das die Revolution. Die Gittertore öffnen. Aber die Passanten, durch eine alte Furcht zurückgehalten, gaben sich mit einem Blick von weitem auf das unwirkliche Dekor ihres Operettenmonarchen zufrieden.

Als sie vor dem Haus ankamen, zeigte Charles leichte Verwirrung. Jemand erwartete ihn auf der Veranda. Ein ziemlich korpulenter Mann in weißem Anzug, der in einem der Schaukelstühle wippte. Nadia stand neben ihm und reichte ihm ein Glas Limonade.

»Mein Gott, Perrachon! So ein Pech!«

»Wer ist das? Kenne ich ihn?«

»Das ist Perrachon, ein Apotheker aus Port Said, ein entfernter Cousin deiner Mutter. Sehr stolz darauf, ein Franzose aus Frankreich zu sein, wie er zu sagen pflegt. Ich frage mich ... egal! Wir werden ihn zum Essen dabehalten müssen.«

»Wissen Sie, Herr Anwalt, daß wir es nicht mehr wagen, zu unserem Sonntagsspaziergang das Haus zu verlassen? Die Araber stehen überall am Kanal herum, als hätten sie ihn noch nie gesehen! Sie zählen die Schiffe und rechnen – sieh mal, zwölf Stück, das muß Tausende Piaster bringen. Sie glauben, das Geld würde ihnen jetzt vom Himmel in den Schoß fallen.« Perrachon, vom Schicksal zerstört, die Ellbogen auf dem Tisch, hatte in vier Stunden seine Haltung und seine guten Manieren verloren. Wie sollte man diesen Ahnungslosen erklären, was sich dort, in Port Said und Ismailiya, zusammenbraute? Wie vom Ende einer Welt erzählen, dem Zerrinnen eines Traumes, den Ängsten der Angestellten, deren eigentliche Heimat, die Kanalgesellschaft, bedroht war?

»Kommen Sie, Etienne, dramatisieren Sie nicht. Ich habe heute morgen in der Zeitung gelesen, daß der Ingenieur-Oberst Mahmoud Jounès den Lotsen und den Angestellten am Kanal alle nur möglichen Garantien gegeben hat. Man wird ihre Rechte nicht antasten, auch nicht ihre Gehälter und Renten, niemand wird entlassen. Was wollen Sie mehr? Auf juristischer Ebene, das können Sie mir glauben, hat das Personal der Gesellschaft nichts zu fürchten . . .«

»Herr Anwalt, Anwalt Falconeri! Glauben Sie auch nur eine Sekunde an die Versicherungen, mit denen uns diese Banditen überhäufen? Wir haben darüber im Club diskutiert. Wir haben mit den Lotsen gesprochen. Sie meinen, daß der Verkehr auf dem Kanal ohne sie nicht durchführbar ist. Aber nicht dort liegt das Problem. Das Problem ist, daß alle weggehen. Für jene, die eine Versetzung nach Frankreich beantragen können, ist es relativ einfach. Aber für mich, Herr Anwalt? Wie kann ich meinen Besitz flüssig machen? Muß ich meine Apotheke verkaufen? Und wenn ich einen Käufer finde, wie bekomme ich das Geld aus dem Land? Im letzten Jahr hätte ich ein Visum kaufen können, einen Weg finden. Es war teuer, aber möglich. Ah, ich hätte es tun müssen! Leider! Raten Sie mir. Was würden Sie heute an meiner Stelle machen?«

Charles schaukelt in seinem Stuhl, kneift sich in die Nase. Perrachon ärgert ihn, aber man muß zugeben, daß er nicht unrecht hat. Die Garantien der neuen Herren des Kanals erscheinen sehr unsicher. Das Ideal wäre, ein internationales Abkommen zwischen der ägyptischen Regierung und den früheren Aktionären zu schließen, vielleicht durch die Vermittlung der UNO, um die Konvention von 1888 zu revidieren. Aber die Verhandlungen laufen schlecht. Und derartige Betrachtungen werden Perrachon nicht beruhigen.

»Hören Sie, Perrachon, können Sie Ihr Geschäft nicht einem Ihrer Angestellten, wenn möglich einem Ägypter, übertragen oder ihn als Teilhaber aufnehmen?« – »Einen Araber, wollen Sie sagen? Aber ich habe niemals Araber bei mir angestellt! Nur Khawagat, Christen. Nicht einmal Kopten!« Perrachon legt die Hände um den Kopf. Fängt er an zu weinen? fragt sich Lola neugierig. Er weint.

»Charles, Nadia, wo ist unser Ägypten?«

Traurige Ferien. Sie hatten Mademoiselle Latreille beruhigen müssen, die behauptete, in den Augen von Ahmed, dem Beduinen, eine tödliche Drohung gesehen zu haben. Man lebte im Rhythmus von völlig aus der Luft gegriffenen Informationen und dröhnenden Proklamationen der Radiosprecher in nationalistischem Taumel. Generalstreik, um »die richtige Position des Rais zu unterstützen«, Militärkonferenz in Kairo, marktschreierische Rekrutierung von »freiwilligen Kämpfern« für die Nationale Befreiungsarmee. Die ägyptischen Kopten, zu einem Kongreß in Alexandria versammelt, entrollten auf den Straßen der Stadt Spruchbänder mit Aufschriften wie: »Absolute Unterstützung der Politik des Präsidenten Abdel Nasser«; »Wir mobilisieren all unsere Kräfte zur Verteidigung des Landes gegen jede Aggression«. Charles, der daran vorbeikam, lachte verächtlich, »immer den Rücken krumm, diese Kopten . . .« Er ärgerte sich über sich selbst, als er an die Vorhersagen von Pater Pironi dachte. Sie war schön, die christliche Solidarität.

Lola verspürte nichts als unendliche Langeweile. Der Sommer würde nie mehr wie jener ihrer beginnenden Liebe sein. Philippe, der auf Urlaub in Frankreich war, ließ nichts von sich hören, und Axel verließ Kairo nicht mehr, seitdem man seinen Botschafter nach Paris zurückgerufen hatte. Jeden Morgen lief Lola lange den menschenleeren Strand entlang. Heute hatten Meer und Himmel die trübe Farbe eines Septembertages angenommen. Kein Windhauch. Die unbewegliche Luft kündigte den Khamsin an, der sich plötzlich aus der Wüste erheben und seine Wirbel aus Sand und Staub durch die Stadt treiben würde.

Es war nicht der Khamsin, sondern ein Orkan, der im Herbst über Ägypten niederging. Alle erwarteten ihn, niemand glaubte daran. Aber drohender Donner grollte am Horizont. Vier französisch-britische Divisionen wurden nach Zypern entsandt, Panzerbataillone, die man um Algier zusammengezogen hatte, mit unbekanntem Ziel auf Schiffe verladen. Der israelische Präsident David Ben Gurion bezeichnete Ägypten plötzlich als »einzigen Feind Israels«. In Algier beschlossen die Militärmachthaber, ein marokkanisches Flugzeug abzufangen, das mit fünf führenden Funktionären der FLN nach Tunis unterwegs war, und dieser »Fischzug« wurde fast in der gesamten französischen Presse lautstark als ein Geniestreich gefeiert. Hatte man nicht an Bord der »Athos II«, einem ägyptischen Schiff, das Waffen transportierte, den besten Beweis für die Einmischung Nassers in den Algerienkonflikt gefunden?

In Kairo herrschte in der Umgebung Nassers absolute Ruhe. Charles empfahl, Reis, Zucker, Öl und Mehl zu kaufen. Nadia versorgte sich mit Strümpfen und Nachtcreme. Von Zweifeln ergriffen, schickte sie Mademoiselle Latreille mit einer beeindruckenden Liste von Medikamenten zu ihrem Cousin Boutros, dem Apotheker am Tahrirplatz. Boutros ließ wissen, daß es an fast allem fehlte, er jedoch für den folgenden Tag eine Lieferung erwartete. Ab 15. Oktober war klar, daß die für den 12. vorgesehene Vertragsunterzeichnung nie stattfinden würde. Die Ägypter, erfüllt vom köstlichen Taumel der Ungewißheit, gaben sich ihrem Nationalsport hin, der Erwartung.

Am 29. Oktober rief Charles früh am Morgen aus dem Vestibül mit Stentorstimme: »Lola, für dich! Telefon!« Um neun Uhr? Mit zerzaustem Haar stürzte Lola die Treppe hinunter.

»Philippe? Bist du es? Du bist verrückt, mich zu Hause anzurufen, um diese Zeit . . .« Sie flüsterte in den Hörer, gereizt durch die kleinen boshaften Blitze, die in den Augen von Charles leuchteten. »Was, heute morgen? Elf Uhr? Es ist dringend? Gut, wenn du willst . . . ja, ich werde da sein. Wie gewöhnlich.« Sie legte nachdenklich auf. Niemals hatte Philippe sie ohne Vereinbarung zu Hause angerufen. Was mochte geschehen sein?

Das erste, was sie sah, als er die Tür öffnete, war der schwarze Schatten auf seinen Wangen. Es erschreckte sie nicht, daß er unter dem Kimono nackt war, aber das unrasierte Gesicht war ungewöhnlich. Seine braungebrannte Haut war grau vor Müdigkeit, und sie wußte sofort, daß er nicht geschlafen hatte.

»Liebling, warum...« Er riß sie in seine Arme, küßte sie, trug sie auf das Bett, zog ihr das Kleid aus.

»Schweig, schweig...« Nie hatte sie diese Eile an ihm erlebt. Überrascht von seiner Gewalt schrie sie auf. Durch das Fenster kam eine ganz und gar unpassende Walzermelodie herein.

Zum erstenmal seit langer Zeit spürte sie in sich das einstige Verlangen erwachen, nicht das der versprochenen, erwarteten Lust, sondern das tiefe Gefühl, das sie erfaßt hatte, als sie ihn auf dem Ball der Tegart sah. Dieser Mann, an dem sie jede Hautpore kannte, wurde wieder zu dem verführerischen Unbekannten, der sie verzaubert hatte.

»Erklärst du mir...« Sie saßen auf dem Bett. Philippe hatte Wein und runde, mit gebratenen Tauben gefüllte Brote mitgebracht. Er schüttelte den Kopf wie ein Pferd vor dem Hindernis. Holte Luft. Streichelte zuerst ihr Knie.

»Philippe, woran denkst du?«

»Ich denke... daß du die Frau bist, die ich liebe. Die einzige. Du mußt mir glauben. Selbst wenn... wenn...« Lola wandte ihm ihr kreideweißes Gesicht zu, von panischer Angst gezeichnet.

»Glaub nicht... nein. Lola, ich werde dir die Wahrheit sagen. Der Krieg wird heute abend ausbrechen, spätestens morgen. Die Israelis werden im Sinai angreifen, die Engländer und die Franzosen kommen ihnen zu Hilfe, vorgeblich, um ein Ende der Feindlichkeiten zu erreichen, in Wirklichkeit, um Nasser in die Knie zu zwingen. Wir haben einen Plan. Die Engländer greifen Port Said an, unsere Truppen landen in Alexandria. Gleichzeitig werden die französischen Staatsangehörigen, von denen die Botschaft eine Liste aufgestellt hat, im Sporting Club versammelt, wo französische Kommandos, die mit Fallschirmen über Gezireh abspringen, sie unter ihren Schutz nehmen. Ich weiß, das alles klingt unfaßbar. Ich glaube nicht daran.

Aber wenn du Spatz sehen würdest! Er ist geradezu berauscht. Wie dem auch sei, ich bin beauftragt, diesen lächerlichen Plan, der ›Plan Musketier‹ heißt, umzusetzen, alles vorzubereiten!

Das heißt, daß ich jetzt so schnell wie möglich in die Botschaft zurück muß und mich nicht mehr wegrühren darf. Bis zum Ende der Feindseligkeiten. Lola, mein Gott, ich bitte dich, sieh mich nicht so verschreckt an . . . Das wird sich alles ganz schnell klären.

Ich hoffe es zumindest. Liebling, komm zu mir.« Lola hatte das Gefühl, in einen Brunnen ohne Grund zu gleiten. Das war das Ende ihrer Geschichte. Sie konnte den Lauf der Zeit nicht aufhalten.

Was bisher das Gewebe ihres Lebens gebildet hatte, war von diesem Augenblick an Vergangenheit. Sie sah Philippe eindringlich an, voller Aufmerksamkeit, um in sich das Bild des flüchtigen Glücks einzugraben.

»Lola!«

Ihre Hände fanden sich, drückten sich schmerzhaft fest. Niemals waren sie einander so nah gewesen. Philippe stand auf, raffte seinen Kimono. Es war fünfzehn Uhr.

Um zwanzig Uhr dreißig an diesem Abend überschritten zwei israelische Brigaden die ägyptische Grenze bei Kuntila, neben Akaba. Der zweite Krieg im Mittleren Osten hatte begonnen.

Er war kurz. Aber verblüffend. Die Einwohner Kairos brauchten sich nicht einmal zu fragen, ob sie bei jedem Sirenenklang in die Unterstände gehen oder herauskommen sollten. Da sie keine Instruktionen erhalten hatten, blieben sie auf ihren Terrassen sitzen und beobachteten die französischen und englischen Jagdbomber, die im Tiefflug über sie hinwegbrausten, um Flugplätze und Militärbasen zu bombardieren.

Schwarzer Rauch stieg von Heliopolis und hinter den Pyramiden auf. Man telefonierte miteinander, ohne etwas zu begreifen. In der Nacht erhellten Leuchtspurgeschosse und Scheinwerfer der völlig wirkungslosen Luftverteidigung den Himmel. Am Morgen wies man sich nicht ohne Empörung auf die beschädigten Mauern und Bürgersteige hin.

Kaum hatte man die Autoscheinwerfer blau gestrichen, schwarzes Papier vor die Fenster geklebt und die Armbinden der Landesverteidigung erhalten, war der Krieg zu Ende.

Zumindest glaubte man es.

Lolas Tagebuch

7. November 1956

Ich will nichts mehr von diesem lächerlichen Krieg hören. Aber wer kann sich von dem Drama abwenden? In den Straßen Kairos sind die Menschen voller Aufregung, gestern sollen sie einen englischen Fallschirmspringer, der in einen Garten gefallen ist, eingefangen und gelyncht haben. Danach hieß es, es war ein Irrtum, es handelte sich um einen ägyptischen Flieger! Es gibt Tote in Port Said. Glücklicherweise hat die BBC heute morgen gemeldet, daß in der vergangenen Nacht eine Feuerpause vereinbart wurde, während die Franzosen und Engländer nur noch wenige Kilometer vom Kanal entfernt waren, genau drei Kilometer vor El Kantara. Sie müssen die Zone sofort verlassen und Internationalen Streitkräften der UNO Platz machen. Natürlich spricht das ägyptische Radio lauthals von Sieg, als hätte Nasser eine gigantische Schlacht geliefert und gewonnen. Alle hier wissen, daß er ohne das russische Ultimatum und die Drohung mit der Atombombe besiegt worden wäre. Aber wer wird sich in drei Tagen noch daran erinnern?

Papa hört Radio und verläßt sein Arbeitszimmer nicht mehr. Er sagt, die Franzosen und Engländer haben einen unverzeihlichen Fehler gemacht, die Amerikaner seien unentschlossen, und die Ägypter haben für Herrn Chruschtschow die Kastanien aus dem Feuer geholt. Ich glaube, er hat recht. Aber das einzige, was mich interessiert, ist, zu erfahren, was aus den in der Botschaft versammelten Franzosen wird. Gestern abend hat Bob bei Groppi Gabriel Dardaud, den AFP-Korrespondenten, getroffen. Er kaufte kistenweise Sandwiches und stapelte Mineralwasserflaschen ins Auto. Bob und er fuhren nach Gizeh. Die französische Botschaft war vollständig von Truppen umstellt, die mit ihren Maschinengewehren drohten. Bob und Dardaud fuhren am Gitter entlang und konnten weiter unten, zum Nil hin, die Umzäunung erreichen. Während Bob Wache stand, reichte Dardaud die Sandwiches und die Flaschen über das Tor. So hat es uns zumindest Bob erzählt. Er behauptet, etwa einhundert französische Staatsbürger seien mit dem Botschaftspersonal seit der Kriegserklärung in der Kanzlei eingeschlossen. Sie haben nichts mehr zu essen, und die Ägypter haben ihnen den Strom abgedreht. Ist der famose »Plan Musketier« gescheitert? Ich stelle mir Philippes Zustand vor. Wie gern würde ich ihm helfen!

8. November

Mimi unter Hausarrest! Als Jean mit der Nachricht kam, mußte er sie wiederholen – ich dachte, ich hätte falsch verstanden. Aber es ist wahr! Ihre Nachbarn haben uns angerufen. Die Polizei hat entdeckt, daß sie britische Staatsbürgerin ist. Und deshalb darf sie ihre Wohnung vorläufig nicht mehr verlassen. Was heißt vorläufig? Die Polizei hat ihr Telefon abgestellt und ihr das Radio weggenommen, unter dem Vorwand, sie sei ein »Spion«. Lächerlich! Papa hat die Angelegenheit allerdings sehr ernst genommen. Während Mama weinte, setzte er Himmel und Erde in Bewegung, damit Mimi so schnell wie möglich ihre ägyptische Staatsbürgerschaft zurückbekommt. Heute abend strahlte er. Er hat es geschafft. Zur Sicherheit wird Mimi ab morgen bei uns wohnen. Was für ein Glück!

9. November

Im Moment ist Bob der einzige, der uns zum Lachen bringen kann. Er kam gestern hier an und brachte Mimi mit Koffern und Taschen zu uns. Hin und Her im Haus, Aufregung, Küsse. Mama weint ein bißchen. Bob erzählt sein Abenteuer. Gestern früh, im Morgengrauen, behauptet er – das heißt gegen neun Uhr –, wurde er durch einen Anruf geweckt. Es war der Nachbar von gegenüber, der ihn zu

Hilfe rief. In der Tat sah Bob, als er sich aus dem Fenster lehnte, einen dicken Mann in himmelblauem Pyjama, der ihm Zeichen machte, den Hörer am Ohr. Er heißt Jean Bernard, ist Angestellter der Suez-Gesellschaft, für eine Nacht auf der Durchreise in seiner Absteige in Kairo. Gegen sechs Uhr früh hörte er verdächtigen Lärm. Und ihm wurde plötzlich klar, daß man seine Tür versiegelte . . . »Was konnte ich tun, Monsieur? Sie hätten mich mitgenommen und eingesperrt. Ich habe mich also nicht gerührt. Aber ich habe absolut nichts zu essen. Könnten Sie mir etwas bringen, damit ich ein paar Tage durchhalte? Die Dienstbotentür an der Prince-Ismail-Straße ist offen geblieben. Nummer elf. Sie sehen es, zweite Etage. Ich erwarte Sie hinter der Küchentür. Klopfen Sie dreimal, dann weiß ich, daß Sie es sind. Ich muß Sie wohl nicht um Verschwiegenheit bitten. Danke, danke.«

Bob behauptet, so etwas könnte nur in Ägypten vorkommen. »Glücklicherweise haben wir die dümmste Polizei der Welt«, sagt er. Papa empfahl ihm zu schweigen. Schließlich ist Bob Jude, er könnte Schwierigkeiten bekommen. Seit dem, was man hier die »dreifache und feige« Aggression nennt, sollen auch Juden verfolgt werden. Bob glaubt nicht daran. Der Beweis: Monsieur Weber, der Attaché der Schweizer Vertretung, der gegenwärtig die Interessen Frankreichs vertritt, hat ihn gebeten, einen Lehrer für französische Literatur zu vertreten. Und wo? Im Konvent der Mutter Gottes! Bob lachte laut, als er Mamas entsetztes Gesicht sah. Ich fragte ihn, ob er seinem Nachbarn, der in der eigenen Wohnung gefangen war, geholfen hat.

»Natürlich«, antwortete er, »ich habe fünfzig Scheiben Schinken, Brot und Bier gekauft. Dieser Jean Bernard hat mir die Schlüssel für seinen Wagen gegeben, der vor der Tür stand, und ich habe ihn in meine Garage gefahren und Keile untergeschoben. Er wird ihn nach dem Krieg wiederbekommen.«

Ich glaube wirklich, dieses Land wird verrückt.

25. November 1956

Philippe ist seit zwölf Tagen in der Botschaft eingeschlossen! Jeder Tag ohne ihn macht mich leer, ein klaffender Abgrund, so klangvoll wie ein trockener Baum. Aber heute kommt der bittere Geschmack der Erniedrigung dazu.

War es richtig von mir hinzugehen? Dumme Frage. Als Jean mir sagte, daß »sie« die französischen Diplomaten in Lastwagen verladen, um sie zur französischen Grenze zu bringen, bin ich wie eine Verrückte losgestürzt und habe mir ein Taxi genommen. Ich war gequält von Furcht, war voller Unruhe und Angst, nicht um mich, sondern um ihn. Ich mußte dabeisein, diese Abreise in meine Haut und in mein Gedächtnis einbrennen.

Der Himmel war bleiern und grau. Schon versammelten sich Schaulustige vor der Botschaft. Vier Militärlastwagen standen an dem Tor zur Kanzlei. Zwei Panzer rahmten sie ein. Die französische Fahne über dem Eingang war verschwunden. Wer hatte sie entfernt? Die Kupferplatte neben dem Eingang war mit schwarzer Farbe beschmiert. Das mußte hastig mit einem Pinsel geschehen sein, denn die dunklen Farbstreifen bildeten auf der rosa Mauer eine lange Spur.

Ein Offizier in Khakiuniform trat auf die Vortreppe. Er schrie irgend etwas. Die Soldaten sprangen mit lautem Stiefelklappern und Waffengepolter von den Lastwagen. Die Botschaft war umstellt, aber weiträumig, typisch ägyptisch, alle acht bis zehn Meter ein Soldat, den Rücken zur Straße gekehrt.

Es gab Bewegung um mich herum, und ein Mann in Galabieh stieß mich an, um sich nach vorn zu drängen. Er roch nach Zwiebeln und Schmutz, aber ich dachte gar nicht daran, zur Seite zu gehen. Diese säuerliche Enge störte mich nicht, im Gegenteil. Sie paßte zu diesem Augenblick.

Als erster kam Guy Dorget, der Geschäftsträger, heraus. Er blinzelte wie ein Uhu, den man ans Tageslicht zerrt. Was hatten sie ihm angetan, daß er so bestürzt aussah? Ich bemerkte, daß er keine Brille trug, als er mit tastendem Schritt die Treppe hinunterging. Er hielt einen kleinen Koffer in der Hand. Hinter ihm erschien René Boyer de Sainte-Suzanne, der französische Konsul in Alexandria. Auch er trug einen Koffer, den er mit gleichgültigem Gesicht in den ersten Wagen warf, bevor er die eiserne Trittleiter hinaufstieg und dabei die Hand eines ägyptischen Soldaten beiseite schob. Dann kam Albert Roux, der Konsul am Suez, den ich kaum wiedererkannte. Um mich herum begann die Menge dumpf zu grollen, wie ein Strudel, eine starke Ausdünstung. Ich erkannte einen Geruch, den ich gut kannte, den der Pferde vor dem Hindernis. Mein Gott, wie langsam dieses seltsame Ballett vonstatten ging! Dieser Offizier mußte doch spüren, daß Gefahr drohte. Kalter Schweiß lief meinen Rücken herab, aber ich rührte mich nicht.

Endlich sah ich Philippe. Er hatte keinen Koffer, sondern einen Beutel über der Schulter, einem Seesack ähnlich. Er sah aus, als würde er in die Ferien fahren, ohne Krawatte, den Kragen über seinem braunen Hals geöffnet. Erkannte er mich? Sein Blick schweifte einen Moment umher. Am oberen Ende der Treppe blieb er stehen und legte leicht den Kopf auf die Seite, als wollte er lauschen. Oder Kairo betrachten, bevor er ging. Oder mich in der Menge suchen. Ja, er mußte wissen, daß ich da sein würde. Ich hätte stumm schreien mögen, wie man in Träumen schreit, und es war auch ein Traum, ein böser Traum.

Später lief ich lange durch die Stadt. Eisiger Wind ließ meine Wangen gefrieren. Würde Philippe vergessen können? Ägypten verzeihen? Ich nicht. Zorn erfüllte mich, als wäre ich es, die von den Soldaten brutal in den mit Khaki bedeckten Lastwagen gestoßen wurde. Im letzten Augenblick hatte Philippe den Kopf umgewandt, bevor er in den Schatten eintauchte, und ich glaubte, seine Bewegung zu erahnen, die Hand halb erhoben, geöffnet, wie als er zum erstenmal im Sporting Club auftauchte, strahlend weiß in der Sonne, den Schläger unter dem Arm. War es eine Halluzination?

Ich wollte mich erinnern, jedes Detail erfassen. Den Bogen seiner schwarzen Wimpern, die kleine Erhebung auf seiner linken Hüfte und den Geruch seiner Haut. Ich setzte mich auf ein Steinmäuerchen und betrachtete den Nil, die Strudel des gelblichen Wassers, immer wieder zerrissen, in weiten Wellen fließend, dann von neuem beginnend. Eine seltsame Müdigkeit ließ mich erstarren, zwang mich, unbeweglich sitzen zu bleiben.

Ich erinnere mich, daß ich dachte: In drei Tagen habe ich Geburtstag. Zwanzig Jahre? Zwanzig Jahre. Wozu? Ich war bereits so alt wie die Welt.

12

Kairo, Dezember 1956

Ein kalter Nieselregen stieg an diesem Dezemberabend vom Nil herauf. Den ganzen Tag hatte es geregnet, wie es in Kairo nur im Winter regnen kann, in langen eisigen Strichen. Am Fuße der mit Wasser durchtränkten Bäume schwammen rote, zerbrochene Zuckerrohrstangen in schmutzigen Pfützen und mischten sich mit vertrockneten Blättern, ausgerissenen Gräsern und aufgeweichten Erdklumpen. Lola, eingehüllt in die weiten Falten eines Rotfuchsmantels, bot im Laufen dem Wind die Stirn. Sie hatte dem Abendessen bei Yvette ohne Begeisterung zugestimmt. Seit Philippes Abreise vor drei Wochen verspürte sie nichts als Kummer und Angst. Sie fürchtete, zuviel zu sagen, ohne zu wissen, wo das »zuviel« lag. Französische Freunde gehabt zu haben war mehr als verdächtig. Die Denunziation griff um sich, die Gerüchte wurden lauter, man mißtraute den Dienern, den Nachbarn, selbst der Familie. Was sollte sie auch sagen? Die Bombardierungen, der Krieg, die Aggression waren nichts als ein ferner Alptraum. Schlimmer war der Riß, der Ägypten jeden Tag mehr von seinen Freunden, seiner Vergangenheit trennte. Der Westen rückte in weite Ferne. Mit Entsetzen hatte Lola geschlossene französische oder englische Geschäfte gesehen, die von der Polizei bewacht wurden. Ein Teil ihrer Identität war dort, hinter diesen Eisengittern eingeschlossen. Sie ertrug die Spannung nicht mehr, die sie seit dem Sommer zwischen entgegengesetzten Gefühlen zerriß.

Sie sprang über Pfützen auf dem abgetretenen Pflaster, suchte einen Weg zwischen den Schlammlöchern. Kairo verfiel. Das ist die Schuld der Wüste, dachte sie, wir sind von der Wüste umzingelt, die uns erstickt, uns mit Sand und Windstößen zerstört. Wie gern wäre sie fortgefahren, weit weg, in ein Land, wo man nicht von Krieg und Politik sprach, ein Land ohne Gewalt und ohne Zerrissenheit... Bei Yvette würde man wieder einmal diskutieren müssen, dieselben leidenschaftlichen Angriffe hören von denen, die heute verdammten, was sie einst vergöttert hatten, die Frankreich schmähten, jenes Frankreich, aus dem die Bücher kamen, die sie liebten, die Lieder, nach denen sie tanzten, der Wein, die Kochkunst, die Literatur und die Liebe. Was tun, wenn deine Bezugspunkte verschwimmen? Kann man ein Land verleugnen, eine Kultur, die ganz natürlich zu dir gehören? Aber es gab auch Ägypten, und Lola entdeckte voller Erstaunen unbekannte Wurzeln. Araberin! War sie es wirklich, sie, die Christin, die in den ägyptischen Zeitungen schon Ausländerin genannt wurde? Ja, weil sie sich erniedrigt fühlte, als man Ägypten erniedrigt hatte, angegriffen, als man es angriff. Nein, weil man sie fast öffentlich ins Lager der verfluchten Ausländer warf. Vor allem konnte sie Philippes Abreise nicht vergessen, diese Geste des Abschieds, die sie vielleicht erfunden hatte, an die sie sich aber jede Nacht erinnerte.

Außerdem sprach sie kaum arabisch. Bis vor wenigen Monaten, oder bis vor einem Jahrhundert, gebrauchte man es nur im Umgang mit Dienstboten ... Sie hatte Gleichgültigkeit und eine gewisse Verachtung gegenüber diesen Ägyptern aus dem Volk empfunden, die heute die Macht in den Händen hielten. Für Lola gehörten sie zu einer anderen Welt, jener exotischen und fernen Welt, von der Irène erzählte. Ja, die Christen hatten wie Ausländer im Haus Ägypten gewohnt. Die Geschichten von Mademoiselle Latreille erzählten vom Krieg von 1914, und Lola zitterte, wenn der böse Ulan mit spitzem Helm die Hände der Kinder in den elsässischen Dörfern abschlug. Heute noch kannte sie die Departements, die Flüsse und die wichtigsten Städte Frankreichs besser als die Namen der Tempel in Oberägypten, wohin sie niemals den Fuß gesetzt hatte. Im Grunde entdeckte sie ihr Land erst, als sie – mit echtem Stolz, das erkannte sie jetzt – versuchte, es Philippe zu erklären.

Philippe ... Seinetwegen hatte sie die Einladung zu diesem Essen bei Yvette angenommen. Einen Monat ohne Nachricht. Das war zu lange. Natürlich, die Post war unterbrochen, man durfte bei sich keine französischen oder englischen »Kriegsverbrecher« mehr empfangen, die meisten waren abgereist, strikt ausgewiesen, manchmal verhaftet worden. Die wildesten Gerüchte liefen durch die Kairoer Salons: Man sprach von Internierungslagern in den Oasen, von verheimlichten Grausamkeiten der englischen und französischen Fallschirmspringer in Port Said, die man bald enthüllen würde. Genau das brauchte man, um die Geister zu erregen und den Haß zu schüren. Aber was wollten sie denn, diese neuen Herren, mit knapper Not von den Russen und den Amerikanern gerettet? Sich rächen? Die Gäste erniedrigen, entgegen aller Traditionen ägyptischer Gastfreundschaft? Lola erkannte ihr Land nicht mehr wieder, aber im Grunde sorgte sie sich allein um Philippe. Wo war er? Dachte er an sie? Durch welches Mißverständnis standen sie beide in feindlichen Lagern? Sie erwartete sehr viel von dem Essen bei Yvette. Ein Schweizer Diplomat würde dort sein, der mit der Vertretung der französischen Interessen bei der ägyptischen Regierung betraut war. Vielleicht könnte er Philippe eine heimliche Botschaft übermitteln?

Yvettes Kammerdiener verneigte sich, half ihr, den Mantel abzulegen, der nach feuchtem Pelz roch. In dieser feindlichen Nacht erschien die Wohnung wie ein Hafen der Süße. Schon im Eingang hörte man das Klingen der Gläser, das leichte Rauschen der Gespräche, aus dem sich Yvettes Baßstimme erhob und ein spitzer, klarer Klang: Mimi war schon da... Bevor sie zu den Gästen ging, wandte sich Lola zu dem Spiegel mit vergoldetem Holzrahmen, der über der Konsole hing, wo bereits die Weihnachtseinladungen ausgebreitet waren. Wahrlich die Zeit für Feste! Wann würde die ägyptische Oberschicht endlich verstehen, daß Krieg herrschte? Aber nein, kein Zorn. Keine Bitterkeit. Das Leben ging weiter. Nicht jeder hatte das Unglück, einen Franzosen zu lieben... Sie betrachtete sich aufmerksam und kritisch. Sie war schön an diesem Abend. Ihr Gesicht hatte die kindlichen Rundungen verloren, aber an Feinheit und Klarheit gewonnen. Die hohen, wohlgeformten Backenknochen zogen das Licht an und warfen es auf ihre Wangen. Die Augen erschienen dadurch noch länger, gestreckter, goldgelb. Katzenaugen. Die kurzgeschnittenen schwarzen Haare lagen in Locken über der Stirn und gaben ihrem Gesicht etwas Engelhaftes. Ja, sie hatte sich sehr verändert, die Lola von einst. Ein letzter Blick auf das schwarze Kleid, das ihre gertenschlanke Gestalt betonte. Mit einer Handbewegung schob sie die große Kette aus Bernstein und mattem Silber zurecht, die sie aus Aberglauben gewählt hatte. Das erste Geschenk von Philippe ...

Sie trat in den Salon und lief mit entschlossenem Schritt über die schönen Perserteppiche. Heute abend würde sie einen Weg finden, Philippe einen Ruf, ein Zeichen zukommen zu lassen. Er mußte so in Sorge sein, dort allein, in Paris.

Das Feuer knisterte leise im Kamin, die Lampen auf den kleinen Tischchen verbreiteten ein goldenes Licht. Wie konnte man annehmen, daß die einstmals so beruhigende und zivilisierte Welt da draußen so bedrohlich geworden war? Eine Gruppe umringte Georges Henein. Dieser reiche Kopte, Sohn eines Paschas, hatte eine Legende. Nach einer langen und romantischen Liebesgeschichte, die ganz Kairo voller Leidenschaft verfolgt hatte, war er zum Islam konvertiert, um Boula, die Tochter des Dichters Chawki, zu heiraten. Eine rein formale Konversion: Weder er noch Boula legten Wert auf diese Details. Sie waren beide intelligent und brillant, herrschten über die Kairoer Intelligenz, für die das Geld weniger zählte als der Geist. Es kam selten vor, daß man ihn außerhalb der eigenen Wohnung traf, außerhalb seines kleinen Kreises. Im Augenblick neigte sich seine große Gestalt einem Unbekannten mit gedrungener Figur, vierschrötig fast, zu, der, zumindest nahm Lola es an, der berühmte Schweizer Diplomat sein mußte.

»Lieber Freund, man muß uns verstehen. Was sollen wir denen antworten, die am Westen zweifeln, nachdem sie unsere bombardierten Städte gesehen haben? Wir sind Ägypter. Die Versuchung ist groß, für jeden von uns, jetzt einen persönlichen Scheiterhaufen zu errichten, unsere Träume und unsere Erinnerungen ins Feuer zu werfen, alles von uns zu stoßen, die Freunde, die Bücher, die Ideen, die Städte ... Wie geht man in der Schweiz vor, wenn man nach einer Katastrophe Bestandsaufnahme macht? Zunächst siegt die Leidenschaft. Oder vielmehr die enttäuschte Liebe, die betrogene Liebe, die, wie Sie wissen, zu den schlimmsten Extremen führt ...«

»Wollen Sie sagen, daß Sie, die ägyptischen Intellektuellen, den Wahnsinn dieses Nasser unterstützen, daß Sie die Erpressung gegen die ganze Welt gutheißen, den Politpoker, den Raub, den Bruch der elementarsten Menschenrechte? Der Westen wurde angegriffen, der Westen verteidigt sich. Sie haben keine Vorstellungen von den Gefühlen, die Ihr Oberst in Europa weckt. Wer hat sich in Paris gegen die französische Politik erhoben? Niemand ...«

»Doch, Mendès France ...«

»Ja, Mendès France, genau, ein Straßenverkäufer von Kaiserreichen! Ich bin nicht Franzose, Monsieur, aber ich verstehe die Franzosen.«

»Sie verstehen Ägypten nicht. Darf ich in aller Ergebenheit einige Ergänzungen zu Ihrer Information vortragen? Da auch Sie hier sind, um so dramatisch divergierende Standpunkte einander näherzubringen, mache ich mich zum Anwalt des Teufels. Sie fragen sich in Europa, was Nasser dazu getrieben hat, dem Westen die Stirn zu bieten? Ich sehe drei Gründe: Das Abkommen von Bagdad, das Nasser als direkte Bedrohung Ägyptens ansieht, zugunsten seines alten irakischen Feindes. Dann gab es Bandung, das ihn die Rolle ahnen ließ, die Ägypten spielen könnte, und ihm, im Guten wie im Schlechten, den Sinn für Geschichte gab. Schließlich der israelische Überfall auf Khan Younès: Mehr noch als die militärische Niederlage bringt ihn die Reaktion der jungen ägyptischen Offiziere zur Verzweiflung. Sie beklagten sich, daß es ihnen an Waffen, an Logistik, an Führung fehlte. ›Das ist wie zu Zeiten Farouks‹, hieß es in den Kasernen. Nasser so etwas zu sagen, der während des Palästinakrieges selbst unter der Unfähigkeit der Machthaber gelitten hat, heißt, ein rotes Tuch vor einem Stier zu schwenken ... Aber die wirkliche Ursache bleibt die Erniedrigung. Amerika konnte natürlich die Finanzierung des großen Werkes der neuen Macht, des Saad el Ali, des Assuanstaudamms, verweigern. Aber warum mit soviel Überheblichkeit, soviel Unkenntnis unserer orientalischen Mentalität?«

»Auch Ihr Nasser hat sich geirrt: Er wollte es mit beiden Seiten halten, mit den Amerikanern und den Russen. Wußte er nicht, daß es eine Grenze gibt, hinter der sich Erpressung nicht mehr auszahlt, sich vielmehr gegen den Erpresser richtet?«

»Die Erpressung, wissen Sie, ist die Waffe der Schwachen, und die kleinen Völker schätzen es sehr, daß man sie gegen die großen gebraucht: Gegen Kanonen ist jedes Mittel recht. Nein, Nassers eigentliches Problem liegt woanders. Man muß den Fehdehandschuh aufnehmen, die Schande auslöschen. Rache üben. Schockiert Sie dieses Wort? Es ist aber das einzige, das hier paßt. Man erniedrigt keinen Ägypter, ohne sich der Vendetta auszusetzen. Das ist unser Nationalsport. Jeder Fellache im Nildelta hat irgendwo eine Waffe, um – wenn nötig – seine Ehre zu retten. Unser Volk ist friedlich, man möchte fast sagen apathisch. Eine einzige Sache kann es mobilisieren: der Angriff auf die Ehre, und die kann nur mit Blut bereinigt werden. Das ist einfach, primitiv, aber es ist so. Die Weltbank hatte vielleicht berechtigte finanzpolitische Gründe, ihre Ablehnung so streng zu begründen. Politisch hatte sie unrecht. Das gekränkte Ägypten unterstützte Nasser – selbst wir, die Intellektuellen, selbst die enteigneten Paschas, selbst die erbittertsten Gegner – als er den Suezkanal »zurückholte« . . . Dann ist alles ins Rutschen gekommen. Ich will nicht davon reden, was wir alle erlebt haben. Was für ein Durcheinander!«

»Georges, zu wessen Verteidiger machst du dich hier! So entdecke ich also, daß du Nasser-Anhänger bist . . .« Yvette war herangekommen, die Stimme rauher denn je, ein provozierendes Leuchten in den Augen. Lola lauschte angespannt: Auch sie fragte sich seit drei Monaten, wessen Partei sie ergreifen sollte.

»Meine liebe Yvette . . .« Georges wandte sich mit spöttischer Miene um. »Meine Argumentation war für das Ausland bestimmt. Wir, die Kinder des Nils, wissen jeder Verlockung zu widerstehen. Würdest du dich wegen der Kugeleinschläge auf deiner Terrasse schämen, weiter den Lehren Jüngers oder Malraux' zu folgen? Unser Ägypten ist hin, natürlich. Zumindest das Ägypten, das wir lieben, in dem wir gelebt haben, so herrlich gelebt. Es schwankt, wird anders. Ist das ein Grund, die Vergangenheit zu verleugnen? Um die Schönheit im Namen der Häßlichkeit zu verdammen, ein Gesicht im Namen einer Grimasse, eine Kultur im Namen eines Attentats und Frankreich im Namen Guy Mollets?« Er lachte dröhnend und nahm den etwas verdutzten helvetischen Diplomaten am Arm: »Gehen wir etwas trinken.« Lola lächelte. Georges drückte so klar das aus, was sie fühlte! Sie war von einer Last befreit und nahm leichten Herzens neben Sami Sednaoui am Tisch Platz.

»Wie heißt er, dieser Schweizer?«

»Jean Lacloze.«

»Kennst du ihn?«

»Etwas. Ich habe im letzten Winter mit ihm Polo gespielt. Ein braver Kerl, er hat nicht gerade das Pulver erfunden, aber trotzdem...« Im allgemeinen Stimmengewirr nahm das Essen seinen Lauf.

Lola lächelte von weitem zu Jean Lacloze herüber. Sie würde ihn brauchen. Schon entwickelte sie Pläne, um nachher allein mit ihm sprechen zu können. Oder besser sich mit ihm zu verabreden, woanders, allein, später. Aber er wurde bestimmt verfolgt, überwacht. Hier, bei Yvette, mußte sie ihn ansprechen. Was würde sie ihm sagen? Daß sie ihrem französischen Geliebten eine Botschaft schicken wollte? Wissen wollte, wie es ihm geht? Sicher nicht. Mal sehen... Könnte Philippe ein enger Freund ihres Bruders Jean sein? Wenig überzeugend. Sollte sie Sami ins Vertrauen ziehen? Unmöglich. Er konnte kein Geheimnis für sich behalten.

In diesem Augenblick spitzte sie die Ohren. Jean Lacloze, zwei Meter von ihr entfernt, am anderen Ende der Tafel, erzählte von den vertriebenen Franzosen. »Ich habe Gabriel Dardaud getroffen, er versteht immer noch nicht, warum man ihn als einen der ersten verhaftet hat... Stellen Sie sich vor, in der ägyptischen Botschaft in Paris hat ihm Elie Andraos, der Botschafter, ganz ernsthaft erklärt, daß es sich um eine Bevorzugung gehandelt habe! Wenn man vor allem die ›Freunde Ägyptens‹ ausgewiesen hätte, so allein, um sie zu schützen, zu verhindern, daß sie als Geisel behalten wurden. Der arme Gabriel hätte gern auf eine solche Aufmerksamkeit verzichtet ...«

Der Rest des Satzes war nicht zu verstehen. Sami beugte sich zu Lola und flüsterte ihr ins Ohr: »Ich werde dir eine lustige Geschichte erzählen, aber behalte sie für dich, sonst bekomme ich Schwierigkeiten. Stell dir vor, man hat mich zur Wache des Hauptquartiers versetzt ...« Lolas Herz blieb mit einemmal stehen. Ihr gegenüber sprach Lacloze von Mareuil. Im Klappern der Bestecke, der beim Anstoßen klingenden Gläser und der sonoren Stimme Samis zu ihrer Rechten verlor sich die Fortsetzung. Lola wandte sich nach links und kümmerte sich nicht mehr um Sami.

»Es gibt zumindest einen Menschen, der diese Krise schätzt, das ist Madame de Mareuil, die Mutter von Philippe. Ich habe sie vor meiner Abreise am Quai d'Orsay getroffen, bei einem Empfang für die Familien der ausgewiesenen Franzosen. Sie strahlte! Ihr Sohn sollte im nächsten Sommer Marie Boiron-Vauzelle heiraten, Sie wissen doch, die Tochter des französischen Botschafters in Washington. Eine schöne Partie! Und das Mädchen ist reizend. Überflüssig zu erwähnen, daß Madame de Mareuil die Situation nutzt, um die Angelegenheit zu beschleunigen. Ihr Sohn heiratet nächste Woche. In der Madeleine. Im Außenministerium spricht man von nichts anderem ...«

Lola denkt zunächst gar nichts. Sie schaut auf diesen Unbekannten, den dicken Schweizer, der lachend weiterspricht. Sie sieht, wie sich sein rosiger Mund öffnet, wie sich seine Augen auf seine Nachbarin zur Linken richten ... Was hat er gesagt? Warum ist Lola plötzlich so, als müßte sie sich gleich übergeben? Sie preßt die Serviette zusammen, klammert sich an den Tisch und versucht verzweifelt, abzuschalten. Das ist nicht möglich, das ist nicht wahr ... Doch, es ist wahr. Sie hat das Unglück sofort begriffen, an seinem eisigen Atem, der sie plötzlich erschauern läßt. Vor allem nicht bewegen. Sonst fällt sie um. Marie-wie? Sie ist auch noch reizend ... Er sollte im nächsten Sommer heiraten ... Ein ungeheuerlicher

Gedanke sprengt ihren Kopf. »Aber dann hat er mich seit Monaten betrogen. Er wußte es! Warum, warum ...« Fast schreit sie es heraus. Sie fängt sich, preßt die Lippen zusammen. Sie muß sich kontrollieren. Sami sieht sie an und bricht in Lachen aus: »Das ist lustig, was?« Sie wendet sich mit einem gezwungenen Lächeln zu ihm. Ahnt er, daß sie halbtot ist?

Wie lange kann sie ihren Geist und ihr Herz beherrschen, diesen Schmerz zurückhalten, der sie zerreißt, auf den sie nichts vorbereitet hatte, nein, wirklich nichts. Also kann man so gut lügen, so lange, ohne daß sich der Verrat irgendwie enthüllt? Sie hat diesen Schlag nicht kommen sehen. Übelkeit überfällt sie. Sie muß unbedingt, unbedingt an etwas anderes denken. Ihre Hände umkrampfen die Organdyserviette, die unter ihren Nägeln zu reißen beginnt. Er heiratet nächste Woche ... Philippe heiratet. Eine andere. Marie. Eine andere Frau. Hübsches Mädchen, hat der dicke Schweizer gesagt. Der Tisch schwankt ein bißchen. Lola hält sich steif auf ihrem Stuhl, zerbröckelt mit mechanischer Bewegung ein Stück Brot, ohne mit dem Lächeln aufzuhören. Mein Gott, das Essen soll zu Ende gehen! Sie sucht die Augen des Schweizers, der jetzt von Christian Pineau, dem französischen Minister, spricht. Lolas Rücken ist nur noch Schmerz. Die gemarterten Muskeln ziehen sie nach hinten. Später, zu Hause, wird sie nachdenken, diese Neuigkeiten, die sie im Moment noch nicht wahrhaben will, im Kopf hin und her wenden: Philippe hat sie belogen, betrogen, verraten. Das Wort »Verrat« trifft sie wie ein Faustschlag in den Magen. Sie spürt den Schock, führt die Hand an die Hüfte. Yvette hat gesehen, wie sie sich vorbeugt, und fragt mit einem Blick: Alles in Ordnung? Ja, ja, lächelt Lola, Verzweiflung im Herzen. Das Ende des Essens zieht sich hin wie ein Alptraum.

Endlich kommt sie nach Hause, sie quält sich aus Samis kleinem roten Auto: »Danke, daß du mich hergebracht hast. Nein, steig nicht aus, ich kenne den Weg ... Gute Nacht.« Lola hat das Tor aufgeschoben. Die Lampen der Terrasse werfen ein trübes Licht auf den Garten. Eine seltsame Schwäche ergreift sie. Sie setzt sich auf die Steinbank am Fuß des großen Banyanbaumes. Wenn sie dort bleibt, wird sie ohnmächtig werden. Erschöpft steht sie auf, erklimmt die Vortreppe mit großer Mühe, öffnet leise die Tür. Niemand darf sie hören. Im Schutz ihres Zimmers, endlich, wirft sie sich auf ihr Bett und versucht zu weinen. Unmöglich, ihre Kehle ist zugeschnürt. Wie eine Kugel um ihr Kopfkissen zusammengerollt, läßt sie sich von den Wellen des Schmerzes überwältigen. Sie hätte nie gedacht, daß die Verzweiflung der Liebe den Bauch zerreißen kann, wie eine Bestie mit scharfen Krallen. Allmählich siegt die Müdigkeit, macht sie leer und weich. Eine verrückte Idee überkommt sie, setzt sich fest. Und wenn sich der Schweizer getäuscht hat? Wenn alles falsch ist? Philippes Gesicht, die Augen, in denen das Feuer brennt . . . Er liebte sie, er liebt sie noch. Es ist unmöglich, daß er monatelang gelogen hat. Wie kann sie sich dessen vergewissern? Sie überlegt fieberhaft: Morgen wird sie ihn anrufen, irgendwie. Es wird schwierig sein, die Verbindungen mit Paris werden überwacht . . . Plötzlich taucht ein Name auf: Diese Mademoiselle Vicky, die alte, ein wenig verrückte Sekretärin, von der Philippe sooft erzählt hat, ist eine Freundin der Mutter von Mimi. Sie muß sie finden. Morgen, in aller Frühe, wird sie zu Mimi gehen. Sie werden Mademoiselle Vicky aufstöbern und herausbekommen, wie und wo man Philippe in Paris anrufen kann, in seinem Büro am Quai d'Orsay oder bei seiner Mutter, wenn es sein muß. Das ist eine Frage von Leben und Tod, wird sie Mademoiselle Vicky erklären. Das stimmt auch. Ganz kalt denkt Lola jetzt an den Tod. Sie findet plötzlich keinen Geschmack mehr daran, weiterzuleben. Der Schlaf überwältigt sie, erschöpft versinkt sie, ohne das schwarze Kleid und die Kette aus Bernstein und Silber abzulegen.

Es bedurfte lange Zeit, um Mademoiselle Vicky von der Vorstellung zu überzeugen, jemandem, der »nicht zum Hause gehörte«, die Nummer von Philippes Büro in Paris zu geben. Mimi, ins Vertrauen gesetzt, schaffte es, sie zu rühren. Auch Mademoiselle Vicky war einst in ihren Botschafter verliebt. Was hätte sie damals nicht alles getan, um unter so dramatischen Umständen Nachricht von ihm zu erhalten? Mademoiselle Vicky weinte, bekam eine rote Nase und kritzelte schließlich eine Telefonnummer auf einen Zettel. »Aber sagen Sie nicht, daß ich sie Ihnen gegeben habe.«

Jetzt sitzt Lola auf Mimis Bett, im rosa Zimmer, wo große Unordnung herrscht, und versucht mit zitterndem Finger, die ersehnte Nummer zu wählen. Die Auslandsverbindung ist immer besetzt. Endlich meldet sich das Telefonfräulein mit schriller Stimme:
»Hier ist Paris. Wen wollen Sie?«
»Paris, Invalides 34 23«, murmelt Lola.
»Wie?«
»Invalides 34 23, in Paris«, schreit Lola nun, voller Panik bei dem Gedanken, die Verbindung könnte unterbrochen werden.
»Eine Minute, mein Schatz, eine Minute«, gurrt das Telefonfräulein, »alle wollen im Moment Paris, verstehst du ...«
Wie seltsam, plötzlich das eigene Herz in wilden Schlägen pochen zu hören, in der Brust, im Hals, im Kopf ...
»Hallo ...« Philippes Stimme ist weit weg, verzerrt durch ein Echo, das im Hintergrund ein metallisches »Hallo« wiederholt.
Lola bleibt stumm. Ein Kloß im Hals erstickt sie. Dann überstürzen sich ihre Worte. Wenn die Verbindung unterbrochen wird ...
»Hallo, ich bin es, Lola. Ich rufe dich aus Kairo an, ja, aus Kairo, mein Liebster, hörst du mich?« Wie idiotisch, natürlich hört er sie. Und außerdem ist das nicht das wesentliche.
»Lola, ja, was für eine Überraschung. Wie hast du ...«
»Philippe, sag mir die Wahrheit, ich bitte dich. Ist es wahr, daß du heiratest, daß du die Tochter eines Botschafters heiraten wirst? Mein Liebster, ich bitte dich, sag mir, daß es nicht stimmt!« Trotz aller Anstrengung bricht Lolas Stimme in einem Schluchzen. Sie hatte sich doch geschworen, nicht zu weinen. Schweigen in der Leitung. Langes Schweigen. Schließlich Philippe, mit veränderter Stimme:
»Wer hat dir das gesagt?«
»Oh, ein Schweizer, unwichtig ...«
»Welcher Schweizer?«
»Philippe, antworte mir: Ist es wahr oder nicht?« Wieder Stille. Dann schließlich Philippe, mit fast erstickter Stimme:
»Ja, es ist wahr. Ich wollte es dir nicht sofort sagen, aber ist wahr. Ich werde heiraten. Verstehst du ...« Er schreit jetzt fast. »Ich muß

mir mein Leben aufbauen, an meine Karriere denken . . . Du warst nicht die richtige Frau für mich, Lola . . . Du weißt genau, daß wir keine Ausländerinnen heiraten dürfen.«

»Und deine Französin, wie ist sie?« Um den Preis unendlicher Anstrengung hat Lola fast ruhig gesprochen. »Wo hast du sie kennengelernt? Wie lange kennst du sie schon?« Jedes Wort zerreißt sie, aber ihre Stimme bleibt fest, denn sie muß wissen, verstehen und vor allem hören, aus Philippes Mund, was der Schweizer gestern abend erzählte. Solange er nicht gesprochen hat, wird sie es nicht glauben.

Sie umklammert den schwarzen Hörer, hofft heimlich, Philippe wird sie beruhigen oder auch schweigen . . . aber nein. Er scheint im Gegenteil erleichtert, und sie errät am Klang seiner Stimme, daß er beim Sprechen lächelt.

»Sie heißt Marie, sie ist sehr jung, gerade achtzehn Jahre alt . . . Ich habe sie im letzten Sommer kennengelernt, in Paris, bei meinem Onkel.«

»Und . . . wie ist sie? Blond?«

»Ja, blond, mit blauen Augen.« Der Klang wird wärmer, weicher. »Sie ist nicht übel, zierlich, groß, sehr schlank . . .« Dann plötzlich, als sei ihm seine Taktlosigkeit bewußt geworden, fährt Philippe mit trockener Stimme fort: »Aber warum stellst du mir diese Fragen? Du tust dir weh, Lola . . .«

Ach so, ihr macht es also Spaß, sich leiden zu lassen? Vielleicht sollte sie sich entschuldigen, so indiskret zu sein, oder, besser noch, ihm gratulieren, eine so gute »Partie« gefunden zu haben? Zorn ergreift sie.

»Natürlich tu ich mir weh! Und du kannst nichts dafür, nicht wahr? Aber Philippe, das ist ungeheuerlich, das ist schändlich, was du eben gesagt hast. Hast du unsere Liebe vergessen? Vier Jahre lang hast du mich glauben lassen . . .« Er unterbricht sie fast brutal:

»Ich habe dir niemals etwas versprochen, Lola. Niemals!«

»Du . . . du sagtest mir, du würdest mich lieben, mich allein. Ich wäre die Frau deines Lebens. Philippe, erinnere dich an Agami, an unsere Wohnung über dem Nil. Du kannst doch nicht so schnell vergessen haben ... Und dann, warum hast du mich angelogen? Liebst du mich nicht mehr? Dann hab wenigstens den Mut, es mir ins Gesicht zu sagen. Aber diese Monate des Schweigens, der Lüge ... Also dachtest du heimlich an sie, wenn du mich geküßt hast ...«

Die Worte überschlagen sich, sie spürt, daß sie die Kontrolle verliert, daß sie schreien wird. Auch er ahnt es. Schnell sagt er: »Beruhige dich, Lola, ich bitte dich. Ich kann hier nicht sprechen. Ich rufe dich später an. Außerdem muß ich auflegen, entschuldige, aber man erwartet mich bei einer Beratung, ich bin schon zu spät dran. Ich bin in meinem Büro, weißt du ...«

Sie spürt, daß er fliehen wird, sie schreit, ja, sie schreit, es ist stärker als sie.

»Ich spreche von meinem Leben, meinem Tod, und du, du denkst an deine Beratung! Ich bitte dich, ich flehe dich an, mein Geliebter, sag doch etwas.«

»Lola, sei vernünftig, man erwartet mich, ich komme schon zu spät.«

»Vernünftig? Nein, ich bin nicht vernünftig. Ich verabscheue dich, du bist feige, du bist, du bist ...« Sie denkt, ein Schwein, aber sie wagt es nicht zu sagen. Außerdem hat Philippe mit einem kleinen trockenen Geräusch aufgelegt, das sie mit einemmal beruhigt.

So, es ist vorbei. Sie hat jede Würde verloren, sie hat sich erniedrigt, sie hat geweint und gefleht. Und all das vergeblich, vor einem Mann, der sie nicht mehr liebt, der sie in diesem Augenblick zweifellos auch verachtet. Steif sitzt sie auf Mimis Bett und zittert. Was tut am meisten weh? Nicht mehr geliebt zu werden? Lüge, Feigheit zu entdecken?

Nein, was ihr das Herz zerreißt, ist dieses Wort: Ausländerin. Er kann keine Ausländerin heiraten, natürlich nicht! Er konnte sie zu seiner Geliebten machen, jahrelang, er konnte sie ausnutzen und sie genießen; aber wenn es darum geht, sein »Leben aufzubauen«, braucht er ein Mädchen aus seinem Land, eine echte Französin, mit der er sich nicht schämen muß, mit der er sich in seinen lächerlichen Salons zeigen kann, die ihm bei seiner Karriere helfen wird, anstatt sie zu stören, und der er ohne Probleme einen Haufen Kinder machen kann, schön katholisch und schön französisch. Auch sie, Lola, ist Katholikin. Aber griechisch! Aber Ägypterin! Mit brauner Haut! Mit einer dichten Mähne! Eine Sorte, die man nicht heiratet, die man erst versteckt und dann vergißt . . . Ich bin nichts mehr wert, sagt sie sich, ich bin nur noch ein . . . ein altes Stück, abgenutzt und in den Mülleimer geworfen. Mit der Hand streicht sie ihr Kleid auf den Schenkeln glatt. Ein Gegenstand, den man mit dem Fuß wegschiebt, das ist aus ihr geworden. Was glaubte Philippe wohl, wozu es gut wäre, ihr mit so vielen Details zu erzählen, wie seine neue Frau aussah? War es, um sie besser zu erledigen, zu töten, sich ihrer ein für alle Mal zu entledigen? Ja, bestimmt. Nun gut, Philippe wird zufrieden sein: Sie wird sterben. Dieser Wunsch zu sterben ist schon seit gestern abend in ihr. Dort, in diesem rosa Zimmer, weiß sie, daß sie beschlossen hatte, den Verlust ihrer Liebe nicht zu überleben, sobald sie die kehlige Stimme des Schweizers den Satz »Er wird nächste Woche heiraten« aussprechen gehört hatte. Wozu sollte sie warten?

Sie steht auf, geht ins Badezimmer, öffnet den Toilettenschrank. Seit ihrer Depression nimmt Mimi reichlich Beruhigungsmittel. Lola leert die Röhrchen und läßt die Tabletten in ihre Schminktasche gleiten, schüttet die blauen und weißen Pastillen zwischen ihr Lippenrouge und ihre Puderdose. Sie muß sich beeilen, Mimi wird bald wiederkommen. Der Tod? Sie denkt nicht daran. Erst in ihrem Zimmer, später, wird sie einen ersten Schauer spüren, wenn sie ihre Tasche öffnet. Und wenn die Medikamente nicht ausreichen? Wenn sie zu früh zusammenbricht? Auf leisen Sohlen schleicht sie ins Wohnzimmer, öffnet die Bar, nimmt eine Whiskyflasche, geht in ihr Zimmer zurück, schließt sich ein. Kein Glas, egal, sie wird aus der Flasche trinken. Sie wirft sich die ersten Tabletten in den Hals, nimmt einen Schluck Whisky und verschluckt sich. Langsamer, so geht es. Ganz ruhig . . . Sie denkt an Philippe, und diesmal rinnen die Tränen über ihre Wangen wie Wasser, das aus einem Riß quillt. Ihr Kummer erreicht sie nicht mehr. Sie beobachtet ihn und beobachtet sich selbst voller Gleichgültigkeit. Ein Schluck, noch einer . . . Ihr

Geist benebelt sich, sie streckt sich auf dem Bett aus. Was ist das, der Tod? Verschwommene Bilder entstehen, wie in einem Traum. Sie sieht Philippe, der sich über sie beugt. Er lächelt, er hält ihre Hand, reicht ihr ein volles Glas und sagt: »Trink, mein Liebling, trink.« Sie schluckt, hustet, versucht zu spucken, aber er besteht darauf, nimmt ihren Kopf, drückt den Becher an ihre Lippen, so stark, daß das Glas in tausend Stücke zerbricht. Unmöglich, das zu schlucken ... aber Philippe schiebt ihr langsam die scharfen Scherben in den Hals. Lola spürt, daß sie erstickt, daß die Splitter sie zerreißen, aber sie kann nicht schreien, kann sich nicht rühren. Sie versucht verzweifelt zu atmen, sie erstickt, ringt nach Luft, die sie wie Watte um sich spürt, von seltsamen Vibrationen bewegt. Wie lang, wie schmerzhaft, wie schwer es ist zu sterben.

»Lola, hörst du mich? Mach die Augen auf, sieh mich an.« Die Stimme, die sie aus weiter Ferne erreicht, ist ihr dennoch vertraut. Lola, von Müdigkeit zerbrochen, versucht ein Auge zu öffnen. Sie erkennt nichts. Alles weiß, ein Eisenbett, Rohre über ihr, und, wie seltsam, ein quadratisches Fenster mit Eisengittern davor. Irgend jemand beugt sich über sie, hebt ihren Kopf hoch. Es ist Antoine, ihr Cousin, den sie nicht sofort erkennt, denn er trägt einen weißen, zu weiten Kittel mit halbgeöffnetem Kragen. Sie versucht nachzudenken, aber ein stechender Schmerz bohrt in ihrer rechten Schläfe. Sie jammert: »Mir tut der Kopf weh.« Antoine legt die Hand auf ihre Schulter: »Mein armer Schatz, das ist noch das Geringste! Du kannst dir nicht vorstellen, was du geschluckt hast. Damit hätte man einen Ochsen niederstrecken können!« – »Aber ... ich bin nicht tot?« – »Nein, das verdankst du deinem Bruder und der Tatsache, daß du die Whiskyflasche umgeworfen hast, sicher im Einschlafen. Jean roch den Alkohol in deinem Zimmer. Glücklicherweise fand er das merkwürdig, und er hat deine Tür aufgebrochen. So habe ich dich wieder zurückgeholt ...« Antoine lacht, aber sein Gesicht bleibt angespannt, und seine grauen Augen spiegeln die Unruhe wider. Seine großen und warmen Hände legen sich um Lolas Gesicht, er kommt ganz nah heran, und erstaunt spürt sie, wie seine Lippen ihre Stirn berühren. Diese unerwartete Zärtlichkeit läßt sie endgültig erwachen. Was, man hat sie gerettet? Mit welchem Recht? Alles, was sie sagen kann, ist: »Warum?«, bevor die Erinnerung an ihren Kummer über ihr zusammenschlägt. Philippe . . . oh, wie sie alle verabscheut, den Mann, den sie liebte, und jene, die sie in ein Leben zurückgeholt haben, das sie nicht mehr will. Wut und Kummer, vor allem das Gefühl, sich lächerlich gemacht zu haben, hindern sie am Sprechen. Sie stößt Antoine zurück: »Geh weg! Mir geht es schlecht.«

Er richtet sich auf, groß und massiv, unbeholfen wie ein Bär, und seine rechte Hand wühlt in den roten Haaren, genauso wie damals, als er ein Kind war und etwas gestehen mußte – er gab seine Dummheiten immer zu. »Schlaf, Lola. Ich habe dir ein Beruhigungsmittel gegeben. Ich komme heute abend wieder, denn wir müssen miteinander sprechen.«

Nach und nach nimmt Lola ihre Umgebung im Halbschlaf deutlicher wahr, das im Rücken zusammengebundene Hemd aus grobem Leinen, die weißen Wände und das vergitterte Fenster, die verschlossene Tür: Sie muß in einer psychiatrischen Klinik sein, zumindest in einem Krankenhaus, wahrscheinlich bei Professor Rizk, wo Antoine als Internist arbeitet. Niemand ist zu ihr gekommen. Was wissen ihre Eltern? Ihre Freunde? Wie soll sie sich von hier wieder in die Welt wagen, nach diesem gescheiterten Selbstmord, über den man in ganz Kairo sprechen wird? Die einzige Lösung wäre, sich gefügig zu zeigen, herauszukommen und es noch einmal zu versuchen, diesmal mit Erfolg. Diese Vorstellung jagt ihr trotz allem einen Schauer über den Rücken. Was tun? Wie entscheiden? Im Moment ist sie so müde, daß sich ihr der Kopf dreht, als sie versucht, aufzustehen. Und außerdem beginnt die Stille, die in dieser Klinik herrscht, ihr angst zu machen. Wenn man sie hier liegen läßt? Der Abend bricht herein, und sie hat sich noch immer zu nichts entschlossen, als sich ein Schlüssel dreht. Antoine erscheint.

Er wirkt müde in seinem weißen Kittel, und zum erstenmal sieht Lola in seinen Augen keine Wärme, kein Lächeln. Mit gemessener Miene, fast feierlich, setzt er sich auf das Fußende des Bettes. Er sieht sie wie abwesend an. Natürlich, denkt sie, ich muß häßlich sein und furchterregend, aber was hat das für eine Bedeutung? Antoine schüchtert sie ein. Dieser lange Nachmittag hat sie all ihres Mutes beraubt, sie fühlt sich schwach wie ein Baby, sie hat nur ein Bild im Kopf, das von Philippe, dunkel gekleidet, am Arm ein großes blondes Mädchen, von dem sie sich nur die Figur und das Haar vorstellen kann. Sie würde gern an etwas anderes denken, aber das Bild kehrt immer wieder, quält sie. Wenn sie nur schlafen könnte! »Philippe...«, murmelt Antoine, als hätte er es geahnt, »er war es, für den du sterben wolltest, nicht wahr?« Lola ist sprachlos. Woher konnte er das wissen? »Oh, ich weiß es seit langem. Man mußte dich nur ansehen...« Er senkt den Kopf, errötet, blickt zur Wand. »Lola, ich habe dich immer geliebt. Erinnerst du dich, als du sechs Jahre alt warst, sagte ich dir, du wärest die Schönste. Dann... habe ich verstanden, daß du mich nicht liebtest, denn du hattest nur noch Augen für Philippe. Ich glaube, du hast dich gleich am ersten Abend in ihn verliebt, beim Ball der Tegart. Also sagte ich nichts mehr und verschwand. Du hast nichts gesehen, nichts gemerkt. Du lebtest in deinem Traum.«

Er holt Luft, wie ein Schwimmer beim Tauchen. Seine grauen Augen sind dunkel. »Niemand ist es wert, daß man für ihn stirbt, Lola. Sei unglücklich, schreie, weine, verfluche ihn, verabscheue mich, aber fang dich wieder. Du mußt leben, du bist für das Glück und die Freude geschaffen.« Er preßt die Zähne aufeinander. »Ich werde ihm nie verzeihen, daß er dich so unglücklich gemacht hat.« Er streckt die Hand aus, nimmt Lolas leblose Hand in die seine.

»Du bist seit fünf Tagen hier. Das ist viel zu lange, als daß du ohne Erklärung wieder auftauchen kannst. Ich habe mit deinem Vater gesprochen, wir haben uns eine Geschichte ausgedacht: eine plötzliche Herzschwäche. Natürlich wird es niemand glauben. Egal, du wirst die unangenehmen Kommentare nicht hören, denn du wirst bereits abgereist sein...« Abgereist? Aber wohin? Lola hebt den Kopf und blickt ihn erstaunt an. Antoine weiß genau, daß niemand Ägypten verlassen kann. Er scheint ihre Gedanken zu lesen und fährt dort: »Ja, abgereist. Ich habe endlich den libanesischen Paß erhalten, den ich vor Monaten bei Botschafter Fouad beantragt hatte, der wie meine Mutter Maronite ist. Ich gehe weg. Dieses Land ist nicht mehr das, was wir einst kannten. Es gab eine Revolution, eine arabische und moslemische Revolution, man muß entweder ahnungslos oder dumm sein, wenn man nicht sieht, daß wir, die Christen, dafür bezahlen werden. Warum warten? Ich möchte lieber im Libanon leben und arbeiten oder von dort nach Kanada weiterfahren.« Lola, in immer größerem Erstaunen, vergißt darüber ihren Kummer. Der sanfte Antoine bereitet also heimlich seine Abreise vor! »Antoine! Du! Du, der arabische Nationalist...« – »Ja, ich habe meine Meinung geändert, ich werde es dir erklären, wenn wir in Beirut sind.«

Lola stutzt: wir in Beirut? »Was soll ich in Beirut? Ich habe überhaupt keine Lust, dorthin zu fahren. Außerdem ist mir sowieso alles egal.« Ihr Kopf fällt auf das harte Kissen zurück. »Du hättest mich sterben lassen sollen, Antoine.« Er errötet. »Ich dich sterben lassen? Du fährst mit mir nach Beirut. Das ist die einzige Möglichkeit, dich dem Geschwätz und der Verzweiflung zu entziehen. Ich weiß, daß du mich nicht liebst. Aber wenn wir erst im Libanon sind, kannst du tun, was du willst, ich schwöre es dir. Du kannst mich verlassen, wenn du willst...« Lola beißt die Zähne zusammen und versucht, die Tränen zurückzudrängen, die ihr in die Augen steigen. Für einen Moment klammert sie sich an Antoines Hand, wie an eine Rettungsboje. Mit Antoine leben? Sofort kehrt eine übermächtige, fast unerträgliche Erinnerung in ihr Gedächtnis zurück: die Wärme von Philippes Armen, die ihre Schultern umfangen, auf dem engen Bett in der Kasr-el-Nil-Straße, und der Geruch seines nackten, mit ihr vereinten Körpers. Lautlos weint sie um ihre verlorene Jugend, ihr entflohenes Glück. »Ich kann nicht, Antoine. Ich kann dir das nicht antun. Du bist gut. Du bist mein Freund, mein Bruder. Aber nicht mein Mann. Außerdem werde ich keinen Mann haben. Ich bleibe hier.«

Antoine ist aufgestanden, knöpft langsam, sehr langsam seinen Kittel zu. Lola kann sein gesenktes Gesicht nicht sehen. Hat sie ihn verletzt? Ja, bestimmt. Er hebt das Gesicht. Es ist weiß und kalt.

Marmor. »Lola, ich wollte es dir nicht sagen. Aber du mußt Ägypten sehr schnell verlassen. Dein Vater verlangt es von dir. Nicht für ihn, nicht für mich, nicht einmal für dich. Du bist schwanger, Lola. Du erwartest ein Kind von Philippe. Es ist besser für das Kind, wenn es in Beirut geboren wird und Boulad heißt. Das ist alles, was ich dir anbieten kann. Sag ja, ich bitte dich. Sag ja!« Lola, in ihrem Bett versunken, schließt die Augen. Sie ist zu Tode erschöpft. Diese Liebe, sie hat sie nicht verdient, dieses Kind, sie hat es nicht gewollt. Sie will nichts als sterben. Warum hat man sie gerettet?

Buch II
Die goldenen Jahre

13

Das Boot neigte sich unter den Windstößen, richtete sich mit metallischem Knirschen wieder auf. Dann brach sich eine Welle und bespritzte die Bullaugen mit gelblichem Schaum.

Seit langem verkehrte die »Ausonia« als Fährschiff zwischen Venedig, Bari, Alexandria und Beirut. Als sie in den vierziger Jahren in Dienst gestellt wurde, gab es ein großes Tauffest. In jedem Hafen zerschellten die großen Champagnerflaschen im Rhythmus der Blaskapellen an ihrem weißen Rumpf. Nach einem Jahrzehnt von Abenteuern und Kriegstarnung für Truppentransporte hatte die »Ausonia« eine undefinierbare Farbe angenommen. Aber das Innere erlebte mit poliertem Mahagoniholz und glänzendem Kupfer ein zweite Jugend.

»Alles in Ordnung?« In der Dunkelheit legte Antoine die Hand auf Lolas Haar. »Hast du keine Angst?«

Lola schüttelte den Kopf. Nein, sie hatte keine Angst vor dem Schlingern und dem Lärm. Sie hatte überhaupt keine Angst mehr.

Seit ihrer überstürzten Heirat hatten sie in der nun endlich zerstreuten Furcht gelebt, ihre Reisepläne, ihr erstes gemeinsames Geheimnis, könnten enthüllt werden. Während Antoine um das Ausreisevisum für Touristen bangte, spielte Lola allen etwas vor. Sie erzählte jedem, der es hören wollte, daß sie in eine neue Wohnung ziehen und Antoine eine Praxis in der Nähe von Gezireh eröffnet. »Endlich!« seufzte sie, um glaubhaft zu wirken. Nur die Eltern und Mimi wußten Bescheid.

Jeden Morgen erkundigte sich Antoine heimlich nach Neuigkeiten. Das Mogama, das »Mogamonster«, wie er es nannte, war jenes gigantische Ensemble am Tahrirplatz, das Standesamt, die Paßstelle und die Behörde für polizeiliche Nachforschungen vereinigte. Ein wahrer babylonischer Turm der Administration, sicher nur deshalb ein Rundbau, damit man ohne Unterlaß hin und her laufen konnte, bis man den Verstand verlor. Antoine lief jeden Morgen von einem Beamten zum anderen, die Taschen voll mit Fünfzigpiasterscheinen, Empfehlungen und kleinen Zetteln, auf denen die Namen immer neuer Angestellter standen, ohne jedoch seine Akte zu finden, die der Bürokratie dieses kreisförmigen Labyrinths abhanden gekommen war, Allah allein wußte, wo und wie. Eines Abends kam Antoine verstört nach Hause, mit verlorenem Blick.

»Ich kann nicht mehr. Sie finden meine Hartnäckigkeit verdächtig und fragen sich, ob ich nicht vielleicht auf der Schwarzen Liste stehe. Ich, auf der Schwarzen Liste! Wenn sie sich an dieser Idee festbeißen, ist alles aus.« Er hatte den Chef der Mahabess, der Kriminalpolizei, getroffen. Für zehn Pfund könnte Antoine in den Archiven seine imaginäre Akte suchen. Er sollte also auch noch dafür bezahlen!

Am nächsten Tag ging er sehr früh los. Er hatte keinen Erfolg. Einen Tag später – wieder nichts. Von Bakschisch zu Bakschisch gelangte er endlich an jene berüchtigte Schwarze Liste, Stolz der Administration.

»Mein Name steht natürlich nicht drauf. Aber, aber . . . das bedeutet nichts, hat mir der Polizeioffizier gesagt, denn die Schwarze Liste ist niemals auf dem laufenden! Es gibt mehrere Fassungen. Und Hunderte Akten warten in irgendwelchen Säcken. Dieses Land, das ist Kafka.«

Zwei Wochen später hörte Lola an einem Abend, wie die Tür aufgestoßen wurde und Antoine, vier Stufen auf einmal nehmend, die Treppe hinaufstürzte.

»Endlich!« Er warf sich auf das Sofa und lachte nervös. »Diese verdammte Akte, weißt du, wo ich sie gefunden habe? Unter dem wackligen Fuß eines Tisches, im Wachbüro in der dritten Etage . . .«

Dann ging alles sehr schnell. Sie bekamen ihre Visa. Aber nun mußten sie auf das Schiff warten. Und bis zur Abreise simulieren. Man konnte nie wissen . . . Nachts erwachte Antoine immer wieder schweißgebadet aus demselben Alptraum. Er war beim Zoll, und in letzter Minute, vor dem befreienden Stempel, verlangte plötzlich ein Polizist, er solle beweisen, daß er Arzt sei. Und wo waren die Diplome? Sein Ausreisevisum? Sein Paß? Antoine wühlte in seinen Taschen, seinen Koffern. Nichts. Gar nichts.

Lola ging nicht mehr aus. In der Stadt war alles Gefahr, alles Bedrohung. Ein blühender Baum, ein roter Vorhang, der sich vor einem offenen Fenster im Wind blähte, und der Schmerz, von der augenblicklichen Furcht verdrängt, kehrte zurück, schärfer denn je. Die Wunde war noch frisch. Abreisen, niemals mehr mit dem Auto vor der schweren, verschlossenen Tür der Französischen Botschaft vorbeifahren. Weggehen. Vergessen.

Als die »Ausonia« die Anker gelichtet hatte, sahen sich Lola und Antoine, an die Reling auf der oberen Brücke gelehnt, nicht an; sie hielten die Augen starr auf den Horizont gerichtet, der endlich verblaßte. Alexandria war nur noch eine winzige weiße Linie, die bald verschwand. Lola, wie erstarrt, dachte an die Abreisen, die sie sich mit einem anderen erträumt hatte, mit Philippe. Antoine berührte leicht ihren Arm, und zum erstenmal nahm sie seine Hand.

Sobald sie das offene Meer erreichten, zog schlechtes Wetter auf. Eine kräftige Böe. In der Nachbarkabine klirrten Gläser. Eine weibliche Stimme, schrill und spitz, schrie empört auf. Lola erkannte sie wieder: die Frau in rotem Pelz, die am Vorabend beim Essen ihre Tischnachbarin war. Der Kapitän hatte sie der Gesellschaft vorgestellt: »Madame Maud Fargeallah«, mehr nicht, als würde jeder sie kennen. Maud Fargeallah hatte ihn mit einem künstlichen Lachen belohnt, sich wie selbstverständlich auf den Ehrenplatz gesetzt und das Wort ergriffen, um es nicht mehr loszulassen. Ihre energische Stimme übertönte das Klappern der Gabeln und das Klingen der Gläser:

»Daraufhin habe ich zu Sir Edward gesagt ... wie können Sie diesen Chehab ...«

Die Rolle muß sie anstrengen, dachte Lola mitleidslos, sie entspricht nicht mehr ihrem Alter. Maud wandte ihren kleinen Vogelkopf zum Kapitän und erklärte laut, aber mit konspirativer Stimme:

»Mein Lieber, vier Tage vor den Ereignissen am Suezkanal war ich auf dem laufenden, durch den guten Georges, Georges Middleton natürlich, wer soll es sonst sein ... Dann habe ich ein Diner in kleinem Kreis für die Mitglieder der Regierung organisiert. Überflüssig zu sagen, daß sie nichts getan haben. Unfähige! König Abdallah, ja, er ist ein Emir! Ihm habe ich gesagt, was ich auf dem Herzen hatte. Ich habe ihn sofort überzeugt ...«

Lola und Antoine tauschten über den Tisch hinweg die Andeutung eines Lächelns aus. Lolas Nachbar, ein zypriotischer Reeder, wurde dessen gewahr.

»Das ist schon eine, diese Maud!« murmelte er, zu Lola gebeugt. »Kennen Sie sie nicht? Sie werden sie kennenlernen und zu ihr zum Diner gehen. Sie sind eine Falconeri, Sie werden ihr nicht entwischen. Sie muß Sie bekommen, sie wird Sie bekommen. Ihre Abendgesellschaften sind berühmt. Übrigens langweilt man sich dort nicht.«

Eine schwere Schlagseite ließ plötzlich Gläser und Geschirr auf den Damastdecken wegrutschen. Kreischend sprangen die Damen auf. Das Orchester spielte einen Marsch, die Diener liefen herbei.

»Bleiben Sie sitzen, es ist nichts«, rief der Kapitän. Aber schon eilte man zu den Kabinen. Nur Maud, ein Glas in der Hand, hatte sich nicht gerührt. Sie durchbohrte einen dicken, in einen schwarzen Smoking gezwängten Herrn, dessen Hängebacken vor Aufregung zitterten, mit ihren Blicken.

»Hörst du, Coco! Man sagt dir, das nichts ist!«

»Ihr Mann?« fragte Lola den Reeder.

»Nein. Ihr bester Freund und ihr Prügelknabe.«

Trotz des Unwetters und der Wassermassen, die gegen die Bullaugen schwappten, war Antoine eingeschlummert, und sein Gesicht fand im Schlaf die kindlichen Rundungen wieder. Kleiner treuer Cousin, so freundlich, so großzügig, sagte sich Lola, die nicht schlief und auf das Kind lauschte, das sie in sich trug. Vielleicht wirst du später einmal mein Mann, dort unten, im Libanon. Seitdem Antoine ihr Leben in seine Hände genommen hatte, erholte sie sich und wurde ruhiger. Ihr Gefühl der Auflehnung hatte sich besänftigt.

Vielleicht, weil sich ihr Körper veränderte. Sie nahm eine neue Gestalt an, eine langsame Metamorphose. Der andere Schmerz war da, aber es genügte, nicht daran zu denken. Die Zcit, sagte Antoine, die Zeit löscht alles aus, du wirst sehen. Alles? Lola glaubte es nicht. Außerdem wollte sie ihren Kummer bewahren. Die Erinnerung an Philippe, die Bilder ihres verlorenen Glücks verursachten ihr Übelkeit. Aber das war alles, was ihr von ihrem einstigen Leben blieb.

Lola zog das Laken über ihren Kopf. Sie hatte geglaubt, nicht an diesem Kind zu hängen, das sich jetzt in ihr bewegte. Aber Wärme stieg von ihrem Bauch auf, der ihr wie ein weicher Seidenkokon erschien. Tausend geheime Figuren bildeten sich in ihr.

Leben. Von nun an mußte sie leben. Sie legte die Hand auf ihren schon gerundeten Bauch und dachte, daß sie sich nie mehr den Luxus leisten könnte, zu sterben.

Irgend jemand schrie »Beirut«. In den Gängen schlugen die Türen. Die Kabinenboys trugen die Koffer heraus. Die aufgeregten Passagiere saßen auf ihren Liegen mit den rauhen Laken und tasteten ihre Taschen ab. Portemonnaie, Paß, Geld, alles war an Ort und Stelle. Man durfte nichts vergessen. Neue Bewegungen, Gesten von Emigranten.

Antoine versuchte, seine Kindheitserinnerungen wiederzufinden. »Ah, der Libanon! Nur dort erlebt man wahre Ferien«, sagte seine Mutter. Zuletzt ist er mit ihr hier gewesen. Wie alt war er damals? Es war auf jeden Fall vor dem Palästinakrieg. Sie hatten den Zug von Kairo nach Haifa genommen, die »beste Verbindung«, dann ein Taxi von Haifa nach Beirut. Nein, nicht nach Beirut. Sie fuhren direkt nach Aley, wo sie den Sommer verbrachten, ohne große Reisen zu machen. Er hatte nur eine Erinnerung an Aley: den Duft der Konditorei Jbayli und seiner ghazl el banat, Kuchen aus langen gepreßten Fasern, von klebrigem Honig umhüllt. Er mochte neun Jahre alt gewesen sein. Es war die Zeit der entfernten Onkel und der Cousins, die er seitdem aus den Augen verloren hatte, des leichten Windes und der schönen Landschaften. »Hier kann man wenigstens atmen!« sagte seine Mutter. Und er hörte sie vor Zufriedenheit seufzen, wenn sie Tante Charlotte gegenübersaß, die die Karten verteilte, unter der Veranda, die man die Aprikosenveranda nannte, weil man die Früchte pflücken konnte, ohne aufzustehen, indem man die Hand ausstreckte. »Ja, vielleicht«, antwortete Tante Charlotte, »aber in Ägypten liegt das Geld, meine Kleine.« Die Kum-Kam-Partien waren endlos. Antoine erinnerte sich der Diener, die schweigend Gebäck oder Mezzes auf den Tisch stellten, die Aschenbecher vor Tante Charlotte auswechselten, während sie mit gerunzelten Brauen überlegte und in ihre Karten sah. Man spielte, bis die Kirchenglocken die Vesper verkündeten.

All das mußte sich sehr verändert haben. Wie würde Lola dieses Exil erleben? Allein wäre Antoine ohne Bedauern gewesen. Kairo war ihm unerträglich geworden. Er ertrug die Allgegenwart der Geheimpolizei nicht mehr. Er sah Lola an, die in ihrem weiten Mantel zu schwimmen schien, blaß unter den kurzen schwarzen Locken, und er hatte Lust, sie in die Arme zu nehmen. Nein... Das hätte ihren Abmachungen wiedersprochen.

Der Himmel klarte auf. Im Grau der Morgendämmerung funkelten auf dem stählernen Spiegel des Meeres die ersten gelben und rosafarbenen Strahlen der Wintersonne. Direkt vor ihnen tauchte Beirut aus dem Nebel auf. Zuerst die weiße Linie der Quais, dann, stufenförmig angeordnet, die ockerfarbenen oder gelben Häuser mit roten, flachen Dächern, die gezahnten Türme der Sankt-Joseph-Kirche, der feine Strich eines Minaretts, die weißen Silhouetten der unter Zypressen versteckten kleinen Paläste. Dahinter umschlossen hohe Berge mit immer dunkleren Klüften die Stadt mit ihren violetten Schatten. Lola erschauerte. Die Schönheit einer Landschaft, einer Stimme oder eines Gesichtes erzeugten bei ihr immer leichte Gänsehaut. Sie wußte, daß sie weder das weiche Rauschen des Bugs, der das Wasser zerteilte, noch diesen ersten Blick auf ihre neue Heimat vergessen würde.

»Sehen Sie!« Der zypriotische Reeder tauchte neben ihnen auf und wies mit dem Finger auf das Transparent, das über den Zollbüros hing.

»Willkommen im Libanon. Es ist verboten, folgende Gegenstände in den Libanon einzuführen: 1. Waffen und Munition; 2. Pornographische Texte oder Bilder; 3. Drogen.«

»Nur die ersten drei Worte zählen. Willkommen also im Libanon, Madame«, sagte er und verbeugte sich. »Der Rest . . . Ich würde wetten, daß die Koffer, die dort gerade abgeladen werden, mit modernsten Revolvern aus Paris, Drogen aus Italien und Pornofotos für unsere Freunde am Golf vollgestopft sind. Beachten Sie, daß der einzige erlaubte Import der von Dollars ist. Sind wir nicht dank unseres berühmten Bankgeheimnisses die Schweiz des Mittleren Ostens? Apropos, lieber Freund«, fügte der Reeder, zu Antoine gewandt, hinzu, »haben Sie libanesische Pfund? Nein? Gestatten Sie . . .« Er zog aus seiner Brieftasche drei Einpfundnoten, reichte zwei davon Antoine und schob die dritte in seinen Paß.

»Das ist hier so üblich, ansonsten müssen Sie stundenlang warten.« Antoines Erstaunen brachte ihn zum Lachen.

»Sie sind hier nicht in Ägypten, mein Lieber. Unsere Polizei ist zivilisiert genug, um einen Bakschisch für eine einfache Formalität anzusehen. Geben Sie mir Ihre Pässe. Lassen wir Ihre charmante Gattin nicht in diesem Gewühl warten.«

Aus dem Gedränge vor den Schaltern erhob sich die empörte Stimme von Maud Fargeallah. »Hören Sie, meine Pelze wurden in Paris zugeschnitten! Ah, Tadros, da sind Sie endlich! Nehmen Sie meine Koffer, wir fahren. Wo ist das Auto?«

»Antoine, Antoine, hier bin ich!« Jemand winkte auf der anderen Seite der Absperrung. »Onkel Emile!« Antoine hatte ihn sofort an der Haltung erkannt, etwas gealtert, aber noch immer elegant, in einem zu gut geschnittenen grauen Anzug mit heraushängendem Ziertüchlein. Einst, in Aley, hatte Emile den Ruf eines großen Verführers. Er sang abends für die Damen auf den Sahras, den damaligen Gesellschaftsabenden, »Komm, mein Liebchen« oder, manchmal, die große Arie aus »Aida«.

»Emile, Onkel Emile . . .« Die beiden Männer umarmten sich mit einer Herzlichkeit, die Lola überraschte. Wie ähnlich sie sich waren! Antoine hatte Tränen in den Augen. Die Familie, dachte er, ein

Glück, daß es die Familie gibt. Ohne sie würden wir Orientalen nicht existieren.

»Darf ich Sie Lola nennen?« Unter den blaßroten, von weißen Strähnen durchzogenen Haaren lächelten Emiles graue Augen – das Grau der Boulad. Er war Architekt, auch Maler, wenn er sich gehen ließ. Als sehr junger Mann emigrierte er nach Argentinien, um, nachdem er ein Vermögen gemacht hatte, wiederzukommen, zu heiraten und im Libanon zu leben. Mehr wußte Lola nicht. »Auf jeden Fall ist nicht er der Stammeschef der Boulad in Beirut«, hatte Antoine erklärt, »das ist Tante Charlotte. Ich hoffe, du wirst ihr gefallen.«

Lola schmiegte sich an die weiche Lehne des Rücksitzes und strich flüchtig über das weiße Leder des Lincoln. Das war gut, das war beruhigend, dieses Leder, das von Überfluß kündete, dieser wiedergefundene Luxus. Die Kargheit der Ära Nasser hatte sie diese Raffinessen vergessen lassen, die das Glück des Lebens ausgemacht hatten. Sie lächelte, aber ihr Lächeln erstarrte, als sie im Rückspiegel auf den Blick von Onkel Emile traf. Er amüsierte sich sichtlich. Als brave Schülerin des Sacré-Cœur richtete sie sich auf, sehr gerade, mit unbewegter Miene. Was würde er von ihr denken?

»Ich weiß«, sagte er. »Wir sind manchmal, wie soll ich sagen ... etwas protzig. Ja, wir lieben das Geld, vor allem das, was man dafür bekommt. Aber wir haben ein weites Herz. Sie werden das alles erfahren. Vergessen Sie Ägypten, liebe Lola, Sie sind jetzt hier zu Hause ...« Lola lächelte schwach.

Der Lincoln hatte den von Taxis, Autos und Trägern verstopften Hafen verlassen.

»Ich werde euch die Stadt zeigen, bevor die großen Staus anfangen.« Sie fuhren jetzt auf einer breiten Küstenstraße, die von Palmen gesäumt war, »die einzigen Palmen Beiruts«, sagte Emile, »ein Glück, man hat sie dort aufgestellt, damit ihr euch nicht zu fremd fühlt.« Plötzlich wurde er ernst und wandte sich zu Antoine um.

»Dein Nasser macht uns ganz schöne Sorgen. Seit seinem angeblichen Sieg am Suez schnappen unsere libanesischen Moslems über. Für das kleine Volk ist Gamal ein Gott. Das ist neu im Libanon.

Neulich sagte mein moslemischer Gärtner, der seit zwanzig Jahren bei uns ist, zu mir: ›Ich bitte dich, Emile Bey, sag nichts Schlechtes über Gamal. Ich liebe dich und ich bin dir treu, aber ihn vergöttere ich. Er hat uns an den Franzosen und den Engländern gerächt. Er ist unser Saladin.‹ Was sagst du dazu, du kommst doch aus Kairo?«

Antoines Gesicht verfinsterte sich.

»Auch wir glaubten nach Farouks Niederlage, er wäre der Saladin aller Araber. Ich denke es nicht mehr. Er hat nur die arabische Saite angeschlagen, um den Islam wiederzuerwecken. Und das läßt im Moment alles andere vergessen, das ökonomische Scheitern, die Polizei, den Geheimdienst, die Verhaftungen und den Machtmißbrauch des Militärregimes. Sein Traum? Auf diese Weise die arabische Welt zu vereinigen. Das behauptet er. Ich weiß nicht, ob es ihm gelingen wird. Aber ich weiß jetzt, daß die Christen in allen orientalischen Ländern in diesem Panarabismus Nassers nur Bürger zweiter Klasse sein werden. Dhimmi. Wie die Kopten in Ägypten. Wir werden nur schikaniert. Das Schlimmste wird noch kommen, deshalb habe ich Kairo verlassen. Der Libanon ist das einzige arabische Land, wo ein Christ noch frei leben kann. Aber was du da erzählst, beunruhigt mich. Ich habe Kairo nicht verlassen, um Nasser in Beirut wiederzubegegnen!«

Der Lincoln kletterte jetzt eine Serpentinenstraße hinauf. Bei einer Erdaufschüttung über der Stadt bremste Emile.

»Seht es euch beide gut an. Es gehört euch.« Mit einer weiten Geste schenkte er ihnen Beirut, die Gassen mit ihren Stufen, die zum Meer herabführten, die weißgesäumten Häuser, die Terrassen und die Kirchen und ganz unten den Hafen, wo die Docker die Schiffe entluden. Ringsum, so weit das Auge reichte, Berge, die Bucht, die von Feldern und Stränden gesäumte Küste.

»Wo sind die Christen, wo die Moslems? Man weiß es nicht genau. Das ist der Libanon, tausend verwobene Verbindungen. Nasser wird sich die Zähne daran ausbeißen. Du hast recht gehabt, zurückzukommen, Antoine. Wir werden niemals Dhimmi oder Kopten sein . . . Verzeihen Sie mir, wenn ich Sie schockiert habe«, er wandte sich an Lola, »Ihre Schwester ist, glaube ich, mit einem

Kopten verheiratet... Ich wollte einfach sagen, daß die christlichen Traditionen hier anders sind.«

Lola lächelte, diesmal voller Wärme. Sie hatte eben eine Bewegung in ihrem Bauch gespürt.

»Ich fühle mich schon sehr wohl im Libanon, Onkel Emile. Wir werden hier glücklich sein. Nicht wahr, Antoine?«

»Ich taufe dich im Namen des Vaters, des Sohnes und des Heiligen Geistes, Nicolas Charles Emile...«

Pater Hayek beeilt sich. Das Wasser, Salz, schnell. Zweimal das Weihrauchgefäß geschüttelt, und die Glocken dröhnen feierlich, ohne Zurückhaltung, nicht wie die ärmlichen Kirchen in Ägypten, die immer unauffällig bleiben wollen. Nicolas bewegt sich in den Armen von Emile, seinem Paten. Die Kirche ist kühl, aber man ahnt die erdrückende Hitze im Freien. Schnelltaufe, wegen unruhiger Zeiten. Lola sagt sich, daß Pater Hayek seinen Dienst trotz allem etwas zu hastig versieht.

Er ist beunruhigt, der Pater Hayek. Kaum hatten sich Lola und Antoine im großen Haus der Boulad am Sanayehpark eingerichtet, als sich Anhänger des Westens und Nasser-Anhänger zu bekämpfen begannen. Von diesem Krieg vernahm Lola monatelang nur ein dumpfes Echo. Tante Charlotte hatte verboten, vor der Geburt von den »Ereignissen« zu sprechen. Antoine hatte nach zahlreichen Bemühungen eine Stelle als Internist und Chirurg im Hôtel-Dieu de France, Damaskusstraße, bekommen. Während er darauf wartete, zum Klinikchef ernannt zu werden, mußte er Notdienste, Nachtwachen und Sonntagsschichten übernehmen.

Pater Hayek hält ein, unterbricht den Segen. Feuerstöße dringen von draußen herein. Gewöhnlich sorgt sich im Libanon niemand wegen einiger Salven, in der Zeit vor den Wahlen ganz normale Zwischenfälle. Aber in der vergangenen Woche war das Unmögliche geschehen. In Miziara, in den Bergen, waren Männer von Suleiman Frangie während der Messe in die Kirche eingedrungen und hatten mit Kalaschnikows um sich geschossen. Es hieß, Frangie selbst hätte hinter einer Säule die Operation geleitet. Der Priester hatte einen Revolver unter seiner Soutane hervorgezogen und sofort zurückgeschossen. Zweiundzwanzig Tote. Und der Skandal. Seine Meinung mit Schüssen kundzutun, einverstanden, aber in einer Kirche! Frangie war nach Syrien geflohen, der Wahlkampf hatte die Form einer Stadtguerilla angenommen. Lola bemerkte mit Erstaunen, daß sie anfing, sich an diese fremden Sitten zu gewöhnen.

Pater Hayek gibt seinen Segen. Die Familie drängt sich um das Taufbecken zusammen.

»Ich glaube nicht, daß wir viel riskieren«, sagt der Pater, »aber es wäre dennoch besser, durch die Sakristeitür an der Selstraße hinauszugehen ...«

»Das meinen Sie nicht ernst, Pater!« protestiert Onkel Emile. »Wir gehen wie vorgesehen über den Kirchplatz. Außerdem warten dort die Autos.« Tante Charlotte taucht an Emiles Seite auf. In ihrem Kostüm aus blaßrosa Seide und unter dem großen Blumenhut ähnelt sie einem kleinen Mädchen, das plötzlich gealtert ist. Sie hebt die kurzsichtigen Augen zu ihrem Mann.

»Pater Hayek hat recht. Sieh mal, Emile, wir werden doch nicht mit einem Baby in den Armen durch die Kugeln hindurchlaufen. Sag den Chauffeuren Bescheid, mein Lieber ...«

Tante Charlotte hat die Hand, die in einem rosafarbenen Handschuh steckt, auf den Unterarm ihres großen Mannes gelegt, aber die leichte, singende Stimme duldet keinen Widerspruch ... In ihrem verwelkten Gesicht sieht man nichts als blaue Augen, klar wie Seen unter einem Sommerhimmel. Lola wendet sich mit Nicolas in den Armen zur Sakristei. Emile wird nachgeben, denkt sie amüsiert. Wie gewöhnlich. Sie betrachtet ihren Sohn. Er wird brünett sein, mit grünen Augen, dessen ist sie gewiß, selbst wenn er noch die marineblauen Augen der Neugeborenen hat. Diese Feuertaufe ist allerdings ein schlechtes Omen. Schnell heraus aus dieser Kirche. Die kleine Tür an der Selstraße ist offen. Onkel Emile strahlt über das ganze Gesicht und streckt die Arme aus.

»Mein Patensohn, geben Sie ihn mir! Und dann los, das Fest wartet nicht.«

Die großen amerikanischen Wagen mit Karossen in Pistaziengrün oder Bonbonrosa, wie man sie im Libanon liebt, parken vor dem großen Gitter zum Park. Unter den Palmen und Eukalyptusbäumen sind Tische im Kreis aufgestellt. Rechts, auf einem mit weißen Tüchern bedeckten Buffet, haben Diener soeben Sektkelche, Eiskübel und Platten mit Petits fours um einen riesigen blaßgrünen Kuchen gruppiert. Links, auf einem anderen Buffet, ein Mosaik von Düften und Farben: Mezzes, große Teller mit Taboule, Stapel von kleinen runden Broten, Houmous und das unverzichtbare Kebbe von Ajami. Lola, ihren Sohn im Arm, läuft mit leichtem Schritt die steinerne Wendeltreppe hinauf. Im Eingang legt Tante Charlotte ihren Hut ab, läßt die weißen Haare herabfallen, runzelt eine Braue, betrachtet sich mit kritischem Blick in dem Spiegel mit vergoldetem Holzrahmen und seufzt. Sechzig Jahre! Nein, sie wird sich niemals damit abfinden, alt zu werden ... Sie dreht sich um, wirft einen letzten Blick über die Schulter zurück. Die Gestalt ist noch zierlich. Aber das Gesicht! Zu viele Falten ... ein Lifting, einmal nur, und alles wäre in Ordnung. Leider läßt Emile, der ihr sonst alles erlaubt, darüber nicht mit sich reden. Unerbittlich. Nun, man würde schon sehen.

Durch die Salonfenster mit ihren Spitzbögen ließ der leichte Abendwind die Behänge der drei hintereinander hängenden Leuchter klingeln. Lola liebte diesen Salon. Aus unbekannten Gründen hatten die Boulad die Begeisterung nicht geteilt, mit der halb Beirut die Inneneinrichtungen den Händen von Dekorateuren überließ, die sie in prahlerische und seelenlose Magazinbilder verwandelten. In dem großen Haus lagen auf den mit weißem Marmor gekachelten Böden noch immer die alten Perserteppiche, deren Farben dunkel geworden waren. Man hatte die Möbel im Stil des 19. Jahrhunderts behalten, das Buffet mit den Schubladen, das chinesische Speisezimmer mit den Drachenfiguren, drei Kanapees und acht Sesseln, mit demselben roten Damast bezogen, aus dem auch die doppelten Vorhänge, die von vergoldeten Kordeln zusammengehalten wurden, genäht waren. Alte türkische Kohlebecken am Fuße der Säulen, die das Zimmer teilten, wurden als Vasen benutzt und waren bei den Empfängen mit Blumen, Rosen und Jasminblüten gefüllt. Tante Charlotte hatte von einer Reise nach Istanbul, von der sie noch immer mit erregter Stimme berichtete, türkische Einrichtungsgegenstände mitgebracht, kleine niedrige Tische, bestickte Kissen, Gegenstände aus Kupfer und Kristall, die an den Prunk der Hohen Pforte erinnerten.

Die Gäste trafen ein. Die Männer in hellen Anzügen stellten sich um den steinernen Kamin. Man umringte einen dunkelhaarigen, schlanken Jüngling mit lebhaften Augen und britischer Eleganz. Raymond Eddé, Erbe einer großen maronitischen Familie, würde eines Tages Chef eines mächtigen Clans sein. »Sie kommen aus Ägypten?« hatte er Lola bei ihrer ersten Begegnung gefragt. Und bevor Lola antworten konnte, rief er: »Ich hätte wetten können! Nur Ägypterinnen können diesen goldenen Teint und diese mandelförmigen Augen haben!« Dann wandte er sich an Antoine: »Weißt du, daß deine Frau ganz bestimmt meine Cousine ist? Mit den Falconeri sind wir durch die Gemayel in Alexandria verwandt. Ich bin ebenfalls in Kairo geboren. Also, umarmen wir uns?« Er ergriff Lolas Hand und drückte einen Kuß darauf, mit jenem kleinen Blitz in den Augen, den die jungen und weniger jungen Frauen der guten Gesellschaft Beiruts genau kannten. Lola errötete.

Heute war Raymond ernst, und die Diskussion schien hart zu sein.

»Unsere Wahlen sind wie immer gefälscht. Wißt ihr, daß man Saeb Salams Wahlkampagne einfach sabotiert hat? Eines Tages werden wir für all das bezahlen...«

»Jetzt kritisierst du Chamoun?« hielt Onkel Emile dagegen. »Du hast sehr wohl, wie er, das Ja zur Eisenhower-Doktrin gewählt.«

»Chamoun hat recht, wenn es um Außenpolitik geht. Nasser will uns alle schlucken, wie er Jordanien und Syrien schlucken wird. Wer bleibt dann?«

»Frankreich!« rief Emile mit lauter Stimme.

»Frankreich? Du träumst. Nach Suez und dem Algerienkrieg kann Frankreich für niemanden mehr etwas tun. Amerika, ja, vielleicht, und auch...«

»Sag das nicht, Raymond!« unterbrach ihn Viviane Tueni, die soeben angekommen war. Sie sah wunderbar aus in ihrem Phantasiekleid aus Chinaseide mit einem langen Schlitz an der Seite, die schwarzen Haare in einem Knoten zusammengefaßt, der das noch reine Oval des Gesichtes zur Geltung kommen ließ. Wie alt, fragte sich Lola, vierzig, fünfundvierzig Jahre? Viviane schwenkte ihre Zigarettenspitze unter Raymonds Nase.

»Amerika, Amerika, ihr habt alle nur dieses eine Wort im Mund. Was wissen sie von unseren Problemen, diese Barbaren? Sie wollen, daß wir ihren Bagdadpakt unterschreiben. Das wäre Wahnsinn! Wir Libanesen müssen das Gleichgewicht zwischen dem Orient und dem Abendland halten, dürfen uns weder auf die eine noch auf die andere Seite schlagen. Nasser bedroht uns? Wir haben die Unterstützung von König Saoud und Noury Saïd. Saudiarabien und der Irak, das ist nicht schlecht. Auf jeden Fall täuscht sich Chamoun, wenn er alles auf die Vereinigten Staaten setzt – nicht wahr, Georges?«

»Sie, meine Liebe, hätte man als Botschafter in die Vereinigten Staaten schicken sollen«, sagte Georges Naccache, der Chef des »Orient«, »Sie hätten den Amerikanern unsere Probleme erklären können. Inzwischen werde ich Sie als Leitartikelschreiberin engagieren.«

Viviane hob das Kinn.

»Ich bin einverstanden . . .«

Alle brachen in Lachen aus.

Aus dem Hintergrund, vom roten Kanapee aus, verfolgte Charlotte die Szene mit scharfem Blick. Sie mochte Viviane nicht besonders, lud sie jedoch immer ein. Viviane gehörte zur guten Gesellschaft Beiruts, die zwar sehr gemischt war, aber geschlossener, als es schien. Die Bustros, Tueni, Naccache, griechisch-orthodox, konnten sich mit den maronitischen Familien Eddé, Gemayel oder den Sursok überwerfen. Sunniten wie die Daouk oder die Solh konnten Schiiten wie Mohsen Slim oder die Joumblatt und Aselandruzes hassen. Aber man empfing sich. Das wesentliche war, demselben Milieu anzugehören, die Bande enger zu gestalten, gemeinsame

Front zu machen, unter Clanchefs, Bankdirektoren, Dorfherren zu bleiben.

Viviane hatte sich in der Menge verloren, und Charlotte ließ ihren Blick über den herrlichen Vogelkäfig schweifen, zu dem ihr Salon geworden war. Es war so angenehm zu empfangen, die kleinen Freudenschreie zu hören, die zarten Küsse der Freunde entgegenzunehmen, die einem gratulierten, einem sagten, man sei beim Abendessen der Gemayel furchtbar vermißt worden, man habe ein wunderschönes Gesicht und ein herrliches Kleid. Die Männer sind reich, die Frauen sind schön. Etwas zu herausfordernd vielleicht, zu selbstsicher, zu fröhlich. Aber was wäre das Leben ohne diese mondäne Süße? Sie schützen sich, sagte sich Charlotte, durch das Geld, den Geist oder die Macht, in einer Welt, die immer feindlicher wird, selbst wenn sie es leugnen. Georges Naccache sprach in einem seiner letzten Leitartikel über ein Foto, das in allen arabischen Zeitungen auf der ersten Seite erschienen war: Ein alter Flüchtling aus dem Gazastreifen schluchzt an der Schulter eines Abgesandten Nassers. George hatte von »dem brennenden Elend, das uns umgibt, und all dem Schmerz um uns herum« gesprochen. Der Satz hatte bei Charlotte Spuren hinterlassen. Moslems oder Christen, war es nicht dieses Elend, das zu sehen sie sich weigerten? Dieser Schmerz, vor dem sie Angst hatten?

Charlotte verjagte die schwarzen Gedanken, setzte ihr Engelslächeln auf und ließ ihre blauen Augen leuchten. Sie hatte die düsteren Voraussagen von Georges Naccache bereits vergessen. Sie suchte Lola. Dieses Fest wurde ihr zu Ehren gegeben. Wo war sie? Lola beunruhigte sie. Sie umgab ein Geheimnis, aber welches?

Zuviel Schmuck, viel zuviel Schmuck für einen Nachmittag, sagte sich Lola, die von Emiles Arbeitszimmer aus, in das sie sich aus Schüchternheit geflüchtet hatte, auf die drei Salons sehen konnte. Natürlich müßte sie dort sein. Sich auf einen der roten Hocker setzen und die Beine übereinanderschlagen wie Jeanine Toutoundji, die mit ihrem tief ausgeschnittenen Kleid einem exotischen Vogel glich, der seine glänzenden Flügel spreizte. Von einer Gruppe zur anderen gehen, sich in die Männergespräche mischen wie Liliane, auf dem großen Sofa mit Gaby tuscheln, deren mit Ringen überladene Hände sich bewegten und das Licht der Lüster auffingen. Seidenpelze, drapierter Krepp, eingefaßte Saphire, goldene oder ziselierte Ketten... Lolas Herz wurde schwer. War sie neidisch? Vor diesem eleganten Luxus roch ihr meerblaues Kleid nach Pensionat, und ihre Perlenkette, ein Geschenk von Tante Charlotte, konnte nicht mit dem berühmten Diamantenkollier von Madame Haddad wetteifern. Wer war sie eigentlich? Ein armer ägyptischer Flüchtling. Wenn Antoine darunter litt und versprach, ihr später Kleider aus berühmten Modehäusern und teuren Schmuck zu schenken, antwortete Lola lachend, Diamanten würden nicht zu ihrem Teint passen.

Betont einfach zu bleiben, das hatte sie bei ihrer Ankunft in Beirut beschlossen. Als sie Kairo verließ, hatte sie einen diskreten englischen Snobismus hinter sich gelassen. Die Nonchalance und der Spott paßten zum trägen Ägypten, von Jahrtausenden geformt, in denen nichts jemals den langsamen Ablauf eines verfeinerten Lebens gestört zu haben schien. Der Libanon dagegen erschien ihr zunächst fremd, mit seinen Bergen, seinem harten Licht, dem belebenden Gegensatz zwischen dem Schnee im Winter und den Stränden im Sommer. War es die Wirkung des Klimas? Die Libanesen erschienen ihr derber, und sie ahnte unter diesem mondänen Wirbel eine geheime Gewalt. Sie liebten das Leben mit einer Wildheit und einer primitiven Freude, die sie manchmal erschreckten. Würde sie sich anpassen können? Die Frage stellte sich nicht mehr. Sie mußte Ägypten vergessen. Sie hatte es Antoine bei der Geburt von Nicolas versprochen. Ein Abkommen war ein Abkommen.

Tante Charlotte hatte Lola endlich gefunden. Sie machte ihr Zeichen, mit befehlender Miene. Lola stürzte herbei. Nun war es an ihr, Gaby zu lauschen.

Die Nacht war hereingebrochen, und durch das jetzt leere Haus zogen noch die Düfte von Rosen und Zigarren.

»Kommt her, Kinder!« Emile schaltete das Licht in seinem Arbeitszimmer an, öffnete die Gitter zur Bibliothek, holte Akten hervor, Kartons, Pergamente, die durch grüne Seidenbänder zusammengehalten wurden. Und zwei schwarz eingerahmte Porträts. Das eine zeigte einen jungen Offizier, mit etwas kahler Stirn, aufgezwirbeltem Schnurrbart und spitzem Bart, die Brust in einer Tunika mit Schnur und Epauletten herausgestreckt. Das andere war das vergilbte Foto eines Mannes mit Turban, der schöne schwarze Bart über der Brust ausgebreitet, die mit großen Orden bedeckt war. Emile breitete alles auf seinem Arbeitstisch aus. Er war erregt.

»Meine Kinder«, seine Stimme zitterte leicht, »der heutige Abend ist für mich wie ein Höhepunkt, eine Wende in der Geschichte unserer Familie. Denn unsere Familie hat ihre Geschichte, und wir wollten ihr schon längst nachgehen. Gabriel in Damaskus, André in Kairo und ich in Beirut. Die drei Cousins Boulad, wie man einst sagte. Wir wollten nicht, daß unsere Vergangenheit verloren geht. Aber Gabriel ist, wie ihr wißt, nach Nigeria emigriert, hat dort geheiratet und wird nicht zurückkommen. André ist in Alexandria gestorben. Ich habe lange Zeit in Lateinamerika gelebt, und als ich in den Libanon zurückkehrte, hatte ich nicht den Mut, unsere Nachforschungen allein fortzusetzen. Aber da du hier bist, Antoine, übergebe ich den Stab heute abend an dich. Hier, nimm diese Papiere . . .«

»Ich? Aber Onkel Emile«, stammelte Antoine.

Lola erkannte in Emiles Augen eine große Traurigkeit. Sie schnitt ihrem Mann das Wort ab.

»Wir werden die Nachfolge übernehmen, Onkel Emile. Ich habe mehr Zeit als Antoine, und ich würde mich gern damit beschäftigen, wenn Sie es wollen. Es interessiert mich brennend, diese Geschichte einer Familie, meiner Familie.« Sie hörte die Stimme ihrer Mutter: »Du heiratest nicht nur Antoine, du heiratest auch seine Familie, vergiß das nicht«, hatte sie ihr am Abend vor der Hochzeit gesagt.

Der bittere Zug auf Emiles Lippen verschwand. Er nahm Lolas Hand in seine großen Fäuste und murmelte mit heiserer Stimme: »Natürlich, meine liebe Kleine, natürlich, natürlich . . .«

Lola wußte, daß sie von nun an zu den Boulad gehörte und zum Libanon.

14

An diesem Morgen war Lola in ihrem Zimmer geblieben. Sie wollte allein sein, nachdenken. Warum hatte sie sich am Vorabend, als Onkel Emile die versammelte Familie fragte, wer die Nachfolge antreten, das alte Erinnerungsbuch übernehmen würde, so spontan angeboten? Warum hatte sie, die gewöhnlich so zurückhaltend war, so schnell gesagt: »Ich.« Sie erinnerte sich an einen Satz von Bob, Parodie auf Oscar Wilde, wenn sie sich dem Bedauern oder dem schlechten Gewissen hingab: »Mißtraue deiner ersten Regung, Mädchen, es ist immer die beste.«

Diese erste Regung, sie wußte es, war kein Zufall. Sie wollte zum Clan der Boulad gehören. Nicht aus Resignation oder als Notlösung. Seitdem sie in Beirut war, lehnte sich ihre Aufrichtigkeit gegen das auf, was ihre Verwirrung, nach Philippe, ihr als eine Vernunftheirat, ein Ende darstellte. Ihr Herz war schon zu schwer von diesem Verrat, um nun seinerseits zu verraten. Sie mußte dem Leben vertrauen, auf das Glück setzen. Auch die Zukunft ihres Sohnes hing davon ab. Mit Philippe hatte sie die ganze Liebe und die bittersüßen Früchte gehabt. Sie entdeckte mit Antoine die Süße und die Gemeinschaft in der Zärtlichkeit. »Es gibt keine schlechten Ehen, nur schlechte Ehemänner«, sagte früher ihre Mutter. Antoine war ein guter Mann. Sie würde keine schlechte Gattin sein.

Hatte Onkel Emile es geahnt? Als sie ja sagte, verbeugte er sich ohne zu lächeln, voller Respekt diesmal. Und als sie ihn bat, ihr zu helfen, ihr Führer und Mentor zu sein, hatte er es versprochen. Sie mußte zuerst die Erinnerungsschrift lesen, die er ihr anvertraut hatte.

Mit der flachen Hand streichelte Lola den abgenutzten Leineneinband, dann öffnete sie das schwarze Heft. Auf das Vorsatzblatt war mit feiner Feder geschrieben: »Chronik unserer Familie in Unglück und Freude«. Oben rechts eine Widmung: »Für die Boulad der Vergangenheit, der Gegenwart und der Zukunft, von Pater Antoine Boulad, Salvatorianer, 1882«. Die Tinte war verblaßt, aber die Schrift, elegant, mit Aufstrichen und Verzierungen, deutlich lesbar.

> Hier bin ich, am Ende meines Lebens, und ich kann meinen Konvent nicht mehr verlassen. Ich kann nur noch beten und schreiben. Ich habe den Superior um das nihil obstat gebeten und es erhalten, um die Geschichte meiner Familie zu erzählen. Ist es ein frommes Werk? Lasse ich mich nicht von Eitelkeit zu der Sünde des Stolzes hinreißen? Wenn es so wäre, bitte ich unseren Herrn um Vergebung, bevor ich bald vor ihm erscheinen werde. Es scheint mir aber, als würde dieser Almanach des Elends und der Größe unserer Familie das Leben der orientalischen Christen illustrieren, die solange verkannt wurden und auch heute noch trotz ihrer langen Vergangenheit unbeachtet bleiben. Es sind jene ewig sich wandelnden Kettenglieder von Vorfahren und Kindern im Exil, die uns fortbestehen lassen, als christliche Gemeinschaften, isoliert, zersplittert, gewiß, aber noch immer lebendig, durch die Gnade Gottes.
>
> Ich gedenke nicht, hier ein gelehrtes Werk zu verfassen. Es hätte für diese Arbeit weitaus mehr Zeit und Sorgfalt bedurft. Ich habe nur versucht, die Bruchstücke unserer Familiengeschichte zusammenzutragen, aus Berichten, Zeugnissen und Schriften, die zu mir gelangt sind.
>
> Mein Wunsch ist, die Boulad mögen diesen ewigen Kalender, dieses Memorial fortsetzen, das die Vergangenheit mit der Zukunft verbindet.
>
> *Geschrieben im Frieden Gottes, im Konvent von Kaslik, Libanon, im Jahr der Gnade 1882.*

Lolas Interesse war bereits geweckt, sie blätterte weiter. Der Bericht, mit violetten Schnörkeln und weiten Schwüngen auf das Papier geworfen, begann.

Ich sage es ohne Eitelkeit, wir gehören zur ältesten christlichen Kirche, denn wir sind im Lande Christi geboren, an jenem Weg nach Damaskus, da Saul von Tarsus zu unserem Heiligen Paulus wurde. Und wir waren im Jahre 43 unter den ersten, die auf den schönen Namen Christen getauft wurden (...)

Fasziniert las Lola bis zum Ende.

(...) Mein hohes Alter und die Unmöglichkeit zu reisen hindern mich daran, diese Nachforschungen fortzusetzen. Ich beende deshalb hier dieses Erinnerungsbuch. Ich wollte es so vollständig, so genau wie möglich schreiben. Ich wünsche mir, daß einer meiner Nachfolger den Stab übernimmt. Meine zu schwache Hand legt die Feder nieder. Möge der Herr euch beschützen und den Boulad ein langes, langes Leben schenken!

Pater Antoine Boulad, Konvent von Kaslik, 1882

Lola schloß das erste Heft. Sie stand auf. Unter ihren Fenstern liefen junge Leute vorbei, die »Nasser, Nasser!« riefen. Polizeiwagen folgten ihnen langsam. Es war schönes Wetter. Lola hatte Michèle Awad versprochen, an diesem Nachmittag mit ihr schwimmen zu gehen. Aber sie hatte noch Zeit. Sie öffnete das zweite Heft und las weiter.

Es war eine andere Schrift, steil und unpersönlich, fast eckig. Gewiß die des anderen Boulad, dessen Sepiaporträt das Vorsatzblatt schmückte: ein junger lachender Mann, mit eroberungslustigen Augen, herabgezogenem Schnurrbart und Kinnbärtchen. Hohe Stirn, etwas kahl. Der Oberkörper in eine dunkle Tunika, mit Schnüren besetzt, gehüllt. Epauletten mit Fransen und eine Medaille. Welches Datum, welcher Grad, welche Medaille? Ein Name, nichts als ein Name. Und unter der Daguerrotypie eine lange Legende:

»Bullad, Georges. Leutnant der französischen Kavallerie. Geboren am 25. November 1827 in Marseille. Heute, am 25. November 1887, sechzig Jahre alt. Militärmedaille, erhalten für den Angriff auf das kabylische Dorf Icheridène, Algerien. Eine Kugel im Arm. Kriegskreuz in Syrien, für die Rettung der Ehre, des Lebens und der Uniform des Grafen von Bentivoglio, französischer Konsul in Beirut.«

Wenn er schrieb, obwohl er, wie er behauptete, das Schreiben verabscheute, so war es, um Pater Antoine zu antworten, der einen Victor Boulad suchte, geboren in Alexandria.

> Er ist mein Vater, und ich habe meinen Großvater in dem Emigranten wiedererkannt, der zu Pferd nach Ägypten kam, mit einem Ledergürtel und einem Tintenfaß als einzigem Gepäck. Dieses Tintenfaß ist bei mir in Marseille.

Von diesem berühmten Großvater mit dem Tintenfaß hatte Onkel Emile Lola erzählt. »Mit ihm«, sagte er, »wirst du Frankreich in deiner Genealogie wiederfinden. Und so ist Antoine in Kairo geboren, einzig um dir zu begegnen ...«

Georges Bullad berichtete von den schrecklichen Massakern an den Christen im 19. Jahrhundert, denen die Familie Boulad fast gänzlich zum Opfer fiel. Nur ein junger Mann, Joseph Emile, hatte fliehen und eines der nach Ägypten fahrenden Schiffe besteigen können.

Lola schloß das schwarze Heft. Sie wußte, was aus dem Überlebenden aus Said geworden war. Das konnte nur Joseph sein, Antoines Großvater. Joseph, der bei Kairo, in Mahala el Kobra, eine der ersten Baumwollfabriken errichtet hatte. Lola sah ihn damals nur flüchtig. Er war ein großer, kräftiger Mann, rothaarig und sehr gläubig. Sein Stolz? In einem Zentrum der Moslems, nahe seiner Fabrik, eine katholische Kapelle errichtet zu haben, die ein Prinz der herrschenden Dynastie eingeweiht hatte. Antoine erzählte diese Geschichte oft.

Lola sah auf die Uhr. Schon nach zwei, und sie las diese Geschichten von Massakern, gequälten Christen, vom zerrissenen Libanon. Sie stand auf und reckte sich. Mit Michèle war sie am Strand verabredet. Auf der Straße waren die Demonstranten weitergezogen, aber man spürte, wie die Spannung stieg und Unruhen ankündigte. Diesmal waren es nicht die Türken, sondern Nasser, der sein Reich auf den Libanon ausdehnen wollte. Würde es ihm gelingen? Würden die Christen widerstehen können? Es ist immer dasselbe, sagte sich Lola: Die Gegenwart ist eine Fortsetzung der Vergangenheit. Was würde morgen aus den Christen im Libanon werden?

15

Beirut, 1962

Der Eisverkäufer schlief im Schatten des Ficus. Der menschenleere Park erstarrte in der Juniglut. Erst bei Anbruch der Nacht erwachte das Viertel, wenn ein leichter Wind vom Meer wehte und die Burschen mit nackten Füßen an der Brunnenschale lachend versuchten, sich gegenseitig ins Wasser zu stoßen.

Antoine lehnte am Fenster in der zweiten Etage und gab sich dem Zauber Beiruts hin, dem blendenden, zitternden Licht von Beirut, den roten Dächern, den Palmen, den Bougainvilleas von Beirut. Am Horizont bewegte sich die Silhouette eines winzigen grauen Schiffes vor dem intensiven Blau des Himmels. Wie sehr er diese Stadt liebte, so leicht, so fröhlich, so anders als Kairo! Fünf Jahre schon. Jahrhunderte von Erinnerungen. Ägypten entfernte sich. Hier war sein Leben. Das wahre Leben.

Im Gegensatz zu vielen anderen Exulanten hatte Antoine seine Ehre daran gesetzt, den ägyptischen Akzent abzulegen, Wehmut und Bedauern von sich zu schieben. Die Anfänge waren schwer. Im Hôtel-Dieu machte er Nachtwachen, Notdienste, Vertretungen. Er wußte wohl, daß seine Gewissenhaftigkeit die anderen zum Lächeln brachte, daß man ihn für einen Bedürftigen hielt. Diese amüsierten Blicke, wenn er seinen kleinen Fiat auf dem Parkplatz des Krankenhauses zwischen den Triumph und De Soto der Kollegen abstellte! Er vergalt Lächeln mit Lächeln. Er wollte der Beste sein. Ganz einfach. Er war es. Eines Morgens hatte er bei der Chefvisite im Flur jemanden murmeln hören: »Diese ägyptischen Phönizier, was für verdammte Snobs . . .« Sein Chef, Professor Ciaudo, tat, als hätte er nichts gehört. Zu Antoine gewandt, sagte er beiläufig:

»Apropos, Boulad, Sie werden morgen diese Gastrectomie machen...« Seither gab es keinen Spott mehr.

Antoine ging ins Zimmer zurück und setzte sich auf das mit weißem Pikee bezogene Bett. Eine Idee von Lola, dieses weiße Pikee.

»Ich mag das Brokat und die goldenen Fransen in unserem Zimmer nicht besonders«, hatte sie eines Morgens beim Frühstück verkündet. »Ich werde alles mit weißer Baumwolle beziehen lassen. Das würde gut zu den schwarzen Möbeln passen.« Unter Charlottes Blick fügte sie hinzu: »Dadurch werden die grünen Opaline und die Teppiche hervorgehoben.«

Für Antoine blieb Lola ein Rätsel. Sie war manchmal fröhlich, fast zärtlich. Und plötzlich dieser abwesende, etwas starre Blick. Morgens, im Badezimmer, oder bei einem Abendessen. Dann schüttelte sie den Kopf, als wollte sie irgendeine Wolke vertreiben, und alles wurde wieder normal. Er hätte sie gern bei den Schultern genommen, sie geschüttelt, geschrien: »Vergiß, Lola, vergiß diesen Mann, vergiß Ägypten.« Eines Nachts hatte sie in tiefem Schlaf zu schluchzen begonnen. Als er sie in seine Arme nehmen wollte, bewegte sie sich und murmelte: »Nein... nein... Philippe«, bevor sich ihr Schlaf wieder beruhigte. Er blieb lange wie erstarrt liegen und starrte ins Dunkel. Wie konnte er sie dazu bringen, ihn zu lieben? Er setzte auf die Zeit.

Ägypten, immer Ägypten! Warum trauerte sie noch immer diesem Land nach, das jetzt von Elend gezeichnet war, von Mißtrauen, der Polizei eines Größenwahnsinnigen, der die niederen Instinkte der Massen ansprach, um sie besser zu manipulieren. Antoine gestand sich nicht ohne Erstaunen ein, daß er Nasser immer verabscheut hatte. Dennoch hatte er an den Panarabismus geglaubt. Wann ahnte er den Betrug? Spät. Zu spät.

Eigentlich wurde ihm das erst heute bewußt, im Libanon hatte er den Geschmack der Freiheit schätzen gelernt. Er erinnerte sich an seine Bestürzung während der Krise von 1958. Nie erlebt. Die Christen, die woanders die Köpfe senkten, waren hier hochmütig, in Parteien organisiert, paradierten in Militäreinheiten und Milizen, schossen bei jedem Anlaß, organisierten Attentate, griffen sogar den Präsidenten der Republik an! Verrückte, die man erwischen würde. Aber niemand ließ sich erwischen, niemand wurde verhaftet. Antoine wußte, daß er nie wieder ein Polizeiregime ertragen würde. Seine libanesischen Verwandten griffen vielleicht zu gern nach der Waffe. Sie liebten das Pulver zu sehr, hatten zu heißes Blut. Aber war das nicht der Grund für ihr erstaunliches Überleben als Christen in einer arabisch-islamischen Welt, deren Erwachen er, der Ägypter, genau spürte? Die Libanesen waren zum Vergnügen berufen. Sie bedachten nichts, von Dollarkursen und Erdölpreisen abgesehen. Sie lebten in fröhlicher Unschuld, an der Schwelle der Katastrophe. Wer sollte sie warnen und wie? Auch das Glück ist eine Droge.

Reifen quietschten an der Auffahrt, eine Tür schlug zu. Lolas klare Stimme – die Stimme eines kleinen Mädchens, dachte Antoine – rief:

»Ist Rosy gekommen?«

»Ja, sie ist bei mir, sie erwartet dich, komm schnell«, antwortete Charlotte.

Seit undenklichen Zeiten war Rosy die Hausfriseuse der Boulad. Wenn Charlotte ein Essen gab oder eingeladen war, und das war fast jeden Abend, überschwemmte Rosy das Badezimmer mit ihren Bürsten, Shampoos, Trocknern, um Madame zu frisieren. Vor dem Standspiegel aus dem Jahre 1930 erzählten sie einander den Klatsch von Beirut und lachten dabei wie zwei Verrückte, aber dann wurden sie ernst, wenn es um entscheidende Fragen ging: Sollte man die Wurzeln behandeln, hier oben ein wenig toupieren? Lola hatte Rosys Dienste zunächst abgelehnt. Sie könnte zum Friseur von Hamra gehen wie alle. Eben nicht, wandte Charlotte ein. Alle, in unserer Gesellschaft, lassen sich zu Hause frisieren und maniküren.

Lola beugte sich. Es war schließlich so angenehm, sich frisieren, herausputzen zu lassen, die Füße und den Rücken massiert zu bekommen wie eine orientalische Prinzessin unter den Händen ihrer Sklavinnen. Aber Rosy war keine Sklavin. Nach einer Ausbildung bei Carita in Paris waren ihr Ruhm und ihre Preise in die Höhe gestiegen. Man schlug sich in der guten Gesellschaft Beiruts um sie. Von ihr frisiert zu werden, war ein Privileg, das ihre alten Kundinnen wie Tante Charlotte bevorzugt und ohne Feilschen genossen. Rosy hatte sich gerade einen kleinen roten Simca gekauft, weil sie ihn brauchte, aber vor allem, um Eindruck zu machen.

Sieben Uhr, sie würden zu spät kommen. Im Flur räumte Rosy ihre Kämme und Bürsten zusammen: »Einen schönen Abend, Madame Boulad, ich muß noch auf einen Sprung bei Madame Antakli vorbei. Glücklicherweise ist es gleich nebenan. Ich verabschiede mich.«

»Antoine, was soll ich anziehen?« Lola, in blaßrosa Unterwäsche, stand zögernd vor ihrem Schrank. Sie war sehr hübsch so, mit den zu einem Helm aufgesteckten Haaren, dem feinen Gesicht und den langgezogenen goldenen Augen. Antoine spürte einen Stich im Herzen.

»Das schwarze Kleid oder das blaue Kostüm? Antoine, los, sag mir, was dir besser gefällt?«

»Das schwarze«, antwortete Antoine. Und um irgend etwas zu sagen: »Nimm ein Tuch mit, abends ist es kalt in Baalbek.«

»Ein Tuch? Du sprichst wie meine Großmutter. Man trägt keine Tücher mehr, weißt du. Aber du hast recht, es könnte etwas kühl werden. Mein weißer Mantel, der neue, wird sehr gut zu dem Schwarz passen. Ja, es ist spät, ich weiß. Ich beeile mich. Ich komme gleich. Du kannst schon den Wagen anlassen.«

In der Abenddämmerung bildeten die Scheinwerfer der Autos ein langes gelb und rot schimmerndes Band durch die Bekaa-Ebene. In der Ferne schlug das helle Lila der Berge in dunkles Violett um. Sie fuhren auf Baalbek zu. Die Jupitersäulen, von unten angestrahlt, tauchten aus der Dunkelheit auf, stiegen wie steinerne Blitze in einen meerblauen Himmel empor, an dem die riesigen Sommersterne glänzten.

»Phantastisch! Es ist jedesmal ein Erlebnis«, murmelte Antoine. »Was gibt es heute abend für ein Programm?«

»Das Royal Ballet mit Margot Fonteyn und Rudolf Nurejew in »Schwanensee«. Nicole Andraos ist verrückt vor Freude, Nurejew zu haben. Sie war gestern bei mir. Während der Proben hat Nurejew sie zur Verzweiflung gebracht. Er ißt nur russisch, spricht nur russisch, hat Schwierigkeiten, sich Margot Fonteyn anzupassen. Sie ist sehr klassisch, er hat einen sehr persönlichen Stil, emotional, angespannt. Er tanzt zum erstenmal im Ausland, seit er aus der UdSSR geflohen ist. Stell dir vor, eine Weltpremiere im Libanon! Aimée Kettaneh, Nicole, Thomas Erdos, Wajih Ghoussoub, das ganze Festivalkomitee ist in heller Aufregung. Ich auch, das gebe ich zu.«

Der Saal füllte sich. Die zuletzt Angekommenen suchten im allgemeinen Gewimmel nach ihren Plätzen. Alia el Sohl, die im ersten Rang saß, ähnelte mit ihren langen schwarzen Haaren, die in einem Zopf auf einer Seite herabfielen, einer Tscherkessenprinzessin. Aimée Kettaneh reichte ihre mit Ringen besetzte Hand einem dicken Herrn, der sich vor ihr verbeugte.

»Wer ist das?«

»Der neue Botschafter Deutschlands.«

»Man hat ihn noch nirgends gesehen . . .«

»Nur bei offiziellen Empfängen. Ein richtiger Bär. Er wird uns bestimmt nicht den schönen Rainer vergessen lassen. Schau mal, rechts von ihm, siehst du die Blonde mit dem Haarknoten? Unmöglich. Das ist seine Frau.«

Die Scheinwerfer gingen nacheinander an. An dem Tempel, der wie eine Meeresschnecke erleuchtet war, tauchten im Hintergrund der Bühne Voluten, Akanthusblüten, behauene Gesimse auf. Der Platz davor lag noch im Dunkeln, aber schon stimmte man Blasinstrumente und Geigen. Ein blauer Scheinwerferstrahl fiel auf den Dirigenten, der mit erhobenem Stab vor dem Orchester stand. Lola war bezaubert und genoß diesen köstlichen Augenblick, den sie am meisten liebte, den kurzen Moment, da die Schönheit der Umgebung, die Leichtigkeit der Luft, das leise Streichen der Bögen über die Saiten das Glück versprachen.

Drei Trompetenstöße erfüllen den Saal. Das Schauspiel beginnt.

Weiße Ballettröckchen, zierliche Silhouetten, schwarzgekleidete Tänzer, das Corps de Ballet entfaltet sich wie eine Blume, in immer neuer Form. Margot Fonteyn und Nurejew erscheinen. Sie winzig wie eine Elfe, der Geist eines Vogels. Er, schön wie ein junger Wolf, fliegt davon, durchquert die Bühne mit einem Satz. Beim Finale hebt er die Tänzerin mit drei herrlichen Sprüngen empor, reckt sie zum Himmel wie eine unverhoffte Trophäe. Das Bild ist so stark, die Übereinstimmung zwischen diesen beiden schlanken Körpern und den gigantischen Ruinen so perfekt, daß sich Stille über den Saal legt, bevor der Beifall losbricht.

Später drängt man sich um das Buffet vor der Bühne. »Lola, Antoine, kommt her, ich will euch vorstellen. Der neue Geschäftsträger der Französischen Botschaft.« Aimée Kettanah hat Lolas Hand ergriffen. Jean Fontaine lächelt, verbeugt sich. »Ich glaube, wir haben gemeinsame Freunde ... Der junge Mann, der in Kairo war und jetzt in Paris ist. Sein Name fällt mir im Moment nicht ein.« – »In Kairo?« wiederholt Lola, die ihre Beine weich werden spürt, mechanisch. Sie braucht glücklicherweise nicht zu antworten. Die Frauen, die einander entzückt zulachen, schieben sie im Rascheln der Seide und Klappern der Armbänder von Jean Fontaine weg. Alle umringen jetzt May Arida, blond, schlank, eine Doppelgängerin von Grace Kelly, deren Auftritt wie immer große Beachtung findet. Man hat ihr ihren Schmuck gestohlen, und die libanesischen Zeitungen haben nicht versäumt, Zeichnungen und Preise zu veröffentlichen: ein Kollier aus Türkisen und blauen Diamanten im Wert von einhundertfünfzigtausend Pfund, eine Brosche mit Rubinen und Diamanten, die einst der englischen Königsfamilie gehört hatte, ein Ring von Boucheron, ein unschätzbares Armband von Van Cleef. Mindestens fünfhunderttausend Pfund sind verloren, ein Vermögen. May wirkt nicht sehr betroffen. »Glücklicherweise hatte ich ein paar Schmuckstücke zum Skifahren nach Faraya mitgenommen«, sagt sie. An diesem Abend trägt sie nur eine dicke goldene Kordel über ihrem schwarzen Abaya. Lola segnet May aus tiefstem Herzen, denn sie belegt bereits den neuen Geschäftsträger der Französischen Botschaft mit Beschlag.

»Heute abend essen alle bei mir in Aley«, schreit Aimée Kettaneh. Das Lächeln ist verführerisch, die Stimme duldet keinen Widerspruch. Leichte Unentschlossenheit. May Arida hat ihrerseits soeben verkündet, daß sie die Truppe nach Zahlé einlädt. »Meine Liebe, wir erleben das Turnier der zwei Rosen, die x-te Fortsetzung des Damenkrieges von Baalbek«, flüstert Guy Abela Lola ins Ohr. »Meiner Meinung nach wird May heute abend den Sieg davontragen.«

Innerhalb der guten Gesellschaft ist die Teilnahme am Festival mehr eine Anerkennung als eine Verpflichtung. Die Gattinnen durchstreifen die Welt, um die besten Interpreten zu finden und zu engagieren. Die Ehemänner zahlen. Blutige Rivalitäten entstehen, aber schließlich bringt Baalbek ein wenig mehr Seele in das libanesische Leben, Paradies des schnell verdienten und schnell wieder ausgegebenen Geldes.

»Mein lieber Wajih«, sagt Jean Fontaine zu Wajih Ghoussoub, seit der Gründung des Festivals sein Direktor, »Ihnen ist eine zweifache Leistung gelungen. Zunächst, daß Sie in Gesellschaft all dieser charmanten Damen als Direktor überlebt haben, und dann«, fährt der Geschäftsträger mit ernsterem Ton fort, »haben Sie in dieser Region, die von Gewalt, Revolutionen, militärischen Staatsstreichen traumatisiert ist, mit Baalbek ein anderes Bild des Orients zu geben vermocht. Das Bild einer sehr alten Zivilisation und einer noch immer lebendigen Kultur. Wenn man in zehn oder zwanzig Jahren Baalbek sagt, wird man Libanon denken.«

»Wo willst du essen?« fragte Antoine.

»In Zahlé«, sagte Lola, »wenn du nicht zu müde bist.« Er war es. Lieber wäre er nach Hause gefahren, um zu schlafen. Heute hatte er von acht bis fünfzehn Uhr operiert. Aber es war so üblich: Nach der Vorstellung hielt man auf der Rückfahrt an, um in Zahlé oder Chaura zu essen.

Als sie in Zahlé ankamen, hörten sie das Rauschen der Wasserfälle, die den kleinen Stadtfluß nährten. An seinen Ufern Licht und Lärm der Restaurants. Die Autos hielten, die Türen knallten zu, die

Chauffeure fuhren auf die Parkplätze. Die besten Tische direkt am Wasser waren bereits reserviert. Rote Tischtücher, große runde Lampions und die Zelte über den Terrassen gaben den Restaurants das Aussehen von Ausflugslokalen am Ufer der Marne. Jean Fontaine begleitete May. Lola fand am anderen Ende des Tisches Platz, neben einem unbekannten, entzückten Franzosen, dem sie, um Haltung zu bewahren, die Kunst der Mezzes erläuterte: Taboulé, Houmous, Kobbé, Weinblätter und Samboussek mit Fleisch. Kennen Sie Arak? Lola redete und redete, während sie Pläne entwarf, um gleich nach dem Dessert zu verschwinden.

Da hatte sie nicht mit Jean Fontaine gerechnet, dem sie nach dem Essen in die Arme lief. »Ich hatte Sie vorhin in der Menge verloren. Jetzt erinnere ich mich an den Namen des jungen Mannes, der mir von Ihnen erzählt hat: Philippe de Mareuil. Hatten Sie ihn vergessen?«

Lolas Körper verkrampfte sich. »Philippe, natürlich...« Sie ballte die Fäuste so fest, daß ihre Nägel blasse halbrunde Abdrücke in den Handflächen hinterließen. »Das ist alles schon so lange her. Ja, ich hatte ihn vergessen.«

Auf der Rückfahrt stellte sie sich schlafend, um ihre Verwirrung zu verbergen und nicht reden zu müssen. Wie dumm sie war! Ein Name, ein Nichts, und die alte Wunde begann wieder zu bluten. Sie liebte Philippe noch immer. Sie liebte auch Antoine. Er hatte ihr die Freude am Leben wiedergegeben und ihr mit seiner Zärtlichkeit sogar Lust geschenkt. Aber niemals wurde sie von jenem Gefühl ergriffen, das sie an Philippe fesselte, dieser Woge, die sie beide gemeinsam davontrug, im selben Moment, und die anstieg, so stark anstieg, bevor sie sich brach. Eine Welle von Zärtlichkeit durchströmte sie, ließ sie erschauern, Wie konnte man nach so vielen Jahren so deutlich die Kraft, das Ungestüm, die Wärme eines Mannes spüren? Sie hätte ihn verabscheuen sollen. Er war feige, wiederholte sie für sich, als müßte sie sich davon überzeugen. Aber er fehlte ihr. Seine Berührung, seine Haut, sein Geruch fielen ihr plötzlich wieder ein, hier, in diesem Auto, neben Antoine... Sie fühlte, daß sie errötete. Philippe und sie . . . Sie waren eins gewesen, völlig gleich, derselbe Körper, derselbe Atem, ganz miteinander im Einklang.

Sie richtete sich auf und öffnete die Augen. Genug des Selbstmitleids! Etwas Haltung, etwas Würde. Das Problem bestand nicht darin zu wissen, ob sie Philippe liebte oder nicht. Sie liebte ihn. Das Problem war, ohne ihn zu leben, so gut wie möglich, und das Wunder zu erwarten, das Vergessen.

Das Arrida-Gebäude war eins der besten Immobiliengeschäfte Onkel Emiles. Er hatte es auf Bestellung eines Kuwaiti, der darin eine Bank eröffnen wollte, an der Westseite des Parks gebaut. Der Kuwaiti änderte seine Meinung, und Emile, aus Faulheit oder Unentschlossenheit, wenn nicht gar aus Spürsinn, behielt es schließlich für sich. Drei Jahre später verkaufte er es zum dreifachen Preis, wobei er sich im Erdgeschoß mehrere Luxusboutiquen mit großen Schaufenstern reservierte, die gerade eröffnet hatten.

Dort traf Lola eines Tages, als sie zu Fuß den kurzen Weg nach Hause ging, ein junges blondes Mädchen in Jeans und Bluse, das gerade einen Lieferwagen entlud, aus dem es mit Mühe einen alten Voltairesessel hervorzog. Die Gestalt erschien ihr vertraut. Als sich die junge Frau umdrehte, erkannte sie sie. Es war Lili, Lili Sednaoui, eine Freundin aus der Kindheit, aus Sacré-Cœur in Kairo. Jenes kleine blonde Mädchen in blauer Uniform und gelber Krawatte, das jeden Morgen von einem Chauffeur vor dem Collège abgesetzt wurde, der ihre Tasche trug, war zu einer Frau mit klarem, etwas eckigem Gesicht geworden, dem große blaue Augen Sanftheit verliehen. Lili kam aus Ägypten.

»Du kannst dir nicht vorstellen, wie das Leben dort geworden ist. Ich erzähle es dir später. Zuerst muß ich die Möbel, die du siehst, in diese Boutique tragen. Möbel der Familie, die ich aus Ägypten mitnehmen konnte, frag mich nicht, um welchen Preis. Ich werde sie hier ausstellen. Ich habe beschlossen, Antiquarin zu werden. Man muß ja leben. Ich habe die Absicht, zuerst das Familienerbe zu Geld zu machen. Mein erstes Betriebskapital. Dann ergänze ich es mit Bildern und antiken Möbeln. Die großen Familien sind vom Modernismus begeistert, sie entledigen sich all dessen, was sie Plunder nennen. Oft wahre Schmuckstücke. Eines Tages, du wirst sehen, kommen die türkischen und syrischen Antiquitäten wieder in Mode, und die Herrschaften werden mit Gold aufwiegen, was ich gerettet habe. Kannst du mir nicht ein bißchen helfen?«

Sie wurden unzertrennlich. Lilis Galerie hieß »La Licorne«. Lola, begeistert von ihrem Beispiel, bat Emile, ihr die benachbarte Boutique zu vermieten; sie wollte darin etwas schaffen, das es in Beirut noch nicht gab: eine Kunstbuchhandlung, die nicht mit der Kette der großen Naufal-Buchhandlungen konkurrieren, sondern, davon war sie überzeugt, eine Elite ansprechen würde. Emile stimmte zu. Für das ganze Viertel wurden Lili und Lola die »Ägypterinnen«. Deshalb beschlossen sie, die Buchhandlung »Papyrus« zu nennen. Lola breitete darin seltene Editionen, Kunstbände, Stiche aus dem Werk von Roberts und einige alte Bücher aus, die einst den Ruhm des Orientalisten in der Kasr-el-Nil-Straße ausmachten und von denen Lili etwa hundert Exemplare mitgebracht hatte.

Zur Einweihung trommelte Charlotte ihre Freundinnen zusammen. Der Kunstkritiker des »Orient-le Jour« kommentierte die ersten Bilder, die in La Licorne ausgestellt waren, »Magazine« fotografierte Lili und Lola »in Kleidern aus blauem Faille und gelbem Leinen« und die »Revue du Liban« zählte unter dem Titel »Und nun Platz für die Kunst« freundlicherweise die Namen der Gäste beim Eröffnungscocktail auf, erwähnte die Marken und die Preise der Kleider, die sie trugen. Es wurde ein Erfolg.

Am Abend gratulierten sich Lola und Lili erschöpft bei den letzten Petits fours.

»Ich habe vorhin die Bekanntschaft von Camille Aboussouan gemacht, dem bekanntesten Bücherliebhaber in ganz Beirut. Ein Glück, es hat ihm gefallen. Er hat sogar das seltenste meiner Bücher gekauft.«

»Ich bin noch besser! Siehst du diesen etwas kahlköpfigen Herrn? Das ist Henri Pharaon, der größte Sammler arabischer Kunst im Mittleren Osten. Das hier ist für ihn alles uninteressant, aber er hat mich eingeladen, seine Sammlungen zu besichtigen. Wir haben uns für Freitag verabredet.«

Das Palais Pharaon wirkte mit seinen Marmorböden und Fontänen, den Decken aus geschnitztem und bemaltem Holz, den weiten Räumen und den tiefen Diwanen zunächst etwas feierlich und kalt. Aber der alte Herr hatte schon begonnen, von seiner Leidenschaft zu sprechen: »Diese blauen und gelben Scheiben habe ich in einem alten Palast in Alep den Hacken der Abbrucharbeiter entrissen. Diese Decke aus dem XIV. Jahrhundert habe ich in Amerika gekauft. Die bemalten Schnitzereien, von den Jahren ausgewaschen, sollten als Brennholz in einem Sägewerk in Damaskus verkauft werden... Ja, ich bin stolz darauf, meine jungen Damen, ich habe all das gerettet.«

»Warum?« fragte Lola.

»Weil ich diese Kunst liebe. Voller Raffinesse, Feinheit, eine lange Zeit verachtete, verleugnete Kunst, die man wiederbeleben muß. Weil ich Araber bin.«

Später befragte Lola sich selbst. Der alte Mann hatte recht. Alles in diesem Haus berührte sie, alles sprach zu ihrem Herzen. Warum? Wo waren ihre wahren Wurzeln? Hier im Libanon, im Syrien ihrer Vorväter oder im glänzenden und kosmopolitischen Ägypten, an das sie noch immer voller Wehmut dachte? Sie sah die Möwen über dem Meer vor Alexandria, diese wunderbaren Möwen mit weiten Flügeln, die den Schaum der Wogen streiften. Sie berührten, im Rhythmus der Wellen, eine moslemische Unermeßlichkeit mit unergründlichen Strudeln, ohne andere Zuflucht, als, wie das arabische Sprichwort sagt, »an die Stricke des Windes geklammert« zu bleiben.

Lola träumte vor sich hin. Sie saß an ihrem neuen Schreibtisch und starrte, ohne sie wahrzunehmen, durch das Schaufenster der Buchhandlung auf zwei alte Männer, die Trictrac spielten. Kinder stritten sich um ein Fahrrad, das sie sicher gerade gemietet hatten. Weiter weg, auf der anderen Seite des Platzes, hatte jemand ein Radio eingeschaltet, und die Stimme von Fairouz drang, durch die Entfernung gedämpft, sanft, fast flüsternd an ihr Ohr. Jemand lief vor der Buchhandlung auf und ab, zögerte einen Moment, bevor er entschlossen die Tür öffnete und mit einem Lachen fragte, ob er einen Kaffee bekommen kann. Im Gegenlicht sah Lola nur einen Mann, der erschöpft wirkte, mit leicht gebeugten Schultern. Aber diese Stimme, sie gehörte Sami! Sami Sednaoui, dem Cousin von Lili! Sami, in einer zerknautschten Jacke, schlecht rasiert. Ein Clochard!

»Mach dir keine Sorgen, Lola! Nein, ich bin noch nicht in der Suppenküche gelandet. Ich bin hergekommen, ohne mich umzuziehen, um dich schneller zu sehen. Ich habe gerade meine Koffer im Hotel abgestellt, und da bin ich.«

»Was ist los? Warum kommst du hier einfach an, ohne mir vorher Bescheid zu geben?«

»Frag nicht, warum, meine Liebe, frag lieber, wie . . .«

Er berichtete von der großen Plünderung in Kairo, der Bartholomäusnacht für die Christen Ägyptens. In einem Tag und einer Nacht war alles zusammengebrochen.

»Am zweiten Januar saßen wir in aller Ruhe beim Frühstück. Der Diener bringt die ›Ahram‹, Papa öffnet sie und stößt einen Schrei aus: Einfach durch ein Dekret war er in der vorangegangenen Nacht wie alle Besitzer von Fabriken, Banken, Geschäften unter Zwangsverwaltung gestellt worden. Am Khazindarplatz, im Geschäft, hatte sich bereits ein Offizier an Papas Schreibtisch niedergelassen, als er ankam. Er forderte die Schlüssel für den Safe und eine Übertragung der Machtbefugnisse. Papa versuchte zu diskutieren. ›Nein, Sedanoui Bey, entweder so oder das Hohe Gericht . . .‹

Ich erspare dir die Details. Der Oberst verstand nichts von Rechnungsbüchern. Der alte Buchhalter, der ihm zu erklären versuchte, was eine Bilanz wäre, weinte vor Wut. Daraufhin fragte ihn der Oberst nach seinem Namen. Als er sah, daß der Buchhalter Kopte war, schrie er ›Sabotage‹ und ›Verrat‹. Man hat ihn mitgenommen. Gott weiß, wohin. Der Oberst wollte den ›höchstgestellten Moslem im Geschäft‹ vor sich sehen. Mein Vater gab aufs Geratewohl den Chef der Seidenwarenabteilung an, einen alten Homosexuellen, übrigens sehr charmant, der jedoch in Leitungsfragen völlig inkompetent war. Seine Spezialität ist der Unterschied zwischen Crêpe de Chine und Crêpe de Georgette . . . Der Oberst hat ihn sofort zum stellvertretenden Direktor ernannt. Papa befahl er, den Fuß nicht mehr in das Geschäft zu setzen. Ende der Sednaoui-Dynastie, Lieferanten des Königshauses. Vom Hofe Fouads in den letzten Hinterhof . . . und nun bin ich hier bei dir«, schloß er und verneigte sich.

»So, so, hier amüsiert man sich . . . mein Gott, Sami! Was machst du hier?« Lili hatte das Geschäft betreten und riß ihre großen blauen Augen auf.

»Ich erzähle Lola, wie wir in einem Handstreich nationalisiert wurden. Und wir sind nicht die einzigen. Man hat fast alle nationalisiert, wie es gerade kam, die Reichen, die Armen und sogar die Toten. Bei Salib Sursok, der verkündet, er sei ›frei wie ein Vogel‹, seitdem er ruiniert ist, fanden die Krähen von der Zwangsverwaltung nichts als drei Serien der ›Encyclopaedia Britannica‹. Nach einem ersten legitimen Protest hat man sie ihm gelassen.

Kurz und gut, für uns ist es der Ruin. Absolut. Hoffnungslos. Die Katastrophe. Lili, meine liebe Cousine, kannst du mich unterbringen? Ich komme als Vorhut. Die Familie wird peu à peu folgen. Außer Tante Pauline, die dortbleibt, um die Wohnung zu behalten, und unserem alten Cousin Albert, der sich um die gemieteten Häuser kümmern wird. Man darf den Zwangsverwaltern nicht kampflos das Feld überlassen, sonst ist alles in zwei Sekunden besetzt.«

»Und die anderen, Tegart, Toutoundji, Magdi, Bob, Irène?«

»Sie bleiben. Bob ist der einzige, der ein gutes Geschäft gemacht hat: Man hat ihm seine Buslinie und seine Werkstatt weggenommen, die ohnehin rote Zahlen schrieben. Das kann man von deinem Einfaltspinsel von Schwager nicht sagen, meine liebste Lola. Zweimal in die Falle gelaufen! Ein wahrer Patriot, dieser Magdi. Bob und Irène werden es dir bestimmt in ihren Briefen erzählen. Hier hast du sie. Nur um sie dir zu überbringen, bin ich in diesem Zustand vom Flugzeug hierher geeilt.«

Sie gingen gemeinsam hinaus und lachten wie Kinder. Bevor er in Lilis Lieferwagen stieg, wandte sich Sami, plötzlich wieder ernst, an Lola.

»Du weißt, daß ich weder leichtfertig noch verrückt bin. Wir haben alles verloren, und nun? Uns bleibt nur der Humor. Nur so werden wir Haltung bewahren.«

Als sie den beiden nachblickte, sagte sich Lola, daß die Stricke des Windes manchmal sehr dünn waren.

Lola war nach Hause gekommen, hatte die Tür ihres Zimmers abgeschlossen und sich in einen der blauen Sessel mit roten Quasten fallen lassen. In diesem libanesischen Rahmen ohne Erinnerung kehrte Ägypten mit seinem alten Zauber zurück. Bob, Irène. Zwei Namen, die sich mit ihrer Kindheit verbanden, ihrer Jugend, mit Düften und Rufen. Zwei Namen, die Bilder herrlicher Häuser wiederbelebten, das Abendlicht auf der Küstenstraße, die Winkel des Glücks, Dekor eines Theaters, in dem sie heute vergessene Komparsen waren. Bob, unausstehlich und zärtlich, leichtfertig und treu, immer überraschend, war dortgeblieben. Auch Irène, unvergänglich und ohne Konkurrenz, wie in den Zeiten der schönen Burschen und der Kräuterbrote in Agami und Sidi Bishr. Die schönen Burschen waren fortgegangen. Irène, die von Paris träumte, Irène, die Dame von Welt, die Verführerische, war bei ihrem Magdi geblieben, ägyptischer als Ägypten, weil er Kopte war und niemals ins Exil gehen würde.

Lola drückte die Briefe in der Hand, sie hätte gern mit Bob angefangen. Aber sie öffnete zuerst den Umschlag von Irène. Sobald sie die Seiten auseinanderfaltete, überschwemmte der Duft von Vol de Nuit, dem Parfum, mit dem ihre Schwester ihre Briefe, ihren Hals, ihr Haar übergoß, das Zimmer. Plötzlich war Irène da, zart in ihren pastellfarbenen Kleidern, gut frisiert den ganzen Tag. Ihre schräge Schrift, den guten religiösen Pensionaten geschuldet, hatte sich nicht geändert... »Sie ähnelt sosehr meiner Schrift«, sagte Lola zu ihrem Vater. »Ja, ja«, versetzte die Mutter, »aber bei Irène ist vielleicht etwas mehr Eleganz in den Schleifen und Aufstrichen, findest du nicht?«

Irène berichtete, daß für sie und Magdi die Zeit der mageren Kühe angebrochen wäre, aber daß diese Zeit vergehen würde ...

und wir mit ihr, maalesh, meine Liebe, sorge Dich nicht. Das wichtigste ist, daß Magdi bleibt, wie er ist, mutig und klug, und Du brauchst dir über das, was dir Sami erzählt, keine allzu großen Sorgen zu machen. Sami hat sich ein Ausreisevisum beschafft und weiß sich vor Freude nicht zu halten. Magdi findet es etwas schockierend, wie er jubelt. Man trägt das Vaterland nicht einfach so an den Schuhsohlen mit sich fort. Aber Sami erinnert mich zu stark an unsere verrückten Abende von einst, als daß ich das Herz hätte, ihn heute traurig zu stimmen. Magdi bleibt. Allein das zählt. Man verläßt kein sinkendes Schiff. Ägypten, sagt er, gibt, Ägypten nimmt, und Ägypten wird belohnen.

Wir haben uns nach Alexandria zurückgezogen, fuhr Irène fort, mit Waffen und Gepäck, nach den Schikanen, die Magdi zugefügt wurden, von denen du noch nichts weißt. Und wir haben den Roof, die Opaline, die Chiraz und die beiden Utrillos gerettet, indem wir Zamalek an eine Botschaft vermieten konnten. Du wirst nicht erraten, wem wir das verdanken! Erinnerst Du Dich an N., ja N., den großen Blonden mit den grauen Augen aus der belgischen Botschaft, der so gut Tango tanzen konnte (aber Du warst vielleicht zu jung ...)? Den, der mir in San Stefano den Hof machte, der mich vor meiner Heirat seine Mademoiselle Bleu nannte (was unsere liebe Mutter entzückte) und danach seine Dame Pastel (was meinen Mann außerordentlich ärgerte)? Nun, er ist es. Sogleich, als er den Namen Magdis in der infamen Bekanntmachung im »Ahram« unter den nationalisierten »Feudalherren« entdeckte, rief er mich an, um mir seine Hilfe anzubieten. Magdi sagte zunächst nein. Er ist ein Mann des Said. Er hatte den Abend in Mouffareje nicht vergessen (ich auch nicht), wo mich N. angeblich zu fest umarmte. »Warum im Stehen?« hatte er mich nach einem Tango mit N. verkniffen gefragt. »Woher hast du das«, fragte ich, während ich ihn zu einem dieser geistlosen Cha-Cha-Cha zog. Er lachte und gestand dann, daß dieser Satz von George Bernard Shaw stammt.

Diesmal gab es weder George Bernard Shaw noch einen Cha-Cha-Cha, um meinen Mann aufzuheitern. »Es ist sehr liebenswürdig von deinem früheren Verehrer«, sagte er, »aber wir brauchen niemanden. Ich schaffe es allein.« Leider versetzte ihm die Regierung einen zweiten Schlag, und das war der Gnadenstoß. Kurzum, N. kam zum Essen zu uns, und nun ist Zamalek an die belgische Botschaft vermietet. Ein Glück für uns. Stell Dir nur vor, mein Liebling, Magdi hofierte einen meiner Exverehrer! Aber, wie Tante Mabrouka zu sagen pflegte, die Notwendigkeit bestimmt das Gesetz. Und Magdi weiß dem zu begegnen.

Jetzt sind wir in Alexandria, ein paar Straßenbahnstationen von unserer lieben Mutter entfernt, die sich endgültig hier niedergelassen hat, seit Papa nicht mehr ist, aber das weißt Du schon. Sie hat ihre alte Rosa, die Katze Bombottar, ihr Grammophon und die Erinnerungsalben in der Straße der Abassiden untergebracht. Wir wohnen in der Mustapha-Pascha-Straße, mit den Sesseln aus italienischem Rohr und den Strandmöbeln, die Du ja kennst. Wie recht Papa hatte, diese beiden Sommerwohnungen nicht aufzugeben, wie recht er hatte, sie auf unsere Namen zu überschreiben. Wir sind sehr glücklich, so nah bei Mama zu sein, während Du so fern bist und die Tanten, Onkel und Cousinen zwischen Paris und Buenos Aires, Montreal und den Wüsten am Golf verstreut sind. Wer hätte das vor zehn Jahren geahnt?

Wie geht es Dir, mein Liebling? Du schreibst nicht. Vielleicht hast Du Deine ältere Schwester im Taumel des Gesellschaftslebens von Beirut vergessen. Schreib doch wenigstens an Mama. Sie lebt gut, dank dem, was von ihrer Aussteuer geblieben ist, ihrem »Kriegsschatz«, wie Papa sagte. »Ihre Mutter wird uns alle begraben«, diagnostizierte vor zwei Monaten Doktor Piaubert. Der Arme ist vergangene Woche an einem Herzinfarkt gestorben. Mama wird seitdem von einem jungen Kopten behandelt, und sie achtet darauf, daß ich bei seinen Besuchen nicht dabei bin, man weiß ja nie, sagt sie. Ich gefalle den Kopten anscheinend zu sehr. »Und warum nicht den anderen?« habe ich sie gefragt. »Weil sie zu gute Christen sind?« Du kennst ja Mama. Für sie sind alle, die nicht griechisch-katholisch oder maronitisch sind, keine echten Christen. Trotzdem bietet sie ihrem koptischen Arzt einen kleinen Schluck von ihren wertvollen Likören an. Und sie spielt mit den einstigen Sternen des Clubs Bridge, obwohl sie alle Schismatiker oder gar Juden sind.

Die übrige Zeit hört sie Nachrichten, liest wieder und wieder die sieben Bußpsalmen, Vorhänge und Fenster geschlossen, um den Lärm des Gemüsemarktes nicht zu hören, der jetzt den Grünstreifen am griechisch-römischen Museum vor ihrem Haus besetzt hat. Wir hatten sie gebeten, uns das Geschirrbord von Seti und ihre Art-déco-Sessel zu leihen. Sie hat nein gesagt. Sie will nichts hergeben und murrt, sobald man ihre heiligen ledergebundenen Jacques Bainville, Octave Feuillet und Henri de Bornier anrührt. Du brauchst dir keine Sorgen zu machen, ihr fehlt es an nichts. Sie hat genug zum Anziehen für wenigstens zehn Jahre, ohne unmodern zu sein. Aber sie will nicht mehr ausgehen, weil man, wie sie sagt, auch in Alexandria nicht mit nackten Beinen auf die Straße geht. Wenn Du also ein paar Seidenstrümpfe für sie finden könntest, schick sie ihr mit jemandem mit.

Die Wohnung in der Mustapha-Pascha-Straße ist mit der von Mama nicht zu vergleichen. Ja, mein kleiner Liebling, ich wohne bei Dir, mit Deinen Liegen, Deinen Strandsesseln und dem großen Tischtennistisch, den Mama den Sommer über auf der Veranda aufstellen ließ. Wie die Dinge nun mal stehen, mache ich gute Miene zum bösen Spiel. Das ist bei Magdi nicht der Fall. Er weigert sich, bei seiner Mutter zu wohnen (man muß zugeben, daß es dem Palast der Wissa an Pflege fehlt). Aber als er die Wohnung sah, die uns erwartete, sagte er: »Nein, das ist unmöglich! Man muß etwas unternehmen.« Und er beschloß, eine große Gesellschaft zu geben. Als Herausforderung. Man hat ihn reingelegt, ihn nationalisiert, er hat den Kopf nicht gesenkt. Ein typischer Wissa! An dem Tag, als er von seinem Ruin erfuhr, kam er mit einem riesigen Blumenstrauß nach Hause. Eine Regierung von Bauernlümmeln in Khakiuniform könne einen Wissa nicht überwältigen. Ich versuchte, ihn daran zu erinnern, was der große Abend François Tegart einst gekostet hatte. Er zuckte mit den Schultern, kratzte sein letztes Geld zusammen, telegrafierte an den Kholi von Assout, seinen Teilpächter, ihm alles zu schicken, was die 200 Feddans, die ihm die Agrarreform ließ, bisher eingebracht hatten. Dann verteilte er die Einladungen und rief N. an, um ihn und die Mieter von Zamalek einzuladen, unter der Bedingung, daß sie die Miete für die nächsten drei Monate mitbringen.

Es war ein gelungener Abend. Die Rohrsessel verwandelten sich in englische Clubsessel, der Tischtennistisch in ein Buffet, alles, was zwischen Ober- und Unterägypten einen Namen hat sowie die Vertreter der Botschaften haben bis zum frühen Morgen Twist getanzt. Ich hatte mein enges Fuchsiakleid an, die Chaumetclips, göttliche Schuhe von Jordan (eins von meinen letzten vier Paaren), war von Stavro frisiert (der glücklicherweise noch da ist), wie früher beim Ball der Matossian oder auf den Abendgesellschaften in Gezireh. Seitdem leben wir praktisch von nichts. Sursum corda! sagte Mutter Marie-Joseph. Das war unser letzter Luxus, unsere letzte Möglichkeit, der Mittelmäßigkeit in unserer Umgebung und der Unterdrückung zu widerstehen.

Was ist, mein liebstes Schwesterlein, aus dem Koch Abdo, dem Chauffeur Mohamed geworden, wo sind Sayada, die Masseuse, die griechische Kosmetikerin und meine sonntäglichen Nähzirkel? Du in Beirut und ich hier ... Wenn Du einen Kopten geheiratet hättest, würdest Du in Alexandria leben, und wäre ich mit einem griechisch-katholischen Glaubensgenossen verheiratet, würde ich in Beirut die Tausendundeine Nacht von Kairo fortsetzen. Maalesh! Die alte Fußpflegerin hatte recht, als sie mir sagte: »Das ist das Schicksal, meine Seidenhäutige ...« Das ist das Leben, Schätzchen. Bis bald.

Deine ältere Schwester, die auch von weitem wie eine Mutter über Dich wacht. *Irène*

P. S. Wenn irgend jemand bei eurem Beiruter Hin und Her in Paris vorbeikommen sollte, bitte ihn doch, für mich die nicht abgeholten Schuhe bei Capo-Bianco in der Rue Royale mitzubringen. Es ist alles bezahlt. Wenn Du mir ein oder zwei Dosen des Crème secret de bonne femme de Guerlain zukommen lassen kannst, rettest Du mir das Leben. Das Wetter ist seltsamerweise trockener als früher. Man hat sogar unser Klima geändert. Küsse *I.*

Lola lächelte. Liebe Irène! Gleichzeitig so oberflächlich und so mutig. Ihre Schwester hörte nie auf, sie in Erstaunen zu versetzen. Sie faltete den Brief von Bob auseinander, drehte ihn hin und her, amüsierte sich im voraus über die zahllosen Einfügungen von ungeschminkter Zärtlichkeit. Wenn dieser Brief einen Geruch hätte, müßte es der des Pfeifenrauches sein. Aber nichts. Hatte Bob das Rauchen aufgegeben? Oder fehlte es ihm sosehr an englischem Tabak?

Ja, meine Lolita, diesmal wird Dir Sami den Brief übergeben. Ohne diese Brieftaube (die sich für einen Adler hält, weil sie ein Ausreisevisum bekommen hat ...) wäre es eine Flaschenpost. Selbst die Post funktioniert in Ägypten nicht mehr. Nehmen wir also Sami. Er hat mich vorgestern dreimal angerufen und dann noch zweimal. Morgen verschwindet er, und er wartete nur noch auf meinen Brief, um die Anker zu lichten. Das ist – mit dem Brief von Irène – wohl das einzige Geschenk, das Dir gefallen wird. Also, ein dicker Kuß auf Deine Wangen, den Du mit Deinem herrlichen und großzügigen Löwen und Deinem Erbprinzen teilen sollst, der mehr und mehr den verborgenen Helden schöner Prinzessinnen in den Pensionatsbüchern gleicht. Warum erzählst Du mir nie von ihm?

Hast Du meinen Bericht über die traurige Unschuld von Magdi Wissa erhalten, der Opfer seines Patriotismus und seiner Gutgläubigkeit geworden ist? Das ist einer jener kleinen Skandale, die uns dieses Jahr 1961, das anscheinend nie zu Ende gehen will, Tag für Tag bietet. Niemand verdient die erbärmliche Behandlung, die ihm zuteil wurde, weniger als Dein Schwager. Er stand, aus Patriotismus, bedingungslos zur Einheit zwischen Ägypten und Syrien. Als es mit ihr bergab ging, war er darüber aufrichtig verzweifelt, im Unterschied zu den dicken Paschas des Mohammed-Ali-Clubs, die nur mit sich selbst beschäftigt sind. Magdi ging so weit, einen Brief im »Misri« der Wafdisten zu unterzeichnen (wie Du weißt, seine politische Familie), um die Skeptiker zu brandmarken, die an der ägyptisch-syrischen »Heirat« zweifelten.

Fatale Unvorsichtigkeit! Als die Syrer in einer Nacht den ägyptischen Vizepräsidenten völlig unvermutet nach Hause schickten, konnte Nasser diese Beleidigung nicht hinnehmen. Er mußte reagieren: Alles Übel käme nicht vom Volk, sondern von den »Feudalherren hier und dort«. Daher die letzte stürmische, die zweite Welle der Nasserschen Nationalisierungen, die alle Führungskräfte und Institutionen des Landes endgültig beseitigt hat.

Magdi, der Ahnungslose, glaubte der großen Razzia zu entgehen. Als er seinen Namen im »Ahram« angeprangert sah, unter denen von Prinzen, Prinzessinnen, Paschas und gestürzten Beys, so erzählte uns Irène, zuckte er mit den Schultern und ließ sich im Präsidentenamt melden. Dort wurde er voller Respekt von einem jungen Offizier empfangen, der ihm einen Freundschaftskaffee anbot und an sein Pflichtgefühl appellierte. Als guter Patriot müsse Magdi verstehen, daß die Zwangsmaßnahmen die Interessen des Staates schützten. Natürlich würde man seine Situation an höchster Stelle berücksichtigen, auch die Erinnerungen an die Verdienste seines Großvaters Wissa Pascha im Krieg gegen die Engländer. Ein Wissa könne nicht nur von den Einnahmen der zweihundert Feddans leben, die ihm die Agrarreform zugestand ... Ob Magdi Bey ein anderes Gesuch zu stellen hätte. Natürlich, antwortete Magdi, ich wollte gerade davon sprechen. Ich habe auf einem alten Nummernkonto in der Schweiz noch dreihunderttausend Schweizer Franken und ein paar Dollars. Aber das bringt nichts ein. Warum soll man sie nicht ins Land zurückholen und sie im ägyptischen Staatsschatz anlegen? Sie bringen sieben oder gar acht Prozent ein. Warum eigentlich nicht. Man verbreitete in der Presse eine glühende Lobeshymne auf seine Rechtschaffenheit. Als die Dollar und die Schweizer Franken in der Kairoer Nationalbank eintrafen, wurden sie eingezogen. Konfisziert.

Das ist lächerlich und erbärmlich. Ich würde sogar sagen: geschmacklos. Magdi war zu weit gegangen. Mein Cousin, der Anwalt Noury, hat ihm vorgeschlagen, gegen den Staat zu prozessieren. Vielleicht hätte er gewonnen, aber Magdi ist nicht umsonst ein Mann des Saïd. Er hat trocken geantwortet, er zöge es vor, seine Angelegenheiten selbst zu verpatzen. Dann verließ er mit Irène Kairo und ging nach Alexandria, gegen den Widerstand deiner lieben Schwester. Als er dort ankam, gab er einen großen Gesellschaftsabend. In Deiner alten Wohnung in der Mustapha-Pascha-Straße. »Abschiedsabend für die verlorenen Illusionen« stand in der Einladung.

Deine Schwester, mein Schatz, ist eine Zauberin. Ich glaubte, nach drei Stunden Wüstenstraße in meinem alten Austin das vertraute Durcheinander der Sommermöbel zu finden. Nichts davon! Alles voller Stilmöbel, englische Sessel und ein verlockendes Buffet unter einem funkelnden Muranolüster. Man glaubte sich auf einer Gesellschaft aus vergangenen Zeiten. Die Gäste etwas verstaubt, ich sage es schweren Herzens, entmachtete Paschas, einfältig einherredende Beys, als wäre nichts geschehen. Syro-Libanesen, frühere Diener des Königs, Eminé, die einer ausgestorbenen Rasse angehört, Nabila Fahma Hamboucha und Zizi Afnassios. Die den Krallen der Zwangsverwaltung Entronnenen waren durch einige italienische Juden und den neunzigjährigen Mallino Pascha vertreten, dem man nichts genommen hatte, weil der alte Gauner ohne Erben ist, sein ganzes Vermögen also dem Staat zufällt. Ich vergaß, eine Clique von belgischen Diplomaten zu erwähnen.

Wir haben Berge von Sandwiches mit Leberpastete verzehrt, die deine Schwester zubereitet hatte, Räucherlachs und Champagner, von aufmerksamen Dienern serviert, deren Turban und Gürtel rot mit goldenem Besatz waren – die Farben der Wissa. Es wurde die ganze Nacht getanzt, und zum Schluß spielten sie auf dem alten Grammophon deines Vaters »Valencia«, »Le chaland qui passe«, Melodien von Abdel Wahab. Es fehlten nur noch der »Marche khiediviale« und die Marseillaise!

Aber paß auf, wie es weiterging. Ich verabschiedete mich als letzter und bemerkte unterwegs, daß ich meine Pfeife bei deiner Schwester vergessen hatte. Also kehrte ich um, kletterte wieder in die vierte Etage hinauf, und dort – welche Überraschung. Die Tür war offen. Die schönen Möbel, der Leuchter waren verschwunden. Die Liegen und die Rohrstühle standen wieder an ihrem Platz im großen Salon. Irène und Magdi waren wohl schon in ihrem Zimmer. Ich lief auf Zehenspitzen hinunter. Ein Speditionswagen fuhr mit den Möbeln, dem Geschirr und dem Muranoleuchter davon. Auf der Plane las ich den Namen eines Unternehmens für Hochzeitsbankette. Alles war geliehen!

Das ist der Nasserismus. Magdi hat recht, überleben ist nichts, man muß leben. Wir vergraben uns nicht weniger im inneren Exil. Am Soliman-Pascha-Platz – heute Talaat Harb – bietet Air France noch immer die Reisen an, die wir nicht mehr machen werden. André und Monette Jarid, die wegfahren könnten, wollen nicht ohne ihren alten Zwergaffen und ihre Sammlung der »Gazette des tribunaux« fahren! Sie sind die einzigen. Jeden Tag trifft man bei Lappas weniger Freunde zum Frühstückscroissant. Das ist der Auszug aus Ägypten, ohne Rotes Meer, aber mit dem Pharao auf den Fersen. Die Auktionshäuser und Antiquitätenhändler machen ein Vermögen. Bevor Takis, der Schuhmacher der Prinzen, in das Schiff nach Südafrika stieg, nähte er für Viktor zur Erinnerung an die guten alten Zeiten zwanzig Paar Schuhe und fünf Paar Stiefel aus seinem besten Leder. Der Hemdennäher Garbis hat mir im Vertrauen zweiunddreißig Seidenhemden angeboten, seine letzten Bestände. Die griechischen Mechaniker, die ehemaligen Anwälte, die armenischen Fotografen verabschiedeten sich von uns vor der Abreise, und es ist ein bißchen so, als würden wir selbst gehen. Der Preis für ein Kilo Kandouzsteak beträgt inzwischen 50 Piaster. Die Raubtiere im Zoo werden Vegetarier, weil die Wächter das Fleisch essen, das für die Löwen bestimmt ist (diese letzte, nicht bestätigte Information stammt aus keiner sicheren Quelle).

Frag mich vor allem nicht, warum ich bleibe. Ich warte darauf, daß die Wände meiner Wohnung über mir einstürzen. Ist alles wirklich so häßlich, wie ich glaube, oder kann ich mich nur nicht daran gewöhnen? Königin meines Herzens, du bist fein davongekommen. Erzähl mir nicht, daß dir der Libanon gerade durch seine Fröhlichkeit feindlich erscheint. Du hast den Weg nach Beirut genommen, wie man den Schleier nimmt, und die Leinen gelöst, wie man einen Bann löst. Sei nicht undankbar. Und sei nicht neidisch auf Irène. Irène ist schön, das ist wahr. Du, Du hast einen ganz besonderen Reiz und brauchst nicht auf die Krallen des Alters auf Deiner Stirn oder in den Augenwinkeln zu lauern. Du hast Nicolas, dank ihm wirst Du immer wieder neu erstehen. Ich umarme Dich.

Dein nicht verrostender alter Bob

P. S. Das bleibt ganz unter uns: Du fehlst mir. Das ist eine meiner seltenen täglichen Überraschungen. Aber was hilft's. *B.*

16

Lola schloß ihre Buchhandlung und lief, ohne sich zu beeilen, durch den Park. Bei Einbruch der Nacht leerten sich die Straßen, und die Schatten unter den Bäumen nahmen eine violette Färbung an. Es war die Stunde der Rückkehr und der Erwartung, der Moment, in dem Beirut fieberhaft sein verrücktes Nachtleben vorbereitete. Das Haus war hell erleuchtet. Durch die großen Fenster strahlten die drei Lüster des Salons bis in den Garten. Richtig, Charlotte gab ein Abendessen. Bevor sie durch das Tor ging, blieb Lola stehen, von plötzlicher Müdigkeit ergriffen, einem Widerwillen, den üblichen Gesprächen entgegenzutreten, den Männern zuzuhören, die, wie immer, über Finanzen diskutierten, und den Frauen, die von ihrem Schmuck sprachen. Sie träumte von einem einsamen Zimmer, einem Buch, das sie lesen und dabei Schokolade knabbern würde . . . Ich benehme mich schlecht, dachte sie. Meine Rolle ist es, dort zu sein, zu lächeln, wenn möglich zu glänzen. Sie beschleunigte die Schritte.

Im Salon waren Blumen in hohen Sträußen auf die Kupferbecken am Fuße der Marmorsäulen verteilt – die übliche Dekoration bei großen Anlässen. Der lange Tisch im chinesischen Eßzimmer war bereits gedeckt. Man hatte das Limogesgeschirr und die geschliffenen Baccaratgläser hervorgeholt. Im Zentrum des Tisches zwei silberne Hähne mit aufgeplustertem Gefieder. Teerosen. Die Kerzen in den englischen Kandelabern strahlten. Wen wollte man beeindrucken? Onkel Emile schien ein Geschäft anzubahnen. Sie mußte sich schön machen.

In ihrem Zimmer angekommen, fand Lola, daß sie erbärmlich aussah. Angeklebtes Haar, farblose Augen. Sie wählte ein rotes Kleid, schminkte sich sorgfältig, zeichnete ihre Wimpern mit Hilfe eines glatten Holzstäbchens mit Khol nach. Besser, viel besser. Feinstrümpfe mit Naht. Mit gesenktem Kopf bürstete sie heftig ihre Haare von hinten nach vorn, das war gut für den Teint. Na bitte, sie strahlte. Aus dem Salon stieg Stimmgewirr hinauf. Die Gäste waren da. Wer schrie da im Flur? Mein Gott, Nicolas!

Der kleine Junge stand mit roten Wangen und brennenden Augen im Bett und warf in einem Wutanfall die Decken zu Boden. Es war einer dieser plötzlichen Ausbrüche, nach denen er erschöpft war, atemlos, das Gesicht kreideweiß. Jedesmal bekam Lola einen Schreck. War das normal, solche gewaltigen inneren Gewitter, bei einem Kind von vier Jahren? Onkel Emile erklärte lachend, daß auch er einst seine Mutter terrorisiert hatte, und er erinnerte sich noch an die Besenkammer, in die man ihn an solchen Tagen einsperrte. Antoine mied Lolas Blick und bestätigte, daß diese Krisen mit den Jahren vergehen würden. Hatte er wirklich vergessen? Auf jeden Fall konnte er allein Nicolas beruhigen. Und wenn Nicolas krank war, rief er zuerst nach seinem Vater.

»Nicolas, wenn du nicht still bist, rufe ich Papa!« Lola hatte ihren Sohn am Arm ergriffen. »Was willst du? Warum schreist du?«

»Ich will, daß mir Onkel Emile eine Geschichte erzählt.«

»Das geht nicht, er hat Gäste. Athina wird dir erzählen.«

»Ich will Athina nicht! Sie ist böse zu mir!«

»Aber nein, du bist jetzt böse.«

»Dann erzähl du, Mama.« Nicolas sah sie aus seinen erstaunlich grünen Augen an, die sie immer wieder verwirrten. Wie gewöhnlich gab Lola nach.

Raymond ließ mit einem Lächeln auf den Lippen die Eiswürfel im Whiskyglas klingeln. Der dicke Blonde mit dem dunklen Anzug mußte der belgische Bankier sein, den Emile erwartete. Die hübsche rothaarige Frau, smaragdgrün gekleidet, war sicher seine Frau. Lola erkannte den Schweizer Handelsrat und seine würdevolle Gattin, deren Strenge auch durch drei Jahre Beirut nicht gemildert war. Ein hoffnungsloser Fall. Der Abend würde finster werden. Lola zeigte ein strahlendes Lächeln.

Emile war auf der Suche nach Geld für ein Haus, das er in Hazmieh, dem vornehmen Vorort von Beirut, errichten wollte. Lola lauschte zerstreut der Frau des Bankiers, die ihr von ihren Einkäufen auf dem Goldmarkt berichtete.

»Ich habe ein Armband mit großen gedrehten Gliedern entdeckt, was für ein Glanz. Man könnte meinen von Cartier, ich frage mich überhaupt, ob es nicht eine vergoldete Imitation ist. Glauben Sie, man kann Vertrauen haben? In so einem kleinen Laden...«

Tante Charlotte, immer bereit zu beißen, wenn man die libanesische Ehrlichkeit anzweifelte, wandte ihnen den Kopf zu. Lola griff hastig ein.

»Vertrauen? Aber sicher. Der Schmuck vom Goldmarkt ist ebenso schön wie der von Hamra, und die Goldschmiede haben oft hier wie dort ihre Geschäfte. Das gehört zu den libanesischen Traditionen...«

Tante Charlotte schluckte ihren Zorn hinunter, Lola war erleichtert. Man sollte nicht sagen, im Hause Boulad hätte man die Regeln der Gastfreundschaft verletzt. Raymond kam ihr zu Hilfe.

»Unsere Nefertiti hat recht. Im Libanon läuft alles über Vertrauen und Ehrenwort. Wissen Sie, daß die größten Geschäfte einst in unseren Bergen ohne ein Stück Papier abgeschlossen wurden, einfach nur auf mündliche Zusagen?«

Der Bankier lachte laut. »Schon möglich, Herr Abgeordneter, aber heute steht es anders. Gott sei Dank! Das arabische Geld, das seit der Herrschaft Nassers bei Ihnen fließt – würde es wohl in Ihren Safes liegen ohne Ihr berühmtes Bankgeheimnis, das, wie man sagt, undurchdringlicher ist als das der Schweiz?«

Raymond frohlockte. Mit gespielter Bescheidenheit hob er sein Glas.

»Danke, teurer Freund! Ich trinke auf das Bankgeheimnis und seinen Erfinder.«

»Wer ist das eigentlich?« fragte der Belgier.

»Ich, in aller Bescheidenheit. Die Geschichte ist lustig... Damals war ich in Paris, ein junger Anwalt bei der Société Générale, und ich sollte nach Lausanne fahren, um einen Kunden zu treffen. Ich hatte in Paris ein einmaliges Auto gekauft – ein traction onze légère, ein Wunder, ich sehe ihn noch vor mir . . . Ich nahm auch eine junge Französin mit, die sich, sobald wir in der Schweiz ankamen, auf Schokolade und Sahnetorten stürzte. 1947 fehlte es in Europa noch an allem. In Lausanne lasse ich mich an der Salonbar nieder und erwarte meinen Kunden. Auf dem niedrigen Tisch vor mir liegen Reiseprospekte. Ich greife mir ein Faltblatt, blättere es auf. Als ersten Satz lese ich: ›Die Neutralität der Schweiz retteten weder seine Berge noch seine Armee, sondern sein Bankgeheimnis.‹ Das hatte mich an der juristischen Fakultät niemand gelehrt. Mein Gast kommt, ich stecke das Blatt ein, und wir gehen essen.

Aber dieses Bankgeheimnis ging mir im Kopf herum. In Beirut bereiteten wir die Wahlen von 1947 vor. Ich sage zu meinem Vater: ›Nehmen wir die Einführung des Bankgeheimnisses in unser Wahlprogramm auf.‹ – ›Was ist das?‹ – ›Ich erkläre es dir später.‹ Wir schreiben also ›Bankgeheimnis‹ in das Programm von 1947. Die Zeit vergeht. Alle vergessen es. 1954, sieben Jahre später, ziehe ich zufällig ein Buch aus meinem Regal. Ein vergilbtes Blatt fällt heraus: mein Prospekt aus Lausanne! Ich sah darin ein Zeichen des Schicksals. Am nächsten Tag nahm ich das Projekt wieder auf. Und verbesserte es: Nicht nur die Mitteilung über Konten und Transaktionen, sondern sogar die Pfändung des beweglichen Vermögens in den Banken sollte im Libanon verboten sein. Ich fügte hinzu, daß man weder den Staatsfunktionären noch der Justiz oder dem Militär Auskunft geben darf.«

»Warum Militär? Das gibt es in der Schweiz nicht.«

»Weil ich ahnte, daß wir eines Tages mit dem Geheimdienst der Armee aneinandergeraten würden. Weil ich eine Invasion durch einen unserer Nachbarn fürchtete, vor allem durch Israel. Weil man anfing, in Saudiarabien, in Kuwait und im Irak Erdöl zu fördern. Wie sollten all diese Menschen ihr neues Vermögen schützen? Sie brauchten einen sicheren Ort, eine Schweiz vor ihrer Haustür, wo man arabisch sprechen und sie verstehen würde . . .«

»So dienen Ihnen also Ihre Banken als Verteidigungssystem?«

»Sie sind mehr als das, mein Herr. Als ich meinen Gesetzentwurf

1954 einbrachte, sagte ich den Jesuiten: Bringt euren jungen Leuten bei, was eine Bank ist. Alles Gold, das in Europa verkauft wird, kommt aus Indien und geht über den Libanon. Jetzt wird auch das Gold des Erdölverkaufs bei uns investiert. Die besten unter den jungen Libanesen müssen hier und überall in der Welt in der Lage sein, diese Reichtümer zu verwalten. Als nach 1956 das Geld aus Ägypten kam, waren wir gerade bereit: Das Gesetz wurde endlich angenommen. Und als 1958 hier die schweren Unruhen ausbrachen, haben uns unsere Kunden am Golf diskret unterstützt. Wissen Sie, daß es in Beirut mehr Banken gibt als in der Londoner Innenstadt? Trinken wir auf den Libanon, die neue Schweiz des Mittleren Ostens!«

Der dicke Belgier war begeistert.

»Bravo, Herr Abgeordneter! Ich sage Ihnen einen Wirtschaftsboom ohnegleichen voraus.«

»Inch Allah!« antwortete Raymond, um das Schicksal zu beschwören.

»Auf jeden Fall, Monsieur Boulad, bin ich bereit zu investieren. In den Perioden der Expansion floriert der Immobilienmarkt immer. Beirut wird eine große Stadt, eine moderne Stadt. Wir bauen für die Touristen, die in Scharen herbeiströmen werden, Luxushotels, Wohnhäuser und Wolkenkratzer wie in Amerika, herrliche Villen in den Bergen für die Emirs vom Golf, die den Sommer hier verbringen und in den Casinos spielen werden, Bars und Nachtclubs, die im ganzen Mittleren Osten nicht ihresgleichen finden werden. Wir machen aus dem Libanon ein kleines Paradies! Auf unsere Pläne! Auf Ihr Wohl!«

Alle hoben die Gläser. Hinter dem Rücken kreuzte Raymond die Finger.

War dies das Glück? Auf jeden Fall glich es ihm. Nichts war herrlicher, als am späten Nachmittag durch Hamra zu flanieren, wenn Beirut aus der Mittagsruhe auftauchte und sich auf einen langen Abend vorbereitete. Alles hier schien für die Frauen geschaffen, für ihren Schmuck, ihre Liebschaften, ihre Schönheit. Lola gönnte sich oft eine Einkaufstour mit Nicolas oder Lili. Sie hatten ihre Strecke: Im Block Clemenceau ging man bei Rive Droite, Ted Lapidus, Bleu Marine, Vachon und Cartier vorbei, weiter oben zu Saint Laurent. In jedem Geschäft eilten die Verkäuferinnen herbei, stritten sich um die Ehre, ihre Stammkundinnen zu bedienen. Manchmal hätte Lola Anonymität, zumindest Diskretion vorgezogen. Aber Beirut liebte nun mal den Luxus, den übertriebenen Luxus. Im letzten Sommer war es Mode gewesen, die Perlenkette auch beim Baden nicht abzulegen, »damit sie sich im Meereswasser erholen«. Im Saint-Georges stieg die alte Madame Boustany el Boustany, deren schlaffes Fleisch nur schlecht vom Satinbadeanzug zusammengehalten wurde, mit religiöser Andacht alle fünfzehn Minuten in das Schwimmbecken, um darin einige Minuten ihre berühmten schwarzen Perlen, dick wie Erbsen, anzufeuchten, die, wie man sich erzählte, einst einer türkischen Prinzessin gehörten...

Lola hatte herzlich gelacht. Aber als in diesem Jahr schwerer geschmiedeter Goldschmuck aus Lalaounis am Strand auftauchte, dachte sie, daß eine dicke Goldkette über dem schwarzglänzenden Badeanzug ihre braune Haut besonders hervorheben würde... und, tatsächlich hatte sie ihrem Wunsch nachgegeben, ohne die Lächerlichkeit zu fürchten.

Es war so leicht, sich zu berauschen. Antoine, Chefchirurg, teilte seine Zeit zwischen dem Hôtel-Dieu und seiner Privatklinik. Das Geld floß. Manchmal rief ihn ein saudischer Prinz, undurchsichtig, aber ungeheuer reich, nach Riad oder Taief. Antoine kehrte von diesen Reisen seltsam verträumt oder übererregt zurück, erfüllt von phantastischen, geheimnisvollen Plänen, über die er nur wenig sprach. Lola gegenüber schien er weniger zärtlich. Sie dachte kaum darüber nach. Wer hatte schon Zeit, ernsthaft nachzudenken? Man mußte Erfolg haben, Geld ausgeben, sich amüsieren. Leben. Und etwas darstellen. Das Geld, höchster Wert, ersetzte alles und bestimmte das Verhalten.

Die jungen Leute aus guter Familie rollten in ihren Sportcabriolets langsam durch die Hamrastraße, das Radio voll aufgedreht. Die Eltern fuhren Mercedes oder amerikanische Wagen, entscheidend war nur, im neuesten Modell zu paradieren. Antoine, der gewöhnlich eher sparsam war, hatte sich einen weißen Alfa Romeo mit roten Ledersitzen geleistet.

»Paß auf«, murmelte Charlotte Lola eines Abends vertraulich zu, »wenn ein Mann dünner wird oder sich ein schönes Auto kauft, steckt eine Frau dahinter. Glaub mir. Ich habe Erfahrung. Jedesmal, wenn Emile das Auto wechselt, weiß ich, daß er eine neue Geliebte hat. Oh, völlig unwichtig! Im Grunde betet er mich an. Und außerdem, kannst du dir mich als eifersüchtige Frau vorstellen? Was würde ich für eine Figur machen? Ich wäre lächerlich!«

In der Tat wurde Eifersucht in Beirut als Geschmacklosigkeit angesehen und eine Leidenschaft als ernster Zwischenfall. Ein Hauch von sinnlichem Taumel lag über der Stadt, lebhaftes Verlangen sprach aus jeder Berührung, wurde in Blicken ausgetauscht, die nicht lange verweilten. Man nahm die Liebe wie die Sonne, mit Inbrunst, Leichtigkeit und Vorsicht, als einen Genuß, der nicht unter die Haut ging. Die Liaisons wurden ebenso öffentlich gemacht wie die Trennungen. Nichts wurde mehr als Skandal empfunden.

Die Konventionen brachen zusammen. Die prüdesten Frauen stießen sich die Hörner ab. Eine frigide Botschaftergattin wurde zur Nymphomanin, ein steifer Diplomat stürzte sich eines Abends vollständig bekleidet in den Swimmingpool, ein französischer Geschäftsmann trank den Champagner aus dem Schuh seiner Tischdame. Die Ausländer, die man mit zahllosen Einladungen an sich riß, verloren den Kopf vor diesen zu schönen Frauen und diesen zu reichen Männern. Die Beiruter, die immer wußten, wie weit man gehen durfte, betrachteten diese Exzesse mit amüsiertem Blick. Das ist die Wirkung des Klimas, raunten sie. Vergeßt nicht, daß wir im Orient sind ...

Auf der Terrasse des Horse Show schlürfte Lili genüßlich ein Pimm's.

»Ich verstehe dich nicht«, sagte sie zu Lola, »du bist hübsch, man macht dir den Hof, und du bleibst so kalt wie Marmor. Nie oder fast nie ein Flirt. Erzähl mir nicht, es ist wegen Antoine. Im Gegenteil, da du verheiratet bist, kannst du dir alles erlauben. Sieh dir Nicole, Michèle, Danièle an, sie haben alle Liebhaber, zumindest offizielle Liebhaber, mit denen sie ausgehen . . . Bei dir weiß man nie, mit wem man dich einladen soll.«

Lola brach in Lachen aus.

»Das interessiert mich nicht! Ich kann doch nicht nur so tun, als ob. All diese Männer um mich herum, wie du sagst, sie sind . . . sie erscheinen mir . . . austauschbar, verstehst du? Am liebsten unterhalte ich mich noch mit Camille. Gestern zeigte er mir ein außerordentlich seltenes Buch, eine einzigartige Ausgabe, ein wahres Meisterwerk. Er erzählte mir, daß er auf eine Kreuzfahrt mit der »France«, zu der er seine neue Eroberung eingeladen hatte, verzichten mußte, um es zu kaufen. Die Dame war wütend, und er war begeistert. Eine Geliebte findet er wieder, sagt er, aber niemals so ein Buch . . .«

»Erzähl mir keine Geschichten. Du betreibst die Bibliophilie doch nicht aus Passion, auch wenn du deine Arbeit gern machst. Hast du niemals Lust auf diesen Stich ins Herz, auf eine Leidenschaft?«

Lola wurde plötzlich ernst und schwieg. Sollte sie es wagen, zu sagen, daß es in ihrem Leben künftig nichts Wichtiges mehr geben würde? Daß sie die Leidenschaft von einst bis heute verwüstet und ausgetrocknet zurückgelassen hatte? Sie hatte plötzlich den Wunsch, sich Lili anzuvertrauen.

»Weißt du, Lili, die Leidenschaft . . . ich habe sie schon erlebt. Und ich hatte keinen Erfolg. Ich glaube, ich bin für den Rest meines Lebens immun.«

»Du bist verrückt! Du wirst doch in deinem Alter nicht auf die Liebe verzichten! Was ist geschehen? Warum hat es nicht geklappt? War er Moslem?«

Lola schüttelte den Kopf.

»Christ? Aber wo lag dann das Problem?«

»Das ist zu kompliziert, und außerdem ist es schon so lange her. Ich habe ihn seit Jahren nicht mehr gesehen.«

»Seit Jahren!« Lili riß die Augen auf. »Und du liebst ihn immer noch?«

»Ja, das heißt ... ich weiß es nicht mehr.«
»Hast du wenigstens versucht, ihn zu vergessen?«
»Nicht richtig. Seit damals wälze ich diese Liebe in meinem Kopf hin und her, wie man eine zerkratzte Platte hört. Ich glaube, ich liebe diesen alten Schmerz. Ich nähre ihn. Ich belebe ihn, wie man eine alte Wunde aufkratzt. Das ist alles, was mir von ihm bleibt, Verstehst du?«
»Ich weiß nicht. Das ist mir noch nie passiert ...«
Nachdenklich blickte Lili um sich. Eine Frau lief vorbei, die große runde Brote auf dem Kopf balancierte. Die Sonne tanzte, die Luft roch nach Jasmin und Meeressalz. Das war Beirut. Wie konnte man da kein leichtes Herz haben? Sie legte ihre Hand auf Lolas Arm.
»Oh, aber ich werde dich nicht in diesem Zustand lassen. Ich werde mich um dich kümmern. Du gehst zuwenig aus.«
»Wie?! Wir gehen jeden Abend weg, das strengt mich an.«
»Bah, irgendwelche Gesellschaftsessen. Ich werde dich ins ›Flying Cocotte‹, ins ›Stereo‹ mitnehmen, wir werden lachen, tanzen. Was machst du heute abend?«
»Essen bei den Boustros.«
»Dann komm morgen ins ›Saint-Georges‹. Ich werde dir Malek vorstellen, weißt du, den schönen Malek, der, dessen Vater das ganze Land der Schiiten besitzt. Ich sage ihm, daß du Wasserski fahren willst.« Diesmal lachte Lola frei heraus.
»Lili! Hör auf! Ich komme mir vor wie eine Ware im Sommerschlußverkauf. Ich will keinen Malek und keinen anderen, ich schwöre es dir. Wir gehen trotzdem ins ›Flying Cocotte‹, aber nicht morgen. Morgen ziehen wir in unseren Sommersitz. Charlotte und Emile sind wie jeden Sommer in Divonne-les-Bains, und wir werden in ihrem Haus in den Bergen, in Broumana, wohnen. Ich glaube, das wird mir guttun.«

Tap, tap, tap ... Das regelmäßige Geräusch der Tennisbälle auf der festgestampften Erde weckt Lola jeden Morgen gegen acht Uhr. Noch bevor sie die Augen öffnet, weiß sie, daß alles schön ist, daß sie gleich, wenn sie die Vorhänge öffnet, den Duft der großen Pinien spüren wird, die weiter unten wachsen und ihr den Blick auf das Meer teilweise verstellen. Broumana erinnert sie an die Kindheit, die Spiele, die Ferien, obgleich weder das Dorf noch das Haus den Orten von damals ähnlich sind. Das Haus, das die Boulad jeden Sommer mieten, hängt an einem ziemlich schroffen Abhang über dem Tennisplatz. Es ist aus gelben Steinen gebaut, jenen Steinen aus Ramleh, die mit großen Schneideisen zurechtgehauen sind, so daß ihre Unregelmäßigkeiten in Licht und Schatten hervortreten. Wie alle libanesischen Berghäuser wirkt es gleichzeitig solide und elegant, mit seinen Balkons aus kunstvoll bearbeiteten Steinen auf jeder Etage, den großen Doppelbogenfenstern, die durch eine Marmorsäule geteilt werden.

Warum liebt Lola Broumana? Vielleicht, weil sich hier die frische Luft der Berge und die warmen Farben des Mittelmeeres vermischen. Vielleicht wegen des trockenen Duftes der Wacholdersträucher, des Thymian und des Eukalyptus. Vielleicht, weil die Menschen in den Bergen rauher, aber auch echter sind, von spontanerer Großzügigkeit als die Menschen in der Stadt.

Tap, tap, tap ... Die Bälle prallen auf, der Rhythmus wird von Lachen unterbrochen. Irgendwo erhebt sich die Stimme von Fayrouz, eine Stimme wie gesprungenes Kristall, klar und fein wie die Bergquellen, vernebelt wie ihre Gipfel, aufbrausend wie die Wasserfälle. Das Leben in Broumana ist einfach und süß. Hier findet man den Libanon früherer Zeiten wieder, rustikal und erdverbunden. Hier wird das Geld unwichtig, und die Vergangenheit erwacht zu neuem Leben.

»Madame?« Athina steht auf der Türschwelle. »Darf ich Nicolas mit zu Kenaan nehmen? Er möchte gern eine weiche Schokolade, aber dann ißt er wieder nichts zum Frühstück.«

Weiche Schokolade ... Lola erinnert sich. Einige Tage nach ihrer Ankunft hatte Antoine ihr gezeigt, was er »das Gebirge« nannte, von Aley bis Bahmdoun, dann von Beit Mery bis Bickfaya. Stundenlang waren sie die Serpentinen entlanggerast, die sich innerhalb von Minuten herrlich über dem Meer öffneten, dann wieder in enge Schluchten tauchten, die von schwarzen Felsen überschattet waren.

Auf den Gipfeln war es kalt, manchmal erblickte man einen winzigen Punkt, ein Gebäude, das sich an den Abhang zu klammern schien – »ein Kloster«, sagte Antoine. Nach dem zerklüfteten, ausgewaschenen Chouf waren sie an runden Bergkuppen vorbeigefahren, die sich in verschiedenen Grünabstufungen aufreihten, bis hin zu den verschneiten Gipfeln des Anti-Libanon.

»Antoine, ich kann nicht mehr, mir tut das Herz weh«, flehte Lola, die kaum an Bergstraßen gewöhnt war. Sie machten in einem Dorf halt, Broumana. »Hier verbringen Emile und Charlotte den Sommer«, erklärte Antoine.

Sie gingen in einen Teesalon, und man servierte ihnen etwas Delikates, Erstaunliches: weiche Schokolade, mit Sahne, Eis und heißer Schokolade gemischt. Als sie hinausgingen, küßte Antoine sie lange, und sein Mund hatte den Geschmack der schwarzen Schokolade. Ihr erster richtiger Kuß.

Athina wartet. »Nein, Athina. Heute morgen nicht. Heute nachmittag geht er mit seinem Vater zu Kenaan.« Antoine fährt früh zum Hospital hinunter, ißt in Beirut Mittag, badet im Sand's oder im Saint-Georges und kommt am späten Nachmittag zurück. Da Lola die Buchhandlung erst nach der Mittagsruhe öffnet, von fünf Uhr bis zum Abend, sehen sie einander nur noch selten, bei einem Essen, einer Abendgesellschaft in Beirut oder bei Freunden, die ebenfalls auf ihren Sommersitz gezogen sind. Lola sitzt auf ihrem Bett und denkt an den Geschmack der Bitterschokolade. Damals glaubte sie aufrichtig, Antoine lieben zu können, ihn wenigstens glücklich zu machen. Warum ist es ihr nicht gelungen? Sie erinnert sich, was sie kürzlich zu Lili sagte: »Ich liebe diesen alten Schmerz...« Aus Egoismus, aus schamloser Selbstgefälligkeit ist sie dabei, drei Leben zu zerstören: das Antoines, ihr eigenes, aber auch, was das schlimmste ist, das von Nicolas. Sie liebt ihn, ihren Sohn, aber jedesmal, wenn sie ihn anschaut, sieht sie Philippe, und sie wendet sich instinktiv ab.

In solchen Augenblicken sagte sie sich immer: »Ich vergesse ihn, sobald ich es beschließe, wann ich es will. Morgen...« Die Zeit verging. Während sie unermüdlich ihre verlorene Liebe an sich vorüberziehen ließ, wuchs Nicolas heran. Ohne sie. Morgens läuft er in Antoines Zimmer, mit Antoine lernt er Ski fahren oder schwimmen. Antoine, immer liebevoll, aufmerksam, großzügig. Aber immer schweigsamer. Seit wie langer Zeit haben er und sie keine freundliche Geste, keine Zärtlichkeit mehr ausgetauscht?

Antoine ist jung, er ist fünfunddreißig. Was weiß sie von seinem Verlangen, von seinen Gefühlen? Wie sehr sie ihn verletzt haben muß! Er war ihr Trost und ihre Stärkung, ihre Zuflucht, er hat nicht aufgehört, sie zu lieben, ohne daß sie dem auch nur die geringste Beachtung schenkte. Heute spürt sie, wie er sich entfernt, und ihr Herz klopft. Wie konnte sie so dumm sein, nicht zu begreifen, daß er es war, den sie brauchte? Daß er das Leben war und nicht dieser französische Liebhaber, über die Jahre hinweg mit allen Reizen geschmückt, von dem sie jedoch heute nichts mehr vor sich sah als seinen Körper? Verwirrt streckt sich Lola auf dem Bett aus, nimmt ihr Kopfkissen in die Arme, wie einst als Kind. Antoine scheint manchmal so müde. So gleichgültig. Er sieht sie nicht einmal mehr. Wird sie in dem Moment, da sie ihn zurückerobern will, entdecken, daß sie ihn verloren hat?

Tap, tap, tap ... Der Tennisball bestimmt den Rhythmus ihrer Gedanken, die davongleiten. Broumana wird ihr helfen. In Beirut hätte sie es nicht gekonnt. Hier ist alles klarer, fester, man möchte verwurzeln, etwas schaffen ... schaffen? Ja, das ist es, was sie tun muß, ihm ein Kind schenken. Eine Tochter. Lola stellt sie sich vor. Lockig, rothaarig, niedlich. Sie wird sie Mona nennen. Plötzlich hat sie große Lust, diese kleine köstliche Kugel in ihrem Bauch zu spüren, für Antoine, und nur für ihn, dieses einzigartige Geschöpf zu sein: eine schwangere Frau, rund, dick von dem Versprechen eines neuen Glücks. Sie steht auf, sieht in den Spiegel, wie immer, wenn sie große Entscheidungen trifft. Dann öffnet sie das Schubfach ihrer Frisierkommode, greift nach einer Packung mit Pillen, wirft sie in den Papierkorb. Plötzliche Angst schnürt ihr die Kehle zu: Und wenn es zu spät wäre?

17

Beirut, Juni 1967

Mit brennenden Wangen stürzte Nabil in das Zimmer, wo Tony und Joseph für die letzten Juraexamen paukten. »Sieg! Nasser ist in Tel Aviv!« Die beiden Burschen warfen Bücher und Hefte beiseite. »Bist du sicher?« – »Natürlich... ich habe es eben im Radio gehört. Nasser hat den Krieg gewonnen!«

Tony war der Sohn eines Anwalts, Joseph und Nabil Kinder hoher Funktionäre. Sie waren maronitische Christen, fühlten sich als Linke und vor allem als arabische Nationalisten. Am Morgen dieses 5. Juni 1967 hatte Israel Ägypten angegriffen. Seitdem fieberten die drei Freunde in Erwartung von Neuigkeiten über diesen dritten israelisch-arabischen Krieg. Dennoch, Nasser in Tel Aviv, war das nicht ein bißchen übertrieben? Überhaupt nicht, beharrte Nabil, Ägypten hat gewonnen, Ägypten hat Israel besiegt!

Im selben Moment verbreitete sich die Nachricht von dem überwältigenden Sieg Nassers wie ein Lauffeuer in Beirut. In den traditionellen moslemischen Vierteln Basta und Chiah hißte man Fahnen, man schoß Salven in die Luft, schon bildeten junge Leute Demonstrationszüge und schrien: »Ya Nasser, ya Nasser!«

Im Libanon war Nasser sehr beliebt. In Ägypten wußten alle, daß die Opposition, Kommunisten oder Moslembrüder, in denselben Kerkern schmachtete. In Beirut verwischten sich die Fehler des ägyptischen Regimes durch die Entfernung. Man sah im Rais einzig den Propheten der panarabischen Einheit, den Befreier, der mit einem Lachen den Kanal aus den Krallen der westlichen Gesellschaften gerissen hatte, oder den Mann aus dem Volk, Symbol für die Rache der Armen an den Mächtigen. Im Libanon, wo der

Reichtum einen immer tieferen Graben zwischen den Wohlhabenden und den übrigen zog, hatte dieses Argument Gewicht. Es war kein Zufall, wenn sich die Nasser-Porträts an den Wänden der Elendsviertel Beiruts häuften und man in den Hinterräumen der kleinen Geschäfte voll religiöser Andacht jeder seiner Reden lauschte, die von der »Stimme der Araber« übertragen wurde.

»Ich wußte es!« rief Tony voller Begeisterung. »Ich habe immer gesagt, daß Nasser ein Staatsmann ist, der einzig fähige, einen demokratischen und weltlichen Panarabismus zu errichten.«

»Ihr macht euch Illusionen«, warf Joseph ein. »Wie könnt ihr glauben, er wird die Religionsfreiheit verteidigen, wenn ihr das Schicksal der Kopten in Ägypten seht?«

Tony zuckte die Schultern. Joseph war ein Flüchtling aus Kairo, ein Wirrkopf, der überall das Schlechte sah. Er sagte das nur, um ihn zu ärgern.

Heute aber konnte niemand seine Freude verderben. Nasser, Sieger über Israel! Ausgelöscht die Schande von 1948, gerettet die arabische Ehre! Nabil sammelte seine Bücher zusammen.

»Was nützt es, weiterzuarbeiten? Wozu sollten wir Examen ablegen? Es ist Krieg.«

»Ja, melden wir uns bei den arabischen Armeen. Es ist wichtig, daß wir die ersten sind«, fügte Nabil hinzu.

»Kommt mit zu mir, ich habe ein gutes Radio, man kann die ›Stimme der Araber‹ hören«, schlug Amin vor, der gerade eingetroffen war.

Sie verbrachten den Abend vor dem Radio. Amin fand in der Bar seines Vaters weißen Cinzano, aus der Küche holte er Sandwiches mit Labné und Gurke. Die vier Burschen lauschten mit religiöser Andacht jedem ägyptischen Kommuniqué, das in siegesgewissem Ton zwischen zwei Militärmärschen vorgetragen wurde.

»Wie viele abgeschossene Flugzeuge?« Tony rechnete. »Nicht möglich, unglaublich, die Israelis können kein einziges Flugzeug mehr haben . . .«

Der Cinzano half ihnen beim Träumen:

»Ich bin nicht dafür, die Israelis ins Meer zu jagen«, gab Joseph mit versonnener Stimme zu.»Die palästinensischen Flüchtlinge müssen nach Hause zurückkehren, und sie werden alle zusammen dort leben, Juden und Palästinenser, in einer demokratischen Republik ohne religiöse Dogmen.«

Sollten die siegreichen Araber Israel, die Quelle ihres Unglücks, zerstören oder nicht? Die ganze Nacht diskutierten die vier Freunde voller Leidenschaft.

Die Euphorie dauerte nicht lange. Am Morgen des 6. Juni meldete die BBC, wie die Lage tatsächlich war. Israel hatte den Krieg in wenigen Stunden gewonnen. Das ägyptische Radio log. Die arabische Niederlage erschien bereits jetzt endgültig. Bei den Arabern gab es einen Schock. Sollte man glauben, was die Engländer sagten? Aber die Tatsachen sprachen für sich. Am Abend des 6. Juni bat Ägypten um einen Waffenstillstand.

Niedergeschlagen hatte Tony seine Lehrbücher ohne jede Begeisterung wieder zur Hand genommen. Als er in den Salon kam, überraschte er seinen Vater, der, ein Glas Champagner in der Hand, lachend mit dem Nachbarn plauderte, Monsieur Souabi, einem ungeheuer reichen Juden, Importeur von Orientteppichen.

»Die Zukunft der Christen, sage ich Ihnen, liegt in der Allianz mit Israel«, behauptete Souabi. »Jeder andere Weg wäre trügerisch.«

Was für eine Unverschämtheit! Tony, tief getroffen, faßte einen Entschluß. Obwohl er in die älteste Tochter der Souabi verliebt war, würde er am Sabbat nicht mehr zu ihnen gehen, um den Fernseher oder das Gas einzuschalten. Am nächsten Sonnabend würden die Souabi ihren Kaffee kalt trinken müssen.

Drei Tage später, am 9. Juni, um sieben Uhr abends, trafen sich die vier Burschen wieder bei Amin. Nasser sollte sprechen. Sie warteten voller Angst. Nabil drehte an den Knöpfen. Endlich erwischte er Radio Kairo. Sie hörten Nasser!

»Wir haben uns angewöhnt, in den Stunden der Freude wie der Bitterkeit mit offenem Herzen zueinander zu sprechen . . .«

Joseph packte Tony am Arm.

»Nasser hat noch nie so gesprochen, das ist nicht seine gewohnte

Stimme. Mein Gott, was bedeutet das? Er wird etwas Wichtiges sagen ..."

»Mama, komm schnell herunter! Papa ruft dich!« Nicolas' schrille Stimme erreichte Lola im Obergeschoß. Im Salon drängte sich die ganze Familie, auch Lili und Sami, um einen nagelneuen mächtigen Fernsehapparat. Plötzlich erschien Nassers Gesicht auf dem Bildschirm. Wie sehr er sich verändert hatte! Er war gealtert, bedrückt und begann mit sehr leiser Stimme: »Wir haben uns angewöhnt ...«

Die Stille wurde lähmend. Lili knetete nervös ihre blonden Haare, Antoine knabberte an den Nägeln, zwischen seinen Knien ein kleines Mädchen von etwa fünf Jahren, rotgelockt, die Nase mit Sommersprossen übersät.

»Mona, komm, sitz still, laß mich zuhören.«
Nasser sprach noch immer.
»Ich habe eine Entscheidung getroffen, und ich will, daß ihr mir alle dabei helft ... Ich habe beschlossen, vollständig und endgültig auf jedes offizielle Amt zu verzichten, auf jede politische Rolle, und meinen Platz unter dem Volk wieder einzunehmen, um wie jeder andere Bürger meine Pflicht zu erfüllen.«

»Mein Gott«, murmelte Antoine, »es ist aus. Er ist erledigt!«
Lili nahm den Kopf in die Hände. »Mein Gott, mein Gott!« Emile und Charlotte sahen sich schweigend an ... Nasser fuhr fort:
»Entsprechend Artikel 110 der Verfassung habe ich meinen Freund und Bruder Zakaria Mohieddine beauftragt, die Funktion des Präsidenten der Republik zu übernehmen ...«

Ein Rücktritt! Nasser! Unmöglich, sie hatten falsch verstanden.
»Mögen der Friede und das Erbarmen Gottes mit euch sein ...«
Die Stimme brach plötzlich, Nasser neigte den Kopf. Weinte er? Der Sprecher ergriff das Mikrophon: »Präsident Nasser hat soeben ...«
Er brach in Schluchzen aus und flüchtete in eine Ecke des Studios, während man überstürzt den Marsch »Allah Akbar« einspielte.

War es die allgemeine Erregung? Lola suchte fieberhaft nach ihrem Taschentuch. Sie dachte an Ägypten. Was fühlten sie dort? Bei dem Gedanken an ihr armes erniedrigtes und besiegtes Land begann sie zu weinen. Lili hatte Tränen in den Augen. Sami schwieg, seine Kehle war wie zugeschnürt. Tante Charlotte stand auf, das Gesicht blaß, die Nasenflügel geweitet.

»Also, meine Kleinen, faßt euch wieder! Ihr seid wegen dieses Tyrannen aus Ägypten geflohen, und jetzt beweint ihr ihn. Diese Niederlage hat er doch geradezu gesucht.«

Sami versuchte etwas zu sagen.

»Madame Boulad, für uns ist es das Ende eines Traumes. Unsere Jugend, unsere Illusionen brechen zusammen. Was wird aus der arabischen Welt? Was wird aus Ägypten?«

»Das ist mir egal«, entgegnete Charlotte trocken. »Hier sind wir im Libanon, Gott sei Dank. Und der Libanon hat sich glücklicherweise nicht an diesem idiotischen Krieg beteiligt.« Emile beugte sich vor und griff nach Charlottes Arm.

»Wer weiß, ob wir nicht trotz allem unter den unangenehmen Konsequenzen leiden werden?«

Die kleine Mona war von den Knien ihres Vaters gerutscht und sang vor sich hin: »Der Mann ist erledigt, der Mann ist erledigt...«

Mit langsamen Schritten kam Tony nach Hause, in das Wadi Abou Djemil, ein gutbürgerliches Viertel, in dem einige Christen, aber auch viele Juden lebten. Was ihm am meisten weh tat, war der Satz Nassers über die israelischen Flugzeuge: »Wir erwarteten sie im Osten, sie kamen aus dem Westen...« Wann, wann nur würden die arabischen Führer endlich erwachsen werden? Plötzlich erhob sich hinter ihm ein Geräusch, ein dumpfes Grollen: »Allah Akbar! Allah Akbar!« Der Kriegsruf aus den moslemischen Vierteln. Der alte Ruf zum Massaker, zum Pogrom. Kein Zweifel: Nassers Rücktritt hatte seine Anhänger auf die Straßen getrieben. Jetzt strömten sie ins jüdische Viertel, um zu verbrennen, zu töten, zu plündern...

Tony rennt, so schnell er kann. Die Angreifer kommen von der Clemenceaustraße. Man muß die Jugendlichen des Viertels alarmieren, die Brigade 16 anrufen, alle warnen. Die Wadi-Abou-Djemil-Straße ist bereits auf der Hut. Tonys Vater hat die Tür geöffnet, er schiebt die verstörten Souabi in seine Wohnung. »Hier seid ihr sicher, sie wissen, daß wir Christen sind.« Dann wendet er sich an Tony: »Geh runter, sperr die Haustür zu. Nimm das Gewehr.« Auf der Straße und in den umliegenden Gassen postieren sich junge Leute, Christen und Juden, an den Ecken. Eine Gruppe kommt von Achrafieh, sie rennen dicht gedrängt. »Das sind die Kataeb«, ruft jemand. Tony sieht mit Erstaunen die berühmten Phalangisten von Pierre Gemayel, über die man sich gern lustig macht, indem man sie als boy-scouts oder Schokoladensoldaten bezeichnet. Er hat sie noch nie in Aktion gesehen. Ihre Disziplin und ihre Waffen beeindrucken ihn. Das Viertel ist umstellt, als die ersten Jeeps der Brigade 16 eintreffen, die Antiterrorbrigade der libanesischen Armee, die man ruft, indem man ganz einfach die 16 wählt.

Die Demonstranten strömen herbei, eine schreiende, aufgeregte Menge, die den Staub in der Sommerhitze aufwirbelt. Ein paar Führer stürmen vor und schreien: »Allah Akbar! Tod den Juden.« Aber an den eilig verbarrikadierten Straßen wird das Gros der Menge gestoppt. Feuerstöße. Die Menge schreit noch immer, aber die ersten Reihen drängen zurück, bremsen, werden von den zuletzt Gekommenen vorwärtsgeschoben. Neue Feuerstöße, abgeschossen von einem Fenster. Diesmal weichen die Angreifer ungeordnet zurück, zerstreuen und entfernen sich. Die Spannung sinkt. Fenster werden geöffnet, Frauengestalten beugen sich hinaus. »Sind sie weg? Ganz bestimmt?« Tony geht weiter, biegt um die Ecke der Fakkreddinestraße. »Ja, sie laufen zur Moschee El Maiseh.« Die Moslems kehren nach Hause zurück.

Nun kommen die Juden aus den verrammelten Häusern. Die Männer, mit Gebetsschal und schwarzem Hut, gehen zur Synagoge, um dem Herrn zu danken. Bevor der Gottesdienst beginnt, hält eine große Limousine am Eingang des Tempels. Raymond Eddé steigt aus, den Hut auf dem Kopf, und geht zum Rabbiner, um ihm sein Bedauern auszudrücken. Der Rabbiner nickt. Tony hört, wie Eddé behauptet: »Im Libanon wird es so etwas nicht geben, zählen Sie auf uns.« Er hat recht, denkt Tony, hier ist ein Bürgerkrieg unmöglich, noch weniger ein Religionskrieg.

Nasser hat seinen Krieg gegen Israel verloren. Eine Seite in der arabischen Geschichte wurde umgeblättert, eine große Leere verbreitet sich. Was tun? Wir sind in der Situation Lenins im Jahre 1902, denkt Tony voller Erregung. An uns ist es, die arabische Welt neu zu errichten, die Unfähigen oder Verräter zu beseitigen, die soziale Gerechtigkeit wiederherzustellen. Da niemand die Fackel aufnimmt, werden wir, die Christen, diese Revolution vollenden. Natürlich, wir sind in der Minderheit. Wie Michel Aflak vor dreißig Jahren, als er die Nahda erfand, die arabische Wiedergeburt. Aber die Minderheiten waren immer das Salz dieser Erde.

Die arabische Niederlage zog über den Libanon wie eine Gewitterwolke am Sommerhimmel. Es ist zuwenig, wollte man sagen, daß das Leben wieder begann: Es beschleunigte sich. Man sprach nur noch von dem herrlichen Fest, das in Paris gegeben wurde, um das neue Tourismusbüro des Libanon in Frankreich zu feiern. Alles, was in Beirut Rang und Namen hatte, überflutete das Ritz. Die frischen Mezzes kamen mit dem Flugzeug, der Caféhausbesitzer Abou Harba war mit seinem Stößel, seiner Holzkohle, fünf Kilo Asche und »Hal« aus Kardamom von Baalbek angereist. Es war ein politischer und gesellschaftlicher Erfolg. In der Toilette des Ritz seufzte Liliane Hayek, während sie sich die Nase puderte.

»Ich bin enttäuscht. Den Parisern fehlt es an Chic. Hast du die Kleider gesehen? Nicht sehr toll. Und der Schmuck? Nichts Besonderes. Wir sind auf jeden Fall eleganter.«

»Sei nicht ungerecht«, entgegnete Lili, »sie haben mehr Klasse als wir.«

»Mag sein«, betonte Liliane etwas verzerrt, da sie gerade Rouge auflegte. »Aber wir haben das gewisse Etwas!«

Der Krieg! Wer dachte schon an den Krieg? Die Rückkehr nach Beirut war ein Triumphzug. »Worüber haben Sie gesprochen, meine Damen?« fragte ein junger Journalist des »Jour« am Flugplatz, »vom Krieg oder von Kleidern?« Lachen. »Von Kleidern natürlich, junger Mann!« Der Krieg war vorbei.

Beirut hatte dennoch auf seine Weise an dem teilgehabt, was man vorsichtig »die Ereignisse« nannte. Eine Woche lang waren alle Festlichkeiten, Vorstellungen und Sportveranstaltungen »wegen der durch die Situation erzwungenen Enthaltsamkeit« unterbrochen. Eine kurze Enthaltsamkeit: Am 15. Juni verkündete das Casino des Libanon »die Rückkehr zum normalen Leben nach einer erzwungenen Unterbrechung von vier Tagen«. Das mußte man feiern! Farouk, ein Freund Antoines, rief eines Abends an.

»Einer meiner französischen Freunde ist auf der Durchreise im Libanon. Er kennt das Casino nicht. Wollt ihr nicht morgen zum Essen kommen, und anschließend verbringen wir dort den Abend?«

Antoine nahm gerne an. Frankreich stand hoch im Kurs. Hatte nicht General de Gaulle als einziger westlicher Staatschef Israel verurteilt? Vergessen die Suezkampagne, die sieben Jahre des Unglücks in Algerien, der alte Groll der Syrer. Heute fand man nicht genug schmeichelhafte Worte, um die französische Politik zu beschreiben. Das Heil kam aus Paris. Außerdem mochte Antoine Farouk gern: Er war amüsant, stets von sehr hübschen Mädchen begleitet und verstand, in der Konversation Klatsch, politische Analysen und pikante Anekdoten miteinander zu mischen... Blieb nur noch, Lola zu überzeugen. Sie würde sicher sagen, sie hätte nichts zum Anziehen. Wette gewonnen!

»Morgen? Das ist zu kurz. Ich erwarte ein Kleid von Chantal, aber es ist frühestens in einer Woche fertig.« Antoine nahm Lola an der Hand und öffnete ihren Kleiderschrank. Dort hingen mindestens zehn Abendkleider und ebenso viele Cocktailkleider. Waren sie schon so versnobt? Lola verzog den Mund. »Die hatte ich alle schon mal an.« Antoine zog ein enges Kleid hervor, lang, sehr einfach, in schönem, leuchtendem Rot. »Das habe ich am liebsten. Auch wenn du es schon getragen hast, zieh es für mich noch einmal an.«

Lola lächelte. Plötzlich hatte sie sich als Sechzehnjährige gesehen, als sie davon träumte, Rita Hayworth zu sein, mit rotem, engem Kleid und schwarzen Handschuhen. Wie lange war das her! Antoine hatte sich seit Monas Geburt verändert. Dieses kleine Wesen, rotgelockt wie ein Teufelchen, kannte bereits seine Macht. Sie brauchte nur den Kopf zu senken und mit ihren Grübchen zu lächeln, um von ihrem Vater alles zu erhalten, was sie wollte. Nicolas war mit zehn Jahren jetzt weniger schroff, weniger schüchtern. Vielleicht, dachte Lola mit einigen Gewissensbissen, weil sie sich jetzt mehr um ihn kümmerte. Das »Papyrus« hatte den Ruf, die einzige Buchhandlung zu sein, in der man Originale oder alte Bücher fand, alles, was nicht »für die breite Masse« bestimmt war. Oft traf man dort Charles Hélou, der, obwohl er der Präsident war, weiterhin Gedichte verfaßte, Ghassan Tueni, Direktor der Zeitung »El Nahar«, Raymond Eddé, der nebenan wohnte und jeden Morgen auf einen Kaffee hereinschaute, Pater Abou, Superior des Gymnasiums von Jhammour, und den treuen Camille Aboussouan. Er hatte Lola ihr Wissen über Bücher beigebracht und sie gelehrt, wo sie jedes Jahr Nachschub finden konnte, in London, Genf oder Paris.

Die Abendgesellschaften, die Empfänge, die Hochzeiten, die Diners, die Schwimmbadpartys und die Tennisturniere, all das bildete einen unablässigen Wirbel, der keine Zeit zum Luftholen ließ, geschweige denn zum Erinnern.

Lola fühlte sich jetzt als echte Beiruterin, sanft und leicht, herrlich oberflächlich, von Antoine verwöhnt, von ihren Büchern geradezu besessen. Ihr Leben war vielleicht nicht das, was sie erträumt hatte, aber ihr Leben war ein ewiges Fest.

Das Casino säumte den Strand von Jounieh mit einem Lichterband. Zur Wiedereröffnung hatte man die Revue »Aber ja« noch einmal aufgenommen, die Las Vegas abgelehnt hatte, weil sie zu teuer war. Halbnackte Girls, in dunklen Samt gekleidete Boys, die riesigen Fächer aus gelben und grünen Federn, die Musik standen, so behaupteten die Beiruter, den Vorstellungen des Lido von Paris in nichts nach. Jetzt beschloß ein Regen von Pailletten das Finale. Das Orchester spielte einen Slow. Mit Seidengeraschel erhoben sich die Zuschauer und verließen die Tische, um zu tanzen. Schon umschlang Farouk Lola und schob sich voller Enthusiasmus auf die Tanzfläche. Hoffentlich bewegte er sich nicht zuviel! Keine Extravaganzen mit diesem engen roten Kleid. Antoine griff nach der Hand von Danièle, einer schönen Rothaarigen mit grünen Augen, von Farouk aufgestöbert, die dem Abend seine Würze verlieh, dem es, wie sooft in Beirut, an Überraschungen fehlte. Man grüßte sich von einem Tisch zum anderen, und Lola konnte von den Lippen von Lolotte Chehab nahezu die Frage ablesen, die sie ihrem Nachbarn zur Rechten stellte: Wer war dieser junge Ausländer am Tisch der Boulad?

Der Freund von Farouk, Jean-Pierre Langlois, kam direkt aus Kairo, vorher war er in Damaskus und den Golfstaaten gewesen. Er arbeitete für eine große Erdölfirma, die ihn beauftragt hatte, die Kriegsschäden in der Region einzuschätzen. Zu Beginn des Essens hatte Farouk gescherzt.

»Mein lieber Jean-Pierre, für den Libanon wird dieser Krieg förmlich ein Segen sein, beruhige deine Chefs. Beirut allein bleibt in dieser Katastrophe unzerstört. Wir haben richtig gesetzt, nicht wahr, Edouard?«

Edouard Saab schüttelte mit gespielt tragischer Miene den Kopf.

»Yani ... ich bin aus Lattaquieh, ich spüre mehr als ihr von unserer arabischen Umgebung. Wenn die Araber das Gesicht verlieren, ist es für alle schlecht. Ich sehe noch einige Staatsstreiche in Syrien voraus: Sie haben sich die Golanhöhen in drei Stunden nehmen lassen! Das verlangt seinen Preis ...«

»Und warum sollten wir, wir Libanesen, für die syrischen Fehler bezahlen?« fragte Antoine.

»Antoine! Du sprichst als Ägypter. Die Libanesen bezahlen immer für die syrischen Fehler ... und für die der anderen. Du meinst vielleicht, das sei Quatsch, wir hätten das Geld. Ist nicht nach der ägyptischen Katastrophe alles Geld vom Golf bei uns?«

»Du weißt es ebensogut wie ich, die Einlagen der Saudis und der Kuwaitis bewegen sich jetzt auf London zu. Nach dem Skandal der Intra Bank ...«

»Liebe Freunde, genug von Finanzen geredet!« Farouk war aufgestanden. »Ihr langweilt die Damen. Gehen wir lieber tanzen. Ich führe euch dann zum Abschluß des Abends in den Königskeller.«

Lola mochte den Keller. Die Gewölbe aus großen Steinen, das

gedämpfte Licht, ein hervorragendes Orchester machten sie zu dem beliebtesten Platz in ganz Beirut. Man kam vor allem, um sich zu zeigen oder um Prosper Guepara, den Besitzer, einige geheimnisvolle Geschichten aus seinem Abenteurerleben erzählen zu hören. »Champagner«, bestellte Farouk. Dann begann er einen prächtigen Bericht von seiner letzten Reise nach New York, um die schöne Danièle zu blenden. Man trank, man tanzte. Aldo, der Barmann, übertraf sich selbst. Lola und Danièle hatten gemeinsame Freundinnen gefunden und lachten wie die Verrückten. Auf der Tanzfläche schwenkten die Frauen mit glänzenden Augen ihre Kleider zum Klang des Cha-Cha-Cha.

Gegen zwei Uhr früh wandte sich Jean-Pierre Langlois an seine Gastgeber.

»Wollen Sie mich bitte entschuldigen? Ich habe Kairo sehr früh am Morgen verlassen, ich bin etwas müde ... Ich gehe ins Saint-Georges zurück. Guten Abend ... Bitte, bleiben Sie sitzen.«

Farouk stand auf. »Ich begleite dich. Darauf bestehe ich. Das Saint-Georges ist doch nur drei Schritte von hier entfernt.«

In der dunklen Straße liefen die beiden Freunde schweigend nebeneinander her. Vor dem Hotel blieb Jean-Pierre stehen:

»Farouk, sei nicht böse, ich sage es dir in aller Freundschaft ... Es ist schändlich, daß ihr euch unmittelbar nach dieser aufsehenerregenden Niederlage der Araber gegen die Israelis so benehmt. Ich habe drei Länder gesehen, Ägypten, Syrien und Jordanien, völlig am Boden, erniedrigt, ruiniert. Gewiß, ihr werdet daraus euren Gewinn ziehen. Aber schreit es nicht heraus! Ihr seid ebenfalls Araber. Also tut wenigstens so, als würdet ihr Trauer tragen ...«

Farouk antwortete nicht. Er erinnerte sich eines Satzes von Alia el Solh, die am Vorabend des Konfliktes an Charles Hélou schrieb: »Wer nicht am Krieg teilnimmt, wird auch am Frieden nicht teilhaben.« Sollte sie recht behalten? Gewiß, der Libanon war nicht an diesem Krieg beteiligt. Es wäre angemessen, mehr Solidarität zu zeigen, ja, zweifellos ... Aber sein unverwüstlicher Optimismus gewann rasch die Oberhand. Was konnte heute den Libanon destabilisieren? Die Gefahr war Nasser – oder vielmehr das, was er für das einfache Volk in den Vorstädten und Armenvierteln Beiruts bedeutete. Jetzt war Nasser politisch tot. Niemand konnte seine Nachfolge antreten, kein charismatischer Führer erschien am Horizont. Dennoch verfolgte ihn der Satz von Langlois . . . »Tut wenigstens so, als würdet ihr Trauer tragen . . .« Er öffnete die Tür zum Königskeller und gesellte sich zu seinen Freunden. Fünf Minuten später hatte er Langlois vergessen. Er sollte sich erst viel später wieder an ihn erinnern . . .

Mit Nicolas an der Hand tritt Lola durch das große Tor des Gymnasiums von Jhammour. Sie ist etwas aufgewühlt. Nicolas hat die Grundschule in der Uvelinstraße abgeschlossen, jetzt muß er bei den »Großen« eingeschrieben werden und, wie man in Beirut sagt, »nach Jhammour aufsteigen« – dem besten Gymnasium der Gegend, auf jeden Fall dem vornehmsten, das von Jesuiten geleitet wird. Sie wirft einen Blick auf Nicolas, der sehr aufrecht neben ihr herläuft. Er ist schön, sagt sie sich voller Stolz. Mit zehn Jahren ahnt man bereits den Mann, der er eines Tages sein wird: Groß, brünett, blasse Haut, feine Züge, er würde Lola ähneln, hätte er nicht diese erstaunlich grünen Augen, hell und etwas verschleiert, die, wenn er sich ärgert oder wenn er verwirrt ist, von Aquamarin zu dunklem Smaragdgrün wechseln. Lola spürt, wie verkrampft er ist. »Du wirst sehen, ich kenne Pater Abou, er ist sehr nett. Nur Mut, du bist doch schon groß.« Nicolas nickt, ohne etwas zu sagen. Eine störrische schwarze Locke fällt ihm in die Stirn.

»Da ist ja der große Bursche. Willkommen bei uns, mein lieber Nicolas. Kennst du die Regeln des Hauses?« Lola hat Pater Abou oft in ihrer Buchhandlung gesehen, aber hier erscheint er ihr irgendwie anders. Ist es das strenge Büro, sind es die Bücherregale, die steifen Sessel? Lola hat das Gefühl, ihren kleinen Jungen an eine fremde Welt zu verlieren, und sie spürt mit einem leichten Stich im Herzen, daß er nicht das Kind bleiben wird, das er jetzt noch ist. Hat sie Nicolas genügend geliebt, geschützt, umsorgt? Es ist wohl zu spät, sich diese Frage zu stellen.

»Morgens holt der Bus des Gymnasiums die Schüler zwischen

sieben Uhr und sieben Uhr fünfzehn ab. Kennst du unsere blauen Wagen? Sei pünktlich, sie warten nicht. Du wirst zwölf Stunden am Tag im Gymnasium verbringen. Hier ist die Liste der Fächer für das erste Jahr, Französisch, Latein, Mathe, und der Bücher, die du haben mußt. Sprichst du gut arabisch?«

Nicolas wirft Lola einen hilfesuchenden Blick zu. »Nicht sehr gut«, hört sie sich mit der Stimme eines kleinen Mädchens antworten. Pater Abous Blick wird streng.

»Das ist ein Fehler. Unsere Kinder müssen ebensogut arabisch wie französisch oder englisch sprechen. Dort liegt ihre Zukunft... Wir schreiben dich also in den Anfängerkurs für Arabisch ein. Wenn du schnell Fortschritte machst, kommst du in den normalen Arabischkurs. Der Tagesablauf: Messe, Unterricht, Mittagessen im Refektorium um zwölf Uhr – ich hoffe, du weißt noch dein Tischgebet – Pause, Unterricht und am Abend Selbststudium.« Er wendet sich wieder an Lola.

»Die Uniform ist unerläßlich: graue Hosen, marineblaue Jacke und eine Krawatte, die bei den Zeremonien wie unserem großen Fest zu Ehren des heiligen Ignaz von Loyola unbedingt die des Gymnasiums sein muß: blau, mit einem orangenfarbenen Wappen, in der Mitte die Buchstaben NDJ. Wir stellen nur die Krawatte, die Uniform können Sie bei Goubarian anfertigen lassen, dem Schneider in der Hayekstraße. Er macht das gewöhnlich für unsere Schüler.«

Plötzlich wieder freundlicher, kommt er hinter seinem Schreibtisch hervor und geht auf Lola zu: »Machen Sie sich keine Sorgen. Ich bin sicher, daß er sich sehr schnell an das Leben hier im Gymnasium gewöhnen wird. Wir werden aus ihm nicht nur einen gebildeten, sondern auch einen kultivierten und pflichtbewußten Mann machen. Wir vergessen bei unserer Erziehung niemals den sozialen Aspekt: Diese Kinder müssen in der Lage sein, die christlichen Werte den Überraschungen des Jahrhunderts anzupassen... Apropos, wollen Sie, daß er zu den Scouts geht? Wir sind sehr dafür. Das ist eine gute Schule des Lebens, die Kinder werden von Studenten beaufsichtigt, früheren Schülern unseres Gymnasiums, und dieser Kontakt ist ihnen wichtig. – Ja? Gut, Nicolas, du wirst in Tonys Gruppe sein. Das ist ein intelligenter Bursche und ein wertvoller Mensch. Ich glaube, wir haben alles gesagt, nicht wahr? Hier ist das Anmeldeformular.« Lola wühlt in ihrer Tasche. »Der Scheck ist nicht so wichtig. Sie schicken ihn mir später. Und vergessen Sie nicht, daß wir auch auf die Eltern zählen, damit wir die Kapelle restaurieren lassen können.«

Im Auto nimmt Lola Nicolas für einen Augenblick in die Arme, zerzaust sein Haar wie damals, als er noch klein war. »Nun, mein Schatz, bist du zufrieden? Wir werden deine Uniform bestellen, eine blaue Jacke, das ist sehr hübsch. Siehst du, Pater Abou ist gar nicht so schrecklich . . .« Nicolas sieht sie an und schüttelt den Kopf. »Ich glaube, es wird schon gehen. Aber, Mama, was heißt das, ›Scout‹?«

Der April war viel zu heiß. Lola blickt durch die Vitrine des »Papyrus«, und wie immer erinnert sie der Anblick der großen gelben Gebäude auf der anderen Straßenseite an Kairo. Wenn man bedenkt, daß sie im letzten Jahr, nach dem Sechstagekrieg, den böse Zungen heute Sechsstundenkrieg nennen, von Nassers Schicksal berührt war . . . Ein Jahr später ist alles vergessen. Nasser ist noch immer da. Das Geld strömt in den Libanon. Antoine und Lola lassen kein Fest aus. Vor zwei Wochen, bei der großen Abendveranstaltung »April in Beirut«, die mit dem »Bal des Petits Lits Blancs« konkurrieren will, hat Lola sogar eine schmeichelhafte Eroberung gemacht: Prinz Orsini, alter florentinischer Adel, ein schöner Mann mit schwarzen Augen, ist den ganzen Abend nicht von ihrer Seite gewichen . . . Am nächsten Morgen sah man in der »Revue du Liban« nur sie an der Seite des Prinzen: Die schöne Madame Boulad im Gespräch mit dem Prinzen Orsini . . . Natürlich lacht sie auf diesem Foto, das steht ihr gut. Aber sie weiß, womit sie den Prinzen verführte: Sie entdeckten eine gemeinsame Leidenschaft für die italienische Architektur, nach deren Spuren der Prinz im Libanon sucht, und er zeigte sich entzückt, eine Gesprächspartnerin zu finden, die fähig war, den Khan Marco Polo in Tarabulus mit den venezianischen Lagerhäusern zu vergleichen. Dennoch – alle Frauen starben vor Eifersucht, und Lola war in der Tat etwas geschmeichelt. Orsini hatte sie nach Florenz eingeladen. Warum sollte sie nicht im September diesen Umweg machen, wenn sie nach Paris fahren und ihre Bücherbestellungen erledigen würde?

Ein Telefonanruf riß sie aus ihren Träumen. Es war Antoine. Sehr erregt.

»Lola, Onkel Emile geht es sehr schlecht. Er hatte einen Herzinfarkt. Er verlangt nach den Kindern. Weißt du, wo Nicolas ist?«

»Heute ist Donnerstag... Nicolas muß irgendwo bei den Scouts sein.«

»Finde ihn. Kommt in die Klinik, so schnell wie möglich.«

Lola legte den Hörer auf. Onkel Emile... Nein, nur das nicht. Sie ballt die Fäuste. Später kann sie weinen. Zuerst Nicolas finden. In Jhammour anrufen. »Wo? Was sagen Sie? In Bordj Brajnieh? Im Palästinenserlager? Aber was machen sie dort? Alphabetisierung? Gut, ich fahre hin.« Auf der Straße gibt sie Gas. Sie ist noch nie in einem Palästinenserlager gewesen. Da gibt es nur dichtgedrängte baufällige Häuser, Elendsquartiere, in die niemand jemals einen Fuß setzt. Was für eine Idee, Kinder dorthin zu schicken! Sie wird diesem Tony später erzählen, was sie davon hält... Das muß der Eingang zum Lager sein. Ein Palästinenser im Drillichanzug, die Kalaschnikow in der Hand, hält sie vor einem Bretterhäuschen an. Sie steigt aus, und sofort umringt ein Schwarm von Kindern, abgemagert und mit nackten Füßen, den Chrysler, dessen Chromteile blitzen.

Vor Lola öffnen sich die ungepflasterten Gassen, staubig, eng, von merkwürdigen Hütten gesäumt, aus Lehm, Holz, Kartons oder Wellblech. Schmutzstarrende Decken, halb aufgezogen, dienen als Türen oder verschließen Fensterlöcher. Lola zögert. Niemals hatte sie sich ein solches Elend in ihrer Nähe vorgestellt. Mit gutturalem Akzent fragt sie der Wächter, was sie will. Ja, Kinder aus dem Gymnasium sind gekommen, mit einem Wagen vom Roten Kreuz. Sie sind dort hinten, in der Schule, zweite Ecke links, hinter dem Brunnen. Lola hat einen idiotischen Gedanken: Der Chrysler ist zu breit für diese Gassen. Natürlich, die Straßen im Lager sind nicht für amerikanische Autos gebaut, sagt sie sich, wütend auf sich selbst.

Sie geht also zu Fuß, ihre Knöchel knicken auf dem holprigen Weg um, sie fühlt sich lächerlich in ihrem hellen Kostüm und den beigefarbenen Schuhen. Die Kinder rennen hinter ihr her, stoßen spitze Schreie aus. Irgendwo überträgt ein Radio die rauhe Stimme von Om Kalsoum, und diese herzzerreißende Klage drückt erstaunlicherweise genau die Tristesse dieser Karikatur einer Stadt aus, krumm, bucklig, vom Vergessen zermalmt. Wo sind die Bewohner? Schlafen sie? Verstecken sie sich, um einer Fremden nicht das Schauspiel ihres Verfalls zu bieten?

Lola hat sich verlaufen. Alle Gassen gleichen sich. Ein alter Mann, der das lange graue Gewand der Palästinenser und abgenutzte Pantoffeln trägt, kommt aus einem Haus und läuft ihr, auf einen Stock gestützt, entgegen. Lola spricht ihn an: »Wo ist die Schule?« fragt sie in ihrem schlechten Arabisch. Er blickt sie mißtrauisch an. »Hinter dem Brunnen!« – »Wo ist der Brunnen?« Er brummt vor sich hin, streckt den Arm aus. »Gehen Sie dort rechts herum.« – »Danke, Gottes Segen sei mit dir«, antwortet ihm Lola zeremoniell und versucht so, mit Zuvorkommenheit und Respekt auszugleichen, was ihr Erscheinen in dieser Welt des Elends provozieren mochte. Aber der Alte hat sich schon umgedreht, ohne sich länger um sie zu kümmern. Sie geht weiter. Der Staub verklebt die Augen und trocknet den Mund aus. Selbst das Klima scheint hier ein anderes zu sein, heißer, schwerer, erstickend. Man hört nichts als das Brummen der Autos, die fünfzig Meter weiter, Lichtjahre entfernt, auf der Straße zum Flugplatz vorbeifahren . . . Ein Menschenauflauf.

Frauen in langen schwarzen Kleidern, mit blumenbestickten Tüchern, warten, einen Eimer oder einen Kanister in der Hand, vor einem Wasserhahn auf einer Eisenstange, die inmitten einer gelblichen Schlammpfütze aus der Erde ragt. Das ist der Brunnen. Die Frauen drehen sich um und sehen sie an. Ihre Kleider, die einmal schön gewesen sein mögen, sind abgenutzt und verwaschen. Eine von ihnen, sehr jung, trägt ein Baby im Arm. Sie stehen sich gegenüber, Lola mit ihrem gutgeschnittenen Kostüm, den feinen Strümpfen, den rotlackierten Nägeln. Die Palästinenserinnen mit ihren geblümten Tüchern, aneinandergedrängt. Schwarze Statuen mit dem feindlich furchtsamen Blick der Armen, an deren Röcke sich kleine Kinder klammern. Das ist nicht meine Schuld, sagt sich Lola bedrückt. Ich kann nichts dafür, und ich wußte nichts davon. Dennoch schämt sie sich.

Beinahe hätte sie Nicolas vergessen! Man hört Kinderstimmen aus einer einzeln stehenden Baracke. Sie rennt hin, geht hinein. Ein schmutziger Klassenraum. An der Wand eine große Karte von Palästina, Blätter mit Kinderzeichnungen, auf denen die rot-grüne Fahne der Palästinenser flattert. Tony schreibt einen französischen Satz an die Tafel. Nicolas sitzt neben einem kleinen Mädchen mit neugierigen Augen, das den Hals zu Tony reckt. Lola zuckt zusammen, als sie auf einem wackligen Tisch die Einzelteile eines Maschinengewehres und volle Magazine liegen sieht. Von der Schwelle aus umfaßt sie die Szene. Das ist doch absurd! Wo ist sie? In welcher unbekannten Welt?

»Nicolas!« Sie ruft lauter, als sie wollte. Die Kinder wenden gleichzeitig die Köpfe um, sehen sie an, und Nicolas wird rot. Unter all diesen auf sie gehefteten Blicken geht sie zur Tafel. »Ich bin die Mutter von Nicolas. Ich will ihn abholen, sein Onkel ist krank, er muß sofort nach Hause kommen.« Warum ist ihre Stimme so heiser? Warum fühlt sie sich so unwohl? Nicolas hat verstanden, er steckt die Stifte in seine Tasche, kommt zu ihr. »Sind Sie allein gekommen?« fragt der hochgewachsene junge Mann mit den dunklen lockigen Haaren, der besagter Tony sein muß.

»Ja.«

»Warten Sie, ich werde Sie bis zum Ausgang des Lagers begleiten, das ist sicherer.«

In der Tat hat sich ihre Ankunft herumgesprochen. Im Freien hat sich ein Menschenauflauf gebildet: Frauen in schwarzen Gewändern, eine Horde von Kindern mit nackten Füßen, Männer, die mit abwesendem Blick aus den Baracken kommen, als wären sie gerade aufgewacht. Das beeindruckendste ist die Stille dieser geisterhaften Menge. Aus einer Gasse kommt ein Jeep, in dem vier Männer in zerrissenen Drillichanzügen sitzen, die Kalaschnikow im Arm. Wie jung sie sind. Vielleicht sechzehn, siebzehn Jahre alt. Einer von ihnen, er ist blond, hat nur winzigen kindlichen Flaum auf den Wangen und den Schatten eines Schnurrbartes. Sie spielen offensichtlich die harten Männer. Sie sprechen mit Tony, dann folgen sie ihnen im Jeep auf dem holprigen Weg, wirbeln hinter sich eine dicke gelbe Staubwolke auf. Die Menge ist unmerklich angewachsen.

»Erklären Sie mir endlich, was Sie hier machen?« faucht Lola wütend, zu Tony gewandt.

»Nicht jetzt, Madame. Es tut mir leid, ich werde morgen bei Ihnen vorbeikommen . . .« Die Blicke werden feindselig. Eine alte Frau mit einem bunten Turban kommt auf Lola zu und schleudert ihr einen Satz entgegen, den sie nicht versteht.

»Nein, laufen Sie nicht schneller«, sagt Tony mit zusammengepreßten Zähnen. »Sie mögen nicht, daß Fremde ihr Lager betreten, vor allem, wenn sie nicht von Funktionären begleitet werden.«

»Was für Funktionäre?«

»Von der PLO natürlich! Wir befinden uns hier auf palästinensischem Territorium.«

»Aber schließlich sind wir doch im Libanon . . .«, antwortet Lola mit tonloser Stimme, denn gleichzeitig denkt sie: Libanon, dieses Elendsviertel? Libanon, diese Baracken, aus denen Gerüche von Feuer und Holz, von Benzin und Abwasser dringen? Diese Gassen, durch die Kinder rennen, deren Haar weiß von Sand und Staub ist, umgeben von Fliegenschwärmen? Von Bordj Brajnieh bis Beirut ist es ebensoweit wie von der Erde bis zum Mond.

Schließlich sehen sie den himmelblauen Crysler, der in der Sonne glänzt. Lola dankt allen, steigt ein, läßt den Motor an. Tony beugt sich zur Tür herab. »Madame Boulad, ich werde es Ihnen erklären . . .« Mit einem kurzen Nicken verabschiedet sie sich von ihm und fährt an. Etwas zu schnell, denn hinter ihr überschüttet eine Fontäne von gelbem Sand die kleine erstarrte Gruppe am Ausgang des Lagers. O Gott, sie werden denken, ich hätte es mit Absicht gemacht!

»Nicolas, kommst du oft hierher?« Der Junge rückt sein Scouttuch zurecht.

»Ja, wir kommen jeden Donnerstag. Weißt du, was wir machen? Wir bringen den kleinen Flüchtlingen Französisch bei. Sie sind sehr unglücklich, weil sie ihr Haus verloren haben, und außerdem haben sie gar kein Spielzeug, nicht mal einen Fußball. Ich hatte ihnen meinen mitgebracht, aber er ist geplatzt. Und dann sind ihre Eltern sehr arm, sie haben keine Arbeit, nichts zu tun; das Wasser müssen sie immer vom Brunnen holen, und sie haben kein Fernsehen, das alles macht sie kaputt. Tony sagt, dies ist die beste gute Tat, die man sich vorstellen kann. Glaubst du, er hat recht?«

Lola schnürt es das Herz zusammen. Sie hat Nicolas lange nicht mehr mit solcher Wärme reden hören. »Ja, mein Liebling, er hat sicher recht.«

»Madame Boulad, ich möchte Ihnen zunächst meine Anteilnahme aussprechen. Ich habe erfahren, daß Ihr Onkel ... daß Monsieur Emile Boulad verstorben ist.« Tony fingert verlegen an seiner Gürtelschnalle herum. Wie alt mag er sein? Neunzehn vielleicht ... Wahrscheinlich denkt er, ich bin eine entsetzliche Kleinbürgerin und uralt; er sieht mich an, als sei ich seine Lehrerin, die ihn gerade bestrafen will, sagte sich Lola verärgert.

»Bleiben wir nicht hier, trinken wir einen Kaffee im Horse Show, wenn Sie wollen. Nicolas hat mir alles erzählt, von den Flüchtlingen, seiner guten Tat ... Ehrlich gesagt, dieses Lager zu sehen war ein Schock für mich. Ich hätte mir nie vorgestellt ... Aber ich würde gern wissen, was Sie darüber denken und warum Sie das tun?« Tony zögert. Diese schöne Dame hält ihn offensichtlich für einen unschuldigen jungen Mann. Aber sie täuscht sich. Er hat eine Vorliebe für dreißigjährige Frauen, und sie ist nicht schlecht, gar nicht schlecht, diese Lola Boulad, von der er schon soviel gehört hat.

»Einverstanden. Aber darf ich Sie zu einem Vortrag einladen, den ich mit Erlaubnis von Pater Hayek in der Sankt-Joseph-Universität organisiert habe? Chafik Adnan, der Sprecher der PLO, wird dort über die palästinensische Sache reden. Es wird interessant. Anschließend gehen wir ein Glas trinken ...«

In der Universität hat sich der Hörsaal bereits gefüllt. In der ersten Reihe sitzen die Jesuitenpater und die wichtigsten Verantwortlichen des Sankt-Joseph-Vereins, das heißt alles, was in Beirut unter Politikern und Intellektuellen Rang und Namen hat. Dahinter ein zusammengewürfeltes Publikum, Studenten, Gymnasiasten in Uniform, Journalisten. Viele Frauen aus der guten Gesellschaft: Palästina kommt in Mode. Lola setzt sich weit nach hinten. Sie hat Tony versprochen, sich diesen Chafik Adnan anzuhören, der die jungen Libanesen begeistert und von dem man sagt, er stünde Abou Ammar nahe – diesem dicken, häßlichen Typen, dessen Foto sie in Bordj Brajnieh gesehen hat und den man inzwischen Arafat nennt. Auf der Bühne schlägt Tony, sehr blaß, gegen die Mikrofone und schaut zu den Kulissen. Endlich erscheint Chafik Adnan. So hatte sie ihn sich nicht vorgestellt. Er ist jung, etwa dreißig, er hat Charme. Seine Tweedweste ist gut geschnitten. Warum hatte sie einen nachlässig gekleideten Militär erwartet? Die Gesichter um sie herum sind angespannt. Zum erstenmal spricht ein palästinensischer Funktionär in der Sankt-Joseph-Universität, die den Ruf hat, konservativer zu sein als die amerikanische oder die libanesische Universität.

Für Chafik ist die Einladung der Jesuiten mehr als ein Erfolg. Eine Anerkennung. Sie öffnet ihm die Tür zu einer Welt, die nichts mit seiner üblichen Zuhörerschaft militanter Linker zu tun hat. Er bewegt sich auf vermintem Gelände. Ein Blick in den Saal macht ihm klar: Diese Jesuiten mit den zu intelligenten Augen, die Notabeln, deren Chauffeure vor der Tür warten, die eleganten Frauen, die sicherlich eine Bridgepartie absagen mußten, um ihn zu hören, sie alle wollen weder überzeugt noch wenigstens informiert werden. Sie wollen schockiert werden. Er wird sich nichts daraus machen. Er muß seine Worte mit großer Vorsicht abwägen. Wie immer, wenn er eine schwierige Partie zu spielen hat, sucht er sich ein Gesicht unter den Anwesenden, einen Unbekannten, aber sympathischen Typ, der sein einziger Zuhörer sein wird, dessen Reaktionen er verfolgen kann, die Gefühle oder Vorbehalte, auf die er mit seiner Rede eventuell reagieren kann. Diese junge brünette Frau im Hintergrund hat einen lebhaften Blick und ein intelligentes Lächeln.

»Sie wollen wissen, wer wir sind? Wir sind alle, Sie und wir, Christen oder Moslems, Kinder einer Erde ...« Die ernste, verhaltene Stimme ergreift Lola. Sie hat das seltsame Gefühl, der Redner würde nur für sie sprechen. Die Geschichte Palästinas, die Entwicklung des Konfliktes, sind ihr bekannt. Aber daß diese Rede weder von Fanatismus noch von Rassismus geprägt ist, erstaunt sie. Chafik spricht bewußt von »Israel« und nicht vom »zionistischen Pseudostaat«. Sie erinnert sich an die haßerfüllten Sätze des dicken Choukaïri, der, in seine Operettenuniform gezwängt, einstmals in Kairo die Menge begeisterte. Hat sich die PLO nach diesem verlorenen Krieg wirklich verändert, wie Tony behauptet? Vielleicht ... Der Redner fährt fort:

»Wir wissen, daß die Libanesen 1948 großzügig die ersten Flüchtlinge aufgenommen haben. Aber wo sind unsere Brüder heute, nach zwanzig Jahren? Noch immer in den Lagern, die als Provisorien gedacht waren, wo sie die internationale Wohlfahrt ernährt und ihre Kinder unterrichtet, aber für welche Zukunft? Man wirft ihnen oft vor, daß sie nichts tun, um diese Situation ewig Hilfsbedürftiger zu ändern. Wissen Sie, daß das internationale Reglement der UNWRA festlegt, daß ein Flüchtling, wenn er einen Lohn erhält, so gering dieser auch sein mag, sofort seine Rationen und seine Ansprüche verliert, das heißt die tausendfünfhundert Kalorien am Tag, die drei Decken im Jahr, das monatliche Stück Seife, die es ihm erlauben, seine Familie mehr schlecht als recht am Leben zu erhalten? Welcher Vater kann sich unter diesen Bedingungen für den unzureichenden Lohn einer immer zufällig bleibenden Arbeit entscheiden?« Ich habe den Punkt getroffen, denkt sich Chafik, als er sieht, wie Lolas goldene Augen größer werden.

Allmählich taut das Publikum auf, eine Bewegung geht durch die Reihen, deren Natur Chafik nicht ganz klar ist. Er muß zum Ende kommen und sich den Fragen stellen. »Man beschuldigt uns, den Libanon zum Bersten bringen zu wollen. Das ist falsch. Und das wäre unverantwortlich. Was wir verlangen, ist, daß Palästina ein weltlicher und demokratischer Staat wird, in dem Juden, Christen und Moslems friedlich nebeneinanderleben. Für uns sind das keine

Worte, sondern eine Wirklichkeit, die nur möglich werden kann, wenn der Libanon, unser Nachbar, seinen Zusammenhalt bewahrt. Wir sind gegen all jene, die am liebsten die Religionsgemeinschaften gegeneinander aufhetzen wollen, denn sie spielen das Spiel Israels und nicht das der arabischen Welt. Der Platz des Libanon aber, das wissen Sie, ist und bleibt im Innern der arabischen Welt...«

War er überzeugend? In der ersten Reihe geben Pater Hayek und Pater Abou das Zeichen für den Applaus. Auch die junge brünette Frau im Hintergrund klatscht. Ein gutes Zeichen. Aber schon heben sich die Hände und Fragen werden laut, viel aggressiver, als Chafik erwartet hat. »Sie reden nicht wie ein Revolutionär!« ruft ein junges rothaariges Mädchen in Jeans. »Glauben Sie, mit beruhigenden Worten siegen zu können? Einverstanden, mit einem weltlichen und demokratischen Palästina... unter der Bedingung, daß auch wir in einem weltlichen und demokratischen Libanon leben können!« »Nennen Sie Ihren Namen«, ruft Tony ins Mikrofon. Die kleine Rothaarige reckt sich auf die Zehenspitzen und schreit: »Michèle Saab, Maronitin!«, unter dem Beifall einer Gruppe von Studenten. »Sie hat recht!« brüllt nun ein großer magerer Bursche mit halblangen Haaren in einem Zopf. Ein untersetzter Junge mit offenem Hemd steht auf und fährt fort: »Sie sind also ein Vertreter eines weltlichen Palästinas, und Sie wollen uns in der Zwangsjacke des rückschrittlichen Konfessionalismus schmoren lassen? Nein, meine Freunde...« Er wendet sich zum Saal: »Mit den Palästinensern, die unser bewaffneter Arm sind, werden auch wir die Revolution im Libanon durchführen...«

Es ist nicht nötig, daß er seinen Namen nennt, er geht bereits durch die Reihen. »Das ist Samir Frangie, der Sohn von Hamid...« Frangie, eine der einflußreichsten Personen unter den Christen des Nordens! Die Notabeln in der ersten Reihe drehen verärgert die Köpfe um. Sie waren gekommen, um zu sehen, was dieser palästinensische Führer zu bieten hatte, und nun gehen die jungen Libanesen, ihre eigenen Kinder, die Kinder der besten Familien, auf die Barrikaden!

Chafik versucht zu beschwichtigen: »Eure Revolution ist nicht unsere Angelegenheit, sondern eure.« Buh-Rufe ertönen. Die Damen der guten Gesellschaft fühlen sich offensichtlich etwas überfordert. Lola lacht, amüsiert von der plötzlichen Umkehrung der Situation. Neben ihr kritzelt ein Mann mit runden Brillengläsern auf der Nase etwas in sein Heft und murmelt: »Das ist lustig, was? Der Revolutionär wurde von links überholt.« Lola erkennt ihn: Es ist André Bercoff, ein talentierter Journalist mit beißendem Humor, von dem man in ihren Kreisen schwärmt. Bevor die Verwirrung weiter ansteigt, steht Pater Abou auf und ergreift das Mikrofon: »Meine lieben Freunde, ich danke Ihnen für Ihre Anwesenheit und gratuliere unserem Redner. Was müssen wir aus alldem schließen? Ich würde nicht sagen, daß Sie unrecht haben, aber wenn wir es in der Gesamtheit betrachten ...« André Bercoff steckt seine Papiere in die Tasche und neigt sich zu Lola: »Guten Abend, meine Liebe. Jetzt passiert nichts Interessantes mehr. Wie üblich haben die Jesuiten gewonnen ...«

Lola wartet einen Moment. Sie ist verwirrt. Das Elend der Flüchtlinge hat sie berührt, aber die Rede von Chafik Adnan hat sie nicht überzeugt. Dabei ist die Argumentation perfekt: Ja, ein weltliches und demokratisches Land, das wäre der Traum und zweifellos die einzige Lösung für die Christen im moslemischen Mittleren Osten. Übrigens hatte die kleine Rothaarige recht: Warum sollte man allein dem Libanon die zweifelhafte Praxis des Konfessionalismus zugestehen? Sie weiß, daß sich in diesem Land alles verändert hat, seit ... mein Gott, zehn Jahre ist es schon her, daß sie Ägypten verließ. Die Christen und die Moslems leben in den verschiedensten Gemeinden voneinander getrennt, aber das ist kein Zeichen von Freiheit. Was sagte dieser junge Frangie? Eine Zwangsjacke. Ja, das ist es, jeder trägt seine Zwangsjacke. Alle leiden darunter, nur ein paar Politiker profitieren von diesem immer zerbrechlicher, immer ungerechter werdenden System. Aber was tun? Beide Ansichten erscheinen ihr unrealistisch. Die Palästinenser können niemals allein ihr verlorenes Vaterland zurückerobern, und kein arabisches Land wird ihnen dabei helfen. Die Libanesen verdienen zuviel Geld, sie sind zu sorglos oder zu überheblich, um die Gefahr zu spüren, die nötigen

Reformen durchzuführen und so einer drohenden Revolution zu entgehen. Wir sind tanzende Derwische, sagt sie sich: Die Palästinenser berauschen sich an Worten, wir uns an unserem Wohlstand. Im Moment tanzen beide Derwische, ohne aneinanderzugeraten. Aber wenn die Musik schneller wird . . .

Der Saal ist fast leer. Als Lola aufsteht, kommen Tony und Chafik Adnan durch den Mittelgang herab. Tony grüßt sie von weitem mit einer kleinen Handbewegung, aber Chafik beschleunigt den Schritt, holt Lola vor dem Eingang ein, drückt ihr kräftig die Hand: »Danke, danke!« Sein Blick ist warm, die Augen von sanftem Braun, und sie sieht ihn zum erstenmal lächeln – ein Lächeln mit spitzen Zähnen, ein Wolfslächeln. Warum dankt er ihr? Tony ist verblüfft.

»Kennt ihr euch?«

»Nein, aber diese Dame hat mir während des Vortrages sehr geholfen. Ich habe auf ihrem Gesicht gelesen, wie weit ich gehen konnte . . .« Lola lacht.

»Dann bin ich also nicht verrückt! Ich hatte das absurde Gefühl, Sie würden zu mir sprechen . . .«

»Das stimmt. Tony, stellst du uns vor?« Zwei Stunden später sitzen sie alle drei in der Bar des Saint-Georges, und Lola diskutiert heftig, mit glänzenden Augen und wirrem Haar. Tony betrachtet sie ernüchtert. Lolas fröhliche Erregung hat nichts mit dem Wodka-Orange zu tun. Chafik neigt sich vor, entzündet mit seinem Feuerzeug die Zigarette, die er Lola gegeben hat, und die blaue Flamme führt sie in ihrem zitternden Licht zueinander . . . Tony ist enttäuscht. Er hat Lola vielleicht davon überzeugt, daß die Sache der Palästinenser eine gerechte Sache ist, aber Chafik hat sie offensichtlich verführt.

»Du also auch? Jetzt haben all diese Damen ihren Palästinenser! Und die vornehmste Abendgesellschaft ist nichts wert, wenn man nicht einen ›Fedayin‹ präsentieren kann!« Lili ist wütend. Im Lagerraum von »La Licorne« sitzen sie beide auf Sätteln aus besticktem Kamelleder, die Lili in diesem Jahr »lancieren« will.

»Bei mir ist es etwas anderes«, entgegnet Lola. »Ich will ihn vor allem nicht präsentieren, wie du sagst. Ich bin in ihn verliebt, das ist alles. Wer weiß, warum . . . Als ich ihn das erstemal sah, fand ich ihn nicht mal schön. Aber, weißt du, er . . . wie soll ich sagen? Er erregt mich, in jeder Hinsicht. Ich habe den Eindruck, er ist der erste wirklich männliche Mann, dem ich je begegnet bin. Vielleicht, weil er so plötzlich in meinem Leben aufgetaucht ist, weil er nichts mit meiner Vergangenheit zu tun hat. Philippe, das war etwas anderes. Wir waren beide so jung, und es ist so lange her. Die Bilder von ihm sind verschwommen, meine Leidenschaft ist abgenutzt, da ich die Momente unseres Glücks in meinem Kopf sooft wiederbelebt habe. Aber immerhin hat mir diese Leidenschaft Lebenserfahrung eingebracht, wie Madame Latreille sagen würde, nein, du kennst sie nicht, das war in Kairo . . . Antoine? Nun, er gehört nicht zu meinem Leben, er ist mein Leben. Gemeinsam aufgewachsen, gemeinsam Schüler, Familie, Cousin und Cousine, und dann wurde er mein Vater, mein Bruder, mein Mann, mein Geliebter, mein Freund. Ich könnte nicht ohne ihn atmen, lach nicht, es stimmt. Antoine liebe ich. Eine Liebe, die einem Inzest gleicht, aber das sollen die haltbarsten sein. Natürlich weiß er nichts von Chafik. Ich werde es ihm um nichts in der Welt erzählen. Ich hänge zu sehr an ihm, ich will ihm keinen Kummer machen.«

Lili greift nach ihrer Kaffeetasse, schlürft eine zitternde Blase an der Oberfläche ab.

»Sieh an, baldiger Reichtum, um so besser. Also ist Chafik für dich etwas rein Körperliches?«

»Nein. Er ist einfach anders. Völlig fremd. Manchmal, wenn wir uns lieben, spricht er arabisch mit mir, und ich verstehe nicht, was er sagt. Einmal, er träumte, wiederholte er ein Wort, das ich nicht kannte, er sprach so sanft, ich hatte das Gefühl, eine andere Welt zu betreten. Und dann erzählte er mir. Von seiner Kindheit in Israel, in Haifa. Von den Soldaten, dem Krieg, er spricht auch vom Islam. Er erklärt mir die Moslems, ihren Stolz, ihre Verzweiflung, ihre Enttäuschung.«

»Wir sind alle Araber, erzähl mir nichts von Unterschieden. Unsere Männer, sind sie vielleicht nicht frustrierte Machos?«

»Ach, alle Männer sind Machos, Chafik auch. Was mich im Grunde bei ihm anzieht, ist, daß er gleichzeitig vertraut und fremd ist, dasselbe Land, aber eine andere Geschichte, eine andere Kultur. Freund und Feind . . .«

»Du spinnst! Sag mir, daß er ein guter Liebhaber ist, das reicht. Oder daß du ihm verfallen bist, das fände ich noch besser. Wenigstens wird er gehen, wie er gekommen ist, auf einen Schlag oder durch einen Schuß. Wenn nicht, wirst du dich in eine unmögliche Geschichte verwickeln . . . Hast du deinen Kaffee ausgetrunken? Ich werde dir aus dem Grund lesen.«

Lili ergreift die weiße Tasse, läßt sie weihevoll dreimal kreisen, stülpt sie auf die Untertasse, wartet einen Moment, damit der Grund an den Seiten antrocknet. Als sie die Tasse wieder umdreht, zeichnet der Kaffee im Innern eine seltsame Mondlandschaft, mit Kratern, Schleppen, Löchern in der Form magischer Augen. Ein erster Blick auf das Bild: »Es wird Bewegung geben in deinem Leben . . . Sieh dir nur diesen Stern an . . .« Aufmerksam studiert Lili die braunen Mäander, während sie die Tasse langsam linksherum dreht: »Da ist der Mann, den du liebst. Er wendet dir den Rücken zu, eine schlechte Neuigkeit. Da, das Weiße, das ist das Auge über dir, irgend jemand beschützt dich. Ja, du wirst trotz allem beschützt sein, aber dann, ein Unglück . . . Hast du vor, zu verreisen? Siehst du die kleinen Rinnen dort? Reisen, ohne jeden Zweifel, und sieh hier, noch ein Mann, er hat ein Kreuz über dem Kopf, das wird eine glückliche Liebe. Und sie dauert lange . . . aber plötzlich ein Bruch. Jemand kreuzt deinen Weg.«

Lili ist wieder beim Henkel angelangt. Sie stellt die Tasse ab und seufzt: »Du hast Glück. Glücklich oder unglücklich, die Liebe verläßt dich nicht. Mein Leben ist nur eine trübsinnige Einöde.«

»Erzähl mir nicht, daß du niemanden hast. Und Malek?«

»Malek? Sein Vater hat ihm das Geld gestrichen, um ihn zu zwingen, in den Süden zurückzukehren und sich um den Familienbesitz zu kümmern, wie er sagt. In Wirklichkeit will er, daß Malek wieder seinen Abgeordnetensitz in Tyr einnimmt. Dafür müßten ihn seine künftigen Wähler wenigstens hin und wieder zu Gesicht bekommen. Aber er interessiert sich weder für Politik noch für Orangenplantagen. Die Bar des Saint-Georges ist ihm wichtiger. Und ich verstehe ihn! Im Sommer hat er mich eingeladen, ein Wochenende bei ihm zu Hause zu verbringen. Ihr Haus ist sehr schön und riesengroß, inmitten von Orangenbäumen. Aber was für ein Durcheinander! Der Vater thront in Abaya auf dem Sofa im Salon – du weißt, wie dick er ist –, seine Bernsteinkette in der Hand, eine Narguileh neben sich. Und ständig Besucher, alle Welt kommt und geht, die Bauern in Pluderhosen und mit aufgezwirbelten Schnurrbärten, die Alten des Dorfes, Notabeln aus dem Palästinenserlager, von dem der Vater seine Arbeitskräfte bezieht, jeder erzählt seine Geschichte, ein Orangendiebstahl, Probleme mit dem Pachtland, ein Sohn, der nach Afrika gehen will, Geldanweisungen, die nicht rechtzeitig aus Nigeria eingetroffen sind. Die Diener verteilen ständig Kaffee und Honigkuchen. Die Frauen kommen nie aus der Küche oder ihrem Zimmer hervor. Ich wundere mich nicht mehr darüber, daß Maleks Mutter ständig auf Reisen ist...«

»Aber was wird er tun, wenn ihm sein Vater wirklich kein Geld mehr gibt?«

»Er lebt von seinen Freunden, er spielt Poker, seine Mutter steckt ihm heimlich etwas zu... Nein, ich muß vernünftig sein. Malek ist nichts für mich. Außerdem hat er mich zwar gern, aber nicht so sehr wie seine Autos... Lola, diese Stadt hat mir den Kopf verdreht. Alle Welt liebt sich, wo es gerade geht, die Sitten sind scheinbar völlig frei. In Wirklichkeit wird man sofort wieder konventionell und bürgerlich, sobald es um Heirat geht. Kennst du viele Christinnen, die einen Moslem heiraten? Ich nicht. Jeder verheiratet sich brav innerhalb seiner Gemeinde und seiner Gesellschaftsschicht. Viel Geld, viel Glanz. Die engstirnige Mentalität einer Provinzstadt.« Die sanfte Lili ballt die Fäuste. »Hier ersticke ich. Ich brauchte etwas anderes... Paris, Europa, davon träume ich!«

»Antoine, könnten wir eine große Abendgesellschaft geben, zum Beispiel eine Silversterfeier veranstalten? Ich weiß, daß unsere Trauerzeit noch nicht vorbei ist, aber ... ich glaube, Tante Charlotte würde es verstehen.«

»Was verstehen? Warum soll es bei uns stattfinden? Gehen wir ins Restaurant oder ...«

»Nein, ich möchte gern verschiedene Leute hierher einladen, die ... ich meine, bestimmte Leute ... Kurz und gut, ich will Lili verheiraten.«

»Lili verheiraten? Mit wem denn, mein Gott? Glaubst du, sie hat Lust zu heiraten? Und sie braucht dich dazu? Meine Frau ist verrückt ... Na gut, wenn du darauf bestehst. Aber frag vorher Tante Charlotte.«

Seit Emiles Tod war Charlotte nicht mehr sie selbst. Sie hatte sich bei den zahllosen Kondolenzbesuchen, bei der Beisetzung und auch bei der Gedenkfeier am vierzigsten Tag gut gehalten. Dann war sie in ihr Zimmer geflüchtet, um lange zu schlafen. Als sie wieder auftauchte, erkannte Lola sie kaum wieder. Sie hatte noch immer die kurzsichtigen Augen, ihre schönen weißen Haare, aber ihre zarte Gestalt glich einem zerbrochenen Bogen. Sie hatte die Lust am Leben verloren. Lola versuchte, sie auszuführen, einen Bridgeabend zu organisieren oder sie ins Kino mitzunehmen. Sie ließ sich folgsam führen, was ihr gar nicht ähnlich sah, aber manchmal legte sie die Hand auf die Augen: »Ich bin müde, meine Liebe, viel zu müde ...«

Lola wußte nicht recht, wie sie ihr Vorhaben anbringen sollte. Aber zu ihrer großen Überraschung gefiel Charlotte die Idee, Lili zu verheiraten. »Meine Kinder, amüsiert euch, das Leben ist so kurz! Natürlich bin ich einverstanden, etwas zu arrangieren. Unter der Bedingung, daß es sehr fröhlich wird ... Warum nicht eines dieser modernen Orchester, Bob Azam, glaube ich. Aber vom 25. oder 31. Dezember würde ich abraten: Weihnachten verbringt man mit der Familie, und Silvester treffen sich alle bei Faraya im Cèdres, im Casino oder im Königskeller. Warum nehmt ihr nicht ein Datum dazwischen, den 28. beispielsweise?«

Man einigte sich auf dieses Datum, und die Einladungen wurden verschickt.

Lola drehte sich vor dem großen dreiteiligen Spiegel, um ihren Rücken zu sehen. Sie hat als Thema für ihre Abendgesellschaft – es ist Mode, daß solche Abende ein Thema haben – die dreißiger Jahre und »der große Gatsby« gewählt. Ihr enges, langes Kleid aus Silberlamé ist die Kopie eines Modells von Poiret. Das mit einem Silberreiher geschmückte Band paßt sehr gut zu ihrem knabenhaft frisierten Haar. Unten spielt das Orchester bereits einen Foxtrott. Lili hat eine Überraschung versprochen. Das Buffet ist für hundert Personen ausgerichtet, ob das reicht? Bei derartigen Festen laden sich viele selbst ein. Wie soll sie mit diesem engen Rock die Treppe herunterkommen? Und das Lamé sieht zwar herrlich aus, aber es kratzt.

Neun Uhr, die ersten Gäste treffen ein. Der holländische Botschafter, in engsitzendem weißem Anzug, eine rote Nelke im Knopfloch, mit Mittelscheitel, die Haare voller Pomade, ähnelt Marcel Proust. Eine extravagante Jean Harlow begleitet ihn, eine kraushaarige platinblonde Frau mit einer sehr langen silbernen Zigarettenspitze, riesigen, stark geschminkten blauen Augen... Lili! Jauchzen, Umarmungen. »Du siehst göttlich aus, meine Liebe!« Die Ankunft jedes neuen Paares wird von Lachen und Beifall begleitet. Das Kleid von Nadia Rizk aus kirschrotem Samt ist bestimmt noch aus jener Zeit. »Wo hast du dieses Wunderstück gefunden?« – »Meine Schwiegermutter. Sie hebt alles auf, Gott sei Dank!« Die Diener in weißen Westen servieren den Champagner mit tänzelnden Schritten, animiert vom Charleston. Lola denkt einen Augenblick an Chafik. Was würde er sagen, wenn er sie sehen könnte? Würde er sie verachten? Na und, halb so schlimm! Heute abend hat sie Lust zum Lachen. Man stellt sich im Kreis um Nadia de Freije und Bob Pharaoun auf, die einen wilden Charleston tanzen. Nadia strahlt an diesem Abend mit ihrer goldfarbenen Haut, ihrem leuchtendroten Haar und ihren großen braunen Augen. Eins ihrer Straßbänder ist herabgeglitten, die Fransen ihres grünen Kleides winden sich um ihre langen schlanken Beine. Sie ist Irrlicht, glühende Flamme, die Verkörperung der Sinnlichkeit, die jetzt alle Tänzer erfaßt.

Es gibt immer einen Moment, in dem ein solcher Abend umkippt, sagt sich Antoine. Paare bilden sich, Körper umschlingen einander, ein leichter Rausch verwirrt Köpfe und Herzen. Das Orchester spielt jetzt einen argentinischen Tango. Wo ist Lola? Er würde gern mit ihr tanzen, aber sie gleitet schon in den Armen von Guy Abela über den Marmorboden, den Körper vorgeneigt, bis sie sich plötzlich bei einem Beckenschlag nach hinten wirft. Antoine macht sich Vorwürfe. Wann wird er endlich aufhören, sich wie ein eifersüchtiger Ehemann aufzuführen? Eine Haltung, die hier vollkommen lächerlich ist. Neben dem Buffet macht ihm ein Diener aufgeregt Zeichen, mit entsetzter Miene. Fehlt es an Champagner?

»Monsieur, ich bin untröstlich, einer Ihrer Freunde hat eben angerufen. Die Israelis sollen im Begriff sein, den Flugplatz anzugreifen. Vielleicht überfallen sie die Stadt.«

»Sind Sie verrückt? Das ist unmöglich. Das ist ein schlechter Scherz.«

»Nein, Monsieur, ich glaube nicht. Kommen Sie, Monsieur Michel el Khoury ist am Telefon, in Ihrem Arbeitszimmer.«

»Michel? Was? Die Israelis hier? Ist es ernst? Bedeutet das Krieg? Du weißt es nicht? Hör mal, ich komme.« Antoine geht auf die Bühne am Ende des Saales und unterbricht das Orchester.

»Liebe Freunde, ich habe eben einen Anruf von Michel el Khoury erhalten. Er sagte mir, daß die Israelis den Flugplatz angreifen...« Die Tänzer bleiben stehen, erstarrt im letzten Tangoschritt. Der Geiger streckt noch immer den Bogen in die Luft. Für einen Moment bleibt die Zeit stehen. Die Israelis? Warum nicht die Marsmenschen? Guy reagiert als erster.

»Fahren wir hin! Sehen wir uns das an! Alle in die Autos!«

Sie sind nicht die einzigen, die diese Idee haben. Ein riesiger Stau bildet sich auf der Straße nach Khaldé. Im Chrysler, wo sich sechs Personen aneinanderdrängen, schaltet Antoine das Radio ein. Nichts, nur Jerk, dann Jazz. Wenn die Israelis angreifen, würde Radio Libanon wenigstens ein Zeichen geben... Endlich kommen die Autos in die Nähe des Flugplatzes, und Lola stößt einen Schrei aus: Riesige Flammen beleuchten den Kontrollturm und die Hangars. Man hört Detonationen, dumpfes Krachen, laute Explosionen. Alle stürzen schreiend aus den Wagen. Die Bewegung der

Menge bewirkt ein völliges Durcheinander zwischen denen, die zurückgehen, und denen, die etwas sehen wollen. Antoine packt einen Mann am Westenzipfel, der völlig verschreckt ist und schreit: »Meine Tochter, meine Tochter!« Es ist Habib Nahas aus Nahar, der ihn zuerst anstarrt, ohne ihn zu erkennen. Dann reagiert er: »Doktor, schnell, gehen Sie hin! Dort unten werden Sie sicher gebraucht!«

Antoine reißt die weiße Nelke aus dem Knopfloch und stürzt sich mit gesenktem Kopf in die Menge. Lolas Gäste umringen Habib. Irgend jemand reicht ihm eine Whiskyflasche. Er trinkt gierig. »Ich erwartete meine Tochter. Sie sollte um 21.30 Uhr mit der Boeing der Air France aus Paris kommen. Gerade als ich den Flugplatz erreichte, hörte ich das Flugzeug und sagte mir: ›Sieh an, sie sind zu früh‹, und gleich darauf begann ein Hubschrauber über mir die Beete am Parkplatz mit einem Maschinengewehr zu beschießen. Ich hatte gerade noch Zeit, mich auf den Boden zu werfen. Ohne zu begreifen, was da vor sich ging, hörte ich eine ungeheure Detonation, ich sah Flammen zum Himmel aufsteigen. Ich glaubte, es wäre das Flugzeug, das die Landebahn verfehlt hatte. Aber dann gab es eine zweite Explosion und eine dritte . . . Ich weiß nicht, was dort vor sich geht. Ich habe Leute schreien hören, es wären die Israelis, andere sagten, man würde einen Film drehen.« Habib zeigt auf die Piste. »Ich habe nicht den Mut, nachzusehen.«

Antoine ist endlich auf das Flugfeld gelangt. Alle Flugzeuge, er zählt dreizehn, stehen in Flammen, ein Hangar brennt. Riesige Feuerzungen steigen empor. Es ist taghell. Sind sich die dichtgedrängten Neugierigen der Gefahr bewußt? Diese randvoll mit Kerosin gefüllten Flugzeuge, die nur wenige Meter entfernt brennen, sind wie riesige Bomben. Hinter Antoine schreit eine Frau hysterisch: »Mein Schmuck! Er ist dort, im Flugzeug! Mein Schmuck!« Ein Mann erklärt, daß sie im Flugzeug nach Djeddah saßen, das gerade starten wollte, als sie Fallschirmspringer mit vorgehaltener MPi zum Aussteigen zwangen und ihnen verboten, das Gepäck mitzunehmen. Sie begriffen erst später, daß es Israelis waren, als sie Männer mit geschwärzten Gesichtern aus einem Hubschrauber springen sahen, die in aller Ruhe Brandbomben an den libanesischen Flugzeugen anbrachten.

»Aber hat sich ihnen denn niemand entgegengestellt?« – »Wer denn? Es waren nur drei Zöllner da, die sich ebenso wie wir auf die Erde warfen, als die Hubschrauber die Ränder der Pisten beschossen. Oh, sie haben sich Zeit gelassen – mindestens eine Dreiviertelstunde! Wir haben sogar drei oder vier Israelis gesehen, die sich in der Bar einen Kaffee bestellten... Hier, der Barmann kann es Ihnen bestätigen.«

In der Tat zeigt ein Barmann in bordeauxroter Weste und mit schiefhängender Krawatte eine Handvoll grüner Geldscheine. »Das sind Schekel, sehen Sie, sie haben mir jüdische Schekel gegeben...« – »Warum hast du sie bedient?« – »Was konnte ich tun, ganz allein? Ich bin kein Militär. Wo war sie überhaupt, die Armee? Und die Polizei? Und die Regierung? Wo waren sie?«

Antoine vergewissert sich, daß es keine Verwundeten gibt. Glücklicherweise, denn es sind auch keine Krankenwagen da. Eine tränenüberströmte Stewardeß bestätigt, daß die Boeing der Air France nicht gelandet ist, sie hat bestimmt abgedreht... Er muß Habib beruhigen gehen. Antoine läuft zum Parkplatz zurück. Das Schauspiel ist surrealistisch: Seine Gäste, von den Flammen beleuchtet, zertrampeln die Rabatten, in ihren Kostümen aus den dreißiger Jahren, der Botschafter mit seinem Mittelscheitel, Lola in ihrem Lamékleid, auf dem der Widerschein des Feuers funkelt, Lili hält ihre platinblonde Perücke in der Hand. Weiß Gatsby, daß seine raffinierte Welt soeben in Rauch aufgegangen ist?

18

Libanon 1969

Die Stände brachen unter den Früchten fast zusammen, die blauen Schuppen der Fische glänzten in der Sonne, der Teeverkäufer läutete seine Glocke. An diesem Aprilmorgen glich der Markt von Saïda einem Fest. Plötzlich entstand Unruhe. Die Geschäfte schlossen eines nach dem anderen, und die Mütter, den Kopf mit dem schwarzen Schleier der Bäuerinnen aus dem Süden bedeckt, schubsten ihre Kinderschar, um so schnell wie möglich nach Hause zu kommen.

Ein Gerücht lief um und entvölkerte den Markt: Einige Kilometer entfernt, in den Bergen, die den Palästinensern der El Fatah als Zuflucht dienten, hatte die libanesische Armee das Feuer eröffnet. Man sprach von Dutzenden Toten, von zahlreichen Verletzten, aber der Armee war es nicht gelungen, die Fedayin zu vertreiben. Die Konfrontation war unvermeidlich.

Zuerst hörte man aus den Vororten ein beunruhigendes Summen. Dann wirre Schreie, die immer deutlicher wurden. Tausende von Stimmen riefen: »Palästina, Palästina!« Der Lärm vervielfachte sich. Acht- bis zehntausend palästinensische Flüchtlinge kamen von der Straße aus dem Lager von Heloueh, überfluteten die Straßen von Saïda, warfen Steine auf die herabgelassenen Eisengitter, auf die wenigen Polizisten, die einzugreifen versuchten. Dann tauchten die Panzerwagen der libanesischen Armee auf, die in die Menge schossen. Es war nicht der erste Zusammenstoß, aber alle Kommentatoren stimmten darin überein, daß man darin einen fatalen Präzedenzfall sehen müßte.

Am 23. April erreichte der Aufstand Beirut. Diesmal waren es nicht mehr einzig Palästinenser, die sich den Panzern entgegenstellten. Libanesen, Christen und Moslems, gesellten sich zu ihnen und demonstrierten mit der Parole:»Wir sind alle Fedayin.« Die libanesischen Sicherheitskräfte schlugen zurück, es gab elf Tote und zweiundachtzig Verletzte. Der Premierminister, Rachid Karamé, mußte abdanken. Eine lange Regierungskrise begann. Vor allem bestätigte sich damit ein doppelter Bruch. Zwischen den Palästinensern und der libanesischen Armee. Und unter den Libanesen selbst.

Im Büro von Edouard Saab, beim »Orient-le Jour«, fragte eine blonde Frau mit schmalem Gesicht:

»Edouard, erklär es mir. Wie seid ihr dahin gekommen. Ich verstehe überhaupt nichts. Als ich das letzte Mal im Libanon war, im Januar, erklärten sich alle entschieden für pro-palästinensisch. Erinnerst du dich an dieses sehr vornehme Abendessen, als wir unsere Gastgeberin in Militärdrillich gekleidet antrafen, wie sie aus ihrem staubbedeckten Rolls stieg und sagte: ›Entschuldigt meine Verspätung, aber ich komme von der Front!‹«

Edouard brach in Lachen aus und strich mit der Hand über seinen rosigen Schädel. Anne, eine französische Journalistin, war seit langer Zeit seine Freundin, seine Komplizin. Sie hatten gemeinsam die arabischen Gipfeltreffen besucht und die Kriege im Mittleren Osten erlebt. Mit ihren gespielt naiven Fragen predigte Anne das Falsche, um das Richtige zu erfahren und spielte die Unschuldige.

»Meine liebe Anne, du erstaunst mich. Ich werde es also nie schaffen, dir den Libanon verständlich zu machen! Vergiß zuerst einmal die Tatsache, daß wir seit Monaten keine Regierung mehr haben. Ich weiß, daß dich Paris deshalb hergeschickt hat – »Le Monde« verlangt auch von mir Berichte –, aber glaub mir, das ist völlig unwichtig. Eine Regierung zu haben würde die Angelegenheit nur noch komplizierter machen: Unsere Politiker müßten Verantwortung übernehmen, und dazu sind sie nicht in der Lage. Das Problem liegt woanders. Es geht darum, ob wir mit den Palästinensern solidarisch sind oder nicht und wie weit unsere Solidarität gehen kann. Müssen wir unsere libanesische Besonderheit verleugnen und uns, sogar die Christen, vom großen arabischen und . . . moslemischen »Oumma« absorbieren lassen? Das würde uns –

zumindest befürchten es die Christen – auf den Status von Schutzbefohlenen, von Dhimmis, zurückwerfen, den die libanesischen Maroniten immer abgelehnt haben. Oder sollen wir die arabische Solidarität brechen und die Palästinenser daran hindern, den Libanon in eine Kampfbasis gegen Israel zu verwandeln? Ein Kampf, unter uns gesagt, dessen Niederlage gewiß ist: Die Palästinenser allein werden den hebräischen Staat bestimmt nicht in die Luft sprengen. Kannst du mir folgen? Vereinfachen wir die Gleichung. Sind wir zuerst Libanesen oder zuerst Araber?«

Anne bewegte sich in ihrem Sessel:

»Aber dieses Dilemma ist ein oder zwei Jahrhunderte alt...«

Edouard rollte seine blauen Augen und streckte die Hand aus.

»Yaani... Du hast es immer eilig. Das Problem ist nicht neu, aber wir haben uns immer irgendwie herausgewunden, um es zu verdecken. Unglücklicherweise haben die Israelis mit ihrem Angriff auf den Flugplatz unsere Widersprüche bloßgelegt. Jetzt sind hier alle voller Wut. Gegen die libanesische Armee, die sich als unfähig erwiesen hat zu reagieren. Gegen die Palästinenser, die mit ihren unverantwortlichen Angriffen – du weißt, daß diese Aktion die Antwort auf eine Flugzeugentführung durch die Fatah war – die Sicherheit des Libanon aufs Spiel setzten. Und gegen unsere Politiker, die nicht mal in der Lage sind, eine Regierung zu bilden.«

»Ich verstehe. Verläuft die Trennlinie zwischen Christen und Moslems oder zwischen Armen und Reichen?«

»Immer logisch, die Franzosen, was? Ich antworte dir auf libanesische Art: beides gleichzeitig. Im Moment steht alles auf Messers Schneide. Wenn die libanesischen Moslems zuerst für die »arabische Solidarität« Partei ergreifen und die Christen für die »libanesische Souveränität«, gehen wir einem Religionskrieg und dem Auseinanderbrechen des Libanon entgegen. Wenn es bei diesem Konflikt um unvermeidliche Reformen geht, eine neue und ausgeglichenere Machtteilung, das heißt im Grunde zu einer Infragestellung der maronitischen Macht, dann gehen wir... ich weiß nicht, vielleicht einem neuen, unter Schmerzen geborenen Libanon entgegen.«

»Und wo stehen die Palästinenser?«

»Sie sind das Zünglein an der Waage. Je nachdem, ob sie sich zur einen oder anderen Seite neigen, werden wir einen Religionskrieg oder eine Revolution erleben...«

»Ist es wirklich so ernst?«

Edouard wirkte müde. Er fuhr erneut mit der Hand über sein kahles Haupt.

»Ja, diesmal ist es ernst.«

Anne stand auf, beunruhigt von seinem Tonfall.

»Mach dir nicht zu große Sorgen, Edouard. Ihr habt schon anderes erlebt. Du weißt doch: ›Wenn man einen Libanesen ins Wasser wirft, taucht er mit einem Fisch im Mund wieder auf...‹ Du hast mir dieses Sprichwort beigebracht. Ihr habt eine solche Kraft, eine solche Lebensfreude. Der Libanon ist wie ein Gummiball. Er springt immer wieder hoch.«

Das Meer ist grau an diesem Morgen, es funkelt wie Zinn. Der Novemberwind peitscht es zu kurzen starken Kämmen auf. Es ist kalt. Anne verläßt das Fenster im Saint-Georges, bindet den Gürtel des weißen Morgenmantels. Ein harter Tag ist zu erwarten: Anscheinend sind libanesische Soldaten im Palästinenserlager Nahr el Bared in der Nähe von Tarabulus gefangen. Sie wird in das Lager gehen müssen, die Verantwortlichen zum Sprechen bringen, einmal mehr ihre stereotypen Reden hören, tausendmal gehört, und, wenn möglich, die Gefangenen sehen. Das erfordert einen warmen Pullover und Hosen. Bei diesem Wetter hätte sie Stiefel mitnehmen sollen. Egal, vielleicht tun es die italienischen Mokassins ja auch.

Es klingelt, mit großer Zeremonie wird das Frühstück hereingebracht. Damastdecke auf dem Rolltisch, silberne Teekanne, Toasts unter bestickten Servietten, eine herrliche gelbe Rose in einer Kristallvase. Der Oberkellner verneigt sich und hält ihr eine mit Wasser gefüllte Schale entgegen, auf der einige Blütenblätter schwimmen: »Das ist die Temperatur des Badewassers. Ist es Ihnen so genehm?« Anne denkt an den Schlamm, durch den sie bald waten wird. Ja, die Badetemperatur ist ihr genehm. Trotz Stürmen und Gezeiten bewahrt das Saint-Georges sein Image, den erlesenen Luxus. Gestern morgen, bei ihrer Ankunft, ist Anne aufgefahren, als sie einen Schußwechsel unter ihrem Fenster hörte. Aber das Zimmermädchen hat nicht einmal mit der Wimper gezuckt. Sie hat weiter die Koffer ausgeräumt, die Hose und die dicke Weste mit der gleichen Sorgfalt behandelt, mit der sie Abendkleider auseinandergefaltet hätte. Das Saint-Georges ist für alle Besucher die Insel, die Zuflucht, die unverzichtbare Drehscheibe, auf der sich Geschäftsleute, Journalisten, Spione und Diplomaten aus dem ganzen Mittleren Osten treffen. Kann man sich Beirut ohne das Saint-Georges vorstellen? Nein, denkt Anne. Der Verlust des Saint-Georges würde, dessen ist sie sicher, den Tod von Beirut besiegeln.

»Man erwartet Sie in der Hotelhalle, Madame.« Es ist neun Uhr. In der Halle wartet ein junger Mann auf sie, die Hände in seinen Khakiparka vergraben. Er hat Stiefel... »Chafik Adnan, Sprecher der PLO.« Das ist ein Neuer, denkt Anne. Sie werden in einem offenen Jeep fahren, dort erwarten sie der Chauffeur und ein Leibwächter. Die Kalaschnikows sind, zweifellos aus Diskretion, auf dem Boden versteckt. Ob man die Füße draufstellen darf? Der Wind ist eisig, Chafik windet ein schwarz-weißes Kuffiya um seinen Kopf, Anne holt ihren für jeden Anlaß passenden Schal heraus und zieht ihn wie eine Kapuze fest zusammen. So wird jegliche Konversation sinnlos.

Zehn Kilometer vor Tarabulus erste Straßensperre. Khakiuniformen: Das ist die libanesische Armee. Papiere. Zweihundert Meter weiter, zweite Straßensperre. Leopardenanzüge: Das ist die Armee der Fatah. Andere Papiere. Eine andere Welt. Anne hat schon verschiedene Palästinenserlager gesehen, aber niemals eins wie dieses. Nahr el Bared wirkt wie eine Festung. Am Eingang bleibt der Jeep vor einem Wachposten stehen. Zweite Überprüfung. Formulare in drei Ausfertigungen werden ausgefüllt. Wieder Papiere und gründliche Kontrolle durch ein junges uniformiertes Mädchen, das sich sehr wichtig nimmt. »Wir sind dazu gezwungen«, murmelt Chafik etwas verlegen. Er ist gegen diese Praktiken, zumindest, wenn es sich um Journalisten handelt. Das macht einen schlechten Eindruck. Aber der Lagerkommandant wollte nichts davon hören. Er macht Krieg, sagt er, keine Öffentlichkeitsarbeit! Chafik seufzt.

Gott weiß, was diese Französin schreiben wird. In einer Ecke des Wachsaales hocken drei Mädchen mit langen Zöpfen um eine Kalaschnikow herum. Sie mögen elf bis vierzehn Jahre alt sein. Voller Ernst, mit immer geübteren Bewegungen, nehmen sie die Waffe, die vor ihnen auf dem Boden liegt, auseinander und bauen sie wieder zusammen. Ein kleiner Junge in Uniform kommt voller Stolz auf sie zu: »Ich schaffe es in vier Minuten, mit verbundenen Augen.«

Endlich der Kaffee! Zwei Tassen, ja, wenigstens der Versuch, sich aufzuwärmen. Inzwischen zwanglose Unterhaltung mit Chafik, ohne Heft und Stift.

»Ehrlich, glauben Sie selbst an einen demokratischen und weltlichen Palästinenserstaat... Wie übersetzen Sie eigentlich weltlich ins Arabische?«

Chafik zuckt mit den Schultern.

»Ich glaube daran, weil es nötig ist. Sehen Sie etwas anderes? Ich weiß, daß der Begriff der Weltlichkeit dem Islam fremd ist. Deshalb muß es ein arabischer, kein islamischer Kampf sein. Ich bin Christ...« Anne zuckt erstaunt zusammen, unterdrückt die Bewegung sogleich. Viele Palästinenser sind Christen, das vergißt sie immer wieder. Chafik wirft ihr einen eindringlichen Blick zu.

»Das ändert nichts, wissen Sie...«

»Ich weiß. Aber ich dachte, in der PLO würden die Christen eher zu den extremistischen Gruppen gehören, zu Georges Habache oder Nayef Hawatmeh.«

»Das stimmt, sie halten sich für revolutionärer, radikaler als die Moslems. Minderheitenreflex! Ich denke, sie haben unrecht, sich abzusondern. Es ist wichtig für die palästinensischen Christen, sich nicht von den Massen zu isolieren. Man muß jede religiöse Spaltung verhindern...«

»Und was tun Sie im Augenblick im Libanon anderes, als diese Wunde zwischen libanesischen Moslems und Christen wieder zu öffnen?«

Chafik erinnert sich an seine Rede in der Sankt-Joseph-Universität, an Lolas Gesicht. Sie glaubte daran, an seine Sache. Vielleicht aus Liebe zu ihm? Diese französische Journalistin wird schwerer zu überzeugen sein. Sie hat die gleichen Augen wie Lola, gelbe, goldbraune, mit Pailletten besetzte Augen mit sehr großer Iris . . .

In diesem Moment hören sie MP-Schüsse in kurzen Salven. Alle springen auf. »Das ist das Geräusch von Kalasch . . . es sind unsere«, beruhigt sich Chafik. Aber wer greift an? Ein allgemeines Hin und Her bringt das Lager in Bewegung. Ein junger Mann kommt mit wehendem Kuffiya herbeigerannt. »Wir haben sie abgeschossen!« – »Wen?« fragt Chafik. »Den Hubschrauber dort. Wir haben ihm aufgelauert, er ist auf der anderen Seite des Hügels abgestürzt.« Sie laufen hinauf, um nachzusehen. Anne verflucht ihre Mokassins, die im klebrigen Schlamm versinken. Dort unten liegt der getroffene Hubschrauber wie ein totes Insekt auf der Seite im Gras. Es ist fünfzehn Uhr dreißig an diesem Sonntagnachmittag. Ein untersetzter Mann, schwarz gekleidet, kommt zu Anne auf den Hügel. Er stellt sich vor: Abou Oussama, Lagerverantwortlicher und militärischer Führer der El Fatah für den Norden des Libanon. Beinahe schlägt er die Absätze zusammen. Er wirkt enttäuscht. Wegen des Hubschraubers.

»Wir glaubten eine gute Beute zu machen«, erklärt er. »Nach unseren Informationen sollte der Chef des libanesischen Geheimdienstes, Gaby Lahoud, in diesem Hubschrauber sein. Deshalb haben wir beschlossen, ihn abzuschießen: Wir brauchen Geiseln, um unsere Fedayin zu befreien, die Gefangene der libanesischen Armee sind.« Chafik macht ihm vergeblich Zeichen zu schweigen. Vor einem ausländischen Journalisten von Geiseln zu reden! »Unglücklicherweise waren es nur drei einfache Soldaten. Wir haben sie gefangengenommen, aber das ist nicht dasselbe. Und der Pilot ist geflohen«, fährt Abou Oussama fort, ohne sich um die Einwände zu kümmern. Er wendet sich an Anne: »Wollen Sie die Gefangenen sehen? Sie werden schreiben, daß wir sieben Geiseln haben . . .« Es ist sechzehn Uhr dreißig.

Zur gleichen Zeit öffnet sich in Kairo eine Tür leise vor einem jungen ägyptischen Offizier, der eine Depesche in den Händen hält. Das Zimmer, das er betritt, bietet ein beeindruckendes Schauspiel.

Es ist der Saal des Generalstabs. An der Wand hängen Fahnen um ein Foto von Nasser. An dem mit grünem Filz bedeckten Tisch sitzen sich zwei Delegationen gegenüber. Links Arafat und drei palästinensische Offiziere. Rechts die libanesische Delegation, sie besteht aus General Boustany, Halim Abou Ezzdine und dem Kommandanten El Khatib, den Arafat mit den Worten begrüßt: »Ich kenne Sie gut! Sie haben mich damals in Beirut ins Gefängnis gebracht!« Das Klima ist angespannt. Der ägyptische General Fawzi leitet die Verhandlung. Der Offizier übergibt ihm die Depesche. Fawzi liest mit unbewegter Stimme vor: »Soeben wurde ein libanesischer Hubschrauber von palästinensischen Widerstandskräften in der Nähe von Beirut abgeschossen. Der Pilot konnte flüchten. Seine drei Kameraden wurden von den Fedayin gefangengenommen.«

Die Nachricht konnte zu keinem schlechteren Zeitpunkt eintreffen. Seit zwei Stunden diskutierte man, um ein einvernehmliches Protokoll über die Präsenz der Palästinenser im Libanon aufzusetzen. Libanesen und Palästinenser warfen sich gegenseitig Anklagen an den Kopf. Arafat sprach von Morden, von Grausamkeiten, von Folter, von entführten Fedayin. Boustany widerlegte, verglich die Listen, hakte die Namen der Gefangenen und Verschwundenen ab, brachte seine eigenen Beschwerden vor. Auf die Verlesung der Depesche folgt Totenstille. Das wäre ein willkommener Anlaß für die Libanesen, die Oberhand zurückzugewinnen oder die Verhandlungen abzubrechen, wenn sie es wünschten: Zum erstenmal wurde ein libanesischer Hubschrauber von Palästinensern abgeschossen. Arafat wartet. Boustany verdaut die Information, zögert eine Sekunde, dann greift er wieder zu seinen Listen. Fawzi seufzt erleichtert. Er weiß jetzt, daß die Libanesen zustimmen werden. Sie werden die Verträge in Kairo unterschreiben. Nassers Prestige wird nicht ein weiteres Mal durch eine gescheiterte Vermittlung beschädigt.

Es ist siebzehn Uhr. Der Generalsekretär für auswärtige Angelegenheiten, Nagib Sadaka, ist auf dem Rückweg von Beirut nach Kairo. Er war gekommen, um den Präsidenten Charles Helou um eine dringende Entscheidung zu bitten. Sadaka meint, daß sich General Boustany entgegen den Anweisungen alles aus der Hand nehmen läßt. Aber die Entscheidung kommt zu spät. Als das Flugzeug in Kairo landet, erfährt Sadaka, daß Boustany und Arafat soeben unterschrieben haben, ohne auf ihn zu warten ... Das ist eine Kapitulation vor der Schlacht. Den Palästinensern wird de facto ein Status der Exterritorialität im Südlibanon zugestanden. In den Palästinenserlagern ist die PLO ermächtigt, ihre eigene Polizei und ihre eigene Verwaltung einzusetzen, ohne Einschränkungen oder Kontrolle.

»Das ist unglaublich! Sie haben die Direktiven des Präsidenten nicht beachtet!« schreit Sadaka wütend.

»Helou hätte selbst verhandeln können«, antwortet Boustany. »Ich hatte keine Wahl. Ich habe nur noch Munition für acht Tage, und meine Armee droht sich zu spalten. Mein Gewissen ist ruhig, ich übernehme die Verantwortung...« In diesem Augenblick stürzt ein Ägypter auf Boustany zu und dankt ihm herzlich für seine »arabische Treue«. Jetzt erinnert sich Sadaka daran, daß im nächsten Jahr Präsidentenwahlen stattfinden werden. Die »arabische Treue« Boustanys wird ihm wohl ein paar moslemische Stimmen einbringen... Warum müssen libanesische Politiker immer mehr an ihre Karriere als an ihr Land denken?

Die Nacht bricht herein, als Anne mit nassem Haar und eiskalten Füßen in die gastliche Halle des Saint-Georges stürzt. Ihr Kollege Patrick Seale, Sonderkorrespondent des Londoner »Observer«, stellt sich ihr mit seiner eleganten Gestalt in den Weg.

»Anne, was für ein Vergnügen, Sie zu sehen... Haben Sie den Text der Verträge gelesen, die soeben in Kairo unterzeichnet wurden? Nein? Nehmen Sie, ich habe noch eine Kopie, auf englisch natürlich. Das ist unglaublich, nicht wahr?« Dann betrachtet er Anne mit kritischem Blick: »Aber Sie sind vielleicht etwas müde. Ich erwarte Fouad Boutros in einer halben Stunde hier zum Abendessen. Wollen Sie sich zu uns gesellen? Sagen wir – acht Uhr im Foyer?«

Anne sieht sich im Spiegel des Fahrstuhls an. Sie ähnelt einem nassen Scheuertuch. Eine halbe Stunde später, gebadet, getrocknet, frisiert, aufgewärmt und geschminkt, streift sie ein schwarzes Kleid über, während sie aufmerksam den Vertrag liest. Die Palästinenser haben auf der ganzen Linie gewonnen. Wie konnte Charles Helou diese demütigenden Bedingungen akzeptieren, und wie soll er seine Abgeordneten überzeugen, ihnen zuzustimmen? Die libanesische Armee wird diese Kränkung nicht durchgehen lassen, ohne zu reagieren. Anne hat in Rachaya Militärs gesehen, in der Zitadelle, die an der syrischen Grenze liegt. Sie kamen von einem harten Kampf, und sie erinnert sich an die glänzenden Augen des Hauptmanns, der ihr davon erzählte: »Sie haben auf diesem Hügel angegriffen, im Morgengrauen. Dreihundert Fedayin. Raketen, Artilleriefeuer, Angriffe der Infanterie. Unsere vierzig Soldaten haben sie zurückgeschlagen.« Es wird schwierig sein, dieser Armee, die gerade anfängt, ihre Muskeln zu spüren, klarzumachen, daß der Kampf aus Gründen der Staatsräson eingestellt werden muß. Anne ist neugierig darauf, was Boutros darüber denkt.

Fouad Boutros sieht nie fröhlich aus. Als Anne ihn von weitem erblickt – mit Brille, die schwarzen Brauen gerunzelt –, denkt sie an das Porträt eines venezianischen Dogen mit Adlernase und strengem Blick, das sie früher einmal in den Uffizien von Florenz gesehen hatte. Fouad ist ein alter Chehab-Anhänger. Als Orthodoxer hat er einen ausgeprägten Sinn für die byzantinische Größe und die Autorität des Staates. Als Jurist ist er streng und genau. Als Pessimist hat er sich nie – bis auf einmal, und wie leid ihm das tut! – von dem verschlungenen Netz der libanesischen Politik einfangen lassen und deshalb einen kühlen Blick und einen klaren Verstand behalten. In diesem Libanon, der ganz Leidenschaft ist, wo das kleinste Gerücht zu einer sicheren Information wird, ist er eine zuverlässige Quelle. Patrick steht auf.

»Wunderbar, Anne. Sie sind die einzige Frau, die ich kenne, die gleichzeitig pünktlich und schön ist. Fouad, gestatten Sie, daß sie sich zu uns setzt?« Mit seinen rosigen Wangen und den glasklaren Augen würde man Patrick auch ohne Beichte Absolution erteilen. Aber er ist pfiffig. Wenn er Annes Gesellschaft wünscht, muß er einen Grund dafür haben ... Annes Anblick heitert Fouad etwas auf. Also, diese Verträge? Er liest die drei maschinengeschriebenen Seiten, die er in der Hand hält, mehrere Male. Nickt, preßt die Lippen zusammen.

»Den Süden an die Palästinenser abzugeben, das heißt, sich der Gnade Israels auszuliefern, das auf die Angriffe antworten wird, und der Gnade Arafats, der entschlossen scheint, sich hier wie zu Hause einzurichten. Jetzt hat sich der Libanon in den Krieg gestürzt, was wir bisher immer zu verhindern wußten.«

»Wie wird die Armee reagieren?« fragt Patrick.

»Schlecht, fürchte ich. Dieser Text ist unannehmbar und wird niemals akzeptiert werden.«

»Fürchten Sie Reaktionen in der Öffentlichkeit?«

»Die Öffentlichkeit? Dieser Vertrag, das ist München. Er wird, wie München, feige Erleichterung auslösen.«

»Lola, du mußt mir glauben: Wir sind nicht gegen euch. Du weißt, wie sehr ich den Libanon liebe. Ich war vier Jahre alt, als meine Eltern hier Zuflucht fanden, ich habe immer hier gelebt. Ich bin kein vom Exil Besessener. Aber ich will nicht, daß man uns liquidiert wie die Armenier, das ist alles ...«

Lola hat keine Lust, jetzt über Politik zu diskutieren. Sie liegt nackt in Chafiks großem Bett und zieht das Laken bis ans Kinn hinauf. Sie haben sich so lange geliebt, daß sie sich wie betäubt fühlt. Warum müssen Männer manchmal so feierlich sein? Sie würde gern gut gekühlten Champagner oder ein Tonic trinken, und sie hat Hunger. Der Kühlschrank ist sicher gut gefüllt, das ist er bei Chafik immer, für den Fall, daß Freunde vorbeikommen. Sie denkt an Früchte ... ihr Magen zieht sich zusammen. Sie möchte aufstehen, durch die Wohnung laufen, einen Morgenmantel finden, in die Küche gehen. Ein Traum, diese Küche! Wie überhaupt die ganze Wohnung. Nüchtern, aber vornehm, von einem Dekorateur eingerichtet. Woher nimmt Chafik das Geld? Sie wird jetzt wirklich aufstehen, um etwas zu essen.

»Lola, hörst du mir zu?« Auf einen Ellbogen gestützt, sieht er sie mit jener Eindringlichkeit an, die ein Zeichen für Erregung, Verwirrung oder Ärger ist. »Ich dürfte es nicht tun, aber ich will dir ein Geheimnis verraten: Die Amerikaner bereiten ein Komplott gegen uns vor.«

Noch ein Komplott! Was im Libanon auch geschieht, die Libanesen haben immer eine Erklärung, die sie von jeder Verantwortung befreit. Komplotte der Amerikaner, der Zionisten, der Kommunisten... Lola ist verärgert.

»Siehst du jetzt überall ein Komplott, so wie wir?« fragt sie ironisch. Chafik runzelt die Stirn, dadurch wirkt er zornig.

»Wir haben entsprechende Informationen. Der Beweis, daß man uns eliminieren will, ist, daß die Angriffe der libanesischen Armee mit jenen zusammenfallen, denen wir in Jordanien ausgesetzt sind. Ich muß dir das erklären...«

Lola hört längst nicht mehr zu. Sie sagt »ja, ja« und sieht Chafik an. Sie liebt seinen nackten braunen Körper. Sie liebt seine Wärme, seine Arme und seinen starren Blick im Moment der Begierde. Sie liebt sein Gewicht auf ihrem Körper. Oder vielmehr: sie liebte. Denn jetzt hat sich etwas geändert. Im Laufe der Zeit hat Chafik diesen winzigen, aber beachtlichen Abstand wiedergewonnen, der den anderen zu einem Unbekannten macht. Lola glaubte, es würde ausreichen, ihr Verlangen, ihre Lust auszutauschen, um füreinander durchsichtig und vertraut zu werden. Das war ihnen manchmal gelungen. Sie weiß, daß es vorbei ist. Wie seltsam! Zum ersten Mal taucht sie mit leeren Händen aus der Liebe auf, ohne Neugier und Zärtlichkeit. Sogar mit Bitterkeit und Groll, gegen ihn, gegen sich selbst.

Während er von Jordanien redet, denkt Lola nach. Sie muß Chafik verlassen. Wenn sie weiter mit ihm schläft, ohne diese Übereinstimmung im Herzen, wird sie sich wie eine Charmouta fühlen, eine Hure. Und wenn er eine Trennung nicht akzeptiert? Er sagt, er liebt sie. Das ist vielleicht wahr. Aber er ist so stolz, so empfindlich. Er wäre imstande, ihr weh zu tun, aus verletzter Eigenliebe. Diese Gewalt, die sie einst faszinierte, macht ihr jetzt angst.

Fouad hatte recht: Die Kairoer Verträge waren mit schöner Einstimmigkeit von den Abgeordneten, die sie nicht gelesen hatten, angenommen worden. Nur Raymond Eddé hatte aus Prinzip dagegen gestimmt: »Ich bin keine Registriermaschine, ich kann nicht wählen, ohne zu wissen.« Scheinargument. »Raymond ist zu westlich eingestellt, er glaubt sich in der französischen Deputiertenkammer ... Wir wissen genau, daß diese Verträge katastrophal und gefährlich sind, aber was können wir anderes tun, als sie zu billigen?« hatte ein maronitischer Abgeordneter Anne »ganz unter uns, nicht zur Veröffentlichung« anvertraut. »Wir haben keine Mittel mehr, uns den Palästinensern entgegenzustellen.« Dennoch verhehlten die Militärs ihren Zorn nicht. »Wir hätten die Schlacht gewinnen können, wir haben bewiesen, daß wir keine Operettenarmee sind. Aber wir brauchten grünes Licht, und die Politiker haben es uns verweigert ...« kommentierte der Hauptmann verbittert. Der junge Leutnant mit den tiefschwarzen Augen unterbrach ihn: »Unsere Politiker sind unfähig, sie verkaufen sich dem Meistbietenden. Wir haben genug von diesen Marionetten.« Schlechte Zeichen, dachte Anne, während sie ihre Koffer zuschnallte.

Aus Paris hatte man ihr eine Nachricht geschickt: Sie solle zurückkommen, im Libanon würde nichts mehr passieren. Das Taxi erwartete sie. Auf der Fahrt zum Flugplatz betrachtete Anne Beirut, die Küstenstraße, das Meer. Sie verließ diese Stadt jedesmal schweren Herzens. Aber diesmal war sie ernsthaft beunruhigt. Der Bürgerkrieg drohte, und die Libanesen schienen den Abgrund nicht zu sehen, der sich unter ihren Füßen auftat. Gewiß, es war ihnen oft gelungen, Tatsachen zu ignorieren, und das politische Leben im Libanon war seit langem nichts als eine liebenswürdige Fiktion. Alle Welt wußte, daß die Macht woanders lag, bei den Geschäftsleuten und Banken. Aber jetzt waren die Widersprüche zu tief und die Last der Palästinenser zu schwer. Der Libanon glich einer schillernden Seifenblase, die irgendwann zerplatzen mußte. Anne wußte, während sie die Sonne über dem Meer bewunderte, daß sie bald zurückkehren würde.

Allmählich hatte Tante Charlotte den Geschmack am Leben wiedergewonnen. An diesem Nachmittag schlenderte sie durch die Hamra-Straße, auf der Suche nach einem Geburtstagsgeschenk für Nicolas. Er wurde dreizehn, ein schwieriges Alter. Spielzeug? Zu kindisch. Bücher? Zu schulmäßig. Vielleicht eines von diesen neuen elektronischen Geräten? »Die jungen Leute lieben so etwas«, hatte ihr der Verkäufer erklärt. »Das ist ein Walkman. Bitte, Madame, Sie können ihn mit einem Spezialband ausprobieren. Setzen Sie die Kopfhörer auf. Haben Sie keine Angst, das ist das Geräusch eines Flugzeugs, das rechts von Ihnen startet und links landet. Passen Sie auf!« Tante Charlotte, die Kopfhörer auf den Ohren, zuckte zusammen und wandte ungewollt den Kopf nach rechts, dann nach links, folgte der Bewegung des Flugzeuges. Sie hatte nie zuvor etwas so genau gehört. Könnte sie auch etwas anderes hören, klassische Musik beispielsweise? – Nun glaubte sie sich inmitten eines Orchesters. Unwahrscheinlich! »Wie funktioniert das genau? Und wie trägt man ihn, den Walkman?« – »Sie können ihn am Gürtel festmachen, so, oder in der Hand behalten.« – »Geben Sie mir zwei. Einen in Geschenkpapier, den anderen nehme ich so. Mit der Kassette, die ich eben gehört habe, der Symphonie von Beethoven. Wären Sie so freundlich, den Ton einzustellen, junger Mann?«

Mit den Kopfhörern auf den Ohren und ihrem Walkman in der Hand lief Tante Charlotte nun die Hamra-Straße entlang und strahlte vor sich hin. Sah man ihr nach? Egal. Seit Emile nicht mehr da war, hatte sie beschlossen, zu tun, was ihr gefiel, zu sagen, was sie dachte, unter allen Umständen, auch auf die Gefahr hin, Anstoß zu erregen. Privileg des Alters ... Endlich würde sie sich amüsieren. Zuerst eine Wohnung in Paris kaufen. Wie kauft man eine Wohnung im Ausland? Und wo sollte man wohnen? In welchem Viertel? Wie sind die Preise? Antoine würde es wissen, lieber Antoine. Er träumte davon, seine eigene Klinik zu bauen. Sie würde ihm dabei helfen. Was sollte sie jetzt mit ihrem Geld anfangen ... Antoine, Lola, Nicolas und Mona waren ihre ganze Familie. Ohne es jemals zuzugeben, zog sie insgeheim Mona vor, die mehr Boulad als Falconeri war. Während Charlotte am Park vorbeilief, summte sie vor sich hin, die Kopfhörer auf den Ohren. Sie sang, als sie das Vestibül betrat, und begleitete das Finale von Beethoven aus voller Kehle, als sie die Treppen hinaufstieg. Die überraschte Lola begegnete ihr auf dem Treppenabsatz. »Was gibt es? Was ist los?« Charlotte lachte und nahm die Kopfhörer ab. »Wunderbar. Ich habe gerade dieses Gerät entdeckt. Willst du auch mal?«

»Antoine, ich will nicht, daß Nicolas mit diesem Walkman auf die Straße geht. Wenn man die Kopfhörer auf den Ohren hat, hört man nichts anderes mehr. Neulich sang Tante Charlotte laut vor sich hin, ohne es zu bemerken. Das ist gefährlich. Auch für sie. Wenn es Zusammenstöße oder Schießereien auf der Straße gibt, und das wird bei Gott immer häufiger, läuft man Gefahr, sich nicht rechtzeitig in Sicherheit zu bringen ...«

»Mein Liebling, wenn wir anfangen, unser Leben nach den Zusammenstößen auszurichten, sind wir verloren. Dann können wir auch gleich wegfahren oder verrückt werden. Außerdem wird es vorbeigehen. Es reicht, daß man nicht in die Nähe der Lager kommt. In der Stadt ist im Augenblick alles ruhig.«

Lola antwortete nicht. Antoine war ebenso sorglos wie Tante Charlotte, die sich bei jedem Feuerwechsel aufregte: »Aber was macht die Polizei?« Sie hatte ein für allemal beschlossen, daß diese jungen Leute, die mit MPi unter dem Arm spazierengingen oder in Jeeps durch die Stadt fuhren, nichts als »Strolche« waren. Anscheinend nahm niemand den Krieg ernst. Dennoch kämpften Palästinenser und Israelis im Süden, es gab regelmäßig Grenzzwischenfälle zwischen der libanesischen Armee und den Syrern, und die Übergriffe der Palästinenser in der Umgebung ihrer Lager wurden immer häufiger.

»Mir ist neulich ein lustiges Abenteuer passiert«, hatte Farouk bei einem Abendessen erzählt. »Ich kam von meinem Cousin Nabil, der nicht weit von Dbayeh entfernt wohnt. Wir hatten Poker gespielt, es mochte gegen drei Uhr früh sein. Eine Patrouille hält mich auf der Straße an und verlangt meine Papiere. Der Typ hatte einen merkwürdigen Akzent. ›Wer sind Sie?‹ habe ich ihn gefragt. ›Man weiß ja heutzutage nicht mehr, mit wem man es auf der Straße zu tun hat.‹ – ›Wir sind Palästinenser.‹ – ›Dann haben Sie nicht meine Papiere zu verlangen, ich bin libanesischer Staatsbürger auf einer libanesischen Straße!‹ Stellt euch vor, er ist aggressiv geworden! Er wollte mich aus dem Auto rausholen. Er hat mich am Jackenärmel festgehalten, ich habe Gas gegeben, und der Ärmel ist in seinen Händen zurückgeblieben. Sie waren so überrascht, daß sie keine Zeit hatten zu schießen.« – »Aber das ist unglaublich!« rief Antoine. »Ja, ich war wütend«, antwortete Farouk. »Eine englische Kaschmirjacke ...«

Lola diskutierte nicht mehr, spielte nicht mehr die Kassandra. Sie hatte begriffen, daß die Libanesen einfach nicht sehen wollten, was bei ihnen geschah. Um nicht zwischen Herz und Verstand Partei ergreifen zu müssen, zwischen ihrer Sympathie für die Palästinenser und ihrem libanesischen Nationalismus? Lola, die ihren Libanon jetzt sehr gut kannte, glaubte, ohne den Mut, es auszusprechen, daß die Libanesen gar kein Staatsbewußtsein hatten, sondern einzig Sinn für die Familie, den Clan. Ägypten war eine Nation. Aber der Libanon? »Mit Banken und Nachtbars schafft man keinen Staat«, hatte ihr eines Tages ihr Freund Georges Rizk geantwortet, »nur mit Schicksalsschlägen. Ich glaube, die Gefahr wird uns zusammenschmieden.« Unheilbarer Optimismus ... Warum weigerte sich Lola, diese allgemeine Blindheit zu teilen?

Zweifellos wegen Chafik. Sie sahen sich immer seltener, er spielte den Geheimnisvollen. Von Zeit zu Zeit kündigte er an, daß bald ernste Ereignisse stattfinden würden. Irgendwas nahm ihn ganz in Anspruch, aber es war keine Frau. Er entschuldigte sich fast dafür: »Mein Liebling, ich habe im Moment nicht viel Zeit für dich. Ich muß nach Amman fahren. Sie brauchen mich in Jordanien. Ich lasse dir eine Nachricht zukommen. Aber wie? Durch Lili? Bist du sicher, daß sie verschwiegen ist? Es wäre schlimm für mich, wenn jemand wüßte, daß ich dir schreibe. Wir dürfen es eigentlich nicht.«

Jordanien, was für eine Erleichterung. Seit sie sich vor allem in Cafés trafen, empfand Lola Sympathie und sogar Zärtlichkeit für ihn, jene Zärtlichkeit, die man Freunden in Schwierigkeiten entgegenbringt. Diese palästinensische Welt, die sie einst faszinierte, erschien ihr jetzt so, wie sie war: ohnmächtig, zerrissen, trotz aller verrückten Pläne am Leben und bereit, sich in jedes Abenteuer zu stürzen. Die Libanesen nahmen diesen Konflikt nicht wahr, und Lola fühlte sich – mit leichtem Erschrecken – an den Ball bei den Tegart in Kairo erinnert. Der Schmuck, die Abendkleider, die Musik, die Walzer, die überladenen Buffets. Sie hatte, als sie ankamen, die Fellachen kaum bemerkt, die am Ufer des Nils kauerten und mit großen Augen auf dieses Fest über ihren Köpfen starrten. Es war der Vorabend des Brandes von Kairo ... Lola verdrängte diese Bilder. Antoine, Charlotte und die anderen hatten recht. Man mußte leben, jetzt und intensiv. Maximal profitieren, wie Lili sagte, ohne um sich zu blicken. Sonst lief man Gefahr, den Verstand zu verlieren.

Antoine war glücklich. Er weihte seine neue Klinik ein. Dank Tante Charlotte und der Banken hatte er sich im Operationsbereich eine ultramoderne technische Anlage leisten können. »Das ist ebensogut wie in Paris«, sagte er beim Eröffnungscocktail stolz zu Lola. Er hatte aber auch den einheimischen Sitten seinen Respekt erwiesen, indem er neben dem Operationsraum einen riesigen Wartesaal einrichtete. Wenn man im Libanon einen Kranken operiert, warten die Familie, die Verwandten und Freunde am Ausgang auf den Chirurgen oder den Anästhesisten, um zu erfahren, ob die Operation gelungen ist oder nicht. Wenn der Operierte ein angesehener Mann ist, kommt das ganze Dorf. Antoine erinnerte sich an sein Erstaunen, als er eines Tages im Hôtel-Dieu eine Gruppe von vierzig Personen sah, die in Bussen aus dem Dorf Bcharé gekommen war und seit fünf Uhr morgens vor der chirurgischen Abteilung wartete. Er brauchte nur zu sagen: »Alles ist gut gelaufen«, und das Dorf stieg wieder in den Bus und fuhr unter lauten Segensrufen davon. Aber meistens muß der Chirurg lange Erklärungen abgeben. Manchmal kommt er mit Handschuhen und Schürze heraus und streckt den Wartenden wie eine Trophäe den entfernten Tumor oder den bluttriefenden Blinddarm entgegen: »Seht ihr, das haben wir entfernt ...« Dann schreit die Familie: »Der Arme, schrecklich, was er ertragen mußte!« So weit ging Antoine nicht, aber er beugte sich den Traditionen. Nach der Operation kam er sofort heraus und beruhigte persönlich die Familie. Nur das Wort des Hakim, des Doktors konnte sie beschwichtigen: »Möge Gott dich beschützen! Möge Allah über dich wachen! Möge er dich führen!« Christen oder Moslems, Arme oder Reiche, Geringe oder Mächtige, in diesem Moment riefen alle zu Allah: Allah, dessen Name alle Gespräche, Gebete und Klagen beherrschte, Gott, dem man sich mit derselben Ergebenheit unterwarf, egal ob Maronite, Orthodoxer, Katholik, Sunnit, Schiit oder Armenier.

Deshalb liebte Antoine seinen Beruf: Im Krankenhaus gab es keinen Unterschied zwischen Moslems oder Christen. Jeder Kranke, Mann oder Frau, hatte das Recht auf dieselbe Aufmerksamkeit, auf dieselbe Hingabe, auf dieselbe Pflege. In Hazmieh, dem vornehmen Viertel, wo sich Antoine niedergelassen hatte, behandelte er die Emire vom Golf – mit Frauen und Leibwachen brauchte man wenigstens drei Zimmer für einen Kranken –, aber auch die Palästinenser aus den benachbarten Lagern Tell el Zatar oder Jisr el Bacha. Zu seinem Erstaunen waren nicht immer die Emire unbedingt die Reichsten. Als man eines Tages einen palästinensischen Funktionär zu ihm brachte, der schwer verwundet war, stürzte sich ein aufgeregter junger Fedayin auf Antoine und reichte ihm einen mit Geldscheinen gefüllten Koffer. »Hakim, nimm soviel Geld, wie du willst, aber rette ihn!« Die PLO hatte viel Geld, zumindest für ihre Führer. Die Flüchtlinge dagegen blieben arm. Glücklicherweise kam die UNWRA für kleine Eingriffe und Arztbesuche auf. Bei uns, sagte sich Antoine, bekommen die Palästinenser wenigstens zu essen, sie können lernen und werden geheilt.

Seit einiger Zeit jedoch war Antoine beunruhigt. Das palästinensische Rote Kreuz hatte ihn gefragt, ob er die Ausstattung hätte, um große Verbrennungen, vor allem Napalmverbrennungen zu behandeln. Sah die PLO einen Krieg kommen? Auf jeden Fall hatte Antoine Spezialwannen für die Behandlung von Verbrennungen bestellt und das Material für Notversorgungen ergänzt. Er war da, um zu pflegen, zu heilen, und er würde seine Arbeit tun, egal, was geschah.

Aber dann brach in Jordanien der Krieg zwischen der PLO und der jordanischen Armee aus, im September 1970. In Paris nahm

Anne das nächste Flugzeug nach Amman und begann ihren ersten Artikel: »Dieser September wird ein schwarzer September...«

In Chabanieh, einem Dorf in Nordlibanon, hörte Farouk im Radio die Nachrichten aus Amman. Im Nebenzimmer setzten Elias Sarkis, Direktor der Zentralbank, Michel Murr, ein Industrieller, und zwei drusische Politiker ihr endloses Pokerspiel fort. Farouk sprang auf: »König Hussein hat die Palästinenser angegriffen! Die jordanische Armee dringt in die Lager ein...« Verärgert erwiderte Michel Murr: »Farouk, sei still, du verdirbst uns die Partie!« Farouk, das Ohr an das Gerät gepreßt, ließ sich nicht abhalten: »Aber das ist ungeheuerlich. Die Soldaten gehen mit Flammwerfern vor! Mein Gott, es ist schrecklich, es gibt Tote, viele Tote unter den Palästinensern. Da, hört euch das an! Sie sagen, daß König Hussein den Krieg gewonnen hat. Er ist gerettet.« Ehrlich empört, legte Elias Sarkis für einen Moment die Karten mit dem Bild nach unten auf den Tisch: »Du Narr, zünde eine Kerze an und bete dafür, daß die Palästinenser über Hussein siegen...« Farouk sah ihn an, ohne zu begreifen. Hier, unter Freunden, konnte man doch sagen, was man dachte, und den König diesem Arafat vorziehen. »Verstehst du denn nicht«, fügte Sarkis hinzu, »wenn sie Amman verlieren, kommen all diese Verrückten zu uns.« Farouk glaubte nicht daran. Der Libanon war unantastbar...

Bei Lili klingelte das Telefon. Die schlechte Verbindung schien von weither zu kommen. Eine Stimme mit deutlich palästinensischem Akzent schrie:

»Mademoiselle Sednaoui? Sind Sie Mademoiselle Sednaoui?«

»Ja, das bin ich«, brüllte Lili und dachte: Das muß Chafik sein, er ist sicher in Amman.

»Ich erreiche Lola nicht... in ihrem Geschäft... mir sagen, wo sie ist?« Der Ton wurde alle drei Sekunden unterbrochen.

»Lola ist in Paris, nein, Lola ist nicht da... Sie ist in Paris, in Paris, verstehen Sie mich?« Plötzlich war die Verbindung unterbrochen. Lili überlegte. Wie konnte sie Lola benachrichtigen? Und was sollte sie ihr sagen?

Lola lief mit leichtem Schritt den Boulevard Saint-Michel hinauf. Die Blätter der Platanen wurden schon gelb. Manchmal löste sich eins, wirbelte in der Luft herum, bevor es auf den Bürgersteig fiel. Lola konnte sich an diesem Schauspiel nicht satt sehen. Sie liebte den Herbst in Frankreich, diese milde Wärme, den leichten, schon kühlen Wind, die blasse Sonne. Im Libaon wechselte das Wetter unvermittelt von brennender Sommerhitze zu Winterregen.

Mit Vergnügen betrat Lola den Jardin du Luxembourg. Sie setzte sich auf einen Stuhl, stellte die Füße auf eine flache Brüstung, reckte ihr Gesicht der Sonne entgegen und betrachtete die Bäume. Das zitternde, von den Blättern gefilterte Licht changierte von rosa bis gelb. Man hörte die aufgeregten Rufe der Kinder, die ihre Schiffchen in dem großen Bassin schwimmen ließen, das Klappern der Schere, mit der ein Gärtner die verwelkten Blüten in einem Rosenbeet abschnitt. Alles hier erschien so ruhig. Keine Spannung, keine Furcht. Eine Welt der Süße und des Friedens. Würde sie gern in Paris leben? Lola hatte sich diese Frage nie gestellt. Seltsam, daß sie jetzt daran dachte ... Tante Charlotte hatte sie beauftragt, eine Wohnung für sie zu finden, an der Place Victor Hugo, wo eine ihrer Freundinnen schon immer eine kleine »Absteige« von zweihundert Quadratmetern besaß. Die Place Victor Hugo war ebenso pompös wie trist. Lola zog das Quartier du Luxembourg vor oder die kleinen Gassen am Ende des Boulevard Saint Michel, gegenüber von Notre Dame.

Lola träumte vor sich hin. Warum konnte sie keinen Ort sehen, ohne sich zu fragen, ob sie dort leben könnte? Ohne sich ein Haus, eine Zuflucht vorzustellen? Sie fühlte sich überall zu Hause. Oder auch nirgendwo.

Die Sonne war hinter dem Dach des Senatspalastes verschwunden, plötzlich wurde es kalt. Lola erschauerte. Sie würde ihren Aufenthalt in Paris nutzen, um sich einen Mantel zu kaufen, vielleicht einen Pelz. Sie stand auf und ging in die Rue Monsieur-le-Prince, zur Buchhandlung Samuelian, Pflichtprogramm bei jeder Parisreise.

Die niedrige Tür schlug mit zartem Ton an eine antike Glocke.

Hier ruhte der ganze Orient, Kunst, Architektur, Politik und Geschichte, in hunderten einmaligen Büchern, oft zufällig bei Auktionen oder Erbverkäufen entdeckt. Lola stöberte gern in den ungeordneten Regalen herum, blätterte, schwatzte mit Madame Samuelian, die seit ewigen Zeiten hinter ihrem Schreibtisch aus poliertem Holz zu sitzen schien.

»Lola, sind Sie es?« Sie erkannte zuerst die Stimme, dann die unveränderte Gestalt von Jean Lacouture, den sie seit den Jahren in Ägypten aus den Augen verloren hatte. Jean war noch immer schlank und lebhaft, er hatte den scharfen Blick eines Beobachters bewahrt, dem nichts entgeht.

»Was machen Sie? Sie haben eine Buchhandlung in Beirut? Aber das wußte ich nicht! Ich hätte Sie besucht. Ich glaubte Sie noch immer in Kairo ... Sie suchen etwas über die Christen im Mittleren Osten? Pierre Rondeau haben Sie natürlich gelesen? Hervorragend, meiner Meinung nach der beste. Aber ich glaube, ich habe zu Hause Bücher von Pater Zananiri – Ihrem Großonkel. Heutzutage nicht mehr aufzutreiben. Ich leihe Sie ihnen. Aber ja, das ist doch selbstverständlich. Wollen Sie nicht morgen zum Abendessen kommen, gegen halb neun? Hier ist unsere Adresse. Es werden einige Freunde da sein. Simone wird sich freuen, Sie wiederzusehen. Bis bald.«

Was für ein Glück, Jean getroffen zu haben! Für das Abendessen wollte Lola schön sein. Sie überquerte den Platz hinter dem Odéon, lief die Rue Saint-Sulpice entlang, dann die Rue de Tournon. Die vornehmen, mit Filz ausgelegten Boutiquen stellten nur wenige Stücke aus, aber die wurden kunstvoll präsentiert. Dieser Mantel aus schwarzer Seide, mit Rotfuchsfell gefüttert, herrlich! Lola zögerte. Würde er ihr stehen? Sie mußte ihn anprobieren.

Vor dem großen Spiegel im Geschäft hüllte sich Lola in den Mantel. Das Rot entzündete in ihren Augen goldene Funken, erwärmte ihren blassen Teint. Der schwarze Helm ihrer Haare paßte zum Schwarz der Seide. Sie fühlte sich wohlig warm in diesen Herbstfarben.

»Ich hätte niemals geglaubt, daß mir Braun steht ...«

»Madame, das ist kein Braun! Es ist Kastanie, rot, Herbstlaub, gebrannter Kaffee. Es ist wie für Sie geschaffen. Warten Sie, ich habe eine Idee, probieren Sie doch auch dieses Kleid an, Muschelkragen, helles Kupfer. Nur zum Ansehen. – Es paßt phantastisch. Genau das, was Sie brauchen . . .«

Es war schön und sehr teuer. Ein Pelzmantel kam nicht mehr in Frage.

»Ich weiß nicht. Eigentlich brauche ich einen Pelzmantel . . .«

»Das ist viel vornehmer als ein Pelz und ebenso warm. Heutzutage trägt man den Pelz innen. Sehen Sie, wir haben hier Regenmäntel, die mit Nerz gefüttert sind . . .« Lola lächelte, als sie an Tante Charlotte dachte. Nerz zu verstecken! Sie würde es nicht verstehen. Natürlich hatte auch sie selbst ihren Geschmack im Libanon auf äußeren Glanz ausgerichtet. Das war falsch. Gedeckte Farben und strenge Stoffe standen ihr viel besser. Sie entschloß sich plötzlich: »Ich nehme beides.« Die Verkäuferin lächelte.

Im Hotel ein letzter Blick, bevor sie aufbrach. Die Strumpfnähte saßen gerade, die rotbraunen Schuhe schmückten ihre Beine, der fuchspelzgefütterte Mantel umgab ihr Gesicht mit einem leuchtenden Schein. Lola lächelte sich selbst zu. Schade, daß sie allein war. Wozu war es gut, schön zu sein, wenn nicht für irgend jemanden? Sie erwartete voller Unruhe den Blick von Simone. Die Männer merkten nichts, aber die Frauen . . . Sie hatte sich seit vierzehn Jahren nicht mehr gesehen!

Simone öffnete. Sie hatte ihre blonden Haare abgeschnitten und trug einen Kaftan, blau wie ihre Augen. Ein Blitz des Erstaunens, ein Ausruf der Bewunderung . . . Lola wußte, daß Simone es ernst meinte, als sie ausrief: »Meine kleine Lola, du bist noch hübscher als früher.« Im Salon plauderten ein unbekanntes Paar und eine etwas kräftige Dame, mit energischen Gesten, Lola erkannte sie, als sie den Kopf umwandte: Yvette Farazli. Erinnerungen, Aufschreie, Küsse. Sie versanken in den weichen Polstern eines großen Ledersofas.

»Yvette, wegen dir habe ich beschlossen, in Beirut auch eine Buchhandlung aufzumachen. Ich sehe dich noch immer vor mir, die Hosen hochgekrempelt, bei dem Versuch, deine verbrannten Bücher zu trocknen, nach dem Brand von Kairo . . .« Yvette schüttelte ihre flammendrote Mähne.

»Mein armer Schatz. Da habe ich dir nicht gerade ein Geschenk gemacht. Erzähle. Wie kommst du zurecht?«

Ein Freund der Lacouture, ein großer schlacksiger und seltsamer Typ mit spöttischem Gesicht verneigte sich scherzhaft und mit einer theatralischen Geste vor Lola. »Ich grüße Sie, schöne Dame. Ich bin Guy Sitbon. Und Sie?«

Guy Sitbon saß Lola und Yvette zu Füßen auf dem Boden und erzählte mit ernster Mine eine so lustige Geschichte, daß Yvette vor Lachen fast erstickte, als sie von ihrem Whisky trank. Jean Lacouture reichte Lola ein Glas Portwein. Simone sprach mit der unbekannten Dame. Wie herzlich und fröhlich die Atmosphäre hier war, ohne gespielte Vornehmheit, dachte Lola, während sie Guy anschaute. Ein seltsamer Bursche, sehr gescheit, ein bißchen verrückt, der sie nicht aus den Augen ließ, in denen die Frage stand: »Soll ich ihr den Hof machen?«

Lola sah nicht, daß sich die Tür rechts neben ihr öffnete. Irgend jemand kam herein, näherte sich von hinten. Simone murmelte: »Ich glaube, ihr kennt euch?«

Noch bevor sie den Kopf wandte, wußte es Lola. Ihr Herz blieb stehen, ihr Körper wurde schlaff, sie bemühte sich um ein Lächeln. Als sie ihn endlich ansah, zuckte er zusammen. Er hatte sich nicht verändert. Nur seine schwarzen Haare waren an den Schläfen von weißen Strähnen durchzogen. Er war noch immer verführerisch, leicht gebräunt, einige Falten im Gesicht. Seine grünen Augen starrten sie fassungslos an. Lola hörte sich antworten:

»Aber ja, wir kennen uns. Wie geht es Ihnen, Philippe?«

19

Lolas Tagebuch

Paris, 28. September 1970

Ich muß dieses Datum im Gedächtnis bewahren. Es ist meine Rückkehr zum Leben, zum Glück. Das Abendessen verlief wie in einem Traum. Simone hatte Philippe neben mich plaziert, zu meiner Linken. Sofort habe ich seinen Geruch wiedererkannt. Geranium und Lavendel. Alles fiel mir wieder ein. Seine braune Hand, die neben meiner lag, zitterte auf dem weißen Tischtuch.

Er beugte sich zu mir, flüsterte mir ins Ohr: »Lola, ich muß mit dir sprechen. Gehen wir nachher zusammen weg.« Ich benahm mich mal wieder wie ein Backfisch. Anstatt gleichgültig zu bleiben, wie ich mir geschworen hatte, nickte ich ihm zu und sagte ja.

Er hat sich sehr schnell wieder gefangen. Jean fragte ihn, wie es in Jordanien aussieht. Er arbeite doch in Amman. So nah an Beirut . . . Ich hörte nicht mehr zu. Während er sprach, betrachtete ich seine Wange, seine Haut, sein Lächeln und diese neuen kleinen Falten in den Augenwinkeln. Das Alter steht ihm nicht schlecht. Ich spürte einen intensiven Blick und bemerkte, daß mich Guy Sitbon seit einer Weile beobachtete. Er hat bestimmt alles erraten, denn er warf mir einen verschwörerischen Blick zu, der mich erröten ließ. Das Gespräch wurde allgemeiner, und Guy begann mit mir zu flirten. Er amüsierte sich ganz offensichtlich. Ich mich – ehrlich gesagt – auch. Ich finde ihn sehr sympathisch. Er hat einen liebenswerten Sarkasmus, und ich beginne zu verstehen, warum Jean sagte: »Paß auf, Lola, das ist ein großer Verführer.«

Allmählich fand ich meine Ruhe wieder. Nicht wirklich. Aber ich spielte meine Rolle einer jungen, vornehmen, etwas leichtfertigen Libanesin. Manchmal holte mich die Wirklichkeit ein, und ich dachte: Philippe ist da, neben mir ... Philippe, meine ewige Liebe. Ist es möglich? Es war verrückt. Wie konnte ich jetzt noch von Beirut und den Palästinensern sprechen!

Wir vermieden es, uns anzusehen, aber ich spürte, wie sich zwischen Philippe und mir die leichten und tiefen Verbindungen erneuerten, die aus einem Mann und einer Frau ein einziges Wesen, zwei Hälften einer Frucht machen. Am Ende des Essens, als wir aufstanden, kreuzten sich unsere Blicke im Spiegel über dem Kamin. Unsere beiden Gestalten passen gut zueinander. Eine Komplizenschaft verbindet uns, wir haben unsere Übereinstimmung, unsere Vibrationen, unsere Gefühle wiedergefunden. Wir sind füreinander geschaffen, für alle Ewigkeit. Als wir aufbrechen wollten, stürzte Guy gespielt ungezwungen herbei: »Darf ich Sie begleiten?« Philippe erblaßte. Guy lachte und küßte mir lange die Hand: »Nein, haben Sie keine Angst, schöne Dame. Ich habe kein Auto, ich kann nicht einmal fahren. Und ich wohne zwei Schritte von hier entfernt.« Er entfernte sich mit großen Abschiedsgesten: »Ciao!« Philippe ergriff mich beim Arm: »Komm, mein Auto steht dort.«

Während der ganzen Fahrt war ich so beklommen, daß ich kein Wort sagen konnte. Der Portier des Hilton sah erstaunt aus, als ich meinen Schlüssel verlangte, Philippe klammerte sich an meinen Arm. Ich spürte am starken Druck seiner Finger, daß auch seine Kehle wie zugeschnürt war. Kaum hatte sich die Tür meines Zimmers hinter uns geschlossen, als er mich an sich drückte und mich so heftig umarmte, daß ich keine Luft bekam. Ich wollte sprechen, ihm Fragen stellen ... Er murmelte: »Nein, später«, und ich vergaß, was ich sagen wollte. Mein Herz schlug schneller, und ich spürte nichts mehr als diese etwas rauhe Wange an meinem Gesicht, diese harten Arme, die mich umschlangen, aber das verwirrendste war die so leicht, in einem Augenblick wiedergefundene Vertrautheit, als hätten wir uns niemals verlassen. Seine Hand auf meinem Rücken, seine Lippen auf meinen. Wir waren wie zusammengeschweißt, verbunden, für immer, wie mir schien.

Wir haben uns geliebt, ohne zu reden, von derselben warmen, süßen Woge des Verlangens getragen, und ich wußte, daß er seinen Höhepunkt haben würde, als ich sein angespanntes Gesicht sah, konzentriert auf seine Lust, das Blitzen seiner grünen Augen durch die schwarzen Wimpern hindurch.

Später fanden wir uns wieder. Ich versteckte meinen nackten Körper unter dem Laken, weil ich mich plötzlich seiner schämte. Er lachte: »Du bist heute noch schöner als früher. Du bist eine wunderbare Frau geworden. Ich hatte während des ganzen Abends wahnsinnige Lust auf dich. Ja, du bist schön, und ich bin alt geworden.« Das stimmt. Er bohrte mit leichter Angst weiter: »Ich bin nicht mehr zwanzig. Nicht einmal dreißig. Lola, kannst du mich noch lieben?« Er hat unrecht, daran zu zweifeln. Nichts ist verwirrender, als zu sehen, wie das Leben einen Mann zeichnet. Ich war wahnsinnig verliebt in den jungen Mann von einst, den schönen, charmanten Mareuil mit dem strahlenden Lächeln. Ich liebte den Philippe von heute, ich liebte, daß die Unsicherheit in seinem Gesicht geschrieben stand und seine Augen leuchten ließ. Ich würde ihn auch alt, häßlich und kahl lieben. Ich sagte es ihm.

Er nahm mich wieder in die Arme, vergrub sein Gesicht in meinem Haar, küßte meinen Hals: »Du bist meine Frau, die einzige. Ich war dumm, dich nicht zu heiraten. Genauer gesagt, ich war feige. Ich glaubte, du würdest meine Karriere stören. Meine Mutter sagte mir immer wieder, ein Diplomat heiratet keine Ausländerin. Und sie nannte dich die Ägypterin. Verzeih mir, meine Liebste!«

Ich legte die Hand auf seinen Mund. Er sollte schweigen. Wozu war es gut, davon zu träumen, was hätte sein können? Wir haben uns wieder geliebt, sanfter diesmal, langsamer, entdeckten einander, wie wenn man in einem vertrauten Garten spazierengeht. Habe ich geschlafen? Ich glaube ja. Als ich die Augen öffnete, mußte es sehr spät sein, drei oder vier Uhr. Philippe hatte sich halb aufgerichtet, auf die Kissen gestützt, seine Augen waren offen, und er streichelte wie abwesend meinen Kopf, der auf seinem Bauch lag.

»Und du«, sagte er mit dumpfer Stimme, »hast du einen Mann,

Liebhaber? Kinder? Wo lebst du? In welcher Umgebung? Ich bin eifersüchtig, Lola.«

»Ich war auch eifersüchtig, zum Sterben, zum ... ja, wirklich, zum Sterben eifersüchtig. Aber ... ich habe vergessen.«

Wie sehr er in diesem Moment Nicolas ähnelte! Ich muß diese Gedanken vertreiben. Ich muß Nicolas schützen und die Vergangenheit auslöschen.

»Lola, ich verlasse dich nicht mehr. Ich will dich nicht mehr verlieren. Wo erreiche ich dich? Wie können wir uns treffen? Ich brauche deine Stimme am Telefon, dein Lachen, deine Anwesenheit. Du hast mir so viele Jahre gefehlt ...« Ich trank seine Worte, wie eine Katze ihre Milch trinkt. Ich hatte so oft von Philippe geträumt, wie er mich in seine Arme nahm, wie er mir sagte, ich liebe dich, mich seine Frau nannte ... Jetzt war es zu spät. Alles, was wir tun konnten, war, uns außerhalb der Zeit und des täglichen Lebens zu lieben. Ich wollte ihn nicht von seiner Familie sprechen hören, von der Erziehung seiner Kinder, wenn er welche hatte. Würde ich ihm auch von Antoine erzählen, von Chafik oder von Monas roter Mähne? Plötzlich dachte ich an Albert Cohen.

»Philippe, hast du ›Belle du Seigneur‹ gelesen? Ja? Nun, das will ich, eine Liebe jenseits des Alltags, eine reine Liebe ... Glaubst du, das ist möglich?«

Er lächelte: »Was für eine romantische Idee. Ich weiß nicht, wie du das siehst. Aber wenn du willst – einverstanden. Ich werde keine Fragen mehr stellen. Unter einer Bedingung: Ich will immer wissen, wo du bist, dich sprechen und so oft wie möglich sehen können. Ich kann die Vorstellung nicht ertragen, dich erneut zu verlieren.«

»Ich will dich auch nicht verlieren. Wir werden uns auf das schwierige Abenteuer einer Liebe auf große Entfernung einlassen müssen.«

Beirut, 9. März 1971

Er hat angerufen, nach zwei Wochen. Die Verbindung war wie üblich sehr schlecht, aber seine Stimme reichte aus, mich zu verwirren, obwohl wir nur Banalitäten austauschten. Diesmal klang sein »Hallo« befangen, und ich fragte sofort: »Bist du nicht allein? Ist jemand in deinem Büro?« – »Genau. Aber man bekommt aus Amman so schwer eine Verbindung, daß man sie nehmen muß, wenn sie plötzlich da ist. Es tut mir leid, aber ich kann nicht lange reden. Also: Ich fahre in zwei Wochen nach Genf. Was würdest du davon halten, wenn ich Zwischenstation in Beirut mache?«

Ich war wie vom Donner gerührt. »Nein, das ist nicht möglich. Beirut ist eine Provinzstadt, jeder kennt jeden, und . . .« – »Du hast mir gesagt, das Leben wäre dort so . . . frei.« – »Für die Einheimischen vielleicht. Aber ein Ausländer fällt hier sofort auf, und wir könnten uns gar nicht richtig sehen.« »Dann komm doch nach Genf. Ich bin vom 18. bis 24. März dort, im Hôtel des Bergues, kennst du das?« – »Ich werde es versuchen . . .« – »Nein, komm! Ich rufe dich nächsten Montag zwischen fünf und sieben Uhr abends an. Oder Dienstag. Bist du da?« – »Ja, ich werde warten. Ich tue was ich kann, wegen Genf . . .« – »Danke. Auf Wiedersehen, bis bald«, mit leiserer Stimme: »Ich liebe dich.« Dann legte er auf.

Mein Glück hängt an einem Draht, einer Leitung, an Hertzschen Wellen, von denen ich nichts verstehe. Ich habe niemals begriffen, wie ein Telefon, ein Telex oder der Fernseher funktioniert. Ich benutze sie, das ist alles. Aber seit sechs Monaten hat dieser weiße Apparat, der auf meinem Schreibtisch steht, eine außerordentliche Bedeutung in meinem Leben angenommen. Philippe will nicht, daß ich ihn in Amman anrufe, obwohl man von Beirut leichter eine Verbindung bekommt. Hat er Angst, daß seine Frau – sie heißt Marie, das weiß ich, aber ich sage immer »seine Frau«, als wollte ich ihr Bild auslöschen –, daß also Marie in sein Arbeitszimmer kommt? Befürchtet er eine Indiskretion seiner Sekretärin? Ich habe ihn mehrmals gebeten, mir den Ort, an dem er arbeitet und lebt, zu beschreiben. »Das ist ein ganz normales Büro. Von meinem Fenster sehe ich auf den Garten der Botschaft«, antwortete er nur. Ich erzählte ihm von meiner Buchhandlung, von Beirut, von der letzten Abendgesellschaft, von der politischen Situation, von den Büchern, die ich lese, den Stücken und Filmen, die ich gesehen habe und die mir gefielen.

Niemals von meiner Familie. Das wäre gegen unsere Abmachung. Dennoch, wie gern würde ich ihm von Nicolas erzählen. Er ist vierzehn, hat den Charme eines Kindes und den Ernst der Heranwachsenden. Es ist schön, und es verwirrt mich immer wieder, wenn ich in seinen Bewegungen, vor allem in seinem Gang, etwas von Philippe wiederfinde. Aber dann leuchtet eine rote Lampe in meinem Kopf auf. Und ich verjage diese Gedanken. Gefahr.

Beirut, 10. März 1971

Kann man sich per Telefon lieben? Ich habe Philippe seit meiner Reise nach Paris nicht gesehen. Sechs Monate. Dennoch habe ich das Gefühl, ihn nie verlassen zu haben. Und wenn die Verbindung nach Amman unterbrochen wird? Dort unten geht der Krieg zwischen der jordanischen Armee und den Palästinensern weiter. Philippe meint, es sind nur noch Nachwehen, die blutigen Auseinandersetzungen vom September werden sich nicht wiederholen. Er fügte sogar hinzu: »Ich glaube, die palästinensischen Organisationen sind dabei, ihre Koffer zu packen. Nach dem Nationalrat, der in Kairo tagt, wird die ganze PLO zu euch in den Libanon ziehen.« Ich werde also Chafik wiedersehen. Ich weiß, daß er Amman verlassen hat und in Kairo ist, ich habe ihn auf einem Foto hinter Arafat gesehen, am Ausgang des palästinensischen Nationalkongresses, vorgestern im »Orient«. Was soll ich ihm sagen? Wie kann ich vermeiden, ihn zu verletzen? Und wie soll ich Philippe zwischen dem 18. und dem 24. März in Genf treffen. Mein Leben wird zu kompliziert.

Beirut, 12. März 1971

Wie unrecht ich hatte, Chafiks Rückkehr zu fürchten. Wir haben uns in der Buchhandlung wiedergesehen, das hatte er selbst vorgeschlagen. Er erschien mir härter und müde. Dennoch küßte er mich voller Wärme auf die Wange, dann nahm er meine Schultern in seine breiten Hände: »Es ist schön, dich wiederzusehen.« Man könnte meinen, er ist jahrelang fortgewesen, oder er kommt vom

Ende der Welt. »Vom Ende der Welt?« Er lachte. »Es war noch viel weiter . . .« Er erzählte mir vom Schwarzen September, von Jordanien, zunächst nur Splitter. Er spricht davon wie von der Hölle, voller Zorn, sobald er sich erinnerte. »Es war eine Frage von zwei Stunden, und wir hätten gewinnen können!«

Dann wurde er wütend. »Wie können die Palästinenser noch daran glauben, daß eine arabische Regierung, egal welche, bereit ist, ihnen zu helfen? Sie haben alle Angst vor uns. Ägypten beeilt sich, uns zu verraten, Jordanien hat uns zerquetscht, Syrien hält uns mit eiserner Faust . . . Lola, hast du etwas zu trinken, vielleicht einen Whisky?« Er, der niemals getrunken hat. Er lächelte traurig über mein Erstaunen. »Du siehst, ich habe mich verändert.«

Ich hatte zwar Whisky in einer Schreibtischschublade, aber kein Eis. Er goß sich ein halbes Glas ein und trank es in einem Zug. Ich mußte doch mit ihm sprechen. Von mir, von uns . . . Er wollte nichts hören. »Warte, ich bin noch nicht fertig. Wir haben in Kairo lange diskutiert. Wir müssen die Bewegung wieder vereinen, unsere Strategie überdenken . . .« Ich langweilte mich. Ich mag es nicht, wenn er mir von ihren endlosen inneren Diskussionen erzählt. »Ich muß es dir sagen, weil die Entscheidungen, die gefallen sind, uns beide betreffen. Doch, doch, ich versichere es dir. Von nun an kann unsere Basis nur noch der Libanon sein. Wir werden uns hier einrichten, politisch und militärisch. Unsere Aktionen werden brutal – Straßensperren, Entführungen, Kontrollen – und illegal zugleich sein. Wir werden also versuchen, hier eine Revolution zu provozieren, um unsere Präsenz zu sichern. Abou Youssef, Kamal Adouane, ich und andere waren nicht einverstanden, aber wir wurden überstimmt. Ich habe mich gebeugt.« Er neigte sich zu mir und drückte meine Handgelenke. »Und da haben du und ich ein Problem. Ich werde eine schwere Aufgabe übertragen bekommen: den psychologischen Krieg. Das heißt Verbindungsnetze, Informanten, Pressekampagnen, im Ausland, aber auch im Libanon. Unter diesen Bedingungen will ich dich lieber nicht mehr treffen. Nicht, daß ich dich nicht mehr liebe – ich werde auch in Zukunft über dich und die Deinen wachen, wenn die Sache eine schlechte Wendung nimmt –, sondern weil ich jetzt unter völliger Geheimhaltung vorgehen muß. Erinnere dich, was ich dir einmal versprochen habe: Wir werden den Libanon nicht anrühren. Nun, ich halte das Versprechen nicht. Verstehst du mich?«

Voller Zärtlichkeit legte er seine Hand an meine Wange. Dann wühlte er in der Tasche seiner Parka. »Hier, das ist für dich. Ich habe dort Gedichte geschrieben, als alles danebenging. Ein paar sind für dich bestimmt.« Es drückte mir das Herz zusammen, und ich hatte Tränen in den Augen, wie wenn man vom Tod eines guten Freundes erfährt. Meine Befürchtungen, meine Vorsicht und selbst meine Liebe zu Philippe erschienen mir in diesem Moment lächerlich. Ich küßte Chafik auf beide Wangen und versprach ihm, daß wir, was auch geschehen mag, immer Freunde bleiben werden . . .

Genf, 23. März 1971

Es ist elf Uhr vormittags, und trotzdem hängt noch ein grauer Nebel über der Rhône. Wie kann man nur in der Schweiz leben? Philippe ist eben weggegangen. Er hat eine Verabredung mit Isabelle Vichniac, der Korrespondentin von »Le Monde«, vor der Plenartagung der Konferenz über die Flüchtlingsfrage, die der eigentliche Grund für seine Reise ist. Mein Koffer liegt geöffnet auf dem zerwühlten Bett. Mittags wird mich ein Taxi abholen, um mich zum Flugplatz zu bringen. Ich müßte meine Kleider zusammenlegen, all die Dinge einsammeln, die ich regelmäßig in den Hotels vergesse, Zahnbürsten, Nachthemden, Kämme . . . »Man muß nicht Freud gelesen haben, um zu erraten, daß du es liebst, in Hotels zu leben, meine kleine Nomadin«, hat Antoine einmal gesagt. Das ist nicht der Augenblick, an Antoine zu denken. Um nach Genf zu fahren, mußte ich eine Reise nach Paris improvisieren, mit einem kaum zu erklärenden Zwischenstop von vierundzwanzig Stunden in Genf. Antoine hat nicht reagiert. Aber als ich gestern nachmittag im Hôtel des Bergues ankam, fand ich ein Telegramm: »Nicolas krank. Nichts Ernstes. Wahrscheinlich Blinddarm. Umarmung. Antoine.«

Ich begann zu zittern. Erster Gedanke: Das ist meine Schuld, Gott bestraft mich durch mein Kind, weil ich in der Sünde lebe. Idiotisch! Das religiöse Pensionat verfolgt mich noch immer. Wütend auf mich selbst, stürzte ich zum Telefon, um Beirut zu erreichen.

»Antoine? Hier ist Lola. Ich bin gerade in Genf angekommen, aber es gibt keine Direktverbindung vor morgen, dreizehn Uhr, ich könnte nur über Zürich oder Rom fliegen.«

»Mach dir keine Sorgen mehr, mein Liebes. Nicolas wurde heute morgen operiert. Blinddarm ohne Komplikationen, ich habe bei der Operation assistiert. Es geht ihm sehr gut, er ist gerade aufgewacht. Wenn du in Genf bleiben willst, dann bleib . . .« Ich schrie:

»Nein, kommt nicht in Frage. Ich nehme das Flugzeug morgen um dreizehn Uhr und werde gegen achtzehn Uhr in Beirut sein, Middle East, warte, ich habe die Flugnummer.«

»Ich hole dich ab. Beruhige dich. Ruh dich aus. Geh einkaufen. Na komm, nicht weinen (woher weiß er, daß ich weine?), es ist alles in Ordnung, ich schwöre es dir. Keinerlei Gefahr mehr. Bis Morgen, meine Liebste.«

Nachdem ich den Hörer aufgelegt hatte, quälten mich die Gewissensbisse. Unwürdige Mutter! Ehebrecherin! Nur Antoine vermag mich zu beruhigen. Einzig seine Stimme besänftigt mich. Antoine . . . ist nicht er meine einzige Wahrheit? Aber was mache ich dann hier, in diesem Schweizer Hotel? Ich erwarte Philippe, wie man in einem Ferienhaus einen liegengebliebenen Roman, ein vertrautes Parfum wiederfindet. Nein, ich täusche mich. Philippe gehört nicht der Vergangenheit an. Er ist Gegenwart, so sehr Gegenwart, ich erwarte ihn voller Fieber . . . ich habe zwei Valium geschluckt, um mich zu beruhigen.

Als Philippe am späten Nachmittag an meine Tür klopfte, schlief ich . . . Ich habe im Nachthemd aufgemacht, die Augen voller Schlaf, die Haare über dem Gesicht. Er war erstaunt, dann lachte er. »Schon im Bett? Bei Gott, eine gute Idee!« Er riß seine Krawatte ab, warf Jacke, Hemd, Hose und Socken auf einen Stuhl und stieß mich auf das Bett, ohne daß ich überhaupt Luft holen konnte. Ich begehrte ihn sofort und vergaß alles um mich herum, zu sehr von Verlangen und Lust erfüllt.

»Wie sehr ich dich liebe«, sagte er, während er mein Gesicht streichelte. »Und wie schön du bist, wenn wir uns lieben.« Er legte meinen Kopf in seine linke Achsel – ein Ort, der wie für mich geschaffen scheint. War es das Valium? Ich trieb dahin, voller Euphorie, den Geist von süßer Schläfrigkeit vernebelt. »Philippe, ich bin müde.« – »Was? Aber ich habe Hunger. Es ist neun Uhr, ich dachte, wir würden am Seeufer essen gehen. Komm, zieh dich an, schnell. Wir haben zwei Tage vor uns, nutzen wir sie.«

Zwei Tage. Sein Satz wirkte auf mich wie eine kalte Dusche. »Nein, Philippe, keine zwei Tage. Ich muß morgen zurück.« Sein Blick wurde dunkel. »Warum? Du hattest mir doch versprochen, du würdest Zeit haben. Lola, bleib zwei Tage. Ich wollte es dir nicht sofort sagen, aber ich werde nach Washington versetzt. Kannst du dir das vorstellen? Washington. Gott weiß, wann wir uns wiedersehen können. Vielleicht erst nach Monaten . . .« Seine Stimme war ohne Klang. Ich mußte ihm von Nicolas erzählen, vom Blinddarm, von Antoines Telegramm. Mein Alltagsleben drang in das Zimmer ein, und ich dachte: Ich verderbe alles. Fühlen wir uns nicht nur deshalb miteinander so wohl, weil wir nur uns zwei haben, weil wir niemals zusammen krank sein werden, besorgt um unsere Kinder, weil wir niemals über Geld diskutieren müssen oder einen Ferienplatz auswählen?

Gleichzeitig stellte ich mir das kleine blasse Gesicht von Nicolas in einem Krankenhausbett vor. Philippe schwieg. Dann sagte er sanft: »Ich würde gern ein Foto von deinen Kindern sehen. Ähneln sie dir?« Mit zugeschnürter Kehle schüttelte ich den Kopf. Auch ich träumte davon, endlich Marie kennenzulernen, das Gesicht, die Augen, den Körper, das Lächeln der Frau, die mir meine Liebe geraubt hatte – oder, schlimmer noch, der Frau, die er mir vorgezogen hat.

Hat er es verstanden? Er richtete sich auf.

»Vergessen wir es für diese Nacht. Unsere letzte Nacht für lange Zeit. Vergeuden wir sie nicht im Restaurant. Willst du, daß wir hier essen? Da ist die Karte für den Zimmerservice . . .« Ich versuchte zu scherzen.

»Du fährst doch nicht auf den Mond! Von Washington nach Beirut kann man telefonieren . . .«

»Kannst du dir vorstellen, wie unsere Gespräche aussehen werden, ich in einem Büro und du in deiner Buchhandlung? Der Gnade des Erstbesten ausgeliefert, der die Tür aufstößt? Und dann, was könnte ich dir schon anderes sagen, als, bestenfalls ›ich liebe dich‹ oder ›du fehlst mir‹?«

»Das ist schon sehr viel. Wir haben so lange Zeit nichts voneinander gehört . . .«

»Eben. Jetzt habe ich dich wiedergefunden. Ich weiß, daß du die Frau bist, die ich liebe, mein Leben . . .«

Das Leben, das wahre Leben, wo ist es? In einem Hotelzimmer? Im Fieber und der Angst von Ferngesprächen, die immer vom Zufall abhängen? Oder aber in der Wärme meines Kokons: Antoine, Mona, Nicolas? Und für ihn, bei Marie?

Beirut, 23. Dezember 1972

Ich muß den Weihnachtsabend vorbereiten und den Baum für die Kinder schmücken. Gestern hat mich Philippe angerufen, um mir frohe Weihnachten zu wünschen und mich zu fragen, welches Geschenk ich für Nicolas gekauft habe. Seit Genf ist Nicolas für ihn zu einer Person geworden, die er sich vorstellt, die er in meiner Nähe sieht. Genau das, was ich um jeden Preis verhindern wollte. Ich habe auch den Fehler gemacht, ihm zu erzählen, daß ich im Januar nach Tokio fahre. »Tokio? Toll! Du kannst doch in New York umsteigen. Ich habe solche Lust, dich zu sehen, wenn du willst, komme ich auch nach Anchorage, wo die Linie Paris–Tokio zwischenlandet. Es wäre doch schön, sich am Nordpol zu treffen . . . Wir könnten die Nacht dort verbringen, da gibt es ein lustiges Hotel . . .«

Kleiner, heimlicher Stich: Woher und warum kennt er dieses Hotel? Ich mußte ihm erklären, daß ich nicht allein sein werde, ich fahre mit Antoine, der dort einen Kongreß hat. Um ihn abzulenken, fragte ich dummerweise, ob er Tokio kennt. »Ja«, antwortete er, »ich war dort auf . . .« Ich ergänzte: »Hochzeitsreise?« – »Ja, aber ich schwöre dir . . .« Ich hatte schon aufgelegt. Eine idiotische Reaktion – welches Recht habe ich auf ihn –, aber nicht zu unterdrücken.

Eine Minute später klingelte das Telefon erneut. Sicher Philippe. Ich verließ die Buchhandlung, und während ich den Schlüssel im Sicherheitsschloß drehte, unten an der Tür, auf dem Boden hokkend, gellte mir das fortgesetzte schrille Läuten in den Ohren. Nein, nein. Er ist zu weit weg, alles ist zu kompliziert. Diese Eifersucht hat einen bitteren Beigeschmack, sie erniedrigt mich, setzt mich in meinen eigenen Augen herab.

Irgend jemand zog mich empor und ergriff mich am Ellbogen: Farouk. Mit breitem Lächeln rief er, daß er riesiges Glück habe, weil er mich ja um ein Haar verpaßt hätte. Er wollte nur wissen, was Charlottes Lieblingsblumen sind. Gelbe Rosen? Phantastisch! Als er mein Erstaunen bemerkte, glaubte er erklären zu müssen, daß er soeben ein märchenhaftes Immobiliengeschäft abgeschlossen hat, aufgrund eines Ratschlages von Onkel Emile. »Und da Emile nicht mehr ist, möchte ich Charlotte danken.« Am selben Abend kam ein riesiger Rosenstrauß mit einem Brief bei uns an. Zum ersten Mal seit Emiles Tod habe ich Charlotte weinen sehen.

Beirut, 11. April 1973

Unvorstellbar. Sinnlos. Chafik wurde ermordet, in der Nacht zum 10. April 1973, von Israelis erschossen. Mitten in Beirut. Und wenn ich den Darstellungen der Zeitungen glaube, müssen Antoine und ich den Mördern begegnet sein, denn an diesem Abend fuhren wir die Küstenstraße von Ramlet el Daïda entlang, gegen ein Uhr früh. Gerade in diesem Moment müssen die Israelis unten am Strand gewesen sein und ihre Schlauchboote hinter sich hergezogen haben. Wir hätten sie sehen können, es war Vollmond, das Licht strahlte auf den weißen Sand, und auf dem offenen Meer wiegte sich die Silhouette eines unbekannten Militärschiffes. Aber wer denkt daran, an einem Aprilabend, das heißt mitten im Winter, um ein Uhr früh nach dem Strand oder dem Meer zu sehen. Jetzt weiß man, daß drei Israelis als einfache Touristen im Sand's am Strand von Ouzai wohnten. Der Hotelportier erinnert sich an einen Engländer, der mitten in der Nacht zum Unterwasserangeln wollte, einen Belgier und einen Deutschen. Zur gleichen Zeit mieteten andere Touristen in der Stadt Autos. Sie müssen sich an der Küstenstraße getroffen haben, denn irgend jemand hat sechs Autos gesehen, die fünf vor eins langsam in Richtung Stadtzentrum fuhren. Um ein Uhr herrscht in Beirut noch dichter Verkehr. Ich frage mich, wie sie sich zurechtfinden und auf libanesische Weise fahren konnten: Es gibt Ampeln, die man respektiert, und andere, die man ignoriert, die Vorfahrt wird an jeder Ecke nach einem geheimnisvollen Kräftemessen ausgehandelt, manche Einbahnstraßen sind ab acht Uhr abends in beide Richtungen offen ... Ich brauchte sechs Monate, bis ich anfing, mich daran zu gewöhnen. Niemand wagt es offen auszusprechen, aber diese Israelis kannten die Stadt zu gut, um nicht libanesischer Abstammung zu sein ...

Sie fuhren durch die Charles-de-Gaulle-Straße, passierten das Hauptquartier der Sicherheitskräfte und parkten in der Verdunstraße. Die wachhabenden Fedayin dachten, als sie die jungen Leute mit Jeans und langen Haaren sahen, »das wären noch ein paar Hippies, die den Theaterdekorateur im fünften Stock besuchen wollten«. Aber unter ihren langen Trenchcoats hatten die Hippies Maschinenpistolen. Sie verteilten sich auf drei Gruppen. Eine war in der sechsten Etage bei Abou Youssef, dem Verantwortlichen des politischen Apparates der PLO. Die zweite bei Kamal Adouane, dem Verantwortlichen für die besetzten Gebiete. Die dritte bei Chafik, der erst zwei Wochen zuvor dort eingezogen war. Woher waren diese Israelis so gut informiert? Nicht einmal ich wußte, daß Chafik umgezogen war.

Um ein Uhr sieben wurden die drei Türen gleichzeitig mit Plastikbomben gesprengt, die Israelis stürzten hinein und schossen ihre Magazine leer. Sie töteten alle, auch die beiden Wachhabenden. Man hat mir erzählt, daß Chafik im Schlaf starb. Das Unglaubliche ist, daß sich die Israelis in aller Ruhe davonmachen konnten, ohne erwischt zu werden. Antoine behauptet, daß die Militärs erst um zwei Uhr das Ufer abgesperrt haben: Sein Krankenpfleger saß in einer Ambulanz, die an der Küstenstraße entlangfuhr. Er sah Polizisten, die den Obstverkäufer ausfragten, der Tag und Nacht am Straßenrand seine Mangos, Mandeln und Orangen verkauft. Sie haben ihn gezwungen, seine beiden jämmerlichen Azetylenlampen zu löschen. Der Alte schrie, er hätte natürlich ein Schiff auf dem Meer gesehen, und weiter? Er hatte auch MP-Feuer vom Palästinenserlager her gehört, aber wenn man sich darum kümmern würde, käme man nie zum Ende, sie schießen die ganze Nacht... Schließlich haben sie den Alten mitgenommen. Antoine war wütend, »ein Orangenhändler, das ist alles, was sie erwischt haben...«

Ich denke an Chafik, und mir ist kalt. Ich erinnere mich daran, was er mir vor zwei Jahren sagte, als er aus Kairo zurückkam: Abou Youssef, Kamal Adouane und er wollten den Guerillakrieg lieber in die besetzten Gebiete tragen, als die PLO im Libanon zu installieren. Haben ihn die Israelis deshalb getötet? Mein armer Chafik. Als ich heute morgen sein Foto in der Zeitung sah, diesen Körper auf einer Trage, das Gesicht zur Seite gedreht, habe ich ihn nicht erkannt. Chafik tot, seine braunen und warmherzigen Augen für immer geschlossen, sein Körper unter einem Meter Erde begraben. Zum Teufel mit diesem Foto! Chafik wird für mich so bleiben, wie ich ihn beim ersten Mal gesehen habe, mit Tony, in der Bar des Saint-Georges. Ich bin ihm dankbar, er hat mir viel gegeben. Übermorgen gehe ich zur Beisetzung.

Beirut, 13. April 1973

Heute morgen habe ich mich schwarz gekleidet und gesagt, daß ich den Nachmittag bei Lili verbringe. Sie war in »La Licorne«, und als sie mich sah, begriff sie sofort. »Du bist verrückt«, meinte sie, »du kannst doch nicht hinter den Särgen herlaufen. Es wird eine riesige Menge da sein, vielleicht gibt es auch Unruhen. Willst du mittendrin sein? Außerdem wird man sich fragen, was du dort machst. Denk wenigstens an Antoine, an seinen Ruf, wenn du dich nicht um deinen kümmerst.« Ich habe darauf bestanden, ich habe geweint, ich habe sie beschimpft und gesagt, sie hätte kein Herz. »Gut, gut, wenn du unbedingt willst . . . Aber dann gehen wir lieber in meine Wohnung. Der Trauerzug geht durch meine Straße, du wirst ihn vom Balkon aus sehen. Aber wir müssen sofort fahren, denn der Ordnungsdienst der PLO hat angekündigt, daß unser Viertel um zwei Uhr abgeriegelt wird. Hier, putz dir die Nase. Deine Schminke ist völlig zerlaufen. In deinem Alter noch zu weinen!«

Es waren schon viele Leute da, als wir ankamen. Vor dem Haus trafen wir ein blondes Mädchen in beigefarbenem Kostüm, das Lili erwartete. Bestimmt eine Französin. Eine Libanesin würde so ein fades Beige nicht tragen.

»Ich stelle dir Anne vor, sie ist Journalistin beim ›Nouvel Observateur‹ «, sagte Lili. Auch Anne wollte von Lilis Balkon aus die Beisetzung sehen.

Wir beugten uns alle drei über das Geländer und sahen auf die Straße. Dort waren Leute aus dem Viertel, Arme, Frauen mit Brusttuch, kleine Jungen, alte Männer in grauen Palästinensergewändern mit Ledergürteln. Alle schrien und beteten, machten einen Heidenlärm, die Autos hupten, die Lautsprecher an den Straßenecken brüllten Slogans und Beschwörungen. Die Sonne wirbelte den Staub auf, und der billige Seidenstoff der Palästinenserfahnen glänzte an den Fenstern. Wir Orientalen kennen keine diskrete Trauer.

Dicke amerikanische Wagen, staubbedeckt und verbeult, eröffneten den Zug. Die Fedayin in ihren Drillichuniformen hingen an den Türen, sie schwenkten ihre Kalaschnikows und bahnten sich hupend einen Weg durch die Menschenmasse. Kein Polizist zu sehen, keine libanesische Uniform, keine Vertreter der Regierung. Zum ersten Mal sah ich die Straße ganz in der Hand der Palästinenser.

»Da sind sie!« Eine Bewegung ging durch die Menge. Von Kämpfern getragen, von der Menge hin und her geschoben, von Hunderten Händen gefährdet, die sich ausstreckten, um ihn zu berühren, kam der erste Sarg. Dahinter folgten vier, dann weitere fünf Särge, mit der Palästinenserfahne bedeckt, schwankend wie zerbrechliche Boote auf diesem Menschenmeer, aus dem die schrillen Schreie der Frauen aufstiegen. Die ersten Gewehrsalven zum Zeichen der

Trauer zerrissen die Luft. Ich erkannte das Chorhemd eines Geistlichen, die schwarzen Haarknoten der orthodoxen Priester, die weißen Turbane der Scheichs des Islams, umgeben von den Leopardenuniformen der Fedayin, die dem Trauermarsch mit lauten Trommelschlägen einen Rhythmus zu geben versuchten. Die Porträts der Toten auf langen Stangen schwankten hin und her. Ein Spruchband verkündete auf arabisch: »Verzweifeln wir nicht, seien wir nicht traurig, Gott ist mit uns.« Um welchen Gott handelte es sich? Um den der Scheichs, den des Priesters, den der Popen?

Hinter der Losung kam eine Gruppe junger Leute – Libanesen, Palästinenser? –, die sich untergehakt hatten und laut riefen: »Wo warst du, Armee des Libanon? Wo wart ihr, libanesische Polizisten?« Ich beugte mich vor. In der ersten Reihe erkannte ich Tony. Und neben ihm, der Bursche mit den schwarzen Haaren, dem weißen T-Shirt ... mein Gott, Nicolas!

Nicolas. Was tat er dort? Er hatte mir nichts gesagt ... Annes Hand zog mich energisch nach hinten. »Sie können nicht hierbleiben. Es wird in die Luft geschossen. Sie könnten eine Kugel abbekommen.« Tatsächlich hörte ich ein Pfeifen an meinem Ohr. Vor unserem Fenster knallte es. Ich fand mich in einem Sessel wieder, atemlos, die Hand auf dem Magen: Ich hatte das Gefühl, tatsächlich eine Kugel mitten in die Brust bekommen zu haben.

Lili stürzte zu mir: »Geht es dir nicht gut? Nur Mut, Lola. Ich bin sicher, er hatte diesen Tod angenommen, vielleicht sogar erwartet.« – »Nein Lili, du irrst dich. Ich denke nicht an Chafik. Sondern an Nicolas, meinen kleinen Jungen, mein Kind des Zufalls. Er ist erst sechzehn! Ich will nicht, daß er vom Krieg ergriffen wird.« – »Vom Krieg?« wandte Lili ein. »Was erzählst du da? Wir sind nicht im Krieg. Hier gibt es immer Zusammenstöße oder Schlägereien, das weißt du doch. Aber am Ende renkt sich alles wieder ein.«

»Ich glaube nicht, daß sich das wieder einrenkt.« Das war Annes Stimme. »Nach dem, was in Jordanien geschehen ist, haben die Palästinenser keinen anderen Ausweg mehr, als sich im Libanon niederzulassen. Und die Libanesen werden sich ihren Gesetzen beugen oder sie bekämpfen müssen ...« Lili sah sie böse an. Sie ist abergläubisch und haßt es, wenn jemand ein Unglück vorhersagt. Ich glaube, Anne hat recht. Irgend etwas wird geschehen. Aber was?

Beirut, 7. Mai 1973

Heute schlafen wir in Hazmieh, in der obersten Etage der Klinik. Antoine hatte dort eine kleine Wohnung eingerichtet, für den Fall der Fälle, sagte er. Der Fall ist eingetreten. Unmöglich, das Haus am Park zu erreichen, eben begann die Ausgangssperre. Ich habe angerufen. »Nicolas? Er ist da. Und Mona hat keine Angst«, sagt Charlotte. »Außerdem sind die Bombardements weit entfernt.« Sie fügte fröhlich hinzu: »Da oben sitzt ihr ja im ersten Rang, um das Feuerwerk zu sehen.«

Das, was sie Feuerwerk nennt, dauert schon fünf Tage, es ist die Bombardierung der Palästinenserlager durch die libanesische Armee, der Lagerkrieg, wie man hier sagt. Wir sitzen tatsächlich im ersten Rang. Hazmieh liegt über der Stadt. Ich verfolge vom Balkon aus die Kämpfe. Rechts, bei Tell el Zatar und Jisr el Bacha, ziehen die Schüsse lange weiße Blitze durch die Nacht. Weiter weg, links von mir, bei Sabra, Chatila, Mar Elias, ist der Himmel von Bränden gerötet, und der Wind drückt schwere, beißende Wolken herunter. Beirut, zu meinen Füßen, liegt im Dunkeln.

Die libanesische Armee rächt sich. Eigentlich geht es darum, die Palästinenser für die Entführung von drei libanesischen Offizieren am 1. Mai »zu bestrafen«. In Wirklichkeit sind die Militärs über die Palästinenser verärgert und vor allem durch den israelischen Überfall in der Verdunstraße gedemütigt.

Was mich verblüfft, ist die scheinbare Gleichgültigkeit der Libanesen. Die Christen freuen sich, daß man die PLO endlich »zerschlägt«. Die Moslems, auch die ärmsten, haben genug von den Straßensperren, den Provokationen, den Entführungen und den Jeeps voller bewaffneter Fedayin, die mit Vollgas durch die Stadt rasen. »Neulich haben sie mein Auto angefahren, ohne auch nur zu bremsen«, hat mir Rosie empört erzählt, während sie mir mit energischer Hand die Haare toupierte. Noch vor einem Monat jammerte sie: »Die armen Palästinenser, feige in ihren Betten ermordet ...« Vielleicht hat Tante Charlotte recht, wenn sie meint, daß uns dieser Krieg nichts angeht.

Beirut, 13. April 1974

Im Libanon regelt sich alles irgendwann. Der Lagerkrieg ist vorbei, nichts ist geklärt, aber die Feste überstürzen sich. Nicolas ist in der Abiturklasse, er spricht bei Tisch nicht mehr von Politik. Philippe ruft mich oft aus Washington an. Er will irgendwie arrangieren, daß er bei meiner nächsten Frankreichreise das Diplomatengepäck nach Paris begleiten kann. Antoine scheint glücklich. Er hat mir einen Ring von Boucheron zum Geburtstag geschenkt. Warum bin ich dann so bedrückt?

Neulich habe ich in Samis Auto auf dem Weg zum Casino das Handschuhfach aufgemacht, um nach Zigaretten zu suchen. Da lag ein großer Revolver. Ich habe entsetzt aufgeschrien. »Was denn, hast du noch nie einen Revolver gesehen?«

»Aber warum, Sami?« Er hörte auf zu lächeln: »Wir werden ihn eines Tages brauchen, um uns zu verteidigen. Jedes Wochenende fahre ich nach Bicfaya hinauf, um schießen zu üben. Du würdest staunen, wie viele unserer Freunde dort zusammenkommen. Komm, beruhige dich. Ich führe dich zum Abendessen aus, danach gehen wir tanzen. Was für ein schönes Kleid du anhast! Woher ist es, aus Paris? Habe ich dir schon gesagt, daß du heute abend sehr schön bist?«

Buch III
Die Jahre des Feuers

20

Beirut, April 1975

Im Libanon ist der Frühling kurz, aber wunderschön. An diesem Morgen ist der Himmel von so reinem Blau, daß man weit oben ein winziges Flugzeug glänzen sieht, das zum Meer fliegt. Aus dem Garten steigt der süße Duft der blühenden Orangenbäume herauf, von einer milden Sonne erwärmt. Lola ist heiter. Philippe hat gestern angerufen. Diese kurzen, flüchtigen Anrufe bestimmen den Rhythmus ihres Lebens. Sie muß den Klang seiner Stimme hören, seinen so zärtlichen französischen Akzent, sein Lachen. Ich bin »kribblig«, sagt sie sich lächelnd. Monas Lieblingswort, die stundenlang auf ihrem Bett liegt, die Kopfhörer auf den Ohren, in ihre Musik versunken. »Hör auf«, sagt Lola, »du wirst dir die Ohren kaputtmachen bei dieser Lautstärke!« Mona lächelt ihr unwiderstehliches Grübchenlächeln. »Aber Mama, ich kann nicht aufhören, ich bin kribblig . . .«

Mona, das ist Antoine, nur leichter, zierlicher und fröhlicher. Rothaarig, rundes Gesicht, Locken, große graue Augen, die Nase und die Wangen mit Sommersprossen übersät. Lola findet sie entzückend, aber sie fragt sich manchmal, wie sie ein Kind zustande gebracht hat, das so anders ist als sie selbst. Seit sie laufen kann, verführt Mona alle und jeden. Ihren Vater, ihre Lehrerinnen, ihren Bruder, der sie wie eine Prinzessin behandelt, Tante Charlotte und Athina, die Triestinerin, die ihr ein rollendes Italienisch beigebracht hat.

Heute, am 13. April, wird Monas zwölfter Geburtstag gefeiert. Sie hat darum gebeten, auf Kerzen und Kindernachmittag zu verzichten – »dafür bin ich jetzt zu groß« –, aber sie möchte gern in

Junieh, am Meer, Mittag essen. »Im Miramar«, fügte sie hinzu. »Warum im Miramar?« fragte Lola. »Wir gehen nie dorthin, das ist ein Restaurant für Studenten, sehr nett, aber ...« Mona hat es ihr nicht erklärt. Sollte sie schon verliebt sein? Mit ihren zwölf Jahren wirkt sie wie eine Fünfzehnjährige. Ein Freund von Nicolas scheint sie sehr zu mögen ... Ich werde alt, sagt sich Lola.

»Auf den zwölften Geburtstag meiner Tochter!« Antoine hebt sein Glas. Er gleicht einem gutmütigen Löwen, strahlend, braungebrannt, das Hemd über der breiten, rotbehaarten Brust geöffnet. Tante Charlotte holt ein Schmuckkästchen hervor: »Mein Liebling, ich habe etwas für dich.« Mit den Jahren ist sie noch zarter geworden, und ihre blauen Augen sind zwei schimmernde Sterne in einem durchscheinenden Gesicht. »Tatie, das ist zu schön!« Auf schwarzem Samt glänzt eine Kette aus Saphiren und Diamanten. »Nichts ist zu schön für eine hübsche Frau. Vergiß das nie. Nicht wahr, Antoine?« Nicolas steht auf. Er ist so gewachsen! Antoine meint, mit achtzehn Jahren könnte er noch weiterwachsen. Lola betrachtet ihren Sohn mit heimlichem Stolz. Nicolas ist schön. Er hat den wiegenden Gang und den dunklen Teint der Falconeri, Lolas feine Züge, seine grünen Augen funkeln in der Sonne, eine Locke seines schwarzen, nach hinten gekämmten Haars fällt über die Stirn. Für Mona hat er Kassetten eines unbekannten Rockmusikers ausgewählt. Sie sehen sich lachend an. »Den wolltest du doch, oder?« Die Musik ist ihre Geheimsprache. Lola schenkt ihrer Tochter eine Kollektion von Seidentüchern in allen Farben. In diesem Jahr sind sie modern, und Mona, immer in Jeans und T-Shirt, bindet die kleinen Tücher überall fest, um den Hals, ins Haar, ums Handgelenk.

Auf der Terrasse des Miramar wippt man behaglich in den Korbschaukelstühlen. Es ist bereits sehr warm. Aus dem Restaurant dringen die Düfte von gebratenen Seebarben, Holzkohle und Salz, Thymian, frischen Fischen. Am Strand baden Touristen. Nicolas amüsiert sich: »Seht nur, wie bleich sie sind, die Armen. Und mager. Wie gerupfte Hühner.«

»Aus dem Norden!« wirft Mona mit verächtlicher Miene hin.

Die Sonne sinkt. Viertel sieben, sie müssen zurück. Der Besitzer des Miramar, Adel – ein schöner Bursche, ob er wohl Monas heimliche Liebe ist? –, warnt Antoine:

»Ich habe gerade erfahren, daß es in Aïn el Remaneh Gefechte gibt. Fahren Sie nicht dort entlang.«

»Danke. Wir nehmen die Nebenstraße.«

Die üblichen Sonntagabendstaus verstopfen bereits die Straße. »Ich werde es über Sinn el Fil versuchen«, sagt Antoine. Sinn el Fil ist abgesperrt. Panzer der libanesischen Armee haben mitten auf der Kreuzung Position bezogen. »Seht euch das an, da scheint etwas loszugehen«, wundert sich Lola.

Noch weiß es niemand, aber ein Krieg hat begonnen. Am Morgen dieses 13. April 1975 nimmt Pierre Gemayel an der Weihe einer neuen Kirche in einem Christenviertel am südöstlichen Stadtrand teil, in Aïn el Remaneh. Wie üblich haben die Phalangisten das Viertel abgesperrt, eine Sicherheitsmaßnahme. Dennoch rasen Punkt elf Uhr, gerade als die Messe zu Ende ist, ein Jeep, dann ein roter Fiat an der Kirche vorbei. Feuerstöße gehen in die Menge, die dichtgedrängt auf dem Vorplatz steht. Zwei Phalangisten werden getötet. Panik, Wut. Die Milizsoldaten von Scheich Pierre schießen aufs Geratewohl, durchsuchen die Häuser, bereiten sich auf eine Schlacht vor.

Gleichzeitig gedenken im Lager von Sabra, im Osten der Stadt, die Palästinenser des Generalstabes der DFLP, Anhänger des Iraks, der selbstmörderischen Aktion von Kiryat Schmoneh vor einem Jahr. Als die Zeremonie beendet ist, werden die Fahnen zusammengerollt, man geht auseinander. Die Palästinenser von Chatila gehen zu Fuß zurück. Die aus Tell el Zatar drängen sich in einen Autobus, der sie in ihr Lager auf der anderen Seite der Stadt zurückbringen soll.

Auf ihrem Heimweg führt sie die Straße durch Aïn el Remaneh. Als der palästinensische Bus auf dem Dorfplatz ankommt, empfangen sie die erregten Phalangisten mit Katjuschaschüssen. Eine Rakete zerfetzt den Bus. Aus dem verkohlten Fahrzeug zieht man siebenundzwanzig Leichen und neunzehn Verwundete hervor, alles Palästinenser.

Die Nachricht von dem Angriff verbreitet sich mit erstaunlicher Geschwindigkeit. Jeder geht auf seinen Kampfposten. Die Palästinenser verschanzen sich in den moslemischen Vierteln, die Phalangisten in Achrafieh und im Stadtzentrum. Die ersten Schußwechsel hört man bei den Lagern, die Beirut wie ein Elendsgürtel umgeben. Zuerst leichte Waffen. Man erkennt das Knallen der neuen russischen Kalaschnikows und den charakteristischen Klang der tschechoslowakischen Slava, Waffe der kubanischen Barbudos, die gerade in Beirut Einzug gehalten hat.

Zwei Uhr morgens. Der Kampflärm kommt näher. Lola setzt sich in ihrem Bett auf, weckt Antoine.
»Hörst du? Sie sind ganz nah...«
Antoine dreht sich um.
»Nein, das ist ein Scharmützel, irgendwo. Wenn es ernst wäre, hätte mich das Krankenhaus schon angerufen.«
»Und die Kinder? Sie werden Angst haben...«
»Sie sind daran gewöhnt.«
»Und Tante Charlotte? Du weißt genau, daß sie die Schießereien nicht ausstehen kann.«
»Sie schläft mit Ohropax...«
Lola legt sich wieder hin, das Blut pocht in ihren Schläfen. Der Rhythmus, die Gewalt, die Dauer der Kämpfe beunruhigen sie. Diese Schießerei ist ungewöhnlich. Sie dauert zu lange. Was ist neu in dieser Nacht auf den Straßen von Beirut?

Es ist der Haß. Die letzte Bremse, die noch Fanatismus und Leidenschaft zügelte, ist plötzlich gelöst. In wenigen Stunden brechen Gewalt, Rache, mörderischer Wahnsinn in zerstörerischen Wellen über Beirut herein. Man schießt auf die anderen, den Gegner, diese Hunde von Palästinensern oder diese Schweine von Christen. Die alten Ängste, der Haß der Vorväter, die Erniedrigungen der Vergangenheit entladen sich in den Salven der Kalaschnikows. Beschimpfungen und Beschwörungen begleiten die Schüsse, der fade Geruch des Blutes im Rinnstein verwirrt auch die klarsten Köpfe. In wessen Namen dieses Gemetzel? Um das Vergangene zu rächen? Um die noch immer brennende Erinnerung an die Massaker von Zahlé, Dar El Khamar oder Jerusalem auszulöschen? Oder um des eiskalten Vergnügens willen, zu zielen und zu schießen . . .

Trotzdem denkt niemand auch nur für einen Moment an Krieg. Es sind »Ereignisse«, das ist alles. Etwas heftiger als gewöhnlich, aber das wird sich beruhigen, es beruhigt sich immer.

Um sechs Uhr klingelt bei den Boulad das Telefon. Das Krankenhaus verlangt dringend nach Antoine. Aber Vorsicht, überall wird geschossen, ja, auch auf das Krankenhaus. »Lassen Sie Ihr Auto stehen, Doktor, niemand kommt durch, wir schicken Ihnen einen Krankenwagen, seien Sie in zehn Minuten unten, und warten Sie auf uns, wir können nicht parken.« »Nimm dir was zu essen mit«, ruft Lola von oben. Er ist schon weg. Sie bleibt allein, steht wie erstarrt in ihrem Nachthemd da.

Nicolas, ungekämmt, im Khakianzug, kommt aus seinem Zimmer.

»Nicolas, was soll diese Verkleidung? Wohin gehst du?«

»Zu meinen Kameraden von der PFLP. Das haben wir vereinbart: Wenn der große Tag kommt, treffen wir uns alle am Sitz der Organisation . . .«

»Welcher Organisation?«

»Die der libanesischen Linken, der OACL, verstehst du, Mama! Kennst du sie nicht?«

Lola stellt sich vor ihm auf, weiß vor Zorn, mit funkelnden Augen.

»Nein, kenne ich nicht. Und du wirst nicht gehen. Weißt du, was draußen los ist? Weißt du, wer auf wen schießt und warum? Das ist keine Revolution, das ist ein Massaker, von rechts oder links, ich weiß es nicht, aber blind und unnötig, das ganz sicher.«

Nicolas weicht betroffen zurück. In diesem Zustand hat er seine Mutter noch nie erlebt, mit geblähten Nasenflügeln und heiserer Stimme.

»Aber Mama, ich habe es versprochen. Und ich bin kein Feigling . . .«

Lola packt ihn am Handgelenk.

»Keine großen Worte! Schluß mit dem Theater. Dein Vater ist im

Krankenhaus, ich weiß nicht, wann er wiederkommt. Feigheit, mein kleiner Held, würde bedeuten, drei Frauen, deine Schwester, deine Mutter, deine achtundsiebzigjährige Tante hier allein zu lassen. Eine Granate kann mitten im Salon explodieren. Jeden Augenblick können diese Verrückten hier eindringen, plündern, vergewaltigen und töten. Und du, du willst mit deinen palästinensischen Kameraden über den großen Tag diskutieren? Kommt nicht in Frage...«

Sie redet und redet, läßt ihn nicht aus den Augen. Schließlich legt sich eine Spur von Gehorsam über seine grünen Augen. Nicolas senkt den Kopf. In der Stille hört man ein Schniefen. Mona sitzt auf den Stufen, in ihr langes Nachthemd eingewickelt, und schluchzt.

»Werden sie... werden sie uns töten?« Sie hat wieder ihre Kinderstimme, und wie gewöhnlich kann Nicolas seiner kleinen Schwester nicht widerstehen. Er geht die Stufen hinab und setzt sich neben sie.

»Weine nicht, Mona. Das geht vorbei. Ich bin da, um euch zu schützen.«

Lola seufzt. Ihr Körper entspannt sich, aber die Muskeln schmerzen. Sie hat solche Angst gehabt. Antoine und Nicolas in diesem Gemetzel, das ist zuviel. Aber wie lange wird sie ihren Sohn behüten können? Seide raschelt. Charlotte taucht in ihrem rosafarbenen Morgenmantel auf, lächelnd, frisch und ausgeruht. Sie geht zum Fenster und zieht die Vorhänge zurück.

»Aber es ist noch nicht mal hell! Was ist los? Warum seid ihr auf? Wo ist Antoine?«

Lola stürzt zu ihr, zieht sie zurück: Eine Kalaschnikowsalve schleudert den Kies im Garten hoch.

»Mein Gott, Tante, bleiben Sie nicht am Fenster! Gehen Sie dahin, hinter die Säule...« Charlotte runzelt erstaunt die Brauen.

»Was sagen Sie da, Lola?«

»Ich sage, es ist gefährlich.«

Charlotte lächelt noch immer und berührt eine Gardine. Lola verliert die Nerven und schreit, um ihr Angst zu machen: »Es ist Krieg, Tante Charlotte, Krieg!« Mit einer unendlich vornehmen Bewegung neigt Charlotte den Kopf nach rechts, dann nach links und nimmt das Ohropax aus den Ohren.

»Schreien Sie nicht so, Schätzchen, ich bin nicht taub. Was sagen Sie? Krieg? Aber warum? Mit wem? Das sind nur diese palästinensischen Strolche, die sich untereinander bekämpfen. Ich frage mich, was die Regierung unternimmt. Sie müßte das ein für allemal unterbinden und ihnen diese Panzer schicken, die gestern abend den Straßenverkehr behindert haben . . .«

Nun kämpfen in Beirut alle, bis auf die Armee. Als die Schießereien begannen, zog sie sich in ihre Kasernen zurück. Die Offiziere sind in der Mehrzahl Christen, die einfachen Soldaten Moslems, wie könnten sie sich in die Straßenkämpfe einmischen? Die Armee bleibt also vereint, aber untätig. Die Regierung von Rachid Sohl hat nicht mehr Autorität als der Präsident der Republik, Soleiman Frangie.

Trotzdem, sagt sich Lola, irgendwann muß doch jemand eingreifen. Draußen schießt man inzwischen mit Kanonen und dumpfe Explosionen vermischen sich mit dem Pfeifen der Kugeln. Das Haus erzittert. Vom Salon aus sieht Lola durch das Fenster einen Mann nach vorn gebeugt am Gitter des Parkes entlangrennen. Eine Kugel trifft ihn mitten in die Stirn. Er fällt, die Arme gekreuzt. Man muß ihn holen, man kann ihn nicht dort liegenlassen, vielleicht ist er nicht tot . . . Nicolas ahnt ihre Gedanken und hält sie entschlossen fest.

»Laß, Mama, das sind Scharfschützen. Sie sitzen auf den Dächern und haben den Befehl, auf jeden Passanten zu schießen.«

Lola starrt ihren Sohn entsetzt an.

»Woher weißt du das?«

»Wir haben es erwartet. Aber ich kann auch schießen. Ich habe oft mit Tony und den anderen geübt, in den Bergen. Ich könnte euch verteidigen. Und ich habe ein Gewehr mit Zielfernrohr, oben, in meinem Schrank.«

Mein Gott, Nicolas! In die Kämpfe verwickelt! Warum hat sie nichts geahnt, nichts gewußt? Und dieser Mann auf dem Bürgersteig, der langsam verblutet . . . Das ist kein Kämpfer, ein ganz gewöhnlicher Mann. In der Mittagshitze beginnen die Fliegen um seinen Kopf zu kreisen. Plötzlich eine stärkere Explosion. Das Klirren

von zerbrochenem Glas in der ersten Etage. Charlotte zieht die Schöße ihres Morgenmantels zusammen.
»Ich ertrage das Schießen nicht. Ich gehe wieder hinauf ins Bett.«
Nicolas greift entschlossen ein.
»Nein, Tatie, da oben ist es zu gefährlich. Der hintere Teil des Hauses ist sicherer. Alle in die Küche. Essen wir etwas. Ich habe Hunger ...« Er beugt sich zu Lola. »Mama, kümmere dich um Mona, erzähl ihr irgendwas. Sie hat große Angst.« Das kleine Mädchen klappert mit den Zähnen. Niemals hat Lola sie so blaß gesehen.

Draußen ist die Hölle los. Zwei Neuheiten beherrschen das öffentliche Leben: Scharfschützen und rollende Straßensperren.
Der Scharfschütze ist mysteriös. Niemand weiß, woher er kommt, für wen und warum er tötet. Er sitzt auf einem Dach oder hinter einem Balkon und wartet, das Auge am Visier, unbeweglich wie ein Stein. Sobald eine menschliche Gestalt in seiner Reichweite vorbeigeht, richtet er das Kreuz seines Zielfernrohres auf einen bestimmten Punkt, mit Vorliebe auf den Kopf, und schießt. Jeder hat seine Spezialität. Manche treffen zwischen die Augen. Profiarbeit. Andere versuchen das Herz zu erreichen, aber das ist weniger sicher. Sie arbeiten allein, geräuschlos, ohne Haß. Anscheinend werden sie pro Stück bezahlt. Wer mag die Rechnung begleichen?
Die rollenden Straßensperren sind noch furchtbarer. Ein Auto, das normal auf der Straße fährt, stellt sich plötzlich quer. Junge Männer in Leopardenanzügen, mit schwarzen Kapuzen, springen heraus, die MPi in die Luft gereckt, den Finger auf dem Abzug. Sie jagen die Passanten zusammen. Papiere? Dein Name? Hier kann man nicht am Aussehen erkennen, ob Christ oder Moslem. Alle ähneln sich. Alle sind Libanesen. Aber die Religion jedes einzelnen ist im Personalausweis eingetragen. Die Entscheidung über Leben und Tod fällt in wenigen Sekunden. Die Kapuzenmänner arbeiten zügig. Wenn es Christen sind, töten oder entführen sie die Moslems. Sind es Moslems, töten oder entführen sie die Christen. Ganz einfach.

»Mir wurde ganz schön heiß«, erzählt Lucien George im Büro des »Orient« seinem Freund Edouard Saab. »Vorhin begannen diese Kapuzentypen an der Clemenceaustraße die Passanten zu sortieren, Christen nach rechts, Moslems nach links. Sie brüllten herum, waren förmlich außer sich. Wer würde abgeknallt werden, die rechts oder die links? Sie kamen zu mir, ich holte meinen Ausweis raus, als ein Jeep am Ende der Straße auftauchte. Die Kapuzenmänner haben ein paar Christen eingeladen und sind abgehauen, mich ließen sie mitten auf der Straße stehen, meine Papiere in der Hand. Es waren Moslems ... Da habe ich noch mal Glück gehabt!«

Dieser Wahnsinn dauert drei Tage. Tage der Barbarei, des Schrekkens, des Blutes. Der Nachbar tötet seinen Freund mit Axtschlägen. Kinder werden geköpft, Frauen gefoltert. Drei Tage, vierhundert Tote. Am Morgen des 17. April kommt Antoine endlich nach Hause, unrasiert, die Augen gerötet, erschöpft und ausgehungert. Er umarmt seine Kinder und verlangt nach Kaffee.

»Ihr seid dageblieben, das ist gut. Ich wollte euch anrufen, damit ihr das Haus nicht verlaßt, aber ich hatte keine Zeit, und außerdem stand das Telefon im Flur, wo es den Schüssen ausgesetzt war.« Er macht Lola ein Zeichen: »Liebling, ich möchte mit dir sprechen. Der Krankenwagen holt mich in einer Viertelstunde wieder ab. Ich werde schnell baden.«

Lola sitzt auf dem Wannenrand und sieht Antoine an. Ihr ruhiger Antoine, ihr Felsen, er, der Sicherheit gibt und beruhigt, gleicht einem hilflosen Kind. Dieser große nackte, so verwundbare Körper rührt sie. Antoine kann nicht sprechen. »Ich werde dir im Wasser den Rücken massieren«, sagt Lola. Allmählich spürt sie, wie sich seine Muskeln unter ihren Händen entspannen.

»Lola, ich wollte vor den Kindern nichts erzählen. Was hier geschieht, ist entsetzlich. Wir sind in das Zeitalter der Barbaren zurückgekehrt! Am Anfang kamen Schußverletzungen, und wir haben mit der Arbeit angefangen, wie ... wie es unsere Pflicht ist. Marc, der junge Augenarzt, hat eine Stunde damit zugebracht, einen großen Splitter aus einem Auge zu entfernen, und als ich ihn bat, sich zu beeilen, weil sich draußen die Verwundeten stapelten, antwortete er mir wie an der Universität: ›Man darf niemals ein Auge entfernen, wenn es nicht nötig ist.‹ Wir wurden förmlich überschwemmt. Erst von der Anzahl, dann vom Entsetzen. Ein Mann kam mit gebrochenen Händen. ›Sie haben lachend zu mir gesagt, so könnte ich keine palästinensischen Kinder mehr töten‹, klagte der Unglückliche, ›aber ich habe niemals daran gedacht, Kinder zu töten...‹ Eine Frau, eine Palästinenserin aus Tell el Zatar, starb auf der Trage, vorher gab sie merkwürdige Laute von sich: Man hatte ihr die Zunge ausgerissen, wahrscheinlich mit einer Art Zange. Es war unerträglich...«

Antoine steht auf, zieht seinen Bademantel an, streckt sich auf dem Bett aus und starrt an die Decke.

»Aber das Schlimmste hatten wir noch nicht gesehen. Irgendwann, Montag oder Dienstag, ich weiß es nicht mehr, wir haben das Zeitgefühl verloren, kamen die Verletzten und Toten an, die mit einem großen Kreuz gezeichnet waren, mit dem Messer, manchmal mit einer Axt in die Brust oder den Bauch geschnitten. Wie bei den Massakern von 1860... Du kannst dir nicht vorstellen, was aus dem Krankenhaus geworden ist. Die Familien weinen, schreien. Wir mußten die Tür zur Leichenkammer schließen. Die Frauen wollen hinein, um zu sehen, ob sie nicht einen Verwandten oder einen Sohn finden, aber – es ist schrecklich, das auszusprechen – viele Tote sind entstellt, ausgerissene Augen, abgeschnittene Ohren, ihr abgeschnittenes Geschlecht in den Mund gesteckt... Davon hatte ich in Büchern gelesen, ich hätte nicht gedacht, es eines Tages zu sehen. Gestern operierte ich einen Milizsoldaten. Lungensteckschuß. Er war schon eingeschlafen und aufgeschnitten, als die Tür des OP-Saales von drei Verrückten in Uniform eingetreten wurde, Palästinenser, glaube ich, die einen Verwundeten trugen, der furchtbar blutete. ›Nimm den da weg, und operiere unseren Kameraden‹, schrie der Anführer. ›Lassen Sie mich fertig operieren und warten Sie draußen, das ist ein steriler Raum...‹ – ›Was du nicht sagst!‹ Sie haben den Kranken vom Tisch gerissen, ihn mit den Transfusionsröhren und -flaschen auf den Boden gelegt und ihren Freund ausgezogen, der jammerte, während einer von ihnen die Krankenschwestern und Assistenzärzte mit der Kalaschnikow in Schach hielt...«

»Und du hast ihn operiert?«

»Natürlich. Wir wateten in Blut. Eine regelrechte Schlächterei. Als sie weg waren, mußte ich mich in der Toilette übergeben. Das ist mir noch nie passiert.«

Antoine richtet sich auf, setzt sich auf den Bettrand und nimmt den Kopf zwischen die Hände.

»Lola, ich frage mich, in was für einer Welt ich bin. Letzten Sonntag – mein Gott, es ist nur drei Tage her – war das Leben so süß, wir waren glücklich, das Land schien ruhig. Wie konnten wir in wenigen Stunden in dieser Barbarei versinken? Denn wir sind Barbaren, Lola, unter unserem kulturvollen, vornehmen Lack. Ein Scharfschütze ist in der Straße am Krankenhaus von einem Dach gefallen, Beine gebrochen. Ich habe ihn wiedererkannt. Weißt du, wer es war? Selim, mein Friseur. Das war vielleicht der größte Schock. Junge Leute, die wir kennen, die uns einen Kaffee anboten, mit ihren Nachbarn scherzten, töten jetzt ihre Kindheitsfreunde, verstümmeln, foltern sie... Lola, Lola, sag mir, daß es nicht wahr ist...«

Seine Schultern zucken, er verbirgt sein Gesicht, er weint – er, den sie nie anders als fröhlich und ruhig erlebt hatte. Sie streichelt seinen Kopf, kniet sich vor ihm hin. Was soll sie ihm sagen?

»Sie haben heute eine Feuerpause beschlossen. Vielleicht war das einfach eine Krise, die vorübergeht.«

»Nein, Lola. Eine solche Explosion des Hasses kann sich nicht in drei Tagen erschöpfen. Dazu bedarf es drei Jahre, zehn Jahre. Wir sind in einen Zyklon geraten. Was soll ich machen? Weiter diese Menschen pflegen und heilen, die an nichts anderes denken, als zu töten, die, kaum wieder auf den Beinen, nach ihrer Waffe greifen? Wenn sie einander vernichten wollen, warum soll man sie nicht gewähren lassen? Wenn wir ihnen erlauben, weiterhin die Cowboys zu spielen, nähren wir den Krieg, denn es ist wahrhaftig ein Krieg, der lange dauern wird, da bin ich mir sicher. Aber wie kann ich die einen versorgen und die anderen nicht. Lola, es gäbe natürlich eine Lösung. Sie ist nicht sehr ruhmreich... Wegfahren. Ich habe mit

Marc darüber gesprochen, er sagt, für ihn wäre es vorbei, denn er sei Arzt geworden, um Menschen zu heilen und nicht wilde Wölfe. Diese Typen seien Freiwillige, die eigentlich sterben wollten. Das sei kein gewöhnlicher Krieg, sondern ein Begleichen von Rechnungen zwischen primitiven Clans, und er habe nichts damit zu tun. Hat er recht? Was meinst du?«

Seine grauen Augen tauchen in Lolas Blicke. Wegfahren... Sie hat niemals ernsthaft darüber nachgedacht. Wegfahren... Noch einmal ihr Haus, ihre Freunde, ihre Buchhandlung verlassen. Wohin? Nach Paris? Das ist möglich. Aber sie kann sich kein Leben ohne die Luft, die Sonne, das Licht Beiruts vorstellen. Und Antoine, in der gedämpften Ruhe einer Pariser Klinik, würde das Gefühl haben, sein Volk und sein Land zu verraten. Sie schüttelt den Kopf.

»Nein, Antoine. Diese Leute sind vielleicht verrückt, aber sie haben uns aufgenommen, unsere Wurzeln liegen jetzt hier. Und außerdem würdest du es dir nicht verzeihen, deine Verwundeten zu verlassen. Das wäre doch wie eine Desertion, nicht wahr?«

Antoine lächelt dankbar. Das Zimmer um ihn herum hat sein vertrautes Aussehen wiedergefunden, die Luft ihre Milde, der Himmel seine Farben. Er streichelt Lolas Wange.

»Danke, mein Liebstes. Du hast mir ein wenig Klarheit zurückgegeben. Aber wenn ich bleibe, dann für immer. Überleg es dir gut...«

Lola weiß, daß Antoine niemals etwas halb tut, daß sie sich für lange Zeit verpflichtet.

»Wir werden hier bleiben, was auch geschieht. Unter einer Bedingung: daß Mona es erträgt. Während der Kämpfe war sie krank vor Angst. Sie zittert, sie ißt nichts mehr, sie schläft nicht.«

»Ich werde mich um sie kümmern. Wenn alles gutgeht, fährt sie im Juni mit Charlotte nach Broumana. Und wenn es wirklich sein muß... Nun, wir werden sehen.«

Unglaubliche Leichtigkeit Beiruts. Eine Woche später ist die Ruhe zurückgekehrt, man trifft sich wieder, man umarmt sich, man telefoniert, man lädt einander ein, als wäre nichts geschehen. Dabei knallen immer noch jede Nacht Schüsse, und das Pfeifen der Kugeln erinnert daran, daß die Scharfschützen noch immer auf ihrem Posten sind. Sie töten weiter. Eine gewisse Routine zieht ein. Die Todesanzeigen sind auf die vierte Seite der Zeitungen gerückt. »Drei Personen fanden gestern auf dem Ring und zwei auf der Verdunstraße, von verirrten Kugeln getroffen, den Tod.« Man hofft, daß die wieder aktiven Politiker den Konflikt regeln werden, um welchen Preis auch immer.

Nicolas, der im Juni seine erste Matheprüfung hat, rechnet in seinem Zimmer Integrale und Exponentiale aus. Mona hat ihr Lachen wiedergefunden. Wie durch ein Wunder ist die Buchhandlung unbeschädigt geblieben, von einer kleinen Granatexplosion am Schaufenster abgesehen, aber das dicke Glas ist nur gesprungen. Soll sie es erneuern? »Warte bis zum Winter«, rät Lili, »falls es noch einmal anfängt ...«

»La Licorne« hat nicht gelitten: Ein Scharfschütze sitzt direkt darüber. Aus Gründen, die nur er kennt, zielt er nicht auf Hausbewohner oder Leute, die vorbeigehen. Sein bevorzugter Schußwinkel ist der Eingang des Parks, wo der Eisverkäufer steht. Sobald dieser begriff, warum seine Kunden tot zusammenbrechen, bevor sie bezahlt haben, suchte er sich einen anderen Eingang. Der Schütze hat jedoch seinen Zielpunkt nicht verändert. Wenn ein Pechvogel oder ein Ortsunkundiger in sein Schußfeld gerät, schießt er, und er zielt immer auf dieselbe Stelle: die rechte Hüfte. Hat er es auf Hüften abgesehen oder perfektioniert er seine Technik? Auf jeden Fall hat er, Gott sei Dank, seine festen Gewohnheiten. Jetzt weiß man genau, wo man laufen kann, wie man die Straße überquert, wann man rennen muß. Lili macht morgens einen großen Umweg und schiebt sich an der Hauswand entlang, bis sie ihr Geschäft erreicht. Sie ist von diesem Scharfschützen fasziniert. Wo schläft er? Wann ißt er? Wie sieht er aus? Sie hat eines Tages eine leere, zusammengeknüllte Keksschachtel auf dem Bürgersteig gefunden. Er ißt also Kekse.

Am 15. Mai tritt der Premierminister, Rachid el Sohl, mit einer aufsehenerregenden Rede zurück: »Wir stehen am Rande der nationalen Katastrophe.« Und er nennt die Schuldigen: die Kataeb von Pierre Gemayel, die, wie er behauptet, die Lunte gelegt hat. Frangie versucht, eine Regierung aus Militärs zu bilden, die nur drei Tage hält. Zum erstenmal kommt der syrische Außenminister, Khaddam, aus Damaskus und zwingt Frangie, einen anderen Premierminister zu suchen. Am 18. Mai nimmt Rachid Karamé, den Tod in der Seele, die Bürde auf sich.

Niemand außer den Politikern und den Journalisten interessiert sich wirklich für dieses Hin und Her. Aber als man Ende Mai hört, daß es Auseinandersetzungen zwischen den christlichen Bewohnern des Dekouané-Viertels und den Palästinensern gibt, stürzen alle los, um sich mit Lebensmitteln zu versorgen. Tante Charlotte schickt Zakhiné, ihre gute Seele und Tanos, den Chauffeur, nach Reis, Zucker, Kaffee, Öl in großen Kanistern und legt vor allem Vorräte von amerikanischen Zigaretten an.

Es war auch Zeit. Am 20. Mai beginnen die Kämpfe von neuem. Der »Orient« erscheint mit der Schlagzeile: »Die andere Runde hat begonnen«, als ginge es um einen Boxkampf.

»Nein«, widersetzt sich ein Korrektor, »du kannst nicht sagen ›andere‹, das würde heißen, danach ist alles zu Ende. Du mußt ›zweite‹ schreiben, damit du danach mit ›dritte Runde, vierte Runde‹ fortfahren kannst.«

»Geh zum Teufel! Hast du noch nicht genug Unheil angekündigt«, schreit Nadia, eine junge Praktikantin der Kulturabteilung, Zielscheibe für die alten Hasen in der Redaktion.

»Ich kündige kein Unheil an, ich verhindere einen grammatikalischen Fehler«, antwortet der Korrektor, »und ich baue auf die Zukunft.«

22. Mai. Die zweite Runde. Wieder Straßensperren, zwei Lager mit ungewissen Grenzen. Man telefoniert so oft wie nie zuvor. »Wird bei dir geschossen? Nein? Wo dann? Am Hafen? Gut, ich komme. Bereite einen Kaffee vor . . .« Alle fangen an, sich an die Situation zu gewöhnen. Außer Mona. Bei jedem Schuß zuckt sie nervös zusammen. Sie schläft nicht mehr. »Ich kann sie doch nicht mit Schlafmitteln vollpumpen«, sagte Antoine. »Sobald diese ›Runde‹ zu Ende ist, müßte sie unbedingt in die Berge fahren, der Unterricht ist unwichtig, außerdem ist das Gymnasium geschlossen.«

Der mörderische Wahnsinn ist wie ein böses Fieber zurückgekehrt. Schlimmer noch, er organisiert sich. Mysteriöse bewaffnete Gruppen ziehen durch die Stadt und verbreiten Terror. Man flüstert, es wären die Schiiten des Imam Sadr, die »Fityan Ali«. Ihr Anführer, der Zaim von Naba, Ahmed Safouan, ist ein Fanatiker. Er läßt nicht nur töten, er läßt auch foltern und entführen.

Das Spiel von Entführung und Austausch wird bald zur Gewohnheit. »Die anderen haben fünf von uns gefangengenommen? Dann entführen wir fünf Kerle von ihnen, möglichst hohe Tiere, um sie auszutauschen.« Fliegende Kommandos leiten plötzlich eine Autoschlange um, suchen sich einige Fahrer aus, die als besonders »rentabel« beurteilt werden, entführen sie und werfen sie in Keller oder Lagerhäuser, wo sich schon andere verängstigte »Entführte« befinden. Wissen sie zu Hause Bescheid? Wer kann etwas unternehmen? Gegen wen wollen sie mich austauschen? Welches Lösegeld verlangen sie? Die verzweifelten Familien telefonieren mit den Clan-Chefs und der Miliz. Einige Entführte kehren zurück. Andere nicht.

5. Juni. Schluß. Endlich eine Feuerpause, die anhält. Wie schnell es zurückkehrt, das Glück, unter dem strahlenden Himmel. Die Souks sind wieder geöffnet. Die Märkte bieten wieder Pyramiden roter Tomaten und grüner Paprikaschoten, lange Petersilienstengel für das Taboulé. Die ersten Trauben entfalten ihre Pracht. Zakhiné singt in ihrer Küche.

»Du singst, meine Tochter? Was macht dich so fröhlich?« fragt Tante Charlotte.

»Der Doktor hat gesagt, wir würden in die Berge fahren, nach Broumana, ich habe das Gebirge lieber als diese Stadt, wo ...«

»Was heißt hier fahren? Antoine, daran denkst du noch nicht im Ernst! Lola und ich müssen Kondolenzbesuche machen. Es gibt so viele Tote, man findet sich gar nicht mehr zurecht. Ich habe eine Liste zusammengestellt. Lola, mein Liebling, lies sie mir vor, ich habe meine Brille nicht dabei. Durch diese Ereignisse sind wir in Verzug geraten. Da sind die Besuche vom letzten Monat, die von diesem Monat, und da ist noch die Wiederkehr des vierzigsten Tages...«

Schwarzgekleidet und ungeschminkt gehen Charlotte und Lola von einem Haus zum anderen und finden überall denselben Festsalon, in dem vergoldete Stühle an den Wänden aufgereiht sind und die Dienerinnen immer wieder bitteren Kaffee anbieten. Man plaudert mit leiser Stimme. »Wißt ihr, daß Paul entführt wurde? Dabei hatte ich ihm gesagt, er solle nicht ausgehen, ich hatte den Tod in seiner Tasse gesehen. Der Arme.« – »Bei uns schlug eine Granate mitten im Salon ein, glücklicherweise hatte ich die Teppiche vorher zusammenrollen lassen.« – »Ich habe die Gallétische und die Regenbogengläser eingepackt und in den Keller gebracht.« – »Was, in den Keller? Da hat man doch nichts davon. Ich möchte gerne sterben, aber zwischen meinen Möbeln.« – »Und dein Sohn, ist er in Amerika?« – »Ja, er wartet darauf, daß sich die Lage beruhigt, aber er wird wiederkommen.«

Endlich setzt sich Antoine gegen Tante Charlotte durch. Lola wird die Kondolenzbesuche allein weiterführen. Am Sonntag, dem 23. Juni, lädt Tanos Tante Charlotte und ihre Koffer, Mona und ihre Taschen, Zakhiné mit Töpfen und Proviant in den großen Pontiac. Lola und Antoine folgen im Cabriolet. Nicolas hat vorgeschlagen, ebenfalls nach Broumana zu fahren: »Ich müßte Tatie und Mona begleiten, um sie zu beschützen...« – »Du bleibst hier. Vergiß nicht, daß du im Juni ein Examen hast.« – »Du machst Witze, Papa. Es wurde schon zweimal verschoben. Jetzt ist es für Anfang Juli vorgesehen.« – »Ein Grund mehr. Wenn du aufhörst zu arbeiten, wirst du alles vergessen.« Als sie Broumana Sonntagabend inmitten des Staus verlassen, schaltet Lola das Radio an. Jerk. Es tut gut, Musik zu hören, den Wind zu spüren, der die Haare zerzaust, weit unten das Meer zwischen den Pinien funkeln zu sehen. Einfache Freuden, die man voller Gier aufnimmt. Das Glück wird zurückkehren. Vielleicht.

Die Ruhe dauert zwanzig Tage. Als Lola am Mittwochmorgen beim Frühstück die Zeitung aufschlägt, sticht ihr eine dicke schwarze Überschrift ins Auge: »Dritte Runde: Es hat wieder angefangen.« Sie weiß es schon. In der letzten Nacht ist weit entfernt eine Granate niedergegangen, und Antoine sagte im Dunkeln: »Diesmal sind es schwere Waffen, hörst du, das ist nicht das Geräusch der Kalaschnikows, tac-tac-tac, weißt du, dieses Bum, das ist eine Mörsergranate.« Man wird lernen müssen, das zu unterscheiden. Es bleibt keine Zeit. Am Freitag legt sich in wenigen Stunden ein Flammenmeer über die Stadt. Niemand versteht warum, noch was das Ziel ist. Die noch unerfahrenen Artilleristen zielen schlecht, wenn sie überhaupt zielen. Die Luxusboutiquen in der Hamrastraße werden eine nach der anderen zerstört. Plastikbomben, behauptet das Radio. Im Haus am Park hat Antoine mit Hilfe des Gärtners den Keller ausgeräumt, er wurde gefegt und eingerichtet. Da man dort leben wird, braucht man Teppiche, Leuchter, Betten, Konserven, Wasser und Medikamente. »Warum nicht den Fernseher«, sagt Lola ironisch. »Gute Idee. Telefon und Radio auch, ich werde sehen, ob es geht«, antwortet Antoine. Spöttisch beobachtet Nicolas diese Vorbereitungen. »Habt ihr vor, einer Belagerung standzuhalten? Ich möchte nicht da unten schlafen, ich leide an Klaustrophobie. Ich habe den besten Platz im Haus gefunden, am Ende des Korridors, und mir dort eine Matratze hingelegt.« – »Du wirst dasselbe machen wie wir alle«, unterbricht ihn Antoine. »Meiner Meinung nach wird es schlimmer werden, und wir befinden uns in der Gefahrenzone.« – »Dann will ich aber auch meine Kassetten und Schallplatten mit in den Keller nehmen. Wenn wir dort bleiben müssen, dann mit Musik...« Lola seufzt. Ein Glück, daß Charlotte nicht da ist.

Telefon, Charlotte, aus Broumana. »Meine Lieben, wie geht es euch? Ihr zieht in den Keller? Sehr gut. Gelobt sei der Herr, das Telefon funktioniert. Wir haben gerade Äpfel gesammelt, Zakhiné wird uns eine Torte backen. Ich habe Mona beim Damespiel geschlagen und bringe ihr Bridge bei. Was ist das für ein Lärm? Ich verstehe nichts... Bombardements? Wo denn?«

»Über der Karantina«, brüllt Lola. »Es geht seit dem Morgen.«

»Über der Karantina? Gut, das ist weit weg! Gute Nacht. Bis morgen abend, zur selben Zeit.«

Antoine schläft jetzt im Hospital. Man kann nicht mehr fahren, selbst Krankenwagen und Feuerwehrautos werden beschossen, obwohl das Radio alle Viertelstunde wiederholt: »Die Bevölkerung wird gebeten, nicht auf die Krankenwagen zu schießen.« Wir sind verrückt, sagt sich Lola, die auf dem Bett im Keller liegt und dem Grollen der Granaten über ihrem Kopf lauscht. Sie hat nicht mal mehr Angst. Neben ihr winselt das Telefon: Die Klingel leidet unter der Feuchtigkeit. Das muß Antoine sein, so spät abends. Nein. Diese weit entfernte Stimme erkennt sie sofort . . . Philippe. Warum ruft er bei ihr zu Hause an, entgegen allen Abmachungen?

»Weil ich verrückt werde vor Unruhe, Lola. Es gab keine Möglichkeit, dich in der Buchhandlung zu erreichen . . .«

»Ich gehe nicht mehr hin, das Schaufenster wurde eingeschlagen, das Glas ist nach innen gefallen, ich habe die Eisengitter heruntergezogen . . .«

»Wie geht es dir? Was hört man da im Hintergrund?«

»Das sind die Bombardements. Mach dir keine Sorgen, ich bin im Keller. Ganz allein, Gott sei Dank. Antoine ist Tag und Nacht im Krankenhaus. Was sagt man bei dir, in Washington, über den Libanon? Spricht man wenigstens darüber, oder sind wir von aller Welt vergessen?«

»Weißt du, in Amerika sorgt man sich vor allem darum, einen Vertrag zwischen Israel und Ägypten auszuhandeln.«

»Das habe ich mir gedacht. Die Libanesen erwarten zuviel von euch, von Frankreich, Amerika, vom Westen. Ihr seid bereit, uns in den Trümmern sterben zu lassen, wenn das Israel helfen kann.« Ihre Stimme klingt bitter, das erstaunt sie selbst. Sie wußte nicht, daß sie solch eine Verbitterung in sich trägt.

»Du hast recht, mein Liebling. Aber sei mir deshalb nicht böse. Ich kann nichts dafür, weißt du. Und ich liebe dich . . .«

»Entschuldige. Ich bin etwas gereizt. Kann ich dich im Büro in Washington anrufen? Das wäre einfacher, denn das Telefon funktioniert noch.« Eine Sekunde Schweigen. »Gut, wenn du Angst hast . . .«

»Nein, nein, Lola, ruf mich an, ich bitte dich. Nichts ist schlimmer, als hier ohne Nachricht von dir zu sitzen. Lola . . . ich liebe dich.«

»Ich liebe dich auch«, antwortet sie fast mechanisch, als würde sie eine Botschaft ohne Bedeutung in den Weltraum schicken. Denn die Wirklichkeit ist in diesem Keller, in diesem Land, das in Blut und Asche gelegt wird, wo man verbissen um das Überleben kämpft. Nicht dort, wo man von geduldig ausgehandelten Lösungen spricht.

Am 4. Juli hören die Bombardements auf. Schüchtern kommen die Bewohner aus ihren Kellern. Begraben ihre Toten. Registrieren die Schäden. Beginnen zu leben.
In vier Tagen findet Hamra zu seinem sorglosen Gesicht und seinen glänzenden Vitrinen zurück. Die Glaser machen ein Vermögen. »Reflets de Paris« verkündet, die neue Kollektion von Badeanzügen sei eingetroffen. Ein Spruchband hängt quer über der Verdunstraße: »Die Konditorei Maurice ist von acht bis zweiundzwanzig Uhr geöffnet. Wir heißen unsere teuren Gäste willkommen.« Ein großes Werbeplakat füllt die vierte Seite des »Orient«: »Gabriel hat seine Arbeit wieder aufgenommen. Lassen Sie ihre Stühle, ihre Stores, ihre Wände erneuern. Neue Tapeten und Stoffe, die neueste Mode aus Paris.« Der Sommer 1975 wird ein schöner Sommer.

21

Beirut, Juli 1975

»Ich habe endlich mein Schaufenster erneuern lassen. Alle meinen, der Krieg ist zu Ende.«

Lola, in einem Bikini von lebhaftem Rot, strich sich über die Beine. Ich müßte die alte Madoul kommen lassen, damit sie meine Beine enthaart, dachte sie zerstreut. Ihre Haut hatte endlich einen schönen Goldbronzeton angenommen. Zu Beginn dieses Sommers herrschte am Swimmingpool des Saint-Georges ein Betrieb wie in den besten Tagen.

Lili rührte genüßlich mit dem Strohhalm in ihrem Gin-Tonic.

»Erst mal sehen! Manchmal habe ich das Gefühl, daß alles so unwirklich ist. Wir liegen in einem seltsamen Schlaf, in dem Träume und Alpträume einander abwechseln, ohne daß wir aufwachen. Weißt du, das ist wie mit meinem Scharfschützen. Er schießt nicht mehr. Also muß er weg sein. Aber gestern habe ich gehört, wie er auf dem Dach umherlief...«

»Du phantasierst. Wie könnte er es bei dieser Hitze auf dem Dach aushalten? Er ist bestimmt im Gebirge, wie alle. In Broumana machen die Milizsoldaten direkt neben dem Tennisplatz ihre Schießübungen. Tante Charlotte ist wütend zum Kommandanten gegangen und hat verlangt, daß sie woanders spielen gehen. Er soll nur sehr höflich ›Ja, Madame, natürlich, Madame‹ geantwortet haben. Und sie sind weiter nach oben gezogen. Ich weiß nicht, ob es stimmt. Charlotte ist so wirklichkeitsfremd.«

»Überhaupt nicht. Sie lehnt die Wirklichkeit ab, und sie hat recht. Weißt du, warum Schlafwandler nicht stürzen? Weil sie auf dem Giebel entlanglaufen, ohne nach unten zu sehen. Wir sind eben alle

Schlafwandler, aber wir wissen nicht, wie lang der Giebel ist.« Lola warf ihr über den Rand ihrer Sonnenbrille hinweg einen Blick zu.

»Ich finde dich ziemlich pessimistisch, meine Liebe, was ist denn los?«

Lilis Gesicht wurde abweisend.

»Nichts . . . Ich bin zu Fuß aus dem Stadtzentrum gekommen, das ist alles. Und ich habe Beirut nicht wiedererkannt. Natürlich, man repariert, man bessert aus, man erneuert die Schaufenster, man schließt die Löcher in den Fassaden. Gestern ist meine Nachbarin mit einem Stapel neuer Vorhänge unter dem Arm nach Hause gekommen. ›Jetzt ist es das letzte Mal!‹ sagte sie mit strahlendem Lächeln. Sie hat ihre Gardinen schon dreimal erneuert. Ich konnte mir eine Antwort nicht verkneifen: ›Und wenn es eine vierte Runde gibt?‹ Sie hat mich böse angeschaut.

Sag mal, Lola, seid ihr denn alle blind. Wir liegen hier im Saint-Georges, wir schwatzen und sonnen uns, als wäre nichts passiert. Wie kannst du nur all das Entsetzliche vergessen, diese jungen Leute, die erbarmungslos gefoltert wurden, und von wem? Doch von den Männern, die hier um uns herum sind und sich so fröhlich amüsieren, die morgen wieder anfangen werden, wenn es nötig ist, oder wenn sie glauben, daß es nötig ist.«

»Lili, du übertreibst.«

»Nein, ich breche zusammen, ich kann nicht mehr. Außerdem, ich kann dir auch gleich alles erzählen . . . ich habe Malek wiedergesehen, erinnerst du dich? Den schönen Malek, Champion im Wasserski, der mir das Pokern beigebracht hat.«

»Er hat dir doch noch ganz andere Sachen beigebracht, oder?«

»Ja, ich war früher sehr in ihn verliebt, so lange ist es noch gar nicht her, ich meine, vor den ›Ereignissen‹. Er ist noch immer schön. Auf jeden Fall steht ihm die Uniform gut.«

»Uniform? Welche?«

»Die der schiitischen Milizen, stell dir vor. Sein Vater hat die Bauern bewaffnet, um den Imam Sadr zu unterstützen, und Malek hat die Truppe angeführt. Plötzlich hat er wiederentdeckt, daß er Schiite ist. Du mußt ihn von der Partei der Besitzlosen reden hören, mit Tränen in den Augen erzählt er, wie der Imam in den Hungerstreik getreten ist, damit die Kämpfe aufhören. Inzwischen griff Malek mit seiner Miliz das Dorf Qac in der Bekaa-Ebene an. Als ich ihn fragte, warum Qac, antwortete er: Weil diese Christenschweine in der Bekaa-Ebene, die wieder schiitisch werden muß, nichts zu suchen haben. Unser Gespräch hatte etwas Surrealistisches. Er bat mich um Verzeihung, weil er mich »auf die schiefe Bahn« gebracht habe, und riet mir, zum wahren Glauben zurückzukehren. Er hat mir erzählt, seine Augen wären endlich geöffnet, gelobt sei Allah, er würde von nun an unter dem Banner des Propheten gegen die Ungerechtigkeit kämpfen. Ich schwöre es dir, Lola, das sind seine eigenen Worte. Nebenbei hat er noch immer seinen Sportwagen, und er will an der Libanonrallye im Oktober teilnehmen. Ich frage mich, ob er seine Kalaschnikow, seinen Revolver und seine Handgranaten im Kofferraum des Ferrari mitnehmen will.«

Lili und Lola sahen sich an und begannen zu lachen.

»Also bist du gar nicht so unglücklich. Hast du ihn wirklich geliebt?«

»Ich weiß nicht, ich weiß es nicht mehr. Was sollte ich, eine Christin, mit einem praktizierenden Schiiten anfangen. Siehst du mich im Tschador?«

Ein Schatten verdeckte die Sonne. Lola erkannte Marc Antakla, den jungen Augenarzt, der bei Antoine arbeitete. Er war groß, sehr schlank, fast mager und schob mit der Hand seine gut geschnittenen Haare aus der Stirn. »Madame Boulad.« Er verbeugte sich höflich, sah dabei aber nur auf Lili.

»Darf ich Sie zum Essen einladen, gemeinsam mit Mademoiselle . . .«

»Marc Antakla, ein Freund von Antoine, Lili Sednaoui«, stellte Lola rasch vor, während sie sich fragte: Wie stellt er es an, daß man meint, er stünde in Schlips und Kragen da, obgleich er nur eine Badehose anhat?

Lili stand auf, zog voller Eleganz ihre Strandschuhe an, band ein Mieder aus kräftig blauem Baumwollstoff über ihren schwarzen Bikini und schüttelte ihre langen blonden Haare. Lola lächelte. Sie kannte ihre Lili. Marc gefiel ihr. »Sie arbeiten also im Hôtel-Dieu?« fragte Lili, die neben Marc zum Buffet ging. Er zerriß sich fast, stellte ihr etwas zu essen zusammen, holte Getränke. Lola rechnete schnell: Lili war einunddreißig, Marc schien noch so jung zu sein ... Sechsundzwanzig oder siebenundzwanzig Jahre. Sogleich ärgerte sie sich über diese Berechnungen. Lili war älter als er, na und? Bürgerlicher Reflex, Reaktion aus einer anderen Zeit. Heute hatten diese Details keine Bedeutung mehr. Es war wichtig zu leben, wichtig zu lieben.

Einen Monat später, am 14. August, verlobten sich Marc und Lili. Liebe auf den ersten Blick? Bei Marc bestimmt. Bei Lili ...

»Marc ist der einzige Mann, der mir in diesem völlig außer Rand und Band geratenen Land Ruhe geben kann. Ich bin nicht wahnsinnig verliebt in ihn, aber ist denn das nötig? Mehr als Liebe brauche ich Sicherheit«, erklärte sie Lola im Lagerraum des neu eingerichteten »Papyrus«.

»Aber wovor hast du denn Angst, Lili? Im Moment ist alles ruhig. Ich habe einen neuen Teppich in mein Arbeitszimmer legen lassen, es sieht besser aus, stimmt's?« Lola blickte zufrieden auf die Bücher in den Regalen, den großen Tisch, den sie in der Mitte des Verkaufsraumes aufgestellt hatte, um dort die neuesten Kunstwerke zu präsentieren, und die Gestelle, in denen die Stiche geordnet waren. Sie fand zu ihrem Universum, ihrem persönlichen Kokon zurück. War es wirklich so wichtig, gesichert zu sein? Lili nickte.

»Es war ein Fehler mit dem Teppich. Du solltest ihn besser einrollen. Ich bin sicher, es geht wieder los. Der Beweis: Mein Scharfschütze ist zurückgekommen. Jetzt höre ich ihn deutlich, er ist nicht mehr so vorsichtig wie am Anfang. Vielleicht fühlt er sich dort zu Hause? Ich bin hier plötzlich nicht mehr zu Hause. In der vergangenen Nacht glaubte ich seinen Schatten auf meinem Balkon zu sehen. Und dann, stell dir vor, er hat seinen Schußwinkel verändert. Das ganze Viertel hatte sich daran gewöhnt. Drei Straßen weiter ist ein anderer Scharfschütze, wirklich ein Verrückter, er tötet ganz beliebig. Du sagst, alles sei ruhig; weißt du, daß es jeden Tag mindestens zehn Tote in der Stadt gibt und daß die Zeitungen nicht mal mehr darüber schreiben?«

Ihr Blick glitt zur Seite, ihre blauen Augen verdunkelten sich.

»Alle wissen es, Lili. Was können wir denn machen? Nach dem, was wir im Frühling ausgehalten haben, werden wir doch jetzt nicht weggehen.«

Was hatte Lola Schlimmes gesagt? Lili begann zu schluchzen, die Hände vor dem Gesicht.

»Mein Liebling, ich wollte dir nicht weh tun, warum weinst du?« Lili putzte sich die Nase und trocknete ihre geröteten Augen.

»Ich kann es dir ebensogut gleich erzählen. Ich gehe weg. Es ist Feigheit, Desertion, ich weiß, aber ich kann nicht mehr. Ich habe Angst, das ist alles. Bei jedem Schuß zucke ich zusammen. Ich traue mich nicht mehr, über die Straße zu gehen. Fast jede Nacht habe ich denselben Traum: Ich laufe in einer Menschenmenge, ich spüre etwas im Nacken, einen Blick von hinten. Da ist kein Blick, es sind schwarze Löcher, Gewehrläufe, die auf mich gerichtet sind. Marc meint, ich stehe am Rand einer Depression, wir müßten so schnell wie möglich abreisen. Er hat endlich eine Stelle in Paris gefunden, ab September, im Rothschild-Krankenhaus. Er fährt in zwei Wochen, ich komme Mitte September nach, wir heiraten in Frankreich . . . Ich müßte glücklich sein, nicht wahr? Endlich eine normale Frau werden, mit einem normalen Mann in einem friedlichen Land leben und in einer Stadt wohnen, wo man abends ohne Angst ausgehen kann . . . Ist das nicht das Paradies? Aber nein. Seitdem wir diesen Entschluß getroffen haben, höre ich nicht mehr auf zu weinen. Ich habe Kairo ohne großes Bedauern verlassen. Aber Beirut . . . Nichts wird jemals wieder dem Beirut gleichen, das wir geliebt haben. Es war eine sittenlose, protzige Stadt, aber großzügig und schön. Jetzt ist sie grau, ich spüre den faden Geruch des Todes. Eigentlich will ich gar nicht wegfahren, sondern nur den Kopf abwenden, wie vor einem Freund, der von einer schlimmen Krankheit entstellt ist. Ich weiß, das ist nicht sehr mutig. Verzeih mir . . . ich ertrage die Gewalt nicht mehr.«

Lola verstand die Freundin nur zu gut. Auch sie hatte schon Angst gehabt. Beim ersten Mal stand sie in ihrem Zimmer vor dem offenen Fenster. Eine Kugel pfiff, und Lola beugte sich zur Seite, ohne nachzudenken, ohne überhaupt zu begreifen, was geschah. In diesem Moment war ihr Geist klar, scharf, ungetrübt. Erst später, als sie ihr Kopfkissen sah, das von der Kugel durchbohrt war, begannen ihre Knie zu zittern, ohne daß sie sich beruhigen konnte. Beim zweiten Mal wollte sie in einer unverhofften Lücke einparken – die Staus in Beirut lösten sich nie auf, außer bei den schlimmsten Bombardements. Als sie gerade den Rückwärtsgang einlegen wollte, spürte sie hinter sich das pfeifende Geräusch einer Granate. Instinktiv trat sie auf das Gaspedal. Die Granate war genau auf die Lücke gefallen, in der wenige Sekunden später ihr Auto gestanden hätte. Auch dort begann sie erst hundert Meter weiter Angst zu verspüren. Sie mußte anhalten. Ihre Beine waren so weich, daß sie nicht einmal mehr auf die Pedale treten konnte.

»Ich habe auch Angst, Lili. Glücklicherweise reagiere ich immer etwas langsamer. Ich fange an zu zittern, wenn die Gefahr schon vorbei ist. Dann beginne ich, an kleine, alltägliche Dinge zu denken: Habe ich den elektrischen Wasserkocher ausgestellt? Du siehst, ich bin nicht mutig, nur etwas zurückgeblieben und von den Details besessen. Aber ich verstehe, was du fühlst. Mona ist wie du. Die Schüsse, Granaten und Bombardements machen sie richtig krank. Sie bricht, ißt nicht mehr, schläft nicht mehr, bleibt ganze Nächte wach.«

Lili hob den Kopf, ihr eigener Kummer war vergessen.

»Armer kleiner Schatz, sie ist so reizend, man kann sie doch nicht in diesem Zustand lassen . . .«

Lola wußte, was Lili sagen würde. Antoine hatte es schon oft vorgeschlagen: Man müßte Mona in ein Gymnasium nach Paris schicken. Eine Frage des gesunden Menschenverstandes. Trotzdem weigerte sich Lola tief im Innern, ihre Tochter abreisen zu sehen. Mona war erst zwölf. Natürlich war das kein Argument. Aber Lola konnte sich Mona einfach nicht am Flugplatz vorstellen, mit ihren Koffern und Taschen, das Gesicht vom Kummer gezeichnet. Und außerdem war da eine Vorahnung, die sie erschauern ließ. Irgend etwas Schreckliches würde geschehen. Wann? Wie? Das wußte sie nicht. Aber die Spannung, die die Stadt elektrisierte, verhieß Berge von Toten. Der Blitz würde einschlagen, Lola war sich ganz sicher. Hoffentlich trifft er mich und nicht die Kinder, sagte sie sich, als könnte sie, wie ein Blitzableiter, das Unglück und den Tod auf sich ziehen.

»Lola, du hörst mir nicht zu. Aber das ist die beste Lösung, glaub mir. Marc wird ein Gymnasium für Mona finden, und sie wohnt bei uns. Ich schwöre dir, daß ich mich um sie kümmern werde, wie du es tun würdest. Ich bin ihre Patentante, sie hat mich gern. Sie wird ordentlich lernen. Und dann, wenn sich alles wieder einrenkt, kommt sie nächstes Jahr zurück nach Beirut. Laß sie mit mir fahren. Ich kann dir nicht erklären, warum, aber ich glaube nicht an einen ruhigen Winter.«

Und wenn sie recht hätte. Wenn diese strahlende Sonne, der Ferienhimmel, die Spiele am Strand, der cremige Geschmack des Eises und des wiedergefundenen Glücks, wenn all das nichts als ein trügerischer Schein war, eine kurze Pause, ein letztes Luftholen vor der Rückkehr der entfesselten Gewalt? Mona würde ein erneutes Aufflammen der Kämpfe nicht ertragen. Besiegt senkte Lola den Kopf und fragte mit veränderter Stimme:

»Wann willst du fahren?«

»Ende August. Ich werde Mona Anfang September erwarten, am 10. oder 11.«, antwortete Lili und fügte mit leiser Stimme hinzu: »So Gott will!«

Die Gewalt begann von neuem. Diesmal kam sie aus dem tiefsten Innern des Libanon, gleichsam als Beweis, daß das ganze Land vergiftet war. In Zahlé kam es am Sonntag, dem 24. August, vor einem Flipperautomaten zu einer Auseinandersetzung zwischen zwei Jugendlichen. Einer von ihnen zog eine Handgranate hervor, die er am Gürtel trug, und versuchte, sie zu entsichern. Sofort schoß der Besitzer mit einem Revolver auf ihn. Der Junge brach, am Kopf getroffen, zusammen. Es gab ein großes Durcheinander. Schüsse, Krankenwagen, Polizei, die schoß, ohne zu zielen, und wahllos Verhaftungen vornahm. Eine ganz normale Geschichte in diesem Land, wo jeder bewaffnet war. Dennoch war sie der Funken, der die Lunte zündete. Überall im Libanon vervielfachten sich die Zusammenstöße unter rivalisierenden Gruppen. War es das Ende der Waffenruhe?

Beirut aber genoß noch den Sommer. Jean Bassili, Elie Saadé und Paul Nassif bereiteten fieberhaft die Libanonrallye vor, das Ereignis der Automobilsaison. Jean, griechisch-orthodox, war ein bekannter Fahrer. Paul Nassiv, römisch-katholisch, war der Sohn des libanesischen Botschafters in Bern, Elie Saadé, Maronite, der Sohn von Joseph Saadé, »Jo«, Präsident des libanesischen Automobilclubs und Layouter beim »Orient-le-Jour«. Die drei jungen Männer sollten am Abend des 30. August losfahren, um die Rallyestrecke zu kontrollieren, die durch Zahlé und die Bekaa-Ebene führte, bevor sie die syrische Wüste durchquerte. Am 29. rief Jo Jean Bassili an:

»In Zahlé ist irgendwas los. Fahrt direkt nach Damaskus, dort entscheidet ihr, ob ihr durch die Bekaa-Ebene zurückkommen könnt.« Jo, mit seinem breiten, eckigen Gesicht, dem Stock mit Silberknauf und dem goldenen Siegelring, spielte gern den Paten. War er nicht mit seinen beiden Söhnen Elie und Roland der allmächtige Patron des Automobilclubs im Libanon? Man fürchtete sich vor dem »Saadé-Clan«. Niemand würde es je wagen, die Anweisungen von Jo zu übertreten. Bei Jean verglichen Elie und Paul ihre Uhren, kontrollierten Karten und Gepäck. Die drei Burschen waren glücklich. Gab es ein größeres Glück, als allein durch die Wüste zu fahren?

Wenn Broumana hinter der letzten Kurve auftaucht, verspürt Lola jedesmal einen Stich in der Brust. Das ist der Libanon, den ich liebe, sagt sie sich. In der leichten Luft liegen die Düfte des Abendessens, der Rauch der Gartengrills, brutzelndes Fleisch, Kaffee und Orangenblüten. Lola parkt das Auto, rennt die Außentreppe hinauf. Unter ihr breiten Parasolpinien und Eukalyptusbäume ihr dunkles Laub über dem steilen Abhang aus, Wipfel für Wipfel, bis hin zum Meer, das von der untergehenden Sonne gelb und rot gefärbt wird. Lola hat sich verspätet. Antoine, Charlotte und Mona warten im Salon. Als sie das Zimmer betritt, stürzt jemand, der hinter der Tür versteckt war, auf sie zu, umarmt sie und küßt sie lachend.

»Ich habe dich erschreckt, was?« Es ist Nicolas, sehr zufrieden, daß ihm sein Lieblingsspiel mal wieder gelungen ist: die Mutter zu erschrecken. Antoine gießt Champagner ein. »Mama, ich habe bestanden!« ruft Nicolas, seine Augen glänzen vor Begeisterung. Lola stellt sich auf die Zehenspitzen, um ihn auf die Wangen zu küssen. »Ich freue mich sehr, mein Schatz. Ich habe nicht mehr an dieses Examen geglaubt, das dreimal verschoben wurde. Bravo, du hast fleißig gearbeitet ...« Sie weiß, was Nicolas diese Prüfung bedeutet. Dieses Diplom ist der Schlüssel zu seiner künftigen Karriere. Nicolas will Architekt werden, wie Onkel Emile. »Morgen schreibe ich mich in der Amerikanischen Universität ein, die Registrierung hat schon begonnen«, erklärt Nicolas. »Ich denke, wir werden im Oktober anfangen. Die Ferien werden kurz sein dieses Jahr.« – »Und ich«, fügt Mona mit ihrer hohen Stimme hinzu, »ich fahre zu Tante Lili nach Paris. Tatie hat mir einen richtigen Koffer gekauft, mit Rädern und oben drauf stehen meine Initialen.« – »Hör mal, Lola«, fragt Charlotte, »wie kann Lili nur einen Orthodoxen heiraten? Und dieser Einfall, sich in Paris trauen zu lassen! Wie soll man dort eine anständige Hochzeit ausrichten? Es wird kein richtiges Fest geben, keine schönen Kleider, nicht genug Gäste. Hier hätte sie im Phönicia ein Diner für mindestens zweihundert Personen gehabt. Für eine Sednaoui ist das das Mindeste. Ihre arme Mutter war hier, sie kommt um vor Kummer.«

»Lola«, fragt Antoine, »hast du Zeit, morgen früh wegen Monas Ticket beim Reisebüro vorbeizufahren? Ich wollte es erledigen, aber ich habe um neun Uhr eine Operation, die lange dauern kann. Und die Flugzeuge sollen ausgebucht sein.« Athina steht in der Tür und macht Zeichen. »Zieht Madame die gestickte oder die weiße Tischdecke vor?« Heute abend hat Zakhiné Fisch und eine Milchcreme vorbereitet, mit Rosenkonfitüre, Nicolas' Lieblingsspeise, als er ein kleiner Junge war... Nicolas hat einen Walzer auf seiner neuen Hifi-Anlage aufgelegt. Er nimmt Tante Charlotte das Glas aus den Händen, faßt sie um die Taille ... Sie drehen sich im Kreis, er sehr aufrecht, sehr groß, sie ganz rosig unter ihrem weißen Haar, aufgeregt wie ein kleines Mädchen. Lola versetzt es einen Stich. Sie hat Nicolas noch nie tanzen gesehen. Wie er Tante Charlotte im Arm hält, ihr durch seine schwarzen Wimpern hindurch zublinzelt . . . Mein Gott, das ist wirklich nicht der richtige Moment, an Philippe zu denken. Seit seinem Anruf während der Bombardements hat sie nichts mehr von ihm gehört. Und sie hat beschlossen, nicht in Washington anzurufen. Aber wenn er krank wäre, wenn ihm etwas Schlimmes zugestoßen ist, wie soll sie es dann erfahren? Warum denkt sie immer öfter an sein Leben dort, dieses Leben, von dem sie nichts weiß, das sie nicht kennen darf. Sie möchte sich von diesem quälenden Schmerz befreien. Diese Liebe belastet sie schon zu lange.

»Komm«, sagt Antoine und nimmt sie in den Arm, »tanzen wir auch.« Mona schüttelt sich vor Lachen. Antoine konnte noch nie Walzer tanzen.

Am nächsten Morgen drängen sich im Reisebüro viele Menschen. Die jungen Frauen der Middle East hinter ihren Schaltern sind völlig überfordert. Wohin? Paris? Bis zum 15. ist alles ausgebucht. Sie müssen am Dienstag fliegen? Dann setze ich Sie auf die Warteliste. Lola macht sich Sorgen. Lili erwartet Mona am 12. September. Heute ist der 2. Dreizehn Tage im voraus und ich würde lieber am 13. fliegen, mit diesem Flug um elf Uhr. Ist das möglich?« Für Liliane ist alles möglich, das weiß sie sehr wohl. Während sich der unglückliche Kassem am Telefon abquält – »schieben Sie ihn auf den nächsten Flug. Undenkbar? Wer ist es?« –, dreht sich Liliane strahlend zu Lola um. »Das ist doch besser, nicht wahr? So kann ich deine Tochter begleiten. Wer holt sie ab? Lili? Hat sie inzwischen geheiratet? Ich kenne ihn, ein netter Kerl, eine gute orthodoxe Familie, seine Tante ist eine Sursok. Aber was für eine komische Idee, nach Paris zu ziehen? In Beirut hätte er ein Vermögen machen können, er fing gerade an, berühmt zu werden. Wer kümmert sich um ›La Licorne‹?« – »Ich«, sagt Lola. »Lili hat mich darum gebeten. Ich weiß nicht, wie ich das schaffen soll.« Liliane tätschelt ihr den Arm: »Mach dir keine Sorgen, ich finde schon jemanden, der dir hilft. Oh, danke, Kassem. Du bist ein Engel! Ich weiß nicht, was ich ohne dich machen sollte. Adieu, meine Lieben, ich muß in die Redaktion.«

Der »Orient-le-Jour« schließt seine Kulturseiten bereits mittags, die politischen Artikel müssen bis sechs Uhr abends fertig sein. Am späten Vormittag sind alle beschäftigt, und in den Büros summt es wie in einem Bienenstock. Liliane verläßt den Fahrstuhl, stößt die Tür von Edouard Saab, dem Chefredakteur, auf. Niemand da. Sie geht in den großen Redaktionsraum, wo Jo Saadé am Layout arbeitet. Ihm gegenüber redigiert Samir Frangie einen Artikel für die Auslandsseite. Samir, ein überzeugter Linker, feilt an unanfechtbaren Angriffen gegen die Politik seines Onkels, Präsident der Republik, Soleiman Frangie. Seitdem er bei der Zeitung ist, darf er keinen Fuß mehr auf den Familiensitz in Zghorta setzen, aber seine Freunde bewundern ihn! Liliane küßt ihn auf die Wange: »Igitt, du riechst nach Tabak!« – »Und du riechst nach Guerlain.« Liliane entgegnet schnell: »Na und, bin ich deshalb weniger links?« Samir lacht. »Jo, weißt du, wo Nada ist? Ich lege meinen Artikel über die Vernissage in der Galerie Corm auf ihren Schreibtisch, mit allen Fotos, sie kann dann auswählen. Ciao, Kinder, ich habe um dreizehn Uhr ein Essen im Summerland...« Sie wirbelt hinaus, läßt ihren blauen Rock und ihre langen schwarzen Haare fliegen.

Auch der dicke Jo sucht an seinem Schreibtisch Fotos aus. Nicht von einer Vernissage, sondern von den Opfern der Kämpfe in Zahlé und Tarabulus. Drei Leichen, halb von Erde bedeckt, liegen vor den Weinstöcken. Die Augen sind verbunden, die Hände hinter dem Rücken gefesselt, man hat sie verstümmelt. Jo dreht das Foto um: »Drei Schiiten, gefunden bei Emmol, in der Nähe von Zahlé«, sagt die Legende. Nicht sehr schön anzuschauen. Ihm kommt ein Gedanke. Er geht zu Nadas Schreibtisch, schiebt das Bild zwischen die Fotos von der Vernissage. Nada kommt, stellt ihre dicke Tasche ab, schiebt ihre kleine Gestalt auf den hohen Hocker, liest Lilianes Artikel, beginnt, die Fotos von der Galerie Corm auszubreiten. Jo beobachtet sie aus dem Augenwinkel. Plötzlich stößt Nada einen Schrei aus, greift sich ans Herz. Jo bricht in Lachen aus. Voller Wut wirft ihm Nada das Foto mit den schiitischen Leichen an den Kopf: »Das ist gemein!« Sie hat Tränen in den Augen. »Männer machen idiotische Witze.« Jo lacht noch immer: »Komm, ärgere dich nicht ...« Er sieht sich die drei im Tod erstarrten Schiiten noch einmal an. Ein erschütterndes Gemälde. Das wäre gut für die Titelseite. Er entwirft das Layout, große Überschrift, das Foto über drei Spalten, drum herum das Grau des Textes. Er fügt das Datum hinzu, 2. September 1975.

»Nein!« schreit Jean Chouéri, der Direktor, »das kann man nicht auf die erste Seite setzen. Es ist zu hart, zu schockierend. Ich sag' ja nicht, daß es nicht gut ist, dieses Foto, aber die Leute haben genug von Kriegsbildern. Jo, nimm etwas anderes.« – »Ich wette mit Ihnen, daß »Nahar« es bringen wird.« – »Na und? Wir verlieren eine Sensation, aber wir behalten unsere Leser.«

In der Tat erscheint »Nahar« am nächsten Morgen mit dem Foto der drei massakrierten Schiiten und einem langen Bericht: Sie wurden mit einer Kugel in den Kopf getötet. Sie trugen keine Ausweise bei sich, man hat sie in den Weinbergen gefunden und ins Krankenhaus von Maalaka gebracht. Niemand konnte sie identifizieren. Sie wurden auf dem kleinen Friedhof von Biader begraben. Aber jetzt gehören sie bereits der Vergangenheit an. Gestern sind die Kämpfe in Tarabulus erneut ausgebrochen. Der Libanon steht schon wieder in Flammen. Vierte Runde? »Nein«, sagt Jean Chouéri, »diesmal ist es schlimmer.«

Antoine ist beunruhigt. Im Krankenhaus gehen merkwürdige Dinge vor sich. Die eintreffenden Verwundeten sind nicht mehr einzig Opfer der Scharfschützen, es sind Kriegsverletzte: durch Granateinschläge, die Beine von Raketengeschossen abgerissen. Unter ihnen sind auch Frauen und Kinder. Sie kommen aus dem Norden, dem Osten, aus der Bekaa-Ebene, aus Zahlé, aus Tarabulus. Das ist nicht sehr weit entfernt: fünfzig Kilometer. Die Presse spricht nur wenig darüber. Sie interessiert sich vor allem für den israelisch-ägyptischen Vertrag, soeben in Camp David unterzeichnet, über den die Palästinenser in Beirut verzweifelt sind: Für den Nachmittag ist eine antiägyptische Demonstration geplant. Wieder einige Tote durch verirrte Kugeln.

An seinem Schreibtisch schlägt Antoine den »Orient-le-Jour« auf.

Man spricht davon, General Ghanem, den Oberkommandierenden, kaltzustellen und die Armee aufzufordern, sich zwischen die Kämpfenden zu stellen. Es ist höchste Zeit! Antoine sieht auf das Datum: 9. September. Noch fünf Tage bis zu Monas Abreise nach Paris. Er wird erst wieder ruhig sein, wenn er sie dort in Sicherheit weiß.

Zur gleichen Zeit stürzt Edouard Saab in den Redaktionsraum. Er ist blaß: »Ist Jo schon da? Nein? Ruf ihn an, Michel, er soll herkommen...« Edouard nimmt den Hut ab, fährt sich über den Schädel. »Yaani, meine Kinder, es ist ein Drama, ein Drama.« Sie umringen ihn. »Dany Chamoun hat mich eben angerufen. Er hat die drei Burschen wiedererkannt: Elie, Paul und Jean. Sie wurden entführt und ermordet, vor einer Woche, auf der Straße von Beirut nach Zahlé. Man hat sie für drei Schiiten gehalten, versteht ihr, das Foto, das Jo auf die Titelseite setzen wollte. Er hat seinen Sohn nicht erkannt, der Unglückliche. Wer soll es ihm sagen? Du, Michel, er hat dich gern.« Eine Viertelstunde später kommt Jo mit schwerem Schritt zur Tür herein. Sein ganzer Körper ist in sich zusammengesunken. Er ist plötzlich gealtert. Weiß er es? Er ahnt etwas: Dany hat im Sportclub angerufen, gerade eben, und eine Nachricht hinterlassen: »Ja, in Zahlé ...«

Michel Abijaoudé erwartet ihn in seinem Büro. »Jo, du bist doch ein tapferer Kerl ...« Es ist also wahr. Er hat das Foto vom verstümmelten Körper seines kleinen Elie in den Händen gehalten, er hat damit gespielt, er hat nichts geahnt, nichts gespürt! Er hört noch Nadas Entsetzensschrei, dieser Schrei dröhnt in seinem Kopf wie eine entsetzliche Klage, die ihn nicht mehr verlassen wird. Er müßte auf der Stelle sterben. Aber sein Orientalenblut erwacht. Zuerst rächt man einen Toten, dann beweint man ihn. Er murmelt: »Ich werde ein Blutbad anrichten. Ich will fünfzehn von diesen Kerlen ermordet vor mir sehen.« Ein entsetzlicher Schmerz strahlt in seinen linken Arm, er beugt sich vor, ihm ist schlecht, er bekommt keine Luft mehr. Michel stürzt zu ihm: »Legt ihn auf das Sofa. Ruft einen Arzt. Es ist ein Herzanfall.« Jo wird es überstehen. In der Redaktion bleibt Betroffenheit zurück. Der Tod ist keine Schlagzeile mehr. Der Tod ist in das Leben jedes einzelnen getreten.

13. September 1975

Tanos räumt geschickt die Koffer und Taschen in den Kofferraum des großen Pontiac. Mona ist sehr aufgeregt, sie umarmt Nicolas, umarmt Charlotte, läuft in die Küche, bleibt stehen, um ihre neuen Basketballschuhe zu bewundern, rot und weiß, der letzte Schrei. »Mona, wo ist dein Wollpullover?« ruft Lola aus dem Haus. »Im Auto, Mama.« – »Beeilt euch«, sagt Antoine, »wir werden noch das Flugzeug verpassen.«

Tanos scheint besorgt. »Ich glaube, die Einschläge kommen aus Bordj Brajnieh, Monsieur, ganz in der Nähe des Flugplatzes.« Tatsächlich hört man seit dem frühen Morgen Explosionen rings um Beirut. »Ja, von den Lagern«, sagt Antoine unruhig, »ich frage mich, ob wir durchkommen . . .« – »Wir können es versuchen, Monsieur, wir müssen schnell fahren, vielleicht haben wir Glück. Oder wir machen einen Umweg in den Süden, nehmen die Straße zum Chouf. Aber das ist sehr weit.« Antoine holt tief Luft. »Versuchen wir es, Tanos. Wir werden sehen. Wenn du das Gefühl hast, es wird zu gefährlich, machst du kehrt . . . Nein, das geht dann nicht mehr. Mach, was du denkst, möge Gott uns beschützen.« – »Der Herr sei mit uns«, antwortet Tanos feierlich.

Auf dem Bürgersteig drückt Charlotte Mona ein letztes Mal und zeichnet rasch mit dem Daumen ein Kreuz auf ihre Stirn. »Auf Wiedersehen, Nicolas, auf Wiedersehen, Tatie, ich schreibe euch aus Paris.« Mona wirft sich in den Wagen, der sofort anfährt. Antoine, der neben Tanos sitzt, dreht sich um: »Alles in Ordnung?« – »Ja«, antwortet Lola mit fröhlicher Stimme und wirft ihm einen Blick zu, der sagt: Mach Mona keine Angst. Antoine hat verstanden. Er schaltet das Radio an, das wie üblich Popmusik spielt. So wird Mona nichts hören. Tanos fährt sehr schnell: Die Straßen sind an diesem Morgen fast leer. Auf der Küstenstraße blickt Mona zum Meer, die Nase an die Fensterscheibe gepreßt.

»Mama, komme ich nächsten Sommer wieder?« – »Natürlich, mein Liebling«, antwortet Lola mit erstickter Stimme. Sie nähern sich Bordj Brajnieh. Die Detonationen werden deutlicher, begleitet von MG-Salven. Antoine stellt das Radio lauter. Ein Schlagzeugwirbel, das Jaulen der elektrischen Gitarre übertönen den Lärm der Granate, die am Strand den Sand aufwirbelt. Tanos rast die Straße entlang. Lola preßt die Lippen aufeinander, um nicht zu schreien, sie sieht, wie sich Antoines Hand um die Rückenlehne krampft, bis die Fingerkuppen weiß werden.

Anscheinend ist das Schlimmste vorbei. Die Straße zieht sich schnurgerade unter dem Sommerhimmel entlang. Am Flugplatz parkt Tanos weit von der Eingangshalle entfernt. Der Parkplatz ist überfüllt. »Schnell, schnell«, drängt Antoine. Er hat es eilig, in das Gebäude zu kommen, zwängt sich durch die verwelkten Oleanderbüsche. Es ist idiotisch, denkt er plötzlich, drinnen ist die Gefahr noch größer, inmitten dieser Menschenmenge, die sich vor den Abfertigungsschaltern drängt. Der Flugplatz hat gelitten. Geborstene Decken lassen ein Gewirr von Elektrodrähten und Stahlrohren erkennen. Die Träger schreien. »Ya lah, ya lah«, während sie ihre mit Kisten, Koffern und großen Taschen überladenen Karren vor sich herschieben. Auf den Gepäckstücken große Schilder: Paris, Genf, London... Es sieht aus, als würde der ganze Libanon umziehen. Wo ist Liliane? Da kommt sie, die Haare zurückgekämmt, schlank, elegant, in ihrem leicht taillierten Trenchcoat von Burberry's. »Meine Lieben! Da bin ich. Ich habe ein Regencape mitgenommen, in Paris soll es regnen. Das ist nichts neben dem, was hier runterkommt, stimmt's?« Sie lacht... Eine Explosion, weit entfernt. Die nächste etwas näher. Ein Schauer geht durch die Menge, die Familie scharen sich zusammen. Wie die anderen Frauen nimmt auch Lola Monas Kopf und drückt ihn an ihre Brust. »Hab keine Angst, mein Liebling«, raunt sie und streichelt ihr Haar. Eine weibliche Stimme kreischt hysterisch: »Sie werden uns töten« und verstummt plötzlich, als eine dritte Explosion hinter der Startbahn die Erde aufwühlt.

»Die Passagiere nach Paris bitte sofort an Bord, Ausgang 4.« Die Stimme aus dem Lautsprecher hat den sanften Klang der guten

Tage bewahrt. Antoine nimmt Mona am Arm. Er rennt. Liliane folgt ihm mühsam auf ihren hohen Absätzen. Sie kommen vor dem allgemeinen Gedränge am Ausgang 4 an. Ein schneller Kuß auf Monas runde Wange, ein letztes Streicheln über ihr rotes Haar. Lola, nicht weinen, ich bitte dich, nicht weinen. Nein, Antoine, sieh doch, ich lächle. An die Scheibe gepreßt, winken sie mit der Hand, ein letzter Abschiedsgruß. Der Jumbo wartet, die Motoren brummen, er liegt auf dem Bauch wie ein dicker stählerner Skarabäus. Von der Gangway macht die Stewardeß Zeichen: Schnell, schnell, steigen Sie ein.

Liliane rennt über das Flugfeld, erstaunlich schnell für ihre Absätze. Vor ihr läuft Mona die Treppe hinauf, Jeans an den Beinen, den roten Rucksack auf dem Rücken. Auf Wiedersehen, mein kleiner Kobold, mein Liebling, meine hübsche kleine Tochter. Wann werde ich dich wiedersehen? Lolas Kehle ist wie zugeschnürt, Tränen hängen an ihren Wimpern. Die Tür des Flugzeugs schließt sich, Angestellte in blauen Uniformen schieben sofort die Gangway zur Seite. Noch eine Granate explodiert, ganz in der Nähe. Die Scheiben des Flughafengebäudes zittern. »Gehen wir weg hier«, sagt Antoine. Aber Lola kann sich nicht bewegen. Die große Boeing erreicht unter betäubendem Dröhnen die Startbahn, bleibt einen Augenblick stehen, dann wirft sie sich mit aller Kraft nach vorn, rollt an, langsam, zu langsam, mein Gott, mach, daß sie wegfliegt, ja, sie hebt ab, gewinnt an Höhe, wendet sich zum Meer. Dort sieht man eine Wasserfontäne aufspritzen. Das muß eine Granate sein. Das Flugzeug steigt sehr schnell, verliert sich in den Wolken ... Lola preßt Antoines Arm. Sie sind weg, danke, mein Gott, Mona ist dieser Hölle entkommen, Mona zumindest ist gerettet.

Die Menge strömt zum Ausgang zurück, trifft auf neue Menschenmassen, die entgegenkommen. »Man kommt nicht raus«, schreit ein dicker Mann. »Im Radio wurde soeben gemeldet, daß die Straße nach Beirut durch Bomben zerstört ist.« Antoine nimmt Lola bei den Schultern, drückt sie an sich und bahnt sich mit den Ellbogen und seinem mächtigen Kreuz einen Weg. Tanos erwartet sie. »Wir könnten durchs Tal fahren, ein Stück abschneiden und so die Straße zum Chouf erreichen. Monsieur ... ich glaube, Madame fühlt sich schlecht.« Lola, betäubt, die Nerven angespannt, schwankt, droht zu fallen. Antoine hält sie mit fester Hand, fühlt ihren Puls. »Nein, es geht schon.« Er zieht seine Jacke aus, rollt sie auf der Hinterbank zu einer Kugel zusammen. »Komm, streck dich aus, versuch die Augen zuzumachen.«

Glücklicherweise ist der Pontiac sehr breit. Lola liegt auf der Seite und denkt an nichts mehr. Das Auto scheint über die Felder zu fahren, rollt über Huckel und Löcher, bewegt sich im Zickzack. Seltsames Gefühl, wie in einem Jahrmarktskarussel, in einer Riesenradgondel, die hinauffährt, schwankt, wieder hinabsinkt und dich ins Leere wirft. Jetzt sind sie wieder auf einer Straße. Der Pontiac fährt mit leisem Brummen. Hinten ein knallendes Geräusch, als sei ein Kieselstein an das Rückfenster geschleudert worden. Tanos gibt Gas, Lola empfindet die Geschwindigkeit wie einen Schlag in den Magen. Wendungen, Haarnadelkurven. Das muß die Straße zu Chouf sein. Unter ihrer rechten Wange, in der Jackentasche, spürt sie einen spitzen Gegenstand. Vielleicht ein Kugelschreiber? Sie hat nicht die Kraft, sich zu bewegen, um ihn wegzunehmen. Die Straße ist noch immer voller Kurven, man spürt plötzlich die Frische: das Gebirge. Wie schön es wäre, hierzubleiben, unter einem Baum zu liegen und zu schlafen ...

Ein plötzlicher Halt weckt sie. Draußen ertönen Schreie. Die Tür wird aufgerissen. Ein junger, ungekämmter Mann mit verwaschenem khakifarbenen T-Shirt beugt sich herein und packt sie am Fuß: »Papiere?« Verblüfft richtet sie sich auf, fährt sich mit der Hand über die Augen. Tanos und Antoine stehen neben dem Auto, die Hände erhoben, vor drei Milizsoldaten, die ihre Maschinengewehre auf sie gerichtet haben. »Steig aus, Lola, das ist nur eine Straßensperre, hab keine Angst«, ruft Antoine. Ein kaum fünfzehnjähriger Junge durchsucht Tanos, holt seine Papiere hervor. »Nimm meinen Ausweis aus der Jacke«, bittet Antoine. Lola öffnet ihre Tasche, holt ihre Papiere heraus, reicht sie dem Milizsoldaten, dann wühlt sie in der Jackentasche unter ihrem Kopf, sucht Antoines Brieftasche, findet sie nicht, verliert die Nerven, ihre Hände zittern, nein, sie muß sich beruhigen, los, keine Zeit verlieren, sie haben einen lockeren Finger am Abzug. Da, sie gibt dem Soldaten, der in der Autotür steht, Antoines Ausweis. Er blättert lange darin, dreht sich zu seinem Gefährten um. »Sie sind Christen, griechisch-katholisch. Und deiner?« – »Armenier.« – »Gut, fahren Sie, aber passen Sie auf, biegen Sie nicht nach links ab, dort ist eine Straßensperre am Ende der Straße. Wohin fahren Sie? Sanayeh? Fahren Sie südlich, vermeiden Sie das Stadtzentrum, dort herrscht Chaos.«

Antoine und Tanos steigen wieder ins Auto, der Milizsoldat weist ihnen mit den großartigen Gesten eines Verkehrspolizisten die Richtung. Lola murmelt: »Sie sind ja verrückt. Wer sind diese Kerle?« – »Kataeb, Madame«, antwortet Tanos, »und wir haben Glück gehabt. Die Stadt ist voll von bewaffneten Banden, die für Geld töten. Wir Armenier fangen an, uns in unseren Vierteln zu organisieren. Aber ich denke, Sie sollten nicht bei Madame Charlotte bleiben, das Haus liegt zu zentral, zu gefährlich. Wenn ich mir erlauben darf ... in Achrafieh wären Sie besser aufgehoben ...« Plötzlich beschleunigt er, reißt das Steuer nach links. Ein Raketengeschoß fällt ganz in der Nähe mitten in einen Garten und explodiert, schleudert eine Fontänc von Erde, Blättern und abgerissenen Ästen empor. Lola überrascht sich dabei zu beten.

Hinter dem Sanayehpark, an der liberianischen Botschaft, ist die Wand von zwei Etagen weggerissen worden, ein Salon öffnet sich ins Leere, die vergoldeten Sessel sind umgestürzt. Ein großer Perserteppich hängt an der Fassade herunter. Glücklicherweise steht zu Hause das Gartentor offen. Tanos nimmt die Einfahrt, ohne zu bremsen, und bleibt genau vor dem Eingang stehen. Alle drei rennen, stürzen hinein, Gott sei Dank, nichts ist beschädigt. Im Osten wird mit schweren Geschützen geschossen. Der Wind trägt eine dicke schwarze Rauchwolke heran, die in den Augen brennt und zum Husten reizt. Mehr als die Bomben fürchtet Lola das Feuer. In der Küche hört man ein seltsames Geräusch, einen monotonen Gesang: Zakhiné sitzt auf einem Stuhl, sie schaukelt langsam vor und zurück, während sie ihr Jammerlied singt und sich das Gesicht zerkratzt wie die Klageweiber bei den Beisetzungen.

Neben ihr steht Tante Charlotte in ihrem Tweedkostüm, den Hut noch auf dem Kopf, und klopft sie auf die Schulter. Sie ist sehr ärgerlich: »Gott sei Dank, ihr seid da. Antoine, mein Lieber, kannst du diese Verrückte hier beruhigen? Sie heult seit einer Stunde und will nach Hause zurück, nach Syrien! Sie hat nicht mal einen Paß! Ich wollte gerade ausgehen, als sie zu jammern begann.« – »Was, ausgehen?« Antoine wird nicht oft ärgerlich, aber seine Wutanfälle sind immer sehr beeindruckend. »Niemand geht aus. Niemand heult oder jammert. Los, holt Lebensmittel und Decken, dann gehen alle in den Keller. Du auch, Lola. Athina, was stehen Sie da rum? Bewegen Sie sich ein bißchen, mein Gott.« Er schüttelt Athina, die wie eine Statue der Verzweiflung am Kühlschrank steht. »Tanos, bleib bei mir, wir werden versuchen, die Türen und Fenster zu verschließen.« Antoine ist bleich geworden, seine grauen Augen blitzen schwarz. Er strahlt eine solche Autorität aus, daß die vier Frauen, ohne ein Wort zu sagen, in den Keller gehen.

Jetzt erschüttern die Explosionen das Haus. »Sie schießen mit Kanonen. Hörst du, Tanos ... mitten in der Stadt! Kannst du dir die Schäden vorstellen, die sie anrichten werden? Das sind Verbrecher. Wie sollen wir uns schützen? Wenn wir wenigstens Sandsäcke hätten ...« – »Ich weiß, wo man welche findet, Monsieur Antoine. Es kostet zwei Pfund pro Sack, wenn sie unten liegen sollen, sechs Pfund, wenn sie auf die Balkons hinaufgetragen werden. Oder Sand in Tonnen. Fünfundsechzig Pfund die Tonne, fünf Pfund für den Transport in die erste Etage, zehn Pfund für die zweite, fünfzehn Pfund für die dritte ... Es ist teurer, aber die Tonnen können nicht zerreißen wie die Jutesäcke. Ich habe Tonnen vor meinem Haus aufgestellt. Natürlich habe ich einen Durchgang gelassen, der mit Säcken und Holzbrettern versperrt ist.« Antoine blickt Tanos voller Erstaunen an: »Warum? Hast du diesen Krieg erwartet?« – »Wir Armenier sind daran gewöhnt. Das Unglück spüren wir schon von weitem.« – »Im Moment ist nicht an Sandholen zu denken. Was könnte man vor die Fenster stellen? Vielleicht Matratzen? Nein, die Matratzen müssen wir in den Keller bringen. Was könnte überhaupt eine Granate aufhalten?«

Die Explosionen folgen die ganze Nacht mit dumpfem Grollen aufeinander. Früh am Morgen, zu unpassender Zeit, ertönt zaghaft eine Klingel. Ein Wunder, das Telefon funktioniert. Eine Stimme, weit, weit weg: Lili, die aus Paris anruft. »Antoine? Oh, ich verstehe dich kaum . . . Ein Bombardement? Möge Gott euch beschützen! Ich wollte euch sagen, daß Mona gut angekommen ist, sie ist hier, mit Liliane. Begeistert von der Reise. Ich gebe sie dir für einen Moment . . .« – »Papa?« Die kindlich hohe Stimme erschüttert Antoine. »Ja, mein Liebling.« – »Papa, es ist sehr schön in Paris. Tante Lili hat mir eine Schultasche gekauft, weißt du, so eine, die man über der Schulter trägt, khaki und schwarz, nicht wie diese Babytaschen. Und außerdem ist mein Zimmer ganz toll. Wo ist Mama? Kann sie nicht kommen? Umarme sie von mir. Ich küsse dich, mein liebster Papa. Warte, Tante Lili will dich sprechen . . .« – »Antoine, hier ist Lili. Liliane hat gerade mit ihrer Schwester telefoniert, die in Beirut wohnt, in der Nähe vom Platz der Märtyrer. Sie sagt, daß die Souks in Flammen stehen, sie sieht die Brände von ihrem Fenster aus, es ist schrecklich, das Feuer tobt, alles brennt. Das Starco-Zentrum ist völlig zerstört, sie hört die Leute unter den Trümmern schreien, aber niemand darf hin. Sie schießen sogar auf die Feuerwehr, sie mußte zurückweichen.« – »Wer – sie?« – »Sie weiß es nicht. Bestimmt die Kataeb, meint sie . . . Und bei euch? Ist es da auch so schlimm? Es kommt näher? Ihr seid im Keller, hoffe ich. Antoine, ich bitte dich, geh jetzt nicht aus dem Haus. Du würdest das Krankenhaus nicht erreichen, wo willst du langfahren? Ich weiß nicht, ob das Telefon noch lange funktioniert, ich werde versuchen, euch regelmäßig anzurufen, ihr bekommt von Beirut aus anscheinend keine Auslandsverbindungen . . . Ich umarme euch alle, ich denke an euch, ich bete für euch. Möge Gott euch schützen!«

Mona ist in Frankreich. Mona ist außer Gefahr. Antoine läßt sich auf das rote Kanapee fallen. Tanos fixiert ihn mit dem Blick eines lauernden Jagdhundes. Antoine hat nie zuvor bemerkt, was dieser hagere, langsame Bursche für ein Kraftbündel ist, er besteht nur aus Muskeln. Auch aus Ruhe, das hat er vorhin bei der Rückkehr vom

Flugplatz bewiesen. »Tanos, Lili hat mir soeben aus Paris berichtet, daß die Souks brennen, die Altstadt wurde bombardiert. Die Feuerwehr kommt nicht mal an die Brände ran. Ich glaube nicht, daß es vernünftig wäre, wenn du heute abend nach Hause gehst. Beirut ist anscheinend durch die Kämpfe in zwei Teile zerschnitten. Du kannst hierbleiben. Der Keller ist ein guter Unterschlupf. Was meinst du?« Tanos wirft einen Blick nach draußen. Durch den blauen Himmel ziehen sich lange schwarze Striche, die nach Gummi und verbranntem Holz riechen. Seltsamerweise haben die Explosionen aufgehört, und diese unerwartete Ruhe ist noch beängstigender als das Krachen der Granaten. »Ich werde bleiben. Zwei Männer sind hier nicht zuviel, vor allem, wenn Sie ins Krankenhaus fahren müssen. Bei der ersten Feuerpause gehe ich los, um bei meinem Freund den Sand zu besorgen.« Antoine wird etwas ruhiger. »Danke, Tanos. Aber ... bei dir?« – »Im Armenierviertel wird nichts passieren. Außerdem sind meine Brüder bei der Mutter. Wir leben alle zusammen. Nur ... darf ich zu Hause anrufen, Monsieur, um sie zu beruhigen und ihnen zu sagen, daß ich nicht komme?« – »Natürlich, Tanos. Ich werde nachsehen, was unten los ist.«

Ein Glück, daß die Kellerräume groß sind und daß Antoine daran gedacht hat, sie einzurichten. Zakhiné hat sich gefaßt, beruhigt durch die Rückkehr in ihre Alltagswelt: Sie rührt etwas in einem Topf an, der auf dem Primuskocher steht. Athina und Charlotte spielen Karten. Lola sucht in dem kleinen Transistorradio nach Radio Libanon. Sie hebt den Kopf: »Antoine? Ich habe dich oben reden gehört.« – »Ja, Lili hat aus Paris angerufen. Mona ist gut angekommen. Und Tanos wird heute nacht hierbleiben.« Unnötig, von den brennenden Souks zu sprechen.

»Oh, ich dachte, es wäre Nicolas, der aus seinem Zimmer gekommen ist. Aber ... wo ist er denn?« Lolas Augen weiten sich in panischer Angst, Antoine kennt diesen Blick. Das stimmt, wo ist Nicolas? Er kann nicht oben sein, er hätte sie kommen gehört. Lola ist aufgestanden, sie schreit: »Wo ist Nicolas?« – »Er sitzt sicher irgendwo fest, bei Freunden ...« Tante Charlotte faßt sich an die Stirn: »Mein Gott, bin ich dumm! Er hat mir einen Brief für euch gegeben, bevor er gegangen ist. Wo ist er denn? In meiner Tasche ...« – »Wann ist er gegangen?« – »Kurz vor eurer Ankunft.« Lola stürzt sich auf den Brief und öffnet den weißen Umschlag in fieberhafter Erregung.

Meine liebsten Eltern,
ich werde euch Kummer bereiten, und ich bitte euch dafür um Verzeihung. Aber ich bin achtzehn Jahre alt, ich bin ein Mann, ich kann nicht länger unbeteiligt zusehen, was in meinem Land passiert. Ich fahre jetzt also zu meinen Freunden von der *Libanesischen Fortschrittsfront*. Auch wenn es lächerlich sein mag, weil ich mich nicht so gut ausdrücken kann, möchte ich euch doch in groben Zügen erklären, was wir wollen: Wir wollen den Libanon verändern, das Konfessionssystem abschaffen, Reformen durchführen und die sozialen Ungerechtigkeiten verringern. Wenn wir es nicht sofort machen, ist es zu spät, denn die reaktionären und faschistischen Milizen der christlichen Rechten, die nur die Privilegien der kapitalistischen Großbourgeoisie, Christen wie Moslems, verteidigen, sind dabei, das Land in Blut und Asche versinken zu lassen. Wir werden sie also bekämpfen, mit der Hilfe unserer palästinensischen Freunde, die als einzige revolutionäre Kraft in der Lage sind, den faschistischen Phalangisten die Stirn zu bieten. Gleichzeitig schützen wir die PLO mit unserer Präsenz vor den Amerikanern und Zionisten, die bei uns den Schwarzen September wiederholen möchten, wie 1970 in Jordanien.
Papa, ich zähle auf dich, Mama all das zu erklären. Ich werde so oft wie möglich zu euch kommen. Meine kleine Mama, mach dir keine Sorgen um mich, und weine nicht. Ich umarme dich ganz fest, dich auch, Papa. Ich bin sicher, daß du mich verstehst. Bis bald. Es lebe der Libanon.
Euer euch liebender Sohn Nicolas

PS.: Ihr könnt im Hotel Cavalier eine Nachricht für mich hinterlassen, wenn es sehr dringend ist.

Lola läßt den Brief fallen, schluchzt, sinkt auf das Bett. »Was ist los?« fragt Charlotte. »Nicolas ist weggegangen, um zu kämpfen«, antwortet Antoine mit tonloser Stimme. »Bravo, er hat völlig recht«, ruft Charlotte, die keine Sekunde daran zweifelt, daß er in den Reihen der Phalangisten kämpft. »Es wird höchste Zeit, daß unsere jungen Leute etwas Ordnung in diesen unmöglichen Krieg bringen. Als mein Großvater in seinem Alter war, ist er auch zum Kämpfen in die Berge gegangen, 1860, anstatt darauf zu warten, sich die Kehle durchschneiden zu lassen. Lola, mein Schatz, weine nicht. Ihm kann nichts passieren. Die Heilige Jungfrau ist mit ihnen. Wo sind die Streichhözer? Ich werde heute abend in meinem Zimmer eine Kerze anzünden und für ihn zehn Rosenkränze beten. Also, gehen wir schlafen.« Sie klopft auf die Taschen ihres Kleides und findet die Streichhölzer. »Gute Nacht, Kinder.« – »Tante Charlotte, wohin gehen Sie?« – »Ins Bett, Antoine. Es ist spät. – »Aber es knallt überall, hören Sie es nicht?« – »Doch. Ach ja, mein Ohropax. Danke, daß du mich daran erinnert hast, ich hätte sonst nicht schlafen können.« – »Tante Charlotte, Sie sollten hierbleiben, das ist sicherer.« Charlotte richtet sich auf, reckt ihre kleine Nase in die Luft. »Hier, im Keller? Antoine, hör mal: Wenn ich schon sterben muß, dann in meinem Bett.«

»Sie hat recht.« Lola entfernt mit einer Ecke ihres Taschentuches sorgfältig die zerlaufene Wimperntusche. »Ich kann nicht mehr. Antoine, versprich mir, daß du Nicolas wiederfindest und hierherbringst.« – »Ich verspreche es dir.« – »Und ich will in meinem Bett schlafen. Ich habe Angst vor Ratten oder Mäusen.« Antoine setzt sich neben sie auf das Feldbett und legt ihr den Arm um die Schulter. »Ja, die Mäuse, das ist noch schlimmer als eine Granate ... Komm, mein Liebstes, gehen wir zum Schlafen nach oben, in unser Zimmer, wie immer.« Mit Tanos' Hilfe schiebt Antoine das große Bett an die hintere Wand.

Antoine und Lola liegen beieinander. Lola, von Müdigkeit und Beruhigungstabletten wie betäubt, schmiegt ihr Gesicht in Antoines Achselhöhle. Sie ahnt durch die geschlossenen Lider hindurch das Rot der Brände, die den schwarzen Himmel rosa färben. Das entsetzliche Getöse der bedrohlich nahen Bombeneinschläge hört sie nicht mehr. Antoine wiegt sie, küßt sie sanft auf die Schläfe, auf die Augen, auf die Lippen. Sie umarmt ihn. Antoine, meine Zuflucht, mein Schutz, meine Liebe. Seine Hände liebkosen sie immer leidenschaftlicher. Auch sie sehnt sich plötzlich danach, ihn zu spüren, sein Verlangen aufzunehmen, mit ihm eins zu werden, mit einer Gewalt, die, das weiß sie, nur von der Gegenwart des Todes kommen kann.

22

Beirut, Herbst 1975

Man erfuhr nie, wie sich Tanos durchschlug. Während kurzer Waffenruhen und manchmal auch unter schwersten Kämpfen, kamen drei Männer, um vor dem Haus einen Wall aus Säcken und Tonnen voller Sand zu errichten. Plötzlich wurden der große Salon und die Eingangshalle zu dunklen Grotten, in denen die kleinen Lehnsessel wie zusammengekauerte Raubtiere wirkten. Der Tisch im Eßzimmer schimmert schwarz, die Drachenfiguren auf den chinesischen Stühlen wachen über den Schatten.

»Das ist unheimlich, ich glaube, ich ziehe doch in den Keller«, sagt Lola. »Und außerdem, Antoine, ganz ehrlich, glaubst du, dieser Sand nützt etwas? Die Granaten beschreiben eine Kurve, wenn sie runterkommen, also explodieren sie entweder direkt auf dem Dach oder auf den Balkons. Der Sand im Erdgeschoß hat also gar keinen Nutzen, wenn die Granaten nicht gerade auf die Straße fallen. Aber wir sind weit weg von der Straße... Natürlich kann eine Granate auch im Garten explodieren...«

»Hör mal«, antwortet Antoine, »das ist nicht das Problem. Der einzig wirksame Schutz in diesem Haus ist der Keller. Man muß sich wohl daran gewöhnen, und wenn es zu laut knallt, versammeln sich ja auch alle dort, außer Tante Charlotte, die weiter in der ersten Etage schlafen will. Nein, die Funktion des Sandes ist, daß er beruhigt, daß sich die Familie geschützt fühlt. Sieh dir Zakhiné an, sie hat keine Angst mehr, sie dreht das Radio in der Küche voll auf, um die Explosionen nicht zu hören, das ist alles.«

Lola lacht.

»Sie hat vielleicht keine Angst mehr, aber sie weigert sich unter allen Umständen, während der Waffenruhen aus dem Haus zu gehen. Auch Athina steckt nicht mehr die Nase raus. Ich erinnere dich daran, daß wir seit acht Tagen hier sitzen, wir haben kein Gemüse und kein Obst mehr. Man muß Mineralwasser kaufen und die Kerzen erneuern. Bald werden uns Batterien für die Taschenlampen fehlen . . . Oh, mein Gott, Antoine. Die Granate eben ist ganz in der Nähe eingeschlagen!«

Lola kann ein nervöses Zittern nicht unterdrücken. Sie sind alle am Ende ihrer Kräfte. Eine Woche lang wie Ratten in dieser Feuersbrunst eingeschlossen. Am Anfang haben sie die Sorglosen gespielt. Jetzt erschöpfen sich die Vorräte, die Bombardements hören nicht auf . . . Lola verliert die Hoffnung. Nicolas, Nicolas in dieser sinnlosen und idiotischen Hölle! Niemand weiß, wo er ist. Einer von Antoines Krankenpflegern behauptet, ihn im Westen der Stadt gesehen zu haben, beim Hauptquartier der PFLP. Er trug einen Drillichanzug und eine Kalaschnikow. Aber welcher junge Mann in Beirut trägt etwas anderes als einen Drillichanzug und eine Kalaschnikow? Wenn sie doch diejenigen in die Hände bekäme, die ihn in dieses wahnsinnige Abenteuer hineingezogen haben . . . Tony, es war bestimmt Tony. Lola ballt die Fäuste, Rachegedanken gehen ihr durch den Kopf. Ruhig bleiben. Solche Gedanken bringen Unglück, und wenn Nicolas . . . Sie weist diese entsetzliche Vorstellung weit von sich.

Im Keller ziehen sich Tage und Nächte endlos hin, vor allem die Nächte. Nur Charlotte kann schlafen, oben, in ihrem Zimmer, mit ihrem Ohropax. Ich sollte das auch nehmen, sagt sich Lola. Aber die Vorstellung, sich von allen Geräuschen und damit von der Welt abzuschneiden, ist ihr zuwider. Also versucht sie zu lesen, sie trinkt Kaffee, sie hat zu rauchen angefangen. Sie streitet sich mit Antoine über Nichtigkeiten, wie vorhin über den Sand. Was hat es schon für eine Bedeutung, ob der Sand hilft oder nicht?

Auch Antoine ist nervös. Die Unruhe zerfrißt ihn. Zakhiné bewegt sich zwischen ihrem Radio und dem Primuskocher wie ein Zombie. Tante Charlotte, immer untadelig frisiert und geschminkt, wechselt jeden Tag das Kleid und spielt stundenlang Karten mit

Athina, die blasser und unglücklicher wirkt denn je. »Hören Sie, meine Kleine, Sie sind mit den Gedanken nicht beim Spiel, nehmen Sie sich zusammen!« Athina, von einem hartnäckigen Schluckauf geplagt, wagt nicht den Mund zu öffnen und sieht Charlotte mit den Augen eines verängstigten Hasen an.

Der einzige, der, außer Tante Charlotte, ruhig, fast unbeteiligt bleibt, ist Tanos. Er preßt sein kleines Kofferradio ans Ohr und verbringt die Tage damit, Cherif el Akhaoui zuzuhören, der in »Radio Beirut« die Lageberichte verliest: »Am Ring fallen Raketengeschosse, biegen Sie zum Hafen ab, wenn Sie nach Jounieh wollen...« – »Die Straße zum Flugplatz ist seit einigen Minuten zwischen Khaldé und Bordj Brajnieh geöffnet. Dahinter ist eine Straßensperre.« – »Um nach Beit Mery zu kommen... nein, man kommt nicht mehr nach Beit Mery.« – »Da das Hôtel-Dieu nicht zu erreichen ist, empfehlen wir den Krankenwagen, zum Barbirkrankenhaus zu fahren...« Manchmal ist Tanos nicht einverstanden, er widerspricht, gibt eine andere Route an, die ihm logischer erscheint.

Antoine läuft entnervt wie ein Tiger durch den Raum: »Tanos, warum hören Sie sich das den ganzen Tag an, wenn wir doch nicht rauskönnen?« – »Man weiß ja nie... und ich möchte schon wissen, wo die Scharfschützen und die Bombentrichter sind.« Manchmal verschwindet Tanos ganz unerwartet. Vor zwei Tagen beispielsweise hörten gegen acht Uhr morgens die Schießereien auf. »Die Milizen trinken Kaffee, ich sollte nachsehen, ob ich etwas zu essen finde.« Er ging und tauchte nach zwanzig Minuten, die Bombardierung hatte schon wieder begonnen, mit noch ganz warmen, in Servietten verpackten großen runden Broten wieder auf. Lola war den Tränen nah. Vielleicht hatte er ja recht mit der Kaffeepause. Auch heute morgen gab es eine Waffenruhe. Aber gerade als Antoine die Tür öffnete, ging der Spuk mit voller Kraft wieder los. Antoine mußte zurückspringen und sich an die hintere Wand des Salons pressen. Wütend goß er sich Whisky ein und trank ihn mit einem Schluck aus. Lola weiß, was ihn beunruhigt: Er möchte ins Krankenhaus gehen, und sie hindert ihn mit allen Mitteln daran. Gott sei dank ist das Telefon unterbrochen, und der Pontiac, der vor der Tür stehengeblieben ist, hat zu viele Kugeln abbekommen, so daß man nicht weiß, ob er noch anspringt.

Plötzlich richtet sich Tanos auf und jubelt: »Es ist vorbei. Die Syrier haben einen Waffenstillstand erzwungen!« Trotzdem hört man noch immer die Kanonen. Das Telefon klingelt. Es ist Maud, Charlottes Freundin.

»Hallo Maud. Wie geht es dir? Bist du krank? Ein Loch im Dach? Das ist nichts, meine Liebe, wenigstens hast du noch dein Bett. O nein, erzähl es mir nicht ... das ist ja schrecklich, schrecklich. Ich komme, meine Liebe. Warte auf mich, ich umarme dich.« Schon steht sie mitten im Zimmer, bereit und entschlossen. »Meine arme Maud! Ihr Haus wurde von einer Granate getroffen, sie hat die Grippe, und ... ihr lieber Mann ist tot, wegen dieser Granate, aber durch einen Herzinfarkt. Ich muß sofort zu ihr. Tanos, fährt der Wagen noch?« Tanos stürzt herbei. Er öffnet die Wagentür. Tante Charlotte, elegant wie immer, steigt ein. »Auf Wiedersehen, Kinder! Bis nachher.« Man könnte meinen, sie fährt zum Tee oder zu einer Bridgerunde. Der Pontiac stottert einmal, zweimal und fährt an. Braves Auto. Auf der Heckscheibe breiten sich um ein kleines Loch herum sternförmige Risse aus. »Wir hatten einen Einschuß, neulich, als wir vom Flugplatz kamen«, murmelt Antoine, »hast du nichts gemerkt?«

Lola betritt den Kiesweg mit dem Schritt einer Genesenden. Das kann nicht wahr sein! Sie atmet voller Genuß den Duft des Jasmins ein, dessen kleine weiße Blüten die Veranda umgeben. Die Gartenlaube bricht fast zusammen unter den Trauben rosaroter Bougainvilleas. Lola sitzt auf der Treppe und hält das Gesicht in die Sonne, deren Wärme sie überflutet wie das wiedergefundene Leben. Der Himmel ist blau, nur von ein paar kleinen schwarzen Wölkchen verunziert, die aus der Altstadt aufsteigen. Sie will sie nicht sehen. »Lola, bleib nicht da sitzen. Hörst du nicht, daß geschossen wird?« Nein, sie hört es nicht. Sie hat genug vom Krieg, vom Keller, von den Granaten. Sie wird sich hier nicht mehr wegrühren. Sie ist müde, so müde. Lieber draußen sterben, sagt sie sich, als in diesen Keller zurückgehen. Der Garten entfaltet sich in seiner ganzen spätsommerlichen Pracht. Drei Schüsse knallen, ganz in der Nähe, ohne daß sie auch nur mit der Wimper zuckt. Das ist alles viel zu absurd. Wie kann man unter diesem Ferienhimmel töten und sich töten lassen? Plötzlich sieht sie das Gesicht von Nicolas vor sich. Sein Haar ist voller Blut, die Schläfe ist rot. Sie stöhnt, sie zittert am ganzen Körper. Sie möchte schreien, aber die Stimme bleibt ihr im Hals stecken, wie in diesen Träumen, wo man rennt, ohne vorwärts zu kommen.

Antoine schüttelt, ohrfeigt sie. »Lola, nimm dich zusammen, hör mal, du wirst doch jetzt nicht die Nerven verlieren.« Er trägt sie auf das Sofa. Sie spürt einen Stich in der Armbeuge. »Es ist vorbei, mein Liebes, es ist vorbei. Jetzt geht es dir besser. Komm, trink!« Antoine reicht ihr eine Tasse mit sehr starkem, sehr süßem Tee. Auch er sieht erschöpft aus. Als sie wieder klar denken kann, setzt sich Lola auf und schüttelt sich. Sie schämt sich. Das Telefon klingelt. »Ja . . . ja . . . sofort.« Antoines Gesicht verfällt, wird grau. Lola greift sich an den Hal. Nicolas? »Ich komme. Ecke Platz der Märtyrer und Bechirstraße? Der Krankenwagen soll auf mich warten.« Er dreht sich zu Lola um. »Nicolas wurde leicht verletzt, die Schulter, nichts Schlimmes. Wir werden die Feuerpause nutzen, um ihn zu holen.« Lola ist aufgesprungen. »Ich komme mit.«

In Lolas kleinem Wagen fällt kein Wort. Am Eingang zu den Souks eine Straßensperre der Phalangisten. Antoine holt seine Papiere vor, sagt, daß er Arzt ist, daß man ihn am Platz der Märtyrer erwartet . . . Lola sieht voller Entsetzen auf die Souks. Sie erkennt nichts mehr wieder. Die kleinen, von Geschäften gesäumten Gassen ähneln verkohlten Tunneln, von Granaten zerstört, zermalmt. An den Wänden haben die Flammen ihre schwarzen Spuren hinterlassen. Aufgebrochene Geschäfte, abgerissene Eisengitter, Kisten, zerbrochene Stühle, halbverbrannte Kleidungsstücke liegen auf der Straße. Das Auto fährt langsam durch die noch heißen Ruinen, und Lola fühlt sich an den Geruch von Asche und verbranntem Plastik erinnert: den Geruch des Brandes von 1952, in Kairo! Sie sieht sich wieder an Nadias Seite, wie sie durch die Kasr-el-Nil-Straße rennen und vor der schwarzen Ruine des Shepheard's stehenbleiben.

Jetzt ist es Beirut, das lebendige und freundliche Herz Beiruts, das vor ihren Augen stirbt. Voller Wut, voller Haß haben sie mit ihren Bomben und Raketen diese Altstadt ausgelöscht, die Beirut so menschlich machte, diesen magischen Ort, wo sich schwarzgekleidete Schiiten und Maroniten in Blumenkleidern vor denselben Ständen trafen, an denen Apfelpyramiden angeboten wurden, goldene Trauben, dicke, in Stücke geschnittene Wassermelonen, deren rosiges, süßes Herz zum Kosten verleitete, mit Wasserperlen bedeckt, mit kleinen schwarzen Kernen verziert. Hier war sogar der Staub fröhlich, wenn er in der Sonne tanzte. Warum, warum nur dieser zerstörerische Wahnsinn. Plötzlicher Zorn vernebelt Lola's Gedanken.

»Antoine, haben das die Phalangisten gemacht?«

»Ja.«

»Aber warum? Sie schlachten ihr eigenes Volk ab!«

»Sie sagen, sie wollen ein Faustpfand haben, im Hinblick auf eine mögliche Teilung. Ach, ich weiß es nicht, es ist nicht zu rechtfertigen, es ist ein Verbrechen, sie haben Beirut ermordet. Diese Menschen sind verrückt geworden.«

»Nein, Antoine. Sie sind nicht verrückt. Ich glaube, die Christen haben Angst, das ist alles. Angst vor dem Islam. Und diese Angst verleitet sie zur Gewalt.« Antoine weist mit der Hand auf eine halbverbrannte Boutique, aus der drei lachende Milizsoldaten Ballen mit Stoff, Broché, Lamé herauszerren und in einen Jeep werfen.

»Und diese Plünderung, ist das vielleicht Angst?«

»Das ist Haß, Dummheit, ganz gewöhnliche Habgier. Aber dieses Räderwerk, das da in Gang gekommen ist, wird durch die Angst vor den anderen in Bewegung gehalten. Die schlimmste. Der einzige intelligente Satz, den ich je von Pierre Gemayel gehört habe, lautete: ›Es ist Sache der Moslems, uns, die Christen, zu beruhigen.‹ «

Antoine sieht sie aus dem Augenwinkel an.

»Und warum sollten sie das tun? Du vergißt, daß sich unsere Glaubensbrüder für die Herren des Krieges halten. Nun, sie werden ihn haben, den Krieg. Pech für uns, die wir für ihren Wahnsinn bezahlen müssen.«

»Du denkst also, daß . . .«

»Ich denke überhaupt nicht, ich versuche wiedergutzumachen, ich behandle, ich bin Arzt und Pazifist. Idiotisch, was? Aber in großen Katastrophen muß es auch Leute wie mich geben.«

Der Krankenwagen steht an der Ecke des Platzes. Ein Krankenpfleger in weißem Kittel wartet. »Doktor Boulad, endlich! Ihr Sohn ist im Wagen, zusammen mit anderen Verletzten. Es ist ihm so gut wie nichts geschehen, aber wir mußten sie in Sicherheit bringen. Sie gehören zu den progressiven Palästinensern, die Milizsoldaten wollten sie töten. Vorsicht, Madame, kommen Sie nicht von dieser Seite! Sie sehen doch, daß auf alles geschossen wird, was sich bewegt. Lola stürzt trotzdem mit ausgebreiteten Armen nach vorn.

»Lassen Sie mich durch, ich will meinen Sohn sehen . . .« Antoine packt sie am Ellbogen.

»Vertraue Slimane, wenn er dir sagt, daß Nicolas nicht in Gefahr ist. Du siehst doch, daß wir nicht über den Platz kommen, mitten auf der Kreuzung liegen Verletzte.« Dann wendet er sich an Slimane: »Warum lassen Sie sie dort liegen?«

»Sie stehen unter Beschuß eines Scharfschützen. Aber warten Sie, Doktor, wir haben uns etwas ausgedacht . . . Marwan, hast du die Haken?«

Marwan, klein und dick, in seinen Kittel gezwängt, kommt mit zwei großen Spießen in der Hand atemlos angelaufen.

»Was ist das?« fragt Antoine.

»Angeln für die Verletzten, Doktor. Wir haben sie aus langen Holzstangen gebaut, mit Eisenhaken an den Enden, um die Kerle heranziehen zu können, ohne die Deckung zu verlassen. Sie werden es sehen.« Gebeugt, dicht an die Mauer gepreßt, versuchen die beiden Männer, die Hausecke zu passieren, aber ein trockener Knall läßt sie zurückweichen. Der Schütze muß gegenüber sein. Wenige Meter entfernt liegen zwei junge Burschen. Einer von ihnen starrt Lola an. In seinen glänzenden schwarzen Augen steht ein verzweifeltes Flehen. Sein linkes Bein ist aufgerissen, das Blut dringt in großen braunen Flecken durch die zerrissenen Jeans. Lola vermag sich nicht zu rühren, ihre Kehle ist trocken, ihr Herz klopft zum

Zerspringen. Plötzlich stößt sie jemand beiseite, läuft nach vorn, beugt sich herab, packt den Jungen unter den Armen, zieht ihn, so schnell es geht, zurück. Antoine hat die Deckung neben Lola erreicht, atemlos, schwitzend, den Jungen im Arm. Die beiden Krankenpfleger stürzen herbei.

»Doktor, Sie sind verrückt. Er hätte sie töten können.«

»Nein«, keucht Antoine, »ich habe ihn gesehen, da oben . . . Dieses Blitzen, in der zweiten Etage. Er hat auf Sie gewartet, nicht auf jemanden, der von der anderen Seite kommt. Ich glaube, der andere ist tot. Seine Schlagader scheint getroffen. Sie müssen schnell ins Krankenhaus fahren . . . Ich komme hinterher.

»Doktor, könnten Sie nicht Ihren Sohn zu sich nach Hause bringen? Ein Palästinenserfreund, Sie wissen doch, was das heißt, das könnte große Schwierigkeiten geben.« Die Tür des Krankenwagens hat sich geöffnet. Während die Pfleger den Jungen hineinheben, steigt Nicolas aus. Ist das Nicolas, dieser Mann mit den tiefliegenden Augen, den von einem schwarzen Bart bedeckten Wangen, dieser Unbekannte, schmutzig, in zerrissenem Drillichanzug? Er humpelt, aber er läuft. Und er hält seinen linken Arm wie einen zerbrochenen Gegenstand.

»Nicolas, mein Liebling!« Lola rennt zu ihm, wirft sich an seinen Hals. Er weicht stöhnend zurück.

»Lola, faß ihn nicht an. Er muß Schmerzen haben, und er steht noch unter Schock. Hilf mir, ihn auf die Rückbank zu setzen. Versuch dich vorzubeugen, Nicolas, und zieh den Kopf ein. Ich hoffe, daß sie uns an der Straßensperre wiedererkennen, aber sie dürfen dich nicht sehen.«

Das stimmt, sie müssen noch durch die Straßensperre. Glücklicherweise ist es schon dunkel. Antoine fährt durch die Bechirstraße, gibt Gas und bemüht sich, den Granattrichtern, verbrannten Reifen, Autoruinen oder dunklen Bündeln auszuweichen, die Lola eigentlich nicht sehen will: Leichen . . . Am Ende der Straße leuchtet der Himmel in zartem Rosa. Dann rosa mit einem roten Kern. Plötzlich erhebt sich eine lange Feuerzunge tanzend zum Himmel. Lola schreit auf: »Antoine!« Er beugt sich nach vorn, um besser durch das Dunkel sehen zu können, und tritt auf das Gaspedal, ohne sie zu hören.

Am Ryad-el-Sohl-Platz brennt ein ganzes Haus. Die Scheiben platzen mit dumpfem Knall, wie trockenes Holz. Flammen springen hervor, Feuerzungen dringen aus den Fenstern und lecken am Nachbardach. Das ganze Erdgeschoß dröhnt, kracht, Funken stieben bis in die Straßenmitte, ein rotes Leuchten erhellt den Platz wie eine Theaterkulisse. Lola hat keine Angst vor Bomben, aber das Feuer bringt sie zur Verzweiflung. Eisiger Schweiß läuft über ihren Rücken, ihre Knie zittern. Hinter dem Auto bricht ein anderer Brand aus. Diesmal ist es ein Geschäft, und winzige Papierfetzen wirbeln im Rauch. Eine Buchhandlung, denkt Lola, und sofort wird ihr bewußt, daß im gleichen Augenblick »Papyrus« ein Opfer der Flammen sein kann. Warum bleibt Antoine in dieser Feuersbrunst stehen?

»Fahr weiter, wir werden verbrennen«, schreit sie, und durch die Scheibe hindurch spürt sie die Hitze der Flammen auf ihrer Wange.

»Die Straße geht nicht weiter, siehst du, da ist ein Trichter«, antwortet Antoine schroff. Tatsächlich öffnet sich vor dem Wagen ein schwarzes, noch rauchendes Loch. »Wir müssen weg hier, die Granate kann explodieren.« Antoine legt den Rückwärtsgang ein und gibt Vollgas. Lola verbirgt das Gesicht in den Händen.

Das ist das Ende, sie sind vom Feuer eingeschlossen. Die Flammen. Sie werden in den Flammen sterben. Die Luft ist nur noch ein heißer, knisternder Hauch. Der Wind drückt den schwarzen Rauch herunter, der in den Lungen brennt, die Kehle austrocknet. Wie können sie sich noch retten, eingeschlossen in diesem Auto, dessen Blech schon warm wird? Nicolas jammert leise, wie ein Baby. Kindheitsgebete drängen sich über Lolas Lippen: »Gegrüßest seist du, Maria, du bist voll der Gnade, der Herr ist mit dir...«

Neben ihnen springt eine prasselnde Funkengarbe empor. Mit klopfendem Herzen und verwirrtem Geist vergißt Lola die heiligen Worte. Sie betet nicht mehr, sie fleht schweigend: »Mein Gott, erspare uns diesen schrecklichen Tod! Sterben, ja, aber nicht auf diese Weise! Herr, hab Erbarmen, Erbarmen!«

Antoine ist links in eine Seitenstraße abgebogen. Er erreicht die Hauptstraße. Jetzt liegt der rotglühende Brand hinter ihnen. Das Fauchen des Feuers wird leiser.

»Wir sind gleich zu Hause, nur Mut«, sagt er mit fremder Stimme, aufs äußerste angespannt. »Gott sei Dank, wegen dieses Brandes sind wir der Straßensperre entkommen.« Nicolas scheint zu schlafen, den Kopf auf den Knien, aber sein linker Arm hängt in unnatürlichem Bogen nach unten. Ist er bewußtlos? Wie ruhig das Viertel plötzlich erscheint. Hier ist der Park, eingetaucht in den beruhigenden Schatten der Bäume. Das Haus, verunstaltet durch die Sandsäcke, aber ein Licht brennt. Der Pontiac ist da, Tante Charlotte wird mit Tanos zurückgekommen sein. Ja, Tanos kommt raus, er hilft Antoine, Nicolas ganz vorsichtig die Treppe hochzutragen. Das kleine Auto ist mit grauen, noch warmen Ascheflocken bedeckt. Lola weint.

Es ist zwei Uhr nachts. Beirut schläft. Von Zeit zu Zeit hört man eine Maschinengewehrsalve, Leuchtgeschosse durchzucken den Himmel mit ihrem roten Schweif. Ein BMW rollt ohne Scheinwerferlicht wie ein Schatten dahin. Er hält an der Ecke. Drin sitzen zwei junge Männer in Leopardenanzügen, grün-blau gefleckt, schwarze Kapuzen über den Köpfen. Hinten ein großer Bursche in Jeans und Pullover und ein älterer Mann in grauem Anzug: Roland Saadé und sein Vater Jo. Sie haben Gewehre mit Zielfernrohren zwischen den Beinen.

»Warum behaltet ihr eure Kapuzen auf, Kinder?« tadelt Jo. »Um euch der Staatsjustiz zu entziehen? Das war vielleicht vor sechs Monaten berechtigt. Aber heute könnt ihr eure Kapuzen wegwerfen. Es gibt keinen Staat mehr in diesem Land, es gibt keine Justiz, nur noch die Rache.«

»Wir behalten sie, um zu zeigen, daß wir Begin sind, die Kommandos von Scheich Pierre. Alle haben Angst vor uns.«

»Auch ohne Kapuzen hat man Angst vor euch. Ihr seid die Rächer der ... Paß auf, Roland! Da, dieser Kerl, der über die Straße geht, hat er nicht eine Kuffiya auf dem Kopf? Ja, das ist ein Palästinenser. Los.«

»Okay, Papa Jo.« Roland legt sein Gewehr mit Infrarotzielrohr an, ein Geschenk seines Vaters, und schießt. Die kleine Gestalt vor ihnen krümmt sich, dann bricht sie langsam zusammen. »Bravo«, lobt einer der Begin.

»Ich habe ihn mitten in den Rücken getroffen«, erklärt Roland. »Gut, das ist der vierte. Genug für heute nacht. Wir sollten jetzt schlafen.« Der BMW fährt langsam an und verschwindet im Dunkel.

Rasiert, gewaschen, ein weißes Hemd mit offenem Kragen: Nicolas hat wieder menschliche Gestalt angenommen. Während er unter dem Lüster im Salon mit Tante Charlotte diskutiert, sieht Lola ihn an. Er schüchtert sie ein. In wenigen Wochen haben sich sein Blick und sein Gesicht verändert. Was hat er in diesem Inferno erlebt? Hat er Angst gehabt? Hat er getötet? Man darf ihn nichts fragen, sagt Antoine, er wird es uns später erzählen, wenn er will und wenn er kann. Nicolas, den linken Arm in Gips, den linken Fuß mit einer Binde umwickelt, wirkt unruhig. Wie lange darf er sich nicht rühren? Einen Monat, vielleicht länger. Er durchquert den Salon, auf einem Bein hüpfend, raucht, sitzt stundenlang am Telefon mit geheimnisvollen Gesprächspartnern, und im Moment versucht er, ohne großen Erfolg, Tante Charlotte die Lage zu erklären.

»Mama, Tante Charlotte hat keinerlei politischen Verstand. Ich glaube, ihre Generation bleibt hoffnungslos oberflächlich.«

Lola lächelt.

»Aber was willst du ihr begreiflich machen? Sie lebt in einer anderen Welt, der einfachen und glücklichen Welt, die sie ein Leben lang umgeben hat.« Nicolas wird nie wissen, wie die guten Stunden des Libanon aussahen, die Zeiten von Tante Charlotte, mit ihrer überlebten Eleganz, jener erlesenen Süße, bewahrt durch die vornehme Heuchelei. Die Höflichkeit verlangte, daß man über das eigene Unglück lachte und für das Unglück anderer die Hilfe Gottes erflehte. Der Libanon der dreißiger Jahre war noch nicht reich, aber schon erlesen, und der Name einer alten Familie zählte damals mehr als ein dickes Bankkonto. Wie sollte man von der Diskretion zur

Gewalt, vom Wohlwollen zur Barbarei, von der Toleranz zum Fanatismus gelangen?

»Mama, du hörst mir nicht zu. Ich glaube, wir erleben einen historischen Augenblick: Denk nur, zum ersten Mal wird eine politische Kraft jenseits religiöser Kriterien anerkannt. Die Linke wurde im Komitee für den Dialog, das gestern gebildet wurde, akzeptiert. Wir werden endlich die wahren Fragen stellen können.«

»Mußte das mit zweitausendfünfhundert Toten in einem Monat bezahlt werden?«

»Vielleicht nicht. Aber das war eine Gratwanderung, und wenn der Waffenstillstand lange genug hält . . .«

Lola streichelt die Wange ihres Sohnes.

»Möge Gott dich erhören! Ich glaube nicht daran. Es ist Oktober, und soeben wurde die elfte Waffenruhe verkündet. Träum nicht, Nicolas. Ich spüre, daß sich ein Wind des Todes erhoben hat, und ich habe Angst um uns, um dich.«

Der schwarze BMW ist neben dem Haus der Kataeb stehengeblieben. Es ist dunkel, aber der Mond erhellt die Straße mit kaltem Licht. Die vier Männer im Wagen recken die Hälse.

»Sie werden sie einzeln rausbringen. Sie sind alle verdächtig, alle kommen aus dem Dorf, bei dem Elie getötet wurde. Papa Jo, du mußt entscheiden. Welchen willst du?« fragt Roland.

»Den da.« Eben kommt ein kleiner schnurrbärtiger Mann heraus. Er läuft an der Mauer entlang, rennt, gut sichtbar im Mondschein. Der BMW folgt ihm, drängt ihn an die Wand. In wenigen Sekunden ist der Mann gepackt, in das Auto gestoßen, einen Revolver an der Schläfe. Der BMW fährt zum Siouffigarten. In einer Gärtnerbaracke binden die Begin den kleinen Mann auf einem Stuhl fest. Verhör. Nein, er ist kein Kämpfer. Nein, er hat niemanden getötet. Roland reißt ihm die Jacke vom Leib, Jo öffnet sein schmutziges Hemd, entblößt die rechte Schulter: Deutlich sieht man die breite rote Schwiele, die der Rückstoß des Gewehres hinterläßt. Roland hat in einer Tasche den Ausweis der Palästinensischen Volksfront gefunden. Jo macht ein Zeichen. Die drei Jungen verlassen die Baracke.

Hinter ihnen ein Schuß. 45er Colt. Der von Jo. Sie drehen sich nicht um, gehen weiter zur Straße. Im Garten zieht Jo den Körper des kleinen Schnurrbärtigen hinter sich her und wirft ihn vor die Standuhr im Siouffigarten.

Dort läßt man die Erschossenen liegen, damit ihre Waffengefährten wissen, daß sie getötet wurden. Zwei Leichen verwesen langsam. Entsetzlicher Gestank. Jo spricht auf arabisch den alten Satz der Vendetta: »Die *Ader der Schande* ist geplatzt.«

Sonnabendmorgen, 6. November. John Randall, Korrespondent der »Washington Post« in Beirut, wird sehr früh von irgendwelchem Lärm geweckt, dann hört er Schüsse. Soll er aufstehen? Das Viertel El Kantari ist für gewöhnlich friedlich. Keine militärischen oder strategischen Ziele in dieser Straße, wo die christliche Großbourgeoisie lebt. Sollte etwa die dreihundert Meter westlich liegende Zentralbank angegriffen worden sein? Unwahrscheinlich. Das Gold ist längst im Ausland. Die Schüsse fallen dichter. Schwere Maschinengewehre, Raketenwerfer, Mörser: Kein Zweifel, das ist ein richtiger Kampf. John riskiert einen Blick durch die Vorhänge: Das benachbarte Restaurant steht in Flammen, unter dem Fenster brennt ein rotes Auto. Wen soll er anrufen? Freunde, die ihm sagen: »Mach dir keine Sorgen, wir holen dich da raus und schicken einen Panzerwagen.« Einen Moment später taucht tatsächlich ein alter Panhard am Ende der Straße auf. Aber er bleibt hundert Meter entfernt stehen, kommt nicht weiter. Was tun? Da das Telefon funktioniert, kann er ebensogut arbeiten. Ein Straßenkampf, beobachtet vom Balkon, ein gutes Thema für einen Artikel. John setzt sich an seine Schreibmaschine und spannt ein Blatt ein.

Im herrlichen Palast, den er von seinem Vater, dem früheren Präsidenten der Republik, Bechara el Khoury, geerbt hat, diskutiert Michel el Khoury mit seinem Koch. Er hat an diesem Sonnabend die Botschafter Frankreichs, Englands, Amerikas und alles, was in der politischen Klasse des Libanon an Bankiers, hohen Staatsbeamten und Funktionären Rang und Namen hat, eingeladen. Man muß das Menu zusammenstellen, die Weine auswählen. Ein Château Eyquem 1947, ja, warum nicht . . . Der Tisch ist bereits gedeckt, Geschirr und Kristall, Blumen, Tafelsilber, Leuchter. Der erste Gast trifft gegen Mittag ein. Es ist André Nametallah, ein aus Ägypten emigrierter Schriftsteller, dessen Humor Michel besonders schätzt. Fünf nach zwölf ein erster Anruf. Elias Sarkis sagt ab: »Ich bin zwar nicht weit weg, aber es ist unmöglich, durchzukommen. In der Nähe des Hotels wird geschossen.« Geschossen? Michel ist so an die Feuerstöße gewöhnt, daß er es nicht einmal bemerkt hat.

Zwölf Uhr dreißig, dreizehn Uhr, ein Anruf nach dem anderen. Halb zwei steht fest: Niemand wird kommen. Rings um den Palast herrscht Krieg. André setzt sich an ein Ende der Tafel, Michel ans andere. Der Lärm der Maschinengewehre und die Länge des Tisches zwingen sie, sich lautstark zu verständigen. Der unerschütterliche Küchenchef serviert in weißen Handschuhen. Der Weinschenk holt den Château Eyquem aus dem Keller. Das Essen nimmt seinen Lauf.

In der El-Kantari-Straße konnte John seinen Artikel gerade noch diktieren, bevor das Telefon unterbrochen wird. Er zieht eine Matratze in den Vorraum, streckt sich aus und öffnet aufs Geratewohl ein Buch. Der Bericht über den Bürgerkrieg zwischen Christen und Drusen im Jahre 1860. Davon kann man Alpträume bekommen. Trotzdem schläft er ein, erschöpft vom Kampflärm.

Im Palast El Khoury beschließt André nach einem prunkvollen Mahl, Mittagsruhe zu halten, und fällt in tiefen Schlaf. So tief, daß er nicht hört, wie die Tür aufgebrochen wird. Bewaffnete Fedayin dringen in das Haus ein und stellen im Garten eine Kanone auf. »Verschwindet«, schreit Michel. »Ihr habt hier nichts zu suchen.« Der kleine Anführer in Kampfanzug legt mit der MP auf ihn an und brüllt in schlechtem Arabisch: »Wir brauchen dein Haus.« – »Ich werde Abou Amar anrufen.« – »Ich scheiß auf Abou Amar.« Michel verschanzt sich in seinem Arbeitszimmer und bekommt wie durch ein Wunder eine Leitung. »Bei mir sind irgendwelche Kerle, die mein Haus besetzen und uns töten wollen, was soll ich machen?«

Antwort von Abou Amar: »Ich kann sie nicht kontrollieren. Versuchen Sie, durch den Hintereingang zu fliehen. Ich schicke Ihnen einen Trupp.«

Unten zerschlagen die entfesselten Palästinenser die Gläser, schießen mit ihren MPs auf die Lüster, verstreuen das Familienarchiv, gleichzeitig das der Republik, auf dem Boden. André Nametallah erwacht benommen.

Ein Klingelgeräusch weckt John, der über dem Buch eingeschlafen war. Er denkt: Ich muß aufmachen, bevor ihm bewußt wird, daß ihn mitten im Kampf eigentlich niemand besuchen könnte. Die Tür splittert, eine Gruppe bewaffneter Milizsoldaten dringt in das Zimmer ein. John, der mit dem Libanon vertraut ist, erkennt sofort ein linkes Grüppchen, zur Hälfte Schiiten, zur Hälfte libanesische Christen. Er steht in Unterhose und T-Shirt vor ihnen, die Hände über dem Kopf, und beteuert mehrmals: »Sahafi, sahafi«, das arabische Wort für Journalist. Aber einer der uniformierten Burschen findet in seinem Schrank alte Militärdrillichanzüge, aus dem Vietnamkrieg, wo er als Kriegskorrespondent eingesetzt war. Was für ein Einfall, sie mitgenommen zu haben! Die Militärs toben, nennen ihn einen Spion, stoßen ihn zur Treppe. Sie nehmen die Beweisstücke mit sich: seine Schreibmaschine und ein Diktiergerät, das sie für ein Walkie-Talkie halten.

Michel el Khoury, sein Freund André und das Personal verlassen das Haus durch den Hintereingang und klettern mit Hilfe eines wie durch ein Wunder gefundenen Stricks über die Gartenmauer. Aus dem Haus dringt der Lärm zerbrechender Möbel, Kalaschnikowsalven, die auf Fenster, Spiegel, Geschirrstapel und Sammelobjekte abgefeuert werden. Michel denkt an die alten Ophaline, an all die Kunstwerke, die sein Vater und sein Großvater zusammengetragen haben, an die Familienporträts und auch an seinen Keller: Diese Moslems verstehen nichts von Wein, sie werden die edlen Flaschen einfach ausschütten. Als die Aktion vorbei ist, kommt er mit André zurück. Ein Bild der Zerstörung: Nichts blieb übrig. Man hat nicht gestohlen. Man hat zerbrochen, zersplittert, zerstört, selbst die schwersten Möbel in Einzelteile zerlegt, die Bilder sorgfältig zerschnitten, die zarten Statuen mit Kolbenschlägen zerschlagen. Den Tod in der Seele, gehen die beiden Freunde durch die Zimmer, Splitter von Glas und Porzellan knirschen unter ihren Füßen. André beugt sich vor, greift nach etwas, richtet sich triumphierend wieder auf: »Sieh nur, das haben sie vergessen!« Er hält eine kleine Tanagrastatue in der Hand. Heil. Er geht auf Michel zu, sein Fuß rutscht auf einem Splitter aus, er fällt – die Statue zerbricht.

»Gehen wir«, stöhnt Michel. »Niemals komme ich wieder hierher. Man kämpft nicht gegen das Schicksal.«

Ohne daß man sofort versteht, wie und warum, ufert der Krieg aus. Die Altstadt, die Souks, der Platz der Märtyrer gleichen Trümmerflächen, durch die sich nur noch Katzen wagen, unter den Augen der lauernden Schützen. Es scheint, als hätten die Kämpfer der einen wie der anderen Seite ein stillschweigendes Abkommen geschlossen: Das Herz Beiruts bleibt Niemandsland. Auf einem Mauerrest verkündet ein Graffiti: »Wir haben den Libanon aufgebaut, wir werden ihn verbrennen.«

Ende Oktober, Anfang November verlagern sich die Kämpfe in die vornehmen Viertel von El Kantari und umtosen die Hotels am Meer. Chamouns »Tiger« stürmen das Saint-Georges. Die Phalangisten gehen ins Phoenicía, Konkurrenzunternehmen des Saint-Georges, das dessen englischem Charme den Marmor und den Prunk der großen amerikanischen Hotels entgegenstellt. Die Begins nehmen das Holliday Inn. Die Phöniziertstraße, die Königskeller, der Speicher, alle Nachtbars und Luxusrestaurants, Tempel des vornehmen und kosmopolitischen Beirut, werden zu Soldatenquartieren. Die Milizen stellen ihre Maschinengewehre auf den Balkons auf, leeren die Keller, legen ihre Stiefel auf Brokatbetten oder helle Ledercouches. Die Söhne aus guter Familie spielen in Kampfanzügen Jazz auf den Klavieren in der Bar des Saint-Georges. Der einfache Phalangist, oft ein Bauer aus den Bergen, glaubt, die Christenheit gerettet und das Paradies auf Erden gewonnen zu haben.

Auf der anderen Seite haben die Progressiven Palästinenser, linke Libanesen, die den Palästinensern unterstellt sind, im Murrturm Position bezogen, einem sehr hohen, noch unvollendeten Turm. Der Platz ist spartanisch, aber der häßliche Beton hat zwei Vorteile: Er wird die an die Härte der palästinensischen Lager gewöhnten Kämpfer nicht weich machen, und er brennt nicht, wenn er von Brandraketen getroffen wird. Ein entscheidender Faktor.

»Nicolas, kannst du mir erklären, warum die Phalangisten diese Hotels besetzen? Sie sind weder strategische Punkte noch Kriegsbeute noch ... Die Souks sind ja auch nicht strategisch wichtig, warum haben sie sie zerstört?« Der Hotelkrieg hat das Haus der Boulad auf seltsame Weise dichter an die Kampfzone gerückt. Antoine, der in seinem Krankenhaus im Osten der Stadt festsitzt, kommt nicht durch die Straßensperren. Manchmal gelingt es ihm anzurufen, aber er ist verzweifelt, Lola in der Kampflinie zu wissen. Der Krieg bewegt sich wie ein Zyklon, isoliert ein Viertel, entfesselt dort Gewalt und Tod, entfacht seine Macht an anderer Stelle, und das Alltagsleben kommt wieder zu seinem Recht. In einigen Straßen stirbt man, in anderen geht man ins Kino.

Bei den Boulad leben alle im Keller, sogar Tante Charlotte, die zum ersten Mal den Ernst der Lage zu begreifen scheint. Athina, eine orthodoxe Christin, brennt jeden Abend eine Kerze vor ihrer Lieblingsikone ab, dem Heiligen Georg, der den Drachen bezwingt. Zakhiné weist sie bissig darauf hin, daß man die Kerzen besser aufbewahren sollte, um Licht zu haben, falls es irgendwann gar keinen Strom mehr geben wird. Nicolas ist von fieberhafter Erregung erfüllt. Was tut er hier, eingeschlossen in diesen Keller, mit seinem Gipsarm, während seine Kameraden im Murrturm auf einen Überfall warten? Er hört die Granaten und Raketen. »Hörst du Mama, das war ein Granatenabschuß, nebenan, und das, hörst du? Das ist ein Einschlag, ich glaube er kommt vom Murrturm. Es war ganz in der Nähe, vielleicht im Park ... Hast du verstanden? Den Abschuß beachtest du nicht. Bei einem Einschlag wirfst du dich zu Boden.«

»Es sind also deine Kameraden, die uns beschießen? Bravo! Wenn du bei ihnen wärest, würdest du dann mitmachen?« Nicolas sitzt wie auf glühenden Kohlen. Er drückt Lolas Hände, sieht sie so durchdringend an, daß seine Augen wie Karfunkelsteine leuchten. »Mama, ich will niemanden töten. Ich will, daß der Libanon bleibt, was er sein soll: ein Land ohne soziale oder religiöse Diskriminierung. Du verstehst mich doch, sag mir, daß du mich verstehst . . .« Lola hat nicht den Mut, nein zu sagen. Unter den Zügen dieses neuen Nicolas, verhärtet und gereift, findet sie ihren kleinen idealistischen und zärtlichen Jungen wieder, der mit zwölf Jahren einem kleinen Mädchen im Palästinenserlager beim Lesen half . . . Wie könnte sie es nicht verstehen? Sie hat nur Angst um ihn. Angst, er könnte verwundet oder getötet werden natürlich. Aber auch Angst, er wird enttäuscht.

Die Zeit vergeht, die Angst wächst. Das Radio, einzige Verbindung mit der Außenwelt, verbreitet beunruhigende Nachrichten. Man kämpft im Zentrum von Beirut mit der blanken Waffe, man weiß nicht mehr, wo die Demarkationslinien verlaufen, das Phönicía brennt, das Holliday Inn ist eingeschlossen. Die Plünderer sind überall. Um sie abzuschrecken, hat Tanos auf ein Pappschild am Gartentor eine eingerahmte Granate gezeichnet, darüber einen Totenkopf. »Das machen jetzt alle so«, erklärt er, »die Händler legen eine entsicherte Handgranate zwischen das Gitter und die Tür. Das hält die Diebe fern. Aber neulich hat der Bäcker in der Mouradstraße nicht an die Granate gedacht, die er am Vorabend selbst hingelegt hatte. Er ist mit seinem Laden in die Luft geflogen . . .«

Tanos ist über alles auf dem laufenden. Er verschwindet von Zeit zu Zeit »zu Cousins«, kommt unverhofft zurück, mit Lebensmitteln, Wasser, Kerzen und Neuigkeiten. Ein Glück, daß er da ist! »Tanos, wollen Sie nicht nach Hause?« hat ihn Lola gefragt, da sie das schlechte Gewissen überkam. Auf seinem Gesicht erschien ein warmes, fast zärtliches Lächeln: »Sie sind auch meine Familie, Madame Lola. Ich kann Sie hier nicht allein lassen. Vier Frauen! Nein, das kann ich nicht. Gott allein weiß, wann Monsieur Antoine zurückkommt, und Nicolas wird weggehen, sobald er kann. Oh, verzeihen Sie, nicht traurig sein. Man kann einen Jungen in seinem Alter ebensowenig gegen seinen Willen festhalten wie eine wilde Katze in einen Käfig sperren.

Eines Abends, gegen neun Uhr, erhält Nicolas einen langen Telefonanruf. Sein Gesicht leuchtet auf, dann wird es düster. Er antwortet einsilbig: »Wo? Wann? Einverstanden. Und ich? Gut. Ich werde sehen ... Ruf in zehn Mnuten noch mal an.« Mit noch immer leicht hinkendem Schritt geht er zu Tanos, der eine seiner seltsamen kleinen schwarzen Zigarren raucht, die er selbst dreht – Lola verdächtigt ihn, gutes Haschisch aus der Bekaa-Ebene darunterzumischen, »Sahne«, wie man in den Cafés sagte, wenn man eine Narguileh anbot: mit oder ohne Sahne? Langes Getuschel. Tanos stellt kurze Fragen, schüttelt zweifelnd den Kopf. Nicolas kommt zu seiner Mutter, setzt sie in einen Sessel, kauert sich auf ihre Knie. Ein schlechtes Zeichen. Lolas Herz beginnt wie wild zu schlagen.

»Mama, ich bitte dich, bleib ruhig. Also, das war Tony, eben am Telefon. Die Progressiven Palästinenser sind ganz in der Nähe. Im Moment ist es hier ruhig. Aber sie haben die Absicht, morgen früh anzugreifen. Unser Haus steht in ihrer Schußlinie. Tony fleht uns an, heute nacht wegzugehen. In den Osten, nach Achrafieh, in die Wohnung von Marc, wie Tanos vorschlägt. Wir müssen unsere Taschen packen, dürfen aber nur das Wichtigste mitnehmen. Und vor allem müssen wir Tante Charlotte überreden mitzukommen. Ich bleibe hier, ich warte auf sie. Wenn alles gut geht, richten sie hier ihr Hauptquartier ein, dadurch wird das Haus geschützt. Es ist jetzt neun Uhr. Wir haben Zeit bis morgen früh um fünf. Tanos holt das Auto her. Um vier Uhr fahrt ihr los. Tony schickt eine Eskorte, die euch die freien Straßen zeigt, ihr werdet am Museum vorbeifahren. Der Posten dort weiß Bescheid. Dann werdet ihr und Tanos keine Probleme mehr haben ...«

Lola starrt Nicolas an, ohne ihn zu sehen. Erschreckt schüttelt er sie am Arm. »Mama, ich bitte dich, beweg dich, wach auf, sag doch was.« Weggehen, dieses Haus verlassen, das seit Jahren zu ihr gehört – nein, nein, sie kann nicht. Die Vorhänge aus rotem Samt, die Säulen aus milchweißem Marmor, die großen Kupferbecken, die im Schatten glänzen. Sie hat nicht gewußt, daß sie das alles liebt, daß es für sie ein Reich von Süße und Glück bedeutet. Weggehen? Sie stellt sich die verkohlten Mauern vor, die zerbrochenen Sessel, in den Garten geworfen. Diese häßlichen Sessel liegen ihr plötzlich am Herzen.

Sie denkt an Alexandria. Ein zweites Mal die Anker lichten? Unmöglich. »Und wenn wir im Keller bleiben?« fragt sie schwach.

»Zu gefährlich, Mama. Es reicht, daß eine Brandrakete . . .« Das stimmt, das Feuer! Lola hört das Geräusch der Flammen in jener Nacht in den Souks, sie spürt, wie der Brand ihre Wangen erwärmt, sie sieht die Feuerzungen vor sich, die das Dach berühren. Angst überkommt sie, sie springt auf, ihre Energie ist zurückgekehrt.

»Gut, ich gehe hoch und packe die Koffer. Zakhiné, wickle das Silberzeug in die bestickten Tischdecken. Roll sie schön eng zusammen. Athina, Sie kommen mit mir mit.«

Mit zitternden Knien geht Lola die Treppe hoch. Was braucht man zum Überleben. Vor dem offenen Schrank betrachtet sie all ihre Abendkleider, glänzend, idiotisch, unnütz. Ein Pullover, eine Hose. Diese Daimweste. Ihre Hand gleitet über die Kostüme, die Kleider. Sie hat das Gefühl, ihr Leben zu durchblättern, ein leichtes und sorgloses Leben, fern, so fern. Ihre Hand ergreift etwas Weiches, leicht wie eine Flocke: der mit Rotfuchs gefütterte Seidenmantel und das kupferfarbene Kleid, das sie zu jenem Essen in Paris getragen hat, bei den Lacouture. Mein Gott, das war . . . oh, es ist ein Jahrhundert her. Niemals wird sie Philippe wiedersehen, das weiß sie genau. Dieser Mantel wird einen halben Koffer füllen. Egal, sie nimmt ihn mit und das Kleid auch. Und diesen kleinen silbernen Rahmen, den ihr Abel in Kairo geschenkt hat. Auch das schwarze Kleid und die Berberkette, die Philippe ihr bei einem türkischen Händler in Khan Khalil gekauft hat. Den Schmuck, Geschenk von Antoine. Ein rosafarbenes Negligée, das sie liebt, weil es sie an Monas Geburt erinnert. Ihr enges rotes Kleid, das Antoine so gut gefällt. Die Erinnerungen übermannen sie, die Augenblicke des Glücks, die Freuden, die ihr Leben webten.

Es ist vier Uhr. Alle haben sich in der Eingangshalle versammelt, die nur von einer Kerze erhellt wird – der Strom ist mal wieder abgeschaltet. Tante Charlotte hält Nicolas am Arm. Sie wollte ihr Haus nicht verlassen. Sehr entschlossen, einmal ihre Rolle als leichtfertige Frau aufgebend, hat sie erklärt, daß man in ihrem Alter nicht mitten in der Nacht, unter dem Vorwand, es sei Krieg, die Flucht ergreift. »Wenn ich sterben muß, dann lieber hier, in diesem Haus, wo ich mit Emile gelebt habe.« Ihre Stimme klang so ruhig und entschlossen, daß Nicolas nicht zu widersprechen wagte. »Ich passe auf dich auf, Tatie«, und dann umarmte er sie. Zakhiné weigert sich, Charlotte zu verlassen, die sie bei ihrem Vater im Elendsviertel Sabra »gemietet« hatte, als sie noch ein kleines Mädchen war. »Madame hat immer für mich bezahlt«, wiederholt sie eigensinnig. »Und außerdem kann Madame nicht kochen, nicht waschen, nicht nähen. Ohne mich wäre sie wie ein Baby.« Lola sagt sich, daß sie nicht unrecht hat. Außerdem besteht für Zakhiné im Bereich der Moslems keine Gefahr.

Die Koffer sind im Pontiac. Tanos wartet am Steuer. Leise, ohne Scheinwerferlicht, rollen zwei große Autos in die Straße. Das Mondlicht hüllt die Szene in ein unwirkliches Licht. »Das sind sie«, sagt Nicolas. Charlottes Hände, mager wie Vogelfüße, krallen sich um Lolas Arm: »Mein Schatz, mein Schatz, sei vorsichtig«, wiederholt sie immer wieder, die Augen voller Tränen. »Tatie, ich komme zurück. Ich rufe dich an. Bis bald.« Athina umarmt Nicolas, wühlt mit der Hand in seinem schwarzen Haar und streicht seinen Wirbel glatt, wie früher, als er klein war. Der Garten, im Winterschlaf, hat keine Blumen, keine Düfte mehr. Eine Explosion hat die Brunnenschale angeschlagen. Am Gartentor dreht sich Lola noch einmal zu den beiden umschlungenen Gestalten um: Nicolas, er ist so groß geworden, Charlotte an seinem Arm, zerbrechlich und unzerstörbar. Wann wird sie sie wiedersehen? Die Familie bricht auseinander.

Die drei Wagen gleiten zwischen toten Häusern entlang. Kein Licht, kein Geräusch. Als sie am Park vorbeikommen, reckt Lola den Hals: Sie erkennt das dunkle Rechteck des Ladengitters vor dem »Papyrus«, aber daneben gähnt anstelle von »La Licorne« nur noch ein Loch in der schwarzen Hauswand. »Ich hatte es Ihnen erzählt. Wie durch ein Wunder hat Ihre Fassade nichts abbekommen. Aber das Geschäft von Mademoiselle Lili wurde vollkommen ausgeplündert und dann in Brand gesetzt.« Ja, Tanos hatte es gesagt. Aber der Anblick ist dennoch ein Schock. Zum zweiten Mal verschwindet Lili und mit ihr die Erinnerung an ihr verrücktes Lachen, an ihr Geschwätz und ihre Vertraulichkeiten.

Das Auto an der Spitze hält an, eine Hand streckt sich aus dem Fenster, macht eine typisch libanesische Bewegung, die Handlfäche nach vorn, ungeduldiges Winken, »wartet«. Ein Milizsoldat steigt aus. Militärhose, schmutzige Sportschuhe, schwarzes Hemd. Lola weiß nicht, wer er ist, woher er kommt. Er trägt eine Kalaschnikow, also gehört er eher zu den linken Milizen. Die Phalangisten sollen mit M 16 bewaffnet sein. Wenn sie keine anderen Waffen erbeutet haben ... man nimmt, was man bekommt. Der Soldat ist sehr jung, blond, helle Augen, er scheint sehr aufgeregt zu sein. Er wendet sich an Tanos: Dort, in dieser großen Straße, müssen sie Gas geben, auf den Dächern sitzen Scharfschützen. Sie treffen mit ihren Infrarotzielfernrohren auch nachts. Tanos fährt los, sie decken ihn einen Moment, indem sie in die Luft feuern. Er muß Zickzack fahren. Überall sind Granattrichter.

Ein Schuß geht dicht an der Windschutzscheibe vorbei. Sie sind entdeckt. Tanos senkt den Kopf, Athina und Lola beugen sich bis auf die Knie, der Pontiac springt los wie ein Pferd, und sogleich feuern die Kalaschnikows aus allen Rohren. Athina und Lola werden durch die jähen Wendungen aneinandergeworfen, sie kauern sich auf der Rückbank zusammen. Hinter ihnen donnern die Salven. Athina jault wie ein junger Hund. Sie wird doch nicht die Besinnung verlieren! Tanos lacht: »Sie haben einen erwischt.« Vor ihnen fällt ein Körper mit ausgebreiteten Armen vom Dach eines Hauses herunter. »Die Schweinehunde, die Schweinehunde«, flucht Tanos, während er das Lenkrad nach rechts und links reißt. Endlich haben sie es geschafft. Bei dem Wachposten der Phalangisten, über dem ein großes Kreuz steht, das den Gegnern als Zielscheibe zu dienen scheint, denn es hängt schon völlig schief, hält der Pontiac an. Tanos steigt aus und besichtigt das Auto. Drei Kugeln in den Kofferraum, eine in die Beifahrertür. Sie haben Glück gehabt.

Tanos diskutiert mit den Phalangisten und kommt mit zwei Tassen Kaffee zurück. Achrafieh erwacht. Ein Bäcker öffnet seine Rolläden in einer kleinen abschüssigen Gasse. Ein Radio näselt süßliche Schnulzen. Auf der anderen Seite der Linie, im Westen, hört man die ersten Schüsse, gewohnte Ankündigung, daß die Kämpfe weitergehen. Tanos lauscht sachkundig: 120er Granatwerfer, RPG ... die russische Duschka!« Aber der Kampf wirkt unwirklich, fern, wie eine Zumutung, während hier doch alles so friedlich ist. Zum ersten Mal begreift Lola, daß sie soeben eine unsichtbare Front durchquert haben, die zwei Beiruts trennt: Moslems im Westen, Christen im Osten. Dort, der Kampf. Hier, die Ruhe, eine unglaubliche, ungewohnte Ruhe, eine Stille, die sie stärker betäubt als die Einschläge der Granaten.

Der schwarze BMW hat an diesem Sonnabend, dem 6. Dezember, vor dem Sankt-Joseph-Hospital in Dora angehalten. Es ist zehn Uhr. Die Menge drängt sich. Seit einer Stunde quillt ein unaufhörlicher Strom von Toten und Verwundeten in das orthodoxe Krankenhaus. Ein korpulenter Mann in dunklem Anzug steigt aus, läuft die Stufen hinauf, stürzt sich auf zwei Polizisten, die den Eingang bewachen: »Mein Sohn, ich will meinen Sohn sehen!« schreit er. Die Tür öffnet sich einen Spalt, eine Krankenschwester streckt den Kopf raus: »Warten Sie einen Augenblick, Herr Saadé, wir bereiten die Toten vor.« – »Ich will sie sehen, sofort«, schreit Joseph, und da einer der Polizisten Anstalten macht, ihn am Arm festzuhalten, zieht er seinen Revolver und schüttelt die erschreckte Krankenschwester: »Bringen Sie mich zur Leichenhalle.« – »Aber so kann man sie nicht ansehen!« – »Nicht ansehen? Ich will sehen, wie sie zugerichtet wurden ...«

Vier nackte Körper, ausgestreckt auf dem kalten Metall. Vier junge Männer, entsetzlich verstümmelt, aufgeschlitzte Hüften, abgeschnittene Arme, von Axtschlägen entstellt ... Jo sieht sie an, spricht mit ihnen, läuft um sie herum. Das Rückgrat von Roland, seinem zweiten Sohn, ist wie von einer Machete zerstückelt, und sein Mund mit den eingeschlagenen Zähnen ist zu einem schrecklichen Lächeln verzerrt. Jo küßt ihn, weint, läuft im Kreis wie ein Löwe im Käfig ... »Roland, erst töteten sie Elie, und jetzt haben sie dich ermordet! Ich werde deine Mörder finden, ich werde sie mit meinen Händen töten! Ich werde den Rest meines Lebens darauf verwenden, mein Leben ist zu Ende, denn meine beiden Söhne sind tot, und niemand wird je wieder meinen Namen tragen ... Wir werden euch rächen, meine Kleinen. Für jeden von euch haben wir schon fünfzig erwischt, und es geht weiter ...«

Vier Stunden zuvor hatte Jo erfahren, daß Roland und seine Freunde, die am Vorabend ins Kino nach Broumana fahren wollten, noch immer nicht zurückgekehrt waren. Um acht Uhr früh stürmte er in das Büro von Pierre Gemayel. »Was fällt Ihnen ein?« schrie Gemayel, der von seinem gesamten Politbüro umgeben war. »Scheich Pierre, wenn man mir nicht meinen zweiten Sohn Roland zurückgibt, wird es zu einem Massaker kommen, verstehen Sie? Ein Massaker.« Aber Scheich Pierre antwortet nicht: Er erhält eben einen Anruf aus Damaskus, wo ihn Hafez el Assad zu einem Treffen erwartet, das ihre letzte Chance sein könnte. Jo wird brutal vor die Tür gesetzt.

Zehn Minuten später kommt er in das Hauptquartier der Begin. Er brüllt: »Schweinebande, feige! Ihr schwatzt hier seelenruhig herum, während eure Kameraden entführt, vielleicht getötet wurden! Diese Partei ist nur ein Haufen von Feiglingen! Eure Mütter haben euch wohl mit Hunden gezeugt ...« Ein Murmeln geht durch die Reihen, schwillt an: »Rache, Rache!«

Trunken vor Wut, stürzen sich die Begin wie Raubvögel auf Beirut. Fünf ihrer Männer wurden entführt. Das heißt, das sie Geiseln nehmen müssen, als Wechselgeld. Sie postieren sich an der Ecke Zollstraße und Charles-Helou-Straße und halten den ersten Autobus an, der vorbeikommt: Die Fahrgäste sind Schiiten. Man zerrt sie aus dem Bus, wirft sie in Büros oder Keller, die Jacken über dem Gesicht zusammengebunden. Wer sich verteidigen will, wird an Ort und Stelle getötet. Die ersten Leichen bedecken die Straße.

Aber es wird keinen Austausch geben. Ein Phalangist schreit: »Sie sind tot! Man hat ihre Körper in Fanar gefunden.« Er wirft Jo das blutige Hemd seines Sohnes Roland zu. Nun beginnt das Massaker. Die Begin stürzen in die Keller, leeren ihre Magazine auf die zusammengepferchten Geiseln. Bald watet man im Blut. Draußen halten andere Begin alle Passanten an: »Moslem?« Bevor er begreift, was vor sich geht, wird der Unglückliche von einer Kugel niedergestreckt. In der Charles-Helou-Straße versuchen die verängstigten Fahrer ihre Autos zu verlassen, die in einem riesigen Stau stehen. Schreiende Frauen auf den Balkons. Die Hysterie gewinnt Oberhand. Jo und die Begin hören nichts, sie töten die Moslems. Ein Phalangistenführer kommt vom Hafen, er findet Jo: »Hör auf, du bist verrückt geworden, du wirst die ganze Stadt in Blut und Asche versinken lassen, das ist nicht der richtige Moment, Scheich Pierre ist in Damaskus.« Nicht der Moment? Es ist immer richtig, sich zu rächen. Jo schießt wortlos auf die Füße des Funktionärs. Zwei Stunden lang dreht sich das schlimmste Karussel des Todes, das Beirut bisher erlebt hat. Dreihundert Moslems werden in wenigen Stunden niedergemetzelt, mitten in der Stadt, wie es gerade kommt, auf den Straßen, auf dem Bürgersteig, in ihren Autos. Hunderte werden entführt. Panik herrscht in der Stadt. Ist es eine Provokation, ein absichtlicher Anschlag, um den Waffenstillstand, der an diesem Tag in Damaskus ausgehandelt werden soll, zu verhindern?

An diesem schwarzen Samstag wird eine neue Seite aufgeschlagen. Man ist von den Zusammenstößen zwischen Soldaten zum Massaker an Zivilisten übergegangen. Tausende von Christen, die noch im Westen leben, verbarrikadieren sich in ihren Häusern: Die Antwort der Moslems wird schrecklich sein. Je mehr moslemische Leichen eintreffen, je lauter die spitzen Schreie und die Trauersalven werden, desto deutlicher spürt man das Pogrom kommen.

Arafat und Joumblatt treffen zu einer Dringlichkeitssitzung zusammen. Arafat will kein Massaker an den Christen in seinem

Lager, und es gelingt ihm schließlich, Joumblatt zu überzeugen, den es drängt, seine alten Rechnungen mit den Maroniten zu begleichen, daß es in beiderseitigem Interesse ist, lieber eine Militäraktion vorzubereiten.

Am Sonntag, 7. Dezember, greifen deshalb die Progressiven Palästinenser an der Front der großen Hotels im Stadtzentrum an. Die Schlacht um Beirut beginnt. Die Phalangisten weichen zurück, geben das Saint-Georges den Flammen preis, die von diesem Ort der Träume nur verrußte Ruinen übriglassen. Man beschießt sich mit Maschinengewehren in den Gängen des Phönicia, wo das Feuer die lächerlich gewordenen Alarmanlagen auslöst. In den verlassenen Straßen kämpft man um jedes Haus. Im »Orient-le-Jour« prangt die Überschrift »Noch immer ein Inferno« oder »Beirut ist ein Alptraum«. Der Gestank der aufgestapelten Leichen vergiftet die Luft, ohne den Rauch oder den Geruch des Pulvers zu überdecken.

Ist das die Apokalypse? Noch nicht. Meter für Meter gehen die Palästinenser vorwärts, geführt von den »Mourabitouns«, den moslemischen Milizen Nassers. Die Christen verlieren an Boden. Der Schraubstock wird immer enger. Achrafieh bereitet sich auf das Schlimmste vor. Die Waffenpausen werden immer kürzer – einige Tage, dann einige Stunden, gerade Zeit, die Verletzten aufzusammeln und sich mit neuer Munition zu versorgen. Die Frauen stürzen los, um von fliegenden Händlern, die plötzlich zwischen den Ruinen auftauchen, Brot und Tomaten zu kaufen. Kinder rennen von einer Wasserstelle zur anderen, Kanister oder Eimer in der Hand. Wer zu langsam ist, wird von den ersten Granaten niedergemäht, mit denen sich die Wiederaufnahme der Kämpfe ankündigt. Die Christen werden bald am Ende sein.

Es bleibt ihnen nur ein Ausweg, »die Riegel der Palästinenser in die Luft zu sprengen«, das heißt die Flüchtlingslager, die jede Verbindung zwischen Achrafieh und den Bergen von Kesrouan, dem christlichen Hinterland, versperren. Bechir Gemayel, der Gebietskommandeur, leitet die Operation. Es wird die wahnsinnigste, die mörderischste Schlacht, die man sich je geliefert hat. Am 14. Januar besetzt die Kataeb das Palästinenserlager Dbayé. Am 15. umzingeln und bombardieren die Palästinenser zur Vergeltung die kleine Christenstadt Damour im Süden von Beirut. Am Montag, 19. Januar, wird das schlafende Beirut um vier Uhr früh von einer dumpfen Kanonade geweckt. In der hellen Nacht sieht man, wie sich am Meer die ersten Brände erheben. »Das war die Karantina«, sagen jene, die aufzustehen wagen, um nachzusehen. Die Karantina, »widerlicher Riegel vor unseren Verbindungswegen«, wie Bechir Gemayel sagt, ist nur ein elendes Viertel aus Wellblechhütten, wo etwa dreißigtausend schiitische Moslems, Kurden und ein paar Armenier leben. Aber seit kurzem haben sich die Palästinenser dort eingenistet, und sie nehmen eine strategische Brücke unter Feuer, über die alle Kriegskorrespondenten, Angst im Leib, täglich mit Vollgas rasen.

An diesem 19. Januar, frühmorgens, strömen die christlichen Truppen mit Kanonen, Jeeps, Maschinengewehren, Messern und Äxten in die Karantina. Mit Fußtritten stoßen sie die Türen auf, werfen eine Granate, ziehen weiter. Die Zivilisten werden zwischen Palästinensern, die Widerstand leisten, und Phalangisten, die angreifen, förmlich zermalmt. Man tötet kranke Männer, man bringt – manchmal – Frauen und Kinder in vollgestopften Lastwagen zur Kreuzung vor dem Museum. Nach drei Tagen des Kampfes werden die in eine Matratzenfabrik mit dem Namen »sleep comfort« zurückgedrängten Palästinenser bis auf den letzten Mann vernichtet. Szenen des Horrors und des Terrors, die um die Welt gehen: Die Phalangisten, trunken vor Freude nach diesem Sieg, lassen sich fotografieren, ein Holzkreuz um den Hals, das Bild der Jungfrau auf ihren MPs, wie sie auf Bergen von Leichen stehen und Champagner trinken. Einer spielt Gitarre, den Fuß auf einer Leiche. Im Hintergrund sehen die Moslems, die Hände hinter dem Rücken gefesselt, an einer Wand ihrer Erschießung entgegen. Niemand dort versteht, was an diesen Bildern schockierend sein könnte ...

Fast gleichzeitig greifen die Palästinenser das eingeschlossene Damour an. Am Abend des 19. Januar beginnt die Stadt zu brennen. Die Bewohner, Christen, sitzen in der Falle: Ihre einzige Ausflucht wäre das Meer, aber das Wetter ist schlecht und kein Boot kann ausfahren. Ein mächtiger Sturm hindert die Armeehubschrauber daran, die Verwundeten zu evakuieren. Eine Nacht und einen Tag lang sprengen und verbrennen die Palästinenser systematisch die Häuser, töten alle Christen, auch Frauen und Kinder, die zu entkommen versuchen. Auch dort Horror, weniger bekannt als der in der Karantina, denn die Fotografen treffen erst später ein, wenn die Toten sorgfältig auf dem Rasen oder in den Massengräbern liegen.

Aber töten reicht nicht mehr aus. Man muß jede Spur beseitigen, jede Erinnerung an die verhaßten Plätze auslöschen. In Damour stürzen Schwärme von Palästinensern in die zerstörten Häuser und nehmen alles mit, was man mitnehmen oder herausreißen kann – bis hin zu Dachziegeln, Wasserrohren, Gartenbäumen. In der Karantina wird das gesamte Lager mit Bulldozern weggerissen, plattgewalzt, eingeebnet. Wie es der alte Fluch will, verstreut man Salz. In Damour hat die Hand eines Palästinensers arabisch auf die Ruinen geschrieben: »Wir zeichnen unseren Weg mit einem Meer von Blut.« Bevor man in der Karantina die Moschee in die Luft sprengt, reißt ein Phalangist den Kupfermond auf dem Minarett ab und schenkt ihn Joseph Saadé.

Der Libanon versinkt in Wahnsinn und Schande. Die später abgegebenen Erklärungen und Rechtfertigungen werden nichts daran ändern. Von nun an reimt sich für die ganze Welt, und für die Libanesen selbst, Damour mit Oradour, Karantina mit Guernica.

23

Westbeirut, 5. Februar 1976

Die zweite Schachtel Zigaretten. Die dritte Cola. Anne sitzt vor ihrer Schreibmaschine und hofft auf eine Inspiration. Ihr bleiben drei Stunden, nein, dank der Zeitverschiebung vier, um ihren Artikel abzuschicken. Sie wühlt in ihren Notizen, ausgebreitet auf dem Frisiertisch aus Marmor, der ihr als Schreibtisch dient: Das Hotel Commodore, mitten in Westbeirut, bietet nicht die Bequemlichkeit des Saint-Georges, dessen verkohlte Silhouette mit den gähnenden Fenstern am Meer zu erkennen ist. Das Commodore ist zur neuen Drehscheibe der Informationen, zur Nachrichtenbörse geworden, das Hotel, in dem sich die Journalisten, von einem untrüglichen Instinkt getrieben, in Krisenzeiten versammeln.

An Neuigkeiten herrscht kein Mangel. Der Krieg geht weiter, die Protagonisten wechseln, wie in einer klassischen Quadrille. Die Feuerpausen folgen aufeinander – man dürfte jetzt wohl bei der zweiundvierzigsten sein –, und niemand kümmert sich mehr darum, außer den Bäckern, die sie nutzen, um ihre Brote zu backen, und den Sprechern der verschiedenen Parteien, die versuchen, die Presse zu beeinflussen.

Anne zögert. »Entwirren Sie mir diese libanesische Geschichte, aber machen Sie es plausibel«, hat ihr der Chefredakteur gesagt. Wie soll man plausibel über den blanken Wahnsinn berichten, den Geruch des Blutes, diese Kämpfer, die töten und sterben und dabei vergessen haben, wofür sie sich schlagen? Über diese wilden Massaker, die man sich in endloser Vergeltung liefert, eins so grausam wie das andere? Wie soll man erklären, daß die Barbarei, die Vendetta, die Folter jetzt ebenso zum libanesischen Leben gehören wie der

Strand, die Sonne oder die Momente der Ruhe, wenn der Scharfschütze zu seiner Mutter geht, um sie zu umarmen . . .

Anne schreibt, beschreibt, sucht nach dem erklärenden Detail, dem schockierenden Bild, der Formulierung, die mit drei Worten alles sagt. Das Telefon klingelt stockend.

»Anne, hier ist Pautard. Willst du zu uns kommen? Thierry und ich gehen auf ein Glas ins Marly. Dort sind irgendwelche Kerle von der PFLP. Es ist nicht weit, aber zieh dir flache Schuhe an, vielleicht müssen wir rennen.« Dieser André, immer pessimistisch. Theoretisch herrscht im Moment eine Waffenruhe. Aber schließlich kann es nichts schaden, die Schuhe zu wechseln.

Im Hotel Marly, dem Treffpunkt der libanesischen Linken, hat man die Bar in der ersten Etage eingerichtet. Eine kleine Gruppe besetzt die weichen Sessel. Die in Kriegszeiten übliche Fauna: drei Italiener der Banco di Roma, ein Journalist der »Repubblica«, zwei Mitarbeiter von IBM, die, wie jeder weiß, zum CIA gehören, ein unbekannter Jugoslawe, eine Engländerin, militante Anhängerin der Palästinenser, in langem Zigeunerkleid. Und Tony, der halboffizielle Sprecher der PFLP, begleitet von einem jungen Mann, den er der Runde vorstellt: »Nicolas Boulad. Er gehört zu uns.« Boulad? Dieser Name erinnert Anne an irgend etwas. Aber sie ist sich fast sicher, diesen Burschen noch nie gesehen zu haben. Sie hätte sich an seine erstaunlich grünen Augen erinnert.

Nick Charki kommt aus Syrien. »Wenn ihr Damaskus sehen würdet! Kein Hotelzimmer mehr, keine Wohnung, die libanesischen Flüchtlinge sind überall. Es gibt sogar Staus, wie in Beirut. Ich muß sagen, daß Damaskus dadurch fröhlicher wirkt.«

»Was meinst du«, fragt Pautard, Korrespondent des »Express«, »werden die Syrer in den Libanon einmarschieren?«

»Ich glaube ja«, antwortet Nick, »sie warten nur auf ein Zeichen, um die libanesischen Christen vor dem sicheren Untergang zu retten. Nein, nicht aus Liebe zu ihnen! Aber ein Sieg Arafats würde Syrien stören. Hafez ist zu schlau um zuzulassen, daß die Palästinenser diese Schlacht gewinnen. Den Libanon hebt er sich auf. Für später . . .«

»Also sollten uns die Syrer fallenlassen? Das ist unmöglich ...«, murmelt der junge Mann mit den grünen Augen.

Der Etagenboy, ein Druse, kommt angerannt.

»Monsieur Boulad, Sie werden an der Rezeption verlangt.

Nicolas folgt ihm die Treppe hinunter. Anne wendet sich an Tony: »Dieser Bursche, ist das nicht der Sohn von Lola Boulad?« Tony ist verlegen. Ja, Nicolas Boulad ist der Sohn von Lola. Er kämpft in der PFLP. Aber soll er das Anne sagen? Er hätte Nicolas heute nicht mitbringen sollen.

»Walid! Wie geht's? Was machst du hier? Du wolltest mich sehen?« Walid, ein großer magerer Typ, früherer Studienkollege, lächelt Nicolas an. »Ich kam gerade vorbei, und man hat mir gesagt, daß du hier bist. Kommst du einen Moment mit raus?« – »Warte eine Sekunde, ich hole meine Jacke und meine Papiere.«

In der Sackgasse vor dem Marly parkt ein Auto. Der Portier fragt sich, wie ein so dicker Mercedes im Rückwärtsgang in eine so kleine Gasse hereinkommen konnte. Plötzlich springen zwei bewaffnete Männer aus dem Wagen, packen Nicolas am Arm, stoßen ihn ins Auto. Walid rennt davon. Das Auto fährt mit einem Ruck an und biegt scharf ab, es riecht nach verbranntem Gummi. Der Portier wirft sich hinter den Tresen. Meistens geben die Entführer zur Sicherheit ein paar Salven ab, wenn sie losfahren. Das Auto verschwindet in der Hamrastraße.

»Schnell, schnell, sie haben Nicolas entführt.« Alle springen auf. Wer hat ihn entführt? Wie viele waren es? In was für einem Auto? Tony ist blaß. Kalter Schweiß rinnt ihm über den Rücken. Nein, mitten im Gebiet der Moslems können die Entführer keine Phalangisten oder christlichen Milizen sein. Wer dann? Die Palästinenser? Aber Nicolas arbeitet für sie. Eine unabhängige Gruppe? Die sind die gefährlichsten. Sie entführen, um Lösegelder zu erpressen, aber wenn die Operation scheitert, zögern sie nicht, zu töten. Wen soll er alarmieren? Alle.

Thierry Desjardins ruft Yazid an, den algerischen Botschafter, der alle linken Gruppen und Grüppchen kennt. Pautard telefoniert mit

Raymond Eddé, der im Westteil geblieben ist und ein gut funktionierendes Informationsnetz hat. Tony alarmiert alle Freunde, bei der PLO, beim »Orient«, in den politischen Generalstäben, bei den Wachhabenden der Milizen, den Krankenhäusern. Nichts. Jetzt muß er Antoine und Lola informieren.

Antoines warme Stimme in der Leitung. »Doktor Boulad, ich habe eine schlechte Nachricht ... Nicolas wurde entführt, eben, vor dem Hotel Marly.« Tony hört einen herzzerreißenden Schrei. Lola ... »Ich komme«, sagt Antoine. »Aber Sie kommen nicht durch die Straßensperren.« – »Doch, mit meinem schiitischen Pfleger und einem Krankenwagen geht es. Warten Sie im Marly auf mich, Tony, rühren Sie sich dort nicht weg. Jetzt ist es Mitternacht. In einer Stunde bin ich da.«

Nicolas hat nicht gleich begriffen. Drei Sekunden glaubt er an einen Irrtum: Warum sollte man ihn entführen, in diesem Viertel, das von seinen Leuten kontrolliert wird? Sie sitzen zu viert im Auto. Rechts und links von ihm zwei Typen in Zivil, die Kalaschnikow quer über der Brust. Der Chauffeur ist unbewaffnet. Nicolas kennt niemanden. Die Entführer tragen keine Uniformen, aber der Mann auf dem Beifahrersitz hat ein Khakiblouson an, auf dem Rücken erkennt man die Spuren eines abgerissenen Aufnähers. Keine Panik. Lieber angreifen: »Wer seid ihr? Warum entführt ihr mich? Ich kann euch zu nichts nutzen. Ich bin kein Kämpfer. Auch kein Politiker. Ihr werdet mich niemals austauschen können.«

Diese lächerlichen Worte fallen wie Steine in einen tiefen Brunnen. Der Fahrer nimmt die Hamrastraße, fährt die Verdunstraße hinauf. Nicolas bewegt sich. Sein ganzer Körper beginnt zu schwitzen. Seine Hände sind feucht. Er hat Angst, wie er noch nie Angst gehabt hat. Das schlimmste ist auf jeden Fall das Schweigen, die fehlende Luft und seine Lage, eingeklemmt zwischen den beiden Männern auf der Rückbank. Funktionäre des Verbrechens, sagt er sich, und er erinnert sich an ein Gespräch, das er in Chiah mit einem Scharfschützen geführt hat: »Warum tust du das?« – »Es ist meine Arbeit, ich werde dafür bezahlt«, hatte der andere geantwortet, als wäre es die normalste Sache der Welt, als hätte er gesagt, ich bin Taxifahrer oder Elektriker. Werden sie ihn jetzt oder später töten? Der Mann vorn scheint der Anführer zu sein. Ohne Nicolas anzusehen, befiehlt er: »Legt ihm die Binde an.« Palästinensischer Akzent. Palästinenser? Warum sie? Nicolas hat gerade noch Zeit, das von Scheinwerfern angestrahlte Gymnasium des Carmel zu erkennen. Sein linker Nachbar legt die Kalaschnikow auf die Knie, zieht aus seiner Tasche ein schmutziges schwarzes Tuch, legt es um Nicolas' Augen und knotet es fest hinter dem Kopf zusammen, zerrt dabei an seinen Haaren. Das ist eigentlich ein gutes Zeichen. Sie werden ihn also nicht sofort töten und seinen Körper auf den Bürgersteig werfen, wie jene Leichen, die man jeden Morgen finden kann.

Sie bringen ihn irgendwohin. Nach Tell er Zatar. Das ist nicht der richtige Weg. Woandershin also ... Aber was haben sie vor? Ihn verhören natürlich. Er kennt die Palästinenser gut genug, um zu wissen, daß ihre Operationen niemals ohne Sinn sind. Sie töten nur mit gutem Grund: um Informationen zu erhalten beispielsweise ... Eine neue Welle eisigen Schweißes überschwemmt seinen Rücken, er spürt, daß er zu zittern beginnt. Wenn sie ihn zum Sprechen bringen wollen (worüber?), werden sie ihn foltern. Nein, nur das nicht! Zum ersten Mal fühlt er sich allein, verlassen, ein kleiner Junge, wie früher. Folter! Er will dieses Wort aus seinen Gedanken verdrängen, aber es kommt mit einem entsetzlich deutlichen Bild zurück: dem Bild des Mannes, den er früh am Morgen vor dem Sitz der PFLP gefunden hat, verstümmelt, halbnackt, mit hervorquellenden Augen, seinen blutigen Penis im Mund ... Er hatte sich abgewandt und sich übergeben, die Kameraden lachten: »Deine Feuertaufe, Kleiner.«

Das Auto hält. Man zerrt ihn brutal heraus, stößt ihn vorwärts. Der Geruch ist vertraut ... Holzkohle, Primasprit, das ist ein Lager, ein Palästinenserlager. Unter seinen Füßen Schlamm, den er sogleich wiedererkennt, Straßen aus festgestampfter Erde, durchnäßt vom Winterregen. Ein Haus. Sein Wächter umklammert seinen Arm mit harter Hand. Sie gehen weiter, betreten etwas Enges,

Metallisches, das sich nach oben bewegt. Ein Fahrstuhl. Es gibt keine Fahrstühle in den Lagern, nur in Sabra. Ja, er muß in dem Haus in Sabra sein, in dem sich die Büros der Palästinenserorganisationen befinden. Er begreift immer weniger und versucht zu sprechen: »Ihr irrt euch, ich bin . . .« – »Schnauze!« schreit sein Begleiter drohend auf arabisch.

Sie verlassen den Fahrstuhl. Ein Strom von frischer Luft, voller Süße, berührt sein Gesicht. Die Meeresbrise, mit ihrem Nachgeschmack von Salz und Jod, leicht bitter von den Pinien, über die sie geweht ist. Nicolas berauscht sich einen Augenblick daran. Dann bekommt er Angst: Sie sind auf einer Terrasse, er ist sicher. Sein Wächter schiebt ihn vorwärts, er leistet Widerstand. Werden sie ihn runterwerfen? Jetzt sind es zwei, die ihn an den Armen nehmen, hochheben, weiterzerren, seine Füße schleifen über eine rauhe Fläche. Zement. Dann plötzlich nichts mehr. Man läßt ihn über der Leere schaukeln. Eine wahnsinnige Idee schießt ihm durch den Kopf: Vor zwei Jahren hat er sich bei einem Skiunfall die Schulter ausgerenkt: »Paßt auf meine linke Schulter auf«, hört er sich sagen, »sie rutscht manchmal aus dem Gelenk.« Er spürt, daß man ihn hinstellt, fühlt wieder Boden unter den Füßen. Das Tuch über den Augen tut ihm weh. Zu eng. Unter den gequetschten Lidern funkeln rote Kreise, zucken weiße Blitze. Seine Beine zittern. Einfach ausstrecken und schlafen.

Verzweifelt wacht Nicolas auf. Wie spät ist es? Unmöglich, die Augen zu öffnen, die Hände zu bewegen. An ein Bett gefesselt, die Augen noch immer verbunden . . . Nicolas erinnert sich plötzlich. Das Verhör. »Wer bist du? Wo wohnst du?« Es sind zwei, die abwechselnd ihre idiotischen Fragen brüllen. Er antwortet: »Ich gehöre zur PFLP.« Eine Ohrfeige trifft ihn mit aller Gewalt. Er sieht nichts, aber er spürt die nächste Ohrfeige kommen. Sie tut weniger weh, er hatte sie erwartet. »Du willst mich verscheißern, kleiner Schwachkopf.« Der Kerl spricht manchmal französisch, rollt das R wie die Palästinenser. »Nein, ich beantworte deine Frage.« Eine Hand schüttelt ihn. »Du lügst, du bist nichts als ein dreckiger

Isolationist, ein Christenhund, ein Verräter. Wir werden dich abknallen, aber vorher wirst du reden, verstehst du, du Hurensohn!« Er ist wieder zum Arabischen übergegangen, das reicher an Flüchen ist.

Nicolas ist am Ende, er hat Lust zu weinen. Glücklicherweise drückt das Tuch so sehr, daß er an nichts anderes als an seine schmerzenden Augen denken kann. Nicht bewegen, sich nichts anmerken lassen. Die Schläge ignorieren, nichts hören, sich von der Welt abschneiden. Er kann sich keinen anderen Weg vorstellen, um zu überleben.

Dann hat ihn jemand auf dieses Feldbett geworfen. Wie lange liegt er schon hier? Nebenan brüllt ein Mann. Unerträgliche Schreie. Diese Stimme ... Nicolas kommt sie bekannt vor. Als sie in dumpfem Schluchzen und unverständlichem Gestammel untergeht, glaubt er zu wissen, wer hinter dieser Mauer liegt: ein belgischer Journalist, seit einem Monat entführt, niemand hat Nachricht von ihm ... Ein schwerer Schritt nähert sich dem Bett. Eine Hand rüttelt ihn. Er kann dem Fußtritt in den Bauch nicht ausweichen und schreit ungewollt auf.

Noch ein Verhör. Ein Moustapha, der sich ordentlich vorgestellt hat. Diesmal Zuvorkommenheit, Freundschaft. »Hab keine Angst, du kannst uns alles erzählen.« – »Was soll ich euch denn erzählen?« – »Was du über die Kataeb, über ihre Organisationen weißt.« – »Ich verstehe nicht einmal, was Sie sagen wollen ...« – »Komm, beruhige dich, willst du eine Zigarette? Nimm ...« Er schiebt ihm eine brennende Zigarette in den Mund. »Komm schon, wäre es nicht einfacher zu reden?«

Wieder das Feldbett. Schläge. Nicolas liegt zusammengekrümmt auf der Seite. Die Zeit vergeht. Der andere Gefangene hinter der Mauer hechelt seltsam. Nicolas hat Durst, keinen Hunger, aber furchtbaren Durst, die Luft, die er unter Schmerzen einatmet, brennt in seiner ausgetrockneten Kehle. Seine beiden Wärter lassen ihn ausruhen, dann nehmen sie ihn sich wieder vor, wechseln sich ab. Immer Moustapha, der Freundliche, und der andere, der Böse. Nicolas versucht die Zeit zu schätzen. Wie lange ist er schon hier?

Wissen seine Eltern, daß er entführt wurde? Und seine Freunde? Und die Journalisten? Das ist seine letzte Hoffnung.

Antoine ist mit einem alten Krankenwagen des Roten Kreuz vor dem Marly angekommen. Pautard und Desjardins sind zu Mohammed Yazid gefahren, dem besten Fürsprecher bei den Palästinensern. Eigentlich können es nur die Palästinenser sein, denn es gibt keine Lösegeldforderung. Aber welche Gruppe? Raymond Eddé kommt mit verschiedenen Listen in der Hand ins Marly. »Telefonieren hat keinen Zweck«, sagt er. »Wir müssen zu den Führern der verschiedenen Organisationen gehen, zumindest zu denen, die wir kennen und an die man rankommt. Manchen, den kleinen Bandenführern in den Wohnvierteln, muß man Geld anbieten.« – »Das dachte ich mir«, sagt Antoine. »Hier, Raymond, ich habe die Geldscheine vorbereitet.« Tony kommt mit verstörtem Blick aus der Telefonzelle hinter der Bar: »Anscheinend sind es diese Kerle von Georges Habache ... Ich kann es einfach nicht glauben. Nicolas kannte sie doch alle.«

Antoine hebt den Kopf. »Habache? Ich habe ihn behandelt, als er im letzten Jahr verwundet wurde. Wo ist er?« Schwer zu finden. Habache schläft niemals zwei Nächte hintereinander in demselben Bett, aus Furcht vor Attentaten. Der einzige, der ihn schnell erreichen kann, ist Yazid. Es ist drei Uhr früh, aber Pautard und Desjardins müssen schon in der algerischen Botschaft angekommen sein. »Ich fahre hin«, sagt Antoine.

Zu Tode erschöpft, grün und blau geschlagen, liegt Nicolas ohne Bewußtsein auf dem Bett. Eine Ohrfeige weckt ihn: »Hier wird geschlafen? Kommt nicht in Frage. Los, gehen wir. Vorwärts, Christenhund, du wirst deiner Religion und deinem Gott abschwören oder ich erwürge dich mit meinen eigenen Händen.« Das ist ein Neuer. Er stinkt nach Zwiebeln, und dieser widerliche Geruch läßt Nicolas plötzlich aufbegehren. Wie lange soll diese Qual noch dauern? Wenn sie ihn töten wollen, sollen sie ihn töten. Er hat genug davon, beschuldigt, geschlagen, beschimpft zu werden, ohne überhaupt zu wissen, warum. Er erhebt sich wie ein Blinder und brüllt: »Ich glaube nicht an Christus, aber ich werde ihm nicht abschwören. Schweinehunde! Ihr seid Palästinenser, ihr haltet euch für Linke, und so weit ist es mit euch gekommen. Letzten Endes wollt ihr keine Revolution, sondern einen Glaubenskrieg. Ihr habt mich schön getäuscht mit eurer Ideologie.« Eine Tür geht auf, eine andere, schroffe Stimme: »Was geht hier vor?« Nicolas ist nicht mehr zu bremsen: »Palästinenser, daß ich nicht lache! Ihr seid Gauner, Hurensöhne.« – »Schweig, wir sind von der PFLP.« – »Ach ja? Ich glaube kein Wort. Ich kenne sie alle, die Kerle von der PFLP, sie sind meine Kameraden. Sie hätten mich niemals entführt, geschlagen, mir die Augen verbunden!« Irgendwer beugt sich über Nicolas, reißt das Tuch auf. »Erkennst du mich?« Natürlich. Bechir Touma. Sein Freund Bechir. Also ist es wirklich die PFLP, die ihn entführt hat.

Betäubt fällt Nicolas auf das Bett zurück. Seine Welt bricht zusammen.

»Mein Alter, du sitzt ganz schön in der Tinte. Das Büro klagt dich der Spionage für die Israelis an. Du sollst vor kurzem einen Koffer und Geld nach Paris geschickt haben.«

»Ihr seid ja verrückt. Meine Schwester ist in Paris, sie hat mich gebeten, ihr ein paar Winterpullover zu schicken, und ich habe etwas Geld dazugelegt, ja, etwa tausend Franc. Glaubst du, damit kann man ein Informantennetz bezahlen?«

»Du mußt verstehen, die Vorwürfe schienen sehr ernst. Wir brauchten Zeit, um sie zu überprüfen...«

»Was? Zeit, um sie zu überprüfen? Und wenn ich unter euren Händen krepiert wäre, wenn die anderen Schwachköpfe ihre Beute losgelassen hätten, als sie mich über dem Abgrund schwenkten? Ihr seid einfach Kriminelle! Und der da, der mich zwingen will, meiner Religion abzuschwören. Ich dachte, in eurem Kampf geht es nicht um die Religion. Bravo!«

»Der Kerl da ist ein einfacher Fedayin, er hat sich bei dir geirrt, das ist alles. Hör zu, wir bringen dich zurück. Du hast nichts zu fürchten. Georges Habache selbst hat uns befohlen, dich freizulassen. Komm morgen auf einen Tee vorbei.«

In dem Jeep, der ihn aus Sabra herausbringt, schweigt Nicolas niedergeschlagen vor sich hin. Hinter ihm sitzt ein fünfzehnjähriger Bursche, schwarze Sonnenbrille, Kalaschnikow in der Hand, er hält sich für Rambo und klopft ihm auf die Schulter: »Siehst du, es ist gut, daß wir geredet haben, sonst wärst du schon liquidiert.« Nicolas ballt die Fäuste, um nicht zuzuschlagen. Sie halten zwanzig Meter vom Marly entfernt. Nicolas steigt aus und geht allein auf das Hotel zu. Seine Halsmuskeln sind zum Zerreißen gespannt. Jetzt, da er weiß, wo sie sind und was sie machen, werden sie ihn sicher umlegen. Er erwartet die Kugel, die ihn in den Rücken treffen wird. Bloß nicht schneller laufen.

Das Hotel, die Halle. Der drusische Junge an der Rezeption schreit: »Er ist da!« Tony und die anderen stürzen die Treppe herab. Eine hohe, schwere Gestalt taucht aus einem Sessel auf: Antoine. Nicolas vergißt alles um sich herum uns stürzt sich in die Arme seines Vaters. Antoines graue Augen sind dunkel von Tränen. Nicolas zittert am ganzen Leib. Tony kommt näher: »Gelobt sei der Herr! Wir hatten Angst. Erzähl schon, was ist passiert?« Nicolas wendet den Kopf ab und schweigt. Er will sie nicht mehr sehen, seine Kameraden, die weiter an die heilige Sache glauben. Er will sie vergessen, will weg. Antoine errät es, er legt die Arme um seine Schultern. »Komm. Du mußt dich ausruhen.«

Vor der Tür wartet der Krankenwagen. Sie müssen die morgendliche Waffenruhe nutzen, während der auf beiden Seiten Zeitungen an die Kämpfer ausgeteilt werden, die darin die Berichte über ihre Heldentaten vom Vortag lesen. Eine, manchmal auch zwei Stunden geben sogar die Scharfschützen Ruhe, als wollten sie dem Leben eine Atempause gönnen. Antoine bereitet seine Passierscheine für die Straßensperren vor. Nicolas denkt an ein warmes Bad und an seine Mutter. Alles kommt ihm unwirklich vor, aber er weiß, daß auf diesen Taumel ein Strom von Verachtung und Wut folgen wird, der bereits in ihm zu brodeln beginnt. Getäuscht, verraten! Was für ein Idiot er gewesen ist. Er wird später darüber nachdenken. Im Moment müssen sie erst mal die Demarkationslinie überwinden, bevor sie sich, endgültig – sagt er sich –, auf die andere Seite schlagen.

Lolas Tagebuch

Achrafieh, 23. Februar 1976

Nicolas ist zurück. Nicolas ist wohlbehalten. Ich kann es nicht oft genug schreiben, um mich selbst davon zu überzeugen. Ich hatte solche Angst! Als ich Antoines Gesicht grau werden sah, war mir alles klar. Dann leerte Antoine seinen Koffer aus, beschimpfte mich als Idiotin, weil ich nicht schnell genug Umschläge für die Geldscheine fand, die er mitnehmen wollte. Das war nicht seine Art, aber er hatte recht. Meine Hände zitterten so sehr, daß ich nichts machen konnte.

Ich weinte, ich betete, ich rannte wie eine Verrückte durchs Haus während dieser Stunden der Angst. Ich mochte mir noch so oft sagen: Er kommt zurück, er kommt zurück – meine Gedanken drehten sich mit solcher Geschwindigkeit, daß mir schließlich schwindlig wurde und ich mich hinlegte, unter meinem Kopfkissen versteckte. Das Telefon war gestört. Ich versuchte anzurufen, aber nichts, nur ein schrilles Pfeifen in der Leitung. Hinter mir weinte und schniefte Athina, sie trippelte herum wie eine Maus, und wiederholte immer wieder: »Heilige Jungfrau! Heilige Jungfrau!« Sie ging mir so auf die Nerven, daß ich ihr schließlich eine Ohrfeige gab. Sie war still, aber ich schäme mich immer noch.

Und dann kamen sie. Athina und ich umarmten uns. Nicolas war blaß, er sagte kein Wort, aber ich spürte seine Tränen, als er sein Gesicht an meinen Hals legte. Mein Kind, mein Kleiner, was haben sie mit dir gemacht. Du wolltest nichts sagen, und Antoine flüsterte mir zu: »Später ... Sprich nicht mit ihm. Er muß schlafen und vergessen.« Ich werde nichts vergessen.

Auch Antoine wollte nichts erzählen. Sein erster Satz war: »Wissen Mona und Tante Charlotte Bescheid?« Nein, ich hatte mit niemandem gesprochen, das Telefon war unterbrochen. »Um so besser. Nachher erzähle ich dir alles. Jetzt nicht, ich bin zu erschöpft.« Dann goß er sich einen Whisky ein.

Später, in der Nacht, berichtete Antoine. Oh, wie ich sie hasse, diese Kindermörder, diese Wahnsinnigen, die uns in Angst und Schrecken leben lassen. Antoine meint, Nicolas sollte Beirut so bald wie möglich verlassen und zu Mona nach Paris fahren. Wenigstens unsere Kinder sollen in Sicherheit sein.

Achrafieh, 1. März 1976

Der Krieg hat uns wieder eingeholt. Am Tag nach Nicolas' Rückkehr setzten die Kämpfe erneut ein, grausamer als je zuvor. Wir liegen erneut unter Granatenbeschuß. Es gibt keinen Staat, keine Polizei, keine Armee mehr. Gestern hat Frangié den Palast in Baabda verlassen, um in den Osten zu flüchten. Die Situation muß noch schlimmer sein, als wir, eingeschlossen in unseren Häusern, uns vorstellen können. Eines ist sicher: Unter diesen Bedingungen kann Nicolas Beirut nicht verlassen. Trotz der Bombardements liegt er stundenlang auf seinem Bett, er will sich nicht bewegen, will nicht in den Schutzraum im Keller des Hauses kommen. Wie lange werden wir in dem, was der Rundfunk jetzt »das christliche Kabuff« nennt, standhalten können?

Achrafieh, 2. April 1976

Die Belagerung dauert schon einen Monat. Ich glaube, es ist alles verloren. Unsere Kämpfer weichen zurück. Was mich am meisten erstaunt, ist die Fähigkeit der Menschen, den Krieg zu ignorieren. Aber sie kennen die Gefahr. Vielleicht ist das alles zu entsetzlich, als daß man es einfach ernst nehmen könnte? Ich habe beschlossen, nicht mehr in den Schutzraum zu gehen, ein Parkhaus aus Beton, nackt und kalt wie ein Grab. Wenn es nachts zu heftig wird, zieht Antoine die Matratzen in den Flur, nahe am Eingang, und wir schlafen dort. Ich weiß nicht, ob das eine gute Idee ist: Neulich kam morgens ein Geschoß durch das große Fenster im Salon geflogen und bohrte sich in die Wand, neben dem Telefon. Direkt über unseren Köpfen.

Angst habe ich nur noch, wenn Antoine mehrere Tage im Krankenhaus bleibt, mit Nicolas, der seit dem Beginn der Kämpfe als Krankenträger arbeitet. Ich möchte nicht ohne sie sterben. Dann rufe ich Michèle de Freije an – denn, Gott sei Dank, es ist ein Wunder, das Telefon funktioniert in diesem Inferno! Michèle hat sich hervorragend eingerichtet. Da ihr Zimmer zu gefährdet ist, hat sie sich mit einer dicken Daunendecke in der Badewanne ihr Bett gemacht. Sie hat mir erklärt, was man tun soll: neben dem Bett eine Taschenlampe, Reservebatterien, Zigaretten, Kerzen, Streichhölzer und ein Feuerzeug. Im Jogginganzug schlafen, einen kleinen Halsbeutel mit Paß, Geld, Schmuck. Unter dem Waschbecken ein Vorrat an Mineralwasser. Ja, man kann sich mit einem Liter Evian den ganzen Körper waschen, indem man den Waschlappen anfeuchtet, sich einseift und dann abspült, schön sparsam mit dem Wasser. Das geht, ich habe es ausprobiert. Um sich die Haare zu waschen, braucht man zwei Liter, das ist schwieriger.

Ich habe Michèle auch etwas beigebracht: vor dem Einschlafen die Schuhe immer umzudrehen, Absätze nach oben. Vorgestern habe ich mir die Füße zerschnitten, als ich in meine Hausschuhe schlüpfte: Sie waren voller Glassplitter vom Bombardement der letzten Nacht...

Es mag seltsam klingen, aber ich fühle mich mehr und mehr entspannt. Je schlimmer die Bomben niederhageln, desto stärker löse ich mich von der Gegenwart. Was hilft es, sich krank zu machen, wenn man doch nichts tun kann? Michèle ist wie ich. »Im Moment lese ich ›Shogun‹«, hat sie mir erzählt, »das ist herrlich, ich habe das Gefühl, in Japan zu sein und nicht in diesem verfluchten Land. Ich borge es dir, sobald man wieder rausgehen kann. Und was liest du? García Márquez? Bist du schon fertig? Jetzt braucht man dicke Bücher... Ich lege auf, meine Liebe, es geht hier wieder los. Bis später, inch'Allah!«

Bücher! Das einzige Mittel, um den Wahnsinn zu vergessen, der uns umgibt. Aber ich habe nicht mehr viel. Marcs Wohnung wurde geplündert. Soll ich Sami bitten, den Bomben zu trotzen, um mir etwas zu lesen zu bringen? Würde er das verstehen? Ich glaube, ja.

Achrafieh, 3. Mai 1976

Heute morgen haben die Kirchen Sturm geläutet. Die Kataeb sollen nur noch für achtundvierzig Stunden Munition haben. Und Antoine und Nicolas sind im Hôtel-Dieu!

Achrafieh, 15. Mai 1976

Ist der Alptraum wirklich vorbei? Ich weiß nicht, was passiert ist, am Ende hatten wir weder Telefon noch Radio oder Fernsehen, wir waren von der Welt abgeschnitten – aber eines Nachmittags hörten die Bombardements plötzlich auf. Soldaten in Khakiuniformen zogen mit ihren Panzern durch die Straßen. Die Syrer! Sie schienen als Freunde zu kommen. Auf jeden Fall haben sie uns das Leben gerettet. Die Menschen kamen aus den Häusern, sie warfen Reis auf die Panzer und besprengten die Soldaten mit Orangenblütenwasser. Antoine glaubt, das bedeute nichts Gutes. Sind wir verrückt, sagt er, unserem ewigen Feind zu vertrauen? Wir sind einfach am Ende unserer Kräfte. Das wurde mir bewußt, als ich in meinen Haaren eine dicke weiße Strähne entdeckte.

Achrafieh, 30. Juni 1976

Hosanna, pax syriana! Seit die Syrer da sind, ist Achrafieh mit unglaublicher Geschwindigkeit zu neuem Leben erwacht. Die Milizen von Bechir Gemayel haben die Dinge in die Hand genommen. Sie haben die Ruinen weggeräumt, die Plünderer in die Flucht geschlagen – dazu muß man sagen, daß die Kataeb die Hand schnell am Abzug haben, und allein ihr Anblick macht schon Angst. Ich muß der libanesischen Armee jede Woche sechzig Sandwiches und eine warme Mahlzeit für die Flüchtlinge geben, außerdem monatlich fünfundzwanzig Pfund spenden, um die Straßenreinigung zu bezahlen. Ich mag die Milizsoldaten nicht besonders, aber ich mache es gern. Nach den Monaten des Wahnsinns, die wir hinter uns haben, würde ich jeden mit Dankbarkeit aufnehmen. Natürlich ist es kein Frieden, kein echter Frieden. Aber ich habe keine Angst um Antoine mehr, um Nicolas, um die, die ich liebe. Und heute habe ich sogar Schokolade bekommen. Soll ich eine Mousse machen? Die Stromversorgung ist noch zu unzuverlässig, um ein Soufflé zu wagen.

»Mama...« Nicolas steht in der Küchentür. Jedesmal, wenn sie ihn ansieht, empfindet Lola Triumph und Dankbarkeit. Während der Bombardements hat er unter den Kugeln die Verletzten eingesammelt, als würde er den Tod suchen. Dann hat Antoine ihn überzeugt, daß er als Krankenpfleger nützlicher wäre – viele Ärzte und Pfleger sind »gegangen«, wie man im Libanon sagt. Seine neue Arbeit scheint ihm etwas Ruhe zu geben ... Aber Lola weiß, daß er nie mehr derselbe sein wird. Sein Blick, sein Gesicht haben sich endgültig verhärtet, sind gealtert. Nicolas ist ein Mann ... ein mißtrauischer, bitterer Mann.

»Mama, kann ich dein Auto nehmen? Ich habe einen Anruf aus dem Hauptquartier der Phalangisten bekommen. Bechir Gemayel möchte mich sehen. Er erwartet mich heute mittag.«

»O nein! Mein Gott, das wird doch nicht wieder von vorn anfangen!« Lola stützt den Kopf in die Hände, eine tragische Geste. Sie schreit: »Ich will nicht mehr, daß du kämpfst. Gestern war es für die Palästinenser, heute ist es für Bechir. Glaubst du nicht, daß es reicht, was du gegeben hast?«

»Aber Mama, reg dich nicht so auf.« Er geht zu ihr, legt ihr beschützend die Hand auf die Schulter. Er ist jetzt fast zwei Köpfe größer als sie.

»Es interessiert mich, ihn zu sehen. Beruhige dich, ich mache nur noch, was ich will. Niemand kann mich mehr zwingen, glaub mir. Komm, sag mir, wo der Schlüssel ist.«

»Im Aschenbecher im Flur«, murmelt Lola mit gebrochener Stimme. »Kommst du zum Abendessen? Ich mache Mousse au chocolat . . .«

»Natürlich komme ich. Was kann mir denn passieren? Du weißt doch, was die Moslems sagen: Wem Gott ein zweites Leben geschenkt hat, dem wird nichts Böses mehr geschehen. Heute abend erzähle ich euch alles.«

Die Tür klappt. Er ist weg. Lola läßt sich auf den Küchenhocker fallen. Plötzlich fühlt sie sich sehr unglücklich. Sie möchte nach Hause . . . aber wo ist zu Hause? Das Haus in Kairo ist weit weg, das von Tante Charlotte, ganz in der Nähe, ist unerreichbar, und diese Wohnung bleibt ihr fremd. Wird sie noch lange umherirren, ohne sich irgendwo niederzulassen? Mit ihren vierzig Jahren hat sie das Gefühl, mehrere Leben hinter sich herzuziehen. Charlotte fehlt ihr mit ihrer kindlichen Fröhlichkeit. Sie wird Mona nicht aufwachsen sehen. All ihre Freunde sind verschwunden. Manche sind tot, wie Edouard, der an einem Sonntag im Mai von einem Scharfschützen in der Museumspassage erschossen wurde. Wie Henry, entführt und ermordet, eines Morgens, vom Bandenchef seines Viertels. Andere sind weggegangen, nach Paris, Genf, London, Kanada . . . Die Bomben waren gut, da hatte Lola keine Zeit zum Nachdenken. Jetzt, bei dieser wiedergefundenen Ruhe, spürt sie, wie ihr Herz zerbricht.

»Madame, ich kann den Schneebesen nicht finden . . .« Majestätisch, wie eine Erscheinung, taucht Athina auf, dann stürzt sie herbei:

»Mein Gott, Madame, was ist los? Sie weinen?«

Es ist schön heute abend. Lola beschließt, auf der Terrasse zu essen. Die Mousse au chocolat ist nicht ganz gelungen, zu weich, egal.

Antoine, versunken in die Kissen des Kanapees, die einst weiß waren, sieht das Eis in seinem Whisky schmelzen. Warum bleibt er hier? Das Entsetzen hat seine Grenzen, der Wahnsinn auch. Gestern war Achrafieh ein Inferno, es fehlte selbst an Brot. Heute ist es Westbeirut, das unter der Blockade leidet und brennt . . . Jedesmal sorgt man sich einzig darum, aufs Neue zu leben, ohne denen einen Blick zu gönnen, die einst Freunde waren und sich jetzt, auf der anderen Seite der Linie, in ihren Unterständen verkriechen . . . An Tante Charlotte zu denken macht Antoine krank. Er hat Tanos mehrmals losgeschickt, um sie anzuflehen, sie solle nach Achrafieh kommen, jetzt, da die Ruhe hier anscheinend wieder eingekehrt ist. Sie antwortet mit kleinen netten Briefen, sagt, daß ihr Haus noch immer steht, daß sie Maud aufgenommen hat und beide sich angenehm unterhalten. Worüber können sie sich wohl unterhalten, mein Gott, wenn um sie herum die Stadt in Trümmer zerfällt? Sollte der Frieden wirklich Bestand haben, wird er sie selbst holen gehen, mit Maud, wenn es sein muß. Seit dem Tod von Emile ist er das Familienoberhaupt. Im Orient verteidigt und beschützt ein Familienoberhaupt die Seinen. Er lebt im Krankenhaus. Ist das richtig? Ist das gut? Er weiß es nicht mehr, er ist müde. Die Bürde wird immer schwerer.

»Zu Tisch«, sagt Lola. Sie hat Öllampen aufgestellt, deren Licht sich in den Gläsern spiegelt. Die Grünpflanzen auf der Terrasse sind gewachsen. Wie hartnäckig, lebendig die Vegetation hier ist, sie scheint überall zu explodieren, grüne Punkte in den Ruinen oder auf den Schuttbergen, als hätte sich die Lebenswut dorthin geflüchtet. Lola steht wartend hinter ihrem Stuhl: »Hast du Nicolas gerufen?«, und Antoine denkt, daß sie, wie die Pflanzen, eine kräftige und warmherzige Schönheit bewahrt hat, die durch die ersten weißen Strähnen in ihrem schwarzen Haar nur noch deutlicher hervortritt. Nicolas wirkt gutgelaunt.

»Papa, weißt du, wen ich heute getroffen habe? Bechir Gemayel. Wir haben uns unterhalten. Irgendwie gefällt er mir. Er ähnelt nicht diesen korrupten Politikern, die wir immer erlebt haben, und er spielt auch nicht den kleinen Clanchef. Er hat was vor . . .«

»Und hat er dich rekrutiert?«

»Nein. Das heißt, noch nicht. Er hat mir gesagt, ich soll es mir überlegen. Er will das Bild der Phalangisten ändern, die Milizen reorganisieren, alle christlichen Kräfte neu ordnen, in einer einzigen disziplinierten Armee, ohne Machtmißbrauch und Raub . . .«

Ein Geräusch von zerbrechendem Glas. Mit einer heftigen Bewegung hat Lola eine Karaffe umgestoßen. Sie merkt es nicht einmal. Bleich, die Nasenflügel gebläht, unterbricht sie ihn.

»Nicolas, Antoine! Redet darüber nicht in meiner Anwesenheit, oder ich schreie! Nicolas, genügt dir die erste Erfahrung nicht? Hast du noch nicht begriffen, daß diese tapferen Führer nur die Jugend des Libanon als Kanonenfutter haben wollen, um ihre persönlichen Ambitionen zu befriedigen? Ich kenne deinen Bechir nicht, aber es würde mich sehr wundern, wenn er anders wäre als die anderen. Töten, töten, sie haben alle nur dieses Wort im Mund. Und außerdem sind diese Kataeb Barbaren. Was sie da getan haben, in . . .«

»Mama, ich bitte dich. Du wirst von der Karantina sprechen, ich antworte Damour, und wir können uns nicht einigen. Auf der anderen Seite ist es dasselbe, glaub mir. Ich habe im Osten wie im Westen dieselben Grausamkeiten gesehen. Wir sind alle verantwortlich. Eben deshalb möchte ich gern etwas Nützliches machen. Bechir schlägt mir nicht vor, zu töten: Er will Studenten, Intellektuelle, oder das, was von ihnen noch übrig ist, sammeln, um . . .«

»Um was, mein Gott? In der Situation, in der wir uns befinden, ist jedes politische Engagement sinnlos. Dein Bechir hat die Palästinenser nicht besiegen können. Er hat die Syrer gerufen. Und wer vertreibt die Syrer? Vielleicht die Israelis . . . Und dann, wie werden wir die Israelis los? Inzwischen werden wir Libanesen sterben, du, Antoine, wir alle. Nein!«

Lola hat Tränen in den Augen, sie ist mit den Nerven am Ende und schlägt mit der Faust auf den Tisch. Antoine steht auf, geht zu ihr: »Beruhige dich, mein Liebling . . .« Nicolas starrt eigensinnig auf seinen Teller. Er ist doch schließlich kein Kind mehr. Bechir schlägt ihm vor, sein Adjudant zu werden, nicht zu schießen. Vorher soll er in ein Ausbildungslager nach Israel fahren. Ein Führer, hat ihm Bechir gesagt, hat keine Autorität, wenn er seinen Mut und seine Kraft nicht an Ort und Stelle bewiesen hat. Das Angebot lockt ihn. Aber wie soll er seine Mutter überzeugen?

Buch IV
Die Jahre des Exils

24

Paris, Februar 1977

Endlich hebt das Flugzeug von der Startbahn ab. Im Passagierraum bricht der Beifall los. Lola haßt diese orientalische Sitte, mit der die Passagiere, wenn man startet oder landet, lautstark ihre Freude darüber kundtun, daß das Manöver gelungen ist, als wäre es etwas Besonderes.

Sie fliegen über Beirut, von oben sieht man noch deutlicher die offenen Wunden, die zerstörten Wohnviertel, voneinander getrennt durch die lange grüne Ader der Damaskusstraße. Soll sie sich freuen, jene zu verlassen, die in dieser Geisterstadt bleiben, wo noch immer der Tod umgeht, auch wenn die Kämpfe aufgehört haben? Antoine, Nicolas, Tante Charlotte, Michèle, Tanos, Athina, Zakhiné, ihr alle, ich bitte euch um Verzeihung, daß ich in die zivilisierte Welt fliehe, aber ich bin so glücklich bei dem Gedanken, Mona und Lili wiederzusehen, Güte, Toleranz und Sicherheit wiederzufinden. Ich habe vergessen, wie Paris aussieht. Ich habe sogar Philippes Gesicht vergessen. Nein, ich habe nicht vergessen, ich lehne es ab, mich daran zu erinnern. Der Krieg hat den Vorteil, die Vergangenheit auszuradieren.

»Sie sind Lola Boulad, nicht wahr? Die Mutter von Nicolas. Wir haben uns vor langer Zeit bei Lili Sednaoui getroffen, als wir uns den Trauerzug für die Palästinenser anschauten . . . Ich heiße Anne.«

Lola sieht die Szene vor sich: hinter dem Sarg von Chafik eine schmale Gestalt, Nicolas, eingeschlossen in der Menge. Wie berechtigt ihre Angst doch war! Anne hat sich nicht verändert, noch immer das kühle Gesicht, sehr förmlich, das Lola schon damals nicht mochte.

»Anne? Natürlich. Sie kehren nach Paris zurück, jetzt, da der Krieg vorbei ist?«

»Vorbei, ich weiß nicht. Von Zeit zu Zeit muß ich schon mal mein Haus, meinen Mann, meinen Sohn besuchen...«

Lola sieht sie ungläubig an. Sie kann sich Anne einfach nicht in einer Küche vorstellen, wie sie einen Salat zerpflückt, oder im Supermarkt, einen Korb vor sich herschiebend. Anne lacht. Ihre ganze Erscheinung ändert sich, hellt sich geradezu auf.

»Ja, ich habe einen Sohn, der etwa so alt ist wie Ihrer. Ich war im Hotel Marly, als Nicolas entführt wurde. Ich sehe noch sein Gesicht, so angespannt, mitgenommen, als sie ihn freigelassen hatten, wie er sich in die Arme seines Vaters stürzte. Ich habe seitdem oft an ihn gedacht. Ein neunzehnjähriger Junge, und so eine Erfahrung... Ich stellte mir meinen Sohn vor, und ich hatte Angst um Nicolas. Wie geht es ihm?«

»Er hat sich wieder gefangen, es war schwierig. Heute... ich weiß nicht, was er vorhat. Er wollte Architekt werden, er schien begabt. Der Krieg hat das Leben all dieser Burschen auf den Kopf gestellt, die ihm als Fünfzehnjährige begegnet sind. Zu jung, um sich zu beteiligen, zu alt, um zu vergessen.«

Anne ist wütend auf sich selbst. Das sind nicht die richtigen Fragen, die sie stellt. Lola ist ihr sehr sympathisch. Was tun? Sich zu entschuldigen wäre das schlimmste. Sie ruft die Stewardeß, bestellt Champagner. »Um Ihre Ankunft in Paris zu feiern.« Lola lächelt, hebt ihr Glas, ihre Bernsteinaugen funkeln wie der blasse Sekt. Sie hat lange keinen Champagner mehr getrunken. Das zweite Glas berauscht sie schon. Anne und Lola plaudern und beobachten einander. Sie haben dasselbe Alter, nicht dasselbe Leben, aber viele Gemeinsamkeiten. Anne, die aus der kalten Normandie stammt, hat die Libanesinnen immer voller Erstaunen betrachtet. Woher nehmen sie ihre Freude am Leben und an den Festen, ihre Überschwenglichkeit, ihre Vitalität? Sie scheinen oft oberflächlich, aber in diesem Krieg haben sie denselben Mut, manchmal auch dieselbe Kraft wie die Männer bewiesen. Sie sind kokett und dennoch als gute Orientalinnen den Männern, die sie lieben, ergeben, mit plötzlichen Aufwallungen und Launen. Sie lieben und hassen mit derselben Kraft, derselben Besessenheit.

Lola erzählt von Lili. Ja, Lili lebt seit mehr als einem Jahr in Paris. »Ich würde sie gern wiedersehen«, sagt Anne, »haben Sie ihre Telefonnummer?« Lola fragt sich, wie sie Mona wiederfinden wird. Lachend und fröhlich wie in Beirut oder versnobt und kalt wie die kleinen Fanzösinnen?

Das Flugzeug sinkt. Bodentemperatur zehn Grad. Die Passagiere erschauern. Sie applaudieren nicht mehr. Die Umgebung hat sich geändert. Sie kommen im Abendland an, im Norden, hier sind die Menschen steif und unnatürlich. Die Gänge von Orly. Paßkontrolle. Anne und Lola gehen zusammen. In der dichtgedrängten Menge vor dem Ausgang entdeckt Lola Lili sofort. Sie hat ihre blonde Mähne abgeschnitten, ist jetzt neu frisiert, mit einer Locke über den Augen, wie es sich für das sechzehnte Arrondissement gehört. Wo ist Mona? Mein Gott, ist das Mona, dieses große gunge Mädchen, das mit den Armen winkt? Mona, in einem riesigen Pullover, zerlöcherten Jeans, mit kurzen roten Löckchen? Ein lachender Tornado stürzt in Lolas Arme.

Lili fährt nervös. Lola streichelt Monas Kopf, wie als sie klein war. Dieses zu schnell gewachsene Mädchen macht sie etwas verlegen. Ihr kleiner rothaariger Irrwisch ist zu einem Teenager mit langen Beinen, linkischen und eckigen Bewegungen geworden. Aber ihr rundes, von Sommersprossen übersätes Gesicht hat noch einen kindlichen Zug.

»Mama, Mama, ich bin ja so froh. Bleibst du eine Weile? Ich werde dir ganz Paris zeigen.« Auch ihre Stimme ist noch die eines kleinen Mädchens, nur manchmal rutscht sie ab, wird schrill. Anne sitzt auf dem Beifahrersitz und diskutiert mit Lili. Sie steigt in Montparnasse aus. »Danke, bis bald, Lili. Wir sind ja fast Nachbarn. Auf Wiedersehen, Lola, haben Sie einen schönen Aufenthalt in Paris. Ciao, Mona . . .«

Lola ist wie betäubt. Sie spürt einen Druck im Magen. Etwas stimmt nicht hier. Ja . . . es ist hier einfach zu ruhig. Zu reich, zu schön. Breite Alleen, von Bäumen gesäumt, die nicht verbrannt sind. Glänzende Autos, die ohne Geräusch über eine Straße aus Samt gleiten. Gutgekleidete Passanten, Frauen in hochhackigen Schuhen. Ein Restaurant, in dem rote Lampen blinken, und das blendende Schaufenster von »Diamant noir«, in dem herrliche Brautkleider ausgestellt sind. Lola hat noch die Fahrt durch das verbrannte Beirut in Erinnerung, die Straßensperren, an denen Milizsoldaten mit fiebrigen Augen an ihren Maschinenpistolen spielten, und, auf der Straße zum Flugplatz, die lange Schlange der Flüchtlinge, mit Koffern und Kindern beladen, die vom Süden kommen und angeblich vorhandene Lager suchen. Sie hat so sehr davon geträumt, nach Paris zu kommen, jetzt fühlt sie sich wie auf einem fremden Planeten. Eleganz, Geld, Luxus. Es bedarf großer Anstrengung, sich davon zu überzeugen, daß hier das normale Leben herrscht, nicht dort.

»Und, gefällt es dir?« Lili ist sichtbar entzückt von ihrer Wohnung, die, das muß man zugeben, wirklich erstaunlich ist. Im Eingangsraum, rot ausgeschlagene Wände, strahlt eine vergoldete Lampe auf einem Napoleon-III-Tisch ein Bücherregal an, in dem ein großer Samowar thront. Ein großes Zimmer dient gleichzeitig als Arbeitszimmer, Eßzimmer und Salon. Ein Erker hin zur überladenen Fassade des Hotel Lutétia auf der anderen Seite des Platzes. Lilis orientalischer Geschmack findet sich in zwei alten Truhen, in Opalgläsern und vergoldetem Holz wieder, der anscheinend eher klassische Geschmack von Marc in den weißen Kanapees im Salon um den Directoire-Kamin, über dem ein großer Spiegel hängt.

»Komm, sieh dir mein Zimmer an.« Mona zieht ihre Mutter am Arm. Das Zimmer ist klein, hat ein Fenster zum Hof. Die Wände sind mit Pferdeplakaten bedeckt, von vorn, von der Seite, im Lauf, als Großaufnahme. »Das ist eine Überraschung, die ich dir machen wollte. Ich reite so gern, Tante Lili bringt mich jede Woche in die Reithalle im Bois de Boulogne. Ich wurde für einen Reitwettbewerb in diesem Sommer ausgesucht.« Mona strahlt vor Stolz. Lola lächelt, seltsam gerührt: Sie ist nicht eifersüchtig auf Lili, nein, das wäre dumm, aber sie macht sich bewußt, daß ihr zwei Jahre im

Leben ihrer Tochter fehlen. Lili muß ihr erzählen ... »Wir haben sogar ein Gästezimmer«, fügt Mona hinzu, ohne zu merken, daß dieses »wir« Lola überrascht. Lili spürt es.

»Liebling, laß deine Mutter ausruhen.« Sie führt Lola in das hinterste Zimmer, das fast vollständig von einem Jugendstilbett ausgefüllt wird. »Erkennst du es nicht? Das ist mein Bett aus Beirut. Sami hat geschafft, es während der Waffenruhe im letzten Jahr zu schicken, mit den Truhen. Ein Glück, was? Danach ist eine Granate auf mein Haus gefallen, es wurde geplündert. Mir sind nur dieses Bett und die Truhen geblieben. Da hast du deinen Koffer, richte dich ein. Ich mache uns Tee. Wir haben uns noch viel zu erzählen, bevor Marc aus der Klinik kommt.«

Das Paris aus der Sicht des Boulevard Raspail ist ein anderes als das des Hilton. Zum ersten Mal fühlt sich Lola nicht als Zugvogel. Sie macht Einkäufe in der Rue du Cherche-Midi, geht Lili in der Küche zur Hand. Die Haushaltshilfe, die jeden Morgen kommt, weigert sich, schwere Arbeiten und den Einkauf zu erledigen. »Hier ist nicht Beirut«, seufzt Lili. »Hast du noch immer Athina und Zakhiné? Hier würde mich das ein Vermögen kosten. Wir können es uns nicht leisten. Marc hat eine gute Arbeit, aber Paris ist teuer, das Leben hier ist nicht einfach. Unsere Freunde? Ein paar Franzosen, darunter Bekannte aus Beirut oder Kairo. Ich habe die Daouk wiedergetroffen, den Sohn der Zananiri, auch Jeanine Toutoundji und Nadia de Freije. Jean El Khoury schlägt sich ganz gut durch, er hat eine Bildergalerie im Faubourg Saint-Honoré. Ich weiß nicht, wie er zum Kunstexperten geworden ist, aber man spricht überall von ihm. Wir treffen uns abwechselnd bei dem einen oder anderen. Nadia lädt oft ein: Die Glückliche hat eine libanesische Köchin! Ich habe zwar nicht viel Platz, aber es geht schon. Entweder stelle ich einen zweiten Tisch auf, oder ich mache ein kaltes Buffet ... Mein armer Schatz, das ist natürlich nicht das Leben, das wir kannten. Manchmal frage ich mich, ob ich nicht geträumt habe ...«

Soll sie Lili von Beirut erzählen? Vom geplünderten »La Licorne«, vom zerstörten »Papyrus«, alle Bücher verbrannt, die alten Stiche zu

Asche geworden, die Ledereinbände abgerissen? Lola hatte nächtelang geweint. Lili will es nicht wissen. »Erzähl es mir nicht ... nein, das ist nicht möglich. Laß mir die glücklichen Erinnerungen. Auf jeden Fall werde ich niemals dorthin zurückkehren. Nach Kairo vielleicht, aber nach Beirut ... Nein, ich habe es zu sehr geliebt, ich könnte es nicht.« Lola versteht. Wovon sie nicht reden will, das ist Nicolas. In der Nacht denkt sie oft an ihn. Sie hofft, daß er nicht an dem Angriff auf Tell el Zatar beteiligt war, der, von Frankreich gesehen, wie ein Verbrechen gegen die Menschlichkeit erscheint. Vielleicht, weil man sie immer wieder fragt: »Aber wie konntet ihr ein solches Massaker zulassen, organisieren?« Im Libanon, das weiß Lola genau, wurde die Belagerung des Palästinenserlagers als ein Zwischenfall des gewöhnlichen Krieges angesehen. Wie soll man denen, die diesen zweijährigen Alptraum nicht erlebt haben, begreiflich machen, daß man dort unten die elementarsten Bezugspunkte verliert, ohne es überhaupt zu merken?

Sie dreht sich in dem fremden Bett hin und her, ohne einschlafen zu können. Nicolas, Mona, ihre Kinder, so verschieden, was werden sie noch gemeinsam haben, wenn sie sich wiedertreffen? Soll man Mona im nächsten Schuljahr nach Beirut zurückholen? Ihre Lehrer im Victor-Duruy-Lyzeum sind sehr zufrieden mit ihr. Außerdem spricht sie kaum noch arabisch. Lili besteht darauf, Mona solle in Paris bleiben und hier studieren, deshalb müsse Lola sofort eine Wohnung in Paris kaufen. So machen es alle Libanesen, erklärt sie: Bei dem gegenwärtigen Wechselkurs des libanesischen Pfund sind die Wohnungen in Paris billiger als in Beirut. Aber Beirut ist zerstört, hält Lola dagegen. Trotzdem steigen die Bodenpreise ständig an, antwortet Marc, der, durch seine ägyptischen Erfahrungen gezeichnet, drängt: Wenn man Christ ist und im Orient lebt, muß man sich eine Zuflucht in einem »normalen« Land sichern, wo man nie aufgefordert wird, die Religion im Personalausweis anzugeben. Vielleicht haben sie recht? Anstatt das Haus in Broumana zu kaufen, wie sie es vorhatte, wäre es vielleicht vernünftiger, hier eine Wohnung zu suchen ... Sie wird morgen mit Antoine darüber sprechen, wenn sie eine Verbindung nach Beirut bekommt.

Schließlich ist es Antoine, der anruft und Neuigkeiten zu bieten hat: Vorgestern konnte er in den Westteil der Stadt fahren, er hat bei Tante Charlotte zu Abend gegessen. Sie wohnt im Erdgeschoß. In der ersten Etage hat eine Granate das Fenster zertrümmert und ihr Zimmer verwüstet. Glücklicherweise haben die Sandsäcke, die durch den häufigen Regen hart wie Zement geworden sind, gute Dienste geleistet: Das Haus ist stehengeblieben. Tante Charlotte hat im Salon hinter einem Paravent zwei Betten aufgestellt. Dort schlafen Charlotte und Maud, sie nennen es ihre »Kapitänskajüte«. Einziges Problem: Rosy, die auch während der Kämpfe unter veränderten Umständen die Köpfe ihrer Kundinnen frisiert hat, spricht davon, nach Paris zu gehen! Wenn sie fährt, gehe ich mit, sagt Tante Charlotte, während Maud ihr Kapitulation vorwirft. Kurz und gut, man muß daran denken, beide in Achrafieh unterzubringen, falls es wieder schlimmer wird.

»Warum?« fragt Lola ängstlich. »Haben die Kämpfe wieder angefangen?« – »Nein, aber die Syrer haben Kamal Joumblatt ermordet, auf einer Straße im Chouf, und natürlich haben sich die Drusen gerächt, indem sie die Christen in den umliegenden Dörfern getötet haben.« Nichts Ungewöhnliches also. Aber man weiß nie. Eine Wohnung in Paris zu kaufen, ist vielleicht eine gute Idee. Lola soll Marc wegen der Preise um Rat fragen. Sie soll nur etwas Großes und Praktisches aussuchen, falls . . .

»Etwas anderes: Das Haus in Broumana wurde ebenfalls bombardiert. Ein Balkon ist abgebrochen. Die Besitzer sind in Zypern. Was tun? Soll ich es für den Sommer wieder mieten und den Balkon reparieren lassen?« – »Ja, ja«, sagt Lola. »Mieten wir es, laß den Balkon reparieren. Wir werden dort alle zusammen die nächsten Ferien verbringen, wenn die Besitzer einverstanden sind und Gott es so will.«

»Möge Gott deine Schönheit bewahren, meine Liebste, umarme Mona von mir. Sag ihr, daß ich Jeans mit Löchern nicht mag. Ich drücke euch alle beide ans Herz.« Er hat nicht von Nicolas gesprochen, und Lola hat nicht zu fragen gewagt.

Lili und Lola sitzen auf dem Kanapee im Salon und gehen die Annoncen im »Figaro« durch. Die unwichtigen Seiten fallen mit leisem Rascheln auf den Teppich. Einen Lebensraum, ein Haus suchen, was kann es in diesen Zeiten der Unsicherheit Besseres geben? Wenn sie an Kairo denkt, sieht Lola zuerst das Haus der Falconeri vor sich, im Dämmerlicht, wenn die Fenster rechteckige Lichtflecken auf den Rasen zeichnen, den Schatten der schwarzen Banyanbäume verdrängen. Das Haus von Tante Charlotte in Beirut, der Garten, die Bougainvillealaube, der große Salon mit den Marmorsäulen werden für sie immer mit den vergoldeten Jahren verbunden bleiben. Wird sie in Paris endlich einen eigenen Platz finden, von ihr ausgewählt, von ihr eingerichtet, der ihr gehört?

»Sieh mal hier: Fünfzimmerwohnung, Champs-de-Mars, kennst du das? Ein vornehmes Viertel, sehr angenehm. Viele Bäume, man kann spazierengehen... Es ist natürlich teuer. Vom Balkon aus drei Blätter zu sehen heißt in Paris, sich zu ruinieren...«

»Champ-de-Mars kenne ich.« Lola errötet, als sie an das Hilton denkt. »Aber ich mag es nicht besonders. Es ist irgendwie zu feierlich, wie die französische Großbourgeoisie. Mir gefällt es hier am Luxembourg besser, mit Blick auf den Park...«

»Natürlich, du bist mal wieder der größte Snob. Ich habe Marc immer gesagt, du bist so eine Kaviarlinke... Sieh mich nicht so an, das ist kein Schimpfwort, Pariser Vokabular. Ich erkläre es dir später mal. Da habe ich etwas, ich bin sicher, es wird dir gefallen, Rue Jacob, Innenhof, Haus unter Denkmalschutz, Erdgeschoß mit Blick auf den Park und erste Etage... Das solltest du dir ansehen.«

Das Telefon klingelt. Lili steht auf, zieht die Brauen hoch. »Ja, Lola ist da. Ich gebe sie Ihnen... hier, das ist für dich.« Lola ist verwirrt. Niemand weiß, daß sie hier wohnt.

»Lola?« Das ist die Stimme von Philippe. Lola hat dasselbe Gefühl in der Magengegend, wie man es in einem schnellen Fahrstuhl empfindet. »Lola? Bist du es?« Sie bringt nur ein ersticktes »Ja« hervor. Keine Nachricht von ihm seit jenem Anruf aus Washington, eines Abends, im Keller, unter den Bomben. Jahrhunderte sind vergangen. Plötzlich hat sie Angst, ihn wiederzusehen. Angst, in seinen Augen ein kurzes Zögern wahrzunehmen, jenes Aufflackern von Erstaunen und Ungläubigkeit, weil sie sich verändert hat, gealtert ist. Noch ist Zeit, diese Prüfung zu vermeiden, vorsichtig aufzulegen und sich zu entschließen, nur die glücklichen Erinnerungen zu bewahren, sorgfältig in den Schubläden der Vergangenheit sortiert, wo sie vergilben, bis sie endlich ungefährlich werden. Was sie am Telefon hält, ist die Farbe dieser Stimme, der etwas dumpfe, angespannte Klang. Und das, was diese Stimme heraufbeschwört: lange, nervöse Hände, geschaffen für die Zärtlichkeit.

»Lola, hörst du mich? Ich habe dich so gesucht, ich war verrückt vor Sorgen, all diese Zeit...« Ach ja? Sie glaubt kein Wort aber das einzige, was sie zu sagen weiß, ist zum Heulen banal.

»Wie hast du herausbekommen, wo ich bin?«

»Ich bin gerade zum Pressedienst am Quai d'Orsay versetzt worden. Dort habe ich Anne getroffen, die aus Beirut zurück ist. Sie hat beiläufig von Nicolas und von dir gesprochen... Meine Liebste, wie glücklich ich bin, dich in Paris zu wissen. Ich habe noch keine Wohnung, ich wohne im Hotel Lutétia, gegenüber von deiner Freundin Lili... Lola, ich will dich sehen. Ich flehe dich an... sag ja.«

Sie kennt diesen zärtlichen Ton. Sie stellt sich Philippe an seinem Schreibtisch vor, über den Hörer gebeugt. Sie hat plötzlich große Lust, ihn zu spüren, zu berühren, zu hören und lachen zu sehen.

»Warum nicht? Wo und wann?«

»Sofort, in der Bar des Lutétia, das heißt in zwanzig Minuten, dann bin ich da.«

»Nein, nicht sofort... Morgen, um vier Uhr. In der Bar des Lutétia, wenn du willst.«

»Versprochen?«

»Ja, ich werde da sein, versprochen.«

Sie haben sich zwei Stunden lang sehr vernünftig in der Bar des Lutétia unterhalten, im gedämpften Licht des alten roten Salons. Lola wußte, daß sie ihn noch immer liebte, als er seine Hand für einen langen Moment um ihr Gelenk legte. Sofort weckte die Berührung seiner Haut, beschränkt auf diesen warmen und sanften Reif um ihren Arm, ein tiefes Gefühl. Kann die Liebe tatsächlich durch den Klang einer Stimme, die Wärme einer Handfläche oder den Geruch einer lange getragenen Männerjacke wiedererwachen? Er erzählt von Washington, den Problemen mit seinem Botschafter, seiner Ankunft, den verschlungenen Pfaden eines Pressedienstes, die ihn verwirren, von seinen ersten Begegnungen mit Journalisten, deren Gesichter er manchmal mit Erstaunen erblickt, nachdem er seit so langer Zeit ihre Artikel gelesen hat. »Deine Freundin Anne beispielsweise hatte ich mir ganz anders vorgestellt, groß und brünett, etwas vertrocknet, marokkanische Jüdin.« Lola lacht. »Man kann nicht behaupten, daß du eine gute Intuition hast. Beirut. Nun, es ist . . . schrecklich.«

Sie findet nicht die Worte, die sie brauchte. Das Grauen, stellt sie plötzlich fest, läßt sich nicht beschreiben, mitteilen. Die Kriegsbilder im Fernsehen vermitteln den Eindruck eines chaotischen Infernos, ständigen unverständlichen Sterbens. »Wie kannst du nur dort leben?« Seitdem sie in Paris ist, hat sie die Frage hundertfach gehört. Sie beantwortet sie nicht mehr. Aber Philippe möchte sie es erklären: Die Ruhepausen, die unsinnige Hoffnungen auf Rückkehr zu einem normalen Leben erwachen lassen, Pausen, in denen man sich mit Kerzen und Zucker versorgt. Die Haßliebe der feindlichen Brüder, die ihre Salven mit Beschimpfungen begleiten: Jeder wartet darauf, daß der andere fertig wird, um nun seinerseits dessen Mutter, Schwester, Rasse und Religion zu verfluchen, auf französisch, griechisch oder arabisch. Dann fragen sie nach alten Kameraden auf der anderen Seite: »Bist du es, Georges? Was machst du heute abend?« Und außerdem, trotz des Krieges, die Sonne und der Geruch des Meeres, von dem sie alle sich niemals befreien können.

Wie früher in Kairo versucht sie, für Philippe die komplizierten Geheimnisse einer Welt zu erklären, die ihm immer unbekannt bleiben wird . . . Warum will sie ihn in dieses Wirrwarr von Gewalt und Poesie führen, von Leichtsinn und Maßlosigkeit, deren bloße Erwähnung sie bereits erschöpft? Weil ich ihn liebe, sagt sie sich. Ich will ihm nah sein, will, daß er alles mit mir teilt, alles versteht. Ihre linke Schulter berührt seine Jacke, sie sieht die leicht erschlaffte Haut seiner Wangen. Sie trinken gleichzeitig einen Schluck Kaffee, finden zur Symmetrie ihrer Bewegungen und Gedanken zurück, die sie am Beginn ihrer Liebe bezaubert hatte und sie glauben machte, sie könnten einander nie fremd werden.

Stundenlang möchte Lola ihn ansehen, ihm zuhören. Der alte Charme wirkt . . . Plötzlich springt er auf: »Halb sieben, mein Gott, ich habe ein Cocktail in der chinesischen Botschaft. Verdammt, ich muß los!« Sie gehen durch die Drehtür mit den glänzenden Kupferstangen hinaus. Das kalte und nackte Licht des Winterhimmels läßt Lola erschauern. Sie möchte schreien: »Nein, sieh mich nicht an. Ich habe Falten. Siehst du, meine Haut ist ohne Glanz.« Spürt er ihre Panik? Er greift nach ihren Händen. Versenkt seinen Blick in ihre Augen, mit einer Zuneigung und Zärtlichkeit, die sie noch nie an ihm erlebt hat. »Du bist schön, Lola, sorg dich nicht. Ich bin alt geworden.«

Nein. Seine Schläfen sind ergraut, das Gesicht ist weniger glatt, aber er bleibt für sie der wunderbare Tänzer ihrer herrlichen sechzehn Jahre. »Lola, ich habe eine Idee. Nächste Woche muß ich nach Hause fahren, ins Loiretal, um Erbschaftsangelegenheiten zu regeln. Meine Mutter ist im letzten Jahr gestorben. Kannst du nicht für ein Wochenende mitkommen?«

Lola schüttelt den Kopf. Sie kann nicht. Sie hat Mona versprochen, sie zu einem Reitturnier zu begleiten.

»Mona? Wer ist das? Deine Tochter? Du hast nie von ihr gesprochen . . . Wie alt ist sie? Sieht sie dir ähnlich?«

»Nein, sie ähnelt mir nicht. Sie ist vierzehn . . .«

Schnell rechnen. Vierzehn Jahre. Also ist sie 1963 geboren. Bevor sie sich bei Lacouture wiedergesehen haben . . . Er seufzt. Es ist lächerlich, aber er spürt Erleichterung.

»Ich bitte dich, Lola. Wir haben noch nie eine ganze Nacht miteinander verbracht, eine richtige Reise gemacht . . . Ich . . . ich bin im Moment allein in Paris. Du auch. Ich bitte dich . . .«

Lola weiß bereits, daß sie ja sagen wird.

Mona geht ab heute wieder zur Schule. Sie hat die zerrissenen Jeans abgelegt – »Das ist in der Schule verboten, ich ziehe sie nur an Feiertagen an« – und trägt einen Pullover von Marc, grau wie ihre Augen, darunter ein weites kariertes Cowboyhemd. Selbst in dieser Aufmachung sieht sie noch reizend aus. Zwanzig nach acht wird sie von einer Freundin abgeholt. Claire ist groß und blond, hat diesen durchscheinenden und gleichgültigen Ausdruck der Kinder der Pariser Großbourgeoisie. Lola, die an die strahlenden und kräftigen Mittelmeermädchen gewöhnt ist, fragt: »Ist die Kleine krank?« – »Nein«, antwortet Lili lachend, »sie ist modern.« – »Versteht sie sich gut mit Mona?« – »Alle vergöttern Mona, sie ist im Lyzeum sehr beliebt, ich würde sogar sagen, zu sehr: Zu Beginn des Schuljahres hat mich ihr Klassenlehrer in die Schule bestellt, um mir zu sagen, Mona sollte nicht länger ihr gutes Herz beweisen, indem sie die ganze Klasse die Lösungen der Matheaufgaben abschreiben läßt...«

Lili lacht. Sie wirkt verjüngt, aufgeblüht. Marc ist noch immer ebenso feierlich verliebt wie bei der ersten Begegnung, im Schwimmbad des Saint-Georges. »Lili, bist du glücklich in Frankreich?« Lola stellt die Frage mit beklommener Stimme, und Lili weiß sofort, warum. »Ich, ja, mir geht es sehr gut hier. Ich liebe Paris, ich gehe gern allein durch die Menge, ich fühle mich endlich frei, viel freier als in Beirut. Weißt du, mit dem Abstand habe ich jetzt das Gefühl, eine Insel verlassen zu haben. Eine sehr schöne Insel, natürlich. Aber erstickend. Mir tut es nur leid um »La Licorne« und um unsere Gespräche. Ah, wenn du hierbleiben könntest... Allein habe ich nicht den Mut, etwas zu unternehmen. Paris ist hart.«

»Und Marc? Er sagt nichts.«

»Er ist nicht sehr mitteilsam. Sein Stand im Krankenhaus war am Anfang ziemlich schwierig. Den Franzosen fehlt es an Wärme und Kollegialität, das können wir uns gar nicht vorstellen. Sie sind steif und kalt, mißtrauisch und geizig. Glücklicherweise halten wir die Verbindungen unter Libanesen, Ägyptern und Syrern im Exil aufrecht. Mona hat nicht unsere Erinnerungen und unsere Nostalgie. Paris ist sofort ihre Stadt gewesen. Sie kennt alles, Schwimmbäder,

Eisbahnen, Kinos, Theater, Parks, Mc Donalds. Als ich ihr im letzten Sommer erklärte, sie könne wegen des Krieges nicht nach Beirut fahren, hat sie geweint, nicht wegen der verdorbenen Ferien, sondern wegen euch. Dann ist sie mit Claire drei Wochen auf die Ile de Ré gefahren, und stell dir vor, es hat ihr gefallen! Ich habe gesehen, wie sie im eisigen Meer badete, dann zog sie einen Pullover über und machte einen Hundertmeterlauf. Sie hat vielleicht ein Temperament, deine Tochter.«

»Sie fehlt uns. Ja, ich würde sie gern nach Beirut zurückkommen lassen. Im Moment ist eigentlich alles ruhig. Aber das haben wir schon so oft gesagt. Es wäre natürlich ein Risiko.«

»Es ist besser, wenn sie hierbleibt. Ihr müßt öfter herkommen, um sie zu besuchen, alle beide. Marc betet sie an, und ich liebe sie wie meine eigene Tochter, aber sie braucht euch. Antoine hat im Moment das Geld, kauft euch eine schöne Wohnung, einen Platz, der dir gefällt, an dem ihr leben könnt. Ihr werdet zwischen Beirut und Paris pendeln, wie alle unsere Freunde. Für Antoine wird es vielleicht schwieriger, aber für dich nicht. Komm, laß dich überzeugen.«

Lola zögert. Sich zwischen Beirut und Paris zu teilen, sich um Mona kümmern, ohne Antoine und Nicolas zu verlassen, das ist ein gutes Gefühl. Aber in Paris ist Philippe. Sie weiß, daß sie ihn weder verlassen noch mit ihm leben kann. Sie sind dazu verdammt, getrennte Wege zu gehen, und eines Tages wird es unerträglich werden, für ihn oder für sie. Eher für sie: Sie ist über vierzig, und man beginnt zu sagen: »Lola? Noch immer schön . . .« Die Lächerlichkeit lauert auf sie . . . Egal! Zum Teufel mit der Vorsicht! Sie hat den Tod zu nah an sich vorbeiziehen sehen, als daß sie auf diese Leidenschaft verzichten könnte, und sei sie auch ohne Hoffnung und ohne Illusionen.

Winterlicher Regen prasselt auf die Windschutzscheibe. Der Scheibenwischer schiebt das Wasser zur Seite, ein kleiner Wasserfall der wegfließt, sich neu bildet, verschwindet, ständige faszinierende Wiederholung. Philippe fährt schnell, die Arme fast ausgestreckt, weit vom Lenkrad entfernt. Er trägt einen dicken graugrünen Pullover und eine Cordhose. Die Tweedweste mit rotem Fischgrätenmuster liegt auf dem Rücksitz. Sie hatte Lili ins Vertrauen ziehen müssen. Die war zuerst dagegen, dann gab sie nach: »Was soll's, nutze deine schönen Tage, mein Mädchen ... Aber nimm Stiefel mit, warme Pullover und ein Regencape. Du kennst die französische Provinz nicht ...« Die französische Provinz zieht in langen grünen und gelben Streifen vorbei, verwischt durch die Geschwindigkeit und diesen aggressiven Regen, der mit entmutigender Gleichförmigkeit vom niedrigen Himmel fällt. Lola, die aus dem Libanon nur sonnendurchzogene Schauer oder kurze, heftige Gewitter kennt, hat das Gefühl, ständig durch die Niagarafälle zu fahren.

»Ist dir nicht zu warm?« Philippe dreht sich um und lächelt ihr zu, aber er kann sie nicht trösten. Sie bemüht sich, ein Lächeln auf ihre erstarrten Wangen zu legen, das sehr gezwungen bleibt. »Nein, wirklich nicht...« Welch ein Fehler, Lilis Kaschmirweste abgelehnt zu haben. Lola hielt sie für zu »damenhaft«. Jetzt spürt sie, wie die Feuchtigkeit trotz der Autoheizung in ihre Knochen dringt, durch den winzigen Pullover hindurch. Philippe biegt plötzlich ab, hält auf dem Parkplatz, reicht ihr seine Weste. »Zieh sie an, mir ist nicht kalt.« Sie streift die rauhe Jacke über, deren Kragen sie am Hals kratzt. Zwei verschiedene Rottöne ... Sie hatte sich solche Mühe gegeben, das Schwarz ihrer Hose mit dem leuchtenden Rot ihres Pullovers abzustimmen, um ihren Teint aufzubessern. Sie klappt den Sonnenschutz herunter, sieht sich in dem kleinen Spiegel an, der von einem Neonschein umgeben ist. Noch schlimmer, als sie gedacht hat: Sie hat den fahlen Teint von sonnengewöhnter Haut unter kaltem Licht, violette Ringe unter den Augen, farblose Lippen. Sie wühlt in ihrer Handtasche, schminkt sich mit wütender Hast.

Philippe klopft ihr kameradschaftlich auf den Schenkel: »Entspann dich, mein Liebling.« Wie soll sie ihm erklären, daß dieses »entspann dich« immer bewirkte, sie noch mehr zur Verzweiflung zu bringen. Philippe hat eine Kassette eingelegt. Eine Mazurka von Chopin. Mag er jetzt Chopin? Sie nicht. Trotzdem tut ihr die Musik gut, und die Tweedweste beginnt, ihre verkrampften Schultern zu erwärmen. Das ist ihr erstes Wochenende, sie wird es nicht verderben.

Der Regen hat nicht aufgehört, aber er fällt jetzt langsamer, in großen schweren Tropfen. Der Himmel ist heller geworden und geht in blasses Grau über. Sie fahren durch ein Dorf mit Dächern aus glänzendem Schiefer, überqueren eine Bogenbrücke. Unter ihnen ein Waschplatz an einem kleinen Fluß, wo das Wasser an große flache Steine schlägt, die auf die sanfte Böschung gelegt sind. Man meint das Geräusch der Waschhölzer zu hören. »Als ich ein kleiner Junge war, versuchte ich dort Frösche zu fangen, mit einem roten Tuch...«, sagt Philippe. »Ich habe nie einen erwischt.« Das Auto vollführt eine plötzliche Wendung, gelangt in eine Allee, deren Bäume vom Winter entblößt sind. »Hier ist es. Ich hoffe, der Gärtner hat gestern abend die Heizung angestellt. Warte hier, ich schließe auf.« Das Schloß ist klein, aber elegant, eher ein Landsitz als das Wohnhaus eines Aristokraten. Zwei viereckige Türme mit steilen Dächern und Kupferspitzen rahmen das gelb verputzte Gebäude ein, dessen Mauern durch die Fensterbögen aus weißem Stein und die Tür über einer Freitreppe unterbrochen werden.

Plötzlich gehen alle Lichter an. Zwei Laternen an der Treppe strahlen eine riesige Thuya an, deren Äste, von denen das Wasser rinnt, bis zum Dach hinaufragen. Philippe läuft die Treppe hoch, überspringt eine zerbrochene Stufe, und Lola stellt ihn sich als Zwölfjährigen vor... Er kommt zurück, öffnet die Wagentür, hält einen schwarzen Regenschirm. »Willkommen in Montaupin, mein Schatz. Ich bedaure unendlich, daß es regnet...«

Das ist es, was sie sich immer gewünscht hat, nicht wahr? In Philippes Leben eindringen. Die Umgebung seiner Kindheit kennenlernen. Sich seine Vergangenheit aneignen, da sie nichts von seiner Gegenwart weiß noch von seiner Zukunft. Was tut sie hier auf der Schwelle der perlgrau getäfelten Eingangshalle? Philippe öffnet die Türen. Rechts der große Salon, weiße Steinplatten mit schwarzen Ziernägeln, damastbespannte Wände, einst vielleicht kirschrot, jetzt eher von der Farbe zerdrückter Himbeeren: die dunkleren Stellen, an denen einst Bilder gehangen haben, bezeugen es. Links ein ovales Eßzimmer, mit dunklen Holzmöbeln vollgestellt. Im Kamin aus rosa Marmor brennt ein Feuer, davor zwei abgenutzte Ledersessel.

»Mein armer Schatz. Du siehst aus wie ein erfrorenes Vögelchen. Setz dich vor das Feuer, ich werde uns etwas zu trinken suchen. Möchtest du Champagner? Er ist bestimmt eiskalt, aus dem Keller.«

Sie hört, wie er Türen öffnet, Gläser rückt, in Schränken wühlt. Hierherzukommen war ein Fehler, den sie nicht begehen durfte. Dieses Haus nimmt sie nicht auf, bewegt sie nicht. Die an der Wand aufgereihten Louis-XIII-Stühle, das spanische Buffet, der große polierte Tisch, die gehäkelten Deckchen auf den Tischchen, nichts gleicht dem, was sie sich vorgestellt hatte. Aus allem strahlt die Anwesenheit von Madame Mère, streng und wohldurchdacht. Philippe kommt zurück, verjüngt, entspannt, trägt ein Tablett mit einer Flasche Champagner und zwei Gläsern. Er ist zu Hause, und die Flammen lassen sein Haar glänzen.

»Siehst du den kleinen Terrakottamönch auf dem Buffet? Wenn man ihn berührt, nickt er mit dem Kopf. Es waren eigentlich zwei Mönche, und es war eine große Belohnung, sie nicken zu sehen, als ich sechs Jahre alt war. Aber eines Tages wollte ich sehen, ob auch die Arme funktionieren, und dabei habe ich einen zerbrochen. Ich habe eine der schönsten Ohrfeigen meines Lebens erhalten, und der überlebende Mönch wurde außerhalb meiner Reichweite oben auf das Buffet gestellt. Dort ist er immer noch...«

Wie gern sie dieses Zimmer mit Philippes Augen sehen würde. Lola erkennt nur seine Mutter darin, die böse Märchenfee, die das Glück zerstört, das Schicksal beugt. Champagner? Ja, noch ein bißchen. Noch mehr, warum nicht? Philippe fragt mit gespielt munterer Mine: »Ich wette, du kannst nicht kochen. Bleib hier, ich mache uns das Abendessen. Aber nein, bleib sitzen... oder doch, komm mit mir in die Küche, Joseph hat dort Feuer gemacht und etwas eingekauft.«

Gott sei Dank, die Küche ist eine richtige große, breite Landküche. Hier sind keine Gespenster mehr. Ein Feuer flackert in dem hohen Kamin, und auf dem mit blauweißkariertem Wachstuch bedeckten Tisch stehen eine Terrine, auf deren Deckel ein Hase abgebildet ist, Eier, Brot in dicken Scheiben, runde Käse, eine Obstschale mit grauen Äpfeln, Orangen und Nüssen. Philippe öffnet einen Wandschrank, holt ein Einweckglas heraus. »Kennst du Steinpilze?« Nein, Lola hat noch nie Steinpilze gegessen, aber sie hat welche gesehen, und die fettigen, etwas schmierigen Pilze locken sie nicht besonders. Philippe hat das Glas schon geöffnet. »Ich werde dir ein Steinpilzomelette machen, du wirst sehen, das schmeckt hervorragend.«

Mit der Gewandheit eines Hausherrn verteilt er Besteck, holt Weinflaschen aus einer Speisekammer, öffnet die Hasenterrine, schlägt die Eier in eine Schüssel. Lola fühlt sich fehl am Platz, wie sie da mitten in dieser Küche sitzt, in schwarzen Lederhosen und raffiniertem Pullover. »Philippe, ich bitte dich, laß mich etwas tun!« Er lacht, »Hier, nimm eine Gabel und schlage die Eier. Nicht so stark, nur so, daß sie sich vermischen und etwas schaumig werden.« Sie entdeckt einen Epikureer, der nichts mit dem eleganten jungen Mann aus Kairo oder dem etwas steifen Diplomaten bei den Lacouture gemeinsam hat. Lachend schubst er sie, setzt sie auf einen Korbstuhl. »Koste mal diese Hasenpastete. Ich habe ihn selbst geschossen!« »Du gehst auf die Jagd?« »Natürlich, die Eröffnung würde ich um keinen Preis versäumen. Die feuchte Erde, der Geruch des Waldes, der Wind in den Bäumen, und ich spüre, wie ich auflebe... Hast du noch nie gejagt?« Nein, Lola hat nie gejagt. Sie fragt sich, ob Marie... nicht jetzt... Sie hat sich geschworen, nicht daran zu denken.

Philippe gibt die Pilze in eine große Pfanne, fügt Salz und Kräuter hinzu, rührt mit einem Holzlöffel um. »Die Eier, schnell!« Mit geübtem Handgriff gießt er den Inhalt der Schüssel in die Pfanne, läßt ihn anbraten, dann schiebt er die gelbe Masse vorsichtig vom Rand in die Mitte. »Wie magst du es? Noch etwas weich?« Ja, sagt Lola aufs Geratewohl und denkt daran, daß man bei ihnen das Omelette kalt ißt, in feste Würfel geschnitten. »Du hast recht, ein zu stark gebratenes Pilzomelette wäre eine Sünde. Da!« Er hat das Omelette zusammengefaltet, ohne es zu zerreißen, was Lola nie gelungen ist, und auf einen weißen Teller gelegt. Es ist gut, ja, sehr gut. Etwas zu weich vielleicht, aber sie wird nichts sagen. Der Ziegenkäse ist auch wunderbar, aber hart wie Stein. Der Wein – einer zur Pastete, ein anderer zum Käse – berauscht sie schnell. Weniger allerdings als die Stimme von Philippe, der ihr mit von Feuer und Wein geröteten Wangen den Unterschied zwischen Chablis, den man kalt trinken muß, und Bordeaux, der immer gut chambriert sein muß, erklärt.

Er hat sie auf ein großes Eisenbett getragen, über dem ein schwarzes Holzkreuz mit einem vertrockneten Buchsbaumzweig hängt. Unter der Wärme einer dicken Daunendecke haben sie sich heißer geliebt als je zuvor, und Lola sagt sich im Augenblick der größten Lust, daß der so oft gebeichtete »Fleischesakt« ein Geschenk des Himmels ist. Am frühen Morgen wacht sie auf und schiebt sich vorsichtig aus dem Bett, um ihren schlafenden Geliebten, dessen Kissen mit seinem schwarzen Haar bedeckt ist, nicht zu wecken. Brrr! wie kalt es ist. Wo sind ihre Sachen, ihre Tasche? Sie hüllt sich in Philippes Pullover ein und läuft mit den Schuhen in der Hand zum Badezimmer.

Ist es das Alter? Die Liebe bekommt ihr nicht mehr. Sie hat geschwollene Augen, zerbissene Lippen, einen Fleck auf dem Hals, wirres Haar. Sie wäscht sich Gesicht und Hals mit kaltem Wasser, dreht sich um, will nach dem Handtuch greifen, da stößt sie, vor ihrer Nase, auf ein Foto: Philippe und seine Mutter. Er ist etwa zwölf Jahre, hat in seiner Kadettenuniform schon die Haltung eines kleinen Mannes. Sie ist groß und schlank, blond, blasse Haut, ein verborgenes Lächeln. Ihr geblümtes Kleid verleiht ihr das Aussehen eines kleinen Mädchens. Das Haar, mit Kämmen über den Ohren zurückgesteckt, fällt in weichen Locken auf die Schultern. Lola vergißt, sich abzutrocknen, so erstaunt ist sie. Philippes Mutter, diese junge, zerbrechliche Frau? Warum hat sie sie sich immer dunkel und hart vorgestellt? Die Gewißheiten ihrer Liebe verschwinden. Sie wollte wissen, jetzt weiß sie. Sie wollte Philippe im Alltag sehen, in der Umgebung seiner Kindheit, in seinem wahren Leben, die alten Gewohnheiten, sie hat es gesehen. Liebt sie ihn noch immer? Ja, sie liebt ihn. Aber sie kann in diesen gegensetzlichen Bildern nicht mehr den Mann wiederfinden, den sie zu kennen glaubte. Der junge Dandy aus Kairo ist mit einemmal ein Mann von fünfzig Jahren geworden, etwas dicker, der auf die Jagd geht, das Landleben, die Küche und Steinpilze liebt.

Sie reibt sich kräftig das Gesicht, dann den Rücken und die Arme, ohne die junge blonde Frau aus den Augen zu lassen, so jung, so verletzlich, die ihre Hand auf die Schulter von Nicolas legt . . . nein, mein Gott, von Philippe. Ein Gedanke hält sie fest: Sie hat sich ebenfalls geändert. Philippe begehrt sie noch immer, das weiß sie. Aber vielleicht träumt er von einem großen braunen Mädchen, das den Strand entlangrennt, die Haare vom Wind zerzaust, in weißem Badeanzug? Sie schaut durch das Fenster auf die Felder, das Handtuch über den Schultern. Sollten sie ein altes Paar geworden sein, ohne jemals zusammen gelebt zu haben? Das wäre zu traurig. Und zu dumm.

»Ich habe dir doch gesagt, daß es kalt wird . . .« Lili triumphiert. »Trink das.« Sie reicht Lola einen weißen libanesischen Kaffee mit Orangenblüten, ihr bestes Heilmittel. Lola liegt im Bett. Grippe, Schnupfen, Angina. Sie mußte ihre »Jagd auf die Wohnung«, wie Marc sagt, unterbrechen. Antoine ruft jeden Tag aus Beirut an: Tante Charlotte und Maud lassen die erste Etage reparieren. Sie haben beschlossen, daß die »Ereignisse« – sie wollten niemals von »Krieg« sprechen – vorbei sind. Tanos ist wieder aufgetaucht, mit einer leichten Verwundung am Arm. Er hat seinen Dienst als Chauffeur wieder aufgenommen, aber da der Pontiac von Tante Charlotte von »unkontrollierten Elementen« gestohlen wurde, fährt er die beiden Damen in Lolas kleinem Cabriolet umher. Die Maurer arbeiten in Broumana, im Sommer wird das Haus fertig sein. Ein Mann hat im Auftrag von Nicolas angerufen, sie sollten sich keine Sorgen machen, er wäre verreist, würde bald von sich hören lassen . . . Sami kommt nach Paris. Ob sie ihm Fotos von Mona, Lili, Marc und der ganzen Familie mitgeben könnten? Wie steht es mit der Wohnung? Ist Lola immer noch krank? Wenn sie weiße Punkte im Hals hat, soll sie Totapen nehmen, vier am Tag, acht Tage lang, und mit Wasserstoffperoxid gurgeln, das ist zwar unangenehm, aber es hilft. Er umarmt alle und möchte gern mit Mona sprechen.

Auch Philippe ruft an, spätabends, verzweifelt und wütend: Wann ist Lola endlich wieder auf den Beinen? »Vielleicht in acht Tagen«, flüstert Lola mit rauher Stimme, »wenn alles gut geht.« – »In acht Tagen? Aber das ist zu lange. Lola, streng dich an, werd schnell gesund.« – »Ich kann nicht, ich habe noch Fieber.« – »Aber verstehst du denn nicht: In acht Tagen bin ich nicht mehr allein.« Oh, sie hat verstanden. »Mein Schatz, sei nicht böse. Ich liebe dich, und du fehlst mir. Wir sehen uns wieder. Ich werde es schon hinkriegen.« Lola legt den Hörer hin, vergräbt ihren Kopf im Kissen: Er wird es hinkriegen, genau das wollte sie verhindern. Sich in Stundenhotels rumtreiben? Nein danke.

Früh am Morgen kommt Lili ins Zimmer. Sie hält einen Brief mit einer seltsamen Marke in der Hand. »Lola, ein Brief für dich. Er ist aus Israel.« Lola springt auf. Sie hat die Schrift sofort erkannt, weit und geneigt. Nicolas! Sie zerreißt das dicke Kuvert, greift nach dem Blatt.

»Meine liebste Mama, ich schreibe Dir aus Jerusalem, wo ich gerade angekommen bin, nach einem Monat Training in einem Camp am Toten Meer. Sprich mit niemandem darüber: Eigentlich ist es top secret . . .«

Nicolas wird diese Reise nie vergessen. Es war sehr dunkel in jener Nacht, in der kleinen Bucht nördlich von Jouieh, wo am Strand etwa zwanzig Kataeb warteten. Die Befehle waren eindeutig: keine Waffen, kein Gepäck, keine Uniformen. Jeans und T-Shirt. Rauchen verboten. Sie wußten alle, daß sie nach Israel fahren würden, aber seit dieser Ankündigung waren sie von der Welt abgeschnitten, dann in geschlossenen Lastwagen hierhergebracht worden. Plötzlich tauchten sechs große Schlauchboote wie gleitende Schatten auf dem Wasser aus der Nacht auf und schoben sich auf den feuchten Sand. Froschmänner in schwarzen Anzügen sprangen heraus. Einer von ihnen schob die Gummikapuze und die Sauerstoffmaske zurück, er leitete alle Operationen mit dumpfen arabischen Befehlen.

Ohne ein Wort zu sagen, waren sie in wenigen Minuten in die Boote gestiegen. Nach einer Viertelstunde fanden sie sich neben einem grauen Schiff wieder, das ohne jede Beleuchtung sanft auf dem offenen Meer schaukelte. Erst an Bord bekamen sie endlich die Erlaubnis zu rauchen, vor der Zusammenkunft mit einem Offizier. Sie schwiegen verschüchtert. Diese Disziplin und diese Organisation waren ganz anders als alles, was sie vorher gekannt hatten, aber sie gaben ihnen das Gefühl, endlich, wie ein Kamerad von Nicolas sagte, »ernsthafte Kämpfer« zu sein.

Als sie am frühen Morgen Haifa erreichten, erwachte die Stadt gerade. Man hatte ihnen israelische Uniformen gegeben. Die hohen Schnürstiefel, die Blousons, ja selbst die Unterwäsche und die Strümpfe hatten nicht die geringste Ähnlichkeit mit ihren zusammengewürfelten schweren und unbequemen Uniformen. Sie lachten, berührten den leichten und warmen Stoff ihrer neuen Kleidung. Haifa war ihnen nicht allzu fremd: eine Hafenstadt, weniger groß als Beirut, größer als Said. Gehen wir in die Stadt, schaun wir mal, wie die Israelinnen aussehen, von denen man sagt, sie seien so schön . . .

Darauf mußten sie verzichten. Kaum an Land, lud man sie in Lastwagen, Richtung Totes Meer. Sie hatten nicht viel von Israel gesehen: einen Vorort von Tel Aviv, die Schnellstraße durch Nazareth, Jerusalem von weitem, Orangenhaine, Kibbuzim und schließlich die Wüste. Das Land hatte sie enttäuscht: »Es ist flacher und ärmer als bei uns.« Das ist Tel Aviv? Man würde nicht darauf kommen, daß es eine Hauptstadt ist . . .« Am Straßenrand wurden Lebensmittelrationen und Wasser verteilt. Um fünf Uhr kamen sie im Lager an.

Die Sonne verschwand bereits hinter den grauen Sanddünen. Um sechs Uhr erhob sich der Wind, kam vom Horizont, drehte sich zuerst auf der Stelle wie ein wütender Wirbel, der zum Himmel aufsteigt, dann wurde er herabgedrückt, schob die Dünen vor sich her, die sich wie Schlangen vorwärts bewegten. »Schließt die Zelte! Bindet die Lastwagen zu!« schrien die israelischen Offiziere. »Schneller! Schneller!« Das Licht verdunkelte sich, und der erste Stoß pfiff heran, schüttelte die Zelte, stach in den Augen, brannte auf den

Lippen. »Bindet die Tücher um«, brüllte ein Soldat, der mit eingewickeltem Kopf gleich einem Gespenst von Zelt zu Zelt rannte, bevor er in einer weißen Wolke verschwand. Die Libanesen sahen sich fassungslos an: Sie hatten noch nie einen Sandsturm erlebt.

Man mußte sie die Wüste lehren. Eisig bei Nacht, brennend heiß am Tag. Zwei Wochen lang erlebten sie ein höllisches Training: Aufstehen um fünf, langer Dauerlauf mit nacktem Oberkörper, Geländemarsch durch die Dünen, Exerzierübungen auf dem Kies, Handhabung von Kriegswaffen: Kalaschnikows und M16, einfache Gewehre, Granatwerfer, Panzerabwehrgeschosse, leichte Maschinengewehre vom Typ RPD oder RPK, Mörser, Luftabwehrraketen. Montage, Pflege, Munition, Nutzung und Anwendungsmöglichkeiten, man ersparte ihnen nichts. Abends fielen die Jungen todmüde auf ihre Feldbetten. Niemand spielte den Maulhelden. Nicolas sah sogar einen seiner Freunde weinen, als sie über den groben Sand robbten, unter Schüssen mit echter Munition... Am Ende der zwei Wochen, nach Tests, deren Bedeutung man ihnen nicht erklärte, trafen die Israelis eine Auswahl. Eine kleine Gruppe – darunter Nicolas – wurde in einem Extralager versammelt.

Man lehrte sie den Nahkampf, mit der bloßen Waffe: Immer von hinten angreifen. Die Klinge flach halten, um zwischen die Rippen zu treffen. Venen, Arterien, Muskeln oder Sehnen erwischen. Um die Hauptschlagader durchzuschneiden, das Messer über das Ohr von oben nach unten führen. Die Speichenschlagadern an den Handgelenken sind am leichtesten zu erwischen. Von den Anatomietafeln ging man zur Praxis über, zu Puppen, erklärte die Natur und die Tiefe der ausgeführten Hiebe, die Frist bis zur Bewußtlosigkeit, die Zeit bis zum Tod. Vor allem: den Todesstoß immer zweifach führen. Man war schon auf Kerle gestoßen, die direkt ins Herz getroffen waren und trotzdem am Leben blieben. Auf jeden Fall lange genug leben, um den Angreifer zu töten...

Nach ein paar Tagen dieser Ausbildung hatte Nicolas protestiert: »Ich bin kein Mörder«, sagte er zu seinem Offizier, einem jungen Jemeniten von erstaunlicher Schönheit. »Das widert mich an. Man muß verrückt sein, um das zu mögen. Ich will aufhören.« Der andere sah ihn mit kaltem Blick an: »Du kannst gehen, wenn du willst. Wir wollen keinen Mörder aus dir machen. Dir nur beibringen, deine Haut zu verteidigen, wenn sich jemand mit dem Messer auf dich stürzt. Dann heißt es du oder er. Du mußt dir sagen, daß libanesische Burschen dasselbe Training, das ihr hier bekommt, bei den Palästinensern oder den Schiiten durchlaufen, in Baalbek, wo sich die größten Trainingscamps des internationalen Terrorismus befinden. Sie wissen, wie man aus einem Auto, einem Türknauf, einer Treppe eine Falle baut, in der du vielleicht eines Tages deinen Bruder oder deine Schwester sterben sehen wirst. Also, verteidige dich wie ein Mann. Wenn nicht, wirst du vernichtet und die Deinen mit dir. Wo wären wir, wir Israelis, wenn wir nicht gelernt hätten, zu kämpfen. Von der Landkarte ausradiert. Wollt ihr die Palästinenser von morgen sein? Verjagt aus eurem Land, ewige Flüchtlinge? Such es dir aus.«

Betroffen hatte Nicolas die Ausbildung fortgesetzt. Und in der Wüste Negev beendet, wo er lernte, die Truppe zu führen und zu kommandieren, Strategien auszuwählen, die dem Gelände entsprechen, Karten zu lesen und Erkundungen durchzuführen. Hier fand er seine Berufung als Architekt wieder. Hatten die Ausbilder seine Begabung bemerkt? Er wurde nach Jerusalem geschickt, zum kartographischen Dienst der israelischen Armee.

Jerusalem, er hatte davon geträumt. Jetzt war er dort, saß auf einer Mauer vor dem Hotel Intercontinental. Er betrachtete die Stadt, die sich zu seinen Füßen ausbreitete: die vergoldete Kuppel der Omarmoschee, die silberne Kuppel der El-Aksa-Moschee, Olivengärten ... Die Magie der Worte bezauberte ihn. Blasses Gelb des Himmels, dunkles Grün der Zypressen, flammendes Gold der orthodoxen Kirche ... Die Farben betäubten ihn. Mehr als alles andere berauschten ihn das Licht und die leichte Luft. »Ich bin zwanzig Jahre alt«, sagte er sich. »Wie gern würde ich hier leben. Ich würde mich in ein goldbraunes Mädchen verlieben, mit Aprikosenwangen und schwarzem Haar. Wir würden zusammen spazierengehen, Hand in Hand, durch die schlecht gepflasterten Gassen, und allein die Berührung unserer Finger würde uns erbeben lassen. Sie würde mich ansehen, mit ihren wie Brunnen tiefen Augen, und ich hätte die ganze Zeit Lust, sie zu umarmen. Jerusalem! Hier könnte ich glücklich sein, alle Lektionen von Gewalt und Tod vergessen. Aber ich habe das Unglück, als Libanese geboren zu sein. Vielleicht hat dieser Jemenite recht, der behauptet, ich habe keine andere Wahl, als zu töten oder getötet zu werden. Noch kann ich widerstehen, nicht zu diesem wilden Kerl werden, der langsam in mir wächst, der mich überschwemmt, meinen Geist verdunkelt. Wenn ich nach Beirut zurückkehre, werde ich dort den einzigartigen Wahnsinn des Bürgerkrieges wiederfinden, der einen zwingt, bis an den Grund von Haß und Barbarei zu tauchen – wer hätte sonst den Mut, auf seine Brüder zu schießen? Wenn ich nach Paris fahre, oder in ein anderes Exil, werde ich mir ein Leben lang meine Feigheit vorwerfen. In Israel bleiben? Dann wäre ich nur ein verfolgter Araber. Schade. Hier würde ich gern das Glück kosten.«

Nicolas sprang von der Mauer, griff nach seinem Armeesack, ging zu Fuß die Straße hinunter, die in seine Kaserne führte. Heute abend würde er seiner Mutter schreiben.

Der Brief von Nicolas beunruhigt Lola. Zu kurz, zu trocken, zu flüchtig. Hat ihr kleiner Junge sein Herz verloren oder seine Seele? Ist das die Wirkung seiner »top secret«-Aktivitäten in Jerusalem? Irgend etwas sagt Lola, daß es ihrem Sohn schlecht geht. Sie muß nach Beirut zurückfahren, bevor er aus Israel zurück ist – in zwei oder drei Monaten, wie er schreibt. Aber in Paris ist Mona so aufgeblüht, so fröhlich, wenn ihre Mutter da ist. Seitdem Antoine versprochen hat, zu kommen, streicht sie die Tage auf dem Kalender durch. Lola kann nur zwischen ihren beiden Kindern hin und her rennen – eins im Krieg, das andere im Exil –, die feste und sichere Verbindung bleiben, auch wenn sie selbst nicht genau weiß, wohin ihr eigenes Leben führt. Wie sehr Antoine ihr fehlt! Er würde wissen, was zu tun ist, er würde alle beruhigen. Sie muß diese Wohnungsgeschichte regeln, bevor er kommt. Dann wird er entscheiden.

Auch Philippe sucht eine Wohnung. Zur Miete, nicht zum Kauf – »Ich bin nicht so reich wie dein Mann, mein Schatz. Siehst du, mit mir wärest du unglücklich geworden . . .« Lola verzichtet darauf, zu sagen, daß Maries Vermögen, glaubt man dem Klatsch, ein entscheidender Grund für Philippes Heirat war. Sollten die Boiron-Vauzelle ruiniert sein? Auf jeden Fall verkaufen sie. »Mein Schwiegervater will eine Wohnung loswerden, Rue Saint-Sulpice. Da dieser alte Geizkragen sie nicht an mich vermieten will, unter dem Vorwand, man macht keine Geschäfte innerhalb der Familie, habe ich an dich gedacht. Es ist eine sehr angenehme Wohnung, ich glaube, sie wird dir gefallen. Aber du mußt dich mit dem Notar in Verbindung setzen, der Alte will weder über Annoncen noch durch eine Agentur verkaufen. Sag dem Notar, daß du mich kennst . . . nein, das wäre keine sehr gute Empfehlung. Paß auf, sag ihm, daß du Axel Houdayer kennst, der in Washington sein Berater war, Axel, weißt du noch, aus Kairo . . .«

In schwarzem Kostüm, mit einer Cartierbrosche, ist Lola also zum Notar gegangen. Heute hat sie die Adresse und die Schlüssel. »Rue Saint-Sulpice, das ist ganz in der Nähe!« hatte Lili ausgerufen. »Wie schön, wir würden Nachbarn sein. Ich habe heute nachmittag nichts besonderes vor, ich komme mit. Du kennst die Tücken von Paris noch nicht.«

Rue Saint-Sulpice. Die Steintreppe mit dem schmiedeeisernen Geländer macht einen guten Eindruck. Ein einziger Baum, groß und majestätisch, wächst in der Mitte des gepflasterten Hofes und reckt seine Äste bis zur zweiten Etage hinauf. Die Wohnung ist alles, nur nicht praktisch, würde Antoine sagen. Aber wie sympathisch!

»Das Haus steht unter Denkmalschutz, meine Damen«, erklärt die Concierge, »wegen der Treppe und diesem Vorraum«. In der Tat hat der schwarz-weiß gefliese Raum mit kleinen Fenstern schöne Proportionen. Ein sehr großes Zimmer mit sechs hohen Fenstern, Blick auf die Straße, Zwischendecke und Holzbalkon. Dahinter kleinere Zimmer, ein veraltetes Bad. Ein Zimmer mit einer Täfelung aus hellem Eichenholz bietet einen Blick auf den Baum.

Lola stellt sich bereits vor, wie man im Badezimmer einen Ankleideraum einrichtet, das Bad in die Küche, die Küche unter die Zwischendecke...»Du hast keine Ahnung, solche Sachen in Paris machen zu lassen, das ist ein Alptraum! Du ruinierst dich. Wir sind nicht in Beirut!« protestiert Lili. Lola versteift sich darauf. Hier will sie leben. Bauarbeiten. Na und, es macht ihr riesigen Spaß, sich um Bauarbeiten zu kümmern. Außerdem hat Nicolas Sinn für Architektur, er wird ihr helfen... Was sie Lili nicht erzählt, ist, daß sie eine eigene Wohnung will, eingerichtet nach ihrem Geschmack, und daß sie noch an keinem anderen Ort solches Herzklopfen gespürt hat. Außerdem ist er so »französisch«, daß kein Raum für Nostalgie bleibt. Sie hat den Platz gefunden, wo sie sich ein Nest bauen will.

Antoine ist nach Paris gekommen, hat sich alles angesehen, ließ sich überzeugen, um so leichter, da der Preis, den der alte Botschafter verlangt, sehr vernünftig ist. »Aber im Moment keine Bauarbeiten.« »Wir können die Wohnung erst mal sehr gut so nutzen, wie sie ist, als Zweitwohnung. Sobald ich wieder in Beirut bin, kannst du machen, wozu du Lust hast.« Am Tag des Kaufes organisiert Lili in der Rue du Cherche-Midi ein intimes Abendessen mit Farouk, der jetzt Bankier in Paris ist, Ghassan Tueni, nur auf der Durchreise, Sami, Miquette Sursok, Michel el Khoury, Nicole Andraos, Nadia de Freije. Klassisches libanesisches Abendessen. Sami hat aus Beirut Rosenkonfitüre und großblättrige Petersilie für das Taboulé mitgebracht. Als Mona aus der Schule kommt, stürzt sie in die Küche: »Ich kann helfen, ich weiß, wie man Kebbés rollt...« – »Ich habe es ihr beigebracht«, sagt Lili. »Wir müssen wenigstens die kulinarischen Traditionen bewahren. Natürlich machen wir in Paris weniger Mezzes, die Mahlzeiten sind einfacher. Die Pariser essen nicht, sie sind alle auf Diät. Siehst du, wie mager die Frauen sind?«

Während des Essens redet man nur über den Libanon, den Krieg, Abreisen und Tode, aber der Ton ist fröhlich, man erzählt sich die verrücktesten Geschichten, wie die von Cousin Sami, der, als er sah, wie Plünderer seine Teppiche einluden, zu ihnen ging und die schönsten, die ältesten retten konnte, indem er zu den Plünderern sagte: »Ich lasse euch die neuen, sie sind besser.« Der Rauch der Zigarren, das Wohlgefühl nach dem Essen, der Duft der Orangenblätter im weißen Kaffe versetzt sie nach Beirut, in die glücklichen Tage vergangener Zeiten. »Ihr zieht also nach Paris?« fragt Farouk Antoine. »Nein, ich kehre nach Beirut zurück. Ich denke nicht daran, das Krankenhaus zu verlassen. Aber so haben wir wenigstens eine Absteige hier, für die Kinder, im Falle, daß . . .«

Im Falle, daß . . . diese drei kleinen Worte bestimmen jetzt ihren Horizont, die Grenze, hinter der ihre Hoffnung nur noch Utopie wäre und ihr Leben ein Chaos.

25

Beirut, Dezember 1977

Duft von Kaffee. Geschirrklappern, Lachen. Das Licht müßte von links kommen. Nein, ein strahlendes Fenster zeichnet sich gerade gegenüber ab. Ein leichtes Unbehagen läßt Lola erschauern. Sie dreht sich im Bett um und schläft wieder ein. Sie träumt. Sie ist in einer Kirche, eher in einer Kathedrale, deren zerbrochene und eingestürzte Bögen den Himmel sehen lassen. Aber trotzdem zeichnen die unbeschädigt gebliebenen Scheiben gelbe und blaue Vierecke auf den Boden. Glocken läuten, kristallklar oder dumpf. Diesmal ist das Geräusch so laut, daß Lola aufwacht. Zunächst erkennt sie nichts: Sie ist nicht in ihrem Zimmer. Die Glocken läuten immer noch. Neben ihr bewegt sich jemand, dreht sich um, zieht am Laken: Antoine ist da. Sie legt den Arm um ihn, berührt seine nackte Schulter. »Antoine, wo sind wir?« Antoine, dessen Geist klar ist, sobald er die Augen öffnet, beugt sich lachend zu ihr herüber: »Erkennst du dein altes Zimmer nicht mehr? Wir sind bei Tante Charlotte.«

Das stimmt. Gestern sind sie alle zusammen in Beirut eingetroffen. Nicolas kam heimlich aus dem Osten, mit falschen Papieren und einem lustigen kleinen Schnurrbart – sein Name steht auf der Schwarzen Liste der moslemischen Milizen –, Lola, Mona, Lili und Marc aus Paris. Zum erstenmal seit langer Zeit ist die Familie an diesem 24. Dezember 1977 in Beirut versammelt. Sie feiern gleichzeitig Weihnachten und Tante Charlottes achtzigsten Geburtstag. Im Moment ist im Libanon alles ruhig. Nur eine Pause, kurze Waffenruhe oder wirklicher Frieden? Man lebt in den Tag hinein, ohne sich Fragen zu stellen. Wie bei jeder Unterbrechung des Krieges versorgt Beirut seine Wunden mit einem Optimismus, der anscheinend durch nichts zu besiegen ist. Tante Charlotte und Maud sind geradezu entfesselt, sie haben für diesen Abend ein »kleines intimes Fest« vorbereitet, vierzig Personen nur, aber natürlich Schlips und Kragen. »Mein Gott«, sagt Lili, »ich habe an alles gedacht, ich habe Zucker und Kaffee mitgebracht, aber kein langes Kleid, und Marc hat keinen Smoking . . .« – »Mach dir keine Gedanken, ich habe mindestens zwanzig Abendkleider hier gelassen, und Antoines Smokings sind im Schrank. Was hätten wir im Osten damit anfangen können? Gehn wir nachsehen . . .«

Das Haus sieht schmuck aus. Die erste Etage, völlig neu aufgebaut, könnte den Seiten eines Magazins für Innenausstattung entnommen sein. »Die Granate fiel auf mein Bett und riß es in winzige Stücke, da habe ich die Gelegenheit genutzt, um mein Zimmer etwas zu verändern«, erklärt Tante Charlotte. »Unser Freund Sascha hat uns beraten, er wollte es im Stil der dreißiger Jahre, für ihn ist das sehr modern, aber ich habe das alles schon in meiner Kindheit erlebt, deshalb zog ich einen Stil à la Laura Ashley vor. Was meinst du dazu, Lola?« – »Es ist entzückend, absolut ent-zük-kend, Tatie. Dieser blaugestreifte Stoff paßt zu der Farbe deiner Augen.« Charlotte genießt das Kompliment. In das frühere Zimmer von Onkel Emile hat Maud, wie sie sagt, einen »femininen Touch« gebracht, mit einem Kanapee aus rotem Brokat, einem vergoldeten Frisiertischchen, das mit einer beeindruckenden Anzahl von Töpfchen, Cremes, Toilettenartikeln aus Elfenbein und Silber und einem großen weißen Pierrot bedeckt ist, der mit verrenkten Gliedern auf einem Kissen sitzt.

»Sascha gefällt es nicht, aber was willst du machen, das ist alles, was Maud retten konnte« murmelt Charlotte. »Wenn man bedenkt, daß sie eine Wohnung von sechshundert Quadratmetern hatte, herrliche Teppiche und Möbel! Nun gut, sie spricht niemals davon. Am Anfang hat sie um ihre Ikonensammlung getrauert, dann hat sie eines Tages zu mir gesagt: ›Eigentlich ist ein Frisiertisch viel nützlicher.‹ Der Pierrot ist ihr Glücksbringer. Sie behauptet, mit ihm wären wir außer Gefahr.«

»Tante Charlotte, ich glaubte heute morgen Glocken zu hören. Habe ich geträumt? Die Kirche nebenan ist doch zerstört ...«
»Ah, das ist meine Überraschung. Geht alle in die Stadt, ich bleibe mit Tanos, Nicolas, Zakhiné und Maud hier. Ihr kommt heute abend wieder.«

Im verwüsteten Beirut spazierengehen, was für eine Idee! Antoine und Mona haben das Auto genommen. Vom Westteil der Stadt ist es unmöglich, nach Broumana hinaufzufahren, wie es sich Mona gewünscht hat. Nicht einmal, wenn man um Beirut herumfährt, denn die Straßen des Chouf sind von kriegerischen Drusen versperrt. Antoine will es trotzdem versuchen, ja, er wird vorsichtig sein. Trotz des drohenden Regens gehen Lola, Lili und Marc zu Fuß. Lili will unbedingt »La Licorne« wiedersehen. Als sie aber vor dem Geschäft ankommt, stößt sie einen Schrei aus, klammert sich an Marcs Arm, wendet den Kopf ab. Auch Lola hat die Augen voller Tränen.

Von dem, was einst das Refugium ihrer Vertraulichkeiten, ihres Glücks war, sind nur schwarze Löcher geblieben, klaffend wie offene Wunden. »La Licorne« ist zur Straße hin offen. Die Wände sind mit Graffiti bedeckt. Es mag Soldaten als Unterstand gedient haben, denn auf der Erde liegen rostige Patronenhülsen, ein zerbrochener Stuhl, Cola- und Bierflaschen. Der Boden ist mit Papier, vertrocknetem Laub, Unrat und Obstschalen bedeckt, die sich im Wind bewegen. Lili stößt einen lauten Schrei aus, als sie eine Ratte aus dem Abfall herauskommen und über die Straße laufen sieht.

Ein Teil der Gitter von »Papyrus« sind noch da, rostig und verbogen. Im Innern sind nur zwei Regale, ein verkohlter Tisch übriggeblieben und, in einer Ecke, ein Buch, offen, ohne Einband, halb zerrissen. Lola steigt über das Gitter und hebt das Buch auf, dessen Seiten von den Flammen geschwärzt sind. Es ist schwer, ein Buch ganz zu töten. Sie blättert darin, erkennt es wieder, streicht mit der Hand über das Vorsatzblatt: »Moralische Betrachtungen des Heiligen Gregorius, Papst, über das Buch Hiob, Paris, Pierre Le Petit, Drucker und Buchhändler des Königs, MDCLXVII, mit Genehmigung und Privileg ...« Einige Seiten sind fast unbeschädigt. Lola liest: »So merkt doch endlich, daß Gott mir unrecht getan hat und mich mit seinem Jagdnetz umgeben hat. Siehe, ich schreie: ›Gewalt!‹ und werde doch nicht gehört; ich rufe, aber kein Recht ist da ... Er hat Finsternis auf meinen Steig gelegt. Vereint kommen seine Kriegsscharen und haben ihren Weg gegen mich gebaut und sich um meine Hütte gelagert ... Meine Nächsten haben sich zurückgezogen, und meine Freunde haben mich vergessen.«

Das Buch Hiob. Ist es ein Zufall, daß diese entsetzlichen Klagen dem Feuer entronnen sind? Welcher andere Text könnte besser ihre verzweifelte Situation, ihre Verfolgung, ihr Unglück beschwören? Lola ist verwirrt und möchte gern ein Zeichen des Schicksals darin sehen. Dieses Buch wiederzufinden, was für ein seltsames Weihnachtsgeschenk! Sie nimmt Lili am Arm. Schweigend gehen sie mit Marc davon. Wohin? Hamra wiedersehen? Die Ruine des Phönicia und die Grundmauern des Café Bahri entdecken, wo sie so oft einen »Sultan Brahim« bestellt hatten, den König der Seebarben? Lili zittert. »Ich möchte lieber zurückgehen. Das ist schlimmer, als ich es mir vorgestellt hatte, ich erkenne Beirut nicht wieder. Lola, Marc, unser Land ist tot, es wurde ermordet, vergewaltigt, und es wird nicht neu erstehen, weil es seine Kinder waren, die es getötet haben. Was haben wir getan? Liegt ein Fluch auf uns?« Lola denkt an den Text, den sie unter dem Arm trägt. Sie hebt das Gesicht zu den abgerissenen Balkons, den durchlöcherten Fassaden, den Mauerresten, deren leere Fenster in den Himmel starren. »Denken wir nicht mehr daran, heute ist Weihnachten. Vielleicht unser letztes gemeinsames Weihnachtsfest in Beirut. Tante Charlotte hatte den Mut, ein Fest auszurichten. Seien wir fröhlich. Enttäuschen wir sie nicht.«

Es ist fast Mitternacht. Das große Haus hat seinen einstigen Glanz wiedergefunden. Die Frauen sind in langen Kleidern – sogar Mona hat im Schrank ihrer Mutter ein Taftkleid gefunden, dessen smaragdgrüne Farbe ihr rotes Haar glänzen läßt. Die Männer tragen Smoking und strahlend weiße Hemden. Maud hat ihr berühmtes

Kollier aus Rubinen und Diamanten hervorgeholt. Charlotte trägt ein blaßrosa Kleid, dessen drapiertes, leicht verblaßtes Musselin ihren porzellanenen Teint unterstreicht. Russisches Abendessen. Zakhiné serviert einen Borschtsch, Tanos trägt ein Tablett mit Gläsern, gefüllt mit Wodka, der nicht kalt genug ist – am Nachmittag gab es wieder einmal Stromausfall. Aber ein großer Räucherlachs, Berge von warmen Blini, Schalen mit Tarama und dicke Salzgurken thronen auf dem Buffet. Es wird laut gelacht, als Maud den »Kaviar!« ankündigt und dabei eine silberne Glocke anhebt, unter der ein winziges Schälchen mit grauen Körnern auf zerstoßenem Eis steht. Antoine beugt sich zu Lola: »Ich frage mich, woher sie das alles haben.« Strahlend hebt Charlotte den Arm: »Es ist Mitternacht. Hört mal.«

In diesem Augenblick erhebt sich ein lautes Läuten, als hätten sich alle Glocken dieser Welt versammelt. Der Ton kommt von der Zimmerdecke. »Ich habe es erraten, das sind die Glocken aus ›Boris Godunow‹, ruft Lili, die ihre Klassiker kennt. »Bravo!« sagt Tante Charlotte leicht berauscht. Sie hatte alle Glockentöne aufgenommen, die Musik, die Chöre, das dumpfe Grollen der Becken, die den Kristallklang der Höhen unterstreichen. Die Wirkung ist ergreifend.

In diesem Moment taucht Tanos hinter Lola auf und flüstert ihr ins Ohr: »Telefon.« Lola folgt ihm ins Arbeitszimmer.

»Hallo?« Sie hört nichts bei all dem Läuten.

»Hallo? Fröhliche Weihnachten, mein Liebling. Es klingt, als wärest du in einer Kathedrale . . .«

»Philippe? Woher rufst du denn an?«

»Aus Paris.«

»Woher hast du meine Nummer?«

»Das ist mein Geheimnis . . .« Auch bei ihm hört man im Hintergrund den Klang eines Orchesters.

»Philippe, frohe Weihnachten, aber du kannst nicht hier anrufen, du bist verrückt . . .«

»Ja, verrückt nach dir. Ich liebe dich und küsse dich . . .« Mit brennenden Wangen geht Lola in den Salon zurück, gerade rechtzeitig, um zu erleben, wie Maud und Charlotte den Deckel eines großen Weidenkorbes öffnen. Zwei weiße Tauben fliegen heraus, verschreckt von dem Lärm, und steigen mit wildem Flügelschlag zur Decke hinauf. Hinter sich her, an einen Fuß gebunden, ziehen sie lange Papierbänder, auf denen »Paix«, »Peace«, »Salam«, »Friede«, »Pace« und sogar »Shalom« geschrieben steht.

Alles klatscht. Auch Lola, aber ihr Hals ist wie zugeschnürt. Frieden? Die Abkommen von Camp David werden ihn vielleicht zwischen Israel und Ägypten bringen, aber die Libanesen ahnen, aus Erfahrung, daß wie immer »der Libanon zahlen wird«. Die Tauben verfangen sich in ihren Bändern. Eine Walzermelodie erklingt. Antoine hat Lola den Arm um die Taille gelegt und küßt sie sanft auf den Hals: »Frohe Weihnachten, Liebes.« Lola denkt an Philippe, an den Krieg, an ihr zerrissenes Leben, und sie sagt sich: Ich halte das alles nicht mehr aus.

»Antoine, wie können wir in dieser Ruinenstadt, in diesem verfluchten Land tanzen? Tanz auf der Titanic . . .«

»Ich weiß. Aber was willst du tun? Weinen? Zeigen wir Würde. Wenn wir schon untergehen müssen, dann wenigstens in Abendgarderobe . . .« Oben klirrt Kristall: Eine der Tauben ist gegen einen Lüster geflogen, sie fällt wie ein Stein herab, blutet am Hals. Maud stürzt herbei: »Arme Kleine! Kommen Sie, Tanos, wir werden sie behandeln.«

Drei Tage später zerstreut sich die Familie wieder. Nicolas und Antoine kehren nach Achrafieh zurück, begleitet von Lola, die sich entschlossen hat, in Beirut zu bleiben. Lili, Marc und Mona nehmen die Fähre, die sie mit anderen christlichen Reisenden zum Flugplatz von Khalé bringen wird: Die Syrer haben Straßensperren errichtet und verlangen Flugtickets und Ausweise, bevor sie die Touristen passieren lassen. Der schlimmste Augenblick ist Monas Weinkrampf. Sie scheint zu schmollen, die Hände in den Taschen ihrer Parka vergraben, die Tasche neben sich. Als der Autobus kommt, wirft sie sich an Antoines Hals, dann klammert sie sich an Lola und weint wie ein kleines Kind: »Papa, Mama, ich will nicht von euch weg.« – »Willst du hierbleiben?« fragt Antoine ruhig, aber seine Stimme zittert.

»Nein, nein, ich habe Angst hier, hier ist immer noch Krieg. Aber Mama, komm mit...« Antoine fragt Lola mit den Augen. Sie schüttelt den Kopf: Auch Nicolas und Antoine brauchen sie in Beirut.

»Mona, mein Liebling, weine nicht. Ich komme dich bald besuchen, nicht wahr, Lili?« Lili hat die Fassung verloren und kann nur ein heiseres »Ja« murmeln. Der Busfahrer wird ungeduldig. Nicolas umarmt seine Schwester, hilft ihr beim Einsteigen, reicht ihr die Tasche. Sie weint noch immer. Da zieht er ein Taschentuch aus der Hose: »Behalte es als Erinnerung an mich.« Das letzte Bild, das Lolas Augen wahrnehmen, ist dieses kleine Babygesicht, von Tränen verschleiert, gegen eine Fensterscheibe gepreßt, und eine erhobene Hand, die immer weiter winkt. Sie müssen zurückgehen. Charlotte legt Lola beschützend den Arm um die Schultern.

»Es ist alles gut so, sei nicht verzweifelt. Die junge Leute müssen weggehen, ihr Leben ist woanders, und die Alten müssen bleiben. Ihr habt die schwierigste Rolle, ihr müßt kämpfen, um gleichzeitig Gegenwart und Zukunft zu sichern. Und es ist vielleicht ein hoffnungsloser Kampf... Führe ihn trotzdem, Lola, wer soll es sonst tun?« Alle Leichtfertigkeit ist aus Charlottes Stimme verschwunden, übrig bleibt nur eisige Entschlossenheit.

Ist das der wiedergefundene Frieden? Jetzt, zu Beginn des Jahres 1978, kann man daran glauben, daß der Libanon ein weiteres Mal aus der Asche auferstehen wird. Eine französische Delegation hat den Auftrag, sich mit der Städteplanung zu befassen, für den Tag, da Beirut wieder eins sein wird. Rafik Hariri, ein Libanese, der in Saudi-Arabien ein Vermögen gemacht hat, verspricht, seine Geburtsstadt Saïda wieder aufzubauen. Die ersten Libanesen, die nach Paris oder Kanada emigriert waren, kehren zurück. Vielleicht wird die Stadt trotz allem wieder aufleben.

Enttäuschte Hoffnung. Im Februar 1978 flammen die Kämpfe im Norden des Libanon von neuem auf, diesmal zwischen der syrischen und der libanesischen Armee. Der erste Schußwechsel kostet dreißig Tote. Blinde Wut des syrischen Präsidenten Assad, der den libanesischen Präsidenten Sarkis anruft und fordert, die »schuldigen« libanesischen Offiziere sollen festgenommen und erschossen werden, zur »Abschreckung«.

Der arme Sarkis ist völlig zerstört. Wie könnte er Damaskus die Stirn bieten, dessen Truppen zum »Schutz des Friedens« sich plötzlich wie Besatzertruppen aufführen? Eine Botschaft des amerikanischen Staatssekretärs Cyrus Vance verlangt von ihm, »um jeden Preis« eine Übereinkunft mit Syrien zu finden. Sarkis findet sie, unter großen Mühen. Aber ein Feuer wurde entzündet, dessen Glut unter der Asche weiterglimmt. Im Norden ist nichts geklärt.

Im Süden fallen die Israelis nach einem palästinensischen Angriff Ende März im Libanon ein, erst zehn Kilometer, dann stoßen sie weiter vor, bis zum Litanifluß. Die Bewohner des Südens, verstört von den Bombardements, flüchten zu ihren schiitischen Cousins in den Vororten von Beirut. Das Mosaik Beiruts ist um ein unerwartetes Element reicher, das sich als explosiv erweisen wird.

Aber wer sorgt sich um den Libanon? Die Weltmächte kümmern sich nur um den Friedensprozeß zwischen Israel und Ägypten. In Beirut zerfällt die Macht. »Sarkis zum Handeln ermuntern«, sagt John Randall zu einem amerikanischen Diplomaten, »ist dasselbe, als versuchte man, eine zu weich gekochte Nudel durch ein Schlüsselloch zu schieben.« Ein Mann jedoch hat seinen Plan, Bechir Gemayel. Er hat eine starke christliche Miliz versammelt, die Forces Libanaises, ihm gänzlich ergeben. Er wartet auf seine Stunde und putzt seine Waffen. Sein nächster Kampf wird sich gegen die syrischen Okkupanten richten. Aber vorher muß er, sei es freiwillig oder mit Gewalt, alle Christen unter seiner Führung vereinigen. Und dazu muß er den Rivalenclan beseitigen, christlich und prosyrisch, den Clan der Frangie.

An diesem 13. Juni 1978 ist es schon sehr warm. In Achrafieh, in der Wohnung von Marc, wo sie jetzt zu Hause sind, breitet Lola auf dem Salontisch Baupläne aus, in denen sie pausenlos radiert und einzeichnet, die Pläne für die Wohnung in der Rue Saint-Sulpice. Sie träumt davon, sie neu einzurichten.

»Was denkst du, Nicolas? Was hindert mich daran, die Küche unter die Zwischendecke zu verlegen?«

Nicolas spielt den Experten.

»Das Problem wird die Lüftung sein. Am besten wäre es, die Treppe zu versetzen. Woraus ist sie, aus Holz?«

»Ich weiß es nicht mehr genau. Ich werde Lili anrufen, damit sie nachsehen geht... Mein Gott, Nicolaus, räum das zusammen, dein Vater kommt gleich. Er wird dir sagen, du solltest lieber arbeiten, anstatt mich in meinen Hirngespinsten zu ermutigen...«

Antoine wirkt an diesem Abend besorgt. Noch bevor er sich setzt, gießt er sich einen Whisky ein, den er sofort austrinkt, ohne Eis, dann läßt er sich auf das Sofa fallen, als wäre er am Ende seiner Kräfte. Er hat abgenommen, und sein Gesicht ist von Erschöpfung gezeichnet. »Du arbeitest zuviel«, sagt Lola, die sich neben ihn setzt, »ich werde dich in den Urlaub nach Zypern mitnehmen«. Zypern, das war einst das Refugium unerlaubter Liebe, der einzige Ort in der Nähe, wo man heiraten konnte, auch wenn man verschiedenen Konfessionen angehörte. Der Treffpunkt für die Verliebten, die dem Klatsch Beiruts entrinnen wollten ... Der alte Scherz entlockt Antoine nicht mal ein Lächeln; müde streicht er mit der Hand über seine Stirn.

»Lola, hast du immer noch die Absicht, Anfang Juli nach Paris zu fahren?«

»Ja. Ich möchte Mona holen, damit sie hier die Ferien verbringen kann. Es ist doch halbwegs ruhig, nicht wahr?«

»Ich möchte, daß du früher fährst, so schnell wie möglich. Am besten morgen.«

»Aber ich bin nicht fertig! Ich habe keine Tickets.«

»Ich habe bei der Middle East angerufen und dir morgen einen Platz in der Abendmaschine reservieren lassen. Ich kann Nicolas nicht sagen, er soll mit dir fahren, ich habe Angst, daß er auf der Straße zum Flugplatz entführt wird. Außerdem würde er sich im Moment weigern, wegzugehen.«

»Aber was ist denn los? Willst du mich loswerden? Warum?«

»Heute nachmittag, gegen fünf Uhr, brachte man mir einen Verwundeten, sehr dringlich und sehr geheim. Es war Samir Geagea, der Leutnant von Bechir. Er war ziemlich schwer an der Schulter verletzt und ohne Bewußtsein. Ich hatte Dienst, also habe ich ihn operiert, aber ich weiß nicht, ob er seinen Arm behalten kann. Auf jeden Fall hat er unter der Anästhesie gesprochen. Anscheinend kam er direkt von einem Massaker im Norden. Als sie ihn aus dem OP-Raum trugen, habe ich die Wachen, die ihn begleiteten, gefragt, was geschehen ist . . . Also, diese wahnsinnigen Phalangisten haben Tony Frangie ermordet, den Sohn des alten Soleiman! Sie erzählten mir von ihrem Unternehmen, als wäre es eine Heldentat: Um vier Uhr morgens haben sie die Sommerresidenz von Frangie in Ehdene umzingelt. Dann haben sie sie mit Granaten gestürmt. Es gab vierunddreißig Tote, darunter Tony, seine junge Frau Vera, ihre kleine dreijährige Tochter Jehanne, das Zimmermädchen, der Chauffeur, sogar der Hund. Diese Idioten schienen mit sich zufrieden. Ich bin weggegangen, sonst hätte ich sie beschimpft.

Wer hat diese Schlächterei befohlen? Welcher Verantwortungslose hatte die verrückte Idee, den designierten Erben des Nordclans verschwinden zu lassen und damit Gefahr zu laufen, unter den Christen den Beginn blutiger Rachefeldzüge einzuläuten, die Jahre dauern werden . . . Du kennst unsere Berge. Der gesamte christliche Libanon wird sich rot färben. Die Frangie haben bereits geschworen, alle Mitglieder des Gemayel-Clans zu töten, sie und ihre Nachkommen in späteren Generationen, Männer, Frauen oder Kinder . . .«

»Sind die Gemayel verantwortlich?«

»Das war Bechir, ich bin sicher. Er kam vorhin ins Krankenhaus und sagte zu Geagea: ›Die Situation ist nicht katastrophal, aber die Operation ist nicht so gelaufen, wie wir es vorgesehen hatten.‹ Was sollte auch Geagea damit zu tun haben, wenn es nicht von Bechir ausgegangen wäre. Bestimmt wird man wieder sagen, hinter diesen Morden stünden Israel oder Syrien oder die Palästinenser, wie üblich. Niemand wird es glauben.«

»Und warum soll ich abreisen?«

»Weil der alte Frangie, wie du weißt, ein enger Freund von Hafez el Assad ist. Das bedeutet, daß Syrien einen herrlichen Vorwand hat, um den Norden zu besetzen, und Bechir eine glänzende Gelegenheit, den Krieg gegen die Syrer vom Zaun zu brechen. Tony wird man vergessen, Bechir bleibt der alleinige Führer des christlichen Widerstandes. Wir werden dem Schlimmsten nicht entgehen können, der Krieg wird von vorn anfangen. Ich wäre ruhiger, wenn ich dich in Sicherheit wüßte, in Paris.«

»Dann begleite mich, und wir nehmen auch Nicolas mit. Wir haben alle genug Krieg erlebt.«

»Nicolas wird nicht mitkommen. Wenn er die Nachricht gehört hat, ist er schon im Hauptquartier der Phalangisten. Bechir hat zum Sammeln gerufen. Und ich muß im Krankenhaus bleiben. Ich fürchte, dort wird es viel Arbeit geben. Komm, weine nicht, Lola. Ich hätte es dir nicht so brutal sagen sollen. Und vielleicht täusche ich mich ja auch, das hoffe ich zumindest. Hast du keine Lust, die Rue Saint-Sulpice wiederzusehen?«

»Nein, ich möchte lieber bei dir bleiben. Wer soll sich sonst um euch beide kümmern?«

»Wenn es ernst wird, ziehe ich ins Krankenhaus. Krankenhäuser werden nicht bombardiert ... noch nicht. Nicolas ist bei seiner Truppe ... Also gut, geben wir uns noch zwei Tage. Wenn etwas passiert, fährst du nach Paris. Versprochen?«

Am 15. Juni ist Lola in Paris. Im Libanon hat die Ermordung von Tony Frangie große Empörung ausgelöst, aber die Syrer haben sich nicht gerührt. In Paris, bei Lili, hat die ganze Familie im Fernsehen eine kurze Übertragung von der Totenmesse mit dem Patriarchen Khoreiche gesehen, anwesend waren die Botschafter, der Bruder von Hafez el Assad, die politischen und geistlichen Führer und eine trauernde Menge bewaffneter Anhänger. »Warum sind diese Leute weiß und nicht schwarz gekleidet?« fragt Mona. Wie wenig Libanesin sie noch ist! »Weil die Tradition verlangt, daß man erst dann Trauer trägt, wenn alle Opfer gerächt sind«, erklärt Lola. »Das sind mittelalterliche Sitten«, empört sich Marc, der als guter Byzantiner keine Sympathie für die Maroniten aufbringen kann. »Seid still, ich habe genug von diesen Vendettas, diesen Morden, diesen Kriegen und unschuldigen Toten!« schreit Lili und preßt die Hände auf die Ohren. »Reden wir von etwas anderem. Ich will nicht mehr an den Libanon denken.«

20. Juni. Glück liegt in der Luft von Paris. Lola schließt die Tür in der Rue Saint-Sulpice, läuft zum Platz. Der Springbrunnen funkelt, im Wasser spiegelt sich die Sonne. Wie sehr sie diesen Ort liebt. Sie setzt sich auf eine Bank, betrachtet die Kirche und die steinernen Löwen, die zarten Platanen, die noch ihre Frühlingsblätter tragen. Jeden Tag ruft sie in Beirut an. Nicolas ist zu Hause. Antoine sagt, alles scheint ruhig, sie soll sich nicht von den Nachrichten erschrecken lassen, vielleicht wird es trotz allem ein normaler Sommer. Kommen beide nach Paris, oder soll Lola zu ihnen nach Beirut fahren? Wir werden sehen, sagt Antoine. Weißt du, hier macht niemand Pläne, die weiter als bis morgen reichen!

Sie telefoniert auch mit Philippe, am späten Nachmittag, und manchmal trifft sie ihn auch in dem kleinen Zimmer, das er im Hotel Lutétia behalten hat, »um dort zu arbeiten«, wie er sagt. Philippe verfügt über sie, als gehörte sie ihm. Er hat recht, denn sie reagiert nicht, sie gehorcht, jedesmal spürt sie etwas stärkere Abwehr, aber sie akzeptiert diese Situation trotzdem, die neu für sie ist und wie eine Folter: in derselben Stadt zu leben wie Marie, die Ehefrau, von der sie nichts weiß. Aber jetzt ist Marie keine ferne Abstraktion mehr. Die Fragen werden quälend: Wie ist Philippe zu ihr? Verbringen sie dieses Wochenende auf dem Land, in dem Landhaus, das sie kennt? Das Wissen nimmt ihr nichts von ihrer Angst, im Gegenteil.

Wie seltsam, daß sie jetzt eifersüchtig ist. Jahrelang – eigentlich seitdem sie sich vor sieben Jahren wiedergetroffen haben – hat sie Philippe geliebt, ohne sich eingestehen zu wollen, daß es eine andere Frau und sicher auch eine Familie gab. Warum leidet sie jetzt darunter? Vielleicht, weil sie das Gefühl hat, nur am Rand seines Lebens zu existieren. Sie stößt immer wieder auf unsichtbare Barrieren, die sie aufgestellt haben, um sich zu schützen, und die sie nicht mehr erträgt.

Sie steht auf, läuft langsam die Rue du Cherche-Midi hinauf. Als sie jung war, in Kairo, ging sie, um sich von einem Kummer zu trösten, bei Lappas ein Eis essen, ein riesengroßes Mango-Eis mit einem kleinen chinesischen Sonnenschirmchen. Sie ist nicht mehr fünfzehn ... Nichts lockt sie ... nur, durch die Straßen zu laufen, um diesen bohrenden Schmerz zu beruhigen. Liebeskummer, in ihrem Alter! Das ist lächerlich. Sie wird doch nicht sentimental werden, weinen, leiden, wegen eines Mannes, der ein guter Liebhaber ist, aber auch auf die Jagd geht und Pilzomelette ißt! Nein, ihre Leidenschaft ist nur noch eine Liebschaft. Sie muß ein Ende machen. Trennung, ohne Aufsehen, ohne Dramen. Sie wird nicht mehr anrufen. Philippe wird es verstehen.

Paris, 25. Juni 1978

Mit der Morgenpost ist ein Brief gekommen, und Lola hat die hohe Schrift sofort erkannt. Philippe. Eilig hingeworfene Worte, auf einem weißen Blatt, ungeordnet, wie unter starkem Druck geschrieben:

> Wo bist du, meine Prinzessin, meine Ausreißerin? In Paris, ich weiß es. So nah, aber weiter weg als in Kairo, weiter weg als in Beirut... Lola, du willst nichts mehr von mir wissen. Du lehnst unsere Liebe ab. Warum? Bist du mir noch immer böse, weil ich dich mehr geliebt und trotzdem nicht genommen habe? Liebste, du weißt nicht, was es mich gekostet hat.
>
> Ich bitte dich, komm zurück. Ich bin gegangen, du bist gegangen. Laß uns nach so vielen Trennungen eine große Rückkehr erleben. Ich will dich in meinen Armen halten. Du bist meine Wahrheit, meine einzige Wahrheit. Ich brauchte Jahre, um es zu verstehen, aber jetzt will ich dich nicht mehr verlieren. Wir sind für das Leben verbunden, meine Liebste. Das ist das Schicksal – mektoub, wie man bei dir sagt. Lola, sag nicht nein. Ich brauche dich.
>
> Ruf mich an, ruf mich an.
>
> Ich liebe dich.
>
> Ganz unten eine breite Unterschrift: *P h i l i p p e* .

Paris, 28. Juni 1978

Lola hat das Versprechen, das sie sich selbst gegeben hat, nicht einmal acht Tage gehalten. Weshalb sollte sie auf dieses Glück verzichten? Ihre frühere Liebe war ein schönes Ei, glatt und ganz, heute ist es von Rissen durchzogen wie gesprungenes Prozellan. Sie liebt Philippe noch immer, ohne Illusionen, mit seltsamer Passivität. Aber trotzdem fehlt er ihr. Schließlich hat sie angerufen. Natürlich. Er hatte es erwartet.

»Tu mir den Gefallen, mein Liebling, treffen wir uns im Hilton, wie beim ersten Mal. Es ist schon acht Jahre her! Welch eine Ausdauer! Wir müßten das feiern . . . Ich habe dort eine Delegation aus Rwanda untergebracht und auch ein Zimmer für mich reserviert. Die 114. Ich erwarte dich am Mittwoch, um . . . elf Uhr, paßt dir das?

»Nein, etwas später. Um zwölf. Ich werde beim Hotelfriseur sein. Wenn etwas dazwischenkommt, kannst du mich vormittags dort erreichen.«

Sie kennt ihren unzuverlässigen Geliebten zu gut, seine Verspätungen, das ängstliche Warten am Flugplatz, in Cafés, bevor sie ihn endlich atemlos ankommen sah: »Da hat sich ein Kerl an mich geklammert, ich bin ihn nicht losgeworden, verzeih mir, Lola.« Manchmal sagt sie sich, daß sie Philippe liebt, wie ein Mann eine Frau liebt, der er »verfallen ist«. Es stimmt, er hat auch etwas Weibliches, im Lächeln, in der Stimme, wenn er murmelt: »Ich bitte dich . . .« Vielleicht sind sie sich gerade in diesen Momenten am nächsten, vereint in der Zusammengehörigkeit ihrer Gedanken und ihrer Körper.

Barthélemy, einen Kamm in der Hand, betrachtet Lola im Spiegel mit kritischem Blick: »Hinten müßte man etwas abschneiden und an den Seiten abstufen. Das wirkt – beschwingter.« Sie versteht sehr gut, was er nicht aussprechen will. Es ist schwierig, in ihrem Alter, mit zweiundvierzig Jahren, einen Stil zu finden. Weder Midinette noch ältere Dame, man weiß nicht, wo man hingehört. Sie hat tragische Entgleisungen hinter sich, flammendes Rot an einem Tag der Verzweiflung, Kinderlocken, in einem Moment der Begeisterung abgeschnitten. Glücklicherweise hat Barthélemy einen guten Blick und wacht über seine Kundinnen. Als sie ihm heute morgen gesagt hat: »Ich will irgend etwas Natürliches«, hat er sofort verstanden: »Sie haben ein Mittagessen?« Es ist zwölf Uhr, und sie ist noch nicht fertig. Durch die große Scheibe in der ersten Etage blickt sie auf die Esplanade.

Plötzlich ist Philippe da. Er parkt sein schwarzes Auto, schließt die Tür ab und geht eilig über die Straße. Sie folgt ihm mit den Augen. Er gehört mir, wenigstens in diesem Augenblick ist er mein. Er hat mit seinen einundfünfzig Jahren einen jugendlichen Schritt bewahrt. Heute wirkt er älter, vielleicht weil er halbrunde Brillengläser trägt, die er gerade abnimmt und in die Tasche steckt. Sie ist gerührt. Warum versteckt er sie? Es steht ihm gut. Er hebt die Augen zur Fassade, sie lehnt sich etwas zurück. Hat er sie gesehen? Wie jedesmal hat sie auch heute unter seinem grünen Blick einen Stich in der Brust verspürt.

»Barthélemy... Finden Sie mich nicht zu blaß? Das Haar triste? Müde?«

»Nein, das macht das schwarze Kleid. Sie müßten... warten Sie.« Er stürzt zu seinen Vitrinen, zögert, sucht aus: »Hier, probieren Sie diese Ohrringe. Sehen Sie, das ändert alles!« An der Kasse erhebt sich die spitze Stimme von Lucette: »Madame Boulad, Sie werden am Telefon verlangt.« – Philippe! »Ich bin in drei Minuten fertig.« Barthélemy legt eine Strähne zurecht, Lucette reicht ihr die Jacke, die Kosmetikerin kommt herbei: »Gefällt Ihnen der rote Nagellack?« Ja, alles ist gut, das Kleid, die Haare, die Naht der schwarzen Strümpfe, wo sind ihre Schlüssel, hatte sie einen Regenschirm? Nein. Handschuhe? Ja. Sie denkt an die arabischen Ehefrauen, die man schmückt, anmalt, tragische Puppen in ihren goldenen Kleidern.

Mit zitternden Knien geht sie die Marmortreppe hinunter. Nein, sie wird nicht sofort hingehen, sie muß sich fangen, ihre Angst vergessen. Jetzt erfüllt sie die Vorstellung, sich auszuziehen, mit Panik. Heute morgen stand sie nackt im Bad und hat sich unnachsichtig betrachtet. Nein, es ist nicht der richtige Moment, daran zu denken. Bevor sie durch die Halle geht, starrt sie vor der Boutique von Hermes auf den Silberschmuck, die Seidentücher, die großen Sommermieder, ohne sie zu sehen. Die Glasscheibe zeigt ihr das Bild einer Frau mit noch jugendlicher Gestalt, noch jungem Gesicht, aber dieses »noch« verdirbt alles. Sie geht näher heran, befragt ihre Erscheinung. Zu sehr geschminkt. Kann sie es noch ändern. Sie muß jetzt ihre Haut unter »Seidencremes« oder anderen Wundermitteln verstecken. Ein verrückter Wunsch ergreift sie. Umdrehen, fliehen, für immer. Nein. Die Zeit für die Liebe ist knapp bemessen. Sie geht zum Fahrstuhl, mit zugeschnürter Kehle, aber entschlossenem Schritt.

Auch Philippe ist unruhig, sie sieht es an seinen Augen. Was fürchtet er? Vielleicht, wie sie, daß ihre Begegnung in einem Fiasko endet. Überhaupt nicht. Er hat nur gerade im Ministerium angerufen, und seine Sekretärin hat ihm gesagt, daß ihn der Informationsminsiter aus Rwanda überall sucht. Zum Teufel mit den Ministern! Vergessen wir es. Lola, meine Liebste. Er ist bei ihr, umschlingt sie mit seinen Armen, deren Wärme sie durch das Hemd hindurch spürt. Seine Lippen streichen über ihren Hals, ihre rechte Schulter, die er mit zwingender Hand entblößt. Er streichelt ihr Gesicht, murmelt »ich liebe dich«, umarmt sie leidenschaftlich, und ihre Münder verschmelzen. Sie hat ihre Befürchtungen vergessen. Welche Bedeutung hat ihr Alter, er begehrt sie, sie spürt sein Verlangen. Sie hat ganz plötzlich wahnsinnige Lust auf ihn. Sie öffnet die Knöpfe an seinem Hemd, verwirrt von diesem warmen Duft, den sie so gut kennt. Auch er atmet sie ein, die Nase in ihrem Haar. Ein Schwindel wirft sie auf das Bett.

»Du bist schön, immer noch schön, und ich liebe nur dich . . .« Mit zarten Fingern zeichnet er die Linie ihrer Lippen nach. Was soll sie sagen. Worte sind zu blaß, um diese Fülle auszudrücken, die Freude ihres Körpers. Aneinandergeschmiegt bleiben sie regungslos liegen. Warum müssen diese herrlichen Augenblicke so selten sein? Er liegt ausgestreckt neben ihr und schiebt den Arm unter ihren Kopf. Preßt sie an seine Schulter. Seine Stimme bebt.

»Ich weiß, was du denkst. Du glaubst nicht mehr an uns. Du hast unrecht. Wenn du wüßtest, wie sehr ich dich brauche! Ich habe es dir geschrieben. Du mußt mir glauben. Ich liebe dich, Lola. Versuchen wir, uns dieses Leben am Rande zu bewahren, ein Leben, das uns gehört . . . Ist das möglich? Bist du einverstanden?«

»Ich möchte gern«, murmelt Lola an seinem Hals, »aber, mein Liebster, ich schäme mich, es ist kleinlich, ich weiß . . . Ich bin eifersüchtig . . . Ich denke an deine Frau. An deine Frau, in deinen Armen.«

Er lächelt, hebt ihr Kinn hoch, sieht ihr ins Gesicht:

»Meine Frau? Seit Jahren schlafen wir nicht mehr miteinander und leben einfach wie Freunde zusammen. Seit ich dich wiedergefunden habe, kann ich . . . kann ich nur noch dich lieben.«

Im Badezimmer bürstet Lola ihr Haar, zerstört das von Barthélemy errichtete Kunstwerk, das ohnehin schon gelitten hat. »Es ist vier Uhr. Ich sterbe vor Hunger. Kommst du mit, ein Sandwich essen?« ruft eine fröhliche Stimme aus dem Zimmer. Sie träumt von einem italienischen Essen, mit Ravioli und einem Chianti, der sie zum Lachen bringt. Das müssen sie sich für später aufheben, für ein anderes Mal . . . »Einverstanden, ein Sandwich, aber unten, in der Cafeteria. Sie haben sehr gutes Toastbrot. Ich trinke einen Tee. Ich will nicht dick werden.«

Zu dieser Zeit ist die Cafeteria leer. Ihr Tisch, in einer Ecke am Ende des Saales, gibt ein beruhigendes Bild. Philippe sitzt Lola gegenüber und verschlingt sein Sandwich. Er erzählt Anekdoten vom Pressedienst, von seinen Plänen. Auf dem Tisch treffen sich ihre Hände, die Finger schlingen sich ineinander. Er greift nach ihrem Handgelenk, beugt sich vor, um es zu küssen. Aber hinter ihm, sehr aufrecht, gegen eine Spiegelsäule gelehnt, beobachtet sie von weitem eine Frau. Sie ist groß und schlank. Blond, kurzes Haar, riesige blaue Augen unter einer gewölbten Kinderstirn. Sie wirkt jung, sehr jung. Kein Zweifel, das ist Marie. Sie starrt Lola an. Beide durchbohren sich mit Blicken. Dann macht die junge Frau im blaßblauen Kostüm, dem Blau ihrer Augen gleich, einen Schritt nach vorn und ruft leise: »Philippe . . .« Er richtet sich auf, begegnet im Spiegel vor sich Maries Blick.

Für einen Moment ist er fassungslos. Er wird sehr rot. Wie ein kleiner ertappter Junge läßt er überstürzt Lolas Handgelenk los, öffnet den Mund, schließt ihn wieder. Die junge Frau kommt näher, legt die Hand auf Philippes Schulter. Lola sieht nur noch diese Hand, lang und zart, an der ein großer Diamant glänzt, die sich in den Stoff der Jacke krallt und den Abdruck ihrer blaßrosa Nägel hinterläßt.

»Philippe, möchtest du uns bitte vorstellen.«

Die Stimme ist ruhig, der Ton eisig. Die blauen Augen, die geweiteten Pupillen lassen Philippes Gesicht im Spiegel nicht los. Er ist aufgestanden, noch immer purpurrot, und stammelt: »Lola Boulad, eine Freundin aus Kairo ... Marie, meine Frau.« Marie lächelt sehr erfreut, in ihrem Gesicht erscheint ein seltsamer Ausdruck von Befriedigung. Sie dreht sich zu Philippe um, und Lola denkt: Wie alt ist sie? Siebenunddreißig natürlich, Lola hat es sich hundertmal ausgerechnet. Aber sie wirkt so zierlich, so jung, daß man ihr zehn Jahre weniger geben möchte. Sie könnte als Philippes Tochter angesehen werden. Oder als meine, denkt Lola, grausam gegen sich selbst.

»Ich störe euch doch nicht? Darf ich mich zu euch setzen?« Die Ironie ist deutlich. Draußen glänzt die Sonne eines schönen Sommernachmittages auf den Platanen der Avenue de Suffren. Lola meint sogar die Vögel singen zu hören. Kann man sagen, daß Marie schön ist? Ja, zweifellos. Regelmäßige, feine Züge, weiße Haut, ein zarter Hals – sie ähnelt der Mutter von Philippe, auf dem kleinen Foto im Badezimmer in Montaupin. Aber es fehlt ihr an Wärme. Eine kalte Schönheit, gespielt sanft, mit Geduld geschaffen, von ihr selbst, mit Zurückhaltung und Selbstbeherrschung. Ihr Blick ist über Lola geglitten, ohne hängenzubleiben, als würde sie sie ignorieren. Demonstrativ berührt Marie Philippes Arm: »Liebling, würdest du mir einen Tee bestellen gehen, mit Zitrone, ohne Zucker.«

Verlegen steht er auf, geht zum Kellner. Marie hat sich endlich zu Lola gewandt.

»Sie sind die Geliebte meines Mannes, nicht wahr? Oh, erröten Sie nicht, ich kenne Philippe, ich bin an seine ... Dummheiten gewöhnt.«

»Wir kennen uns schon sehr lange, seit er in Kairo war«, stammelt Lola, zu durcheinander, um sich etwas anderes auszudenken.

»Wirklich? Philippe hat nie von Ihnen gesprochen. Ich bin erfreut, Sie kennenzulernen.« Sie wirft ihr einen kurzen Blick zu, ohne unangemessene Neugier, als betrachte sie einen Gegenstand, ein Möbelstück. Mit Expertenmiene schätzt sie den Marktwert der Konkurrentin ein. Konkurrentin? Nicht einmal das. Lola könnte schwören, daß sich Marie keinen Augenblick lang fragt: Liebt mein Mann diese Frau? Was hat sie, das ich nicht habe? Marie ist sich ihrer sicher, zu sicher, ihrer Überlegenheit als legitime Frau bewußt, siegreich, sehr siegreich, vor einem verstummten Ehemann. Lola möchte schreien, heulen, aber das tut man nicht unter zivilisierten Menschen.

Der Tee kommt. Der Kellner, der Philippe und Lola kennt, vermutet eine interessante Szene. Er läuft um ihren Tisch herum, nimmt eine leere Teekanne weg, wechselt den Aschenbecher. Man spürt seine Neugier: Die Ehefrau erscheint bei einem heimlichen Tête-à-tête. Was wird geschehen? Nichts. Am Tisch herrscht dichtes Schweigen. Marie allein hält das Gespräch mit leichtem Ton aufrecht. Philippe ist weiß wie Marmor. Seine zusammengepreßten Kiefer geben ihm einen bockigen Ausdruck. Mit dem Fingernagel zeichnet er immer neue Figuren auf die Papierserviette. Lolas Kehle ist so zugeschnürt, daß sie nicht mal ein höfliches Ja hervorbringt. Anspannung, Übelkeit, Wut wachsen in ihr.

Sie muß etwas sagen, die Konventionen durchbrechen, sich nicht beugen, erniedrigen lassen. Lola verspürt keine Scham, nein, es ist etwas anderes. Als sei sie bei einer Geschmacklosigkeit ertappt worden. An Maries Blick errät sie, daß diese nichtssagenden Sätze, diese entspannte Haltung nur dazu da sind, ihre Liebe zu Philippe herabzusetzen. Eine Geliebte mehr. Gefährlich? Nein, diese hier ist zu alt. Marie nimmt Anteil, Marie erdrückt sie, Marie schont sie sogar, im Bewußtsein ihrer Jugend und ihrer Schönheit. Von Philippe ist nicht die geringste Hilfe zu erwarten. Aus dem schuldbewußten Jungen ist ein schmollender Junge geworden. Er ist abwesend. Lola spürt in sich die Wogen der Empörung aufsteigen. Da er sie Marie ausliefert, da er nicht den Mut hat, diese erniedrigende Szene zu beenden, wird sie gehen. Ihre Tasche, ihr Tuch.

Marie hat verstanden, sie richtet sich rasch auf. Ihre Höflichkeit ist verschwunden. Schnell öffnet sie ihre Tasche und holt ein Foto heraus, das sie vor Lola auf den Tisch legt: »Das ist meine jüngste Tochter, Anne-Sophie. Sie ist sieben Jahre alt. Ist sie nicht schön? Philippe ist verrückt nach ihr . . .« Ohne Atem zu holen, ist sie aufgestanden. »Philippe, kannst du mich nach Hause fahren? Ich muß Anne-Sophie abholen . . .« Diesmal knallt die Stimme wie eine Peitsche.

Wird er sich fangen, die Situation umkehren, etwas sagen? Nein. Er steht auf, die Schultern sind leicht gebeugt, er greift nach Lolas Hand, streift sie mit einem Kuß, stammelt sehr leise: »Lola, ich bin untröstlich, ich rufe dich an.«

Marie wartet drei Schritte entfernt mit kaltem Blick. »Gehen wir«, sagt sie, ohne einen Blick auf ihre Rivalin zu werfen, die wie erstarrt auf dem Stuhl sitzen bleibt. Philippe folgt ihr. Lola hätte sich nie vorgestellt, ihren wunderbaren Geliebten so zu erleben. Bevor er verschwindet, dreht er sich aber noch einmal um: »Es ist schrecklich, es ist entsetzlich, aber ich kann nichts dafür«, sagen seine flehenden Augen.

Lola sieht ihn nicht. Sie betrachtet das Foto von Anne-Sophie. Ein kleines, sehr hübsches Mädchen. Rührend. Ihre Augen sind grün und die Haare schwarz, derselbe widerspenstige Wirbel über der Stirn wie bei Nicolas, aber sie hat ihn mit einer Kappe und einem schottischen Knoten gebändigt. Ihr kleines rundes Gesicht ist nach vorn geneigt, sie sieht den Fotografen aus dem Augenwinkel an, mit einem schelmischen Strahlen. Anne-Sophie . . . der Name gefällt ihr. Sie hätte ihre Tochter sein können . . . Lola dreht das Foto um. Ein Datum: Anne-Sophie, geboren am 28. März 1971. Wo war Lola damals.

Sie erinnert sich. März 1971. Genf. Hôtel des Bergues. Die Nacht mit Philippe, das Frühstück am nächsten Morgen. Die Operation von Nicolas, Lolas überstürzte Rückkehr nach Beirut . . . Dann hatte Philippe Lola in der Buchhandlung angerufen, ihr seine Liebe versichert. Am 30., acht Tage später, hatte er ihr geschrieben, er, der so geizig mit Briefen ist, eine kurze Mitteilung, die Lola lange aufbewahrte: »Guten Tag, mein Schatz. Vergiß nicht, daß ich dich liebe.« 30. März 1971 ... Marie, kurz nach der Entbindung, mußte noch im Krankenhaus gewesen sein. Sicher besuchte Philippe sie jeden Abend, brachte seiner Frau Blumen, begeisterte sich an dem herrlichen Geschenk, einer kleinen dunkelhaarigen Tochter.

Lola schiebt das Foto in ihre Tasche, läßt einen viel zu großen Geldschein auf dem Tisch liegen, tritt hinaus in das Licht, das ihren Augen weh tut. Weinen wäre erniedrigend. Außerdem hat sie gar keine Lust, sich selbst zu bemitleiden. Im Gegenteil. Sie ist Marie nicht böse: Sie hätte an ihrer Stelle dasselbe getan. Philippe? Er ist schwach, sie hat es immer gewußt, und dieses schöne Märchen, das sie sich beide erzählt haben, von einem Leben außerhalb von Zeit und Raum, es war so praktisch für ihn. Für sie auch? Vielleicht. Nein, das einzige, was sie nicht akzeptiert, dieser Knoten, der noch immer ihren Hals verschließt, ist die Lüge. Sie hört noch seine Stimme, vorhin erst, im Zimmer 114: »Meine Frau? Wir schlafen seit Jahren nicht mehr miteinander ... Wir leben wie Freunde ... seit ich dich wiedergetroffen habe, kann ich nur noch dich lieben.« Sie so sehr zu täuschen war nicht nötig.

Sie läuft die Avenue de Suffren entlang und setzt sich auf eine Bank. Sie ist müde, so müde. Alles kann sich also abnutzen. Die Liebe, das wußte sie. Aber die Achtung, das Vertrauen, die Freundschaft zwischen Philippe und ihr, ist es wirklich vorbei? Erstaunt, fast ruhig, sagt sie ja. Was für ein Schlamassel. Wie schade. Sie ist so traurig, als hätte sie einen sehr lieben Verwandten verloren.

Der Autobus kommt. Ein Ascheschleier hat sich über diesen schönen Sommertag gelegt. Im 82er lachen junge Mädchen, die in der Rue Victor-Duruy eingestiegen sind, wie die Verrückten und halten sich an den Armen. Eine von ihnen verliert in einer Kurve das Gleichgewicht und stolpert auf Lolas Füße. »Oh, pardon, Madame, ich hoffe, ich habe Ihnen nicht weh getan?« Nichts kann ihr mehr weh tun. Sie fühlt sich wie eine Schlafwandlerin. Es ist noch zu früh, um zu begreifen, was geschehen ist. Die echten Wunden, hat Antoine einmal gesagt, spürt man am Anfang kaum, sie schmerzen erst später, und die Amputierten fühlen noch lange ein Stechen im verschwundenen Bein. Sie wird die Schmerzen um Philippe noch jahrelang spüren.

Eine Nadel bohrt sich in ihre linke Schläfe, der Schmerz wird stärker, strahlt, breitet sich über die Stirn aus, erreicht die Augen. Hilfreiche Migräne. Nachher, bei Lili, wird sich Lola ins Bett legen können, den Raum verdunkeln, Beruhigungsmittel nehmen und schlafen, schlafen. Vielleicht wird sie eines Tages aus dieser Geschichte auftauchen, und das Bild Philippes, wie er Marie gehorsam folgt, verschwimmt in einem rettenden Nebel. Eines ist gewiß: Sie will nicht in Paris bleiben. Morgen wird sie Antoine anrufen und ihm sagen, daß sie zurück nach Beirut kommt. Der Krieg macht ihr keine Angst mehr. Das Pfeifen der Granaten fehlt ihr. Es wird ihr helfen, zu vergessen. Und vielleicht zu sterben.

»Lola geht es schlecht. Nein, ich kann sie nicht wecken. Tut mir leid.« Lili legt auf und wirft Marc einen Blick zu: »Wieder dieser Philippe. Wie geht es Lola?« Marc steckt seine langen Beine aus und verschränkt die Hände über dem Kopf. Das ist seine Lieblingshaltung: »Nicht sehr gut, fürchte ich. Ich möchte, daß sie zu einem Psychiater geht, zu Verlomme beispielsweise. Sie hat eine Depression, ganz sicher. Diese Angst vor dem Licht ist nicht normal. Migräne? Ich glaube nicht daran. Sie wiederholt unaufhörlich, daß sie nach Beirut zurück will. Daß sie Antoine anrufen muß. Wir müßten ihr vielleicht sagen, daß das nicht geht. Daß der Krieg wieder aufgeflammt ist und das Telefon unterbrochen. Aber ich habe Angst vor ihrer Reaktion. Es ist fünf vor acht. Sehen wir uns die Nachrichten an. Ich habe ihr ein Beruhigungsmittel gegeben, sie schläft und wird nichts hören.«

Aneinandergeschmiegt sitzen Lili und Marc auf dem Kanapee und sehen voller Entsetzen die Bilder vorbeiziehen. Vor dem Hintergrund von Ruinen steht der Reporter mit offenem Hemd und schweißnassem Haar und kommentiert: »Seit vier Tagen liegt der christliche Sektor von Beirut unter einem Feuermeer. In einer einzigen Nacht wurde das Viertel Achrafieh gestern von mehr Bomben getroffen als in den letzten zwei Kriegsjahren. Es ist unmöglich, hinauszukommen, um die Verwundeten zu befreien oder die Toten zu bergen.« Weit entfernt erschüttert eine dumpfe Explosion ein Gebäude, das wie ein Kartenhaus einstürzt. Der Journalist zuckt zusammen und bringt sich hinter einem Mauerrest in Sicherheit: »Wie Sie sehen, verwenden die Syrer jetzt Kriegswaffen. Sie schießen mit 240-mm-Granaten, und zum ersten Mal seit dem Zweiten Weltkrieg sieht man wieder die furchtbaren Stalinorgeln ... Die Bewohner verkriechen sich in den Schutzräumen. Es gibt kein Wasser mehr, kein Mehl, keinen Strom, und die Lebensbedingungen werden immer schwieriger ...«

Die Kamera schwenkt, zeigt einen Schutzraum. Ganze Familien drängen sich auf Matratzen zusammen, die auf dem Boden ausgebreitet sind. Selbst hier, unter der Erde, hört man das durchdringende Pfeifen der Geschosse, gefolgt von beängstigenden Explosionen. Ein kleines braunhäutiges Mädchen versteckt ihr Gesicht in den weiten Röcken einer alten Frau, die einen Rosenkranz herunterbetet. Ein alter Mann, dessen Wangen von einem weißen Bart bedeckt sind, beschimpft den Kameramann: »Was macht Frankreich? Warum hat es uns verlassen? Wie viele Tote braucht es, damit ihr in Bewegung kommt?« – »Wer sind Sie?« fragt der Journalist. Der Mann antwortet mit bitterem Lächeln und enttäuschter Stimme: »Ich war Französischlehrer ... eine sehr schöne Sprache, ein sehr schönes Land, Frankreich! Früher hätte es uns nicht wie Ratten sterben lassen ...«

Es folgt ein Interview mit Camille Chamoun. Er ist mit seinen vierundachtzig Jahren noch immer ein schöner Mann. Mit einer müden Geste fährt er sich mit der Hand durch die weiße Löwenmähne. »Warum unterwerfen Sie sich nicht den Syrern? Das würde Menschenleben retten.« – »Niemals! Ich kämpfe, meine beiden Söhne kämpfen, meine Enkel kämpfen. Wir werden uns nicht unterwerfen.« – »Die syrischen Christen sind nicht so unglücklich. Sie werden zumindest nicht bombardiert, sie leben ruhig ...« – »Sie sind nicht frei.« – »Aber Ihre Städte und Ihr Volk werden vernichtet.« – »Ein Volk kann eine Stadt neu aufbauen. Es kann wieder wachsen, wenn es Tote gab. Aber wenn es die Freiheit verloren hat, wird es sie niemals wiederfinden.«

»Der alte Chamoun ist ein Bandit, aber diesmal bin ich mit ihm einverstanden«, murmelt Marc. »Mein Gott, Marc, sieh doch, das ist das Krankenhaus, das Hôtel-Dieu. Es brennt . . .« Lili zeigt mit zitterndem Finger auf den Bildschirm. »Sie werden doch nicht das Krankenhaus bombardiert haben? Und die Kranken, die Operierten? Sieh nur . . . Schwester Suzanne!« Auf dem Bildschirm erscheint in Goßaufnahme das entsetzte Gesicht einer Krankenschwester, die neben einer Trage steht und eine Plasmaflasche hochhebt. »Der rechte Flügel des Gebäudes ist getroffen!« schreit sie, als wende sie sich direkt an Lili und Marc, »wir versuchen die Verwundeten zu evakuieren, aber wir wissen nicht mehr, wohin. Einer der Operationssäle wurde während eines Eingriffs getroffen. Wir haben den Eingang noch nicht frei machen können . . .« Ihr kurzer weißer Schleier ist blutbefleckt. Im Hintergrund laufen Gestalten in dramatischer Unordnung durcheinander. Marc hat Lilis Hand ergriffen.

Plötzlich hinter ihnen ein Schrei: »Antoine! Antoine ist da drin, er wird sterben!« Lola steht schwankend in der Tür, blaß, violette Ringe um die Augen. Sie lehnt sich an die Wand und beginnt zu zittern. Lili stürzt zu ihr, nimmt sie in die Arme. »Bleib nicht im Nachthemd stehen. Du wirst dich erkälten.« – »Nein, nein«, schreit Lola. »Ich will es wissen, was geschieht dort?« Im Fernsehen, niemand hat daran gedacht, es auszuschalten, berichtet eine off-Stimme zu den Bildern von Tragen, die in einem Flur auf der Erde stehen: »Im Krankenhaus des Hôtel-Dieu-de-France ist man der Situation nicht mehr gewachsen. Es fehlt an Blut, Binden, Antibiotika, aber die Bombardements sind so stark, daß niemand dorthingelangen oder weggehen kann . . .«

Lola beginnt zu heulen, mit einem spitzen, langgezogenen Schrei, der Kälteschauer über den Rücken treibt. Mona kommt mit aufgerissenen Augen aus ihrem Zimmer. »Mama, was hast du?« Lola liegt auf dem Kanapee und weint vor sich hin. Ihr Gesicht ist kreidebleich. Mona greift nach ihrer Hand, bricht in Schluchzen aus:

»Mama ist tot!« – »Beruhige dich, mein Schatz, wir werden sie pflegen.« Marc kommt mit einer Spritze in der Hand zu ihr. »Ich werde ihr Anafranyl geben. Lili, kannst du bitte Verlomme und den Notdienst anrufen?«

Die wenigen Passagiere, die auf dem Beiruter Flughafen das Flugzeug verlassen, haben es sehr eilig. In Kriegszeiten ist ein Flugplatz nicht der beste Ort, um spazierenzugehen. Die Nase in die Luft gereckt, eine Tasche über der Schulter, steht Guy Sitbon unschlüssig neben dem Zollschalter. Er sucht jemanden. »Muostapha, ya Muostapha!« Einer der Taxifahrer eilt herbei: »Ya Bey! Wie geht es dir? Bist du zurückgekommen? Du weißt, hier ist im Moment schlechtes Wetter. Nicht im Westen, aber gegenüber, bei den Christen. Sieh mal...« Im Osten steigen schwarze Rauchpilze auf...

»Genau dorthin will ich, Muostapha. Sag mir nicht, daß es unmöglich ist. Sag mir nur, was es kostet.«

Muostapha, ein älterer dicker Mann, rollt den Schnurrbart zwischen den Fingern und überlegt. Er hat diesen Kunden schon vorher gefahren. Ein französischer Journalist, das bringt weniger Geld als ein Amerikaner, aber man kann sich unterhalten, und außerdem verstehen die Franzosen das Leben, man kann immer mal anhalten und ein Glas Arak trinken.

»Ya Bey, wie war dein Name?«

»Sitbon, du hast mich in den Chouf gebracht und ich weiß, daß du ein cleverer Kerl bist. Wenn du mich in den Osten bringst, behalte ich dich zwei Tage. Aber darfst du im Osten fahren?«

»Ich? Ich fahre überall.«

Muostapha sagt sich, daß Sitbon ein jüdischer Name ist. Er wird seinen Preis erhöhen. »Zweihundert Dollar am Tag und hundert Dollar für die Fahrt vom Flugplatz nach Beirut. Außerdem dreihundert Doller, um die Demarkationslinie zu überqueren. Okay? Gut, fahren wir.«

In Friedenszeiten spielten die Taxifahrer in Beirut Torero. Jetzt, im Krieg tun sie es mit Leidenschaft. Muostapha fährt mit quietschenden Reifen an. Sein alter Mercedes jammert, aber er hält es aus.

»Wo willst du durch? Es gibt drei Möglichkeiten, den Ring, das Museum oder Sodeco . . . Ich sage dir gleich, daß es am Ring heute schlecht aussieht. Drei Verwundete und ein Toter. Ich würde den Ring meiden. Am Museum ist es ruhig. Wir können versuchen, durch die Mohammed-el-Hout-Straße hinzukommen, dort wird zwar immer rumgeballert, aber die Straße ist abschüssig, da können wir durchrasen. Oder Sodeco. Dort ist ein Freund von mir, ein Milizsoldat, der gute Ratschläge gibt, wie man durch Achrafieh kommt . . .« Auf nach Sodeco . . . Fünfhundert Meter Niemandsland unter Gewehrkugeln und den Maschinengewehren der Milizsoldaten auf beiden Seiten, das sind zehn Minuten voller Furcht, was kostet bei dreihundert Dollar für zehn Minuten eine Stunde Heidenangst? Bevor er seine Rechnung beendet hat, ist Guy bereits auf der anderen Seite.

Die erste christliche Straßensperre. Er ist der einzige Kunde heute. Wer sonst würde sich in ein solches Wespennest setzen? Guy hat einen zwingenden Grund, um einundzwanzig Uhr dreißig am Palais Tueni anzukommen: Er wird zum Abendessen erwartet.

Denn man empfängt sich und man diniert auch unter den Bomben in Achrafieh. Die großen griechisch-orthodoxen Familien der Beiruter Aristokratie, die Boutros, Sursok, Tueni, haben sich geweigert, zu fliehen. Als sie am Haus seines Freundes Nicolas Bustros vorbeifahren, zuckt Guy zusammen: Der herrliche Palast, halb arabisch, halb venezianisch, ist völlig zerstört. Die Straßen von Achrafieh sind aufgewühlt, das Viertel mit den schönen ottomanischen Häusern wurde geplündert, man erkennt die Stadt nicht wieder. Mustaphas Taxi rollt durch eine Endzeitlandschaft. Guy fürchtet das Schlimmste. Aber nein. Das Palais Tueni ist nur etwas angeschlagen, und seine Gastgeberinnen erwarten ihn an der Treppe, die von großen Lampen auf den Stufen angestrahlt wird. »Guy! Was für eine Freude! Wie geht es in Paris?«

Es wäre ungehörig, zu antworten, daß es besser geht als in Beirut. Das Eßzimmer hat noch seine wertvollen Aubussonteppiche. Der Tisch, vier Meter lang, ist für sechs Personen gedeckt. Gaby entschuldigt sich: »Es gibt kein besonderes Menu, wir gehen seit einer Woche nicht mehr aus dem Haus.«

Die Frauen sind geschminkt, frisiert, elegant und fröhlich. Das Gespräch ist um so heiterer, als das Essen mager ist. Der Küchenchef serviert heute abend ein paar schwarze Oliven und trockenen Weißkäse, auf Silberplatten. Sie lachen viel, erklären Guy das Protokoll der Schutzräume: Angst wird scheel angesehen. Wenn man nicht den Mut hat, in seinem Bett zu bleiben, oder wenn das Dach gerade in die Luft geflogen ist, darf man sich in den Schutzraum begeben, aber ohne Überstürzung. Wer schlecht rasiert ist, oder ein Hauskleid trägt, läßt sich bedauernswert gehen, das wird von der Gemeinschaft so deutlich zum Ausdruck gebracht, daß es niemand ein zweites Mal wagen wird.

»Ist das nicht etwas affektiert? Ein neuer Snobismus?« fragt Guy, den gewöhnlich nichts zu erstaunen vermag.

»Die Syrer, diese Nichtse, diese Bedeutungslosigkeiten, werden uns doch nicht dazu bringen, wegen ihrer Bomben auf ein Jahrhundert guter Sitten zu verzichten!« gibt Gaby trocken zurück.

»Und wo ist Nicolas Bustros? Ich habe gesehen, daß sein Palast zerstört ist...«

»Nichts ist geblieben. Die Bibliothek mit den Originalausgaben – verbrannt. Die zahllosen seltenen Ikonen – zerstört. Die Gemäldesammlung – aufgeschlitzt. Die Opalgläser – in Scherben. Die wertvollen Möbel, die Statuen – zerbrochen: Ein paar Schüsse aus syrischen Kanonen haben die Schätze, die über drei Generationen von den Bustros zusammengetragen wurden, zu Staub gemacht. Nicolas hat nur noch seinen Chauffeur, seinen Küchenjungen und seinen Koch. Man fragt sich, wozu, denn er hat weder ein Auto noch eine Küche ... Sie sind alle bei Marthe untergekommen. Nicolas will nicht weggehen. Er sagt, er möchte lieber im Elend sterben, als sich mit der Barbarei zu verbünden. Vergiß nicht, daß er jahrelang der Protokollchef aller libanesischen Regierungen war. Und sein schönster Ehrentitel wurde ihm 1939 von André de Fouquières verliehen. Der Arbiter elegantiarum hat ihn als ›echten Dandy‹ beschrieben. Wie kann man sich da noch um die Syrer kümmern?«

Gaby lacht. Aber ein mächtiger Luftdruck, ganz in der Nähe, läßt das Haus erzittern und die Kerzen in den hohen Kandelabern flackern. Guy muß all seine Beherrschung aufwenden, um sich nicht unter den Tisch zu werfen. Niemand hat mit der Wimper gezuckt.

»Guy, du wirst hier schlafen, mit deinem Taxifahrer«, sagt Gaby. »Es kommt nicht in Frage, heute nacht in den Westen zurückzukehren. Die Bombardements beginnen gewöhnlich um Mitternacht, gehen bis sechs, hören auf und fangen um sieben wieder an. Wenn du morgen fahren willst, mußt du die Pause zwischen sechs und sieben nutzen, um über die Linie zu kommen. Paul, der zu den Phalangisten gehört, wird dir eine Eskorte mitgeben.«

Liza, die kleine Schwester, fragt, ob Guy Briefe nach Paris mitnehmen kann? Sie ist Krankenschwester im Hôtel-Dieu, und ihr Chef vom Dienst, Antoine Boulad, hat gestern gesagt, er suche einen Weg, um seiner Frau Lola zu schreiben, die krank in Frankreich liegt. Liza fährt um sechs ins Krankenhaus. Sie wird Guys Taxi nehmen. Antoine? Seit dem Beginn der Bombardements wohnt er praktisch im Hôtel-Dieu. Guy wird sehen, es ist schrecklich, den Ärzten fehlt es an allem, die Flure sind überfüllt mit Verwundeten. Auch davon muß man in Frankreich erzählen. Guy sagt ja, er wird alles erzählen. Er hat den Titel seines nächsten Artikels schon im Kopf: »Eine Anstandslektion in den Ruinen«

»Lola, Lola . . .« Sanft schüttelt Lili die schlafende Freundin. Armer Schatz. Sie ist abgemagert, ihr Gesicht eingefallen, Lili spürt durch den rauhen Stoff des Krankenhaushemdes die Knochen in ihrem Arm. Eine Anafranylinfusion läuft langsam in den Katheter an ihrem linken Handgelenk. Ist es das, was sie so schwach macht, apathisch, halb bewußtlos? »Lola, Lola . . . Antoine hat dir einen Brief aus Beirut geschickt.« Lola hat die Augen einen Spalt geöffnet, es strengt sie sehr an, die Lider zu heben. Wo ist sie? In welchem Bett? Warum steht Lili an ihrem Kopfende? Sie versteht nichts, erinnert sich an nichts. Aber Antoines Name dringt durch den Nebel in ihrem Kopf: »Antoine?« Lili beugt sich über sie. »Ein Brief von ihm, für dich. Willst du, daß ich ihn dir vorlese?« Mit einem Wimpernschlag antwortet Lola ja.

Mein Liebstes ... Ich habe sehr wenig Zeit, um dir zuerst zu sagen, wie sehr ich dich liebe und in diesem Inferno an dich denke. Vor allem, komm nicht her. Unsere Wohnung in Achrafieh wurde bombardiert. Ich sehe von hier aus ein riesiges Granatloch in der sechsten Etage. Hingehen konnte ich nicht. Aber die Wohnung ist bestimmt geplündert. Ich habe es mir überlegt: Ich glaube, du hattest recht. Man muß dieses Land von Wahnsinnigen verlassen. Außerdem bin ich so müde, daß ich nicht mehr operieren kann. Bleib da. Mach dir keine Sorgen. Warte in Paris auf mich. Sobald es geht, komme ich zu dir. Nicolas habe ich nicht gesehen, aber ich weiß, daß es ihm gut geht, er ist im Hauptquartier von Bechir, also gut geschützt. Bis sehr bald, mein Liebes, laß es dir gut gehen, erhole dich, ich liebe dich mehr als mein Leben, und ich erwarte den Moment, da ich dich endlich in meine Arme nehmen kann.

Antoine.

Lili, sentimental wie immer, schnaubt sich energisch, um ihre Tränen zu verbergen. »Er ist wunderbar, dein Antoine. Und wie sehr er dich liebt! Lola, du mußt schnell wieder zu Kräften kommen. Bist du wach? Hörst du mich? Marc meint, daß es dir in drei, vier Tagen wieder viel besser gehen wird. Du hast eine richtige Depression durchgemacht. Nicht verwunderlich, nach all dem, was du in Beirut erlebt hast. Wir werden dich verwöhnen, Mona und ich.«

»Lili, du bist ein Engel ...« Lolas Stimme verliert sich in einem Murmeln.

»Sprich nicht, Lola, das strengt dich nur an. Übrigens ruft ein gewisser Philippe pausenlos an. Was soll ich ihm sagen?«

»Sag ihm ... daß ich kämpfen kann, gegen ... vieles, aber ... nicht ... gegen ein kleines Mädchen.«

»Bist du sicher? Willst du ihm das sagen, täuschst du dich nicht?«

»Sicher ...« Lola legt in dieses Wort alle Kraft, zu der sie fähig ist, macht Lili mit der freien Hand ein Zeichen, das heißt ja, ich bin sicher.

»Gut, meine Liebe, wie du willst. Er wird bestimmt heute abend anrufen. Ruh dich aus, mein Schatz. Ich komme morgen wieder.«

26

»Nummer 29! Abdoudaye Joseph!«

Die Stimme knallt durch den großen Saal für Aufenthaltsgenehmigungen bei der Polizeipräfektur. Ein Schwarzer in blauem Boubou, der an der Wand hockt, richtet sich auf. Er streckt eine rosafarbene Pappkarte vor, auf der 29 steht, und sieht verstört um sich. »He, 29, hierher!« Die Angestellte der Präfektur, ein kleiner rothaariger Lockenkopf, ähnelt hinter ihrem Schalter einem bissigen Pudel. Abdoudaye Joseph dreht sich um, eilt zu ihr, beginnt aus seinen zahllosen Taschen Papierstapel zu ziehen, Bescheinigungen, Formulare, mit Gummibändern zusammengehalten. »Laß dich nur nicht stören! Das nennst du eine Akte? Was ist los? Sieh mich nicht so an. Verstehst du wenigstens Französisch? Ich habe nämlich keine Zeit zu vergeuden . . .«

Antoine schluckt seinen Ärger herunter. Er ist seit zwei Stunden hier. Und er hat die Nummer 34. Bei dem Rhythmus, in dem die Antragsteller vor die allmächtigen Schalterdamen gerufen werden, braucht er noch mindestens eine Stunde. Mehr vielleicht, wenn, wie neulich, eine von ihnen der Nachbarin von ihrem letzten Abend erzählt. Die Holzbank ist hart. Er schlägt die Beine übereinander, streckt sie aus. Was tun! »Le Monde« kennt er bereits auswendig, auch die Börsenmeldungen und die Todesanzeigen. Beim nächsten Mal wird er sich einen dicken Krimi mitnehmen. Oder Geduld lernen.

Man hat ihn schon zweimal herbestellt, und er hat noch immer keine zeitweilige Aufenthaltsgenehmigung für drei Monate, die Vorstufe für die Aufenthaltsgenehmigung von einem Jahr, um die alle Ausländer ersuchen. Ist seine Akte vollständig? Er überrascht sich dabei, die Papiere mit derselben Furcht durchzublättern wie

Abdoudaye Joseph: Kopie der Diplome, Ersatzdokumente, Anmeldung beim Ordnungsamt der Region Paris, Rechnungen über Gas und Strom, Bescheinigung, die beweist, daß er Besitzer einer Wohnung ist, Bankgarantien und Kontoauszüge. Was werden sie jetzt verlangen? Er schließt die Augen, versucht diesen Ort nicht mehr zu sehen, der so heiter ist wie ein Rangierbahnhof, wo die armen Kerle aus allen sozialen Schichten, allen Nationalitäten, ohne Protest zu wagen, schweigend darauf warten, daß ihre Nummer aufgerufen wird. Warum erlaubt sich dieses Pudelweib, den armen Abdoudaye zu duzen? In diesem Ton mit ihm zu reden? Irgend jemand müßte eingreifen, ihr ein paar Takte sagen. Aber nein, niemand hat den Mut. Nicht einmal er. Was für eine Erniedrigung! Sie sind alle der Gnade dieser kleinen Chefs ausgeliefert, die sich daran erfreuen, ihre Macht auszuspielen.

»Nummer 34, Boulad Antoine.« Endlich. Er war fast eingeschlafen. Kein Glück, er ist an die Pudelfrau geraten. Seltsamerweise wirkt sie liebenswürdiger. »Sie sind Chirurg, geboren in Kairo, libanesischer Nationalität, aber ursprünglich Ägypter?« Antoine ist sich wohl bewußt, daß da zu viele Nationalitäten übereinanderliegen. Wie soll er es ihr erklären? Er begnügt sich mit einem feigen Lächeln. »Antoine, das ist doch nicht ägyptisch!« Die neugierige Stimme birgt eine Falle. »Ja, ich bin Katholik, wie Sie sehen.« Warum genauer werden? Er nimmt es sich furchtbar übel, solche Methoden zu benutzen. Aber er muß es schaffen. Die Pudeldame reckt die Nase zu ihm hinauf, betrachtet ihn aufmerksam, mustert seinen Anzug, seine Krawatte, das gut geschnittene weiße Hemd. Bemerkt die goldene Uhr. »Nun, Doktor . . .« Die Stimme klingt besänftigt. »Ich glaube, Ihre Akte ist jetzt vollständig. Hier ist die Quittung. Sie werden wieder vorgeladen.« Er fühlt sich unwohl, murmelt ein zu herzliches vielen Dank und flüchtet angewidert.

Metro, Station Cité. Er stürzt sich hinein. Ein eisiger Luftzug stößt ihn in den Rücken. Wie lange ist er nicht mehr Metro gefahren? Seit Jahren. Lola hat recht, man erstickt. Ein Clochard liegt auf einer Bank, unter einem riesigen Plakat, das in Blau-Weiß-Rot den »Frühling der Pariserinnen« ankündigt. Früher war Paris für Antoine wie ein Fest. Cité, das war die Insel, ihre Quais, die Restaurants an den Sommerabenden und die herrliche Wohnung seines Freundes Professor Ringuet-Vallois, bei dem sie während eines Kongresses zu Abend gegessen hatten. Hinter den hohen Fenstern mit crèmefarbenen Taftvorhängen zeichnete sich Notre-Dame ab, von Scheinwerfern angestrahlt. Madame Ringuet-Vallois, etwas blasiert, zog die Vorhänge zurück und wies mit der Hand auf das märchenhafte Schauspiel. »Ja, man hat hier einen angenehmen Blick. Wir haben lange gezögert: Ich hätte lieber direkt auf der Insel gewohnt. Dort habe ich meine Kindheit verbracht. Meine Großmutter besaß das kleine Hotel dort gegenüber. Damals hatte es noch Charme, aber heute ist die Insel zu laut geworden mit all diesen Touristen.« Der Vorhang fiel herab. Madame Ringuet-Vallois spielte nervös an ihrer dicken Perlenkette – ein Tick, sie hatte sie den ganzen Abend gestreichelt –, und man ging zu Tisch.

Im darauffolgenden Jahr hatten Antoine und Lola den Ringuet-Vallois in Beirut einen prächtigen Empfang bereitet. Zu prächtig vielleicht? Sie waren in Verbindung geblieben, ohne daß man von Freundschaft reden konnte, eher eine gegenseitige berufliche Wertschätzung. Aber Antoine wird den mitleidigen Blick des Professors nicht so bald vergessen, als er ihn jetzt nach seiner Ankunft besuchte. »Sie wollen sich in Paris niederlassen? Natürlich, mein lieber Boulad, ich verstehe. Bei dem, was im Libanon vor sich geht. Aber Paris ist schwierig. Eine neue Karriere aufzubauen, in Ihrem Alter und in Ihrer Situation, das wird hart, ich will Ihnen nichts vormachen. Überlegen Sie gut. Ihre Stellung im Hôtel-Dieu aufzugeben, wie schade! Andererseits, der Krieg, Ihre Frau, Ihre Tochter in Sicherheit . . . Ah! Das ist wahrhaft tragisch.« Der Professor hatte seinen Kommentar nicht fortgesetzt, noch die geringste Hilfe angeboten. Seine Frau hatte Lola zum Tee eingeladen, dann war der Kontakt auf seltsame Weise immer geringer geworden.

Die Metro spuckt eine verängstigte graue Masse auf den Bahnsteig, die Menge des Feierabends, die nach Schweiß und Müdigkeit riecht. Im überfüllten Waggon betrachtet Antoine über die Köpfe hinweg sein Spiegelbild in der Fensterscheibe. Er ist alt geworden.

Ringuet-Vallois hat nicht unrecht: Dort, in Beirut, war er der Chef, man umringte ihn, man respektierte, bewunderte ihn ... oder man tat zumindest so. Wie wird er es in Paris ertragen, normale Sprechstunden abzuhalten, vielleicht untergeordnete Aufgaben zu erfüllen, wie am Anfang seiner Laufbahn nur die weniger wichtigen Operationen durchzuführen, sich den Launen eines Chefs zu beugen, der sicher jünger ist als er, oder Assistenten, die nicht seine Erfahrungen haben? Gestern war er in Cochin Jules Darmon auf dem Flur begegnet, ein Bekannter aus der Zeit seiner Promotion, heute Professor.

»Antoine! Bist du zu Besuch?«

»Nein, ich bleibe. Das heißt, ich verlasse Beirut. Ich werde versuchen, mich in Paris niederzulassen.«

Der andere zeigte Erstaunen, dann sagte er mit teilnahmsvoller Stimme: »Na dann, viel Glück, mein Freund! Hier ist meine Karte. Ruf mich in den nächsten Tagen an. Ich kann dir nicht viel helfen, aber trotzdem.«

Saint-Germain-des-Prés. Die Hereinkommenden drücken ihn nach hinten. Er stößt seine Nachbarn mit den Schultern, um in der Nähe der Tür zu bleiben. Arbeiten, von Null anfangen, das macht ihm keine Angst. Er fürchtet sich vor Lolas Reaktion, wenn sie erfährt, daß sie zuerst die Wohnung in der Rue Saint-Sulpice verkaufen müssen. Die charmante Absteige, bevorstehende Bauarbeiten, romantische Seelenzustände, das kommt nicht mehr in Frage. Sie müssen eine einfache Wohnung mieten, guter Standard, in einem angemessenen bürgerlichen Wohnviertel, mit Stilmöbeln und einer chinesischen Vase, die als Lampe auf dem Klavier in der Ecke des Salons steht. Die Wohnung eines Pariser Chirurgen. Und mit dem Geld aus dem Verkauf in der Rue Saint-Sulpice Anteile einer Klinik kaufen, um arbeiten, irgendwo operieren zu können. Aber wo? Paris ist teuer. Boulogne vielleicht. Man hat ihm von Argenteuil erzählt ... Nein, sie dürfen nicht im Elend versinken. »Bella figura« machen, wie man in Kairo sagte. Auch wenn man bei allem anderen spart: nicht mehr Taxi, sondern Metro. Keine teuren Restaurants mehr, Modeboutiquen, nächtliches Ausgehen, sondern

Kinoabende und Essen im Bistro. Wird sich Lola diesen Notwendigkeiten beugen können? Was die »bella figura« angeht, so kann er auf sie vertrauen. Aber alles andere ... Sie werden sehen.

Der kleine Peugeot, gebraucht gekauft – eines dieser Modelle, die Antoine früher »Kälber« nannte –, fährt die Rue Saint-Sulpice entlang, biegt am Platz in die Rue Bonaparte ein. Antoine dreht sich zu Lola um: »Sei nicht traurig, Liebling. Es war unmöglich.« Lola lächelt ihm zu. Er hat genug Schwierigkeiten im Moment, sie darf ihn nicht auch noch mit ihrem Kummer belasten. Sie wird niemals in der Wohnung in der Rue Saint-Sulpice wohnen, deren liebevoll angefertigten Baupläne in Beirut verfaulen, unter Tonnen von Schutt, mit anderen Kleinigkeiten, die ihr Leben ausfüllten. Dieser Verzicht ist ihr schwerer gefallen als alles andere. Vielleicht weil er einem Verbot zu träumen gleichkommt, dem Ende der Phantasie, des Unerwarteten, im Fluge Ergriffenen. In Frankreich plant man, man überlegt, bevor man sein Portemonnaie öffnet. Antoine hat es ihr erklärt. Gestern kam Mona zu ihr; sie wollte das Geld für die Zugfahrt in den Winterferien, die in vier Monaten beginnen, und erklärte ihr: »Später bekommt man keinen Platz mehr.« Daraufhin hat sich Lola einen großen Kalender gekauft. Da sich ihr Leben jetzt ohnehin auf kariertem Papier abspielt, kann sie es ebensogut selbst aufzeichnen. Aber als sie die Schulferien mit dem Rotstift schraffierte, hatte sie das Gefühl, sich mit Barrieren zu umgeben und ihre Flügel darin einzuschließen.

»Liebling, sieh auf den Plan. Siehst du die Rue du Marché-Florentin? Eine kleine Straße, hinter der Place d'Italie. Dann fahren wir bei der Galaxie vorbei, warum nicht?« Er redet und redet, um Lolas leeren Blick nicht mehr zu sehen. »Ich führe dich zum Essen in ein kleines Bistro im dreizehnten Arrondissement aus, bevor wir die Straße nach Châtenay-Malabry nehmen. Aber vielleicht willst du lieber nach Hause? Ich kann auch allein zu dieser Klinik fahren.«

»Nein, Antoine, ich begleite dich.«

Sie sagt nicht: Ich will sehen, wo wir leben werden, um die Umrisse einer Zukunft, die ich mir nur grau vorstellen kann, nicht erstarren zu lassen. Sie haben so viele enge, dunkle Wohnungen besichtigt, oder auch schöne, aber viel zu teuer. Sie haben schmutzige Küchen, reparaturbedürftige Bäder gesehen, sogar in den gutbürgerlichen Wohnungen im siebenten Arrondissement. Am Boulevard Saint-Germain zögerte eine alte Dame einen Moment, als Antoine auf ihre Frage: »Sie haben einen leichten Akzent, sind Sie nicht Italiener?« geantwortet hatte: »Nein, wir sind Libanesen.« Plötzlich erinnerte sich die alte Dame daran – ist das dumm, ich hatte es vergessen –, daß sie die Wohnung entfernten Verwandten versprochen hatte.

Unmöglich, diese Rue du Marché-Florentin zu finden. »Auf jeden Fall liegt das Viertel zu weit außerhalb, nicht leicht zu erreichen, wir verzichten darauf«, sagt Antoine. Der ganz neue Tour Galaxie sieht besser aus. Wo ist die Treppe C, drittes Haus, sechzehnte Etage? Überall dieselben Korridore, dieselben Fahrstühle, dieselbe grauschwarze Auslegware, dieselben Türen, dieselben Fenster, mit Blick auf andere Hochhäuser. Lola mag sich noch so sehr zu Optimismus zwingen, in diesen streichholzschachtelgroßen Zimmern wird sie Beirut niemals vergessen.

Am selben Abend essen sie in der Rue Cherche-Midi. Nach der Klinik in Châtenay-Malabry haben sie ein Krankenhaus in Cergy-Pontoise besichtigt. Auf der Rückfahrt geraten sie in einen Stau, sprechen kein Wort, sogar Antoine ist niedergeschlagen. Als sie bei Lili ankommen, murmelt Antoine: »Lola, du hättest einen Bankier heiraten sollen.« Im Fahrstuhl küßt ihn Lola auf die Wange. Wie immer reden sie nur über Antoines Niederlassung. »Jean Dailly und Irène Rocheux, die als Traumatologen arbeiten, haben mir empfohlen, in die Provinz zu gehen. In Mulhouse sollen sie im Krankenhaus einen spezialisierten Chirurgen suchen.«

»Mulhouse, nein!« jammert Lola. »Ich bin einmal durchgefahren, selbst aus dem Zug sieht es finster aus. Dann können wir ebensogut nach Kanada gehen.« Das Wort ist gefallen. Kanada, das ist die letzte Zuflucht, eine mehr oder weniger sichere Zukunft. Aber es ist auch der endgültige Bruch mit dem Libanon, der Sonne, dem Meer und der Vergangenheit. Von Paris aus kann man immer noch hoffen, auf einen Sprung nach Beirut zu fahren, in den Ferien, um Verwandte zu besuchen oder einfach aus Spaß. Von Montreal nicht. »Wir sind zu alt für Kanada«, brummt Antoine. »Wir müssen versuchen, in Paris zu leben. Was meinst du, Marc?« Marc ist wie immer schweigsam. Er streicht über seine schwarzen Haare, hüstelt, verkündet in ernstem Ton: »Ich mache mit euch einen Ausflug.«

»Jetzt?« ruft Lili. »Wohin denn?«

»Du wirst sehen.«

Sie steigen alle vier in das Auto von Marc, fahren die Rue de Rennes hinunter. In Saint-Germain-des-Prés verbreiten die Terrassen Ferienstimmung. Ein improvisiertes Orchester spielt vor der Kirche. Rue Bonaparte, die Quais. Die Bouquinisten haben noch geöffnet. Unter dem runden Schein der Straßenlaternen trinken die Händler auf ihren Korbstühlen Bier und scherzen miteinander. Place de la Concorde. Marc bleibt vor der Orangerie stehen, steigt aus, wird plötzlich lyrisch, streckt die Arme nach der von Lichtern gesäumten Perspektive der Champs-Elysées und dem Arc de Triomphe aus.

»Seht nur! Paris ist schön. Für mich ist es die schönste Stadt der Welt. Am Anfang, wenn ich mich elend fühlte, bin ich abends hierher gekommen.« Schweigend entdecken sie, als hätten sie sie nie gesehen, die behauenen Steine des Obelisk, die symmetrischen Fassaden des Crillon und des Marineministeriums, die Springbrunnen, die wie tausend Feuer in der Nacht glänzen.

»Ja«, murmelt Antoine, »es ist sehr schön. Und außerdem kann man hier frei leben. Danke, Marc. Du machst mir Mut. Wir werden in Paris bleiben.«

»Ich habe diese Karte in deiner Jackentasche gefunden. Jules Darmon, wer ist das?« Lola stopft Kleidungsstücke in eine Tasche, die in die Bügelanstalt müssen. »Darmon? Das ist ein Freund, ich habe ihn neulich in Cochin getroffen. Gib her, ich rufe ihn an.«

Jules operiert in zwei bekannten Kliniken. Im Deux-Magots, bei einem Café-Crème, erklärt er Antoine in wenigen Sätzen, was er sein kleines Überlebenslexikon nennt: »Erster Punkt: Die Franzosen arbeiten nicht gerne hart. Du wirst dich durchsetzen, wenn du schuftest, wenn du Notdienste und Nachtwachen übernimmst, wenn du immer verfügbar bist... Vergiß Ferien und Wochenenden auf dem Lande. Außerdem würde dich die Landschaft in Frankreich nach Beirut nur deprimieren. Zweiter Punkt: Bleibe du selbst, sei warmherzig, höre den Patienten zu, wie du es im Libanon getan hast. Die Menschen hier krepieren vor Einsamkeit, Kälte und Unverständnis. Es genügt, menschlich und aufmerksam zu ihnen zu sein, und sie werden es dir danken. Dritter Punkt: Vergiß Beirut. Wenn du ständig an deine Arbeit dort, an das Krankenhaus, deine Patienten denkst, wird es dir das Herz zerreißen, dich lähmen, du wirst keine Kraft haben voranzukommen. Du mußt nach vorn sehen, nicht nach hinten.«

Jules, klein und lebendig, klopft Antoine auf den Rücken. »Mach nicht so ein Gesicht, mein Alter. Du wirst sehen, es läuft. Ich kenne dich. Wir ähneln uns, Juden oder Christen oder irgend etwas anderes, alle entwurzelt, Immigranten, im Exil. Glücklicherweise kann man sich gegenseitig helfen. Ich kenne einen marokkanischen Juden, wie ich, und einen libanesischen Arzt, der Armenier ist, sie wollen eine kleine Klinik aufkaufen, im fünfzehnten Arrondissement. Kein großer Luxus, aber sie arbeitet für die Krankenkassen, mit einem Minimum an sicheren Patienten. Sie brauchen Kapital. Geh zu ihnen, grüße sie von mir... Es müssen nicht unbedingt deine Pariser Chefs sein, die dir nützlich sind.«

»Jules, du kannst dir nicht vorstellen, wie sehr du mich getröstet hast. Wie soll ich dir danken?«

»Das ist ganz einfach, wenn du wieder gut bei Kasse bist, lädst du mich zum Essen ein, zu einem richtigen libanesischen Essen, wie bei Ajami, erinnerst du dich, in den Souks, mit Arak und Mezzes. Aber es eilt nicht. Regle erst einmal deine Angelegenheiten.«

Am selben Abend fand Antoine endlich eine Wohnung, groß genug, nicht zu teuer, am Boulevard Raspail. Drei Monate später zogen sie ein.

»Ich habe Hunger!« schreit Mona, als sie von der Schule kommt. Sie stürzt sich auf den Kühlschrank, greift sich einen Löffel, steckt ihn in eine große Schale mit Milchreis. »Mama, das schmeckt toll, hast du das gemacht?«

»Mona! Nein, nein! Wie oft habe ich dir gesagt, du sollst bis zum Abendbrot warten! Mein Gott! Es ist fast nichts mehr übrig. Und ich habe nichts anderes für heute abend . . .«

Der Zwischenfall ist lächerlich. Aber Lola steigen die Tränen in die Augen. Mona sieht sie mit geröteten Wangen voller Erstaunen an: »Mama, entschuldige für den Reis. Ich hatte solchen Hunger! Wir machen etwas anderes . . . Nudeln?« Lola schüttelt verzweifelt den Kopf. »Die habt ihr schon gestern gegessen. Außerdem ist nichts mehr da. Ich hatte heute nachmittag keine Zeit zum Einkaufen. Ich habe zwei Stunden auf dem Markt von Saint-Pierre verbracht, um Vorhänge zu kaufen. Es gab kein Taxi. Ich bin mit dem Bus zurückgefahren, das dauert so lange! Als ich zu Hause ankam, war es zu spät, um in den Supermarkt zu gehen, und ich glaubte . . . das heißt, ich dachte . . . Oh, mein Gott! Ich bin so müde, ich kann nicht mehr, ich kann nicht mehr . . .«

Lola stützt die Ellbogen auf den Küchentisch und schluchzt. Sie ist am Ende. Die Hausarbeiten sind ihr zuwider. Geschirrabwaschen ekelt sie an. Sie weiß nie, ob man die Bohnen in kochendem Salzwasser oder in kaltem Wasser aufsetzen muß . . . Früher, in Kairo, hatte Mademoiselle Latreille ihr beigebracht, Kuchen zu backen: Sandkuchen, sie erinnert sich. Sie wurden in einer kleinen Kuchenform, die wie ein Kleeblatt aussah, gebacken, aber sie weiß das Rezept nicht mehr. Außerdem kann man eine Familie nicht jeden Tag mit Sandkuchen ernähren.

Es ist nicht ihre Schuld. Ihr Leben lang hat sie Köchinnen gehabt, und wie steht sie heute da! Oh, Beirut! Die herrlichen Mahlzeiten, die man nur zu bestellen brauchte! Leckere Mezzes auf riesigen Platten, aufgetaucht aus dem Nichts oder vielmehr aus den Küchen, wo sich die Angestellten zu schaffen machten! Es ist furchtbar, aber was sie am meisten vermißt, sind nicht die Sonne, die Freunde, die Landschaften des Libanon! Es sind die Hausangestellten. Sie würde alles dafür geben, Zakhiné zu haben, Rosy zu erwarten, die ihre Hände pflegen und den neuesten Klatsch erzählen würde, Tanos, der sie zum Tennisklub bringen und am Abend abholen würde.

Diese Sehnsucht darf sie niemandem gestehen. Zu luxuriös. Aber wie schwer sie auf ihr lastet!

»Lola, was hast du?« Vom Geräusch des Schluchzens geleitet, ist Antoine aus seinem Arbeitszimmer gekommen. Er nimmt Lola in die Arme, wiegt sie sanft.

»Komm! Ganz ruhig! Was ist denn los?«

»Es ist meine Schuld«, Mona klagt sich selbst an, »weil ich den Reis gegessen habe, der für heute abend bestimmt war.«

Antoine runzelt die Brauen. Das ist kein Grund für solche Verzweiflung. Er nimmt Lola unter dem Kinn, trocknet ihre Tränen mit seinem Taschentuch. Diese Krise hat er seit einiger Zeit kommen sehen. Sie sind nicht arm, aber auch nicht mehr wirklich reich. Er müßte Lolas Leben erleichtern, ihr eine Hausangestellte bieten. Er hat ihr klägliches Gesicht, ihr Bemühen, ihre Niederlagen wohl bemerkt. Der Wechsel von Beirut nach Paris war für sie schwerer als für ihn. Besser gesagt, er erträgt es leichter. Er wird mit ihr sprechen. Aber zuerst muß er sie besänftigen, beruhigen. Er kann alles ertragen, nur nicht, Lola noch einmal in einem Krankenhausbett zu sehen.

»Liebling, das macht doch nichts. Ein Glück, daß Mona diesen Milchreis gegessen hat. Ich habe heute Lust auf ein chinesisches Essen. Geh dir die Nase pudern. Ich rufe an und reserviere einen Tisch im Mandarin.«

Ist es die Flamme der Kerze, die Wärme des Weins, sind es die Currycrevetten? Lola fühlt sich wie neu geboren. Es ist sehr schön hier. In Beirut mochte sie die chinesische Küche nicht besonders. Jetzt braucht sie den Geschmack von Kräutern, scharfe Suppen, Safranduft. Eigentlich, sagt sie sich, liebe ich das, was mich an die libanesische Küche erinnert, ohne ihr zu ähnlich zu sein.

Denn ein Essen im libanesischen Restaurant auf den Champs-Elysées führt todsicher in die nächste Depression. Dort trifft man entfernte Bekannte aus Beirut, die man seit Jahren aus den Augen verloren hat. Das gemeinsame Unglück sollte alle vereinen, aber jeder ist in seine Richtung abgedriftet. Die einen sind erloschen, für immer wie es scheint, ihre Schultern, die von einer unsichtbaren Last gebeugt sind, werden sich nicht mehr aufrichten. Andere reden nur von der Vergangenheit, vergleichen immer wieder die Pariser Mezzes mit denen in Beirut oder Zahlé. Andere wieder berichten von jedem Neuankömmling, verbreiten Neuigkeiten über jene, die woanders sind, entwirren geduldig das komplizierte Gewebe der Familienbeziehungen, das jeden zum Cousin von jedem macht, verbunden durch die Gemayel, die Khoury oder die Eddé. Aus Pariser Sicht scheint der Libanon nur ein riesiges schwebendes Netz zu sein, eine dieser Pflanzen, die sich am Boden verzweigen und deren Triebe neue Wurzeln fassen, wenn die Hauptwurzel bereits ausgerissen ist.

Nichts deprimiert Lola mehr als diese Begegnungen mit gezwungenem Optimismus. Antoine lehnt sie jetzt völlig ab. Eines Abends, nach einem Essen bei Noura, wo man »das Beirut von einst« erwähnte, hatte er sich ernsthaft hinreißen lassen, in dem eisigen Regen, als sie die Avenue Georges-V. hinaufliefen.

»Ich gehe da nicht mehr hin, es ist furchtbar. Von welchem Land sprechen sie, diese fröhlichen Gespenster? Vom Libanon? Der Libanon von heute liegt im Sterben. Und wir haben ihn verlassen. Also bitte etwas Zurückhaltung! Weißt du, Lola«, er war einen Moment im Regen stehengeblieben, das Wasser tropfte aus seinem roten Haar, »ich bin kein Mann der Kompromisse oder Halbheiten. Entweder ich kämpfe für einen bestimmten Libanon, so, wie ich es verstehe, dann bleibe ich dort. Oder ich nehme das Scheitern meiner Illusionen zur Kenntnis, dann gehe ich weg, ich baue mein Leben woanders neu auf, aber ohne Gewissensbisse und ohne Bedauern...« Dann nahm er sie beim Arm und fügte in entschlossenem Ton hinzu: »Für mich ist das wie die Liebe. Wenn du einen anderen Mann lieben würdest, wenn du mich verlassen wolltest, gut! Ich würde daran zugrunde gehen, aber ich würde dich keine Minute zurückhalten.« Überrascht hatte Lola ihn angesehen. Was wollte er sagen? Er öffnete die Haustür, schüttelte den Regenschirm... »Schnell hoch. Was für ein Hundewetter!« Es war zu kalt, um zu diskutieren. Sie wußte, daß sie kein Wort mehr aus ihm herausbekommen würde, zumindest nicht an diesem Abend.

In ihre Gedanken versunken, hat Lola den chinesischen Kellner vergessen, der mit dem Bleistift in der Hand neben ihr steht und auf ihre Bestellung wartet. Woher kommt er? Ist er auch ein Flüchtling? Boat people? Im Chinatown des dreizehnten Arrondissement geboren? Schluß, sie muß aufhören, überall Emigranten zu entdecken.

»Für mich als Dessert süßen Ingwer.«

»Geht es dir gut, mein Liebes?« Über den Tisch hinweg streichelt Antoine ihre Hand.

»Ja. Ich weiß nicht, was plötzlich mit mir los war. Es ist idiotisch. Schließlich geht es uns doch gut in Paris.«

»Ich weiß es«, spricht Mona dazwischen. »Es ist die französische Küche. Du kannst es nicht, und das nervt dich. Zum Teufel damit, Mama. Laß es sein. Wir gehen zu McDonald's. Oder kaufen Fertiggerichte. Ich kann auch etwas. Das habe ich bei Tante Lili gelernt. Ich werde dir helfen.«

»Mona! Wie sprichst du mit deiner Mutter!«

Antoine sieht Mona zärtlich an und fügt sanfter hinzu:

»Außerdem habe ich dir schon oft gesagt: Hör auf, das R zu rollen.«

»Warum? So spreche ich eben. Ich bin immer noch Libanesin.«

»Ja, mein Liebling, aber ich will nicht, daß man sich über dich lustig macht. Du kannst auch Libanesin sein, wenn du perfekt, ohne Akzent französisch sprichst. Der Akzent geht ohnehin nicht verloren. Aber man kann ihn abschwächen. Das ist es, worum ich dich bitte.«

Antoines Bemerkung hat Lola ins Herz getroffen. Wie ihre Mutter, wie ihre Schwester, hat auch sie das R immer gerollt. Nie hatte Antoine sie gebeten, anders zu sprechen. Sie hätte das Gefühl gehabt, ihrer Identität beraubt zu werden. Warum verlangte er es von Mona? Als sie Antoine am Abend diese Frage stellt, scheint er verlegen.

»Mein Schatz, ich liebe deinen Akzent. Deine Stimme, deine Art, die Worte auszusprechen, französisch oder arabisch, gehören zu meinem Leben. Du sprichst, wie meine Mutter sprach, wenn du deine Intonation ändern würdest, täte es mir weh. Auch ich habe einen libanesischen Akzent, na und? Wir, du und ich, gehören zu der ersten Generation der Emigranten. Aber ich möchte nicht, daß Mona ewig als Fremde lebt. Sie ist jung. Sie hat nicht unsere Erinnerungen, unsere Wehmut. Ein Glück für sie! Sie wird vielleicht in den Libanon zurückkehren, vielleicht auch nicht. Ich möchte, daß sie sich alle Möglichkeiten erhält, irgendwo Wurzeln zu schlagen.«

Lola schläft allmählich ein. Was macht Antoine? Es ist spät. Warum kommt er nicht ins Bett? »Ich komme, Liebling. In einer Viertelstunde. Ich muß noch die Rechnungen erledigen.« Zwei Stunden später, Lola schläft. Antoine schiebt sich lautlos neben sie, um sie nicht zu wecken, aber er sieht noch lange mit offenen Augen ins Dunkel.

Er hat hin und her gerechnet. Es ist klar, er muß eine zweite Klinik finden, in der er operieren kann, wenn er klarkommen will. Vielleicht war es ein Fehler, sich so zu verschulden? Er hätte eine weniger große, weniger teure Wohnung mieten können . . . Aber er braucht eine angemessene soziale und professionelle Umgebung, um nicht zu tief zu sinken. Er ist nicht mehr jung. Eine winzige Praxis in einem armseligen Viertel würde ihm jede Glaubwürdigkeit rauben. Um den Erfolg anzuziehen, ist es besser, Wohlstand vorzuspielen, als sein Elend zu zeigen. Er denkt wieder an seine Zahlen, die er bereits auswendig weiß. Wie lange kann er durchhalten? Nach seinen Berechnungen etwa zwei Jahre, bis sein Kapital aufgebraucht ist. Zwei Jahre. Er stellt sich eine brennende Kerze vor, die langsam kleiner wird, unerbittlich. Zwei Jahre, um Erfolg zu haben. Oder unterzugehen. Wenig Zeit . . .

Er dreht sich im Bett hin und her, ohne einschlafen zu können. Wer könnte ihm helfen? Er hat seine französischen Kollegen besucht. Einige haben ihm Unterstützung versprochen, aber es scheint ihnen unangenehm zu sein. Einer von ihnen hat sogar gesagt: »Ich werde dir doch nicht vorschlagen, mich in den Ferien zu vertreten, oder meine Dienste zu übernehmen, wie einem Anfänger. Ich weiß zu gut, was du wert bist, um solche Angebote zu wagen. Ich würde mich schämen.« Antoine hätte beinahe geantwortet, doch, er braucht solche Dienste und Vertretungen, aber eine Aufwallung von Stolz hat seinen Mund verschlossen. Heute abend bedauert er es, nicht auf seine Eitelkeit verzichtet zu haben.

Aber hätte man ihm geglaubt? Die Libanesen in Frankreich haben alle den abscheulichen Ruf, Milliardäre zu sein. Bei manchen trifft es zu, sie haben sich schnell in der Avenue Foch eingerichtet und stellen einen übertriebenen Reichtum zur Schau. Oh! diese Lust, Eindruck zu machen, große Gesten, Geld für das Vergnügen anderer auszugeben! Wie schlecht das ankommen kann in einem Land wie Frankreich, wo niemand versteht, daß Geld für die Orientalen keine schändliche Krankheit ist, sondern eine Art, sich selbst zu beweisen, daß man existiert, seine Macht und seine Männlichkeit zu bestätigen. Er, ein bekannter Chirurg, mit einer schönen Wohnung am Boulevard Raspail, kann für die Franzosen nur einer dieser Kaschmirlibanesen sein, wie sein Freund Jacob scherzhaft sagt. Wenn sie wüßten, wie sehr er Arbeit braucht, wie ihn jeder Tag, der vergeht, mit Angst erfüllt.

Die einzigen, die ihn verstehen, sind jene, die das Exil bereits erlebt haben. Jules Darmon beispielsweise hat ihm vom ersten Tag an Patienten geschickt. Etwas früh: Er hatte noch keine Sessel im Sprechzimmer, man mußte schnell zwei Stühle aus dem Eßzimmer holen. Marc und ein anderer libanesischer Arzt sind treue Geschäftspartner. Das reicht natürlich nicht aus. Zwei Jahre ... Antoine hat das Gefühl, sich in ein zu riskantes und sehr kurzes Abenteuer gestürzt zu haben. Zwei Jahre ... Und wenn er scheitert? Wenn er seine Wette verliert? Welches Leid! Welche Schande! Er würde Lola nicht mehr in die Augen sehen können. Er, der ohne Glauben ist, überrascht sich beim Gebet: »Mein Gott, mach, daß ich genug Geld verdiene, um meine Frau glücklich sein zu lassen, um ihr ein Kleid, einen Mantel, Schmuck kaufen zu können, irgend etwas, das wie einst ihre Augen glänzen läßt.«

Lola dreht sich um, legt im Schlaf die Arme um ihn, als suche sie Zuflucht. Die Geste erschüttert ihn. Warum muß er sie zu Hausarbeiten zwingen, die sie müde machen und demoralisieren? Warum verlangt er von seiner Tochter, ihren Akzent zu ändern, eine glatte

Sprache anzunehmen, gegen ihre Natur? Er liebt sie, wie sie sind, seine Frauen: strahlend, mitteilsam, maßlos, gurrend, geschaffen für Milch und Honig, für die Fülle. Die Wärme der Sonne lebt in ihnen. Wird sie unter der Kappe der Zwänge in diesem kalten Abendland erlöschen? Nein. Er muß zurechtkommen, allein die finanziellen Lasten ihres neuen Daseins tragen. Selbst wenn er, wie am Anfang, Krankenhausdienste übernehmen muß. Niemand wird es erfahren. Lola wird ihr Hausmädchen haben, und Mona kann weiter ihre schöne orientalische Stimme spielen lassen. Endlich schläft Antoine ein mit dem Gefühl, etwas Wertvolles aus der Katastrophe gerettet zu haben.

Paris, Winter 1979/80

Nicht daß der Pariser Winter unerträglich kalt wäre, er dauert einfach zu lange. Der Februar ist entsetzlich. Die Bäume, zarte schwarze Silhouetten, erstickt vom Beton, scheinen für immer gestorben zu sein. Die Straßen spiegeln das bleierne Grau des Himmels auf den feuchten Bürgersteigen. Die Passanten streifen einander, ohne aufzusehen. Die Traurigkeit verbreitet sich wie ein Nebel. Lola läuft die Rue de Sèvres entlang, der Wind fängt sich in ihrem zu dünnen Regenmantel. Dringt der Regen ein? Sie ist bis auf die Knochen erstarrt. Der Frühling wird niemals kommen. Nichts wird sie wieder erwärmen können. Auch Antoine braucht einen Wintermantel. Wie diesen beispielsweise: ein grauer Kaschmirüberzieher, sehr gut geschnitten, der mit seinen eleganten Accessoires eine Vitrine von Arnys füllt: Schal, Krawatte, Schuhe, anthrazitgraue Handschuhe und blaßblaues Hemd. Ein Traum...

Unter ihrem Regenschirm, auf den die Regenschauer trommeln, verliert sich Lola regungslos in der Betrachtung der glänzenden Seide der Krawatten, des sanften Stoffes der elegant geschwungenen Schals, des weichen Leders der Schuhe, der feinen Handschuhe. Sie wird nichts kaufen. All das ist jetzt viel zu teuer für sie. Aber schöne Materialien zu sehen, den Luxus schätzen, selbst von weitem, reicht ihr schon aus. Sie verspürt nicht mehr diesen lächerlichen Aufstand, der sie noch im letzten Jahr übermannte, als sie die Straßenseite wechselte, um nicht an der Boutique von Sonia Rykiel vorbeizugehen, wo sie ihre vertraute Verkäuferin eines Tages gefragt hatte: »Man sieht Sie nicht mehr, Madame Boulad. Waren Sie krank?«, mit einem Blick auf ihr abgenutztes Kostüm. Weisheit oder Resignation, sie hat gelernt, sich selbst das Haar zu waschen, auf die Uhr zu sehen, wenn sie mit Beirut telefoniert, das Licht auszuschalten, wenn sie aus dem Zimmer geht, nicht mehr mit dem Taxi zu fahren, sondern den Bus zu nehmen oder zu laufen, denn die Metro verabscheut sie noch immer. Noch einmal sieht sie den grauen Überzieher an: Genau das, was sie früher als Weihnachtsgeschenk für Antoine gekauft hätte.

In diesem Jahr war Weihnachten trotz Lilis Bemühungen traurig. Man hatte Nicolas und Tante Charlotte erwartet. Sie waren nicht gekommen. Mona war mit ihrer Freundin Claire zum Skifahren in Arcs. Um Mitternacht hatte sie angerufen. Aus Beirut nichts als eine endlos unterbrochene Telefonleitung. Lola holt tief Luft, wie jedesmal, wenn sie in ihrer Brust das schmerzhafte Klopfen, die Vorzeichen der Depression, spürt. Ihr Leben in Paris ist armselig und traurig geworden. Seltsam. Eine wirre Mischung, auf der einen Seite die gesellschaftliche Stellung, die um jeden Preis zu halten ist, auf der anderen eine sorgfältig verdrängte Verlorenheit. Sie verbietet sich daran zu denken.

Die Tür von Arnys geht auf. Ein Mann kommt herausgeeilt. Dieser Gang, diese Schultern . . . Philippe! Beladen mit einer Tasche und einer Aktenmappe schafft er es nicht, den großen schwarzen Regenschirm zu öffnen, der Regen peitscht ihm ins Gesicht. Lola ist erschreckt zurückgewichen. Hoffentlich dreht er sich nicht um. In diesem abgenutzten Regenmantel, schlecht frisiert, abgemagert, fühlt sie sich häßlich. Und alt. Philippe hat sich verändert: Seine Haare sind sehr kurz, fast grau. Er streckt den Arm aus, sagt etwas, das Lola nicht versteht, von Panik ergriffen stellt sie sich vor, er spreche mit ihr. Was sagt er? »Ich liebe dich.« Sie hat die Worte sich formen, aus seinem Mund schlüpfen sehen. Sie kann ein nervöses Zittern nicht unterdrücken.

Aber nein, sie ist verrückt, sie hat Halluzinationen! Philippe hat sich nicht zu ihr umgedreht, er sieht sie nicht, er spricht zu jemand anderem: Marie, die auf der Schwelle der Boutique darauf wartet, daß er den Regenschirm öffnet. Marie, die Philippe ein strahlendes Lächeln zuwirft. Marie, schön und blond, die nie zu altern scheint. Und die ihren schweren Körper unter einem schwarzen Cape verhüllt ... Marie schwanger, in all ihrer Fülle.

Philippe nimmt seine Frau an der Hand, um die Straße zu überqueren, er führt sie wie ein kleines Mädchen, umfängt sie mit einem beschützenden Blick, macht einem Auto Zeichen zu bremsen, sie vorbeigehen zu lassen. Lola möchte mit der Mauer verschmelzen, an die sie sich lehnt. Sie wägt jeden Moment, gräbt jedes Detail dieses Bildes schmerzhaft in ihr Gedächtnis, um sich für alle Zeit davon zu überzeugen, daß sie nicht geträumt hat. Sie sieht noch Marie, von hinten, dicht an Philippe geschmiegt, unter dem schwarzen Regenschirm. Das Paar entfernt sich und verliert sich in der Menge.

Lolas Hals ist wie zugeschnürt. Diesmal ist Philippe wahrhaftig aus ihrem Leben getreten. Oder vielmehr sie ist es, die sich von ihm entfernt, von Sekunde zu Sekunde, wie in Zeitlupe. Sie muß diese Bühne verlassen, auf der jetzt ein unbekanntes Stück gespielt wird, in dem sie keine Rolle mehr hat. Marie hat ihr die Vergangenheit geraubt.

27

Paris, Dezember 1980

»Antoine, gefällt es dir?« Lola dreht sich vor einem dreiteiligen Spiegel und läßt den Wolfsmantel um ihren Körper fliegen. Die Spiegel zeigen ihr das Bild einer vierundvierzigjährigen Frau mit blassem Teint, die schwarzen Locken lassen das Gesicht sanfter erscheinen. Der Mund ist etwas eingesunken, aber die goldenen Augen machen die kleinen Falten in den Winkeln vergessen, und wenn sie, wie jetzt, lächelt, strahlt ihr Gesicht.

Als sie an diesem Nachmittag an Antoines Arm in der Rue Royale spazierenging, blieb sie vor der Vitrine eines Pelzladens stehen, angezogen vom Glanz der Nerze und Füchse, der Schönheit der Pelze, leicht wie ein Hauch. Dann riß sie sich wieder los. Aber Antoine hielt sie zurück.

»Gehen wir rein. Einfach aus Neugier.«

»Du bist verrückt! Es ist sehr teuer hier.«

Ohne zu antworten, stieß Antoine die Tür auf und verlangte einen Murmelmantel zu sehen.

Er sitzt auf einem viel zu kleinen Sessel und sieht Lola begeistert an. In den letzten zwei Jahren hat er schwer gearbeitet. Aber er weiß jetzt, daß das Schlimmste hinter ihm liegt. Die Angst vor morgen hat ihn an dem Tag verlassen, da ihm Professor Ringuet-Vallois seinen ersten Patienten schickte, mit einem kurzen Brief: »Mein lieber Boulad, ich vertraue Ihnen Madame Verneuil an, die an einer Arthrose in der linken Hüfte leidet. Ich danke Ihnen, daß Sie sich um sie kümmern, und werde mich sicher bald wieder bei Ihnen melden. Herzliche Grüße.« Unter der großen Unterschrift hatte Ringuet-Vallois hinzugefügt: »Könnten wir uns einmal treffen? Ich möchte meine Arbeit etwas einschränken und Ihnen einige meiner Patienten anvertrauen.« Madame Verneuil mochte noch so mürrisch und nörglerisch sein, nie würde Antoine ihren Namen vergessen ...

Die Verkäuferin hat einen Nerz, einen Wolfspelz und einen Rotfuchsmantel ausgebreitet, den sie Lola reicht.

»Ich würde diesen für Sie auswählen. Ich glaube, der Rotfuchs würde gut zu Ihrer Haut und Ihrem schwarzen Haar passen ...«

Lola spürt ihr Herz klopfen. Sie sieht sich in einer Straße von Kairo, Novembernacht. Der Rotfuchsmantel, von der Mutter geliehen, in den sie sich einwickelt, während sie über die Pfützen sprang. Der Geruch des feuchten Pelzes. Die Ankunft bei Yvette Farazli, das Abendessen, das runde rote Gesicht des Schweizer Diplomaten. Der schmerzhafte Schock, der sie zwischen den Schultern traf, als sie von Philippes Heirat erfuhr. Sie schiebt den Mantel zurück.

»Nein, nicht den Rotfuchs. Den Wolfspelz oder den Nerz vielleicht?« Sie probiert den einen, dann den anderen, zögert. Der gelbe Wolfspelz mit den schwarzen Schatten gibt ihr das Aussehen einer wilden Katze. Der Nerz, ebenso dunkel wie ihr Haar, hebt ihr blasses Gesicht hervor, ein Gesicht, das heute sehr viel ergreifender ist als vor zwanzig Jahren, sagt sie sich, als sie näher an den Spiegel tritt. Wie lange hat sie nicht mehr die Wärme eines Pelzes auf ihren Schultern gespürt? Antoine scheint ihre Gedanken erraten zu haben. Er kommt heran, betrachtet sie lange. Eingehüllt in diesen schwarzen Nerz strahlt sie ein neues Licht aus, einen Hauch von Glück. Er sieht die Lola von einst auferstehen, vor dem Unglück, seine schöne Ägypterin mit den schmelzenden Augen und dem reinen Gesicht. Die kleine Cousine, die er immer geliebt hat.

»Mein Liebes, beide stehen dir sehr gut, und sie sind sehr unterschiedlich. Einen Nerz für den Abend, den Wolfspelz am Tage ... Warum nicht? Es ist so kalt in Paris. Es wird Zeit, daß dir endlich warm wird ...«

»Antoine, das meinst du nicht ernst! Zwei Mäntel auf einmal, das ist verrückt. Wir können es uns nicht leisten ...« Ihre Stimme erstirbt. Es ist so gut, sich schön zu fühlen, nach den Monaten der

Strenge und der knappen Rechnungen. Und dann, der Pelz um ihren Körper ist so leicht, so warm ...

»Ja, es ist verrückt. Ich weiß. Macht nichts. Laß mir diese Freude. Nichts macht mich glücklicher, als dich lächeln zu sehen.«

Er dreht sich zur Verkäuferin um, weist mit einer großen Geste auf den Nerz und den Wolfspelz, die in weiten Falten auf die Lehne eines Kanapees fallen: »Mademoiselle, ich nehme beide.«

Lola hört in seiner Stimme eine neue Sicherheit, einen sieghaften Klang. Antoine hat das Schicksal besiegt, seine Ängste ausgetrieben, und er zeigt es mit einem königlichen Geschenk für die Frau, die er liebt. Ablehnung hieße, ihn zu erniedrigen. Die Männer meines Landes, sagt sie sich, sind maßlos in allem. Aber wie sie lieben können! Mit Übertreibung, Maßlosigkeit, ob in der Großzügigkeit, der Liebe, der Eifersucht oder dem Leid. Mit ihnen ist das Leben niemals düster. Vor der Madeleine nimmt sie den Arm von Antoine, der eine große, mit Bändern verschlossene Tüte trägt.

»Ist dir das bewußt? Jetzt habe ich zwei Pelze, aber nicht ein richtiges Abendkleid. Ich werde sie über den Jeans anziehen...« Sie lachen beide wie Kinder. »Du wirst alles bekommen, mein Schatz. Ich will, daß du schön bist.« Antoines grauer Blick haftet an Lolas Augen, sie liest darin solche Freude, soviel Glück, daß sie erschüttert ist. Sie reckt sich auf die Zehenspitzen, küßt ihren großen Mann zärtlich auf die Wange. »Antoine, ich liebe dich.« Ein Hauch von Glück weitet ihr Herz.

Die Emigranten der höheren Gesellschaftsschichten des Libanon, entwurzelt durch den Krieg, haben die Gewohnheit angenommen, sich bei Lili zu treffen. Lili ist ihr Heimathafen, ihre Vertraute in düsteren Tagen. Lilis Tisch und Herz stehen offen, man kann sie immer anrufen, immer um Rat bitten, mit ihr lachen oder weinen. Bei ihr kann das Vergangene ohne Wehmut, ohne Schmerzen auferstehen. Und ohne Bitterkeit. Liebe Lili! Ihre Haare sind stellenweise ergraut, silbrige Streifen ziehen sich durch ihre langen blonden Strähnen, aber ihre blauen Augen sind noch immer so fröhlich wie früher. Nur Lola kennt ihren heimlichen Schmerz: Lili hat kein Kind, sie wird nie ein Kind haben. Einige Jahre lang hat sie Mona großgezogen, die noch immer täglich in der Rue du Cherche-Midi vorbeigeht. Jetzt, da sie miteinander allein sind, Marc und Lili, macht sich Lili Sorgen.

»Marc scheint nicht darunter zu leiden, aber du weißt, wie verschwiegen er ist. Und außerdem verbringt er sein Leben im Krankenhaus. Ich dagegen . . .« Lili kauert sich auf dem Kanapee im Salon zusammen. »Ich langweile mich zu Tode. Ich habe Angst, daß ich depressiv werde.«

»Nein, Lili, nicht du! Wenn du zusammenbrichst, gehen wir alle unter!«

»Dann werde ich eben arbeiten, wenn auch Marc nicht einverstanden ist. Oder ein großes Fest geben. Oder beides. Beginnen wir mit dem Fest: Weihnachten treffen wir uns alle bei uns. Jeder bringt eine Überraschung mit. Keine Flasche Champagner oder einen Kuchen, eine richtige Überraschung. Sag es Mona. Kannst du mir für das Abendessen deine bestickte Decke borgen?«

»Lola, beeil dich, wir kommen zu spät. Zehn Uhr hat Lili gesagt!« Lola läuft durch die Wohnung, sieht auf die Uhr. Nicolas hat immer noch nicht angerufen. Er hat noch nie versäumt, seine Eltern am Weihnachtsabend anzurufen. Mein Gott, mach, daß er nicht in Zahlé ist, ich flehe dich an. Seit dem 21. Dezember belagern Tausende syrische Soldaten die Stadt. Wie lange werden sie brauchen, um Zahlé auszuhungern und zu erobern, die christliche Enklave mit zweihunderttausend Einwohnern, mitten in der schiitischen Bekaa-Ebene? Jeden Tag lauscht Lola den kurzen Meldungen im französischen Fernsehen, liest die Zeitung: Der Libanon ist nicht mehr aktuell, die Monotonie dieses endlosen Krieges ermüdet die Leser. Man spricht nur von der Vitry-Affäre, dem Wohnheim für Arbeiter aus Mali, das auf Anordnung des kommunistischen Bürgermeisters mit Bulldozern niedergewalzt wurde. Sechsunddreißigtausend Jogger beim Crosslauf des »Figaro«. Das Fernsehen zeigt Großaufnahmen von Sophie Marceau in »La Boum« . . . Um zu wissen, was bei ihnen geschieht, telefonieren die Libanesen miteinander, von Beirut nach Paris, von Paris nach London, von Zypern nach Montreal, und bei jedem Alarm vibriert dieses unsichtbare Netz, ein gigantisches Spinnennetz, straff gespannt und dennoch so fest, gewebt aus Befürchtungen, Ängsten und Hoffnungen.

Trotz ihres herrlichen Nerzmantels ist Lola im Herzen kalt. Nicolas hat seit fünf Tagen nicht angerufen. Tante Charlotte, die sie heute nachmittag erreicht hat, sagt, in Beirut sei alles ruhig, Nicolas sei am Vorabend weggefahren, er war bei ihr, um sie zu umarmen und ihr ein frohes Weihnachtsfest zu wünschen, ohne zu sagen, wohin er geht. Lola starrt ins Leere und spielt an ihren Ohrringen. Endlich klingelt das Telefon. Sie reißt den Hörer hoch, schreit: »Hallo!« Es ist nur Mona, die mit aufgeregter Stimme verkündet, daß sie heute abend nicht mehr nach Hause kommt, »wegen ihrer Überraschung«, und direkt zu Lili gehen wird. Antoine wird ungeduldig. Sie müssen gehen. Hier zu warten hilft nicht. Er hat Lilis Nummer auf dem Anrufbeantworter hinterlassen. Nicolas wird sie dort anrufen. Lola regt sich auf, schreit. »Und wenn die Verbindung unterbrochen ist? Du weißt, wie schwer es ist, aus Beirut anzurufen. Wir können ihn nicht mal erreichen...« Antoine hat eine Idee: Um Mitternacht wird er Tanos in Beirut anrufen. »Tanos weiß immer Bescheid, wo Nicolas ist. Er wird es wissen. Mach dir keine Sorgen, Lola.«

Zehn Uhr. Schon im Fahrstuhl hört man das fröhliche Stimmgewirr aus der vierten Etage. Die Wohnung ist voller Kerzen. Sie haben die Möbel beiseite geschoben, um Platz für ein Buffet und zwei runde Tische zu schaffen, die mit Lebensmitteln überladen sind. Im Salon brennt ein Holzfeuer. Große alte Kaschmirdecken liegen über den Kanapees. Im tanzenden Licht der Kerzen wird alles warm und weich. Lili stürzt herbei, blonder denn je, in ihrem schwarzen Kleid: »Lola, komm schnell. Ich will dich nicht warten lassen... Hier ist meine Überraschung.« In Marcs Arbeitszimmer, an das Bücherregal gelehnt, steht ein junger braungebrannter Mann, den Lola für einen kurzen Moment nicht wiedererkennt, dann wirft sie sich in seine Arme: »Nicolas! Mein Gott, ich hatte solche Angst um dich! Nicolas...«

Er hat sich einen kurzen Bart stehen lassen, seine Haare sind länger, er gleicht einer byzantinischen Ikone. Antoine umarmt Lili, sein Hals ist wie zugeschnürt: »Danke. Wie hast du ihn überzeugt zu kommen?« – »Das ist mein Geheimnis . . .« Lola kann sich nicht sattsehen an ihrem Sohn. Sie berührt seinen Arm, streichelt seine bärtige Wange, zieht ihn zu einem Kanapee, hält seine Hände, lacht unter Tränen, bedrängt ihn mit Fragen: »Erzähl doch . . .« Aber Nicolas umarmt sie: »Später . . . Mama, ist dir bewußt, daß wir alle zusammen Weihnachten feiern?« Die Gäste drängen sich um sie.

Marc bringt Champagner, hebt sein Glas, bittet um Ruhe: »Meine Freunde, heute abend feiern wir die Ankunft von Nicolas und die Geburt Christi. Freuen wir uns. Vergessen wir für eine Nacht alles andere, seien wir glücklich . . . und danken wir dem Herrn, der uns gestattet hat, zusammen zu sein.« Ein kurzes Schweigen geht wie ein Schauer um, bevor die Bravorufe ausbrechen. Sie denken auch an Zahlé . . .

In Lilis Zimmer. Lola sitzt vor dem Spiegel und erneuert ihre Schminke. Die Wimperntusche ist zerlaufen, die Nase ist rot vom Weinen. Sie muß sich beruhigen. Nicolas wird ein paar Wochen in Paris bleiben. Was für eine Erleichterung! Wie lange schon hat sie nicht mit ihren beiden Kindern zusammengelebt? Ihr langer Leidensweg ist zu Ende. Wenn sie alle beide da sind, ist sie bereit, ganz von vorn anzufangen, den Krieg zu vergessen, den Libanon, die vergangenen Schrecken und das entflohene Glück. Die Familie wird eine Insel des Friedens und der Sicherheit sein. Endlich etwas festen Boden unter den Füßen! Nebenan hört sie Lachen und Musik. Erschöpft stützt sie sich auf die Frisierkommode und betrachtet ihr Gesicht. Die Erregung hat ihr die Kräfte geraubt. Aber irgendwo in ihrem Herzen steigt eine kleine Musik auf, die alles hinwegfegen wird. In ihrem Kopf schallt das »Halleluja, Hosianna«, alle Gesänge und die Dankgebete, die sie einst mit solcher Inbrunst im Sacré-Cœur gesungen hat. Sie steht auf, macht einen Walzerschritt und fällt Lili in die Arme.

»Was hast du, mein Liebling? Fühlst du dich gut?«

»Wunderbar. Gehen wir zu ihnen. Aber, mein Gott, ich habe

vergessen, dir zu sagen, was meine Überraschung ist: Ich glaube, ich habe Arbeit für uns beide gefunden. Kennst du die alte Madame Rouzières, die Antiquarin am Boulevard Raspail? Sie will in Rente gehen und hat mich gefragt, ob ich an ihre Stelle treten möchte. Ganz allein nicht, aber mit dir, ja. Was meinst du? Wärest du einverstanden?«

»Natürlich. Ich kümmere mich darum, Marc zu überzeugen. Lola, Lola, das Rad dreht sich. Wir werden leben. Hurra! Komm Champagner trinken. Diese Nacht wird unser Fest. Was für ein Weihnachtsabend. Ich werde immer daran denken...«

Konfitüre. Tee. Eier. Croissants. Butter. Kaffee. Alles ist da. Aus dem Toaster steigt ein Geruch nach verbranntem Brot. Mona kommt hereingestürmt, umarmt ihre Mutter, schreit: »Mama, der Toast!« Natürlich sind sie verbrannt. Lola wirft sie eilig weg. Noch einmal von vorn. Nicolas und Antoine kommen herein, Nicolas trägt einen khakifarbenen Pullover, den Lola noch nie gesehen hat. Er scheint besorgt. Antoine auch.

»Papa, hast du heute früh BBC gehört? Schlechte Neuigkeiten. Die Spezialeinheiten der syrischen Armee sind auf die Berge über Zahlé vorgegangen, die Bombardements werden immer schlimmer. Weißt du, wir hatten es erwartet. Die Syrer wollen den totalen Krieg. Wie 1978. Aber sie können nicht mehr mit der Spaltung der Christen rechnen. Seit dem 7. Juli ist Bechir der einzige Verhandlungspartner...«

»Sprechen wir über den 7. Juli. Was hat Bechir nur dazu getrieben, die Anhänger von Chamoun anzugreifen?«

»Das ist eine Operation, die drei Jahre zu spät kam. Die allgemeine Anarchie war entsetzlich, zum großen Teil deshalb, weil Chamoun jeden nahm, den er bekommen konnte: Es bildeten sich kleine unabhängige Gruppen, man brauchte bloß einen Panzer oder ein paar Gewehre, und jeder führte seinen persönlichen Guerillakrieg... Bechir hat gewarnt, gedroht, eine friedliche Einigung verlangt. Ohne Ergebnis. Also hat er bei der ersten Gelegenheit eine brutale Aktion gestartet. Am 7. Juli haben unsere Truppen zwischen elf Uhr dreißig und vierzehn Uhr dreißig sämtliche Stützpunkte Chamouns gestürmt. Ja, es gab ein paar Scherben. Aber die Glaubwürdigkeit unseres nationalen Kampfes stand auf dem Spiel. Außerdem hat es der alte Chamoun sofort begriffen: Am 8. Juli hat er seinen Truppen befohlen, sich zu ergeben, um Blutvergießen zu vermeiden.«

Mona beißt in ihr Croissant und schleudert ihm mit solcher Aggressivität ihren Einwand entgegen, daß alle erstaunt sind: »Dein Bechir ist trotzdem ein Faschist.« Gewöhnlich mischt sich Mona nicht in politische Diskussionen. Sie schweigt oder geht weg, erklärt, daß sie nichts vom Krieg hören will. Verwirrt sieht Lola ihre Tochter an: Scherzt sie, um ihren Bruder zu ärgern? Überhaupt nicht. Mona sieht aus wie eine wütende Katze, die Wangen sind blaß, Sommersprossen und Augen dunkel, aus ihren Haaren fahren rote Blitze. Sie ist wirklich böse. Glücklicherweise nimmt es Nicolas nicht übel.

»Sieh an, meine kleine Schwester interessiert sich für Politik. Darf man wissen, warum?«

Er lächelt ohne Ironie, aber Mona wirft ihre Serviette auf den Tisch.

»Ich bin nicht völlig bescheuert, falls du das meinst. Ich habe sehr wohl auch das Recht, meine Meinung über deinen Bechir zu haben, nun . . . er gefällt mir nicht, das ist alles.« Damit verläßt sie türenknallend das Zimmer. Antoine ist bestürzt.

»Was hat sie denn? Was ist in sie gefahren? So habe ich sie noch nie erlebt . . .«

Nicolas lacht frei heraus.

»Sieh mal, Papa, das ist doch klar, sie wird verliebt sein. Ich frage mich nur, in wen . . .«

Antoine und Lola sehen sich an: Mona verliebt? Daran hatten sie nicht gedacht.

Der Januar, dann der Februar vergingen im eingeschlossenen Zahlé. Unter dem Druck der internationalen Meinung, die sich endlich hören ließ, hatten die Bombardements aufgehört. Aber die Spannung blieb. Anfang März verließ Nicolas Paris, flog nach Zypern, dann nahm er die Fähre in Larnaka und ging in Ostbeirut an Land. Bechir rief ihn für eine bestimmte Mission: Einen festen Widerstand in Zahlé zu organisieren, falls die Kämpfe erneut beginnen sollten. Sarkis hatte bei einer Reise nach Damaskus eine Feuerpause erreicht. Hatten die Syrer die Angriffsabsicht aufgegeben? Die größten Optimisten begannen daran zu glauben.

Am späten Vormittag des 2. April 1981 schien alles ruhig. Die Menschen spazierten unter der Frühlingssonne durch die Straßen von Beirut. Wie üblich fuhren die Wagen Stoßstange an Stoßstange, in einem fröhlichen Hupkonzert. Man machte Pläne für den Sommer.

Plötzlich, ohne daß es jemand vorhersehen konnte, ging ein Hagel von Granaten über dem christlichen Beirut nieder. Krankenhäuser, Schulen, Kirchen schienen die wichtigsten Ziele zu sein. In einer Stunde zählte man im blutüberströmten Ostbeirut mindestens fünfzig Tote und zweihundert Verletzte. Im Hauptquartier in Jounieh saß Bechir und telefonierte, wühlte in Karten, rief seinen Generalstab zusammen. Man hatte ihn gerade informiert, daß auch Zahlé seit dem Morgen massiv bombardiert wurde.

»Für mich«, erklärte Bechir seinen Offizieren, »ist die Bombardierung von Beirut nur ein Ablenkungsmanöver der Syrer. Ihr Ziel ist es, Zahlé zu besetzen, die christliche Hauptstadt der Bekaa-Ebene, die ihrer Meinung nach zu Syrien gehört. Wir müssen Widerstand leisten und die Bevölkerung verteidigen. Wir können kein zweites Damour zulassen, noch von Sarkis erwarten, daß er der Armee den Befehl gibt, gegen die syrischen Soldaten zu kämpfen. Er wird es nicht tun. Wir sind allein und müssen schnell handeln. Das entscheidende ist, die Herrschaft über die Sannin-Höhen und die Berge rings um Beirut zu behalten. Nicolas, du kennst die Gegend gut. Kannst du sofort hinfahren und die Plätze festlegen, an denen wir Wachposten aufstellen müssen, und versuchen, die Verbindung zwischen Zahlé und dem Oberen Kesrouan zu sichern, von dem aus wir die Stadt versorgen können? Okay? Gut, du fährst morgen abend mit der ersten Hilfstruppe.«

Als Nicolas und seine Kameraden auf Sichtweite an Zahlé herankamen, bot sich ihnen eine schlimmere Situation, als sie vermutet hatten. Die Brände beleuchteten den Himmel in einem kilometerweiten Umkreis. »Die Syrer setzen alles ein«, erklärte ihnen der Führer, der ihnen entgegengekommen war. »Sie haben in den Bergen Stalinorgeln aufgestellt. Ein Glück, daß ihr kommt, anscheinend schicken sie noch Verstärkung. Aber es wird schwierig durchzukommen.«

Während sie von Fels zu Fels vorangingen, überlegte Nicolas. Bechir hatte recht. Der wirkliche Kampf zwischen Syrien und dem Libanon fand hier statt. Eine Maschinengewehrsalve peitschte neben ihm über den Granit, mit dem Geräusch von Steinen auf einem Blech. Hatte man sie entdeckt? Sie warfen sich hinter die trockenen Büsche, die Schüsse entfernten sich, fegten wie zufällig über die Hügel. In der Erregung des Kampfes spürte Nicolas keine Angst. Erst als sie das verbrannte Zahlé betraten, das im Staub der zusammengestürzten Mauern erstickte, erfaßte er die Gefahr. Sie hatten sich selbst in einer tödlichen Falle eingeschlossen. Die Anweisungen von Bechir waren eindeutig: durchhalten, trotz der syrischen Blockade, und mit allen Mitteln die Eroberung der Stadt verhindern.

Wußten sie, dort in Beirut, daß die Syrer, die Zahlé umzingelt hielten, sogar die Krankenwagen durchsuchten, um sicher zu sein, daß weder Wasser noch Lebensmittel in die Stadt gelangten? Daß die Reserven erschöpft waren? Daß sich die Schützen vom Hügel Terllet el Saïdé auf die Statue der Heiligen Jungfrau stützten, um besser zielen und alle töten zu können, die aus den Kellern zu kommen versuchten, um sich Nahrung zu besorgen? Daß hundertfünfzig Kinder im Waisenheim von Dar el Hadaneh eingeschlossen waren?

In ihrem Hauptquartier, unter der Ruine eines Hauses, trafen sich die Belagerten mit den Neuankömmlingen. Es war der 10. April. An diesem Morgen, bei Tagesanbruch, hatten die auf den Hügeln postierten Späher die Landung von Männern und Kisten mit Fallschirmen auf den umliegenden Bergen gemeldet. Kein Zweifel: Das war das Vorspiel zu einem Großangriff. Sie mußten dringend den Generalstab von Bechir in Beirut alarmieren. Und sich hier auf den Widerstand vorbereiten.

»Bechir, diese Nacht ist die Nacht des Schicksals. Meine Männer dort bestätigen es, die Syrer rücken auf Zahlé vor. Der letzte Versorgungsweg zum Oberen Kesrouan wird in weniger als zwei Stunden abgeschnitten sein.« Fouad Abou Nader, der Chef der dritten Abteilung der libanesischen Streitkräfte, spricht in feierlichem Ton, aber niemand denkt daran zu lächeln. Fouad fährt fort: »Unsere Kämpfer haben keine Lebensmittel und keine Munition mehr. Noch kann man sie in aller Eile evakuieren. Oder sie ihrem Schicksal überlassen. Wie entscheidest du?« Bechir überlegt. Vorgestern hat der amerikanische Botschafter von ihm verlangt, »Zurückhaltung und Nachgiebigkeit« zu zeigen. Das bedeutet, daß man nicht auf Ronald Reagan zählen kann, der vor drei Monaten zum Präsidenten gewählt worden ist. Aber gestern hat Arafat ihn wissen lassen, daß sich die PLO nicht in diese syrisch-libanesische Auseinandersetzung einmischen wird. Die Amerikaner werden also nichts tun, die Palästinenser auch nicht. Allein steht Bechir Syrien gegenüber. Und die Disproportion der Kräfte zugunsten von Damaskus ist erdrückend.

In Zahlé haben sich die müden, bärtigen Kämpfer um ein Telefon versammelt, das auf einem von einer Kerze erleuchteten Tisch steht. Nicolas schaltet den Verstärker ein. Die Stimme Bechirs erklingt, erstaunlich klar.

»Freunde, Brüder. Ihr habt zwei Stunden Zeit, um eine historische Entscheidung zu treffen. Entweder ihr bleibt, oder ihr brecht sofort auf, denn der Weg ist nur noch für sehr kurze Zeit frei. Wenn ihr Zahlé verlaßt, werdet ihr euer Leben retten, aber die Niederlage der Stadt ist gewiß. Wenn ihr bleibt, seid ihr bald ohne Medikamente, ohne Munition, ohne Brot und vielleicht ohne Wasser. Ihr werdet den Auftrag haben, den inneren Widerstand zu organisieren, die libanesische Bekaa-Ebene zu verteidigen und den christlichen Libanon. So gebt ihr den sechs Jahren des Krieges einen Sinn. Ich übertrage euch meine Vollmachten, damit ihr selbst entscheidet, was ihr für angemessen haltet. Ich würde gern bei euch sein. Wenn ich zwischen dem Tod unter einer syrischen Granate in Beirut oder mit der Waffe in der Hand in Zahlé entscheiden sollte, würde ich den Tod im Kampf vorziehen. Jetzt müßt ihr euch entscheiden.«

Das Pathos wirkt unter diesen Umständen, am Vorabend einer großen Entscheidung, nicht lächerlich. Im Licht der Kerze treten violette Schatten unter den Augen, auf den unrasierten Gesichtern hervor. Eine Granate explodiert auf der Straße, erleuchtet den Raum durch das Kellerfenster. Jemand steht auf, verschließt die enge Tür mit einem Sandsack. Rechts von Nicolas schwitzt ein Bursche mit dichten Locken, brauner Haut und schwarzem Barthaar so stark, daß der Schweiß sein Hemd durchnäßt. »Ich bleibe«, murmelt er dumpf und verschränkt seine großen Bergbauernhände. Weiter hinten hebt ein anderer, den man den Priester nennt, weil er aus einem Seminar kommt, sein blasses Gesicht, auf dem ein roter Flaum wächst: »Ich bleibe auch.« Seine farblosen Augen glänzen hinter den runden Brillengläsern. In diesem Keller bleiben, in dieser Falle. Mehr als an den Tod denkt Nicolas ans Ersticken. Auch er schwitzt jetzt. »Ich bleibe«, sagt er, ruhiger, als er geglaubt hätte, und die Festigkeit seiner Stimme freut ihn. In wenigen Minuten ist die Entscheidung gefallen: Alle anwesenden Phalangisten beschließen zu bleiben. Und so lange wie möglich standzuhalten. Mit welchem Ziel? Mit welcher Hoffnung? Niemand weiß es, wagt sich einen möglichen Sieg vorzustellen. Aber sie werden tun, was Bechir verlangt.

Nicolas tritt hinaus auf den kleinen Platz, in die klare Nacht, kalt wie ein Eiszapfen. Über den Dächern zeichnet sich die weiße Linie des schneebedeckten Sannin ab. Sie müssen daran denken, die Späher abzulösen. Dort oben weht ein mörderischer Wind. Gestern sind zwei Männern, die zu lange im Schnee geblieben waren, die Füße erfroren. Die Syrer stellen Wagen, Panzer, Hubschrauber bereit, um Männer und Waffen zu transportieren. Um die letzten Wachposten zu versorgen, müssen die Belagerten stundenlang durch den eisigen Sturm laufen und mit der Munition auf dem Rücken klettern. Nicolas kennt dieses Gebirge. Um sich zurechtzufinden, braucht man einen guten Instinkt, wohin man den Fuß setzen, an welchen Felsen man sich klammern kann. Die Phalangisten werden Zahlé nur halten können, wenn die Einwohner ihnen helfen. Allerdings sind sie melkitische Katholiken, während die Truppen Bechirs Maroniten sind. Diese Belagerung wird die Einheit der Christen auf die Probe stellen. Aber mit welchem Blutpreis muß man sie bezahlen?

Die Boutique von Madame Rouzières heißt »Zeit der Krinolinen«, denn sie ist auf Napoleon III. spezialisiert. Die schwarze Fassade wird von einem Geschäft für Orientteppiche und dem Portal eines Wohnhauses eingerahmt.

Lola stellt elfenbeinverzierte Büchsen im Schaufenster aus, rings um eine offene Likörbar mit sechs geschliffenen Kristallgläsern. Es fehlt etwas auf der rechten Seite, als Gegengewicht zu den kleinen Kissen, die sich links auftürmen. Vielleicht eine große weiße Opalglaslampe? Es steht noch eine hinten, in dem Durcheinander von kleinen bemalten Tischchen und Lehnsesseln, die die Boutique füllen. Lola rennt hinaus, stellt sich auf den Bürgersteig, begutachtet ihr Werk. Es ist gut, Lili wird zufrieden sein. Dann, da sie in ihrem dünnen Kleid zittert, läuft sie wieder hinein, um sich in ihrem Büro an der Heizung aufzuwärmen.

Dieser April ist verregnet und kalt. Es wäre erstaunlich, wenn heute viele Kunden kämen. Die eingemummten Passanten kämpfen gegen den Wind. Die Geschäfte gehen schlecht. Was für eine Idee, mitten im Winter anzufangen. Und der Frühling will einfach nicht kommen! Lili ist in Drouot. Sie kümmert sich um den Einkauf, aber die Ausbeute ist mager. Der Stil Napoleons III. kommt immer mehr in Mode und wird immer seltener. Glücklicherweise hat ihnen Madame Rouzières ein gutgefülltes Lager hinterlassen. Lola verbringt viele Stunden im Magazin, näht Borten an, bessert alte Stickereien aus, repariert die ausgeblichenen Posamenten. Im Moment sitzt sie auf ihrem kleinen Lieblingssessel, einem mit kirschrotem Samt bezogenen Lehnstuhl, und versucht den Arm einer alten Puppe anzubringen, die sie mit ihren von schwarzen Wimpern verhangenen Augen anzusehen scheint... Lola verliert die Geduld, ihre Hände zittern. So wird sie nichts schaffen. Die Puppe hat hellgrüne Augen. Lola denkt an Nicolas.

Sie sieht ihn als Sechsjährigen vor sich, wie er im Garten von Tante Charlotte spielt, als Siebenjährigen, am Strand, auf Antoines Schultern. Er war zum ersten Mal gekrault. Später, in seinem Collegeanzug, unfähig, die berühmte Krawatte von Jhammour richtig zu binden, das Wappen sollte auf der Mitte der Brust liegen. Sie erinnert sich an das Palästinenserlager, an Tony in der Klasse, aus der sie ihren Sohn an der Hand wegzog, um ihn aus diesem Elend herauszuholen, aus diesen Gefahren, die sie bereits ahnte. Aber sie hatte nichts verhindern können. Ihr kleiner rührender Junge war zu einem Mann von vierundzwanzig Jahren geworden, der alle Desillusionierung erfahren hatte, alle Ernüchterung, und in diesem Augenblick in einer belagerten Stadt sein Leben riskierte.

Welcher Grund rechtfertigt den Tod eines Kindes? Keiner. Von Paris aus gesehen erscheint der Krieg im Libanon wie eine sinnlose und tragische Schlächterei. Lola und Antoine, die diese Ereignisse mit leidenschaftlicher Anteilnahme verfolgen, diskutieren nicht mehr darüber. Die Gefahr von Meinungsverschiedenheiten und Streit ist so groß geworden, daß man selbst unter engen Freunden diese brennenden Themen vermeidet. Zahlé beispielsweise spaltet die Familie. Mona behauptet lautstark, Bechir Gemayel sei ein Verrückter, er provoziere unnötig die Syrer, alles Unglück des Libanon komme von den Maroniten im allgemeinen und von den Gemayel im besonderen, die nicht bereit waren, die Macht zu teilen, als noch Zeit dazu war, und die heute den Haß zwischen Christen und Moslems schüren, anstatt sich um eine Versöhnung zu bemühen. Antoine meint, die Palästinenser hätten, indem sie sich in die inneren Angelegenheiten des Libanon mischten, alles zerstört, man würde nur Frieden finden, wenn sie abziehen. Wohin? fragt Lola, würde das etwas an der Entschlossenheit der Syrer ändern, das Land zu unterwerfen? Marc sieht überall ein israelisch-amerikanisches Komplott. Lili hat in der Rue du Bac eine wundertätige Kapelle entdeckt, in der sie heimlich betet.

Lola ist zu sehr von Angst erfüllt, um Partei zu ergreifen. Sie weiß nur, daß Nicolas in diesem Netz sitzt und daß die Niederlage der Phalangisten unvermeidbar scheint: Am Sonnabend, 25. April, haben die syrischen Hubschrauber zweitausend Soldaten auf die Gipfel des Sannin gebracht, die zu Sondereinheiten gehören, bewaffnet mit Raketen. Sie haben sich dort verschanzt, beherrschen die Berge, und während des Wochenendes hat man in Paris nur erfahren, daß der Kampf ohne Hoffnung ist. Lola hat den Sonntag zwischen Radio und Fernseher verbracht, ohne etwas anderes wahrzunehmen. Mona hat geheimnisvolle Telefongespräche geführt, dann hat sie endlich geschwiegen und sich in ihrem Zimmer eingeschlossen, um zu weinen.

Drei Tage schon... Ist Nicolas noch am Leben? Lola wagt nicht einmal, diese Frage im Kopf zu formulieren, aus Angst, das Schicksal herauszufordern. In ihren Sessel gekauert betet sie, die Hände vor dem Gesicht. Die Tür klingelt. Sie richtet sich auf, streicht das Haar glatt. Es ist nur Lili, die Wangen rot vom Rennen, ein dickes Paket unter dem Arm.

»Hast du etwas gekauft?«

»Ja, ich erzähle es dir später. Schalte schnell das Radio ein, ich habe eben im Auto gehört, daß israelische Flugzeuge die syrischen Hubschrauber über Zahlé abgeschossen haben...« Fieberhaft suchen sie auf dem Kurzwellensender RMC auf arabisch, wo fast alle halbe Stunde Nachrichten gesendet werden. Endlich! »Schwere Zusammenstöße zwischen israelischen und syrischen Lufttruppen in der Bekaa-Ebene über Zahlé. Zwei syrische Maschinen wurden getroffen, gerade als sich der syrische Minister Abdelhakim Khaddam in den Palast von Baabda begab, um dort die ›pax syriana‹ der Sieger zu verkünden. Die Schlacht um Zahlé wurde sofort unterbrochen. Die Aufmerksamkeit ist jetzt auf Syrien gerichtet, wo nach unbestätigten Informationen sowjetische Boden-Luftraketen aufgestellt werden... Man fürchtet einen erneuten israelisch-syrischen Krieg, und in Washington hat der Staatssekretär Alexander Haig eine Warnung an Damaskus und Moskau ausgesprochen...«

Lola dreht am Knopf und holt tief Luft. Sie hat nur eines begriffen: Die Schlacht von Zahlé ist unterbrochen. Kann Lili auf das

Geschäft aufpassen? Sie wird nach Hause gehen und versuchen, in Beirut anzurufen.

Lola rennt den Boulevard Raspail entlang, schiebt die Passanten beiseite, die der atemlosen Frau mit dem dünnen Kleid und den wehenden Haaren erstaunt hinterhersehen. Lola hat vergessen, ihren Mantel anzuziehen, aber sie spürt die Kälte nicht. Sie kommt zu Hause an, steigt zu Fuß die Treppen hinauf, um schneller zu sein, öffnet die Tür. Antoine ist da, er steht mitten im Salon und strahlt vor Freude. Sie wirft sich in seine Arme.

»Nicolas?«

»Ich habe eben mit Beirut gesprochen. Alle Kämpfer von Zahlé sind am Leben und gesund. Ich weiß nicht, unter welchen Bedingungen sie die Stadt verlassen werden, aber sei ruhig, meine Liebste: Nicolas ist gerettet.«

Paris, Juli 1981

In Paris genügt ein Sonnenstrahl, und man glaubt wieder an das Glück. Hinter den Fenstern des Salons bilden die Platanen des Boulevard Raspail einen grünen, von Licht durchzogenen Schirm.

Acht Uhr morgens. Der Blumenhändler kommt zu spät. Um neun Uhr muß alles fertig sein, und Lola hat eine prächtige Blumendekoration bestellt, ohne Mona davon zu erzählen, die »in aller Einfachheit« heiraten will.

»Ich möchte nicht, daß ihr für meine Hochzeit ein Vermögen ausgebt, wie man es in Beirut macht. Diese Zeiten sind vorbei. Wir sind in Paris, es ist nicht mehr dasselbe Leben . . .«

Antoine war ärgerlich geworden.

»Das heißt nicht, daß du ohne Feier heiratest! Wir können es uns leisten, meine Arbeit läuft gut. Und ich möchte dir so gern eine prächtige Hochzeit schenken, du hast so sehr . . .«

»Mein lieber Papa, ich liebe dich, aber ich möchte lieber einen warmen Mantel haben. Ich werde ihn dort brauchen.«

Antoine hatte es tief getroffen: Dort, das war Kanada. Lola wußte nicht, was sie denken sollte. Mona war so jung! Achtzehn Jahre, noch ein Kind. Sie hatte ihr Abitur glänzend abgeschlossen, die Aufnahmeprüfung für Politikwissenschaften bestanden, und Lola sah sie schon in der ENA, als sie Issam traf. Natürlich, Issam war schön, sympathisch, großzügig, verliebt. Aber Palästinenser. Palästinensischer Christ, gelobt sei der Herr! Aber Palästinenser aus Nazareth, mitten im von Israel besetzten Gebiet. Seine Familie, eine der ältesten Familien Palästinas, war durch den Krieg ruiniert, die Kinder hatten sich in alle Welt zerstreut. Die beiden ältesten Brüder lebten in Argentinien, ein Cousin arbeitete auf den Erdölfeldern von Venezuela, ein anderer war Berater von Scheich Abu Dhabi, die Schwester von Issam hatte einen New Yorker Geschäftsmann geheiratet, und sein Onkel, ein Ingenieur, war an den aufwendigen Arbeiten an der Bay James im Norden Kanadas, fast schon Labrador, beteiligt, »aber mach dir keine Sorgen, Mama, wir werden nur in Montreal wohnen«, scherzte Mona.

Montreal ... wie sollte man dort leben? Issam hatte nichts als sein hübsches Gesicht, seine Jugend und, immerhin, ein Diplom der Universität von Columbia. Würde Mona in Kanada ihr Studium fortsetzen können? Warum wartete sie nicht ein, zwei Jahre, erst mal sehen? Mona hatte sie unterbrochen. »Mama, ich liebe ihn. Und er hat keine andere Möglichkeit, als auszuwandern. Im Moment nehmen nur Kanada und Australien Emigranten auf. Kannst du dir mich inmitten von Känguruhs vorstellen? Wir ziehen Kanada vor. Es ist nicht weit, ihr kommt uns besuchen ...«

Die Hochzeit wurde also beschlossen. Lili übertrat die Tabus und beschloß, zu Monas Ehren einen großen libanesischen Abend zu veranstalten, der alten Tradition folgend. »Wenigstens für uns, Mona, für unsere Freunde, die Familie ...« Mona hatte versprochen, ein langes Kleid anzuziehen. Denn sie würde natürlich im Kostüm heiraten, in der Kirche. Lola seufzte. Sie hatte nicht daran gedacht, so schnell in das Lager der Schwiegermütter zu geraten.

Es klingelt. Endlich, die Blumen! Verteilen Sie sie überall, im Eingang, auf den Tischen, auf dem Boden vor jedem Fenster. Lola will heute ein Meer von Blumen, ein bißchen Verrücktheit, Überfluß, ein Übermaß an Rosen, Orchideen, Löwenmaul, Gardenias und weißen Lilien. Dieser Duft soll ein wenig für das entschädigen, was eine französische Hochzeit in ihren Augen an Armseligkeit hat.

Lola denkt an Irènes Hochzeit, einst in Kairo. Was für ein schönes Fest unter der Sonne Ägyptens! Sie läuft mit den Blumen im Arm durch die Wohnung, verteilt sie überall. Eine Rose auf eine Kommode, zwei Lilien auf das Klavier. Ihr Hals ist wie zugeschnürt. Was hat sie aus ihrem Leben gemacht? Sie wird Mona verlieren. Nicolas lebt in Beirut, Antoine ist alt geworden, sie auch, ihr Land liegt im Sterben, ihre große Liebe ist tot. Sie wirft die letzte Rose auf den Marmortisch, wie man einen Abschiedsgruß auf einen Grabstein wirft.

»Mama, wie schön das aussieht! Du bist eine Fee, die Wohnung ist völlig verändert . . .«

»Mona, noch im Nachthemd? Geh in dein Zimmer, schnell. Lili hat angerufen, sie fährt am Lutétia vorbei, um Tante Charlotte, Maud und Nicolas abzuholen. Sie kommen in einer halben Stunde. Wir werden niemals rechtzeitig fertig.«

Die kleine Kirche Saint-Julien-le-Pauvre ist zum Bersten voll. Antoine ist erstaunt: Man glaubt, ganz Beirut sei versammelt. In der Menge begegnet er bekannten Gesichtern. Neben einer Säule entdeckt er Nadia, seine Lieblingskrankenschwester, Nadia, die kleine Drusin, in die er früher wahrhaftig verliebt gewesen war. Die Messe beginnt, zelebriert von Monsignore Nasrallah persönlich. Die brennenden Kerzen lassen die goldenen und silbernen Schätze glänzen, und die schwarzen Augen der Ikonen, die die Ikonostase schmükken, leuchten. Der Patriarch und die beiden Diakone, in ihren von vergoldeten Stickereien steifen Chorhemden, geben das Zeichen zum Gesang. Noch nie konnte Antoine die spröden griechischen Psalmen hören, alt wie die Welt, ohne bewegt zu sein. In diesen rauhen Tönen findet er eine verlorene Harmonie wieder, eine archaische Sprache mit unbekannten und dennoch vertrauten Klängen. Die ganze Kirche ist erfüllt von Gebeten.

Glaube ich an Gott? fragt sich Antoine. Ja. Aber er betet nur selten. Und er erinnert sich nicht, in der größten Gefahr um seine

Hilfe gefleht zu haben. Aus Stolz, aus Fatalismus, aus Furcht, nicht erhört zu werden? Heute aber möchte er diese Schutzmacht bitten, über Mona zu wachen. Aufrecht und schmal, in ihrem kleinen Kostüm, einen kurzen Schleier über dem zu einem Knoten zusammengefaßten roten Haar – sie gleicht einem Aronstab, einfach und rein. Unter den Lichtstrahlen, die durch die Fenster fallen, nimmt ihr heller Teint einen rosafarbenen Ton an. Ihr Hände sind um das runde Bouquet verkrampft. Als die Weihrauchschwaden aufsteigen, beugt sie den Kopf unter dem Segen, wirft einen schrägen Blick zu Issam, der aufrecht neben ihr steht. Ein Hauch von Eifersucht legt sich auf Antoines Herz. Was kann sie an diesem Burschen so aufregend finden, daß sie ihm in ein Inferno aus Schnee und Eis folgt?

Tante Charlotte lächelt den Engeln zu. Von allen Zeremonien hat sie die Hochzeiten am liebsten. Besonders diese, die sie mit der Leichtigkeit und Grazie einer Ballettmeisterin anführt. Sehr schön, die Chöre. Der Patriarch sieht herrlich aus mit seiner hohen vergoldeten Tiara und dem langen, sorgfältig ausgebreiteten weißen Bart. Während der Predigt nutzt sie die Pause, um eine kleine Puderdose aus ihrer Tasche zu ziehen: Ist sie nicht unter ihrem rosafarbenen Hütchen, im Schatten der Kirche und im Licht der Kerzen so frisch wie mit zwanzig Jahren? Ja, Rosa ist ihre Farbe. Wenn sie daran denkt, daß ihr Maud ein schwarzes Kleid anziehen wollte, unter dem Vorwand, schwarz sei vornehm! Niemand weiß besser als Charlotte, was man zu den großen Anlässen des Lebens tragen muß. Schwarz hat sie in den letzten Jahren in Beirut zuviel gesehen. Sie schließt ihre Tasche und blickt um sich.

Die weißen Blumen erhellen die Kirche. Ein Glück. Diese Pariser Kirche ist etwas dunkel, es fehlt ihr an Glanz. Saint-Julien-le-Pauvre, was für eine Idee! Egal! Lola in ihrem gelben Kostüm sieht strahlend aus wie eine Narzisse im Frühling. Ihr lieber Antoine ist an den Schläfen ergraut, er hat etwas zugenommen. Er müßte Sport treiben. Nicolas hat Gott sei Dank diesen Bart abrasiert, der ihn wie einen moslemischen Integristen oder ein Räuber aus den Bergen aussehen ließ. Er wirkt entspannt, fast glücklich, auf jeden Fall besser als damals, als sie ihn in Sanayah empfing, Ende Mai, nach seiner Rückkehr aus Zahlé. »Man hat uns wie Helden gefeiert, aber es ist ein Schwindel, Tatie«, hatte er gesagt. »Dieser Kampf war eigentlich sinnlos, viele arme Menschen sind umsonst gestorben. Ich will lieber nicht mehr daran denken.« Er war nicht sehr freundlich zu Issam vorhin. Ist es die Traurigkeit, Mona weggehen zu sehen? Oder eine Art Eifersucht? Denn er ist schön, sehr schön, dieser Issam. Sein braunes Gesicht unter der dichten schwarzen Mähne ist fast zu fein gezeichnet. Ich frage mich, warum er sich keinen Schnurrbart stehen läßt, wie alle Männer bei uns, das würde ihn männlicher machen, fährt Charlotte in ihren Gedanken fort. Vielleicht trägt man in Paris keinen Schnurrbart mehr. Die neue Generation verwirrt Charlotte. Früher waren die jungen Männer stämmig und die Mädchen ein wenig rundlich. Heute sind sie groß und durchscheinend. Keine Gesundheit drin, zu zerbrechlich, so anders... Es stimmt, sie sind schön. Monas kleine Freundin zum Beispiel, Claire, was für ein Profil, was für eine Grazie! Die Schelmin sieht Nicolas an, mit nichtssagender Miene, die Nase im Gesangbuch... Schluß jetzt, etwas Pietät, Charlotte, der liebe Gott schaut auf dich. Maud macht mir wütend Zeichen. Was denn, bei einer Messe hat man doch wohl das Recht zu träumen?

Der Diakon steigt herab, Brot und Wein, mit besticktem Satin bedeckt, emporhebend, geht den Mittelgang entlang, gefolgt von den Chorkindern, die Weihrauchbecken schwenken. Das tiefe Grollen der Gesänge rollt unter den Bögen entlang, schwillt an wie das Rauschen des Meeres, eine kräftige Stimme erklingt, geht in reinem Ton in die Höhe, fällt in brechendem Klang, steigt wieder empor. Das Kirchenschiff vibriert. Alle senken die Köpfe unter der Wucht der Töne, dem dichten Duft des Weihrauches, dem Geruch von Lilien und Rosen, dem Funkeln der in Bündeln zusammengesteckten Kerzen. Der alte orientalische Ritus versöhnt die barbarischen Freuden der Steppen, die Pracht von Byzanz und die Milde Roms miteinander. Lola läßt sich vom Gesang und von ihren Erinnerungen davontragen wie von einem Feuerfluß, der in ein kaltes Meer fließt. Sie weiß nicht, was aus ihnen werden wird, den verstreuten

Christen des Orients, ihrer Heimaterde entrissen, in eine feindliche und vor allem fremde Welt geworfen. Mona und Issam, werden sie glücklicher werden, fern ihres Orients, einst von den Göttern gesegnet, heute Boden der Gewalt? Zweifellos, denn sie lieben sich. Eine Idee läßt sie lächeln. Sie stellt sich einen kleinen Jungen vor, braun wie Issam, lachend wie Mona, der mit Schlittschuhen an den Füßen über einen großen zugefrorenen See gleitet. Das hat es in der Familie noch nie gegeben.

Am Springbrunnen des Bois de Boulogne fahren die Wagen um einen blühenden Strauch herum und setzen die Gäste vor der Markise über dem Eingang ab.

»Als wären wir in Beirut, so eine Sonne! Ich liebe den Bois de Boulogne. Das ist Paris!« ruft Maud ohne sichtbare Logik aus.

»Sei still, Maud!« schimpft Charlotte. »Wie kannst du das vergleichen? In Paris kennt man uns nicht. Man empfängt uns gut, aber wie Ausländer. In Beirut hätten sich alle um uns gedrängt... Du bist nie unbemerkt geblieben, ich auch nicht. Aber vorhin, in der Halle, hat ein junges unverschämtes Mädchen zu mir gesagt: ›Wollen Sie zur Hochzeit Boulad?‹ Wir sind keine Personen, wir sind eine Hochzeit! Deshalb möchte ich wieder in Beirut leben. Wenigstens kennt man mich bei den Händlern, man nennt mich beim Namen, wenn ich ein Restaurant betrete. Das ist keine Frage des Geldes, das ist eine Frage des Stils. Was haben wir denn in unserem Alter, bei dem schönen Leben, das wir geführt haben, anderes zu verteidigen?«

Verärgert über das, was wie ein Vorwurf klingt, reckt Maud den Kopf unter ihrem Hut mit violetten Federn empor.

»Was den Stil betrifft, so habe ich niemanden zu fürchten. Erinnere dich, ich habe mit Königen und Prinzen gespeist. Ich habe Botschafter und Admiräle bei mir empfangen, ich habe...«

»Ich weiß, ich weiß, aber hier weiß es niemand. Gott sei Dank sind heute abend all unsere Freunde hier. Hast du Michel el Khoury und Raymond Eddé gesehen? Sie haben sich überhaupt nicht verändert.«

Lili jubelt. Für ihren Empfang hat sich Mona endlich wie eine klassische Braut angezogen, ein langes Kleid aus weißem Taft mit Perlen über der Brust und einem breiten, raschelnden Rock. Und Issam hat eingewilligt, einen Smoking zu tragen. So gefallen sie Lili, ihre beiden Adoptivkinder, schön, elegant, verliebt. Eine fröhliche Menschenmenge drängt sich um die Buffets mit Mezzes, marinierten Hühnerkeulen, die in dicken Kürbissen stecken, unzähligen libanesischen Gerichten, die man mit Freudenrufen begrüßt. In liebenswerter Unordnung setzen sich alle um die mit Blumen geschmückten Tische, das Lachen der Frauen erschallt, die Männer, aufgehellt durch das Weiß der Hemdbrüste, wirken verjüngt und diskutieren fröhlich miteinander. Ist es das Gurren der Gespräche, der Duft der Kräuter, die Parfums, das Klappern der Armreifen, das Funkeln der Ringe? Lola denkt an Beirut.

Tante Charlotte, die neben Raymond Eddé sitzt, klopft ihm auf den Arm: »Mein lieber Raymond, erzählen Sie mir von Paris, wie nur Sie es können.« Maud sitzt an der anderen Stirnseite des Tisches und spielt mit ihrem berühmten Kollier aus Diamanten und Rubinen, das einzige, was ihr geblieben ist, aber sie will es nicht verkaufen. »Lieber verhungern«, erklärt sie Gibran Khalil, ihrem Nachbarn. Liliane, die aus Beirut gekommen ist, breitet ihr langes schwarzes Haar über den nackten Schultern aus, die alle Sonne des Sommers eingefangen haben. Ein Freund von Antoine, ein ehemaliger Bankier, der zur Informatik gewechselt ist, geht an den Mitteltisch, wo sich Mona, Issam, Nicolas und Claire eben niedergelassen haben. Er hebt sein Champagnerglas:

»Auf die Jungvermählten und auf Nicolas, den Helden von Zahlé!«

Der Satz ist in einem Augenblick gefallen, da das Klappern der Gabeln, die Satzfetzen, die begeisterten Ausrufe für einen Moment geschwiegen haben. An einem Nebentisch bricht Beifall los: »Auf Nicolas, auf Nicolas!« Issam ist zusammengezuckt, er sieht Nicolas mit einer Mischung von Erstaunen und Verachtung an. »Mona hat mir nicht gesagt, daß Sie Phalangist sind.« Nicolas entgegnet kurz: »Ich habe auch erst letzte Woche erfahren, daß Sie Palästinenser sind.« Die beiden Männer sind verkrampft. Claire sieht sie voller Erstaunen an. »So«, fährt Issam fort, »Sie waren also in Zahlé. Woanders auch, nehme ich an. Haben Sie oft für Bechir gekämpft?« – »Ich habe oft für den Libanon gekämpft, wie Sie vielleicht für Palästina?« Issam umklammert nervös seine Gabel. »Ja, ich habe für Palästina gekämpft. In Israel. Die Israelis haben mich festgenommen, ins Gefängnis gesteckt, dann nach Jordanien ausgewiesen, 1978. Ich bin nach Beirut zur PLO gegangen.« – »Wir waren also zur gleichen Zeit in Beirut, ich im Osten, unter Ihren Granaten, Sie im Westen, im Begriff...«

Mona geht mit kreidebleichem Gesicht dazwischen.

»Nicolas, Issam, ich flehe euch an, nicht heute!« Issam legt seine große braune Hand auf Monas kleine weiße Faust: »Liebling, laß uns doch reden. Wir sind doch jetzt Schwäger, da können wir ebensogut gleich alles klären. Ja, Nicolas, ich war bei der PLO in Beirut, ich hoffte, dort meine Freunde aus Bethlehem wiederzutreffen, die ihr Land befreien wollten, Palästina. Ich habe für kurze Zeit im Libanon in den Reihen der Palästinenser gekämpft. Dann hat man mich mit... anderen Funktionen beauftragt, in den Vereinigten Staaten. Und dort, ich gestehe es, habe ich den Glauben verloren. Es gab zu viele interne Streitigkeiten, Kämpfe innerhalb der Bewegung. Auch zuviel leichtverdientes Geld. Einer meiner palästinensischen Freunde, der als gemäßigt galt, wurde ermordet, aber nicht von den Israelis, sondern von seinen Leuten. Daraufhin habe ich aufgegeben. Das ist meine Geschichte. Ich bin nicht sehr stolz darauf. Aber ich verleugne sie nicht.«

Nicolas dreht eine Teigkugel zwischen den Fingern hin und her. Mona wirft ihm einen verzweifelten Blick zu und fleht: »Nicolas, ich bitte dich...« Er unterbricht sie: »Meine Geschichte ist zu kompliziert, um sie heute abend zu erzählen. Sagen wir, mein politisches Engagement hat in den Palästinenserlagern um Beirut angefangen, und dann, nach einem... Zwischenfall, über den ich nicht reden will, habe ich auch den Glauben verloren. Vielleicht hätte ich dasselbe wie Sie machen sollen, emigrieren. Aber ich konnte mich nicht entschließen, den Libanon zu verlassen. Also bin ich zu den Kataeb gegangen, damit mein Land unabhängig bleibt. Ich bin auch nicht immer besonders stolz darauf. Aber ich übernehme für alles die Verantwortung, auch für das Schlimmste.«

Sie sehen sich an, ohne zu lächeln, mit einer gewissen Anteilnahme. Das Orchester spielt einen Walzer, und Mona, ebenso blaß wie ihr Kleid, wendet sich an Issam: »Liebling, wir müssen den Tanz eröffnen.« Sie betreten die Tanzfläche, alle klatschen. Claire, die nicht alles verstanden hat, fragt: Warum ist Issam wütend und Nicolas verlegen? Issam ist kein Moslem, sondern Christ wie Nicolas, was bedeutet dann ... Nicolas lächelt: »Das ist schwierig, sogar für uns, verstehen Sie. Im Mittleren Osten sind die Grenzen nicht so deutlich, wie man meinen möchte.« Er betrachtet den schlanken Hals seiner Nachbarin, die kleinen blonden Haare im Nacken. Claire errötet, ist verlegen. Nicolas nimmt ihre Hand: »Kommen Sie tanzen. Ich werde es Ihnen ein anderes Mal erklären, wenn ich Sie wiedersehen darf.«

Tante Charlotte neigt sich zu Raymond Eddé: »Ich liebe Hochzeiten, das ist so fröhlich. Ich habe sogar Lust, noch eine zu arrangieren. Sehen Sie sich Nicolas und die kleine Claire an. Sind sie nicht ein schönes Paar?«

Raymond bricht in Lachen aus: »Charlotte, Sie sind unverbesserlich! Nichts kann Sie bremsen. Wenn Ihr Vorhaben gelingt, dann vergessen Sie nicht, mich einzuladen. Auch ich liebe Hochzeiten, aber nur als Zuschauer. Da Sie nie die Zeit hatten, Ihre Talente an mir zu erproben, bin ich, Gott sei Dank, ledig geblieben.«

Ein Kellner schiebt sich zwischen den Tischen hindurch, ein kleines Silbertablett in der Hand. Er geht zu Mona: »Ein Telegramm aus Ägypten, Madame.« Mona zuckt zusammen. Ägypten! Das kann nur von Irène sein. Sie greift mit zitternder Hand nach dem dicken Umschlag, wiegt ihn in der Hand und legt ihn auf den Tisch wie ein wertvolles Objekt. Ägypten, das ihr vor ihrer großen Reise entgegentritt. Ägypten, aus der Tiefe der Zeit aufgetaucht. Von ihrer Tante Irène. Mona kennt nur ein Bild von ihr, das eines ewig jungen Mädchens, besorgt um ihr Tuch und ihr Profil, in der ersten Reihe einer fröhlichen Gruppe, auf einem vergilbten Foto, ein Datum auf der Rückseite: »Alexandria, August 1950«, eine hohe

Schrift, violette Tinte. Während ihrer ganzen Kindheit hat man ihr von Irène erzählt, wie von einem Modell: schön, tugendhaft, Symbol von Pflicht und Treue. Mythische Tante Irène, die sich seit dem Tod ihres Mannes hartnäckig geweigert hat, das zu verlassen, was vom Palast der Wissa geblieben ist, einzige Überlebende, die ihre Gräber pflegt und die verlorenen Güter behütet. Irène, letzter Strom der Beständigkeit in einer vernichteten Welt.

Mona spürt die Blicke auf sich lasten. Sie entschließt sich, faltet die gelben Blätter auseinander:

Deine Tante, mein Liebling, taucht aus ihrem Exil auf, um euch beiden ein Jahrhundert des Glücks zu wünschen. Liebe Issam, wie ich Magdi geliebt habe, liebe ihn im Exil wie in der Verwurzelung, im Leben, das er gewählt hat, und bis nach dem Tod. Das ist das wahre Sakrament der Ehe.

Ich wäre heute gern bei dir gewesen, aber wie du weißt, verlasse ich Ägypten nicht mehr. Hier habe ich die Jahre des Glücks erlebt, hier werde ich sterben, hier ist meine Heimat. Ich wußte es, als ich Magdi heiratete. Ein Kopte, weißt du, verläßt seine Wurzeln nicht...

Was bedeutet das schon! Du wirst die Wege unserer Stämme gehen, die alten Karawanenstraßen, denen unsere Vorväter folgten. Jedem seine Wüste, mein Schatz.

Ich segne Euch *Irène*

Ohne ein Wort reicht Mona den Brief ihrem Mann.

»Vergiß es«, sagt Issam schließlich. »Was Irène in Ägypten festhält, ist nicht die Stimme des Blutes, es ist der Ruf der Toten. Wir gehen fort. Das ist das Leben.«

28

Les Portes en Ré – Ile de Ré, 1. August 1981

Hallo, kleine Schwester!

Ich habe heute morgen am Hafen an Dich gedacht. Ein Fischer, der sah, wie ich aufs offene Meer schaute, sagte zu mir: »Wissen Sie, was genau gegenüber auf der anderen Seite des Atlantik liegt? Kanada . . .« Und ich stellte mir meine kleine Mona vor, zwanzigtausend Kilometer entfernt, direkt vor mir . . . Dieses weite Meer, dieser riesige Ozean berauscht mich total. Ich verstehe, warum Du die Bretagne mochtest. Hier ist nichts eng und abgemessen. Der Wind schmeckt salzig, der Sand an den Stränden ist weiß und glänzend, mit ganz feinen Quarz- oder Glimmerkörnern. Ich liebe vor allem das Meer, nicht so sanft und warm wie unser Mittelmeer, sondern grau, kalt, immer in Bewegung. Ein brutales Meer. Ich werfe mich mit dem ganzen Körper hinein, wie in eine Schlacht. Die Wellen pressen meine Brust wie ein eisiger Schraubstock zusammen. Dann, wenn ich schwimme, fließt mein Blut schneller, und ich habe das Gefühl, ganz allein den Atlantik zu erwärmen.

Ich weiß, daß Du keine Beschreibung der Ile de Ré von mir erwartest – obwohl mich Inseln immer inspirieren, sondern Neuigkeiten von Deiner Freundin Claire. Wir sind Nachbarn. Tante Charlotte hat, ich weiß nicht, dank welcher phantastischen Beziehungen, das schönste Haus des Dorfes gemietet, das Maison Raille, überhaupt nicht majestätisch, sondern von erlesener Einfachheit. Vorgetäuschte Enthaltsamkeit, ein Kamin aus schwarzem Blech, Steine aus einem alten Stall und wenig Möbel. Traum jedes Architekten! Claire wohnt etwas weiter, bei ihrer Großmutter, in einem flachen Haus voller Charme, es heißt »die alten Steine«, wegen einem Mäuerchen aus verwitterten

Steinen entlang der Straße. Die Wände sind von der Hitze gebleicht, die Kassettenfenster öffnen sich über einem Pfarrgarten ...

Die Großmutter, »Mamie«, sehr blond und sehr blaß, wie Claire, ist eine entzückende alte Dame, zurückhaltend und verschwiegen. Das Gegenteil von Tante Charlotte. Sie hat mich einmal zum Abendessen eingeladen. Im Kamin brannte Feuer, mitten im August. Für mich! »Sie kommen aus den warmen Ländern, Sie müssen doch unsere Insel sehr kalt finden«, sagte sie und bot mir einen Pineau an – das ist ein typisch korsischer Apéritif, der hier oft getrunken wird. Wir haben gebratene Sardinen mit gesalzener Butter gegessen, gebackenen Hummer und Himbeertorte. Ich weiß nicht, ob es am Feuer, am Pineau oder am Essen lag, aber ich habe mich lange nicht mehr so glücklich gefühlt.

Tante Charlotte, die schon mit dem ganzen Dorf Bekanntschaft geschlossen hat, erzählt jedem, der es hören will, daß ich hier bin, um »meine Gesundheit wiederherzustellen«, nach harten Kämpfen ... Plötzlich sieht man mich an wie einen mächtigen Terroristen, auch wenn ich gestreifte Pullover und Leinenhosen wie die Seeleute hier in der Gegend trage.

Glücklicherweise ist Claire da, sie nimmt mich mit zum Fischhändler, erklärt mir die Gezeiten, lehrt mich die Namen der großen rosafarbenen oder blauen Blumen, die zwischen den Mauern wachsen und aussehen wie zerknülltes Papier: Stockmalven. Ich kannte sie nicht. Sie behandelt mich ein bißchen wie den guten Wilden, dem man die Zivilisation beibringen muß, und ich lasse mich sehr zufrieden führen. Es ist schön, ein wenig bemuttert zu werden. Wir folgen auf Fahrrädern den Wegen durch die Salzgärten, rollen nebeneinander auf engen Pfaden entlang, zwischen großen Steinen, die mit grauem Salz überzogen sind. Wir haben einen Tag in Saint-Martin-de-Ré verbracht, am Hafen Muscheln gegessen und von Dir geredet.

Unerschöpfliches Gesprächsthema. Die Vorstellung, daß Du Dich endgültig in Kanada niederläßt, gefällt mir nicht. Es ist wahrscheinlich mein Nachteil, daß ich nichts von Dir weiß ... Was Dich zu Issam gezogen hat, was Euch bewogen hat, so weit wegzugehen, hängt damit zusammen, so meint Claire, daß Ihr beide »Kinder des Exils« seid. Issam weiß, daß er niemals nach Israel zurückkehren kann, und

Du, sagt sie, Du hast darunter gelitten, während dieses schrecklichen Krieges nicht in Beirut zu sein, obwohl wir dort überleben mußten. Ist es möglich, daß Du Dir wahrhaftig gewünscht hast, unter den Bomben zu zittern, Dich in den Unterständen zu verkriechen oder tief herabgebeugt durch die Straßen zu rennen, um den Kugeln zu entgehen? Wenn das stimmt, meine liebste kleine Schwester, dann bist Du verrückt. In den schlimmsten Momenten habe ich mir immer gesagt: »Gott sei Dank, Mona ist in Sicherheit. Sie wird dieses Grauen nicht kennenlernen.«

Vergiß nicht, daß auf Dir jetzt die Hoffnung der Familie ruht. Mit mir kann man nicht rechnen, ich bin hundert Jahre alt und völlig abgenutzt. Wenn ich das zu Claire sage, beginnt sie zu lachen und behauptet, daß ich in einem Monat auf dieser herrlichen Insel wieder auf die Beine kommen und schneller rennen werde als sie. Weißt Du, daß sie besser schwimmt als ich? Und daß sie im Badeanzug wunderhübsch aussieht. Ich sehe Dich lächeln ... Du irrst Dich, ich bin nicht in sie verliebt. Der Sommer steht ihr einfach gut. Mit ihrer sonnengebräunten Haut wirkt sie noch blonder, aber weniger zerbrechlich. Auf dem Hafenmarkt habe ich ihr ein altes, enges weißes Spitzenmieder gekauft, mit einem eingestickten C. So etwas haben unsere Großmütter getragen, aber es ist jetzt wieder modern. Nun, sie hat auf der Stelle ihr T-Shirt ausgezogen, als wäre das selbstverständlich. Sie hatte nichts drunter ... Die Verkäuferin machte große Augen, ich auch. Du hättest mir ruhig sagen können, daß sie so schöne Brüste hat. Sie hat das Mieder übergestreift. Phantastisch! Ich hatte sie für ein kleines schüchternes Mädchen gehalten, ein bißchen geziert, aber an diesem Tag hat sie mich gründlich überrascht. Auf dem Markt sahen sie alle voller Bewunderung an, und ich war unheimlich stolz. Siehst Du, wie es um mich steht: Ich bin dabei, mich zurückzuentwickeln. Das war das Beste, was mir passieren konnte. Ich küsse Dich auf die Nase und hinter das Ohr, dort, wo es Dich kitzelt. *Nicolas*

P. S. Ich weiß, daß Claire Dir schreibt. Was sagt sie über mich? Sei lieb, erzähle es mir. Schreib mir schnell. Ich warte.

10. August 1981

Telegramm an Nicolas Boulad, 3, rue du Moulin, Les Portes en Ré, Ile de Ré, Frankreich

DUMMES KLEINES BRÜDERCHEN. STOP. CLAIRE SEHR VERLIEBT IN DICH. FRAGE MICH WARUM. DEIN MANGEL AN SCHARFBLICK VERWUNDERT MICH. STOP. UMARME DICH GANZ FEST UND HALTE MICH AUF DEM LAUFENDEN. STOP. STERBE VOR NEUGIER. STOP. MONA

Les Portes en Ré, 15. August 1981
Danke, liebstes Schwesterchen. Du hast mir die Augen geöffnet, als ich gerade meine Chance zu verpassen drohte. Ein Cousin von Claire ist über das Wochenende gekommen, ein großer blonder Kerl, Typ verwaschener Wikinger, der sich benimmt, als hätte er die ENA schon hinter sich. Er heißt Gonzague! Maximal unsympathisch. Eingebildet, aber ein hübscher Bursche. Er ist zweifellos in Claire verliebt. Er führt sich sogar auf wie in bereits erobertem Gebiet. Das ärgert mich unheimlich. Claire scheint nichts zu merken, sie behandelt ihn wie . . . einen Cousin. Kaum war er da, begann die Eifersucht an meinem Herzen zu nagen. Und ich habe es endlich begriffen.

Natürlich liebe ich sie, ich hätte es beim ersten Blick merken müssen. Heute weiß ich es, dank Dir und dank Cousin Gonzague. Ich habe schon eine ganze Reihe Mädchen geliebt oder zu lieben geglaubt, aber sie ist etwas anderes. Lach nicht: Es ist mir, als würde ich an einem Ziel ankommen. Sie verwirrt mich, ich begehre sie, wie auch nicht, sie ist so schön. Aber vor allem rührt, erschüttert sie mich. Gestern sah ich, wie sie aus dem Wasser kam, die nassen blonden Haare lagen wie Schlangen auf ihren runden Schultern. Sie kam auf mich zu, und ich hatte einen trockenen Mund.

Mona, Mona. Ich brauche sie, ich will sie. Nie war mir etwas so wichtig. Plötzlich werde ich ungeschickt, linkisch, während Gonzague wie das blanke Wohlgefallen durchs Leben gleitet. Er hat jahrelang Tennis und Bridge gespielt, ist Ski gelaufen und geschwommen, all diese unverzichtbaren Krücken der guten bürgerlichen Gesellschaft in Frankreich, die sich für aristokratisch hält. Ich übertreibe, die Eifersucht verwirrt mich. Eigentlich ist Gonzague gar nicht so beschränkt. Was mich ärgert und durcheinanderbringt, ist, daß er Claire wie ein Bruder ähnelt. Sie haben dieselben Vertraulichkeiten, dieselben Bezugspunkte, denselben Begriff von der Zeit, die man nicht zählt, vom Geld, notwendig, aber nicht unerläßlich, und vom Glück, das ihnen immer im Übermaß gegeben wurde. Ihre Welt ist glatt und sicher.

An ihrer Seite stinke ich nach Unglück. Was willst Du, ich habe eigentlich nichts anderes gelernt, als mich zu schlagen und meine Haut zu retten. Neulich, auf der Straße zum Leuchtturm, habe ich mich fast auf den Boden geworfen, als hinter mir eine Autotür knallte: alter Reflex. Ich hielt es für einen Schuß ... Ich brauche viel Zeit, um zur Zivilisation zurückzukehren. Für Claire wird es mir gelingen. Aber ich weiß nicht, wie ich mich zu ihr verhalten soll. Manchmal bin ich über meinen Ernst und den Mangel an Sorglosigkeit verzweifelt. Wie soll ich ihr sagen, was ich fühle, ohne lächerlich zu sein. Ich habe Angst, daß sie mich auslacht. Du sagst, sie ist in mich verliebt ... Was kann sie schon an mir finden, mein Gott! Ich bin alt, ich habe kein Vermögen, und ich bin Libanese, also ein Fremder, ein zweifelhafter Ausländer. Zumindest empfinde ich es so.

Du fehlst mir, Mona. Sag mir, wie ich Claire überzeugen soll, mich zu lieben. Ich zähle auf Dich.

Dein dummer Bruder Nicolas

Telegramm an Nicolas Boulad, 3, rue du Moulin, Les Portes en Ré, Ile de Ré, Frankreich

FRAGE MICH, OB DU LÄCHERLICHKEIT DER SITUATION ERFASST. STOP. NIE GEAHNT, DASS ICH NACHFOLGE VON TANTE CHARLOTTE ALS VERMITTLERIN ZWISCHEN SCHÜCHTERNEN VERLIEBTEN ANTRETEN WÜRDE. STOP. MUT, GROSSER TOLPATSCH. STOP. CLAIRE LIEBT DICH WIE DU BIST UND GONZAGUE HAT KEINE GRÜNEN AUGEN. STOP. VIEL GLÜCK UND KÜSSE. MONA

Les Portes en Ré, 22. August 1981
Mona, Mona, Du hast die Hand auf meine Stirn gelegt, und über Tausende Kilometer ist in Sekunden der Geist in mich zurückgekehrt. Sei gesegnet! Ich habe es überprüft: Gonzagues Augen haben die milchige Farbe von Austern. Außerdem ist er nach Paris zurückgekehrt, wo er sich einschließen wird, um sich auf irgendwelche Aufnahmeprüfungen vorzubereiten. Von dieser Seite droht also keine Gefahr mehr. Morgen mache ich mit Claire eine Bootsfahrt, wir umrunden die Insel und essen in der Walfischbucht. Ich weiß, was Du denkst: Wird sich der große Tolpatsch trauen? Er fühlt sich wie Gilgamesch oder Samson, bevor ihm Dalila die Haare abschneidet. Heute abend schreibe ich Dir vor dem Kamin, in dem ein Weinrankenfeuer brennt – in diesem Land sind die Abende kalt, sogar im Sommer. Tante Charlotte und Maud flüstern wie zwei Verschwörerinnen. Maud hat ein Picknick für zwei Personen vorbereitet, Brot, Pastete, Käse, Früchte und Wein. Charlotte wippt in ihrem englischen Schaukelstuhl und trällert Walzermelodien. Ich bin seltsam gerührt. Gute Nacht, Schwesterchen, ich gehe ins Bett: Wir haben uns für morgen um sechs Uhr am Hafen verabredet.

23. August
Es war schon hell, als wir die Anker lichteten. Ein grauer Himmel mit Nebelschwaden und kleinen wilden Wellen. Claire, die ein besserer Seemann ist als ich, hat das Steuer genommen, um das offene Meer zu erreichen. Ich habe die Manöver ausgeführt, so gut ich konnte, tolpatschig durch die Seglerjacke und behindert von den Stiefeln. Den Atlantik werde ich nicht so schnell vergessen ... Glücklicherweise kam die Sonne bald hervor. Claire streckte die Nase in die Luft und schnupperte: »Toll, es wird schönes Wetter!« Wir sind zwei Stunden gefahren, bevor wir die Walfischbucht erreichten. Kein Vergleich mit unseren schwarzen Felsen, die aus einem blauen Meer aufragen. Dort war ein kleiner, schön gezeichneter Bogen, ein Halbkreis aus weißem Sand vor den mit Pinien und Gestrüpp bedeckten Dünen. Claire war in ihrem Element. Sie kennt die Insel seit ihrer Kindheit. Zwischen ihr und diesem Meer gibt es eine spürbare Ver-

bundenheit. Noch nie hatte ich sie so fröhlich, ihre Wangen so gerötet gesehen. Sie hat mir erzählt, daß vor dem Bau des Leuchtturmes die Schiffe in Seenot alle an dieser Stelle untergingen. Dann fügte sie hinzu: »Was würdest du sagen, wenn wir nicht mehr zurück können? – »Ich würde sagen, was für ein Glück!« Sie sah mich aus den Augenwinkeln an, dann zog sie sich aus, Seglerjacke, Pullover, und stand in weißem Badeanzug vor mir. »Ich wette, du traust dich nicht zu springen.« Als ich sie eintauchen und zwischen den Wellen entlanggleiten sah, spürte ich einen Schauer von Verlangen und Furcht. Diese schöne nordische Sirene erschien mir plötzlich unerreichbar, wie von einer anderen Welt, aus einem fernen Thule. Dann sprang ich ihr hinterher. Wie immer nahm mir die Kälte zunächst den Atem, dann spornte sie mich an. Wir sind lange geschwommen, sie vorneweg, ich versuchte sie einzuholen, und als sie endlich aus dem Wasser stieg und sich auf den Sand warf, war ich völlig erledigt. Anscheinend war es das, was sie gewollt hatte. Mich so zu sehen, japsend, gestrandet wie ein Seehund, zitternd und mit gesträubtem Haar.

Sie lachte, plötzlich spürte ich Panik in mir aufsteigen. War es die Kälte oder die Angst, sie würde sich über mich lustig machen? Ich begehrte sie wie ein Wahnsinniger, und trotzdem wurde ich von Sekunde zu Sekunde hilfloser. Wenn Du wüßtest, Mona, wie empfindlich ein Mann in dieser Situation ist. Ich habe mich noch nie im Leben so geschämt. Ich wußte, daß ein Fiasko immer möglich ist, aber warum gerade ich, warum gerade in diesem Moment? Dennoch hatte ich unerträgliche Lust auf sie. Hat sie etwas geahnt? Sie nahm eine Handvoll lauwarmen Sand und rieb mir kräftig den Rücken ab: »Beweg dich nicht, ich werde dich aufwärmen.« Allein die Berührung ihrer Hand an meinen Hüften hat mich aufgerüttelt, befreit. Ich habe sie umarmt, wir haben uns geliebt. Ich glaubte zu schweben. Ich habe sie geliebt, wie ich noch nie geliebt habe. Ich hatte Durst, ich hatte Hunger auf sie. Wir haben am Strand geschlafen, wir haben gelacht, gegessen, Wein getrunken, immer wieder gelacht . . . Ich kann Dir nicht mehr davon erzählen. Wie soll ich es erklären? Diesmal war es eine echte Begegnung. Ein Fest.

Als wir zum Hafen zurückgingen, war ich völlig berauscht. Claire hielt meine Hand, wir liefen durch die schon leeren Straßen. Durch die niedrigen Fenster sah man Familien, die um den Abendbrottisch saßen, das gelbe Licht einer Lampe, das tanzende Leuchten eines Feuers. Sie, eben noch so stark, hatte nun den Blick eines erschreckten Kindes. Bevor sie zu ihrer Großmutter ging, an der Straßenecke, habe ich sie in die Arme genommen, ich habe sie mit all der Zärtlichkeit und Kraft geküßt, die ich in mir spürte. In unseren gelben Jacken sahen wir sicher aus wie zwei merkwürdige Seeleute. Und dort, ich weiß nicht, wie, ich weiß nicht, warum, habe ich mich sagen hören: »Claire, ich liebe dich, heirate mich.«

So steht es also. Ich habe das Wichtigste vergessen: Sie hat ja gesagt.

Ich setze den Brief fort, der drei Tage liegengeblieben ist. Mein Leben hat sich geändert. Die Zeit zählt nicht mehr. Ich verbringe die Tage mit ihr, in den Nächten sehe ich ihr Gesicht, ihre Augen, die Linie ihrer Brüste. Noch nie war ich so glücklich. Die einzige Frage: Was kann ich ihr geben, wie sie befriedigen? Ich wäre gern reich, auch wenn sie sagt, daß all das nicht wichtig ist, daß ich aufhören soll, mich zu quälen, daß sie genug Geld für zwei hat. Mona, sag mir: Wie ist es, Dein Kanada? Wenn ich Claire nicht weit, weit weg von hier führe, habe ich Angst, sie zu verlieren. Sie träumt von Beirut, ohne zu wissen, daß es Beirut nicht mehr gibt. Wo können wir leben? Wir werden überall Fremde sein. Sie im Libanon, ich in Frankreich. Bin ich noch in der Lage, mein Studium fortzusetzen, Architekt zu werden, all das zu vergessen, was ich hinter mir her ziehe, und für die Frau, die ich liebe, irgendwo ein Nest zu bauen? Wenn ich mit ihr darüber sprechen will, legt sie mir die Hand auf den Mund und lacht: »Du ein Fremder? Aber hör mal, Nicolas, du bist mehr Franzose als ich! Bevor ich dich getroffen habe, wußte ich nicht mal, wer René Char war. Du bringst mir alles bei...« Nun weiß ich nicht einmal mehr, wer ich bin, wo ich leben soll und wie. Ich habe nur eine Gewißheit: Niemals werde ich eine andere Frau lieben.

Schreib mir. Du allein kannst mich verstehen. *Dein Nicolas*

Montreal, 20. August 1981

Mein lieber großer dummer Bruder,

Dir geht es wohl nicht ganz gut. Wie, Du wirst von einem wunderbaren Mädchen geliebt, nach dem Du verrückt bist, und Du zweifelst an Dir? Begreife endlich eins: Du bist Nicolas Boulad, der schönste, der mutigste, der Nachkomme unserer Familie, unser Held . . . auf jeden Fall mein Held. Ich bin bereit, Dich mit Claire zu teilen, weil sie meine Freundin ist. Und außerdem . . . ich ahne, daß Du nicht mal lächelst. Wer bist Du denn, Nicolas? Warum bist Du nicht in der Lage wie jeder gute Libanese das Unglück zu packen und ihm den Hals umzudrehen, wenn es seinen zischenden Kopf emporreckt? Was hindert Dich daran, die Angst durch Lässigkeit auszutreiben, den Fatalisten zu spielen, über alles zu lachen, das Leben voller Hochmut zu lieben und den Tod zu ignorieren, wie man es bei uns so gut kann. Manchmal verwirrst Du mich. Bist Du etwa nicht mein Bruder?

Du denkst bestimmt: Leicht gesagt, wenn man über das Meer gefahren ist und in Kanada lebt. Dir allein kann ich es gestehen: Ich hasse Kanada. Willst Du, daß ich Dir davon erzähle? Zunächst das Äußere: Wir wohnen in einem roten Backsteinhaus mit einem winzigen Garten und einem Baum, einem einzigen, einer Birke mit weißgeflecktem Stamm, deren Blätter sich Ende August gelb färben. Nun, dieser Baum ist schon Luxus. Wir sind die einzigen in dieser grauen Straße, die »vom Grün profitieren« können, wie mir die Hausbesitzerin ständig erzählt, die im Erdgeschoß wohnt. Wir haben die erste und die zweite Etage, durch eine Treppe mit Geländer verbunden, weiß gestrichen wie alles Holz, das sich von den englisch-grün gestrichenen Wänden abhebt. Glücklicherweise mag ich Grün.

Alles ist bequem, praktisch, organisiert, poliert. Ich brauchte ziemlich lange, um in der Küche die verschiedenen Haushaltsgeräte bedienen zu können, vom Allesschneider bis zum Waschtrockner und zur Kaffeemaschine. Am Ende gehen wir wie alle hier zu McDonald's. Das Badezimmer ist dafür ein wahres Paradies. Ich kann mich gar nicht beruhigen vor Begeisterung über den Apparat, der die Handtücher ständig warm hält. Leider ist das Wohnzimmer »cosy«, das heißt, alles, Couches, Sessel, Tisch, Gardinen, sind aus englischem Chintz, mit rosa und gelben Blumen bedeckt. Als ich Issam zum ersten Mal dort sitzen sah, habe ich laut gelacht. Er war wütend und hat die Spitzenkissen auf die Erde geworfen. Daraufhin habe ich eine einfarbige Decke auf das Kanapee gelegt.

Findest Du meine Erzählung lustig? Nein? Eigentlich kann ich auch nicht darüber lachen. Als wir ankamen, hofften wir, etwas vom alten Europa wiederzufinden, wenn schon nicht unseren verlorenen Orient. Aber Kanada ist nur eine seltsame Mischung von französischer Provinz und Vereinigten Staaten. Ein weiterer Schritt in die Tiefe des Exils. Es gibt nur zwei Möglichkeiten, um zu überleben. Entweder man springt ins Wasser, nimmt den kanadischen Akzent an, integriert sich, so gut man kann – aber das Wasser ist ziemlich kalt, und unsere exotische Bräune kann in diesem Land des Schnees kaum unbemerkt bleiben. Oder man schließt sich unter Emigranten zusammen, man schafft, so gut es geht, die Atmosphäre des Libanon, mit Mezzes, Arrak, Pittas und Liedern von Fairouz – Nostalgie und Seelenschmerz garantiert.

Ich habe Issam versprochen, mich nicht dem Trugbild des Ghettos hinzugeben. Mich an der Universität einzuschreiben. Die kanadische Küche zu lernen. Freunde zu finden. Er geht jeden Tag in einen großen Glasturm zur Arbeit. Wir haben einige Zeit gebraucht, um zu erkennen, was uns fehlte: die Straße, das Leben im Freien. Hier scheint alles für ein Dasein unter der Erde organisiert zu sein. Man fährt von Parkhaus zu Parkhaus, geht direkt vom Parkplatz zum Büro hinauf, erledigt seine Einkäufe oder geht ins Kino in Passagen, die mit Infrarotstrahlen beheizt und mit sonnenlichtgelbem Neonlicht erleuchtet werden. Am Anfang bin ich fast erstickt. Dann gewöhnt man sich daran, man glaubt sich sogar im Freien, man ertappt sich dabei, im Restaurant durch das Fenster zu sehen, in der Hoffnung, eine Landschaft zu erblicken – die manchmal sogar wie ein Trugbild auf die Mauer gemalt ist. Anscheinend ist diese Organisation wie in einem Ameisenhaufen für den Winter unverzichtbar. Wie die Doppelfenster, wenn draußen minus dreißig oder vierzig Grad sind. Ich warte darauf.

Glaub nicht, daß ich enttäuscht bin! Das Land ist sehr schön. Am Wochenende fahren wir mit dem Auto in die Laurentides, wir berauschen uns an den unendlichen Weiten, den prächtigen Wäldern, den riesigen Seen, den langen Streifen von Zuckerahornbäumen an den Berghängen . . . Issam hat mir versprochen, daß wir, sobald er Geld hat, im Sommer eine Ranch im Wald mieten und, wie alle hier, den Dezember in Florida verbringen. Seither träume ich von Palmen. Ehrlich gesagt, muß man sich schon sehr lieben, um hier zu leben. Manchmal sitzen wir in unserem großen Zimmer eng aneinandergeschmiegt vor dem Fernseher, wie zwei Schiffbrüchige auf einer Boje.

Sehr lustig bin ich aber nicht. Ich wollte doch Deine Stimmung heben! Ich antworte nur auf Deine Frage: Wie ist dieses Kanada? Antwort: schön, aber schwierig. Für Leute wie uns total exotisch und fremd. Der Test ist wohl der zweite Winter. Wer es nicht aushält, trägt sein Leid mit Geduld und lebt fünf Jahre lang wie im Transit, wie in einer Schleusenkammer. In Erwartung des Einreisevisums für die USA. Ist das besser? Viele tun es. Sie gehen nach Louisiana, Kalifornien oder Florida. Manchmal nach Lateinamerika, wenn dort Familienangehörige oder Freunde auf sie warten. Denn hier, das habe ich zu erwähnen vergessen, erneuern Libanesen, Syrer oder Kopten, Moslems aus Ägypten oder Christen aus dem Irak ihre Freundschaftsbeziehungen. Die blutigen Kämpfe, die uns zur Ausreise zwangen, sind jetzt vergessen: Wir sind alle Emigranten. Die alten Reflexe von Solidarität und Gastfreundschaft erwachen wieder . . .

Da hast Du ein Bild. Denk nach. Wäre Claire bereit, Dir hierher zu folgen? Ich glaube ja. Das Problem ist, ob Du hier leben könntest. Ich bin wegen Issam gekommen. Und außerdem habe ich eine Nomadenseele. Ich weiß, daß ich, wie es meine Vorfahren getan haben, durch die ganze Welt ziehen kann, ohne meine Seele oder meine Identität zu verlieren. Wenn ich Zweifel bekomme, sehe ich in den Spiegel. Darin sehe ich ein warmblütiges, dunkelhäutiges Mädchen mit wilden Haaren und fleischigen Lippen. Das eine Kanadierin, Skandinavierin, Amerikanerin? Ich bin Libanesin und bleibe Libanesin. Du, mein lieber Nicolas, bist verwundbarer, komplizierter. Ärgere Dich nicht, eben so liebe ich Dich. Antworte mir schnell, und küsse Claire von mir. *Deine kleine Schwester Mona*

PS: Idee! Wir laden Euch beide ein, Weihnachten bei uns in Montreal zu verbringen. Unsere Hausbesitzerin wird in Florida sein. Sie hat mir schon sehr liebenswürdig vorgeschlagen, uns die Wohnung im Erdgeschoß zu vermieten. Außerdem kennt Issam einen Palästinenser, dessen Schwester ein Reisebüro hat, er kann Euch spottbillige Charterflüge besorgen. Bitte, bitte, kommt, ich verspreche Euch ein sehr schönes libanesisch-kanadisches Fest. Du wirst sehen!

PPS: Nicolas, Du kennst doch unser Sprichwort: »Wenn ein Libanese ins Wasser fällt, taucht er mit einem Fisch zwischen den Zähnen wieder auf.« Du hast das Glück gehabt, mit einer kleinen Sirene in den Armen aufzutauchen. Laß sie nicht entfliehen. Das war mein letzter Rat für diesmal. Tausend Küsse. *Mona*

Les Portes en Ré, Ile de Ré, Frankreich, 25. August 1971
Telegramm an Mona Kanawati, Nº 349, 53 rue Nord, secteur III, Montreal, Kanada.

NEHMEN DIE EINLADUNG ZUM WEIHNACHTSFEST IN MONTREAL BEGEISTERT AN. STOP. HOFFEN, BALD ZU HEIRATEN. STOP. KANADA WIRD DIE HOCHZEITSREISE, SIND GLÜCKLICH WIE DIE SCHNEEKÖNIGE. STOP. ZÄRTLICHE KÜSSE. CLAIRE UND NICOLAS.

Paris, 15. September 1981
Mein liebstes Töchterchen,
ich kann es ebensogut gleich erzählen. Nicolas und Claire haben sich getrennt. Schlimm. Wenn ich Dir diese Neuigkeit so brutal um die Ohren schlage, so ist das reine Feigheit. Was für ein Schlamassel! Ich habe immer noch nicht begriffen, wie das geschehen konnte. Vielmehr, ich will es nicht wissen.

Meine Gedanken sind ganz wirr. Ich fange den Brief noch mal an. Glaub nicht, daß ich versuche, mich zu drücken, aber Kummer und Wut müssen erst etwas nachlassen, damit ich Dir alles erzählen kann. Du weißt bestimmt, daß sich Claire und Nicolas, durch eine liebenswerte Intrige von Tante Charlotte auf der Ile de Ré zusammengetroffen, ineinander verliebt haben. Wir haben sie am 1. September in Paris ankommen sehen, strahlend vor Glück und voller Pläne. Während die begeisterte Tante Charlotte in der Vorhalle ihre Taschen und Koffer zählte, legte Nicolas seinen Arm um Claires Schultern und sagte, bevor er uns begrüßte: »Mama, wir werden heiraten.« Es war trotz allem ein Schock. Eigentlich keine Überraschung, aber ich hatte nicht mit einer so überstürzten Entwicklung gerechnet. Ehrlich gesagt, ich spürte einen Stich im Herzen, während ich dachte: Ich verliere meinen Sohn . . . das ist nicht sehr ruhmreich, aber es ist normal, Du wirst das bei Deinen eigenen Kindern auch empfinden, nehme ich an. Konnte man es auf meinem Gesicht lesen? Ich habe mich sofort wieder gefangen und Claire umarmt. Schon war diese erste Regung vergessen, sie aber hatte es gespürt und sträubte sich etwas in meinen Armen. Nicolas sah uns erstaunt an.

Die Ankunft von Antoine hat alles gelöst. Er hat Freudenschreie ausgestoßen, Champagner geöffnet, Tante Charlotte und Maud umarmt, Claire herumgeschwenkt, Nicolas auf den Rücken geklopft. Er war wirklich glücklich. Wir haben uns lange unterhalten. Alles war gut. Als Claire aufbrach, lächelte sie. Auf der Schwelle sagte sie zu mir: »Auch Mama wird erstaunt sein . . .« Sie war entzückend in ihrem kleinen blauen Leinenkleid. Als Antoine die Tür schloß, murmelte er: »Wie froh ich bin! Jetzt ist Nicolas gerettet . . .« Auch ich war zufrieden. Aber eine Vorahnung quälte mich, die ich zu vertreiben suchte.

Dann . . . war alles sehr schön. Nicolas schien Beirut vollkommen vergessen zu haben. Er begann nach einer Wohnung zu suchen, Lili und Marc kamen zum Abendessen, Tante Charlotte dachte schon daran, wie man die Hochzeit ausrichten würde, »diesmal auf libanesische Art«. Claire kam jeden Abend vorbei, sie sah Nicolas mit begeisterten und vertrauensvollen Augen an, mir wurde ganz warm ums Herz.

Drei Tage nach ihrer Ankunft erhielt ich einen Anruf von Madame Gercourt, der Mutter von Claire. Vornehmer Ton, etwas zu hohe Stimme, gleich fiel mir auch ihr Gesicht wieder ein: Groß, blond, ein

Pferdegesicht, mit einem Lächeln, das zuviel von den Zähnen zeigt. Ich erinnere mich daran, daß sie, wenn sie Claire am Ausgang der École Alsacienne abholte, immer sportlich schick gekleidet war, flache Mokassins, Tweedkostüm oder beigefarbener Mantel. Ich habe sie nicht mehr gesehen, seit Ihr beide, Claire und Du, auf das Lyzeum gekommen seid und die Gercourt nach Neuilly gezogen sind. Sie hat sich nach Dir erkundigt, von der Ile de Ré und Claires »herrlichen Ferien« gesprochen und uns »alle drei, da ja Ihr Sohn gerade da ist« für den nächsten Freitag zum Essen eingeladen. Nichts weiter. Ich habe angenommen und mich bedankt, mehr nicht. Ich weiß jetzt, nach einigem Ärger, daß man bei den Franzosen nicht zuviel Wind machen darf. Sie fühlen sich so leicht durch unsere lauten orientalischen Freundschaftsbekundungen angegriffen.

Der Freitagabend kommt. Wir suchen nach einem Parkplatz, und Antoine verliert die Nerven: »Ich habe dir gesagt, wir würden zu spät kommen ... Ich bin sicher, daß die Gercourt früh zu Abend essen, nicht wie die Libanesen ...« Nicolas, sehr nervös: »Papa, ich bitte dich ...« Alle sind gereizt. Dritte Etage, links. Ein Hausdiener – offensichtlich für diesen Anlaß engagiert – öffnet uns. Erwartet uns ein großes Essen? Nein. Nur die beiden Familien. Claire überstürzt sich, stellt uns ihren Vater, Paul, ihre Mutter, Claudia, vor. Wir begrüßen uns und studieren uns gegenseitig. Wie viele Paare, die seit langem verheiratet sind, ähneln Claires Eltern einander. Beide blond, groß, leicht gebeugt.

Die Konversation beginnt beim Apéritif – Champagner rosé und Whisky – mit Banalitäten: die Ile de Ré. Die Ferien, die sie in Italien verbracht haben. Wie angenehm es ist, in Neuilly zu leben, fast ein Dorf, mein Mann schätzt die Ruhe, er ist Makler, Sie verstehen, die Börse, ermüdend, Streß, aber er mußte das Amt von seinem Vater übernehmen. Und Sie, Herr Doktor, wo operieren Sie? Die Klinik in Belvédère? Aber die kenne ich doch, meine Mutter wurde dort behandelt, und Sie, Madame? Ein Antiquitätengeschäft am Boulevard Raspail, das muß sehr interessant sein, aber auch viel Zeit in Anspruch nehmen, nicht wahr? Claire, mein Liebling, möchtest du das

Tablett herumreichen? Und dieser große junge Mann, was macht er? Architektur? Wie aufregend, und wo? Beirut . . . ah . . . aber kann man denn noch in Beirut arbeiten? Ich meine, bei all diesen Ereignissen, diesem Schrecken . . . Ich sehe, wie Nicolas erbleicht. Glücklicherweise gehen wir zu Tisch.

Du kennst die Gercourt gut genug, um dir die Fortsetzung vorzustellen. Das Essen ist perfekt. Viel steifer, für sechs Gäste, als in Beirut unsere Mahlzeiten für hundert Personen. Aber perfekt. Paul spricht wenig. Claudia spricht zuviel. Man kann nicht gerade sagen, daß der Strom zwischen ihnen und uns fließt. Wir sind, Gott sei Dank, zivilisierte Menschen. Aber als wir beim Braten ankommen, gerät alles ins Schleudern. Wer erwähnt zuerst Louis Delamarre, den französischen Botschafter, der vor kurzem von geheimnisvollen Mördern in der Museumspassage in Beirut umgebracht wurde? Ich weiß es nicht mehr. Antoine sagt, daß er ihn gut kannte, daß sein Tod alle Libanesen schockiert hat, weil man, wenn man den Botschafter tötet, Frankreich selbst angreift. Claudia hebt den Kopf, ich sehe Antoine an, wir spüren eine Gefahr. Zu spät, es ist passiert: Sie ist durchaus einverstanden! Was macht die französische Regierung? Man muß zurückschlagen, Auge um Auge, Zahn um Zahn, wie die Israelis. Sie haben begriffen, wie man die Araber behandeln muß, die einzig die Gewalt anerkennen, während wir ihnen helfen . . .

Das Schweigen wird immer lastender. Begreift sie es? Tapfer versucht Claire einzugreifen: »Aber Mama, die Libanesen sind Araber . . .« mit einem so deutlichen Blick auf uns, daß es uns peinlich ist. »Ich weiß«, fährt Claudia fort, »ich weiß, mein Schatz. Natürlich spreche ich nicht von unseren Freunden, die Christen sind. Sie können besser als alle anderen verstehen, nicht wahr, Madame? Unter Christen müßten wir uns eigentlich ein bißchen mehr helfen, das sage ich oft zu unserem Pastor . . .« Blick von Antoine zu Nicolas: Rühr dich nicht, bleib ruhig. Nicolas steckt die Nase fast in den Teller, die Finger um die Gabel verkrampft.

Ich suche fieberhaft nach einer Ablenkung, als der Vater von Claire mit einer Hast, die lange Gewohnheit erkennen läßt, eingreift: Beirut, was für eine schöne Stadt, was für ein Paradies! Früher war er oft dort. Einer seiner Freunde, Charles Mesmin, war dort Bankier. Er hat eine charmante Libanesin geheiratet, Danièle, Danièle ... oh, ich weiß: Danièle Khoury, eine entfernte Cousine von mir. Jetzt haben wir wieder festen Boden unter den Füßen. Während wir das Gewirr der Familien- und Gesellschaftsbeziehungen ordnen, hat sich der Himmel aufgeklärt. Friedlich gelangen wir zum Dessert. Und zu den ernsten Dingen. Das heißt zu Claires Zukunft. Glaubst Du, Mona, in diesem Moment habe ich voller Wehmut an die alten Heiratsvermittlerinnen gedacht, die alle trivialen Probleme von Geld, Vorrang und materiellen Details zwischen den Familien regelten. Das ist Zivilisation. Während ich in dieser modernen Wohnung in Neuilly das Gefühl hatte, Labiche zu spielen ... Dank des Weines war der Ton immer entspannter geworden, wir atmeten ruhiger, seit der Vater von Claire die Leitung des Gespräches in die Hand genommen hatte ...

Bis er sich an Nicolas wendete: »Nun, lieber Nicolas, wann lassen Sie sich in Paris nieder? Sie sind Franzose, nicht wahr? Nein, Libanese? Ich habe Freunde im Innenministerium, die das sehr schnell klären werden ... Außerdem haben wir Zeit. Hat Claire Ihnen nicht gesagt, daß sie noch ein Jahr nach London gehen wird, auf eine Designerschule? Wir legen großen Wert darauf: Sie bekommt ihre Mitgift erst mit einundzwanzig Jahren, wie ihre Mutter. Diese Volljährigkeit mit achtzehn ist dummes Zeug ... Sie müssen sich in Frankreich etwas aufbauen, bevor Sie an etwas anderes denken ... Das schaffen Sie schon, Sie werden sehen. Denn im Vertrauen gesagt, der Libanon ist futsch! Das war vorherzusehen: Man kann kein Land mit Banken und einem Kasino aufbauen! Unsere libanesischen Freunde wollten mir nicht glauben, als ich ihnen sagte, daß sie zu schnell zuviel Geld verdienen würden. Ah, sie haben ihre Blindheit teuer bezahlt. Sieben Jahre Krieg! Das konnte nicht anders kommen, bei dem Luxus und dem Elend ringsum. Alles hat seinen Preis ...«

Ich sah, wie Antoine die Zähne zusammenpreßte und Nicolas die Lehnen seines Louis-XV-Sessels umklammerte. Ohne nachzudenken, bemerkte ich: »Wir bezahlen es zu teuer ...« Er wandte sich zu mir um, erstaunt, daß ich ein irgendwie politisches Urteil äußern konnte.

»Wie recht Sie haben! Da wir hier unter uns sind, können Sie mir erklären, warum dieser Krieg immer weitergeht? Eigentlich glaube ich, daß es diesen jungen Leuten einfach Spaß macht zu kämpfen...« Antoine, kreidebleich, beugte sich nach vorn: »Sie verteidigen den Libanon. Ohne sie wäre dieses Land schon untergegangen und heute nur noch eine syrische Provinz...«

In diesem Moment begriff ich, daß die Katastrophe unausweichlich war. Nicolas sprang auf, ich streckte die Hand vor, um ihn zurückzuhalten, Claire stieß einen Schrei aus. Was hat Nicolas gesagt? Ich weiß es nicht mehr genau. Er hat von seinen Freunden gesprochen, die in Zahlé gestorben sind. Von dem internationalen Komplott gegen den Libanon. Von der unwürdigen Haltung der Länder, die Krokodilstränen vergießen, während sie weiter Waffen schicken. Von Frankreich, auf das sie so lange gezählt hatten und das, nach unzähligen Versprechen, den Libanon im Stich ließ... Ich sah das fassungslose Gesicht von Monsieur Gercourt wie in einer Großaufnahme, die Wangen, dann die Stirn wurden puterrot. Ich hatte Angst, er würde einen Herzanfall bekommen, aber dennoch hatte ich inmitten dieses Desasters Lust, zu lachen und zu applaudieren: »Bravo, Nicolas!« Ich habe nichts dergleichen getan, beruhige Dich. Nicolas ging mit einem kurzen Kopfnicken hinaus. Claire rannte ihm hinterher. Wir hörten die Wohnungstür knallen und sahen uns alle vier an. Wer würde als erster sagen, er wäre untröstlich? Antoine bestimmt nicht. Auch nicht Monsieur Gercourts, der damit beschäftigt war, wieder zu Atem zu kommen. Also nahm ich meinen Mut zusammen und murmelte, man müsse Nicolas entschuldigen, dieser Krieg hätte ihn schwer mitgenommen, ich erzählte also irgendwas. Ich wußte, daß alles vergeblich war, daß wir die Gercourts nie wiedersehen würden.

So steht es also. Nicolas ist seit jenem fatalen Freitag verschwunden und hat uns nur eine kurze lakonische Nachricht hinterlassen: »Sorgt Euch nicht um mich, ich komme irgendwann zurück.« Heute morgen hat mich Claire weinend angerufen. Sie glaubt wohl, ich würde ihr die Adresse von Nicolas verheimlichen. Vielleicht bekommst Du vor uns Nachricht von ihm? Ich schicke diesen langen

Bericht per Expreß. Halte uns auf dem laufenden. Antoine und ich sind völlig niedergeschlagen. Wir mochten Claire gern, und außerdem, was wird Nicolas jetzt tun? Ich umarme Dich, mein Liebes, und danke Gott, daß ich Dich glücklich bei Issam weiß, und wenn es auch in Kanada ist.

Lola

PS: Warum treffen wir überall auf Unverständnis und Dummheit? Warum sehen all diese Leute, die den Libanon gestern noch beweihräucherten, heute zu, wie er stirbt, ohne mit der Wimper zu zucken, und quälen uns mit ihrem Sarkasmus und ihrer Gleichgültigkeit? Waren wir zu fröhlich, zu glücklich, zu reich? Zu frei vielleicht? Welche Schuld haben wir auf uns geladen? Ach ... das alles ist im Moment unwichtig.

Paris, 10. September 1981

Telegramm an Claire Gercourt, 290, rue Perronet, Neuilly-sur-Seine

LIEBSTE, WILLST DU NÄCHSTE WOCHE MIT MIR NACH BEIRUT FLIEGEN. STOP. HABE ZWEI PLÄTZE FÜR MITTWOCH MIDDLE EAST RESERVIERT. STOP. ANTWORTE ÜBER LILI DIE WEISS WO SIE MICH ERREICHT. STOP. ICH LIEBE DICH. NICOLAS

Paris, 11. September

Für Nicolas über Lili

Nicolas, mein Liebster, Du bist verrückt. Ich kann meine Eltern nicht so plötzlich verlassen, gib mir etwas Zeit. Und außerdem habe ich Angst, nach Beirut zu gehen, ich habe Angst vor dem Krieg. Ich wollte es Dir nie sagen, aber der Libanon treibt mir kalte Schauer über den Rücken. Können wir nicht in Frankreich leben? Ich weiß, daß meine Eltern unmöglich sind, Du wirst sie nicht mehr sehen, wenn Du nicht willst, aber verlaß mich nicht. Bleib in Paris. Ich flehe Dich an, ich flehe Dich an. Ich bringe diesen Brief zu Lili, wie Du gesagt hast, aber ich möchte Dich sehen. Wo bist Du? Ich liebe Dich.

Claire

Paris, 12. September
Telegramm an Claire Gercourt, 290, rue Perronet, Neuilly-sur-Seine

MEINE LIEBE, MEIN SCHATZ. STOP. MUSS UNBEDINGT FAHREN. STOP. WARTE MITTWOCH ORLY 15.30 UHR BIS ZUM LETZTEN MOMENT. STOP. KOMM ODER VERGISS MICH ABER ICH WERDE DICH IMMER LIEBEN. STOP. NICOLAS

Rom, Fiumiccino, 15. September 1981

Mona,

ich schreibe Dir diesen Brief während eines Zwischenstopps in Rom, auf dem Weg nach Beirut. Ich kehre in den Libanon zurück. Allein. Ich habe meine schöne Sirene nicht zu halten vermocht. Besser gesagt, sie wollte mir nicht in ein Land folgen, das für sie zu heiß ist. Ich verstehe sie: Auch ich ertrage das Exil nicht. Ich brauche Beirut, den Wahnsinn von Beirut, um mich verschlingen zu lassen und unterzugehen. Auf der Atlantikinsel habe ich für einen Moment an das Glück geglaubt. In Paris habe ich begriffen, daß ich nicht für das Leben dort, geeignet bin. Mangel an Biegsamkeit, Aufgeschlossenheit, übertriebene Steifheit von Rücken und Nacken, so hat mich der Krieg entlassen. Eine Art frühzeitiger Sklerose, die mein Herz blockiert. Das offene und zerfetzte Beirut, meine Stadt, wo alle Teufel wüten, das ist es, was ich brauche, das ist meine Droge. Ich kehre ohne Traurigkeit und ohne Freude zurück, getrieben von der Notwendigkeit.

Aber bevor ich, vielleicht für immer, aus der Zivilisation verschwinde, möchte ich Dich um einen Gefallen bitten, mein Schwesterchen. Nimm diesen Platz des Familienoberhauptes ein, den ich nicht auszufüllen vermochte. Ich habe in Paris in Lolas Sekretär das große schwarze Leinenheft wiedergefunden, in dem einige unserer Vorfahren ihre Geschichte aufgezeichnet haben, das heißt unsere Geschichte, die der Falconeri und der Boulad. Du wirst darin die Spuren der Kinder von Damaskus verfolgen können, die von Tamerlan entführt wurden, des Großvaters, der über die Meere zog, mit einem Ledergürtel und einem Tintenfaß als einziges Gepäck, und die des jungen Offiziers, unseres Onkels, der in Alexandria an Bord gegangen ist, um Bonaparte zu folgen, der vom Orient besiegt wurde. Lola hat es ergänzt, aber plötzlich, ich weiß nicht warum, endet ihr Bericht. Willst Du den Staffelstab übernehmen, von nun an das Gedächtnis unserer Familie sein? Weißt Du, dort, wohin ich gehe, weiß man nicht mehr genau, wofür oder für wen man kämpft. Vielleicht, um heute unsere Existenz an diesem Ort zu bezeugen. Aber was ist ein Zeuge ohne Erinnerung? An Dir ist es, die Fortsetzung zu schreiben, diesen zweiten Tod, das Vergessen, zu verhindern. Nimm das schwarze Heft, es ist schon so weit gereist, es wird Dich in Kanada erreichen, Du wirst es Deinen Kindern weitergeben – Du wirst viele hübsche Kinder haben, voller Temperament, die sich in der Welt zerstreuen werden, wie es unsere Vorfahren taten.

Mona, mein Liebes, Du wirst alles sammeln, alles erzählen, durch Dich werden wir überleben. Wie froh ich bin. Jetzt kann ich zurückkehren und in den Ruinen kämpfen. Ich umarme Dich aus ganzem Herzen und übergebe meinen Anteil am Glück an Dich.

Nicolas

Buch V
Die Jahre der Asche

29

Jerusalem, 3. Juni 1982

Um drei Uhr nachmittags war das Schwimmbecken des King-David-Hotels immer leer. Es war der Augenblick, da die israelische Tüchtigkeit erschlaffte, das Personal erlaubte sich eine Mittagsruhe, die Touristen, die im Morgengrauen losgefahren waren, öffneten am Ufer des Toten Meeres oder des Sees von Genezareth ihre koscheren Picknickkörbe. Dann verließ Nicolas sein Zimmer, ging die Gartentreppe herunter und tauchte ins Wasser. Dort endlich konnte er sich treiben lassen, reglos wie ein Brett, frei von jedem Gefühl, jedem Gedanken. Er betrachtete den Himmel. Dunkelblauer Himmel, Himmel von Jerusalem. Der Himmel Beiruts war rot. Feuerrot, blutrot. Und der Atlantikhimmel, grau mit weißen Streifen, von unendlicher Milde, hinterließ Asche auf seinem Herzen. Er schloß die Augen, ließ sich treiben, breitete die Arme aus wie ein Ertrunkener und bot sein Gesicht der Junisonne dar.

Eine zarte Gestalt beugte sich aus einem Fenster in der dritten Etage. Tamar, das Zimmermädchen, das eigentlich Khadija hieß, konnte nicht aufhören, diesen jungen braunhäutigen Mann mit den algengrünen Augen zu beobachten, der sich jeden Tag in einem merkwürdigen Delirium vom Wasser wiegen ließ. Er war kein Jude. Araber? Er sprach nur französisch, ohne jeden Akzent, aber manchmal hatte sie ein Aufblitzen in seinen grünen Augen bemerkt, wenn der Etagenboy nach ihr rief: »Ya Khadija, taa'la!« »Khadija, komm her!« Er verstand Arabisch, da war sie sicher.

Aber wenn er Araber war, warum wohnte er dann in diesem Hotel, dem größten von Jerusalem, wo nur Ausländer abstiegen? Er war allein angekommen, vor zwei Monaten, mit einer kleinen

Tasche und einer Schreibmaschine. Sie hatte seine Anmeldung gelesen: Paul Descours, französischer Journalist. Sofort hatte sie gewußt, daß es nicht stimmte: Sie kannte die Journalisten, sie lebten in Banden, duzten sich, lachten laut, schlossen sich stundenlang ein, um auf ihren Maschinen zu tippen, und verschwanden eines Morgens, ohne sich zu verabschieden. Auch dieser Paul Descours telefonierte. Aber er schrieb nichts und traf sich mit niemandem, jedenfalls nicht im Hotel. Nie hatte sie in seinem Zimmer das Foto einer Frau gefunden, und irgendwie hatte sie sich darüber gefreut. Er gefiel ihr, verwirrte sie. Von oben hatte dieser große, schlanke braune Körper, fast nackt, die Arme ausgebreitet, wie er auf dem türkisfarbenen Wasser trieb, eine verletzliche Grazie, die sie rührte, wie ein einsam schlafendes Kind am Strand.

War sie verliebt? Sie schüttelte ihr dichtes schwarzes Haar, steckte es in einem Knoten zusammen. Es war plötzlich so warm in diesem Zimmer. Er würde bald hochkommen. Was sollte er denken, wenn er sie hier antraf? Vielleicht wäre er nicht unzufrieden. Sie wußte, daß sie ein hübsches Mädchen war, eine dunkelhäutige Wilde. Warum, zum Teufel, schien er durch sie hindurchzusehen?

Vier Uhr. Die Touristen, verbrannt von ihrem ersten Tag in der Wüste, würden bald herbeiströmen, um sich in das kühle Wasser zu stürzen. Schon zerrissen schrille Stimmen die Stille. Amerikanische Stimmen. Nicolas drehte sich im Wasser, schwamm mit wenigen Zügen auf die Treppe zu. Die ersten Familien trafen ein, die Männer in geblümten Bermudas, die Frauen in glänzenden Badeanzügen. Vielsprachiger Klatsch. Grelles Lachen. In zwei Monaten hatte Nicolas genug Zeit gehabt, die Angebote der Reiseveranstalter für amerikanische Juden auswendig zu lernen, die darum besorgt waren, Ferien und Religiosität unter einen Hut zu bringen: Dienstag, Totes Meer und Massada. Mittwoch, Jerusalem und Yad Vashem. Donnerstag, See von Genezareth, Hebron, ein landwirtschaftlicher Kibbuz. Freitag, freier Vormittag und Sabbatabendessen mit Kerzen, im Speisesaal des Hotels. Er hatte die Wallfahrt zur Klagemauer Freitagabend, bei Sonnenuntergang, vergessen. Es war leicht zu erkennen, wer zum ersten »Durchgang« gehörte, wann die Reisesouvenirs auftauchen würden, Samtkippas oder weiße Baumwollkappen, auf denen »Shalom« oder ein Davidstern zu sehen war. Manchmal amüsierte sich Nicolas damit, zu erraten, welches die reichen Witwen waren, die am Abend vor der Abreise ihre letzten Dollar unten im Schmuckgeschäft Stern ausgeben würden. Er irrte sich selten. Routine.

Nachdem er sich getrocknet und abgerieben hatte, wickelte er sich in seinen weißen Bademantel und ging zum Hotel hinauf. Seine Aktivitäten mußten verborgen bleiben. Man verlangte nicht von ihm, sich zu verstecken. Nur die Aufmerksamkeit nicht allzusehr auf sich zu ziehen. Und die arabischen Stadtviertel zu meiden. Schade, dort konnte man gut essen. Also war es das einfachste, die koschere Hotelküche zu ertragen, die er sich auferlegte wie eine Buße. Führte er nicht ein monotones, aber angenehmes Leben in Jerusalem, anstatt den Gefahren von Beirut zu begegnen?

In seinem Zimmer schaltete er die Klimaanlage aus und öffnete das Fenster. Von hier aus sah man, wie sich die Stadtmauern der Altstadt fast weiß unter der strahlenden Sonne abzeichneten, unterbrochen vom Schattenbogen des Damaskustores. Bald würde er seine Arbeit in Israel beendet haben. Er hatte die vorgesehenen Kontakte geknüpft, an den Versammlungen in Tel Aviv teilgenommen, seine Berichte an Bechir geschickt. Er hatte sogar mit seinem Wachoffizier Elie Drory Freundschaft geschlossen. Natürlich ein Agent des Mossad. Und weiter? Er selbst, Nicolas, was tat er hier, außer Informationen zu sammeln, was seine Freunde von den Forces Libanaises »Außenverbindungen« nannten, ein großes Wort, um seine Funktion in der Maschine zu bezeichnen, deren gut geölte Zahnräder nur auf den Auslöser warteten, um sich in Bewegung zu setzen.

Er hatte diese Mission an einem Januartag angenommen. Es regnete, wie es nur in Beirut regnen kann, in dichten Schauern. Bechir saß wie üblich auf der Sessellehne, er beugte sich zu ihm und fixierte ihn mit seinen olivenschwarzen Augen. Warum schloß sich Nicolas seit seiner Rückkehr aus Paris zu Hause ein? Etwas Persönliches? Gut . . . aber jetzt brauchte man ihn. Er mußte sich zur

Vertraulichkeit verpflichten. Während er das sagte, dachte Bechir offensichtlich: »Ist er noch vertrauenswürdig?« Nicolas lächelte: Er war bereit, man konnte sich auf ihn verlassen. Er hatte eine schlechte Zeit durchgemacht, aber das war vorbei. Er glaubte selbst daran, daß seine Hoffnungen, seine Pläne für ein normales Leben für immer in den Bereich der Hirngespinste verbannt waren. Dann rieb sich Bechir die Hände, ein Zeichen für eine wichtige Mitteilung.

»Also. Ich werde gleich Gäste bekommen. Top secret, klar? Du wirst das Zimmer bis zu ihrer Ankunft nicht mehr verlassen. Ich möchte, daß du sie während ihres Aufenthaltes begleitest. Du wirst sehr schnell verstehen, was sie von dir erwarten...«

»Mach wenigstens eine Andeutung. Ich habe doch schon zugestimmt...«

»Ich erwarte Ariel Sharon, den neuen israelischen Verteidigungsminister. Er wird von General Tamir begleitet und sicher von David Kimshe, den du schon kennst, der frühere Chef des Mossad, der, mit dem wir seit 1976 zu tun hatten, du erinnerst dich. Sie kommen nach Beirut, um die Lage zu sondieren. Mehr muß ich dir wohl nicht sagen. Es ist wegen der großen Operation, die wir erwarten.«

»Glaubst du noch daran? Die Israelis versprechen uns seit Jahren zu helfen, und im letzten Moment passiert nichts. Sie haben uns schon 1978 hängenlassen.«

»Diesmal ist es anders. Sie haben eine andere Regierung. Die Arbeitspartei, das waren Schlappschwänze. Begin und vor allem Sharon wollen Arafat um jeden Preis aus dem Libanon vertreiben. Sie meinen, das ist für Israel eine Frage des Überlebens. Das ist unsere Chance, sie befreien uns gleichzeitig von den Palästinensern und den Syrern!«

»Ich glaube nicht daran...«

»Wenn ein General wie Sharon hier auftaucht, dann ziehe ich meine Schlußfolgerungen... Sie werden einen Krieg im Libanon anfangen, und glaub mir, sie haben die Absicht, bis nach Beirut zu kommen. Auch wenn Sharon das Gegenteil beschwört. Ich erwarte folgendes von dir: Du leitest die Eskorte, die sie schützen soll, du merkst dir alles, wohin sie gehen, was sie rauskriegen, du freundest dich mit ihnen an. Geh kein Risiko ein. Sie dürfen nur in Ostbeirut herumfahren. Für den Westteil vergleichst du ihre Informationen mit unseren. Ich zähle auf dich. Ach ja: Ab sofort bist du Hauptmann. Und du gehörst zu meinem Generalstab.«

Diese drei Tage waren außerordentlich interessant. Nicolas staunte über Sharon. Weniger beeindruckend, als er ihn sich vorgestellt hatte, mit dem runden Bäuchlein eines Genießers und seinem nach oben gekämmten weißen Haar. Aber irgendwie fühlte er sich mit ihm nicht wohl. »Er ist wirklich gefährlich, du darfst ihm nicht vertrauen«, hatte er zu Bechir gesagt. »Ich weiß, aber er ist unser letzter Trumpf, wir brauchen ihn«, antwortete dieser und fügte spöttisch hinzu: »Die Israelis verachten uns, sie nennen uns ›Schokoladensoldaten‹, aber ihre berühmten Experten taugen nichts. Sie wissen alles über uns, aber sie begreifen nichts. Sollen sie uns ruhig unterschätzen . . .«

Seither war viel Zeit vergangen. Nicolas, der am 15. April wegen einer als »unmittelbar bevorstehend« bezeichneten Operation nach Jerusalem gerufen wurde, bekam am 16. Besuch von Drory: »Alles ist verschoben worden. Nicht für lange. Bei der nächsten günstigen Gelegenheit geht es los. Richte dich inzwischen im King David ein . . .«

    Ob er in Jerusalem oder woanders lebte, was hatte das für eine Bedeutung. Nicolas zermarterte sich nicht die Seele. Er handelte, sprach, las in einer verschobenen Welt, die er wie durch Watte sah, so daß er nicht mehr an sich selbst denken mußte. In ihrem letzten Brief schrieb seine Mutter, daß sie glücklich sei, ihre beiden Kinder in Sicherheit zu wissen, Mona in Kanada, ihn in Israel. »Was willst du, das ist natürlich Feigheit, aber ich kann endlich die furchtbaren Bilder aus Beirut im Fernsehen sehen, ohne zu zittern.« Arme Mama! Nicolas wußte, daß er in den Libanon zurückkehren würde. Er brauchte es, der Gefahr zu begegnen. Aber im Augenblick war er noch zu schwach. Er mußte warten, bis sich eine Narbenhaut über seinem Herzen bildete. Er würde Claire nie vergessen. Das wichtigste war, daß er nicht mehr vor Kummer zu sterben drohte.

»Pardon, Monsieur. Ich dachte, das Zimmer wäre leer. Sorry, ich komme später wieder.« Das kleine, niedliche Zimmermädchen, auf dessen Plakette Tamar stand, um die jüdischen Touristen nicht zu verschrecken, kam ziemlich oft herein. Sie war Palästinenserin und hieß Khadija ... Sollten ihn die Palästinenser verdächtigen? Keine Panik: Ihr Informationsnetz in Israel konnte dem des Libanon nicht das Wasser reichen.

»Nicolas? Hier ist Elie. Ich bin unten. In der Bar. Kommst du runter? Okay.«

Ihre Gespräche zogen sich nie in die Länge. Elie haßte es zu warten. Die orientalische Unpünktlichkeit brachte ihn zur Verzweiflung. Er sah darin die Quelle allen Unglücks, das die Araber zu erleiden hatten. »Sie werden niemals ernsthaft, niemals exakt sein, wie sollen sie so Kriege gewinnen?« Und er fürchtete, diese entsetzliche Angewohnheit, sich treiben zu lassen, würde auch Israel anstecken. »Unser Unglück wird von den marokkanischen Juden kommen. Es gibt kein Mittel, sie zu disziplinieren, sie sind verrückt, übergeschnappt. Eben Araber ...« – »Ich bin auch Araber«, hatte Nicolas geantwortet. »Du? Das glaube ich nicht. Du mußt es beweisen!« Trotz des scherzhaften Tons fühlte sich Nicolas verwirrt.

Elie wurde sicher schon ungeduldig. Hastig fuhr Nicolas in seine ausgewaschenen Jeans, zog ein weißes T-Shirt an, band die Turnschuhe zu. Der Spiegel in der Eingangshalle zeigte ihm das Bild eines jungen, schlanken Mannes mit breiten Schultern und langen Beinen in engen Jeans. Er warf die schwarze Haarlocke zurück, die ihm immer über das linke Auge fiel. Ein beliebiger Tourist. Das erwartete man von ihm.

Die Bar des King David sollte einer englischen Bar ähneln, aber sie hatte weder deren Bequemlichkeit noch deren Patina. Es war dunkel, und Nicolas, noch vom Tageslicht geblendet, entdeckte Elie, der in einem Sessel versunken war, nicht sofort. Die Theke aus kupferverziertem Mahagoniholz an der hinteren Wand war völlig verwaist. Aus dem Schatten tauchte eine weiße, dickliche Hand auf, die ihm ein Zeichen gab. Trotz seiner gut dreißig Jahre ähnelte Elie noch immer dem dicken Baby, das er einst gewesen sein mochte:

ein Baby mit blaßblauen Augen und roten Locken, die er auf einen irischen Vorfahren zurückführte, obwohl er genau wußte, daß er das absolute Ebenbild seiner polnischen Großmutter war, die während der Deportation ums Leben kam. Elie hatte eine romantische Seele und einen komplizierten Geist.

»Mein guter Nicolas. Diesmal ist es losgegangen. Unser Botschafter in London, Argov, wurde um dreizehn Uhr erschossen, vor der Tür eines Hotels, von den Kerlen Abou Nidals. Heute ist . . . der 3. Juni. Pack deine Koffer. Wir fahren heute nacht in den Norden. In zweiundzwanzig Stunden werden die ersten Panzer von Tsahal über die Grenze fahren, genau in Metullah, und wir ziehen in den Libanon . . . Nein, mach dir keine Gedanken, es wird schnell erledigt sein. Die Syrer glauben, daß wir nach vierzig Kilometern stehenbleiben, sie werden sich nicht rühren, und dann wird es für sie zu spät sein. Wir werden die Palästinenser isolieren und sie durcheinanderbringen, indem wir direkt nach Beirut vorstoßen. Ich bin sicher, daß wir beide als Befreier empfangen werden . . .«

»Soll ich euch begleiten?«

»Sonst würde ich es dir nicht erzählen. Wir trennen uns nicht mehr. Du wirst Sharon als Kartograph folgen. Du gehörst zum Generalstab, mein Guter! Das ist ein Platz für einen Drückeberger. Ich werde mit meinen Fallschirmspringern in der ersten Reihe sein.«

Plötzlich hatte Nicolas einen trockenen Mund. Er trank das schon lauwarme Bier in einem Zug. Von Anfang an gefiel ihm diese Sache nicht. Er hatte es Bechir gesagt: Hatten sie es wirklich nötig, sie, die Christen, sich so weit mit den Israelis einzulassen? Und damit Gefahr zu laufen, alle arabischen Länder gegen sich aufzubringen? Bechir lachte: »Um den Libanon von den Syrern und den Palästinensern zu befreien, esse ich meine Suppe mit dem Teufel. Es kommt nur darauf an, einen langen Löffelstiel zu haben und ihn gut festzuhalten.« In Beirut schien alles klar. Aber hier, nach den Monaten des Wartens, war Nicolas nicht wohl bei der Vorstellung, auf den Lastwagen der israelischen Armee nach Hause zurückzukehren. Elie ahnte es und beugte sich nach vorn.

»Denk nicht, daß du kein Soldat bist, nur weil du keine Uniform trägst. Als Offizier hast du Befehle auszuführen. Komm, ich lade dich zu einem richtigen arabischen Abendessen ein. Am Vorabend einer Operation muß ich immer gut essen und trinken. Das ist gut, um die Angst zu zerstreuen. Ich erwarte dich punkt sieben Uhr unten, oder nein, lieber auf dem Hotelparkplatz, sieben Uhr fünfzehn. Einverstanden?« Es bedurfte wirklich außergewöhnlicher Umstände, damit Elie eine so lange Rede hielt.

Nicolas dachte an Beirut, das bereits voller Wunden war. Was blieb ihm anderes als sein Land, seine Stadt. Er sah Sanayeh vor sich, das große Haus seiner Kindheit ... Mein Gott, und Tante Charlotte! Man mußte sie wegschicken. Er sprang auf.

»Einverstanden, Elie. Wir treffen uns um sieben. Ich geh hoch und packe meinen Rucksack. Ciao ...«

Das Telefon klingelte vergeblich. In Paris antwortete niemand. Dort mußte es jetzt fünf Uhr nachmittags sein. Wo war Lola? Nicolas wurde nervös, blätterte in seinem Adreßbuch. Seine Handflächen waren feucht, und die Schläfen schmerzten. Endlich fand er die Nummer vom Geschäft am Boulevard Raspail. Er zitterte, als er die Vorwahl wählte. Vielleicht hörten ihn die Israelis ab ... Egal!

»Mama?« Er schrie fast, und Lola am anderen Ende der Leitung erschrak.

»Nicolas, wo bist du? Was ist los?«

»Mama, wo ist Tante Charlotte?«

»Mit Maud in Paris. Sie wohnen beide bei Lili. Warum?«

»Nichts. Ich wollte es nur wissen ... Umarme sie von mir. Es ist alles in Ordnung. Mach dir keine Sorgen, wenn ich mich eine Weile nicht melde. Ich verreise heute abend. Ja, sobald wie möglich ... Ich rufe dich an. Ich umarme euch alle. Bis bald. Macht euch keine Sorgen um mich.«

Auf dem Bettrand sitzend, legte er langsam den Hörer auf. Er war ein jämmerlicher Spion! Elie wäre nicht zufrieden gewesen.

Sieben Tage tat die israelische Armee nichts anderes, als durch die Hitze und den Staub zu fahren, praktisch ohne anzuhalten. Abgestumpft vor Müdigkeit hörte Nicolas, der jetzt eine Uniform trug, die libanesischen Kinder Freudenschreie ausstoßen, er sah die jungen Mädchen von Baabda und Achrafieh Blumen und Reiskörner auf die Panzer werfen. Elie hatte also recht! Der Libanon empfing sie als Befreier. Als ihm zum erstenmal ein Junge am Rand der Straße zum Chouf »Shalom« zurief, beugte sich Nicolas aus dem Jeep und antwortete: »Salam! Ich bin ein Libanese wie du«, aber der Satz verlor sich im Quietschen der Panzer.

Alles erstaunte Nicolas. Das Verhalten der israelischen Soldaten, die er bisher nur in den Ausbildungscamps erlebt hatte, erschien ihm absurd. Wo war die eiserne Disziplin, die ihnen die Legenden zuschrieben? Die Soldaten spielten wie Kinder, die sie im Grunde noch waren, mit ihren achtzehn oder zwanzig Jahren. Sie badeten in Khakishorts im Litanifluß, mit nacktem Oberkörper, die MPi über den Kopf gestreckt. »Siehst du, bei uns kann ein Soldat alles machen, nur nicht seine Waffe aus der Hand geben«, scherzte sein Reisegefährte Shlomo, ein großer blonder Bursche, Reserveoffizier, Psychiater in Tel Aviv. »Er kann sogar über Befehle diskutieren, die ihm falsch erscheinen. Aber wenn man kämpft, dann kämpft man . . .«

Das schlimmste aber war für Nicolas, den Süden zu entdecken, den er nie gesehen hatte, die Ruinen der Häuser, die verlassenen Felder, zerstört von Jahren des Krieges und der Bomben. Armer Libanon.

Am 13. Juni stieg ein israelischer Fallschirmspringer, staubbedeckt und bärtig, schwerfällig aus dem Jeep vor der Villa, die ihnen in Baabda als Hauptquartier diente. Elie hatte nichts mehr mit dem dicken pausbäckigen und schweigsamen Jungen gemein, der in Jerusalem die Losungen überbrachte. Er fiel Nicolas in die Arme und begann eine flammende Rede, aus der hervorging, daß er sich in den Libanon verliebt hatte! Sie saßen auf einer Kiste und warteten darauf, daß die Tsahal und die Forces Libanaises zusammentrafen.

Es war warm, die Zikaden zirpten, der Himmel war so rein, das Licht so mild. Die Sonne verstärkte den harzigen Duft der Pinien. Elie seufzte.

»Da ist nichts zu sagen, ihr Libanesen versteht zu leben. Es ist phantastisch, dieses Land, sieh nur!« Von Baabda sah man auf Beirut, die Berge und das Meer. »Kannst du mir sagen, was wir hier zu suchen haben?« Elie rieb mit dem Handrücken über seine rauhe Wange. »Kannst du mir sagen, was das für ein Krieg ist ... dieser idiotische Krieg?«

Der Krieg? Eigentlich geht er heute zu Ende, dachte Nicolas. Der rasante israelische Vormarsch war in kreisförmigen Bewegungen erfolgt, er umging die palästinensischen »Nester«, die man später erledigen würde, um so schnell wie möglich nach Beirut zu gelangen. Genau das, was Sharon vorhergesehen hatte, der im Januar nach Beirut gekommen war. Nur kleine Zusammenstöße mit den Syrern. Man hatte ihnen gesagt, sie sollten sich nicht rühren, der Krieg beträfe sie nicht. Sie hatten trotzdem versucht, die israelischen Kolonnen auf der Straße Beirut–Damaskus zu stoppen. Ehrenrettung? Oder einfach ein syrischer General, der nichts begriffen hatte? Sharon nutzte das aus, um ihre Abschußrampen am Boden zu zerstören.

Als Nicolas erfuhr, daß die Syrer fünfzig Kampfwagen und hundert Panzer bei der Offensive verloren hatten, spürte er Erleichterung. Vielleicht hatte Bechir trotz allem recht. Vielleicht würde dieser Krieg weder völlig unnütz noch mörderisch sein wie all die vorangegangenen.

Aber Elie setzte seinen Gedanken fort: »Dieser Krieg ... ich wollte es dir nicht sagen, aber am Anfang war ich nicht sehr begeistert davon, den Libanon zu überfallen. Weißt du, immer wenn wir kämpften, dachten wir ›ein breira‹, wie man auf hebräisch sagt, es gibt keine andere Wahl. Wir mußten uns verteidigen, um zu überleben. Aber heute habe ich das Gefühl, Begins oder Sharons Krieg zu führen, nicht meinen. Ich habe keine Lust, für irgendwelche ruhmgierigen Generäle den Söldner zu spielen ...«

In diesem Moment hielt ein Militärkonvoi vor dem Palast. Die libanesische Fahne flatterte auf dem ersten Jeep, in dem sich bewaffnete Phalangisten drängten. Aufruhr bei den Israelis, sie griffen nach ihren Gewehren. »Shalom! Salam!« Bechir Gemayel war ausgestiegen und ging auf Sharon zu. Nicolas hatte einen Kloß im Hals. Sie würden sich doch nicht umarmen? Nein, sie schüttelten sich die Hände. Die israelische Armee und die Forces Libanaises besiegelten ihre Vereinigung. Zu ihren Füßen lag Beirut. Wer, Bechir oder Sharon, würde die Stadt kontrollieren? Elia drehte den Kopf zu Nicolas.

»Jetzt seid ihr am Zug. Ihr seid schlau, aber du solltest deinen Kameraden raten, uns nicht übers Ohr hauen zu wollen: Wir werden den Krieg für euch, die Christen des Libanon, kein zweites Mal führen.«

Der gute Elie sah überhaupt nicht mehr gutmütig aus.

War dies der Augenblick, da die Allianz zwischen Juden und Christen einen gereizten Unterton bekam? Nicolas überlegte, ließ die Zeit an sich vorüberziehen. Nein, es war später. Im Juni lief noch alles gut. Er war jubelnd nach Achrafieh zurückgekehrt. Seine phalangistischen Kameraden empfingen ihn voller Neugier: »Was, du warst während des Krieges bei den Israelis? Wie sind sie? Kennst du Sharon? Essen sie alle koscher?«

Die Israelis ließen sich von Beirut einfangen wie Schmetterlinge, die von einer Lampe angezogen werden. Eines Abends hatte Nicolas Shlomo zum Essen in ein Restaurant am Meer eingeladen. Sie hatten viel Arrak getrunken, zuviel für Shlomo, der nicht an Alkohol gewöhnt war, und am Ende der Mahlzeit hatten sie sich vor den schmutzigen Tellern, dem befleckten Tischtuch und den zerknitterten Servietten zu Vertraulichkeiten hinreißen lassen. Shlomo, das Gewehr neben sich am Boden, das Khakihemd über der behaarten Brust geöffnet, wurde als erster weich.

»Ich habe genug vom Krieg«, schimpfte er und warf eine Strähne seiner blonden Haare zurück, die für einen Soldaten viel zu lang waren. »Verstehst du, ich werde den Krieg nicht los. Ich habe 67 für den Sinai bezahlt, als mein Jeep auf einer Mine in die Luft ging. Ein schlimmer Bruch. Ein Jahr Krankenhaus. 73 war ich Reservist und bin auf den Golanhöhen fast krepiert vor Sorgen, wenn ich an meine Familie in Tel Aviv dachte. Sie haben auch genug davon, unsere Frauen, wenn wir ständig wegfahren, drei Jahre Militärdienst, ein Monat im Jahr Reservistenausbildung, und inzwischen machen sich die Patienten davon. Die Patienten ...« Sein Mund war trocken. »Auch sie werden vom Krieg heimgesucht. Ich werde dir nicht von den Neurosen, den Psychosen erzählen, die in unserem tapferen Land um sich greifen. Es umzingelt mich, schließt mich ein. Ich weiß, daß ich unerträglich bin ... Man ist ja nicht zufällig Psychiater!« Er war zusammengesunken, die Ellbogen auf dem Tisch. Seine verschleierten blauen Augen fixierten Nicolas.

»Meine Frau ... sie ist eines Tages mit einem Kerl wie dir davongegangen. Das heißt mit einem Araber, der sich sehr wohl in seiner Haut fühlt. Er lebt in Boston, ein Kollege. Ein Palästinenser. Kannst du dir vorstellen, wie lächerlich ich mich gemacht habe? Zweifach gehörnt! Ich wage nicht mal, die Scheidung zu verlangen ... Und du? Bist du verheiratet, verlobt? In deinem Alter, mit deinem Gesicht kannst du dir doch alle Mädchen leisten, die du haben willst. Und außerdem bist du kein Jude. Wir sind für das Unglück geschaffen, während ihr Orientalen ...«

Nicolas, ebenfalls betrunken, wurde plötzlich von Wut ergriffen. Er lud alles ab. Claire, den Krieg, das Palästinenserlager, seine Entführung, wieder Krieg, wieder Claire, Frankreich, schlimmer als fremd, untreu, die Belagerung von Zahlé, und jetzt, was hatte er in diesem Café zu suchen, in seinem Land, und mit einem Israeli zu diskutieren?

Aus der Tiefe seiner Trunkenheit fand Shlomo seine beruflichen Reflexe wieder: »Ich müßte dich behandeln. Im Ernst. Du bist krank. Aber jetzt ist keine Zeit.«

Sie beendeten die Nacht in der Bar des Alexanderhotels. Shlomo, auf einer Bank ausgestreckt, die MPi unter dem Kopf, schnarchte. Bei Tagesanbruch machte er sich aus dem Staub, jammernd, ihm würde der Schädel platzen, er würde erwischt werden, weil er den Appell versäumt hat.

Ja, im Juni war noch alles gut.

Der Juli begann. Bleierne Hitze lastete auf der Stadt, wachsende Spannung zehrte an den Nerven. Wer würde die Palästinenser angreifen, die sich in ihren Lagern verschanzt hatten? Wer würde endlich nach Westbeirut gehen? Bechir hatte Mühe, seine Truppen zurückzuhalten. Während einer lebhaften Versammlung hatte er seinem Generalstab lange erklärt, daß sie der israelischen Armee die Schmutzarbeit überlassen müßten. Schließlich hatte Sharon diesen Krieg auf eigene Rechnung geführt, um die PLO zu zerstören, die Palästinenser nach Jordanien zu jagen und Arafat zu eliminieren. Also, wiederholte Bechir, er ist am Zug. Die Christen würden ihre Hände nicht mit Palästinenserblut beflecken. Sie müßten an die Zukunft denken: Wäre die palästinensische Brut einmal durch Sharon ausgerottet, könnte er, Bechir, endlich den Libanon unter seiner Autorität vereinigen. Die Präsidentschaftswahlen würden im August stattfinden. Er würde kandidieren und zum Präsidenten gewählt werden. Bis dahin müsse man sich ruhig verhalten.

Die Tage vergingen, Westbeirut, unter der unversöhnlichen Belagerung, bombardiert von den F16-Waffen, die auf lebende Ziele gerichtet waren –, von ferngelenkten Raketen und dem ganzen Zerstörungspotential der israelischen Armee, mußte fallen. Eine Frage von Tagen. Die zerstörte Stadt lag im Todeskampf, aber sie fiel nicht. Und in Israel begann die Bevölkerung gegen diesen unnötigen, mörderischen und zu langen Krieg zu demonstrieren.

»Worauf wartet ihr eigentlich, um anzugreifen?« hatte Nicolas Elie, der wieder zum Mossad-Agenten geworden war, eines Tages gefragt.

»Ich fürchte, wir haben einen entsetzlichen Fehler begangen«, antwortete Elie. »Vom Beginn der Belagerung an hätten wir die Telefonzentrale abschneiden und wie alles andere zerstören müssen. Aber der Mossad wollte die PLO abhören. In der Tat wurden alle Telefongespräche zwischen Arafat und Riad, Paris oder Tunis sorgfältig aufgezeichnet. Wenn uns das wenigstens geholfen hätte, ihn zu ergreifen und unschädlich zu machen! Wir verfolgten seine Spur durch die ganze Stadt, aber wenn wir das Haus zerstörten, in dem wir ihn geortet hatten, war Arafat gerade weg. Kein Glück! Dem gerissenen Hund ist es gelungen, die ganze Welt zu mobilisieren, indem er mit den Staatschefs telefonierte. In einem Monat wird er den Märtyrer spielen, und wir werden gezwungen sein, ihn laufenzulassen... Sharon ist voller Wut auf Bechir, der sich nicht rühren will. Es ist die Frage, wer zuerst angreift. Aber wir können nicht länger als bis August warten. Reagan wird wütend.«

Anfang August sah Nicolas tatsächlich Verstärkung für die schwere Artillerie im israelischen Hauptquartier ankommen. War es möglich, den Westteil, wo die Einwohner ohne Wasser, Brot, Strom, Früchte und Gemüse unter der schrecklichen Belagerung litten, noch stärker zu bombardieren? Ja, die Bombardements wurden schlimmer, Tag und Nacht folgten aufeinander in demselben Inferno. Nicolas beglückwünschte sich dazu, Tante Charlotte und Maud aus dieser Todesfalle geholt zu haben.

Eines Abends, als er mit Karim Pakradouni, dem politischen Ratgeber von Präsident Sarkis, nach Broumana hinauffuhr, wandte sich Nicolas betroffen um: »Sieh nur, Karim...« Die Stadt unter ihnen war deutlicher denn je in zwei Hälften geteilt. Im Osten schimmerten die Lichter des Kasinos, der taghell strahlenden Häuser von Achrafieh, die Autos auf der Straße nach Jounieh zeichneten lange Leuchtspuren. Im Westen, der im Dunkel lag, sah man nur das orange Flackern der Brände und die roten Bahnen der Granaten, die in Feuergarben herabfielen.

»Auf der einen Seite der Krieg, auf der anderen das Fest. Werden wir nach alldem noch zusammenleben können?«

Karim zuckte die Schultern.

»Als wir 1978 von den Syrern bombardiert wurden und mehr noch im letzten Jahr, haben uns die auf der anderen Seite geholfen oder wenigstens bedauert? Aber du hast recht, man muß die Zukunft vorbereiten, und diese Situation muß ein Ende haben, wenn wir die Wahl von Bechir zum Präsidenten des ganzen Libanon sichern wollen. Nur, die Zeit ist begrenzt. Heute ist der 13. August. Es bleiben uns genau zehn Tage, um den Abzug der Palästinenser zu erzwingen und Bechir zum Präsidenten wählen zu lassen. Das ist wenig.«

Es dauerte acht Tage.

Am 16. August, als man in Paris glaubte, die Verhandlungen mit Arafat würden endlich zu einem Ergebnis gelangen – er verlangte nur noch Garantien für die Zivilisten, die nach dem Abzug der Truppen in den Lagern bleiben würden –, befahl Bechir eine massive Bombardierung von Westbeirut. »Nie, seit 1944 in Deutschland, sah ich eine solche Menge von Bomben«, schrieb in Paris der französische Militärattaché.

Am 18. August telefonierte Reagan wütend mit Begin: Die Bombardierung von Beirut mußte aufhören. Es gab keine Rechtfertigung mehr, da Arafat bereit war, mit seinen achttausend Kämpfern die Stadt zu verlassen. Eine halbe Stunde später hörte das Feuer auf Westbeirut auf. Symbolisch. Dann begann es von neuem.

Am 21. August landeten die französischen und amerikanischen Militärkommandanten der UN-Truppen im Hafen von Beirut.

Am 23. August schaffte man es, unter den Bomben zweiundsechzig Abgeordnete zu versammeln, denen es gelang, dem Druck und den Drohungen zum Trotz einen neuen Präsidenten des Libanon zu wählen, Bechir Gemayel.

Am 30. August verließen Arafat und seine Feddayin Beirut und bestiegen unter dem Schutz der französischen Soldaten die Schiffe. Die palästinensischen Frauen und Kinder, die in den Lagern zurückblieben, weinten, aber dennoch grüßten sie mit dem fast lächerlichen Siegeszeichen, die Finger emporgestreckt.

Am selben Abend vertraute der scheidende Präsident Elias Sarkis, endlich von seiner Last befreit, Parkadouni an: »Das ist ein Wunder! Bechir Gemayel ist Präsident der Republik, und Arafat verläßt Beirut. Gott ist groß! Der Libanon ist gerettet!«

Ist nicht im Grunde das der Augenblick, da die Geschichte eine neue Wendung genommen hat, fragt sich Nicolas. Ariel Sharon hatte all seine Ziele erreicht: die syrische Armee besiegt, der Süden des Libanon erobert, die politischen und militärischen Strukturen der PLO zerschlagen, Arafat und seine Palästinenser auf dem Mittelmeer herumirrend, auf der erfolglosen Suche nach einem Asyl. Der

Libanon hatte sich einen starken Präsidenten gegeben, Bechir, der Israel viel verdankte. Wenn Ariel der Stier Ende August nach Hause zurückkehrte, würde er als Held gefeiert werden. Warum blieb er im Libanon? Was wollten sie noch, diese unersättlichen Israelis. Heute weiß es Nicolas. Er hat die unglaublichste, die entscheidende, die geheimste Szene dieser Kriegsjahre miterlebt. Vielleicht sollte er davon erzählen, es aufschreiben?

30

Beirut, 10. September 1982

Dies ist kein Tagebuch. Nur ein paar Notizen für dich, Mona, falls du dich eines Tages entschließt, unsere Familienchronik in dem schwarzen Heft, das jetzt dir gehört, fortzusetzen.

Nach der Wahl von Bechir waren wir alle voller Euphorie. Der Übergang in Sodeco war offen, es gab wieder Telefon, Wasser und Strom, man ging vom Osten in den Westen . . . Ich aber wußte genau, daß noch nichts geklärt war.

Eines Morgens sah ich Bechir lächeln, als er im »Orient-le Jour« las, daß Rafik Hariri, unser Nationalmillionär, sieben Millionen Dollar anbot, um die Ruinen zu beseitigen und Beirut wieder aufzubauen. »Wenn die Moslems auf meiner Seite stehen, habe ich gewonnen!« rief er. Hariri ist Sunnit. Ich hätte beinahe hinzugefügt: »Du vergißt, daß die Israelis immer noch da sind und Sharon auf den Bergen rings um die Stadt sitzt.« Ich schwieg. Warum sollte ich ihm seine Freude verderben?

Am 7. September ereignete sich der erste Zwischenfall. Wir waren im Hauptquartier der Forces Libanaises versammelt, als unsere Beobachter mitteilten, die israelischen Truppen würden auf Beirut zu marschieren, unter dem Vorwand, die Straßen von Minen zu befreien.

Seltsam . . . Nach unseren Vereinbarungen war keine Truppenbewegung vorgesehen. Was sollten wir tun?

»Warum gehen wir nicht einfach auf sie los?« fragte Fady Frem.

»Ich will keine neuen Kämpfe«, antwortete Bechir. »Außerdem werden sie nicht weiter vorrücken. Seht mal . . .« Er nahm einen Aschenbecher von seinem Schreibtisch und stellte ihn in die Mitte des Tisches: »Das ist Beirut«, dann legte er mehrere Bleistifte hin:

»Hier sind unsere Kräfte. Dort die Israelis. Es ist kein Zufall, daß sie dort die Minen beseitigen. Ihr seht doch, daß sie sich einen Weg frei machen, der es ihnen erlauben wird, Westbeirut zu stürmen, sobald sie wollen. Ich sehe keine Möglichkeit, sie daran zu hindern mit unseren schwachen Kräften, und außerdem haben wir ja gerade ein Bündnis geschlossen. Versteht mich richtig, vielleicht täusche ich mich. Nichts beweist, daß sie derartige Absichten haben.«

Da habe ich mich eingemischt. Ich habe erzählt, was ich vier Tage zuvor bei den Israelis in Baabda im Kartenzimmer gesehen hatte, bevor man mich eilig rausschickte. Große Pläne von Beirut, bedeckt mit roten und blauen Punkten, Schraffierungen, Pfeilen, Zahlen. Ein Invasionsplan, wie man ihn in jedem Generalstab vorbereitet, für den Fall, daß ... Aber vielleicht auch ein konkretes Vorhaben. Mehr wußte ich nicht.

»Du hättest es mir gleich erzählen müssen«, schrie Bechir wütend. Das war an diesem Tag alles.

Unsere Befürchtungen bekamen sehr schnell neue Nahrung: Die Israelis richteten sich für länger ein und wollten nicht abziehen.

Am 9. September erklärte uns Bechir beim Briefing im Generalstab die Gründe:

»Begin hat sich in den Kopf gesetzt, die Unterschrift unter einen Friedensvertrag zwischen Israel und dem Libanon zu erhalten. Ich kann ihm noch so oft erzählen, daß es nicht der richtige Moment ist, daß ich gerade erst mein Amt übernommen habe, daß Israel außerdem von uns nichts zu befürchten hat. Nein, er hält an seinem Vertrag fest, um seinem Volk zu zeigen, daß der Krieg ›gerecht‹ war. Wie soll ich ihn überzeugen? Ich treffe ihn heute abend. Vielleicht können wir uns einigen. Am meisten beunruhigt mich Sharon. Ich habe überprüfen lassen, was du mir neulich erzählt hast, Nicolas. Sharon hat tatsächlich einen Plan für die Invasion in Westbeirut vorbereitet, die unmittelbar nach dem Abzug der internationalen Truppen erfolgen soll. Die Amerikaner wehren sich dagegen, wir auch, aber Sharon lacht nur darüber. Er behauptet, Arafat hätte illegale Kämpfer, Munition und vor allem Dokumente zurückgelassen, die der Mossad unbedingt haben will.«

»Und weiter«, unterbrach Fady, »was erwartet dieser Sharon von uns?«

»Daß wir ihm helfen, Westbeirut zu besetzen und vor allem die Palästinenserlager zu reinigen, wie er sagt.«

»Warum nicht?« fragte Fady.

»Du hast nicht den geringsten politischen Verstand«, versetzte Bechir. »Ich bin jetzt der Präsident aller Libanesen. Begreifst du, was das heißt? Wir müssen Schluß damit machen, uns wie unkontrollierte Milizen oder wie Hochstapler aufzuführen.«

Fady schwieg verärgert.

Am selben Abend, kurz vor Mitternacht, rasten wir über eine kurvenreiche Straße in Richtung Jounieh. Dort stiegen wir, Bechir, Fady Frem, ein Adjutant und ich, in zwei Hubschrauber der israelischen Armee. Bechir war sehr angespannt.

An der Straßenkreuzung von Safed erwarteten uns israelische Landrover. Mitten auf der Straße sah man die massive Gestalt Sharons im Halbschatten. Hinter ihm Shamir, klein und bissig, wie ein Schnauzer neben einer Bulldogge. Ich hatte Shamir noch nie gesehen. Er machte mir angst. Ich dachte: Von diesen beiden ist er der gefährlichere. Einer, der seine Beute niemals fahrenläßt. Wir folgen den Israelis bis nach Naharyia. Dort erwartete uns Begin im Hotel Carlton.

Dann ging alles schief. Begin wirkte alt und krank, er war sehr blaß. Anfänglich war er noch ziemlich liebenswürdig: »Unsere Operation ›Frieden in Galiläa‹ war ein wirklicher Erfolg, nicht wahr? Dank uns ist der Libanon nicht mehr bedroht, von nun an kann er wahrhaft unabhängig sein.« Ich sah, wie Bechir nickte, er lächelte über das ganze Gesicht. Aber dann fing Begin an: »Mein lieber Freund, warum können Sie jetzt nicht eine positivere Haltung zu uns einnehmen? Was hindert Sie daran zu sagen: ›Wir sind bereit, mit Israel einen Friedensvertrag abzuschließen.‹ Das könnte sehr schnell erledigt sein. Sagen wir, am 15. September?«

Bechir war wütend, das erkannte ich an seiner spitzen Nase. Aber er beherrschte sich und begann ganz ruhig zu erklären, daß es nach sieben Jahren Bürgerkrieg unmöglich war, am 15. September einen Friedensvertrag mit Israel abzuschließen ... Daß er zunächst sein Volk wiedervereinigen müßte, seine Funktionen wahrnehmen, abwarten ... Da fing Begin an zu brüllen: »Warten, aber worauf? Sie hatten es mir versprochen! Sie wußten doch, daß es nicht einfach sein würde, Sie wußten es vorher, und jetzt bekommen Sie Angst...« – »Nein«, unterbrach ihn Bechir in trockenem Ton, »ich bekomme keine Angst, aber ich hatte den Widerstand unterschätzt. Geben Sie mir Zeit.« – »Kommt nicht in Frage!« schrie Begin. Daraufhin ging Bechir mit vorgestreckten Händen auf ihn zu: »Gut, machen Sie schon, legen Sie mir Handschellen an, wenn Sie wollen. Wir befinden uns in Ihrem Land. Lassen Sie mich verhaften ...«

Begin griff nach seinen Akten, stand auf und ging einfach hinaus, dabei schrie er: »Schluß damit!« Auf der Schwelle drehte er sich zu Sharon um. »Gehen wir, wir haben es mit einem Gauner zu tun ...« Ich sah, wie Bechir unter der Beschimpfung zusammenzuckte. Jeden anderen hätte er sofort umgebracht. Aber er rührte sich nicht. Fady hatte die Hand am Revolver. Ich dachte an Elies Warnung: »Versucht nicht, uns reinzulegen, sonst ...« Gefahr lag in der Luft. Wir trennten uns ohne ein Wort. Die Israelis fuhren mit ihren Panzerfahrzeugen zurück, wir flogen mit unseren Hubschraubern.

Bechir war finster. Bevor wir in Beirut ankamen, sagte er: »Jetzt herrscht Krieg zwischen ihnen und uns. Im Moment können sie nichts machen. Aber ich mißtraue Sharon ... Wir müssen Provokationen vermeiden, uns zurückhalten ... Vor allem darf niemand erfahren, was heute abend geschehen ist. Meine Glaubwürdigkeit und meine politische Zukunft stehen auf dem Spiel.« Wir haben ihm geschworen zu schweigen. Aber die Israelis, werden sie schweigen? Ich kenne ihre Methoden gut genug, um zu wissen, daß irgendwann etwas durchsickern wird.

Beirut, 12. September

Ich hatte recht. Schon am nächsten Tag enthüllte die israelische Presse in kleinen Portionen Details über das »Geheimtreffen von

Naharyia«. Bechir raste. »Wie soll ich die libanesischen Moslems für eine Regierung der nationalen Einheit gewinnen, wenn man mich verdächtigt, enge Beziehungen zu Begin zu unterhalten? Dieser Kerl ist unbedacht. Intelligent, aber unbedacht«, wiederholte er immer wieder. »Die Israelis, so gut sie auch informiert sein mögen, begreifen nichts vom Libanon.«

Beirut, 13. September

Gestern abend hatte Bechir in Bikfaya, im Haus der Gemayel, einige Vertraute versammelt – Fady, Samir, Karim und mich. Er erwartete den Besuch von Sharon. Der kam an und strahlte über das ganze Gesicht. Er wollte offensichtlich die Beziehungen wiederherstellen und die Beleidigung vergessen machen. Keine Rede mehr vom Friedensvertrag ... Dafür hat er lange darüber geredet, daß die Feddayin, dreitausend, wie er behauptete, im Libanon geblieben wären. Man müßte sie finden, sie töten, die Zivilisten nach Syrien oder Jordanien jagen und endlich die Palästinenserlager, ständige Herde des Widerstandes, dem Erdboden gleichmachen ... Um Bechir zu überzeugen, hat er detaillierte Berichte aus der Tasche gezogen, aus denen hervorging, wo sich schwere Waffen und Munition der Palästinenser befänden. Ich weiß nicht, wie die Israelis zu diesen Plänen gekommen sind, aber sie waren so genau, daß ich deutlich sah, wie beeindruckt Bechir war.

Sharon hat einen Handel vorgeschlagen: Zu einem vereinbarten Zeitpunkt würden die israelischen Truppen in den Westsektor eindringen und die Stadt von jedem bewaffneten Widerstand säubern. Gleichzeitig sollte die Kataeb Bechirs die Palästinenserlager durchsuchen, illegale Kämpfer verfolgen, die Waffenlager aufspüren und die Bevölkerung zur Flucht zwingen. »Und dann«, fügte er lachend hinzu, »können Sie tun, was Sie wollen ... Sie sind doch hier zu Hause, nicht wahr? Wir können dann beruhigt abziehen ...« Ich beobachtete die beiden Offiziere, die Sharon begleiteten und sich Notizen über das Gespräch machten. Einen kannte ich, er gehörte zum Mossad. Früher oder später wird Sharon ein genaues

Protokoll über das, was an diesem Abend in Bikfaya gesagt wurde, aus der Tasche ziehen. Die Israelis haben uns von den Palästinensern befreit. Aber wer wird uns eines Tages von den Israelis befreien?

Beirut, Hôtel-Dieu, 15. September, Mitternacht

Es fällt mir schwer, in diesem Krankenhausbett zu schreiben. Mein linkes Bein ist eingegipst und hängt an einer Rolle, ständig rutsche ich von meinem Kopfkissen herunter. Aber wenn ich nicht hier, jetzt sofort erzähle, was geschehen ist, werde ich verrückt.

Das Nichtwiedergutzumachende ist passiert. Nicht wiedergutzumachen, ich finde kein anderes Wort. Bechir ist tot. Ich habe es nicht sofort erfahren, dabei war ich dort, ganz in der Nähe. Es war vielleicht fünf Uhr oder etwas später – die Sonne berührte bereits die Bergkämme. Ich hatte unser Büro in Achrafieh verlassen und lief seit einigen Minuten die Straße entlang, als mich ein mächtiger Stoß in den Rücken auf den Boden warf. Zuerst hat mich der Schock betäubt. Ich fand mich auf dem Bürgersteig wieder, mit blutender Nase und einem faden, süßlichen Geschmack im Mund. Erst jetzt hörte ich die Explosion oder vielmehr die Druckwellen der Explosion, ein grollender Donner, und Schreie hinter mir. Brennender Staub flog durch die Luft. Ich wandte mich um. Das Haus, in dem unser Büro lag, fiel in sich zusammen. Die obersten Etagen zerbarsten. Sie zitterten, dann lösten sie sich förmlich auf, wie in Zeitlupe, in einem Krachen von Steinen und Gips. Einige Sekunden sah ich zu, ohne etwas zu begreifen.

Ein lautes Geschrei brach los. Irgend jemand brüllte mit hysterischer Stimme: »Bache! Bache! Bechir ist da drin!« Ich wollte aufstehen, aber mein Knie, unnatürlich nach rechts außen gebogen, hing an mir wie ein totes Gewicht, und als ich mich bewegte, schoß ein mörderischer Schmerz durch das Bein. Ich glaube, ich habe das Bewußtsein verloren.

Als ich wieder zu mir kam, saß ich mit dem Rücken an eine Wand gelehnt. An dem inzwischen völlig zusammengefallenen Haus räumten Männer Steinblöcke beiseite, entfernten die Überreste der Treppen, zogen Körper aus den Ruinen, die man auf Tragen legte. Krankenwagen kamen mit heulenden Sirenen an und fuhren in einer Wolke von zerriebenem Gemäuer davon. Es gelang mir aufzustehen, indem ich mich an die Mauer stützte. Die Menschen rannten in alle Richtungen, sie schrien und weinten. Der große Kassem mit dem roten Schnurrbart packte mich am Arm und schüttelte mich, dabei schrie er: »Bechir ist gerettet, gelobt sei der Herr, man hat ihn in einen Krankenwagen steigen sehen, er hat nichts, hörst du, Nicolas, er hat nichts . . .« Dann rannte er wie ein Verrückter davon und ließ mich einfach fallen, ich brüllte vor Schmerz, denn mein Bein tat wirklich weh. Ich wurde wieder ohnmächtig.

Wie lange? Ich weiß es nicht mehr. Ich wachte bei Einbruch der Dunkelheit auf. Furcht lastete auf meiner Brust. Ich näherte mich dem Explosionsort, indem ich mein krankes Bein hinter mir her schleifte. Karim und Solange, die Frau von Bechir, stiegen aus einem Auto: »Wo? Welches Krankenhaus? Rizk? Nein, dort waren wir schon . . . Hôtel-Dieu?« Dann fuhren sie wieder davon.

Unter dem gelben Scheinwerferlicht reichten sich die Rettungsmannschaften die Steinblöcke zu und zogen vorsichtig verrenkte Körper heraus. Manchmal überstürzten sie sich fast: »Schnell, da drunter stöhnt jemand. Er lebt noch . . .« Dann dachten alle: Vielleicht ist es Bechir.

Gegen einundzwanzig Uhr kam Karim zurück, allein. Er kam zu mir, mit verzweifelter Miene. »Nicolas, warst du die ganze Zeit hier? Du hast Bechirs Körper nicht gesehen? Du hättest ihn doch wiedererkannt?« Ich schüttelte den Kopf. »Wir waren in allen Krankenhäusern . . . Solange ist mit Amin im Hauptquartier . . . Ich habe Angst, daß . . . Aber du bist ja verletzt!« – »Mein linkes Knie muß gebrochen sein, oder ausgerenkt, aber wenn ich mich nicht bewege, ist der Schmerz erträglich. Aber das ist jetzt unwichtig.« Ich murmelte, mehr für mich als für Karim: »Ich war wohl eine Zeitlang ohnmächtig. Vielleicht hat man ihn in dieser Zeit irgendwohin gebracht . . .«

Plötzlich packte mich Karim an der Schulter: »Sieh doch . . . diese Hand.«

Ein Arm taucht aus den Trümmern auf, und am Ende dieses Arms eine verkrampfte Hand, halb geöffnet, als wolle sie um Hilfe bitten oder um Gnade flehen. Die letzte Bewegung aller Verschütteten. Auf dieser weißen, schon steifen Hand glänzt ein ungewöhnlicher sechseckiger Ehering, den wir alle kennen: der Ring von Bechir. Karim stöhnt: »Das ist er...« Ich weiß es. Wir sehen uns an, wagen nicht zu sprechen, beide von dem gleichen eiskalten Schauer ergriffen. Karim, wie merkwürdig, sagt mit tonloser Stimme: »Es ist einundzwanzig Uhr zwanzig.« Die Männer drängen sich um die emporgereckte Hand, graben, wühlen, es herrscht Totenstille. Die Szene ist von ungewöhnlicher Klarheit. Die Gestalten der Rettungsleute beugen sich im harten Scheinwerferlicht herab, ihre Schatten ziehen sich auf einem stehengebliebenen Mauerrest in die Länge, aus dem verbogene Eisenteile ragen. Ich krieche heran. Unter den Steinen erscheint die Form eines Körpers, der jetzt freigelegt wird. Der Brustkorb taucht auf, völlig zerquetscht, und der Kopf, mein Gott, das Gesicht... Das kann nicht Bechir sein...

Ich lege die Hand über die Augen. Zu spät. Niemals werde ich dieses Bild vergessen. Die Erde wird sich unter meinen Füßen öffnen, sie wird bersten und mich verschlingen. Ein Abgrund saugt mich auf. Unerträglicher Schmerz quält mein unförmiges Knie. Aber nichts ist mehr wichtig. Dort, im Kegel des grausamen Lichtes, heben die Männer vorsichtig einen verrenkten Körper auf. Karim stürzt herbei und schreit: »Ins Hôtel-Dieu, schnell.« Ich weiß, daß alles vorbei ist. Bechir ist tot, wir werden nicht mehr kämpfen können. Andere werden ihn rächen, sie werden glauben, daß man Blut mit Blut auslöschen kann. Plötzliche Schwäche überfällt mich, ich strecke mich auf dem Bürgersteig aus. Als der Krankenwagen kam, um mich abzuholen und hierher zu bringen, war ich ohne Bewußtsein.

Beirut, Hôtel-Dieu, 20. September

Die Schmerzen werden immer schlimmer. Der einzige Moment, da ich Ruhe finde, ist der Abend, wenn der Pfleger kommt und mir eine Morphiumspritze gibt, damit ich schlafen kann.

»Sie haben Glück, daß Sie der Sohn von Doktor Boulad sind«, sagte er gestern, »wir haben nicht mehr viel Morphium.« Dieser Satz hat mich mit Angst erfüllt. Was soll ich ohne meine abendliche Spritze machen? Das Morphium lindert meine Qual, läßt mich den Schmerz in meinem Knie vergessen, verhilft mir zu einer glücklichen Betäubung, und ich kann die schreckliche Vision verjagen, die in meinen Träumen wiederkehrt: Bechirs zerquetschter Körper . . .

Ich hätte nichts von den schrecklichen Ereignissen erfahren, die nun folgten, wenn nicht gestern Anne zu mir gekommen wäre. Sie steckte den Kopf durch die Tür, sah mich und rief: »Endlich!« Dann warf sie ihre riesige Tasche auf die Erde und ließ sich auf einen Stuhl neben meinem Bett fallen. »Ich suche Sie überall, Nicolas. Man hat mir erzählt, daß Sie bei der Explosion in Achrafieh verwundet wurden, und ich gab die Hoffnung bereits auf, Sie zu finden . . . Wie geht es Ihnen?« Sie hat sich nicht verändert. Mit ihren staubigen Jeans und dem blonden, nach hinten zu einem Zopf gekämmten Haar sieht sie sogar jünger aus als früher. Ich mußte ihr kurz von Bechirs Tod und meinem lächerlichen Unfall erzählen. Nein, ich war nicht bei Bechir, als das Haus in die Luft flog. Ich lief einfach auf der Straße entlang, und nur der Luftdruck hat mich auf den Boden geworfen und mein Knie zerschlagen . . . Idiotisch, was? Ich hätte dort bleiben müssen, das Schicksal meiner Kameraden teilen, anstatt . . .

Sie unterbricht mich und hebt die Hand: »Lästern Sie nicht, Nicolas! Sie sind nicht nur dem Tod entgangen. Wie denn, wissen Sie nicht, was danach geschehen ist?« Nein, ich wußte nichts. Sie holte tief Luft, wie vor einem Sprung ins tiefe Wasser, kreuzte die Hände über den Knien und erzählte. Entsetzlich. Als sie ihren Bericht beendete, spürte ich, wie die Kälte meinen Rücken hochstieg, meine Brust überschwemmte. Ich weiß, daß sie die Wahrheit sagt. Ich kenne sie, ich kann mir nur zu gut vorstellen, was geschehen ist.

In der Nacht des Todes von Bechir, am 15. September, null Uhr dreißig, ist die israelische Armee in Westbeirut eingezogen. Offiziell, um für Ordnung zu sorgen und Zwischenfälle zu vermeiden. In Wirklichkeit, so behauptet Anne, führte Sharon einen lange vorbereiteten Invasionsplan aus, dessen Codename, wie man ihr erzählte, »Moah Barzel« lautete, Stahlhirn. Wußte ich davon? Moah Barzel, dieser Name sagte mir nichts, aber der Plan war sicher der, den ich in Baabda gesehen hatte, am Anfang des Krieges ...

Die Operation dauerte nur wenige Stunden. Am Morgen des 16. September hatten die Israelis Westbeirut besetzt. Am Nachmittag desselben Tages versammelten sich fünfhundert Kämpfer der Kataeb der Forces Libanaises am Flugplatz. In welcher Mission? Unter wessen Kommando? Von welchen Einheiten? Im von Blut und Tränen erschöpften Beirut, betäubt vom Entsetzen über den Tod Bechirs, stellt niemand diese Frage. Niemand will es wissen. Anne schweigt einen Moment. Sie sieht mir gerade in die Augen. Und fährt fort.

Bei Einbruch der Nacht betreten Milizsoldaten der Forces Libanaises, nachdem sie durch die israelischen Linien gegangen sind, in kleinen Gruppen das Palästinenserlager von Chatila, dann das von Sabra. Einige tragen eine schwarze Binde am Arm, andere haben Äxte in ihren Rucksäcken. Gegen zwanzig Uhr beginnt das Gemetzel. Die Soldaten gehen von Haus zu Haus, töten alles was lebt, Frauen, Alte, Kinder und sogar Hunde. Keine Plünderung. Ein wahnsinniges, systematisches Massaker. Flüchtlinge, die im Schlaf überrascht werden, sterben in ihren Betten. Andere werden auf der Schwelle ihres Hauses oder in den Gassen erwischt. Die Leichenberge wachsen in die Höhe. Um zweiundzwanzig Uhr bittet Elie Hobeika, der die Operation leitet, die Israelis, deren Hauptquartier in einem Wohnhaus am südlichen Rand von Chatila ist, »um ein bißchen Licht«.

»Daraufhin haben wir ihnen Leuchtraketen geschickt, mit 81mm-Granatwerfern, zwei pro Minute, bis zum Morgen«, hat der Kanonier eines Granatwerfers an der Grenze des Lagers, nahe der Botschaft Kuwaits, später gestanden. »Und wußten Sie etwas?« fragte sie ihn. »Wir wußten nur, daß da drin etwas Schlimmes passierte und daß unser Befehl lautete, nicht einzugreifen«, antwortete er.

»Um dreiundzwanzig Uhr kommt ein Offizier der Forces Libanaises aus dem Lager und ruft einem israelischen Wachposten zu: »Wir haben schon dreihundert getötet.« – »Und der Wachposten unternimmt nichts?« – »Doch, wir haben dreiundzwanzig Uhr zehn eine Nachricht an General Drori, den Kommandanten der Nordfront, geschickt.« Der reagiert nicht. Aber im Morgengrauen des 16. September beschließen einige empörte Offiziere, trotzdem die Journalisten zu informieren. »Etwas sehr Schlimmes passiert in den Lagern«, sagen sie. »Alarmieren Sie die Presse.«

»Wir sind viel zu spät gekommen«, fährt Anne fort. »Ich erfuhr es am Morgen des 17. September. Als ich Chatila betrat, war das erste, was ich sah, ein Krater von roter Erde, hastig mit einem blaßgelben Gemisch aus Sand und ungelöschtem Kalk gefüllt. Man konnte die Formen der kaum bedeckten Leichen sehr gut erkennen. Ein Fuß mit einer Sandale ragte heraus. Der Geruch, Nicolas, der Geruch! Ein Krankenträger vom Roten Kreuz rief mir im Vorbeigehen zu: ›Halten Sie sich ein Taschentuch vor das Gesicht! Atmen Sie nicht...‹ Neben dem Massengrab saß ein alter Mann auf der Erde. Er hat mir Paßbilder gezeigt, von Frauen und kleinen Mädchen. ›Sie haben ihre Körper mit einem Bulldozer hochgehoben und mit anderen in dieses Loch geschoben. Meine Frau, meine Schwiegertöchter... kein Begräbnis!‹ Ich habe ihn gefragt, wie er entkommen konnte, er sah mich an, ohne zu verstehen, und wiederholte völlig benommen: ›Kein Begräbnis!‹ Ich ging die Hauptstraße entlang. Auf den Stufen vor den Häusern sah man braune Flecken von geronnenem Blut. Weiter hinten sammelte man Leichen auf und stapelte sie in die Krankenwagen. Dahinter gruben noch immer Bulldozer ihre Löcher, aber wir durften nicht näher rangehen... Muß ich fortfahren, Nicolas? Sie müssen mir glauben, Sie müssen es wissen. Ich habe es mit eigenen Augen gesehen, es gibt keine Zweifel, sie haben wie die Wilden gemordet... Warum? Sie kennen sie doch, können Sie es mir erklären? Welcher Wahnsinn hat sie ergriffen? Begreifen sie, was für ein Bild sie der Welt bieten? Sind sie zu wilden Bestien geworden, diese Männer Bechirs, von denen man sagte, sie wären so diszipliniert?«

Ich weiß nicht, was ich ihr sagen soll. Oh, ich ahne, was geschehen ist. Fady Frem oder Elie Hobeika wollten sicher das Abkommen zwischen Bechir und Sharon erfüllen und »die Palästinenserlager reinigen«. Aber wäre Bechir am Leben, er hätte es niemals zugelassen. Warum haben sie es nicht begriffen? Ich schäme mich unter Annes Blicken. Schäme mich, in diesem weißen, sauberen Bett zu liegen, während ich auf mir die Glut des unschuldig vergossenen Blutes spüre. Hätte ich dieses Massaker verhindern können, wenn ich nicht verletzt wäre? Ich glaube nicht. Aber wie kann ich sicher sein? Anne ist an mein Bett gekommen und hat meine Hand ergriffen: »Verzeihen Sie, Nicolas. Sie können nichts dafür. Ich war zu brutal. Ich bin auch völlig durcheinander...«

Plötzlich fühle ich mich müde, müder, als ich je war, zum Sterben müde. Ich vertreibe Angst und Fragen. Wenn ich anfange, mir Fragen zu stellen, hinter mich auf die lange Lehre von Trauer und Kriegen zu blicken, verliere ich den Verstand. Anne küßt mich: »Von Ihrer Mutter...« Zurückgehaltene Tränen brennen in meiner Kehle. Ich werde nicht über mich weinen. Zu spät. Ich weiß, daß mein Leben verdorben ist, aber ich habe keine andere Möglichkeit, als weiterzumachen. Die Tür schließt sich hinter Anne. Ich liege in meinem Bett und warte. Auf meine Morphiumspritze. Sie allein kann mir Ruhe geben. Vergessen.

31

Beirut, 1989

»Wir beginnen den Anflug auf Beirut. Es ist elf Uhr vierzig, die Bodentemperatur beträgt siebzehn Grad.«
 Antoine füllt die Einreiseformulare aus. Mit dem Stift in der Luft wendet er sich an Lola:
 »Liebling, der Wievielte ist heute?«
 »Der erste März 1989 . . .«

Zehn Jahre schon. Vor zehn Jahren und drei Monaten hat Antoine seine Praxis in Paris eröffnet. Paris ist zu ihrer Stadt geworden, sie haben ihre Gewohnheiten, ihre Arbeit und neue Freunde. Trotzdem überrascht sich Lola wie jedesmal, wenn sie in Beirut ankommt, bei dem Gedanken: Ich komme nach Hause. Wann wird sie das Exil endlich annehmen?
 Sie schließt die Augen, gibt sich den Bildern vergangener Zeiten hin. Sonnenflecken auf einem weißen Bettbezug, der Garten voller Jasmin, Gläserklirren am Schwimmbecken des Saint-Georges in der erdrückenden Sommerhitze, Geruch der Pinien von Broumana, Antoine und Nicolas, wie sie aus dem Wasser kommen und den Strand entlangrennen.

Nicolas . . . Wegen ihm kommen sie, sooft sie können, in den Libanon. 1982, nach dem Tod von Bechir, hat er eine schlimme Zeit gehabt. Hat er Drogen genommen, wie viele seiner Kameraden, arme Soldaten, verloren in einem unsinnigen Krieg? Antoine verneint es. Lola fürchtete es, aber sie weigerte sich, daran zu glauben. Acht Monate hatte Nicolas fern der Welt gelebt, er zeigte keinerlei

Gefühle, war sich selbst fremd. Er äußerte nur einen Wunsch, eine Forderung: in Beirut zu bleiben.

Allmählich hat er sich erholt und teilt seine Zeit zwischen einem Reisebüro, in dem er ohne Begeisterung arbeitet, und geheimnisvollen Missionen im Auftrag von Samir Geagea, dem Nachfolger von Bechir. Als könnte er sich nicht entschließen, seine Bindungen an das Unglück zu durchtrennen, diese Ruinenstadt zu verlassen, vertrautes Bild des täglichen Horrors.

»Lola, nimm dein Formular und unterschreibe. Wir landen.«

Nichts hatte sich geändert. Nichts würde sich je ändern. Auf dem Flugplatz dasselbe Gewirr von Rufen und Lachen. Hinter der Sperre am Ausgang drängten sich die Familien, reckten den Hals, um die Ankommenden besser zu sehen. Sie verstopften den Durchgang und ließen den Passagieren nur einen schmalen Gang, bevor sie sogleich geschnappt, umarmt, gefeiert wurden und endlich weitergingen, die Kinder auf den Armen tragend. Die Träger und Taxifahrer drängten sich durch die Menge und boten ihre Dienste an. Hinter den Zollschaltern machte ihnen ein magerer Mann mit weißem Haar Zeichen. Tanos! Die Sonne strahlte, die Luft duftete nach Honig, Leichtigkeit des Frühlings, vergessene Fröhlichkeit.

Plötzlich blieb Antoine stehen und ergriff Lola am Arm.

»Die Syrer!« Zwischen der Polizei und den Zollbeamten standen syrische Soldaten und kontrollierten die Pässe. Umgehängte MPi, das schwarze Käppi schräg über das Ohr geschoben. Ohne großes Aufsehen schoben sie einen alten Mann mit verstörtem Gesicht vor sich her. Lola spürte, wie Antoine verkrampfte. Draußen strahlte die Sonne etwas weniger hell.

»Tanos! Wie geht es euch allen? Wo ist Nicolas?«

Tanos, entspannt, lächelnd, lenkte den alten Wagen mit leichter Hand. Nicolas war in Kesrouan, er würde morgen kommen. Seit dem Tod von Madame Charlotte wohnte Zakhiné in dem Haus am Park, und Tanos besuchte sie einmal in der Woche, aber man kam nur zu bestimmten Zeiten in den Westen, wegen der verschiedenen

Straßensperren. Im Moment war Beirut ruhig, aber man erwartete ein erneutes Aufflammen der Kämpfe, ohne zu wissen, wer diesmal den Anfang machen würde. Die Preise stiegen immer weiter, das Pfund war nichts mehr wert, aber wenn man mit Dollar bezahlte, bekam man, was man wollte. Ach, beinahe hätte er es vergessen: Er hatte den Balkon reparieren lassen, der während des Christenkrieges im letzten Jahr von einer Rakete getroffen worden war. Widerlich, dieser Krieg. Sie waren angekommen.

Athina öffnete ihnen die Tür. Ihr strenges, makelloses Äußeres wurde nur von dicken weißen Strähnen in ihrem schwarzen Haar gemildert. Lola fühlte sich in die Zeiten zurückversetzt, da sie den Keller des großen Hauses nicht verließen und ihre Angst zwischen zwei Bombardements durch endlose Kartenspiele zu verdrängen suchten.

»Madame, oh, Madame!« Athina blieb aufrecht stehen, die Augen voller Tränen, ohne sich zu rühren. Sie hatte sich also nicht verändert, die Aufregung lähmte sie noch immer.

»Ich habe die Zitrone auf dem Balkon serviert. Es ist so mild . . .«

Lola trat langsam ins Zimmer. Neben dem Fenster glänzte eines der Kupferbecken von Tante Charlotte, voller Blumen, die sie so liebte. Und diese große Puppe mit den Beinen aus weißem Satin in der Ecke eines Sessels? Lola erkannte sie wieder. Der Pierrot von Maud, ihr Fetisch, ihr armer Glücksbringer, der sie weder vor dem Krieg noch vor der Angst und dem Tod bewahrt hatte. Jetzt ruhten Charlotte und Maud Seite an Seite auf dem Friedhof von Saint-Elie. Maud war als erste gegangen, im letzten Dezember, nach einer Lungenentzündung. Charlotte starb acht Tage später an Herzversagen, als hätte sie nur auf das Verschwinden ihrer Freundin aus glücklichen Tagen gewartet, um selbst aus dem Leben zu gehen. Von ihnen blieben nur diese lächerlichen Dinge, verlassen in der fremden Wohnung, ebenso vergänglich wie der gelbe Schaum, den das Meer nach schweren Stürmen am Strand zurückläßt. Lola spürte im Hals ein Schluchzen aufsteigen. Sie unterdrückte es. Charlotte hätte nicht gewollt, daß man sich wegen ihr der Rührung hingab.

Antoine telefonierte schon mit dem Krankenhaus.
»Wie geht es dir, Jean? Gut? Wir sind gerade angekommen. Ich komme morgen vorbei. Sag Schwester Marie-des-Anges, sie soll auf mich warten, ich möchte sie begrüßen und ihr danken. Ja, ja, ich weiß, was ihr Nicolas verdankt . . . bis bald.«

Er kam zu Lola auf den Balkon. Eine weiße Spur auf dem Geländer bezeichnete die Stelle, die Tanos repariert hatte. An allen Seiten rankten sich die hundert kleinen Wurzeln der Bougainvilleas empor, eine überquellende, gierige Vegetation, die alle Freiräume verschlang und das Elend der Ruinen verbarg. Die Papyrusstauden leuchteten und streckten ihre Federköpfe weit empor. Auf der anderen Straßenseite hatte ein baumdicker Strauch die Fassade eines zerstörten Hauses zersprengt und bedeckte den Schutt mit wildem Grün. Die alten Gassen, die zum Meer herabführten, die flachen Terrassen, auf denen Laken und Hemden flatterten, ließen die Stadt mit ihrem Gold und Weiß, ihrem Geruch nach gebratenem Lamm und dem Duft der Blumen immer wieder aufleben. Unwandelbarer Libanon, der immer neu erwachte, gierig nach dem Leben, den Schrecken vergaß, immer aufs neue sein Paradies aus Seide, seine Wiege der Süße flickte . . .

»Liebling, komm rein. Es ist zwei Uhr, und wir haben einen langen Tag vor uns. Wir haben am Abend ein Essen. Ruhen wir uns etwas aus . . .«

Lola, ausgestreckt im Halbdunkel der Vorhänge, schwebte zwischen Wachen und Schlaf. Von der Straße stiegen geheimnisvolle Geräusche auf, die die Zeit der Mittagsruhe begleiteten. Miauen der Katzen, in der Ferne ein Radio, eine Sirene am Hafen, das unregelmäßige Brummen des Generators. Man brauchte nur die Augen zu schließen, um sich das Leben vorzustellen, das bald wieder beginnen würde. Die Geräusche und Düfte weckten in Lola das Verlangen nach Kräutern, nach starken Gerüchen, ein Bedürfnis nach warmen und mächtigen Gefühlen. Zu ihrer großen Überraschung fühlte sie sich leicht und fröhlich, wie einst als Sechzehnjährige. Der Druck, der seit so langer Zeit auf ihr lastete, schien verschwunden.

Vorsichtig, wie man eiskaltes Wasser kostet, versuchte sie, ihren früheren Kummer zu beleben. Sie dachte an Marie, Philippe, der Marie küßte, Marie in den Armen hielt, sie mit fürsorglicher Bewegung vor dem Regen schützte ... Aber diese Szenen, zu oft an ihr vorübergezogen, spielten sich woanders ab, in einer Vergangenheit, in der Lola nur noch eine wenig interessierte Zuschauerin war. Bilder eines alten Films. Krächzende Musik einer verschrammten Schallplatte. Plötzliche Unwirklichkeit der Erinnerungen. War es wirklich das Ende dieser Liebe, die so lange in ihr gelebt hatte?

Antoine, der neben ihr lag, drehte sich um, streckte im Halbschlaf den Arm aus und umschlang ihren Körper. Gewöhnlich beruhigte sie diese liebevolle, sanfte Umarmung und störte sie zur gleichen Zeit. Sie fühlte sich schuldig, Antoine nicht so stark zu lieben, wie er es verdient hätte. Heute empfand Lola voller Erleichterung nichts als Zärtlichkeit. Antoine schützte sie, Antoine liebte sie. Lola sah den großen Körper, der neben ihr ausgestreckt war, mit neuen Augen, betrachtete das schöne, etwas schwere Profil ihres Mannes, der ihr so nah war. Antoine, großzügig und sanft. Er war es, zu dem sie sich immer flüchtete. Er war ihre Heimat, ihre Familie. Sie legte den Kopf in die Beuge seines muskulösen Armes. Ein warmer Wind trug Vorwürfe und Bedauern davon. Das Leben war ein Geschenk des Himmels. Man mußte es genießen, als könnte jeder Tag der letzte sein. Das war die Lektion Beiruts. Lola spürte, wie sie in das Dunkel hinein lächelte. Sie war frei! Frei, neu zu leben. Zu lieben. Zu vergessen.

Weder die Zeit noch der Krieg noch das verlorene Vermögen würden jemals das Zeremoniell eines Diners bei Fouad Boutros antasten. Er wohnte im orthodoxen Viertel, dem Herzen der Beiruter Aristokratie. Die großen weißen Villen, verborgen hinter Zypressen und Jacarandas, waren nur wenig von den Bomben zerstört.

»Ahla, ahla! Lola, meine Liebste! Was für eine Freude! Wir haben alle auf dich gewartet!« Tania Boutros tauchte aus der Vergangenheit auf, noch immer schlank, makellos, schwarzgekleidet. Selbst ihre Frisur hatte sich nicht geändert. Mit ihrer singenden Stimme fügte sie wie zur Entschuldigung hinzu: »Das ist ein Essen in kleinem Kreise, meine Liebe. Wir sind nur zehn Personen!« Lola entdeckte Michel el Khoury, Karim Pakradouni, Doktor Rizk und Fouad, der vor dem Kamin stand. In einem kleinen Salon schwatzten die Damen, und Lola bemerkte, daß Tania neue Kanapees angeschafft hatte. Gewiß war das die einzige Neuerung nach dem Krieg. Der Kreis der Freunde aber war kleiner geworden. Die Frauen, fast alle in Schwarz, trugen weniger Schmuck. Man spürte in den Gesprächen, daß die Zeit der Sorglosigkeit vorbei war und die Überlebenden der langen Kriegsjahre nur noch scherzten, um dem Unglück besser widerstehen zu können. Lola konnte nichts anderes tun, als auch zu lächeln.

Seit einer Weile wurde der Whisky herumgereicht. Man erwartete noch jemanden. Schon halb elf! Lola, die nicht mehr an die libanesischen Zeiten gewöhnt war, spürte, daß sich ihr Kopf zu drehen begann. Eine Stimme erklang im Flur. Anne.

Sie kommt herein, man drängt sich um sie. Nun? Anne wirkt erschöpft. Sie kommt aus dem Palast in Baabda, wo Michel Aoun mehr als zwei Stunden mit ihr geredet hat. Am Morgen hat sie den Patriarchen in Bkerke getroffen und am Nachmittag Samir Geagea im Hauptquartier der Forces Libanaises. Bei Tisch bestürmt man sie mit Fragen.

»Wie fanden Sie den Patriarchen?«

»Sehr vorsichtig! Er hat nur betont, daß das Überleben des Libanon nicht durch Krieg erreicht werden kann. Offensichtlich wünscht er eine Einigung mit Damaskus. Aber wieviel Gewicht hat seine Meinung heute noch?«

»Er hat nicht mehr viel zu sagen«, meint Michel, »aber er bleibt zweifellos die einzige moralische Autorität des Landes.«

»Moral!« lacht Fouad höhnisch. »In diesem Augenblick von Moral zu sprechen ist fast unanständig. Sind nicht Drogen und Waffenhandel gerade auf dem Höhepunkt angelangt? Jeder hat seine Drähte. Die Armee und die Forces Libanaises streiten sich um die Kontrolle der ›illegalen‹ Häfen im Süden, über die alle einträglichen Geschäfte laufen. Unsere Kriegsherren sind zu Herren des Betruges geworden. Die Söhne der goßen Familien haben ihre Ländereien in der Bekaa-Ebene in Haschischplantagen verwandelt. Drogen, Blut, Tod. Das ist alles, was wir noch zustande bringen.«

»Große Familien? Aber mein lieber Fouad, es gibt keine großen Familien im Libanon mehr«, ruft Karim aus, während er die große Brille auf die Nase schiebt. »Der Krieg hat die Landgüter plattgewalzt. Wo sind die Familienväter? Die Gemayel, Chamoun, Frangié, Eddé oder Helou bei den Christen, die El Sohl und Karamé bei den Sunniten, die Joumblatt oder Arslan bei den Drusen haben ihre Oberhäupter verloren. Und die Söhne treten nicht in die Fußstapfen der Väter... Diejenigen, die den Staffelstab übernehmen wollten, wurden ermordet. Wer regiert uns heute? Samir Geagea, der aus einer armen Familie im Norden stammt, und Michel Aoun, ein Offizier, der in Chiah geboren ist und sich hochgearbeitet hat. Soll man das bedauern? Der Libanon wird demokratisch...«

Geagea, Aoun, die beiden Namen prallen mit dem Geräusch von Feuersteinen aufeinander. Mit einemmal steigt die Spannung.

Anne bemerkt es. Sie sagt sich, daß sie heute die Lage klären muß, bevor sie ihren Artikel schreibt. Stehen die beiden christlichen Führer vor dem Bruch? Am Nachmittag wirkte Samir Geagea entspannt, trotz der Schwierigkeiten, die ihm sein Arm macht, der seit dem Attentat von Ehden halb gelähmt ist. Er weiß genau, daß seine Milizen nicht mehr beliebt sind, nicht einmal unter den Christen, die sie schützen sollen. Es gab Fälle von Schiebung, Erpressung und ein paar Übergriffe. Aber Geagea behauptet, er würde Ordnung in der Truppe schaffen und Strafen verhängen. Er hat nur die Ruhe verloren, als Anne den Namen von Michel Aoun ausgesprochen hat.

»General Aoun redet zuviel«, entgegnete der Führer der Forces Libanaises mit trockener Stimme. »Ich frage mich, worauf er hinaus will. Ich werde ihm jedenfalls nicht auf seinem selbstmörderischen Kurs folgen. Es kommt nicht in Frage, in ein Auto zu steigen, das mit hundert Stundenkilometern die Straße entlangrast, wenn ich nicht am Steuer sitze.« Nach diesem Satz war das Gespräch praktisch beendet gewesen.

Zwei Stunden später, im Palast in Baabda, sah Anne in all dem Gold und Marmor des Präsidentensitzes einen General in Felduniform heruntergestürzt kommen, stämmige Figur, das Käppi auf dem Ohr. Michel Aoun hatte ihr lange von de Gaulle erzählt, von Frankreich, von der Pflicht zum Widerstand gegen die Eindringlinge: die israelischen Eindringlinge im Süden, aber vor allem die Syrer, in allen anderen Teilen des Landes.

»Ich bin heute in derselben Situation wie de Gaulle, als er sich gegen die deutsche Okkupation erhob, auch wenn mein Büro hier in Beirut ist und nicht im Ausland. Denn die Libanesen sind nirgends mehr zu Hause in ihrem Land, nicht einmal in ihren eigenen Wohnungen.«

Begeisterter Tonfall. Wie sollte man diese Erklärung interpretieren? Anne fragte Karim, den großen Entschlüsseler der libanesischen Kompliziertheit.

»Aoun hat Ihnen von de Gaulle und der Résistance erzählt? Nehmen Sie es wörtlich. Er glaubt sich in London, im Jahre 1940, er wird uns alle zu dem führen, was er den Befreiungskrieg gegen Syrien nennt. Fouad, erinnerst du dich an den letzten Empfang in der französischen Botschaft? Ein Essen zu Ehren von Jean-François Deniau ... Aoun erzählte uns von der Konferenz in Tunis, den Ausflüchten der Araber, den falschen Versprechungen und der Feigheit seiner Gesprächspartner, die mehr darum besorgt waren, Syrien nicht zu verärgern, als die Wahrheit über die Situation im Libanon zu erfahren ...«

»Ich erinnere mich sehr gut. Deniau hat lange von Afghanistan gesprochen ...«

»Ja. Aber vorher hat uns Aoun folgendes gesagt, ich habe es mir aufgeschrieben: ›Der Prozeß der Befreiung hat begonnen. Wir werden das Spiel gewinnen. Kennt ihr einen einzigen Fall, in dem der Widerstand nicht gewonnen hat, wenn er um die Unabhängigkeit kämpfte? Unser Widerstand hat begonnen, und wir werden siegen.‹ Er sah uns allen in die Augen, als würde er uns zu Zeugen eines historischen Augenblicks anrufen. Und das war es wirklich. Ich bin überzeugt, daß Aoun im Begriff ist, zu Taten überzugehen ...«

»Das heißt?«

»Die Syrer anzugreifen. Fouad, ich wette zehn zu eins.«

»Wahnsinn! Mit ein paar schweren Waffen kämpfen wir gegen die syrische Armee?«

»Wir hier wissen es alle«, Michel hatte die Stimme gesenkt. »Wir wissen alle, daß Karim vom Irak Panzer, Kanonen und Raketen erhalten hat, um das »Réduit chrétien« zu schützen. Glaubst du, Karim, das reicht aus, um einen richtigen Krieg gegen Hafez el Assad zu führen?«

Karim kratzte sich die Nase, nahm die Brille ab, Zeichen starker Verlegenheit.

»Nein, natürlich nicht. Saddam Hussein hat gerade seinen Krieg gegen den Iran gewonnen, er ist überglücklich, seinen alten syrischen Feind ärgern zu können, indem er uns ein paar Panzer liefert . . .«

»Wie viele Panzer?«

Anne errötete. Diese etwas zu direkte Frage war ihr entschlüpft. Karim zwinkerte ihr zu.

»Achtundvierzig, das können Sie schreiben.«

»Achtundvierzig Panzer, fünfzig Kanonen, ein Dutzend Raketen«, ergänzte Fouad. »Und weiter? Damit können wir bestimmt keinen Krieg gegen eine richtige Armee führen. Außerdem wird sich Geagea nicht beteiligen. Aoun wird geschlagen. Das christliche Lager wird sich spalten, vielleicht zerreißen, mit den Waffen in der Hand. Das wird ein schöner Schlamassel . . .«

Er stand auf und warf die bestickte Serviette auf den Tisch.

»Los, reden wir von etwas anderem, und gehen wir in den Salon.«

Er ging zu Anne und ergriff sie am Ellbogen.

»Liebe Anne, spitzen Sie Ihre Bleistifte. Bald werden Sie der gleichgültigen Welt in gewählten Worten vom Todeskampf des Libanon erzählen.«

Am nächsten Tag tauchte Nicolas auf. Woher kam er? Athina empfing ihn mit Dankgebeten, die Lola aufregten. Aber als sie ihn umarmte, dachte sie, daß sie ebenfalls Gott danken müßte. In diesen

Zeiten des Todes und des Leids war es ein seltenes Glück, den Sohn am Leben zu wissen.

Nicolas sprach nur wenig. Irgend etwas beunruhigte ihn. Lola versuchte ihn abzulenken. Sie sprach von Besuchen, die sie machen, Freunden, die sie wiedersehen wollte. Nicolas, der sich auf dem Kanapee im Salon ausgestreckt hatte, lächelte müde.

»Mama, ich habe keine Lust, dich von den Beiruter Abendgesellschaften erzählen zu hören, noch weniger, deinen Freundinnen zu lauschen, die sich fragen, welches Kleid sie zur Gala im Lion's Club anziehen sollen. Eine Gala für die gute Sache natürlich! Mama, geh ohne mich hin.«

»Dann könnten wir woandershin gehen, Tanos bitten, uns nach Jounieh, Broumana oder an die Küste zu fahren. Ich habe solche Lust, die Berge und das Meer wiederzusehen!«

»Überleg doch, Mama! Wir befinden uns in dem, was man ›Réduit chrétien‹ nennt. ›Réduit‹, Überrest, das meint genau das, was es sagt. Die Bergstraße ist am Rand von Achrafieh abgeschnitten, man kann nicht an der Küste entlangfahren, ohne durch die Straßensperren zu kommen. Für mich kommt es überhaupt nicht in Frage, in den Westen zu gehen. Auf der anderen Seite bin ich persona non grata. Weißt du, was sie machen würden, wenn sie mich erwischen könnten?«

In diesem winzigen »Réduit« spazierenzugehen, zu dem die Stadt geworden war, konnte in der Tat nur Wehmut oder Zorn wecken.

Am Vorabend hatten Antoine und Lola auf dem Weg zu den Boutros einen Umweg über Jounieh gemacht. Die einstige Landstraße, die nach Kaslik hinaufführte, glich jetzt einer Karikatur des Faubourg-Saint-Honoré. Luxuriöse Schaufenster, Dior, Jourdan, Saint Laurent, Marmorfassaden der neuen Häuser, die man neben den Ruinen gebaut hatte... Wer kaufte diese Kleider? Diesen Schmuck? Diese neuen Wohnungen? Woher kam das Geld? Wie sollte man diesen demonstrativen Prunk nicht mit den Straßen im moslemischen Westen vergleichen, wo sich Frauen wie Geistergestalten unter ihren schwarzen Schleiern durch die Straßen schoben?

Antoine sah darin wütende Lebenslust, eine Herausforderung des Todes. »Dreizehn Jahre Krieg! Das zweigeteilte Beirut kann nur noch mit dem gewöhnlichen Wahnsinn überleben. Das christliche Beirut jagt den Dollars hinterher. Das moslemische Beirut dem religiösen Fanatismus. Wir können es nicht mehr verstehen, wir dürfen vor allem nicht mehr urteilen, da wir das Exil gewählt haben . . . Höchstens Anteil nehmen, helfen, pflegen.«

Lola wußte, daß er an Nicolas dachte, ihr vom Krieg verwüstetes Kind. Aber sie würde ihren Sohn retten, würde ihm helfen zu vergessen. Eines Tages, wenn Gott es so will, würde sie ihn mit sich nach Paris nehmen. Wenn sie davon sprach, schwieg Nicolas. Er lehnte es noch immer ab, den Libanon zu verlassen, ohne Gründe anzugeben. Dieses zerstörte Beirut blieb seine Zuflucht, seine Höhle. Und außerdem – er wehrte sich dagegen, es sich einzugestehen – erschreckten ihn Krieg, Drogen, Attentate und der absurde Schrecken weniger als die Vorstellung, das Gespenst Claires wiederzusehen und in Paris noch einmal den Leidensweg des Todes einer Liebe zu gehen.

Wie sollte er das seiner Mutter erklären? Arme Mama! Sie würde nie erfahren, aus welchem finsteren Universum er zu entkommen suchte. Er schüttelte seine Benommenheit ab, richtete sich auf und bemühte sich zu lächeln.

Sie hörten Schritte im Flur. Ein etwas zu langsamer, zu schwerer Schritt.

Es war Antoine. Er blieb im Türrahmen stehen, zögerte, lehnte sich an die Wand. Lola fand ihn plötzlich gealtert, die Schultern seltsam zusammengesunken. Sie fragte ihn mit den Augen, aber er sah Nicolas an, mutlos, fast verzweifelt.

»Schlechte Neuigkeiten«, sagte er mit tonloser Stimme. »Aoun hat die Schließung des Flugplatzes befohlen. Wir sind hier eingesperrt. Ich habe große Angst, daß Karim seine Wette gewinnt.«

32

Beirut, 7. März 1989

Was für eine merkwürdige Ruhe heute über Beirut liegt. Eine Ruhe, die durch nichts gerechtfertigt ist, wenn nicht durch die ängstliche Erwartung, die an den Nerven zehrt und den Geist vernebelt. Wie immer vor einem Angriff bereitet sich Beirut, hundertmal zu neuem Leben erwacht, auf das Schlimmste vor. Die Kinder laufen nach Brot und Öl, die Frauen bringen Matratzen in die Keller, die Männer zählen die Munition, stecken die Haschischkugeln in ihre Leinentaschen und spielen sich als Helden auf, die Angst im Herzen.

Lola sitzt auf dem Balkon und staunt über die Stille. In Souk el Gharb geht der Kampf zwischen Libanesen und Syrern weiter, aber niemand scheint mehr die geringste Aufmerksamkeit darauf zu verwenden. Die lauten Radios schweigen. Keine Nachrichten, als wäre jede Information jetzt überflüssig. Lola denkt, daß man ein schlimmes Ereignis erwartet, aber welches? Ein Aufflammen der Kämpfe, wie banal, reicht nicht aus, um die Angst zu erklären, die auf der Stadt lastet ...

Athina wußte es. An diesem Morgen hatte sie im Kaffeesatz gelesen und die Ankunft des Unglücks in den schwarzen Wölbungen am Grund der Tasse vorhergesehen. Finstere Vorzeichen, sagte ein Ring neben dem Henkel. Drei Sterne auf der rechten Seite bedeuteten gewaltsamen Tod. Natürlich hätte sie diese lange weiße Spur als das Symbol der Auferstehung deuten können. Aber nach fünfzehn Kriegsjahren, die sie angekündigt hatte, ohne sich je zu irren, glaubte Athina nicht mehr an das Glück und konnte es auch nicht erahnen. War nicht Tanos vorbeigekommen, um zu berichten, daß

General Aoun noch vor heute abend den nationalen Befreiungskrieg gegen die Syrer erklären würde? Alle wußten es, endlich kam die Stunde der großen Schlacht, der Schicksalsschlacht näher. Man mußte nur warten. Von der Erfahrung belehrt, hatte Athina Matratzen und zerbrechliche Gegenstände in den Keller gebracht. Seltsamerweise waren noch immer einige Opalgläser und drei Gläser eines Baccarat-Services übriggeblieben, die Athina, wie es Tante Charlotte immer angewiesen hatte, mit einem Leinentuch abzuwischen begann. Diese drei unersetzlichen Gläser zu retten, war ganz bestimmt die wichtigste Aufgabe. Aber Athina, ein Glas in der Hand, wurde von Zweifeln gepackt. Hätte sie nicht Lola warnen müssen vor dem, was sich zusammenbraute, vor der Gefahr, die aus dieser plötzlichen Beruhigung sprach?

Ein Knallen ließ sie aufhorchen. Dann kurze, trockene Schüsse ... nichts, Routine. Ein ritueller Austausch von Salven auf der grünen Linie, ein kleines Nachmittagsgespräch zwischen den Kämpfern im Osten und im Westen. Die ganze Stadt schien den Atem anzuhalten. Athina sah auf die Uhr. Zehn nach fünf. Tanos hatte gesagt, bei Sonnenuntergang. Plötzlich ließ eine nahe Explosion das Küchenfenster vibrieren. Athina ließ sich mit weichen Knien auf den Hocker fallen. Jetzt ging es also wieder los. Endlich konnte sie sich der Angst hingeben, die sie wie eine alte Freundin ihres Alltags wiederfand.

Lola fuhr zusammen. Irgend etwas war ganz in der Nähe explodiert, bestimmt in der ersten Querstraße rechts. Sie konnte sich nicht an die Explosionen, die Granaten und Raketen gewöhnen, sie konnte den Schuß einer Mörserkanone nicht mehr von dem einer Katjuscha unterscheiden. Wenn wenigstens Nicolas da wäre, er würde es ihr erklären ... Jetzt erhob sich eine schwarze Rauchsäule, der Wind trug den scharfen Geruch von Benzin und verbranntem Gummi heran. Lola beugte sich nach vorn. Ein Krankenwagen bog mit heulender Sirene um die Ecke. Mechanisch dachte Lola: Das ist eine Autofalle. Autofalle. Auto. Falle. Entsetzliche Angst. Das Herz hämmert. Unerträgliche Frage, die allmählich Gestalt annimmt. Wo ist Antoine?

Im Krankenhaus, sagt sie sich. Um sich von Schwester Marie-des-Anges zu verabschieden. Er wollte gegen fünf Uhr zurück sein. Fünf Uhr, das heißt jetzt. Und er kommt durch diese Straße...

Lola versucht nicht mehr zu denken, nicht mehr zu atmen, sich nicht mehr zu rühren, wie um das Schicksal zu täuschen. Aber die Angst zerfleischt ihre Brust. Eine Gewißheit fährt wie ein roter Blitz durch ihre Gedanken. Antoine ist etwas zugestoßen.

Antoine! Sie schreit, läuft die Treppe herab, sie rennt, knickt mit den Füßen auf den zerstörten Bürgersteigplatten um. Biegt rechts um die Ecke. In der Mitte der Straße ein Krater, aus dem verbogene, rußschwarze Blechteile ragen, Überreste eines völlig ausgebrannten Autos. Daneben ein dunkles Bündel. Rote Spritzer auf der Fahrbahn. Krankenpfleger kommen mit einer Trage. Sie bleiben vor dieser Frau stehen, die heult und nach vorn stürzt. Einer will sie zurückhalten. Zu spät. Lola hat gesehen.

Diese verrenkte Gestalt auf der Straße, das Gesicht zur Erde... Die merkwürdige Beugung des Kopfes, zur Hälfte vom Hals abgerissen... Daneben eine Ledertasche, eine Arzttasche, halb offen, blutbefleckt. Antoine. Lola taumelt. Fällt auf die Knie. Eine plötzliche Lähmung hindert sie daran aufzustehen, Antoine zu berühren, das was von Antoine geblieben ist.

Diese Szene, wann hat sie sie erlebt? Sie weiß es nicht, sie weiß es nicht mehr. Die verwüstete Ecke, das verkohlte Auto, Antoines Körper, diese blutige Tasche waren seit einer Ewigkeit in ihr. Ihre Gedanken sind von panischer Angst erfaßt, die Zeit nicht mehr messen zu können, die plötzlich zersplittert ist.

Sie zittert. Die Trage ist zu den gähnenden Türen geglitten. Ein Krankenpfleger kommt zu ihr. »Steigen Sie ein, Madame...« Lola schüttelt den Kopf.

Der Mann im weißen Kittel entfernt sich. Die Türen des Krankenwagens knallen zu, und das metallische Geräusch zerreißt Lolas Herz. Antoine, meine Liebe, mein Leben. Nein, es kann nicht sein. Antoine...

Die Sonne ist noch warm. Aber sie leuchtet nicht mehr auf diesen roten Fleck inmitten der Fahrbahn.

33

Beirut, 13. März 1989

Meine liebe kleine Tochter,

Ich weiß nicht, wann und wie Du diesen Brief bekommen wirst. Ich schicke ihn mit einem französischen Geschäftsmann, der unsere Hölle verläßt und nach Damaskus fährt. Mona, mein Liebling, Antoine ist vor sechs Tagen gestorben, in der Explosion einer Autofalle, einige Meter von unserem Haus entfernt. Ich möchte Dir sagen, daß er nicht gelitten hat – so sagt man doch, nicht wahr? Aber in Wirklichkeit weiß ich es nicht. Mein kleines Mädchen, ich würde so gern in Deinen Armen weinen. Die Welt ist zusammengestürzt, und ich möchte sterben, aber die syrischen Granaten verschonen die alte Frau ohne Hoffnungen, die ich geworden bin.

Dein Vater liebte Dich, Mona. Du warst sein Stolz, er fand Dich so schön. Er hat Dich bewundert. Er sagte oft zu mir, kein zweites Kind auf der Welt hätte Deine Intelligenz, Deine Grazie. Du hast ihn glücklicher gemacht als jede andere Frau.

Mein Liebling, komm nicht hierher zurück. Der Libanon ist tot. Unser armes Land ist ausgeblutet, es hat seine Seele verloren, ich sehe nur noch Ruinen und Unglück. Vielleicht bin ich ungerecht? Zur Beisetzung Deines Vaters kam trotz der Bombengefahr ganz Beirut, zumindest alles, was von Beirut bleibt, von den Mächtigsten bis zu den Ärmsten. Wie sehr man ihn liebte!

Bewahre diese Erinnerung an ihn. Bringe Deinem Baby, das bald zur Welt kommen wird, bei, was für ein guter Mensch sein Großvater war. Aber verliere Dich nicht in den Erinnerungen. Rette Dich, Mona. Vergiß Beirut. Bau Dir ein neues Leben auf, dort, in Kanada. Du trägst unsere Zukunft. *Deine Dich liebende Mutter Lola*

34

»Mama, Athina, schnell, unter die Treppe!« Das Haus erbebte von unsichtbaren Angriffen. Es war sechs Uhr, und wie jeden Abend bombardierten die Syrer den Hafen von Jounieh.

Seit zwei Wochen lebten sie zu dritt in dieser Wohnung, die ihnen ein Freund vermietet hatte. Der »Schicksalskrieg«, am 14. März von General Aoun ausgerufen, hatte die Auseinandersetzungen im Innern des christlichen Lagers eine Zeitlang verwischt. Aoun wußte, daß er den Teufel am Bart zog, indem er sich mit Syrien anlegte. Er wußte auch, daß ihn das Volk insgeheim unterstützte. Welcher Libanese hatte nicht davon geträumt, sich endlich von der stählernen Hand zu befreien, mit der Hafez el Assad auf dem Libanon lastete?

Die syrische Entgegnung, obwohl man sie erwartet hatte, überraschte durch ihre Gewalt. Die syrische Artillerie schoß, um zu zerstören, um zu töten, um Angst und Schrecken zu verbreiten. Die Christen im Osten flohen, wenn sie konnten, nach Jounieh. Die anderen bleiben einmal mehr unter den Ruinen begraben.

Ohne Widerspruch zu dulden, hatte Nicolas beschlossen, die Wohnung in Achrafieh zu verlassen, sie lag zu sehr im Zentrum. Nach dem Tod des Vaters war er drei Tage verschwunden, als er wiederkam, war sein Gesicht versteinert.

»Mama, ich werde dich beschützen. Ich werde jetzt alles richtig machen, sorg dich nicht um mich. Aber bitte mich nicht, den Libanon zu verlassen. Ich bleibe. Ich habe hier noch etwas abzuschließen.«

Lola stellte keine Fragen. Sie akzeptierte alles, ohne zu diskutieren. Wozu war es noch gut, zu leben, und warum nicht lieber hier als woanders? Sie zogen nach Jounieh. Kaum hatten sie sich dort eingerichtet, begann die syrische Armee den Hafen zu bombardieren.

»Gegrüßt seist du, Maria, du bist voll der Gnade, der Herr ist mit dir . . .« Athina hatte das Gesicht zwischen den Händen versteckt und schaukelte nach hinten und nach vorn, wie die alten Klageweiber. »Schweig!« Nicolas packte sie am Arm. In der kurzen Stille hörte man ein scharfes Pfeifen, dann ließ ein grollender Donner den Boden erbeben, die Wände wackelten, die Scheiben zersprangen. Nicolas warf sich über die beiden Frauen, die unter die Treppe geflüchtet waren, und drückte sie auf den Boden. »Das Haus ist getroffen, bewegt euch nicht.« Würde die Treppe halten? Lola richtete ihren schmerzenden Nacken auf. Nun begann also alles von vorn. Die Bomben. Die Schießereien. Die zerstörten Häuser. Die Verwundeten, die Toten. Ein scharfer Geruch schreckte sie auf. Feuer! Sie erinnerte sich an die verkohlten Mauern in der Soliman-Pascha-Straße in Kairo, an den Brand der Souks von Beirut, das Auto, von Flammen umzingelt. Antoine bremste, dann blieb er vor einem Bombenkrater stehen, während das Feuer die eine Straßenseite verschlang.

»Nein, nur das nicht! Antoine, retten wir uns!« Sie heulte, schlug mit wilden Bewegungen um sich. Als sie wieder zur Besinnung kam, wiegte Nicolas sie in seinen Armen, streichelte ihr Haar und murmelte: »Es ist gut, es ist gut, hab keine Angst.« Sie hob den Kopf von seiner breiten Brust, sah ihren Sohn an, und zum erstenmal bemerkte sie den harten Zug auf seinen Wangen, die beiden bitteren Falten, die den Mund herabzogen. Ein Mann, mein Kind ist ein Mann, sagte sie sich mit soviel Scham, als hätte sie sich in den Armen eines gänzlich Unbekannten wiedergefunden.

Eine Stunde später gingen sie Stufe für Stufe die Treppe zur ersten Etage hinauf. Im Dunkel der Nacht glänzten die Glassplitter auf der Erde. Der Salon klaffte in die Leere, wie über dem Hafen aufgehängt. Ein rotes Licht tanzte an den Wänden. Unten erblickten sie die Brände in den Zollgebäuden, man hörte das Grollen der Flammen, Heulen, Schreie.

»Sie haben es gewagt, diese Schweine! Sie haben es gewagt!« murmelte Nicolas. »Heute abend sollte ein Passagierschiff abgehen, das Zollhaus war voller Menschen, ich weiß es, ich habe Ghassan begleitet, der dort Wache hatte.«

Lola dachte, sie wären tot. Aber anscheinend war es nicht so. Unter dem roten Licht des Feuers und dem Weiß des Mondes erkannte man Silhouetten, die aus dem Unterstand vor dem Hafen kamen. Krankenwagen trafen ein, luden die Verwundeten ein, rasten davon, weiße Insekten, vom Wahnsinn befallen.

»Diesmal ist es das Ende. Sie wollen uns in die Falle locken. Wir haben zu lange gewartet. Mama, du mußt abreisen, du mußt Beirut verlassen. Morgen gehen wir zum Reisebüro. Du nimmst das nächste Schiff . . . wenn es noch eins gibt.«

Lola schüttelte den Kopf. Sie würde nicht wegfahren, auf jeden Fall nicht ohne ihn. Nicolas drückte schmerzhaft ihren Arm. Er zitterte.

»Ich will nicht . . . Ich will nicht, daß du auch . . .« Er fand keine Worte, aber das Bild von Antoine, von Antoines zerfetztem Körper stand in seinen Augen geschrieben. In diesem Augenblick wußte Lola, daß sie fahren würde. Nicht um ihretwillen. Dieses verrückt gewordene Land war nicht mehr das, was sie einst geliebt hatte. Ihre Jugend, ihre Liebe, ihr Glück waren mit einer Autobombe explodiert. Aber Nicolas konnte es nicht ertragen, seine Mutter in Gefahr zu wissen. Sie würde also fahren.

»Und du, Nicolas?«

»Ich werde dich bis Larnaka begleiten. Dort gehst du zu Tante Cathie. Sie erwartet dich seit Jahren. Oder du gehst zu Mona, nach Kanada. Ich kehre zurück nach Beirut. Du weißt, warum.«

Sie wußte. Nicolas wollte seinen Vater rächen. Sie unterstützte ihn nicht, aber sie konnte es verstehen. In diesen mörderischen Zeiten siegte das alte Gesetz der Clans und der gekränkten Ehre über den gesunden Menschenverstand. Nicolas war zu lange in den Wahnsinn dieser Stadt verwickelt, um sich nicht verpflichtet zu fühlen, nachzuforschen und dann jene zu schlagen, die Antoine ermordet haben. Erst dann würde er Blumen auf dem Grab niederlegen. Das war die wahnsinnige Logik dieses Krieges. Lola war zu müde, um sich dagegen aufzulehnen.

Seit dem Morgen lief ein Gerücht durch Beirut. Am Abend würde ein Schiff auslaufen, die Blockade durchbrechen. Das letzte Schiff. Wo sollte man einsteigen? Wann? Wieviel Dollar pro Platz? In der Menge, die das Reisebüro belagerte, warf man sich mißtrauische Blicke zu. Hinter einem Schreibtisch, der aus Brettern bestand, die auf Böcken lagen, suchte eine junge Frau mit Dutt ruhig in ihren Listen:

»Ich bedaure, Monsieur, wir haben nur noch zwei Plätze.«

»Aber ich habe drei Kinder, wir sind fünf. Wir können sie doch nicht hierlassen.«

»Unmöglich, Monsieur. Vielleicht mit einem anderen Schiff.«

»Wann fährt das nächste?«

»Das weiß ich nicht.«

Nicolas drängte sich rücksichtslos durch die Menge, die bei seinem Anblick murmelnd zur Seite wich. Er trug den Kampfanzug der Forces Libanaises.

»Ist Ghassan da?«

»Ja, hinten.«

Ghassan erschien, führte ihn beiseite. Ein Jeep wartete. Er warf seine Tasche hinein und ließ Lola und Nicolas einsteigen, bevor er mit quietschenden Reifen anfuhr.

»Wo ist die Registrierung?« fragte Nicolas.

»Im Kasino.«

Im Untergeschoß des Kasinos waren wenigstens dreihundert Menschen versammelt, dicht aneinandergedrängte Familien, Kinder und Alte, Geschäftsmänner in Schlips und Kragen, Bauern in Lumpen. Aber die Registrierung verlief ordentlich. Papiere, Ticket, haben Sie eine einfache oder eine Luxuskabine reserviert? Als gäbe es keinen Krieg, als stünde man auf dem Pariser Flugplatz. Um wen zu täuschen? Die ersten Abendgranaten fielen bereits weit entfernt herab.

»Ist es über Jounieh?«

»Nein, über Kaslik.«

Ghassan kam zurück, die Pässe in der Hand. Sie mußten sich beeilen. Keine Koffer. Laßt sie bei mir. Taschen. Eine pro Person. Die Nacht brach herein. Der Jeep raste ohne Scheinwerfer im Zickzackkurs über die ausgefahrene Straße. Lola wurde schlecht. Flüchtige Gedanken gingen ihr durch den Kopf. Hatte sie ihren Kaschmirschal eingepackt? Nein, aber das zu einer Kugel zusammengerollte T-Shirt, im letzten Moment. Sie würde es heute abend auf dem Schiff zum Schlafen nehmen.

Es war kein Schiff da. In einer kleinen Bucht wiegten sich vier große Fischerboote auf dem schwarzen Wasser. Wo war die Fähre? »Fünfzehn Kilometer entfernt, auf dem offenen Meer, außerhalb der Hoheitsgewässer«, erklärte Ghassan. Sie müßten mit den Fischerbooten hinausfahren. »Nur die ersten kommen mit. Steigt schnell ein.« Nicolas hielt seine Mutter fest, hob sie hoch, setzte sie im Boot ab und stieg schließlich selbst völlig durchnäßt über die Reling. Hinter ihm bildeten bewaffnete Milizsoldaten eine Kette und zogen die Passagiere unter beängstigendem Schweigen hinauf. Der Befehl lautete: keinen Lärm, kein Licht. Das randvolle Boot setzte sich in Bewegung.

Der Kapitän hatte Vollgas gegeben, um aus der Bucht zu kommen. Nach drei Minuten waren alle naß. Die Barkasse roch nach Öl, Sprit und Feuchtigkeit. Sie schaukelte. Neben Lola saß ein kleines brünettes Mädchen mit starrem Blick, das den Kopf hin und her wiegte. Unter ihrem rosaroten Anorak drückte sie etwas an sich, das wie ein großer Umschlag aussah. Plötzlich beugte sie sich vor und begann zu erbrechen, ohne sich zu bewegen, ohne zu weinen. Sie murmelte nur: »Pardon, Madame, pardon.« Lola nahm sie bei den Schultern, schob sie zu einem Berg von Tauen und legte ihr die Hand auf die Stirn. Wie lange hatte sie kein Kind mehr in den Armen gehalten? Dieser kleine Körper dicht bei ihr, die vertrauten Bewegungen ließen sie Angst, Kälte und die nasse Bluse vergessen.

Der Wind war stärker geworden. Auf dem Meer peitschten kurze Wellen. Andere Boote folgten. Plötzlich durchschnitt ein Pfeifen die Nacht, eine leuchtende Flugbahn zog sich durch den dunkelblauen Himmel, gefolgt vom Aufspritzen des Wassers zu ihrer Linken. Lola brauchte ein paar Sekunden, um zu begreifen. Eine Granate war ins Meer gefallen, etwa hundert Meter entfernt. Gleich darauf ging eine zweite Granate, näher diesmal, rechts von ihnen nieder. Das ganze Schiff erbebte und aus der dichtgedrängten Menschenmenge erhob sich ein lauter Schrei. Ein Mädchen rief: »Sie wollen uns töten!« Das Boot drehte sich und schlingerte heftig. Eine alte Frau schrie mit durchdringender Stimme: »Fleht zur Heiligen Jungfrau, damit sie uns ihr Erbarmen schenkt.« Mein Gott, dachte Lola, wenn hier Panik entsteht, ist alles aus. Wir werden alle in diesem schwarzen, eiskalten Wasser enden.

Alle um sie herum beteten, auf arabisch, französisch, lateinisch, griechisch. Eine Frau mit wehendem Haar stand auf und versuchte, einem Milizsoldaten die Kalaschnikow zu entreißen. »Schieß, schieß doch auf den Mond! Er ist zu hell, sie werden uns sehen, sie werden uns töten.« Gleich würde die Hysterie Oberhand gewinnen.

Ein Uhr morgens. Der Kapitän schien die Orientierung verloren zu haben. Noch immer sah man die Küste, gesäumt von einer Lichterkette. Beirut konnte es nicht sein. Zu dunkel. Vielleicht Djbeil. Warum fuhren sie nicht schneller? Von wo schossen die Syrer? Hatten sie Infrarotgläser? Bestimmt. Dann hätten sie doch die Schiffe treffen müssen. Waren sie ungeschickt? Nicolas glaubte es nicht. Nein, sie wollten einfach jene terrorisieren, die es wagten wegzufahren, die Beiruter in ihrer Stadt festhalten, sie ihren Kanonen, ihrer Gnade ausgeliefert sehen. Oder aber all die, die sich zur Flucht entschlossen, so erschrecken, daß sie nie wiederkämen. Nicolas spürte, wie Wut und Haß in ihm aufstiegen. Da oben, hinter den Stalinorgeln, zielten und schossen die Syrer, sie spielten mit den Nerven und dem Leben dieser armen Menschen, die vor Angst zitterten und nur noch beten konnten. Er schwor, in den Libanon zurückzukommen. Und sie zu rächen.

Endlich leuchtete am Horizont ein kleines Licht auf. Das Fährschiff! Sie hatten sich verspätet. Würde es warten? Das Licht wurde stärker, ließ die Form eines sehr langen Schiffes erkennen, spiegelte sich im Wasser.

Jetzt war das Schiff ganz nah, hoch wie ein Wohnhaus, erleuchtet wie eine Lichterstadt. Der Kapitän manövrierte genau, heftete sich an die Seite der Fähre, unter dem riesigen Anker und der Aufschrift Larnaka Rose.

»Stellt euch unter die Luke in der Mitte des Rumpfes«, schrie irgend jemand mit einem Lautsprecher von der Brücke herunter.

Der Kapitän schob das Boot so nah wie möglich heran.

Eine winzige Eisentür öffnete sich an der Seite des Schiffes. Zwei Männer schoben eine Metalleiter hinaus und warfen Leinen herab. Die zu kurze Leiter reichte nicht bis zum Boot. Unter den Passagieren gab es ein kurzes Zögern. Das Boot wirkte so unsicher, die Leiter so zerbrechlich. Von oben rief die Stimme: »Kinder, Frauen, dann die Männer. Schnell!«

»Nicolas, ich kann nicht, das schaffe ich nie, mein Rock ist zu eng«, jammerte Lola mit schwacher Stimme, die sie selbst nicht wiedererkannte. Nicolas beugte sich herab, griff entschlossen mit beiden Händen nach dem Saum des schwarzen Rocks, zerriß den Stoff mit einem trockenen Geräusch. Der Rand eines Strumpfhalters wurde sichtbar. »Geh«, Nicolas drängte sie. Sie bewegte sich nicht. Sie fühlte sich häßlich, unschicklich mit ihrem von Wasser und Salz durchtränktem Haar und dem zerrissenen Rock. Nicolas packte sie mit harter Hand, schob sie vorwärts, und plötzlich fand sie sich mit ihm auf der Strickleiter wieder, eine Hand an jeder Schnur. Schwindel. Übelkeit. Die Leiter schwankte, das Meer plätscherte. »Geh schon, geh!« Nicolas' Stimme war bestimmt. Mit der Schulter schob er ihre Füße nach oben. Zwei Hände tauchten in dem schwarzen Loch am Schiffsrumpf auf, ergriffen sie und zogen sie hinein. Sie merkte es nicht mehr. Sie hatte das Bewußtsein verloren.

Auf der Larnaka Rose sahen griechische Seeleute fassungslos diese verstörten Flüchtlinge, diese verängstigten Familien, die ihre unförmigen Taschen auf den Teppich im Salon warfen, von Meereswasser durchnäßt und von Teerspritzern beschmutzt. Diese Geschäftsmänner, die sie so oft in ihren Luxuskabinen begleitet hatten, die vornehmen Frauen, deren zerkratzte Koffer sie einst geschleppt hatten, waren es dieselben Menschen, die heute zerfetzt und schmutzig das Schiff stürmten, mit dem Blick verfolgter Emigranten?

Aber die Gewohnheiten kehren schnell zurück. Beruhigt von den gepolsterten Sitzen, den polierten Gängen, dem blitzenden Chrom und der vertrauten Umgebung, kamen die langjährigen Gäste der Larnaka Rose wieder zu Atem. Die Kabinenboys eilten herbei und boten ihre Dienste an. Dollar bleiben Dollar, auch wenn sie etwas durchnäßt sind.

Als Lola die Augen öffnete, sah sie zuerst den grünen Blick ihres Sohnes mit einer Eindringlichkeit auf sie geheftet, die sie schon erschreckt hatte, als er noch ein Kind war. »Mama, geht es dir besser?« – »Ja, es geht.«

Jetzt erkannte sie die Kabine der Larnaka, falscher englischer Luxus, gekreuzt mit griechisch-zypriotischem Geschmack, die Decke und die Kissen aus glänzendem Polyester in aggressivem Türkis.

»Mach dir keine Sorgen um mich, Nicolas. Ich war wie ein sperriges Paket, jetzt ist es vorbei. Es geht mir gut.«

Plötzlich warf er sich auf sie, küßte ihren Hals, ihr Ohr, ihre Wange. Weinte er? Seine Küsse waren feucht. Sie war erschüttert. Seit langer Zeit, seit Jahren, hatte sie ihn nicht so bewegt gesehen.

»Nicolas, mein Kleiner, mein Liebling, ich liebe dich über alles. Paß auf dich auf. Ich komme nach Beirut zurück, sobald es geht.«

Sie log. Der Gedanke an Beirut erfüllte sie mit Entsetzen. Aber Nicolas mußte daran glauben. Vorsichtig schloß er die Tür hinter sich. Sobald sie allein war, stand sie auf, streifte die nasse Bluse ab, zog den zerrissenen Rock, die Strümpfe, den Büstenhalter und den Slip aus und stürzte unter die Dusche. Kein Handtuch. Sie trocknete sich lange am Laken ab, wrang das Haar aus, strich es nach hinten, fuhr sich mit den Händen über das Gesicht.

Der Spiegel zeigte ihr das Bild einer abgemagerten Frau mit leicht erschlafften Zügen. Wo waren ihre runden Wangen, die langen muskulösen Schenkel, auf die sie so stolz gewesen war? Die Brüste waren noch immer schön, voll und rund. Mit grausamer Sorgfalt erforschte sie ihr nacktes Gesicht. Ohne Schminke könnte es das Gesicht eines Mannes sein, dachte sie plötzlich. Einst hatte sie die Männer mit ihrem Lächeln verführt, einem Lächeln, das sie von einer schwachen Andeutung bis zum breiten Blitzen ihrer Zähne variieren konnte.

Aber wer hatte im Augenblick Lust zu lächeln. Sie zog den türkisfarbenen Bettüberzug zurück, rollte sich darin ein und streckte sich auf der Liege aus. Würde sie eines Tages jenen wilden Geschmack des Lebens wiederfinden, der sie letzten Endes immer gerettet hatte. Erschöpft drehte sie sich auf die Seite. Der Schlaf streckte sie nieder. Sie war nicht mehr zwanzig.

Das Morgengrauen weckte sie. Ihre Golduhr, sie war endgültig stehengeblieben, zeigte zehn Uhr dreißig. Dieser rosig gelbe Schimmer, den sie durch das Bullauge wahrnahm, konnte nur vom Sonnenaufgang kommen. Sie kniete auf dem Bett und wagte einen Blick nach draußen. Man sah die Brücke und das Meer. Das Schiff schaukelte sanft, bewegte sich aber nicht von der Stelle. Sie zog sich an, griff nach dem zerrissenen Rock, ersetzte die zerknitterte Bluse durch das weiße T-Shirt, das sie in ihrer Tasche gefunden hatte. Schlüpfte in die Reiseschuhe. Rollte ihr Haar zu einem engen Knoten, befestigte ihn mit Haarnadeln. Sie wollte streng erscheinen, für immer von jeglichem Leichtsinn gereinigt. Für wen sollte sie auch schön bleiben?

In der Bar schliefen die Passagiere auf Bänken und Sesseln inmitten ihrer Taschen unter irgendwelchen Decken. Am Fenster erkannte Lola das brünette Mädchen mit seinem rosa Anorak wieder, es schnarchte mit offenem Mund. Der Anorak hatte sich geöffnet, aber das Kind hielt noch immer den hellen Umschlag, den es im Boot ans Herz gepreßt hatte. Aus dem Umschlag fielen Fotos. Lola beugte sich leise herab: Ein Haus auf dem Land, eine ganze Familie, aufgestellt für den Fotografen, ein schnurrbärtiger Großvater, Kinder, ein Garten. Eine junge Frau, frisiert und geschminkt, ein Baby im Arm. Und ein junger Bursche, schwarzes Haar, Scouttuch um den Hals. Das kleine Mädchen war nicht allein. Eine Nonne mit grauem Schleier schlief mit ausgebreiteten Armen, unter ihren Flügeln schützte sie einen kleinen Jungen und zwei Mädchen. Welchem Schicksal führte sie die Kinder entgegen?

Auf der Brücke suchte ein Matrose den Horizont ab.
»Wo sind wir?«
»Noch nicht losgefahren«, flüsterte der Seemann, »aber seien Sie still, sagen Sie nichts. Vorhin hat ein Kerl, der den Verstand verloren hat, den Kapitän bedroht. Er dachte, wir würden nach Beirut zurückfahren.«
»Aber worauf warten wir hier?«
»Auf die Pässe und die Koffer.«
Lola starrte ihn verblüfft an.
»Seit mindestens sieben oder acht Stunden läuft die Fähre Gefahr, sich erwischen und bombardieren zu lassen, und all das wegen ein paar Koffern?«
»Und wegen der Pässe«, berichtete der Matrose. »Was wollen Sie ohne Pässe in Zypern machen?«

Gegen Mittag trafen die Pässe mit einem kleinen Schiff ein. Die Fähre lichtete den Anker.
Sie landete um acht Uhr abends in Zypern, spuckte den Strom erschöpfter, ausgehungerter Passagiere auf die Quais, die bereit waren, sich für ein Flugzeugticket oder ein Hotelzimmer zu prügeln. Sie stürmten die Schalter der Fluggesellschaften und zerrten die von Müdigkeit benommenen Kinder an der Hand hinter sich her. Eine seltsame Gruppe, die von den deutschen oder belgischen Touristen, die auf ihre Ferienflüge warteten, wie die Überlebenden eines Gespensterschiffes angegafft wurde.

Cathy wartete am Ausgang, sie hatte ihren Fasanenhals vorgereckt und rollte mit ihren kleinen braunen Augen. Nicolas erkannte sie sofort, aber sie hatte Mühe, in dieser Frau mit schwarzem Haarknoten, flachen Schuhen und zerrissenem Rock Lola wiederzufinden, ihre elegante Cousine. Diese Verwandlung bedrückte sie mehr als alle Horrorberichte, die sie gehört hatte. Sie begann zu schluchzen.

Man mußte sie trösten. Im Taxi, das alle drei in das Haus am Meer brachte, konnte sie lange nicht aufhören zu weinen und zu schniefen.

»Mein armer Schatz, ich gebe dir das große Zimmer, da wird es dir gefallen, nein, ihr werdet erst mal essen, ich bin ja verrückt, ihr müßt doch vor Hunger sterben. Pierre, Pierre, wo bist du? Sie sind da...«

Nicolas war nach Beirut zurückgekehrt, und Lola hatte trotz allem geweint. Sie lag auf dem großen Eisenbett und starrte vor sich hin. Das offene Fenster in der weißen Wand bot ein herrliches Bild. Meer und Himmel in demselben Blau. Der grüne Kopf einer Palme, die im leichten Wind rauschte. Mittagslicht. Sie mußte lange geschlafen haben. Von unten drangen die Geräusche des Lebens herauf, Stimmfetzen, Lachen. Lola fühlte sich seltsam leer, als hätte sie in zwei Tagen ihr gesamtes Reaktionsvermögen erschöpft. Was tat sie hier? Ein vergessener Name tauchte auf. Hotel Kaktus in Larnaka. Früher hatte sie dort Station gemacht. Wie oft schon war sie mit dem Schiff gefahren, hatte Koffer gepackt, liebgewordene Plätze verlassen? Wie jedesmal erinnerte sie sich auch jetzt an den Hafen von Alexandria, in das Gold der untergehenden Sonne getaucht. Die Küste verblaßt. Ist dort nicht der Strand von Agami, unendlich weiß, unendlich rein? Dort hatte ihre Irrfahrt begonnen, als sie das Ägypten ihrer Jugend verließ, das süße Land ihrer Liebe und ihrer Sorglosigkeit.

Vielleicht sollte sie in Zypern, in diesem unbekannten Zimmer, die Bilanz ihres Lebens ziehen, zu verstehen versuchen, was die alte christliche Zivilisation des Orients in den Untergang getrieben hat. Wie blind sie gewesen waren, gleichgültig gegen alle Vorzeichen! Ganze Nächte lang hatten sie diskutiert, miteinander gesprochen, versucht, ihr Schicksal zu erkennen. Was konnte ihnen geschehen, ihnen, Christen seit ewigen Zeiten, die ältesten, am tiefsten verwurzelten, aus biblischen Zeiten, ihnen, die in den Buchten badeten, die einst der Fuß Christi berührt hatte? Wer konnte ihnen diese kostbare Vergangenheit rauben, es wagen, ihre Daseinsberechtigung in

Frage zu stellen? Waren sie nicht seit undenklichsten Zeiten die Stärksten, die Klügsten, die Mächtigsten? Es genügte ein Nichts, ein Funke, und alle Gewißheiten lösten sich in Rauch auf.

Ein Nichts? Nein, das Übel mußte tiefer liegen. Trotz ihrer Sicherheit hatten sie in Angst gelebt. Angst vor dem Islam. Schon immer? Ja, länger, als sie sich erinnern konnte. Selbst in den glorreichen Augenblicken, als sie noch in wahnsinnigem Stolz glaubten, diese so schöne Welt würde einzig ihnen gehören, weil sie die Erde liebenswert und süß gemacht hatten, reich und kostbar. Sie mußten für diese Vermessenheit bezahlen. Zu teuer für das, was vielleicht nichts als ein Übermaß an Liebe gewesen war.

Wohin konnte Lola jetzt noch flüchten? Nach Beirut zurückkehren, um dort den Tod zu suchen? Nicolas würde es nicht erlauben. Nach Paris fahren, dort, in der Wohnung am Boulevard Raspail, die Erinnerung an Antoine wiederfinden? Bei dieser Vorstellung glaubte Lola die Sinne zu verlieren. Zu Mona nach Kanada gehen? Dem jungen, verliebten Paar die Anwesenheit einer alten Frau aufzwingen, die nicht mehr am Leben hing? Als sie mit ihren Überlegungen an diesem Punkt angelangt war, wurde Lola von unendlicher Müdigkeit überwältigt, und sie streckte sich wieder, reglos, zu erschöpft, um weiter nachzudenken. Sie wollte weinen, aber sie konnte nicht. Das Schluchzen blieb ihr im Halse stecken, würgte sie. Sie rang nach Luft, mit einem pfeifenden Geräusch, das Cathy alarmierte. »Lola, ich bitte dich, nimm von meinem Riechsalz! Ich rufe den Arzt!«

Diese Krise dauerte acht Tage. Dann konnte Lola endlich weinen. Die Tränen rannen wie ein dichter Vorhang über ihr Gesicht, ließen sie ausgehöhlt und leer zurück.

Eines Morgens trat Cathy mit einem Telegramm in der Hand ins Zimmer. »Irène geht es sehr schlecht. Erwarten Lola dringend in Kairo.« Unterschrift Bob, Bob Cariakis.

35

Kairo, Mai 1989

Der Abendschatten legte sich über den Banyanbaum, die Wiese, dann über das große Haus der Falconeri in der Ismaïl-Pascha-Straße. Kein Windhauch, die mörderische Hitze wollte nicht weichen ... Im gelben Salon, mit verblichener Seide ausgeschlagen, saßen Mimi Williamson, Bob und Viktor beieinander und unterhielten sich mit leiser Stimme, während sie mit kleinen Schlucken den ungesüßten Kaffee tranken, der Tradition orientalischer Trauer folgend.

Mit ihrer welken Hand, auf der die Zeit winzige braune Flecken hinterlassen hatte, öffnete Mimi den obersten Knopf ihrer Seidenbluse. Wie alt mag sie sein, fragte sich Bob. Siebzig, nein, achtundsechzig Jahre. Vielleicht sogar weniger? Die Sonne Ägyptens geht nicht sehr sanft mit den Frauen um.

Bob sah sie wieder als Zwanzigjährige, am Strand von Alexandria ausgestreckt, sonnengebräunt, in ihrem weißen Badeanzug, wie sie ihn aus dem Augenwinkel mit schelmischer Zärtlichkeit ansah, während der Wind ihr schwarzes Haar zerzauste. Bezaubernde Mimi, deren Bild sich jetzt über das jener alten Dame legte, die »ich brauche Luft, man erstickt hier« murmelte und mit lautem Weinen auf dem Kanapee zusammenbrach.

»Beruhige dich, meine Liebe.«

Bob ging zu ihr und reichte ihr ein Taschentuch.

»Ich ertrage keine Beisetzungen mehr. Ich habe schon zu viele erlebt. Und jetzt Irène ...«

Bob hatte nicht den Mut, sie zu trösten. Er war selbst verzweifelt. Vorhin, auf dem Friedhof, als der Diakon die erste Handvoll Erde auf den Sarg warf, begriff er plötzlich, daß sich Irène auflöste, wahrhaftig verschwand. Mit dem dumpfen Geräusch des Sandes auf dem Holz entschwand eine ganze glückliche Epoche für alle Zeiten, strahlende Erinnerungen, von denen nur noch wenige Zeugen blieben, am Rand des Grabes, wo sich auch die Geister der verblichenen Freunde drängten. Wo war die Wirklichkeit? Wo war Gegenwart, wo Vergangenheit? Hatte Bob das einstige Glück geträumt, ein Glück, das vor dem Vergessen gerettet wurde, immer wieder beschworenes Glück, zu oft erzählt?

Er suchte mit den Blicken nach Lola. Mimi bemerkte es.

»Sie ist oben. Sie sah müde aus. Ich habe ihr gesagt, sie soll sich in Nadias Zimmer ausruhen. Wir werden hier essen, um sie nicht allein zu lassen. Nicolas ist von Irènes Tod unterrichtet. Ob er Beirut verlassen konnte? Im Radio wurde vorhin ein erneutes Aufflammen der syrischen Angriffe gegen die christlichen Stellungen gemeldet. Die armen Libanesen werden nie zur Ruhe kommen...«

Lola legte ihren Trauerschleier ab und streckte sich auf dem Bett aus. Sie war erschöpft. In ihren Schläfen hämmerte ein Schmerz, der ihren Kopf mit einem dumpfen, auf- und abschwellenden Lärm erfüllte. Lola erkannte die Symptome des Unwohlseins, das sie immer öfter erfaßte, sie bedrückte und ihr die Stimme raubte. Wo war sie? In Kairo, ach ja, jetzt erinnerte sie sich wieder. Irènes Tod, die Messe, die Beisetzung, die Gebete unter einem bleiernen Himmel, und um sie herum all die Gräber, deren weißer Marmor im Licht erstrahlte.

Die dumpfen Schläge in ihren Ohren begannen erneut. Ein Wachsgeruch zog durch das Zimmer. Stille und Dunkelheit. Lola rang nach Luft, wie nach einem zu langen Lauf. Die Zeit heilt keine Wunden, sie verbirgt sie nur. Sie zerstört den Körper und die Gesichter. Diese schreckliche Müdigkeit, war es das Herz, erschöpft von zuviel Trauer, zuviel Unglück? Sie würde vielleicht sterben, vergehen wie eine Kerze. Der Gedanke gefiel ihr.

Man erstickte in diesem Zimmer. Lola drehte sich um, ließ die Beine über den Bettrand herabhängen, wie es Kranke oder Alte tun, und setzte sich auf. Nein, sie würde nicht untergehen. Sie mußte die

Vorhänge öffnen, Luft und Licht hereinlassen. So. Die Fenster öffneten sich über dem Garten ihrer Kindheit. Die Bäume waren gewachsen, der Rasen wild emporgeschossen. Nadias Zimmer hatte sich nicht verändert. Lolas Blick verweilte auf der Frisierkommode, den blauen Sesseln, dem Mahagonispiegel – Zubehör einer märchenhaften Zeit. Alles erschien ihr bescheidener als in der Erinnerung.

Sie ging zu den großen Kleiderschränken, öffnete die beiden Spiegeltüren, Nadias ganzer Stolz. Alle Kleider ihrer Mutter waren da, Körper ohne Seele, stumme Zeugen der heute vergessenen zahllosen Bälle, Feste, Familienessen und Zeremonien.

Plötzlich hatte Lola sehr, sehr starke Kopfschmerzen. Diese Szene erinnerte sie an irgend etwas. Erneut das Gefühl eines früheren Lebens, das regelmäßig wiederkehrte. In den großen Spiegeln schwebte die Gestalt eines jungen Mädchens, angebetet vom Vater, der sie so schön fand, in einem Kleid aus weißem Plissee ... das weiße Kleid, wo war es? Lolas Hand schob fieberhaft die Kleiderbügel zur Seite. Zwischen einem Mantel und einem schwarzen Cape das weiße Kleid, da war es.

Was war das für eine Musik, deren Rhythmus die Migräne in ihren Schläfen pochen ließ? Ein Saxophon. Jazz ... la, la ... la, la, la ... Sidney Bechet. Petite fleur! Sie schloß die Augen, trällerte, und ein ganzes Orchester brach in ihrem Kopf los, mit Becken, Kontrabaß und Schlagzeug. Sie deutete einen Tanzschritt an, den jenes Abends, da ihr Herz in Philippes Armen schneller geschlagen hatte.

Das ist absurd, sagte sie sich. Irène ist gestern gestorben, und ich tanze, ich muß verrückt sein. Mademoiselle Latreille hatte es ihr immer wieder gesagt: »Lola, du wirst noch verrückt, wenn du stundenlang vor dem Spiegel stehst. Das ist ungesund.« Lola hörte noch ihren Akzent.

Plötzlich riß sie sich das schwarze Kleid vom Leib, schleuderte die Schuhe beiseite, streifte die Strümpfe ab und zog das weiße Kleid an, das weich über ihren abgemagerten Körper fiel. Das Kollier? Wo war das Schmetterlingskollier? Sie fand es auf der Frisierkommode, hakte es hastig ein.

Jetzt spielte das Orchester immer lauter. Jetzt war Lola bereit. Eine Stimme rief sie, die Stimme Philippes. Lächelnd, nach hinten geneigt, drehte sie sich in seinen Armen. Und Philippe lachte. Die Spiegel zeigten ihr das Bild eines jungen, glücklichen Mädchens, eines jungen Mädchens von sechzehn Jahren, geschmeidig und braungebrannt, das unter den Lüstern entlangglitt. Irgendwo versank eine Geschichte in der Zeit, ein absurder Alptraum von Exil, Tod, endlosem Krieg. Eine Geschichte, die nicht anders vorübergehen konnte und die endlich von einem barmherzigen Vergessen zugedeckt wurde.

»Mir ist schlecht«, murmelte sie lächelnd. Wer sprach da zu ihr, wer hielt ihre Hand? »Komm, Lola, es ist später, als du denkst.« War es Philippe? War es Antoine?

Die Zimmertür öffnete sich langsam. Ein junger Mann sah Lola an, ein junger Mann mit schwarzem Haar und grünen Augen, erstarrt vor seiner zerstörten Mutter, die sich singend drehte, mit verlorenem Blick, in einem vergilbten Kleid. Nicolas weinte. Lola sah ihn, streckte die Arme aus, rief: »Philippe!« Und sie trat auf die andere Seite des Spiegels.

Draußen, in der Nacht, rief die Stimme des Muezzin die Moslems zum Morgengebet.

Anhang
Chronik der Familie Boulad

Erstes Heft

von Pater Antoine Boulad, Salvatorianer, 1882

Hier bin ich, am Ende meines Lebens, und ich kann meinen Konvent nicht mehr verlassen. Ich kann nur noch beten und schreiben. Ich habe den Superior um das Nihil obstat gebeten und es erhalten, um die Geschichte meiner Familie zu erzählen. Ist es ein frommes Werk? Lasse ich mich nicht von Eitelkeit zu der Sünde des Stolzes hinreißen? Wenn es so wäre, bitte ich unseren Herrn um Vergebung, bevor ich bald vor ihm erscheinen werde. Es scheint mir aber, als würde dieser Almanach des Elends und der Größe unserer Familie das Leben der orientalischen Christen illustrieren, die so lange verkannt wurden und auch heute noch trotz ihrer langen Vergangenheit unbeachtet bleiben. Es sind jene ewig sich wandelnden Kettenglieder von Vorfahren und Kindern im Exil, die uns fortbestehen lassen, als christliche Gemeinschaften, isoliert, zersplittert, gewiß, aber noch immer lebendig durch die Gnade Gottes.

Ich gedenke nicht, hier ein geehrtes Werk zu verfassen. Es hätte für diese Arbeit weitaus mehr Zeit und Sorgfalt bedurft. Ich habe nur versucht, die Bruchstücke unserer Familiengeschichte zusammenzutragen, aus Berichten, Zeugnissen und Schriften, die zu mir gelangt sind.

Mein Wunsch ist, die Boulad mögen diesen ewigen Kalender, dieses Memorial fortsetzen, das die Vergangenheit mit der Zukunft verbindet.

Geschrieben im Frieden Gottes, im Konvent von Kaslik,
Libanon, im Jahr der Gnade 1882.

Ich sage es ohne Eitelkeit, wir gehören zur ältesten christlichen Kirche, denn wir sind im Lande Christi geboren, an jenem Weg nach Damaskus, da Saul von Tarsus zu unserem heiligen Paulus wurde. Und wir waren im Jahre 43 unter den ersten, die auf den schönen Namen Christen getauft wurden.

Die kaum noch leserlichen Patriarchenschriften bezeugen, daß die Boulad in Damaskus lebten, im Viertel Bab Touma, ein Gäßchen nannte man Haret Boulad. Wir bearbeiteten nicht das Gold wie unsere jüdischen Nachbarn in der Haret el Yahoma, sondern das Eisen, den Stahl. Boulad kommt von Foulaz, so heißt Stahl auf arabisch, und diese Berufsbezeichnung wird unser Familienname bleiben. Anders als man heute meint, war die Bearbeitung des Goldes weniger nobel als die des Eisens, und alle christlichen Aristokraten des Mittelalters haben einen Schmied oder einen Hufschmied zum Vorfahren. Die ersten Foulaz oder Boulad waren die Schmiedemeister der neuen christlichen Gesellschaft. Dann kam der Bruch zwischen Rom und Byzanz, bestätigt durch das Konzil von Chalcedon im Jahre 451.

Wie alle orientalischen Christen folgen wir Byzanz. Die syro-libanesischen Boulad, von nun an griechisch-orthodox, beharren in ihrem Glauben, während sie fortfahren, den Stahl zu schmieden.

Dieser Stahl war im ganzen Orient berühmt. Dank eines speziellen Verfahrens, das als Geheimnis bewahrt wurde, waren die Klingen, die aus unseren Werkstätten kamen, so fest und so fein, daß sie mit derselben Leichtigkeit einen Knochen oder einen Gazeschleier durchtrennen konnten. Man sagt, die Boulads schmiedeten den Damaszenerstahl für Saladins Schwert. Natürlich ist das eine Legende. Aber es ist sicher, daß man von weither kam wegen unserer Faustschwerter aus getriebenem Silber, geschmückt mit wertvollen Steinen, Geschenke für Könige, die unser Vermögen machten.

So herrschte unsere Familie jahrhundertelang über die schönsten Waffenwerkstätten des ganzen Orients. Unter den verschiedenen Herrschern – ob Kalifen oder mongolische Invasoren, mehrten die Schlachten, die mit unseren Schwertern gewonnen wurden – möge Gott mir verzeihen – den Ruhm der Boulad. Es gab viele abgeschlagene Köpfe, ermordete Monarchen, Palastintrigen. Aber in Damaskus versorgten sich die moslemischen Ritter oder die türkischen Emire weiterhin mit Waffen aus der Haret Boulad, und die ersten Kreuzritter, die wir Franj nannten, schickten Boten, um mit Gold unsere Schwerter zu bezahlen, die leichter waren als ihre Eisenwaffen. In der schönen Stadt Damaskus lebten wir in Frieden, da uns die neuen moslemischen Herren erlaubten, unserem Glauben zu folgen.

Die Christen in Damaskus waren dennoch in Sorge, als sie im Juli 1099 die schreckliche Nachricht von der Eroberung Jerusalems durch die Kreuzfahrer erreichte. Die ersten Flüchtlinge, erschöpft und mittellos, berichteten von dem Grauen. Die Franj, blonde Riesen in schweren Rüstungen, hatten Jerusalem mit unerhörter Grausamkeit geplündert, Frauen die Kehle durchgeschnitten, Kinder aufgeschlitzt, Moscheen wie Basiliken verbrannt und verwüstet. Die Moslems wurden zusammengetrieben und verbrannt, ihre Töchter fortgebracht und als Sklaven verkauft. Den Juden würde kein besseres Los zuteil. In ihrem Viertel versammelte sich die ganze Gemeinde in der Synagoge und starb in dem Brand, den die Barbaren aus dem Abendland entfacht hatten.

Diese Neuigkeiten erfüllten uns mit Entsetzen. Wer waren diese Franj? Sie nannten sich Soldaten Christi, sie gaben vor, sein Grab zu befreien, sie erkannten den Papst an. Aber was waren das für Christen? Wir stellten uns viele Fragen. Der Patriarch erklärte uns, daß uns Rom seit dem V. Jahrhundert zu heretischen Schismatikern erklärt hätte, ebenso gefährlich wie die Moslems und die Juden.

Wir standen also zwischen zwei Feuern. Die grausamen Seljukidesmoslems beherrschten das Byzantinische Reich mit eiserner Hand. Würden sie einen Unterschied machen zwischen den Franj, die aus dem Abendland kamen, und uns anderen, den orientalischen Christen? In den großen Häusern des christlichen Viertels von Damaskus hatte man bereits Schmuck, Brokat und Goldstücke in Ledersäcken verpackt. Alle Christen des Orients, ob sie griechischen, armenischen, maronitischen oder jakobitischen Riten anhingen, fürchteten, der Komplizenschaft mit diesen Franj angeklagt zu werden, die im Namen Christi mordeten.

Im Jahre 1150 erhob sich eine andere Gefahr im Osten: Dschingis Khan und seine grausamen Mongolen erschienen vor Damaskus. Als sie am Fuße der Befestigungsmauern stehenblieben, sprachen die Bewohner der Stadt von einem Wunder.

Man sang das Lob Gottes in den Kirchen, Synagogen und Moscheen. Ein Jahrhundert lang hörte man nichts von den Mongolen, und man vergaß sie.

Aber das mongolische Reich entstand erneut aus seiner Asche. Die drei Enkel Dschingis Khans teilten sich das Reich. Mongka, der älteste, wurde der Herrscher und errichtete seine Hauptstadt in der mongolischen Wüste Karakum. Koulibaï, sein Bruder, regierte in Peking. Hulagu, der dritte Bruder ließ sich in Persien nieder und wollte den Orient erobern, von den asiatischen Steppen bis zu den Ufern des Mittelmeeres und sogar bis zum Nil. Erneut lebten unsere Landsleute in großer Angst. Man erzählte, daß Hulagu, wie sein grausamer Großvater, auf seinem Wege alles verwüstete. Im Jahre 1257 verbrannte er in Alamut die legendäre Bibliothek des Sanktuariums der Assassinen, die sich in unzugängliches Gebirge zurückgezogen hatten, weshalb man heute fast nichts mehr von dieser Sekte weiß. Im folgenden Jahr kam Hulagu nach Bagdad. Seine Horden breiteten sich in der Stadt aus, verbrannten die berühmten Bauten, die große Bibliothek, die Moscheen. Männer und Frauen wurden zu Tausenden grausam umgebracht. Man erzählt sich, das Blut färbte den Tigris rot, der mehr als achtzigtausend Leichen in seinen Fluten davontrug. Als Hulagu Bagdad verließ und auf seinem kleinen Pferd vor Damaskus ankam, gefolgt von riesigen Reiterhorden mit wehenden Haaren, flohen die Einwohner deshalb voller Entsetzen.

Die Christen in Damaskus aber rührten sich nicht. Sie wußten, daß Hulagu überall, wo er einfiel, nur moslemische Köpfe abschlug, aber die Kirchen verschonte. Er hatte sogar befohlen, daß in Bagdad, das in Ruinen lag, ein Palst für die »Catolicos« bewahrt bliebe. Denn dieser schreckliche Tatare, im Kampf wahrlich ein wildes Tier, wurde in seinem Zelt wieder zu einem zivilisierten Menschen, voller Leidenschaft für Wissenschaft und Philosophie. Man sagte ihm sogar nach, er sei heimlich zum Christentum konvertiert. Seine Lieblingsfrau, Dokuz Hatum, und viele seiner Generäle verleugneten nicht, daß sie glühende nestorianische Christen waren.

Ich möchte hier einen Exkurs einflechten und über einen Punkt sprechen, der lange Zeit mein bevorzugtes Arbeitsfeld bildete, und ich würde ihn gern – Eitelkeit, ich gestehe es – meinen Nachkommen enthüllen. Viele Menschen staunen heute darüber: Wie konnte das Christentum in die fernen Steppen gelangen? Dieses Verdienst kommt den Schülern Nestors zu, deren Geschichte würdig ist, erzählt zu werden.

Nestor, Erzbischof von Konstantinopel, war Pfingsten 431 durch das Konzil von Ephesus verurteilt worden, weil er die Zweiheit Christi zu lebhaft verteidigt und seine fundamentale Einheit geleugnet hatte. Ein Theologenstreit, der sich noch einige Jahrhunderte hinzog und zum großen Bruch zwischen den Kirchen des Orients und des Abendlandes führte.

Von seinem Erzbistum verjagt, zogen Nestor und seine Schüler ins ferne Asien. Seit dem VI. Jahrhundert kamen seine Anhänger nach Persien, Indien, Tibet und bis hin nach China. Die nestorianischen Mönche, die aramäisch sprachen, die Sprache Christi, erbauten Bischofskirchen und Klöster, bis hin nach Kumdan in China und Khanbalik in der Mongolei. Sie bekehrten die Barbarenstämme, die dem Schamanentum anhingen. Mehrere mongolische Herrscher traten zum christlichen Glauben über. Reisende berichten in alten Chroniken, daß sie voller Erstaunen in den entlegensten Steppen Tataren die Messe auf aramäisch und altsyrisch singen hörten unter ihren Zelten aus Ziegenfell! Heute sind nur einige wenige christliche Inseln in Fernasien übriggeblieben. Wer erinnert sich noch an Nestor und seine wunderbaren Helfer? Man wird mir verzeihen, hoffe ich, daß ich meine Erzählung hier unterbrochen habe.

Als Hulagu 1260 Damaskus eroberte, kamen drei Prinzen der Christenheit auf ihren Pferden in die zerstörte Stadt geritten. Es waren der große mongolische General Kitbuka, Nestorianer, Hatum I., der König Armeniens, und sein Schwager Bohemond von Antiochien. In allen Kirchen, die auf Befehl des großen Khans unzerstört geblieben waren, ließ man die Glocken läuten und das Te Deum singen.

In diesem Jahr 1260 hätte die Geschichte der Christen eine andere Wendung nehmen können. Hatum, der König Armeniens, machte Louis IX., dem König der Franj, nämlich einen erstaunlichen Vorschlag. Warum sollte man nicht ein Abkommen zwischen den fränkischen Kreuzfahrern, die noch immer die Küste Palästinas in der Umgebung von Saint-Jean-d'Acre besetzt hielten, und den Armeniern schließen, sie könnten von Damaskus aus die furchterregende Schar ihrer christlichen Mongolen gegen die Moslems aussenden, die dadurch in eine Zange gerieten.

Der mongolische Kreuzzug wäre nicht aufzuhalten. Hulagu behauptete, er würde bis Jerusalem, ja sogar bis Mekka gehen. »Angegriffen von unseren Truppen im Osten und den Franj im Westen, werden die Moslems in einer kritischen Lage sein und können nur unterliegen«, schrieb Hatum dem fränkischen König. »Unser Bündnis wird zum endgültigen Sieg der Christenheit über die Ungläubigen führen, und wir werden endlich gemeinsam das Grab Christi zurückerobern.«

Leider verstanden die mißtrauischen Franken die Bedeutung einer solchen Strategie nicht. Sie lehnten die Allianz mit den Christen am anderen Ende der Welt ab, deren Aussehen, Riten, Nachlässigkeit ihrem streng lateinischen Glauben gegenüber sie nicht tolerieren wollten. Der Mißerfolg des großen armenischen Monarchen besiegelte auch die Niederlage der Kreuzzüge, die Niederlage des Abendlandes in diesem Teil der Welt. Niemals mehr sollte Rom den Fuß in ein Universum setzen, das für lange Zeit vom Islam okkupiert wurde.

Ich frage mich, wie die Zukunft der Christen im Orient verlaufen wäre, wenn Hatum I. Erfolg gehabt hätte. Das Schicksal der ganzen Region, von Jerusalem bis Indien wäre ein anderes geworden. Hätte man ein großes christliches Reich errichtet, Orient und Okzident mit einer neuen und blühenden Zivilisation erfüllt? Oder hätte im Gegenteil eine schreckliche Anarchie die Christenheit zerstört, die bereits durch ihre internen Streitereien bedroht war, hin und her gerissen zwischen Europa und Asien?

Wir wissen nichts von den Plänen Gottes. In diesem Jahr 1260 verpaßten die Lateiner ihre Chance. Von den Mameluken geschlagen, mußten sie den Orient für alle Zeit verlassen. Die Mongolen Hulagus, von Kitbuka geführt, gingen bei der Schlacht von Ain Jalut in eine Falle – »den Goliathbrunnen« –, eine der entscheidendsten Schlachten unserer Geschichte. Die türkischen Tataren gaben den christlichen Glauben auf. Sie traten zum triumphierenden Islam über, den sie bis nach Indien trugen. Hulagu zog sich nach Persien zurück und wurde Moslem, um seine bedrohte Autorität wiederzugewinnen. Der Traum von einem großen christlichen Reich war endgültig dahin. Die tatarische Bedrohung wurde für unsere christlichen Vorfahren wieder zur größten Gefahr.

Die Boulad in Damaskus fuhren fort, ihre Klingen aus gezogenem Stahl zu schmieden. Bis 1401, dem schrecklichen Jahr, dem schwarzen Jahr.

Einhundertfünfzig Jahre nach Hulagu fallen die Raubvögel der Steppe, die Tataren, über Damaskus her. Diesmal schlachten sie die Christen ab. Timur Lank, im Abendland Tamerlan genannt, verbrennt die Kirchen, die seine Vorfahren verschont hatten. Er verbrennt auch die Werkstätten der Boulad. Um das Geheimnis ihres Stahls zu ergründen, entführt Tamerlan die beiden ältesten Söhne unserer Familie und nimmt sie mit nach Turkestan. Dort zwingt er sie, für ihn zu arbeiten. Das Geheimnis des Stahls, das einst unser Ruhm war, wurde unser Unglück. Wurden die Boulad zu Sklaven gemacht? Oder lebten sie in Ehren am Hofe Tamerlans? Ihre Familie hörte nie wieder von ihnen.

Von nun an muß man der Spur des Stahls folgen, um die Saga der Boulad aufzuzeichnen. In einem alten Text spricht man nicht mehr vom Damaszenerschwert, sondern vom »Schwert der Boulad aus Samarkand«. Später, im XIX. Jahrhundert, taucht der Name Boulad in Rußland auf, als ein russischer Ingenieur, Anossow, das Verfahren der »Boulad Watered steels« anwendet. Ich habe mich immer gefragt, ob dieser Anossow nicht ein Nachkomme der Boulad war, die von Tamerlan entführt wurden.

In Damaskus handelten die Boulad inzwischen mit Seide. Man entdeckt ihren Namen eingewebt in die Webkanten alter Kaschmirstoffe und auf den schweren und brüchigen Seidenwaren, die man »Damast« nennt und die an allen Höfen Europas hoch geschätzt werden. Ihr Ruhm ist groß. Ich führe zum Beweis diesen Bericht aus dem Jahre 1700 von einem gewissen André Boulad an, in einem Brief, den ich gefunden habe und hier wiedergebe:

»An diesem Tag im Juni 1700 erhielten wir den Besuch von Herrn Jacquard, der aus Lyon in Frankreich gekommen war, um von uns die Kunst der Brochéseide zu lernen, die sie Damastseide nennen. Er hat unsere Arbeit, unsere Stoffe und unsere Weber lange beobachtet und betrachtet, jedes Detail auf Pergamentblätter aufgezeichnet, die in einem großen Karton zusammengepreßt waren. Wir haben ihm Damaskus gezeigt, dessen Schönheiten er bewunderte. Am Abend vor seiner Heimreise schlug er mir vor, unseren jüngsten Sohn Jean mit sich zu nehmen, den er wie seinen eigenen Sohn behandeln will und der in seinen Werkstätten in Lyon arbeiten soll. Héloïse, mein Weib, hat sehr geweint. Aber ich habe zugestimmt, denn dieser Monsieur Jacquard scheint mir ein guter Mensch zu sein. Und Gott allein weiß, wie die Zukunft aussehen wird in unserer unsicheren Gegend. Jean ist also am dritten Tag des Monats Juli im Jahre 1700 nach Frankreich abgereist.«

André Boulad hatte recht, seinen Sohn nach Lyon zu schicken. Im Jahre 1724 erschütterte eine schwere Krise die syrische griechisch-orthodoxe Gemeinde. Diesmal standen lateinische Katholiken und orthodoxe Byzantiner einander gegenüber.

Unsere Vorfahren, die darin einigen Glaubensbrüdern folgten, entschieden sich gegen die orthodoxe Hierarchie und wurden zu einer verfolgten Minderheit. Die Boulad, reich und einflußreich, wurden als erste geächtet. Gegen alle Widerstände blieben einige von ihnen in Damaskus, um die Familiengüter um den Preis – Gott möge ihnen verzeihen! – einer bedingungslosen Unterwerfung unter Byzanz zu retten. Die anderen fanden im Libanon Zuflucht, unter den Maroniten, die mit Rom verbunden waren und die Verbannten beschützten. Man findet Boulad im libanesischen Süden, in Sidon, wo ein Stadtviertel noch ihren Namen trägt, wie auch in Chtaura. Dort züchteten sie Wein. Andere gingen weiter, bis nach Ägypten, wo mein Urahn zu Pferde ankam; als einziges Gepäck trug er einen Ledergürtel und ein Tintenfaß. Der Gürtel gehört zu unseren Kairoer Trophäen. Ich habe in den Registern des Pfarramtes einen gewissen Victor Boulad gefunden, 1794 Händler in Alexandria. Danach? Nichts. Nichts in den Standesamtsregistern, die zu jener Zeit sehr sorgfältig durch die Priester der ägyptischen Gemeinden geführt wurden. Nichts in den Familienlegenden.

Mein hohes Alter und die Unmöglichkeit zu reisen hindern mich daran, diese Nachforschungen fortzusetzen. Ich beende deshalb hier dieses Erinnerungsbuch. Ich wollte es so vollständig, so genau wie möglich schreiben. Ich wünsche mir, daß einer meiner Nachfolger den Stab übernimmt. Meine zu schwache Hand legt die Feder nieder. Möge der Herr euch beschützen und den Boulad ein langes, langes Leben schenken!

Pater Antoine Boulad, Konvent von Kaslik, 1882

Zweites Heft

von Georges Bullad, Leutnant der französischen Kavallerie, November 1887

Der Mann mit dem Namen Victor Boulad ist mein Vater, und ich habe meinen Großvater in dem Emigranten wiedererkannt, der zu Pferd nach Ägypten kam, mit einem Ledergürtel und einem Tintenfaß als einzigem Gepäck. Dieses Tintenfaß ist bei mir in Marseille.

Mein Großvater hatte in Ägypten ein Vermögen gemacht, dank seiner Brochéseidenspinnerei, einer Technik, die er aus dem Libanon mitgebracht hatte. Er war nach Sidon zurückgekehrt, um sich dort eine Frau zu nehmen. Aber sie ertrug Ägypten nicht, die Hitze, die Wüste, die anderen Lebensgewohnheiten.

Doch das Schicksal entschied anders. Es war mitten in den Hundstagen, ein Sommertag im Jahre 1798. Mein Vater war einundzwanzig Jahre alt. In der Stille der Mittagsruhe schrie jemand: »Die Franzosen ... sie kommen! Die Franzosen!« Sie waren bereits am Strand, geschützt von ihren Kanonen. Es war der Ägyptenfeldzug. Es war Bonaparte. Was für ein Schauspiel, was für ein Fest! Die französischen Soldaten wirkten riesig, wundervoll gekleidet, mit weißen Hosen, blauen Jacken; an ihren Gürteln hingen Patronen und Pulverbeutel. Die Unglücklichen schwitzten Blut und Wasser in ihren Stiefeln, aber die kleinen Ägypter waren entzückt vom Federschmuck, dem Gold der Epauletten, den Silberpelzen, den flatternden Fahnen. Die Armeekorps stellten sich bereits am Strand auf. Die Moslems waren geflohen, aber die fassungslosen Christen hatten sofort das Gefühl, Verwandte zu empfangen.

Sobald mein Vater auf Bonaparte zu sprechen kam, fand er kein Ende. Wenn er erzählte, wurde die ganze Geschichte lebendig: die Schlacht am Fuße der Pyramiden, Bonaparte, mit einem grünen Turban, wie er sich den

Koran erklären ließ, das Unternehmen von Saint-Jean-d'Acre. Die Begeisterung steigerte sich noch, wenn es um die »Ägyptenmission« ging, diese Armee von Gelehrten, Forschern, Zeichnern, Archäologen und Architekten. Sehr bald schloß sich mein Vater ihnen an. Abgesehen von einigen Orientalisten, sprachen die Franzosen kein Arabisch. Sie brauchten Übersetzer, Vermittler, die Sprache und Sitten des Landes kannten. Für die Christen in Alexandria war das eine unerwartete Gelegenheit. Fasziniert von diesem dreißigjährigen General mit der Aureole militärischen Ruhmes, Sohn der französischen Revolution, begaben sich die jungen Ägypter in seinen Dienst. Als das französische Militär Ägypten verlassen mußte, folgten ihm achthundert junge Orientalen. Unter ihnen fünfhundert katholische Melkiten wie Nicolas Sakakini, Boulos Bishara, die Kkoury, die Ayoub und ein junger Händler, der später mein Vater werden sollte, Victor Boulad.

Sie wurden in Fréjus wie Helden empfangen. Man bejubelte »die Rückkehrer aus Ägypten«, man umarmte sie, man liebte sie. Es heißt sogar, daß die Pariser Theater bei der Nachricht von der Ankunft des Generals ihre Vorstellungen unterbrachen. Die Orientalen, die aus Ägypten gekommen waren, nahmen am Fest teil: »Man überschüttete uns mit Rosen und Jasmin, die Frauen warfen uns Kußhände zu. Wie schön waren sie, und wie glücklich waren wir«, vertraute mir mein Vater am Ende seines Lebens an, als wir allein miteinander sprachen. War es die Wärme des provençalischen Empfangs, daß die Ägypter beschlossen, sich lieber in Marseille als in Paris niederzulassen. Ich habe meinen Vater oft gefragt, warum er nicht sein Glück in der Hauptstadt versucht hat. »Wir wollten zusammenbleiben, und Paris machte uns angst. Dort wußten wir nichts von den Gewohnheiten, dem Leben, dem Handel. Am Mittelmeer fühlten wir uns wohl. Und außerdem haben wir in Marseille, wie in jedem Hafen, Syrolibaneser getroffen, die bereits lange dort lebten und uns die Regeln des neuen Spiels erklärten.«

Die Zeiten waren günstig. Der »Bürger Konsul«, schon nicht mehr General, aber noch nicht Kaiser, versuchte die Wunden zu heilen, die die Revolution hinterlassen hatte. Seine Schlüsselworte? Das Eigentum. Der Handel. Ein ganzes Programm! In Marseille bildeten die Emigranten aus dem Orient bald eine wohlhabende Kolonie. Im Jahre 1820 gab ihnen Louis XVII. die französische Nationalität. Mein Vater nutzte diese Gunst, um in eine alte Marseiller Familie einzuheiraten und seinen Namen zu französisieren. Boulad wurde Bullad. Sieben Jahre später wurde ich in Marseille auf den Namen Georges Antoine Maxime getauft, zu Ehren des neuen orientalischen Bischofs, Maxime Mazlo, der soeben in seine neue Kirche eingezogen war, die dem heiligen Nicolas de Myre geweiht wurde.

Von meiner Kindheit in Marseille werde ich nicht erzählen, denn sie enthält nichts Bemerkenswertes. Wir lebten in der melkitischen Gemeinde, wir sprachen zu Hause arabisch und in der Schule französisch. Mein Weg schien vorgezeichnet, ich würde den Handel meines Vaters übernehmen. Aber ich hatte einen geheimen Wunsch. Ich wollte französischer Offizier sein. Heute kann ich es gestehen, diese Berufung kam mir, weil mich meine Mutter eines Sonntags bei der Rückkehr von der Messe zur Canebière führte, wo wir noch nie gewesen waren, und zu mir sagte: »Heute morgen zieht die Armee mit Musik vorbei. Du wirst die schönen Offiziere sehen!« Die Fanfare, die Blasinstrumente, die Pferde und vor allem die Uniformen der Zuaven in ihren roten Hosen begeisterten mich. Und außerdem: französischer Offizier zu sein, hieß das nicht, zweifach Staatsbürger meines Wahllands zu werden? Ich war also der erste, der in der Familie Bullad eine militärische Karriere einschlug.

In der Kadettenschule ließ man mich spüren, daß ich kein Kadett wie die anderen war. Aber wenn man mich wegen meiner dunklen Haut »Olive« oder »Pflaume« rief, sagte ich mir, daß Bonaparte in Brienne dieselben Demütigungen ertragen hat. Und wenn ich einmal im Monat nach Hause kam, mit meiner blauen Uniform und den blankpolierten Stiefeln, ließ mich der Stolz meiner Mutter alle Beleidigungen vergessen.

Hätte ich eine glänzende Karriere gemacht? Ich weiß es nicht. Ich träumte von Afrika, von Algerien, wo Frankreich den Fächerschlag des Deys gegen seinen Konsul rächen mußte, von diesen sonnenverbrannten Ländern, den weißen Kasbahs, den arabischen Palästen, wo die Schränke von Gold, Seidenstoffen und Schmuck überquollen. Ein Eldorado, das man uns als von Elend und Fanatismus heimgesucht beschrieb, wohin wir, die Franzosen, den christlichen Glauben und die Zivilisation tragen sollten. Ich hatte keine Zeit, meine Träume zu verwirklichen: Im Jahr 1848, am Tag meines einundzwanzigsten Geburtstages, schickte mich der Generalstab nach Amboise, als Adjudant des Emir Abdel Kader, dieses tapferen Prinzen, der der französischen Armee getrotzt und den General Bugeaud soeben gefangengenommen hatte. Der Emir sprach nicht französisch. Man brauchte einen Adjutanten, der des Arabischen mächtig war. Ich wurde ausgewählt. Was für ein Abenteuer!

Ich sehe mich noch, wie ich den riesigen Saal des Schlosses von Amboise betrete und Abdel Kader entdecke, der auf einem vergoldeten Sessel sitzt, in ein langes weißes Cape aus rauher Wolle gehüllt – es war kalt. Algerier, die mit gekreuzten Beinen auf der Erde saßen, blickten mich aus scheuen Augen an. Ich ging näher heran, und das Geräusch meiner Stiefel hallte auf dem Steinboden wider. Als ich vor dem Emir stand, nahm ich meinen Tschako ab und stand stramm. Er streckte die Hand aus: »Der Friede Gottes sei mit dir!« Diese ernste Stimme, dieser gütige Blick, dieses schöne, edle Gesicht und vor allem der singende Klang des Arabischen, das ich seit so langer Zeit nicht mehr gehört hatte, alles verwirrte mich. Der Orient verschlug mir den Atem und ergriff mein Herz. Instinktiv fand ich die alten Gesten wieder, ich beugte mich zum traditionellen Gruß, die rechte Hand auf der Stirn, dann auf der linken Schulter. Abdel Kader lächelte. Ich blieb sechs Jahre bei ihm. Wir wurden Freunde.

Wer sorgte sich im Generalstab plötzlich um mein Schicksal? Wer flüsterte, dieser Adjutant, der arabisch sprach, sei zu eng mit dem gefangenen Emir verbunden? 1853 rief mich die Armee innerhalb von achtundvierzig Stunden aus Algerien zurück. Es war ein tiefer Schmerz. Wir waren seit einem Jahr in Brousse, wo sich der Emir langweilte. Am Abend vor meiner Abreise schlug ich ihm vor, im Außenministerium darum zu bitten, seinen Aufenthalt nach Damaskus zu verlegen: Dort würde er ein vertrautes Milieu finden, die Männer seiner Leibgarde würden neuen Mut schöpfen, außerdem hatte ich in Damaskus noch Verwandte, Seidenfabrikanten, denen es ein Vergnügen sein würde, ihm Gesellschaft zu leisten. Er stimmte zu. Wir schickten einen Bericht nach dem anderen an das Kriegs- und das Außenministerium. Endlich, 1855, gewährte das Kriegsministerium dem Emir seine Bitte, der sogleich nach Syrien reiste. Besser noch: 1860 schickte man mich nach Damaskus, als Dolmetscher des Emirs. Ich hielt einen glänzenden Einzug in die Stadt, mit Galauniform, auf einer herrlichen schwarzen Stute. Ich war glücklich. Ich wußte nicht, daß auch ich eine der blutigsten Episoden der Geschichte der Christen des Ostens miterleben würde.

Ich hätte voraussehen müssen, was geschehen würde. Als ich Anfang Mai 1860 den Libanon durchquerte, bemerkte ich bereits Anzeichen für Spannungen. Ein Mönch war in der Nähe von Deir el Kamar ermordet worden, die Christen klagten die Drusen an, man brachte einander um. Mein Reisegefährte, ein sehr eigenartiger Mann, gebildet, aber verschwiegen, der für den französischen Konsul Graf de Bentivoglio arbeitete, überzeugte mich davon, daß diese Vendetta lediglich den Traditionen der Region folge. Dennoch sprach man in Beirut sehr viel von einem bevorstehenden Krieg zwischen Christen und Moslems. Aber ich kannte den Libanon noch nicht und bemerkte nichts, ganz mit der Entdeckung dieser wunderbaren Landschaften beschäftigt. Ich hatte nie zuvor ein Land gesehen, wo Sonne, Meer, Berge und Quellen einen solchen Eindruck von Frieden, Schönheit, Glück vermitteln.

Trügerische Bilder ... In Damaskus traf ich Emir Abdel Kader in einem prächtigen Palast in der Stadtzitadelle wieder. Ich begegnete auch meinen Cousins, die ich seit langer Zeit aus den Augen verloren hatte. Ich glaubte zunächst, als ich den engen Gassen des Christenviertels folgte, sie wären arm. Wie groß war mein Erstaunen, als ich durch die niedrige Tür aus dickem Holz trat: In einem großen, mit weißem Marmor gepflasterten Innenhof verbreiteten Orangenbäume und Zitronenpflanzen ihre Frische. In der Mitte plätscherte ein Wasserspiel in einem behauenen Steinbassin. Ringsum taten sich Gemächer auf, und man erblickte durch die weitgeöffneten Fenster mit Schnitzereien geschmückte Wände, Perlmuttintarsien, bemalte Decken, lange Sofas, die mit Brokatdecken und Seidenkissen bedeckt waren. Eines Abends befragte ich meinen Cousin Elie nach einem erlesenen Mahl über die Gründe für diese Diskretion.

»Mein Bruder«, antwortete mir Elie, »du kommst aus Frankreich, wie könntest du das verstehen? Du mußt wissen, daß die Christen hier gelernt haben, ihren Reichtum zu verstecken, um nicht die Begehrlichkeit der Moslems anzulocken. Wir verstehen uns gut mit ihnen, zumindest mit denen, die reich sind. Aber von Zeit zu Zeit grollt die Straße. Steuern, Hungersnöte, Elend, übermäßige Forderungen der Türken ... In diesen Fällen wirft sich der Pöbel auf uns.«

»Aber ich dachte, die Hohe Pforte hätte den Christen besondere Garantien gewährt.«

»Ja. Dank Frankreich sind wir besser geschützt als früher. Wir durften nicht auf Pferden reiten, uns waren nur Maultiere erlaubt, auch mußte man absteigen, wenn man einem Moslem begegnete. Manchmal mußten wir die gelbe Mütze tragen... Im Grunde ist all das Vergangenheit, aber weiß man das sicher? Seitdem die Mächte durch den Krimkrieg geschwächt sind, spüren wir, wie die Gewalt ansteigt. Die Türken bleiben passiv. Im Libanon, wo die Christen, vor allem die Maroniten, ziemlich aufsässig sind, sehe ich Aufruhr kommen. Vielleicht wird er uns durch unsere Vorsicht erspart? Das weiß Gott allein. Ich rate dir auf jeden Fall, im Moment Reisen in unruhige Gegenden zu vermeiden.«

Leider hörte ich nicht auf diese Warnungen. Ich reiste am 23. Juni 1860 nach Beirut, um vor dem Konsul Frankreichs Bericht zu erstatten. Elie hatte recht. Während der ganzen Reise sah ich nichts als verbrannte Dörfer, verlassene Weiler. In Zahlé keine lebendige Seele, aber leere Häuser mit verkohlten Mauern, die Kirche in noch rauchenden Ruinen, man hörte nur von Gewalt und Furcht. Als ich in Beirut beim französischen Konsulat ankam, erkannte ich nichts mehr wieder. Im Hof drängten sich die Flüchtlinge, Frauen und Kinder, eingehüllt in dünne Lumpen. Als ich vorbeiging, klammerte sich eine alte Frau mit schwacher Hand an den Saum meiner Tunika:

»Herr Offizier, schützen Sie uns! Sie haben meinen Mann getötet, meine Kinder vor meinen Augen. Wo waren Sie? Kann man denn Christen wie Hunde sterben lassen?«

Ich lief die große Treppe hinauf und traf in der Eingangshalle meinen geheimnisvollen Reisebegleiter, offensichtlich ein Spion des Konsuls.

»Nun, glauben Sie noch immer an eine örtliche Vendetta?«

»Ich habe niemals daran geglaubt. Aber im Mai hofften wir noch, Kourshid Pascha beeinflussen zu können, den türkischen Gouverneur, indem wir ihm mit der Landung unserer Flotte drohten. Leider sind uns die Engländer in den Rücken gefallen. Sie schützen die Drusen, wir die Christen. Ergebnis, Kourshid Pascha hat uns alle getäuscht. Er hat überall die Christen, die doch dem ottomanischen Reich treue Untergebene waren, in Fallen gelockt. In Hasbaya hat der Chef der türkischen Garnison, Osman Bey, den unglücklichen Christen den Befehl erteilt, ihm ihre Waffen auszuliefern und sich im Serail zu versammeln, wo sie, wie er vorgab, in Sicherheit wären. Dann hat er die Waffen an die Drusen verkauft. Als die Christen, eingesperrt ohne Wasser und Nahrung, die Türen des Serail aufbrechen wollten, erwarteten sie die Drusen bereits und brachten sie alle um.

Es war ein entsetzliches Schauspiel. Ich komme eben von dort. Die Drusen haben die Männer getötet, den Frauen die Hände abgeschlagen, die Kinder umgebracht. Aber die türkischen Soldaten waren noch grausamer. Sie ergriffen die Säuglinge an den Beinen und zerrissen sie in zwei Teile. In Rachaya habe ich die gleichen Szenen gesehen...«

»Aber wir hätten eingreifen müssen, es verhindern...«

»Lieber Freund, wir alle hier erwarten die Befehle des Kaisers. Unsere Schiffe sind auf offener See. Wann werden sie eintreffen? Der Konsul sagt, daß Napoleon III. das Schicksal in der Stadt Deir el Kamar, die unter direktem Schutz des Sultans von Konstantinopel steht, abwarten will. Die Stadt, christliche Enklave in drusischem Land, ist fast völlig umzingelt...«

Am nächsten Morgen erreichte uns die Nachricht: Deir el Kamar dem Boden gleichgemacht, die Bewohner hingeschlachtet, die Kirchen geplündert. Worauf wartete man noch? Der Konsul erzählte uns, der Kaiser hätte in den Tuilerien »sehr schroff« mit dem Botschafter der Türkei gesprochen. All das erschien mir lächerlich. Schiffe mit Kurs auf Alexandria verließen Beirut, mit libanesischen Christen beladen, die keinen anderen Ausweg mehr sahen als das Exil. Als ich die Unglücklichen sah, die sich an die Leinen klammerten, mußte ich daran denken, daß dieses Schicksal auch mir bestimmt sein könnte, wären meine Vorfahren nicht vor langer Zeit nach Ägypten gegangen.

Aus einem der hohen Fenster des Konsulats gelehnt, blickten wir, der Spion und ich, auf die Schiffe des Exodus, als ein Bote ankam, rot vom Rennen, mit vorquellenden Augen, völlig außer Atem.

»Der Konsul, wo ist der Konsul?« wandte er sich an meinen Freund, den er zu kennen schien.

»Der Konsul ist nicht da. Was ist geschehen? Sie wissen, daß Sie mit mir ebenso reden können wie mit ihm.«

Der Läufer ließ sich auf eine Bank fallen und zog einen zerknitterten Umschlag hervor.

»Da steht alles drin. Diesmal ist es in Damaskus. Schrecklich anzusehen... Sie haben verbrannt, geplündert, gefoltert, die Köpfe der Christen abgeschlagen und sie in den Straßen herumgetragen.«

»Hat der Pascha eingegriffen?«

»Ahmet Pascha war in der Moschee, als der Aufruhr begann. Er hat sich nicht gerührt.«

Der Spion wandte mir sein schmales, von einem Lächeln verzerrtes Gesicht zu.

»Diesmal ist das Maß voll! Der Kaiser kann nicht mehr abseits stehen. Die französische Flotte wird eingreifen. Wahrscheinlich morgen.«

Ich erstickte fast vor Empörung.

»Morgen, das ist zu spät! Wie viele Tote in Zahlé, in Beirut, in Deir el Kamar, in Hasbaya? Wo sind meine Freunde, meine Verwandten in diesem Augenblick? Hat man ihnen wie Schafen die Kehle durchgeschniten, oder sind sie in ihren Häusern verbrannt?«

»Beruhigen Sie sich, Georges. Ich verstehe Ihre Erregung. Warten Sie, wir werden es erfahren...«

Mit leichter Hand öffnete er den Umschlag und zog die Seiten heraus, die mit enger Schrift bedeckt waren.

»Das ist eine Botschaft von Charles Mubanel, er stammt aus Avignon, unser Mann in Damaskus. Sehen wir, was er sagt. Schändlicher Komplott gegen die Christen in Syrien angezettelt... wer könnte das Entsetzliche beschreiben, das diesen Tag für immer befleckt... nehmen Sie, sehen Sie selbst.« Er reichte mir den Brief.

Ich las.

»Während der Brand die prächtigen Häuser verwüstete, fielen die Bewohner, die auf die Straße rannten, um den Flammen zu entgehen, unter den Dolchstößen der Mörder, oder sie wurden von den Bajonetten der türkischen Soldaten in die Flammen zurückgestoßen. Der Anführer der irregulären Truppen richtete ein entsetzliches Gemetzel an. Die Artilleristen beluden ihre Karren mit aller Beute, die sie den Flammen entreißen konnten. Die Frauen und Mädchen wurden entkleidet, entehrt, wie Vieh in die Harems getrieben. Einige, die zu den besten Familien gehörten, wurden an die Kurden verkauft. Man sah einen Rasenden, der ein junges Mädchen, nachdem er es mißbraucht hatte, tötete, aus Angst, sagte er, eine Christenhündin könnte einen Rechtgläubigen gebären. Der dichte Rauch, der aus dem Christenviertel aufstieg, war eine Einladung zum Plündern.

Glücklicherweise alarmierte der Rauch auch den großzügigen, den heldenhaften Abdel Kader. Er kam, mit einigen hundert Algeriern an seiner Seite, herbeigeeilt. Gleichzeitig schickte er seinen Leuten den Befehl, sofort zu ihm, in seinen Palast in Damaskus, zu kommen. Dann begann das Werk der Rettung. Monsieur Lanusse, der französische Konsul, und die anderen Konsuln flüchteten sich in sein respektiertes Haus. Seine Algerier verteilten sich in der Stadt, um die Flüchtenden und die Belagerten aufzusammeln, und so groß war die Macht von Abdel Kader in Damaskus, daß ein einziger Algerier ruhig vierzig Christen begleiten konnte, ohne daß jemand Einspruch zu erheben wagte. Mehr als zwanzigtausend Christen wurden dem Stahl der Mörder entrissen und vom Palast des Emirs in die geräumige Festung gebracht. So wurden die Lazaruspriester und die Barmherzigen Schwestern gerettet, mit einer großen Anzahl junger Mädchen, die sich zu ihnen geflüchtet hatten. Der Konvent der Franziskaner erfuhr ein schlimmeres Schicksal. Kein einziger Geistlicher hat überlebt. Pater Angelo, Priester der Lateiner in Damaskus, wurde aufgefordert, sich vom christlichen Glauben loszusagen und Moslem zu werden. Auf seine entschlossene Antwort, er kenne nur einen Gott und seinen heiligen Sohn Jesus Christus, zerschnitt man seinen Körper, man trennte seine Glieder ab und zog den verstümmelten Rumpf durch die Straße, um der Bevölkerung ein Schauspiel zu bieten.«

Ich konnte meine Lektüre nicht fortsetzen. Die Schritte des Konsuls hallten unter den Deckenbögen. Mit der Geschicklichkeit eines Taschenspielers entriß mir der Spion die Blätter, steckte sie in den Umschlag zurück und verschloß ihn. Die Empörung ließ mich am ganzen Körper zittern. Wie jung ich damals war! Ich flehte den Konsul an. Schließlich gab er mir die Erlaubnis, nach Damaskus zurückzukehren, wo ich unter allen Umständen meine Verwandten finden wollte.

Am 25. Juli gehörte ich zu der kleinen Eskorte, die den neuen Konsul Frankreichs in Syrien, Monsieur Outrey, begleitete. Als wir vor den Toren von Damaskus ankamen, ritten wir langsamer, trotz allem in Sorge. Waren wir nicht die ersten Ausländer, die diese verwüstete Stadt betraten? Algerische Reiter erwarteten uns. Sie führten uns durch die Stadt, die wie ausgestorben war. Ein Geruch von Verwesung und Asche kündigte das Christenviertel an. Ich ritt mit gesenkten Augen, um das Entsetzliche nicht zu sehen, aber ich konnte nicht vermeiden, den blutgetränkten Boden wahrzunehmen, die Leichen, die am Straßenrand aufgestapelt waren, die verkohlten Hauswände. Mein Pferd stolperte über ein blutiges Paket, in dem ich den Körper eines Kindes erkannte. Mir war übel.

Endlich kamen wir vor dem Palast des Emirs an. Monsieur Outrey stieg vom Pferd, zog die Uhr aus der Westentasche und sagte zu mir:

»In diesem Moment, Georges, landet die französische Flotte in Beirut, geführt von General de Beaufort d'Hautpoul, und unsere ersten Truppen gehen an Land. Diese Massaker werden sich nicht wiederholen. Die Märtyrer werden gerächt. Der Sultan spürt, daß er zu weit gegangen ist, und schickt uns seinen Minister Fouad Pascha mit dem Befehl, die türkischen Gouverneure und Garnisonschefs streng zu bestrafen, die augenscheinlich mit den Aufrührern paktiert haben. Gehen wir den Emir begrüßen.«

Diese Worte trösteten mich kaum. Die Toten rächen, was bedeutete das schon? Hätte man nicht früher eingreifen können? All diese Bedächtigkeit, diese diplomatische Vorsicht, diese falschen Verbündeten, auf die man Rücksicht nehmen mußte, waren für mich nicht zu rechtfertigende Heuchelei. Ich erlebte dennoch eine große Freude. Als mich der Emir hinter Monsieur Outrey erblickte, machte er mir ein kleines Zeichen, das »bleiben Sie« bedeutete. Der Konsul übergab ihm einen langen Dankesbrief der französischen Regierung und eine Botschaft des Kaisers, der ihn wissen ließ, daß man ihm das Kreuz der Ehrenlegion verleihen würde. Sobald die Zeremonie vorbei war, servierte man uns den Pfefferminztee in kleinen Gläsern mit goldenem Rand, nach algerischem Brauch. Abdel Kader kam zu mir und legte mir die Hand auf die Schulter.

»Georges«, sagte er auf arabisch, »haben Sie keine Furcht mehr. Ihre Verwandten sind in meinem Palast, ich habe sie als erste holen lassen. Sie haben hier alles, was sie brauchen, und ich bitte Allah jeden Tag, die armen Christen aus den Händen dieser Wahnsinnigen zu erretten.«

Ich wollte ihm die Hand küssen, aber er hinderte mich daran.

»Gehen Sie schnell zu ihnen.«

Man führte mich in die Privatgemächer des Emirs in der ersten Etage des Palastes.

Dort fand ich meine Familie. Gleichzeitig lachend und weinend umringten sie mich. Sie hatten alles verloren, ihr schönes Haus war nur noch

Asche. Meine alte Tante Miriam zerkratzte sich das Gesicht, wiegte sich hin und her und jammerte: »Möge der Herr meine Kinder retten!«

»Sie ist etwas verwirrt«, flüsterte mir Elie zu.

»Was werdet ihr tun, Elie? Kommt mit mir nach Marseille. Europa, Frankreich werden euch eure Leiden vergessen lassen. Ihr könnt nicht hierbleiben.« Elie sah mich erstaunt an.

»Aber wir müssen bleiben! Wir bauen das Haus wieder auf, beginnen unseren Handel von vorn. Du weißt, Georges, wir sind daran gewöhnt...«

Mit seinem gütigen Gesicht und den rosigen Pausbacken hatte Elie nichts von einem Helden. Ich wandte mich an seine Frau, die schöne Charmine, um Hilfe zu finden. Aber Charmine senkte den Kopf, ihr langes schwarzes Haar verbarg ihr Gesicht zur Hälfte, die Hände hatte sie über ihrem Mieder aus rotem Samt gekreuzt, das mit silbernen Litzen besetzt war. Wußte sie, welchem Schicksal sie entronnen war? Ich hob ihr Kinn empor. Ihre schwarzen Augen standen voller Tränen, sie warf mir einen Blick zu, in dem sich Angst und Haß vermischten. Ich war erschüttert.

»Wir sind in diesem Land geboren, und wir haben hier über Jahrhunderte gelebt«, ihre Stimme wurde fester, »wenn wir abreisen, wer wird dann bleiben, um unsere Erinnerung und unseren Glauben zu bewahren?«

Zwei Tage später kam Fouad Pascha mit viertausend Männern in Damaskus an. Ein britischer Emissär aus Beirut ging sofort zu ihm, um ihm mitzuteilen, daß Monsieur de Beaufort und die Franzosen einen exzellenten Vorwand hätten, ihre Vorhut bis nach Damaskus zu schicken, falls er die Anstifter der Unruhen nicht schnell und nachhaltig bestrafte. Sofort schlug Fouad Pascha los. In der gequälten Stadt begann nun die türkische Armee zu verhaften, zu verurteilen, standrechtlich zu erschießen, sie hängten ihre eigenen Soldaten wie die der irregulären Truppen auf, wie mir schien, vom Zufall gelenkt. Ich spüre noch heute den eisigen Schauer, der mir an dem Tag über den Rücken lief, da ich mich bei einem Spaziergang durch die verlassenen Souks an einer Straßenecke unter den Füßen eines Erhängten fand.

Ich wollte abreisen, Beirut, den Libanon verlassen, dieser Welt entkommen, die mir gleichzeitig nah und unverständlich war. In Paris erhielt ich später einen langen Brief vom Emir, der wie jedes Jahr meine Mutter grüßte. 1869 war ich in der Garnison in Bar-le-Duc, als einer meiner Cousins aus

Damaskus, der Neffe von Elie, eine Nachricht für mich in Marseille hinterließ. Er ließ mich wissen, daß die Boulad von Saïda bei den Massakern vor neun Jahren fast alle umkamen, daß aber ein junger Mann namens Joseph Emile fliehen und ein Emigrantenschiff nach Ägypten besteigen konnte. Vielleicht hatte ich ihn einstmals gesehen, als ich von den Fenstern des Konsulats auf die Reede vor Beirut blickte. Hätte ich mich auf die Suche nach meinen Cousins im Orient begeben sollen? In Frankreich brach der Krieg von 1870 aus, und ich wurde in ihn hineingezogen. Die stolze Orientarmee versank in der Niederlage wie alle anderen Einheiten. Muß ich es eingestehen? Die Armee, Frankreich, das war mein ganzes Leben. Ich wurde bei Sedan verwundet, behielt ein steifes Bein und einen alten Schmerz, der manchmal erwacht. Aber meine wahre Verletzung liegt woanders, irgendwo da, wo die Ehre sitzt. Als Offizier im Ruhestand wärme ich mich in der Sonne an den Quais des alten Hafens. Mögen andere mir nachfolgen, wenn sie die Spuren einer Familie wiederfinden wollen, die inzwischen zu weit verstreut ist. Ich habe meinen Anteil geleistet. Ich wünsche ihnen viel Mut und vielleicht sehen wir uns wieder.

Leutnant Georges Bullad, 25. November 1887

Inhalt

Prolog
7

Buch I
Die Jahre des Honigmondes
13

Buch II
Die goldeben Jahre
189

Buch III
Die Jahre des Feuers
321

Buch IV
Die Jahre des Exils
413

Buch V
Die Jahre der Asche
533

Anhang
Chronik der Familie Boulad
595